妈 妈 再 爱 我 一 次

JE SUIS TA MÈRE!...

PIÈTA N°55
OU ENFANT (TRÈS BEAU)
AYANT MANGÉ TROP
D'ENDIVES AU JAMBON
(VERS 2014 APRÈS J.-C.)

Maman
maman
NOM: FiSTON
SEXE:M DATE:26-03

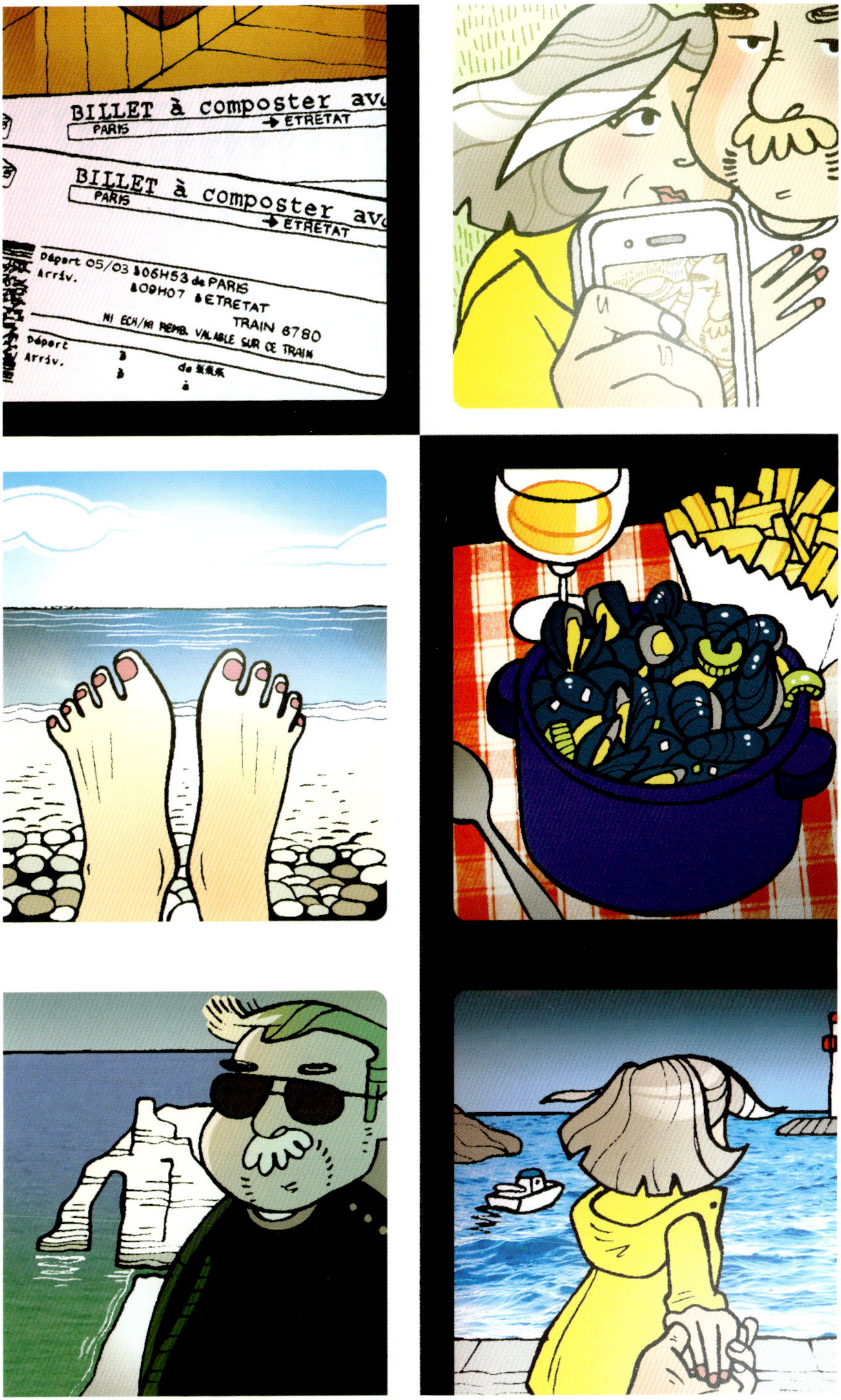

BILLET à composter av
PARIS
ETRETAT
BILLET à composter av
PARIS
ETRETAT
Départ 05/03 à06H53 de PARIS
Arriv. à09H07 à ETRETAT
TRAIN 6780
NI ECH/NI REMB. VALABLE SUR CE TRAIN
Départ
Arriv.

MAMAN
LUCIANO PAVAROTTI
CÉLINE DION

150
145
140
135
MÉMÉ
8 JUIN

150
145
140
135
MÉMÉ
8 JUIN

Ceci n'est pas Ghislaine.

妈妈 再爱我一次

Avec Maman

（法）奥尔本·奥尔西尼 著

李雪映 宋姚波 译

Alban Orsini

浙江人民出版社

谨以此书献给我的母亲。

懂得利用仁慈的母亲。

——罗兰·托普

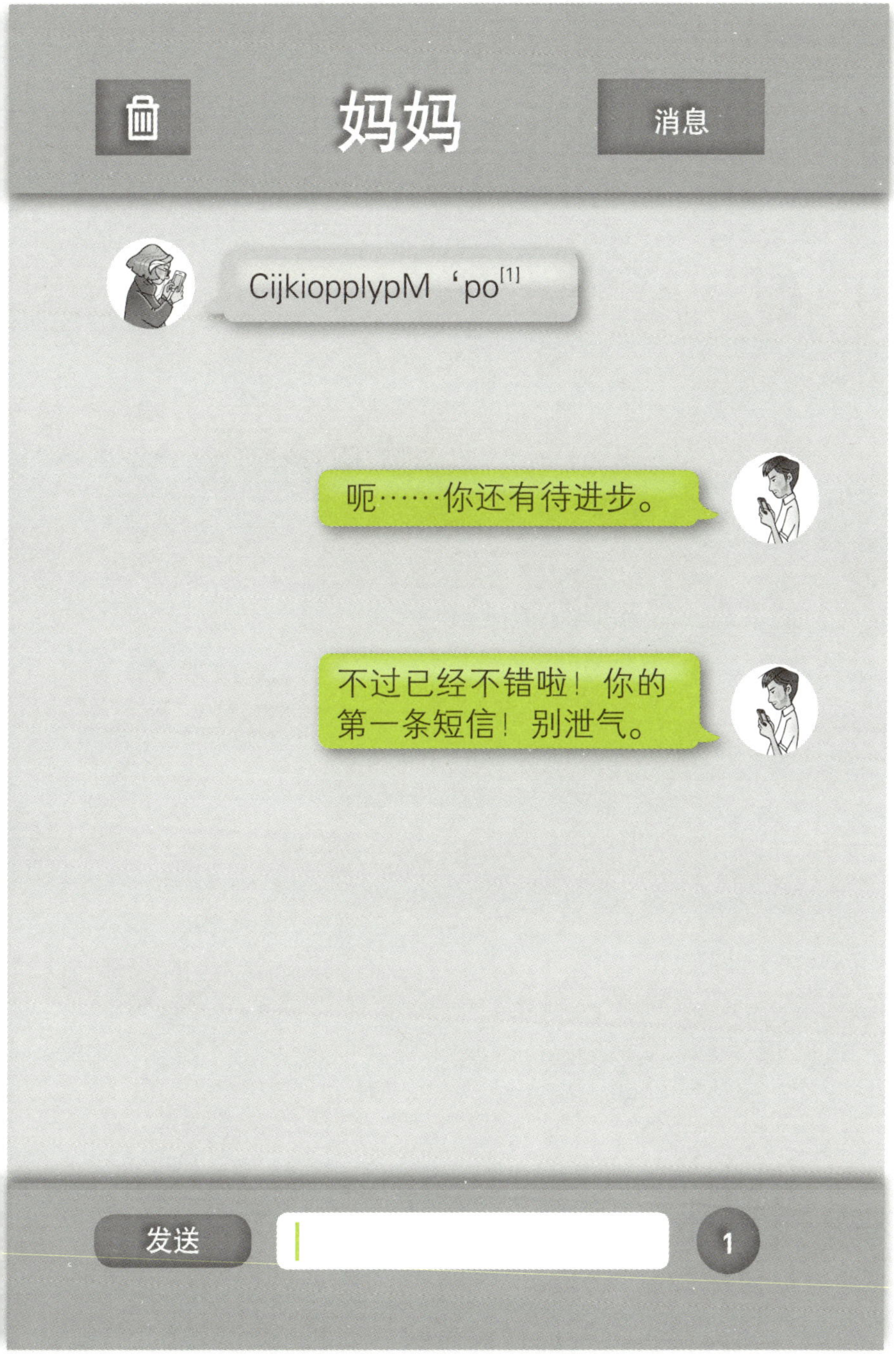

[1] 第一次用手机，妈妈不知如何发短信，故发出一堆乱码。

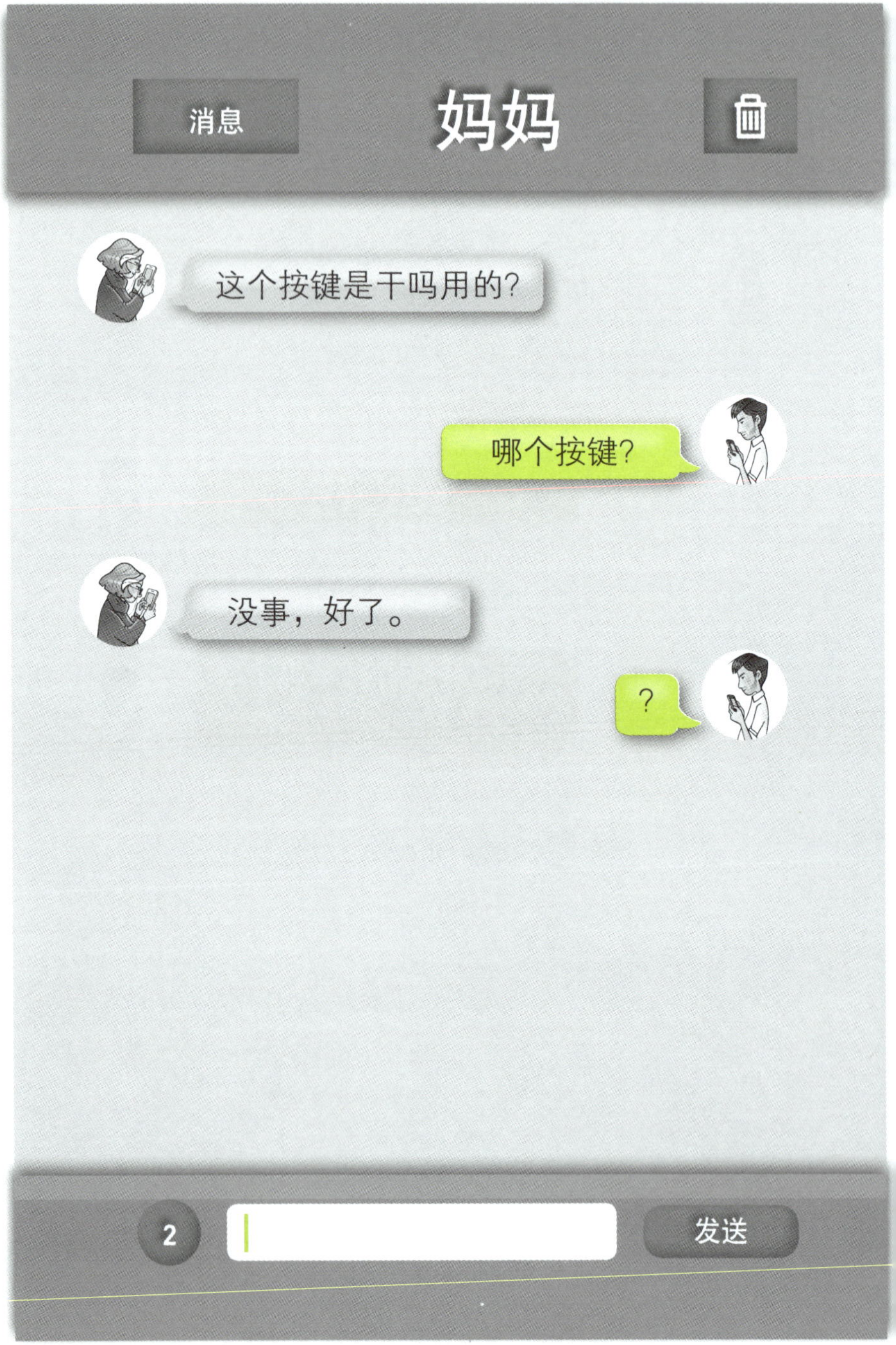
消息
妈妈
这个按键是干吗用的?
哪个按键?
没事，好了。
?
2
发送

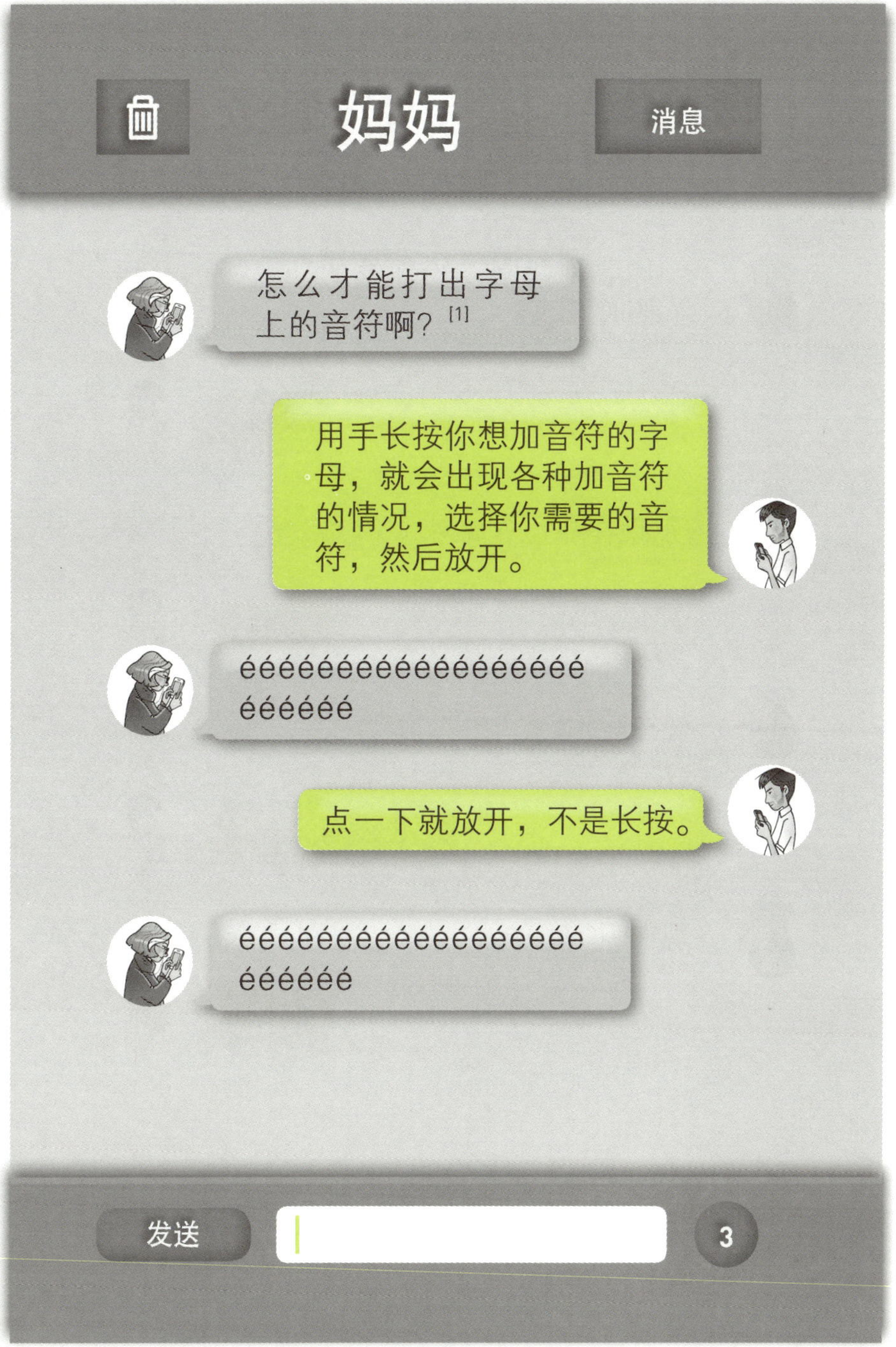

[1] 法语和英语字母书写最大的不同是：在某些元音字母上加了音符，比如，é，à，ô，ï。

消息
妈妈
你收到我刚才给你发的照片了吗?
没有。
那现在呢?
没有。
现在呢?
也没有……
现在呢?
妈妈!
4
发送

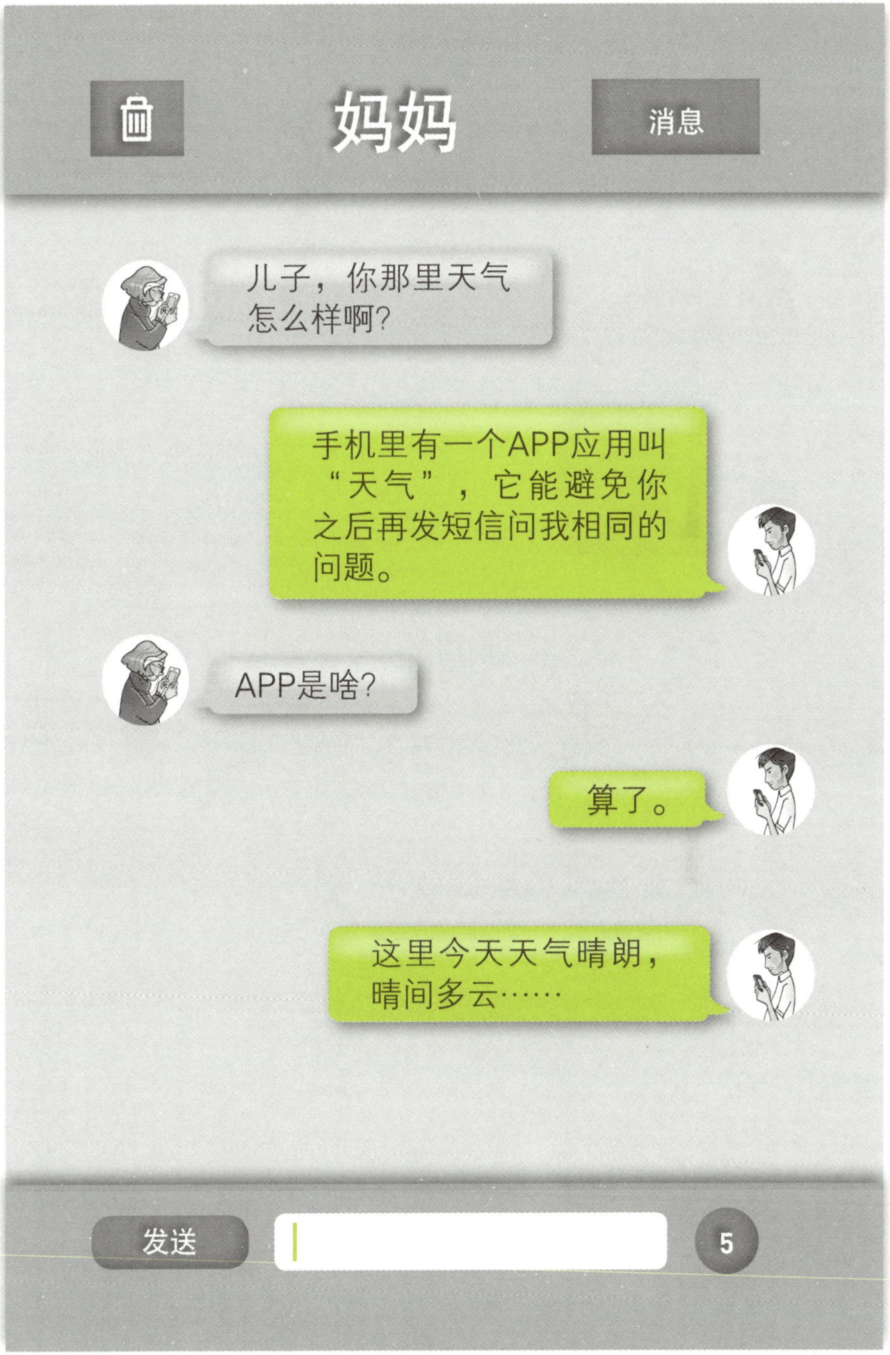
妈妈
消息
儿子，你那里天气怎么样啊？
手机里有一个APP应用叫“天气”，它能避免你之后再发短信问我相同的问题。
APP是啥？
算了。
这里今天天气晴朗，晴间多云……
发送
5

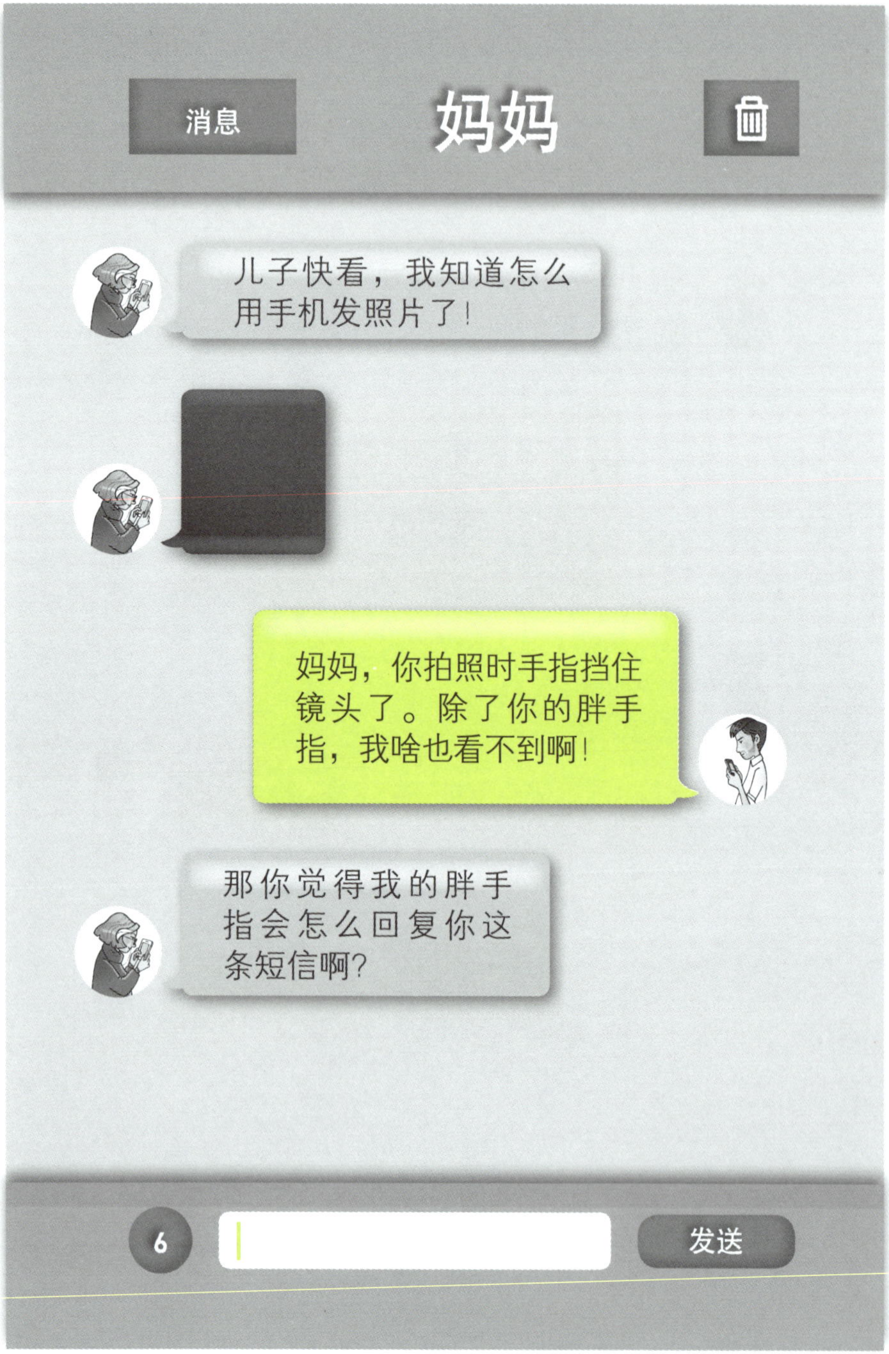
消息
妈妈
儿子快看，我知道怎么用手机发照片了！
妈妈，你拍照时手指挡住镜头了。除了你的胖手指，我啥也看不到啊！
那你觉得我的胖手指会怎么回复你这条短信啊？
6
发送

妈妈
消息
亲爱的儿子，周末愉快！
你也是。
亲爱的，周末愉快！
呃……你也是……
亲爱的，周末愉快！
我收到了，妈妈……
亲爱的，周末愉快！
妈妈！
发送
7

消息
妈妈
嗨！
妈，我在工作！
我没看到工作报告啊……
？
8
发送

妈妈
消息
Hkvjlgjmgjljv[1]
妈妈，你又控制不了你的触屏键盘了吗，还是你手抽筋啦？
我在做测试。
还有，我不喜欢你开这样的玩笑。
发送
9

[1] 发了一堆乱码。

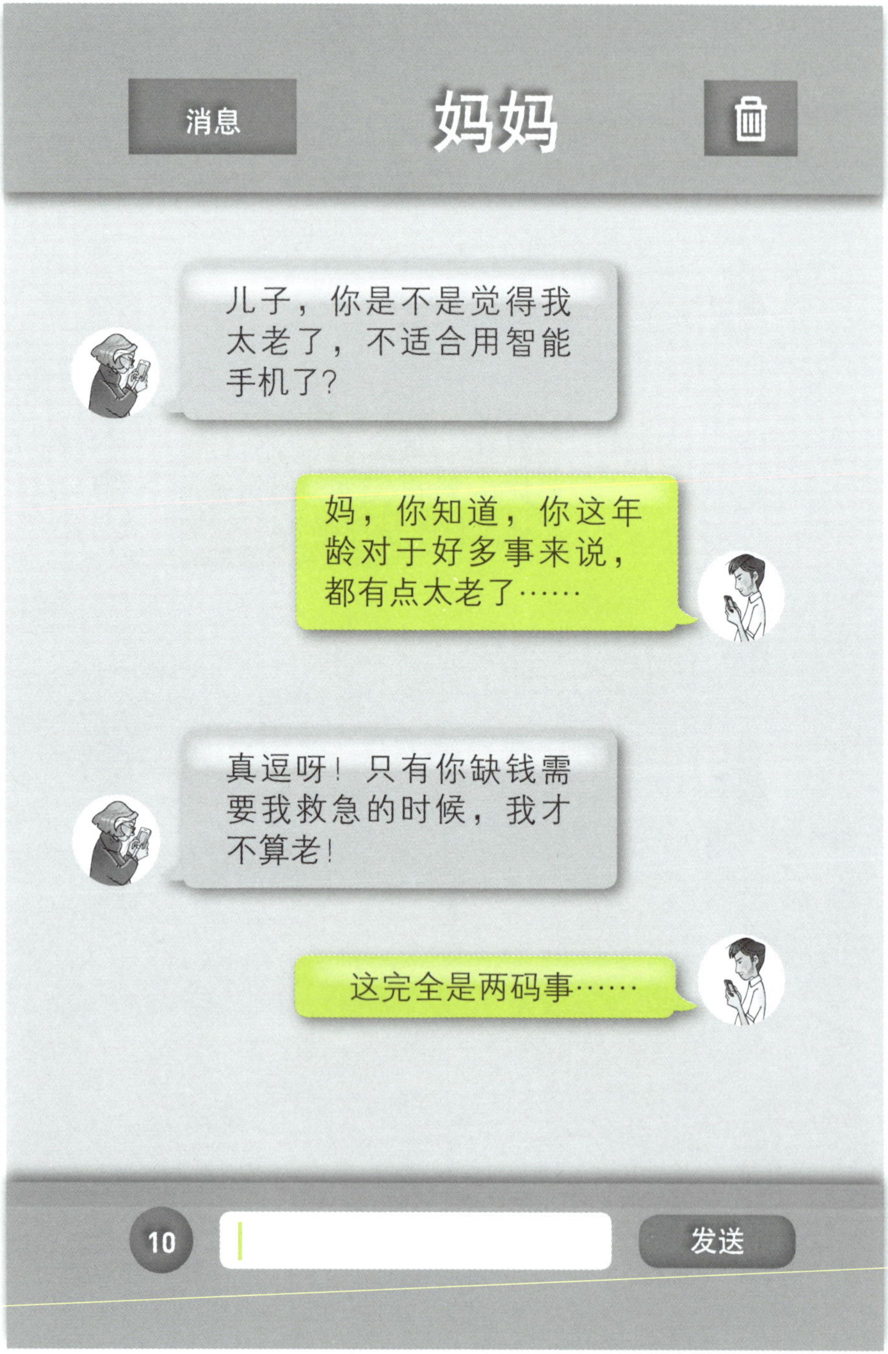
消息
妈妈
儿子，你是不是觉得我太老了，不适合用智能手机了？
妈，你知道，你这年龄对于好多事来说，都有点太老了……
真逗呀！只有你缺钱需要我救急的时候，我才不算老！
这完全是两码事……
10
发送

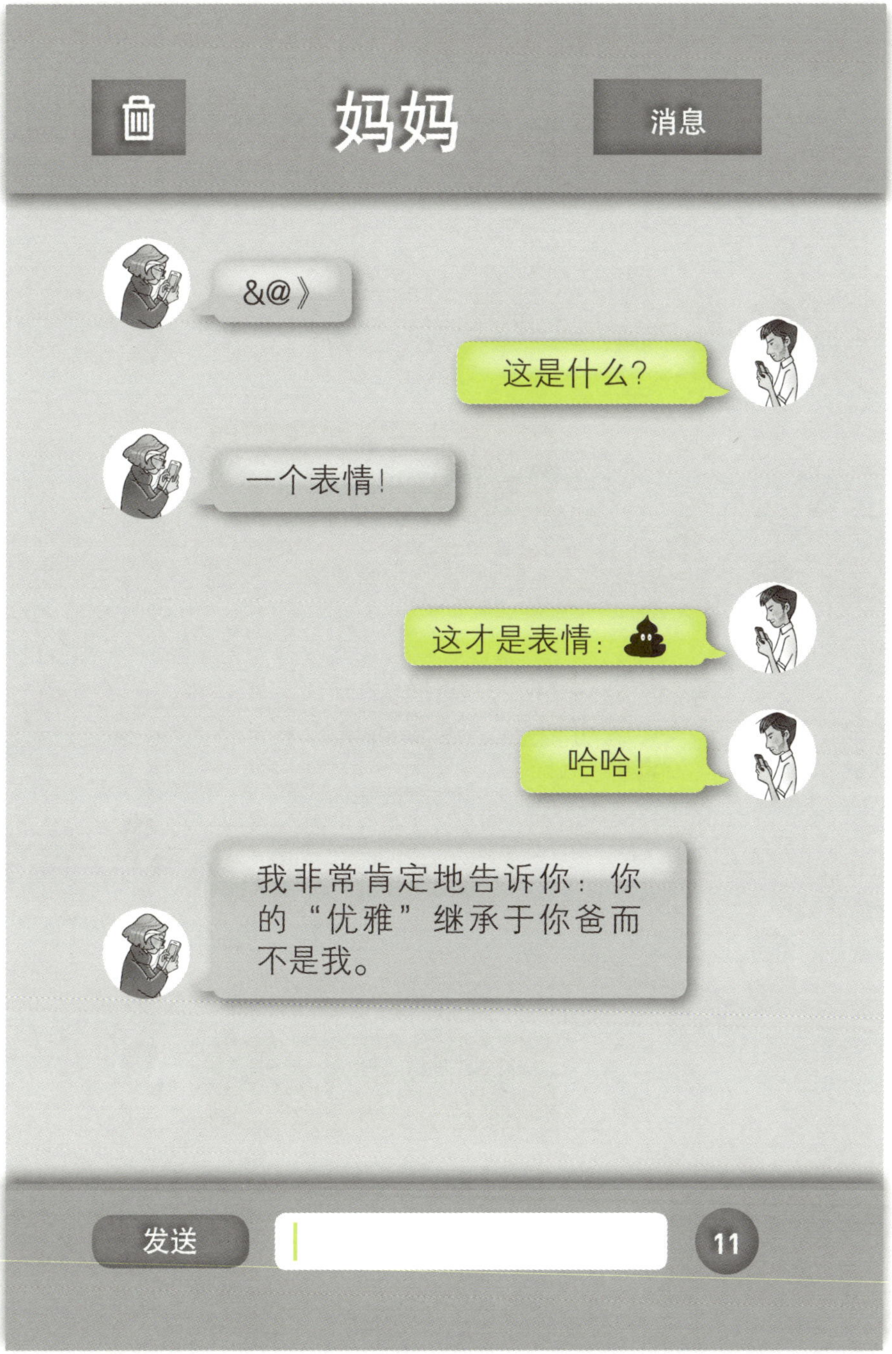
妈妈
消息
&@》
这是什么?
一个表情!
这才是表情:
哈哈!
我非常肯定地告诉你：你的“优雅”继承于你爸而不是我。
发送
11

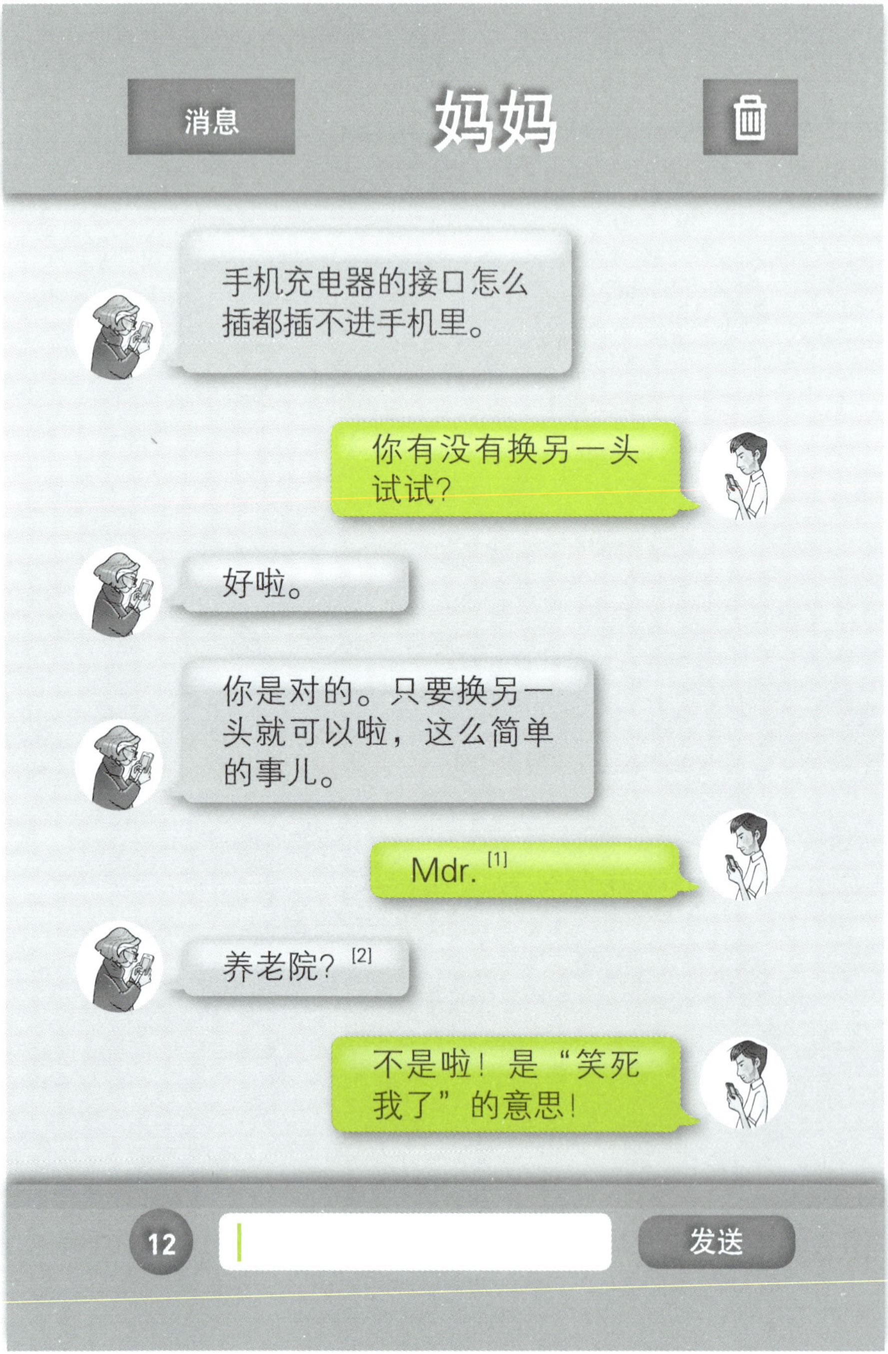

[1] Mdr是法国年轻人经常使用的缩略语，意思是“笑死我了”。

[2] 妈妈不理解Mdr的意思，以为是“养老院”（Maison de retraite）这一个词的缩写。

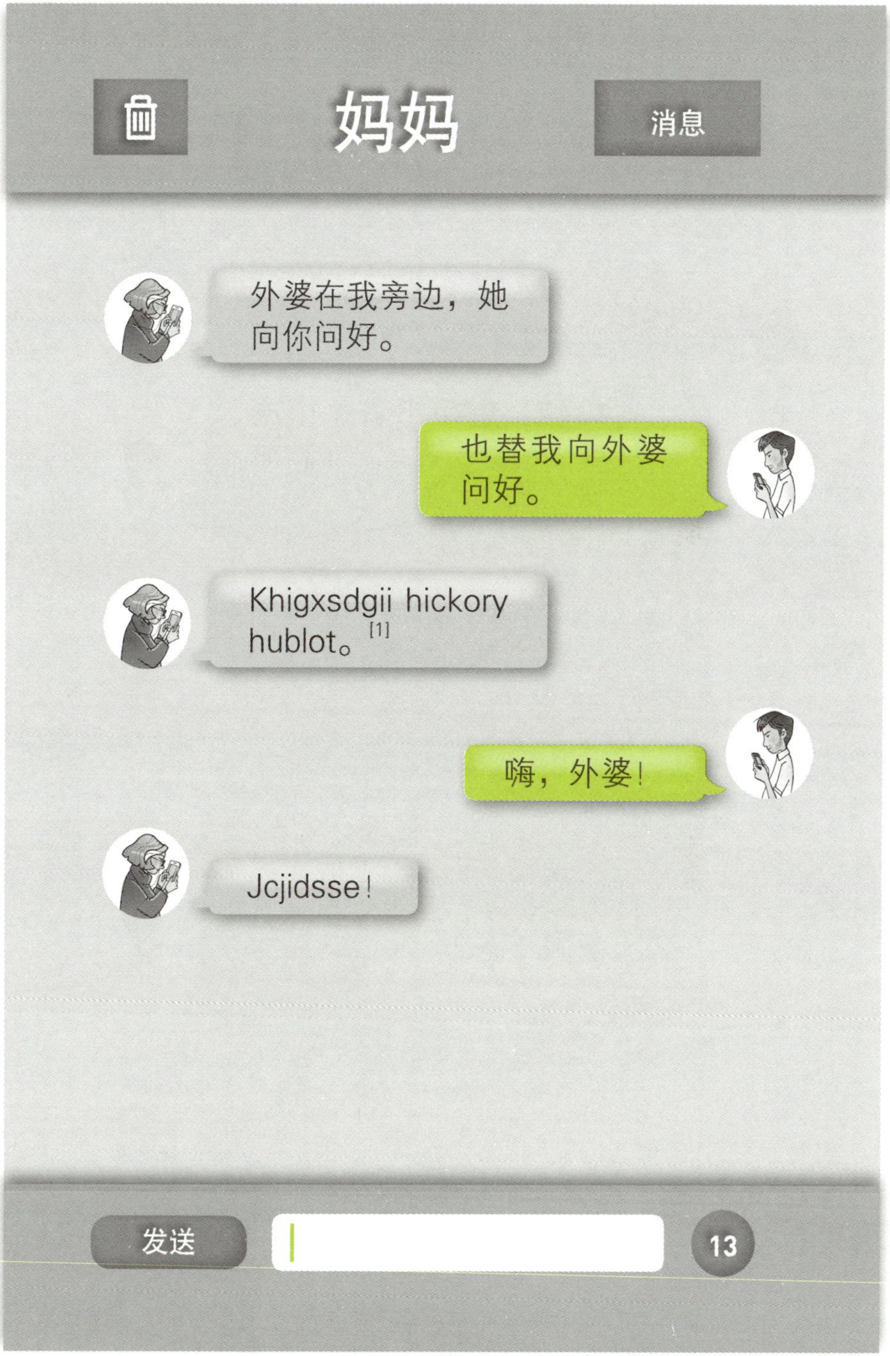
妈妈
消息
外婆在我旁边，她向你问好。
也替我向外婆问好。
Khigxsdgii hickory hublot。[1]
嗨，外婆！
Jcjidsse！
发送
13

[1] 外婆发来一堆乱码。

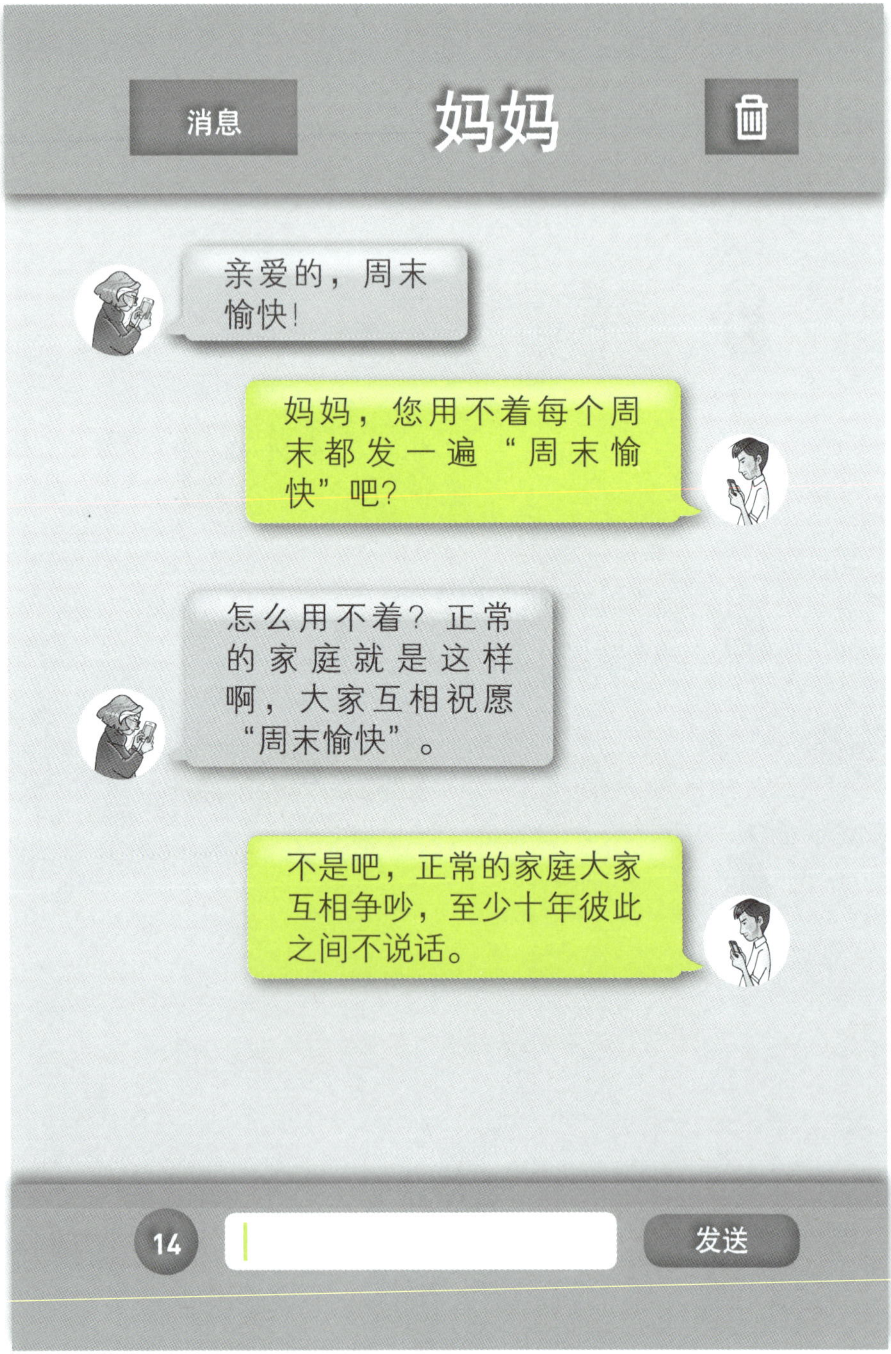
消息
妈妈
亲爱的，周末愉快！
妈妈，您用不着每个周末都发一遍“周末愉快”吧？
怎么用不着？正常的家庭就是这样啊，大家互相祝愿“周末愉快”。
不是吧，正常的家庭大家互相争吵，至少十年彼此之间不说话。
14
发送

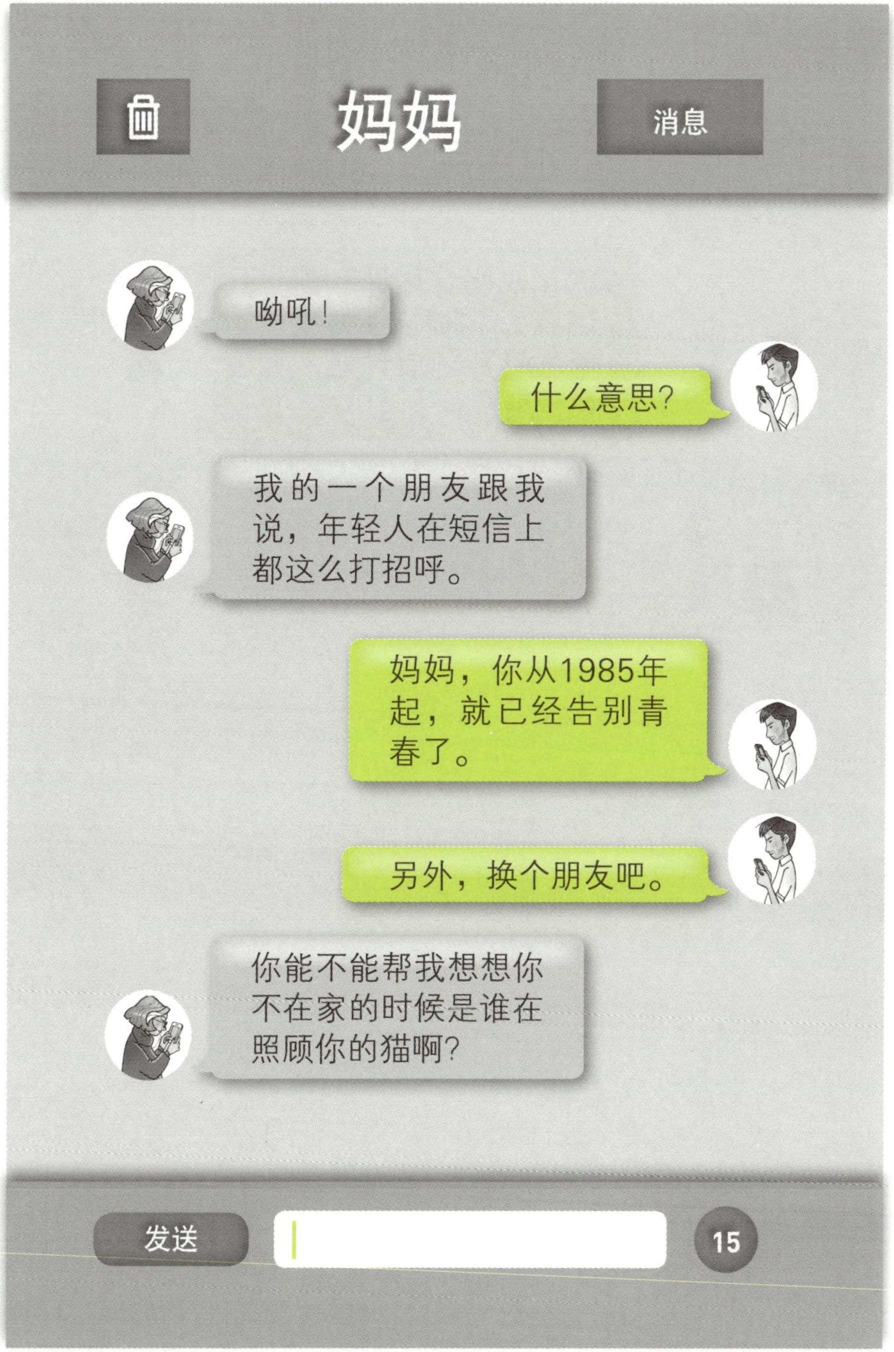
妈妈
消息
呦吼！
什么意思？
我的一个朋友跟我说，年轻人在短信上都这么打招呼。
妈妈，你从1985年起，就已经告别青春了。
另外，换个朋友吧。
你能不能帮我想想你不在家的时候是谁在照顾你的猫啊？
发送
15

消息

妈妈

嗨，妈妈！你做的那个巧克力慕斯超级好吃！能告诉我怎么做吗？谢谢，亲亲。

哦，这个时候你就爱你妈了啊！

发送

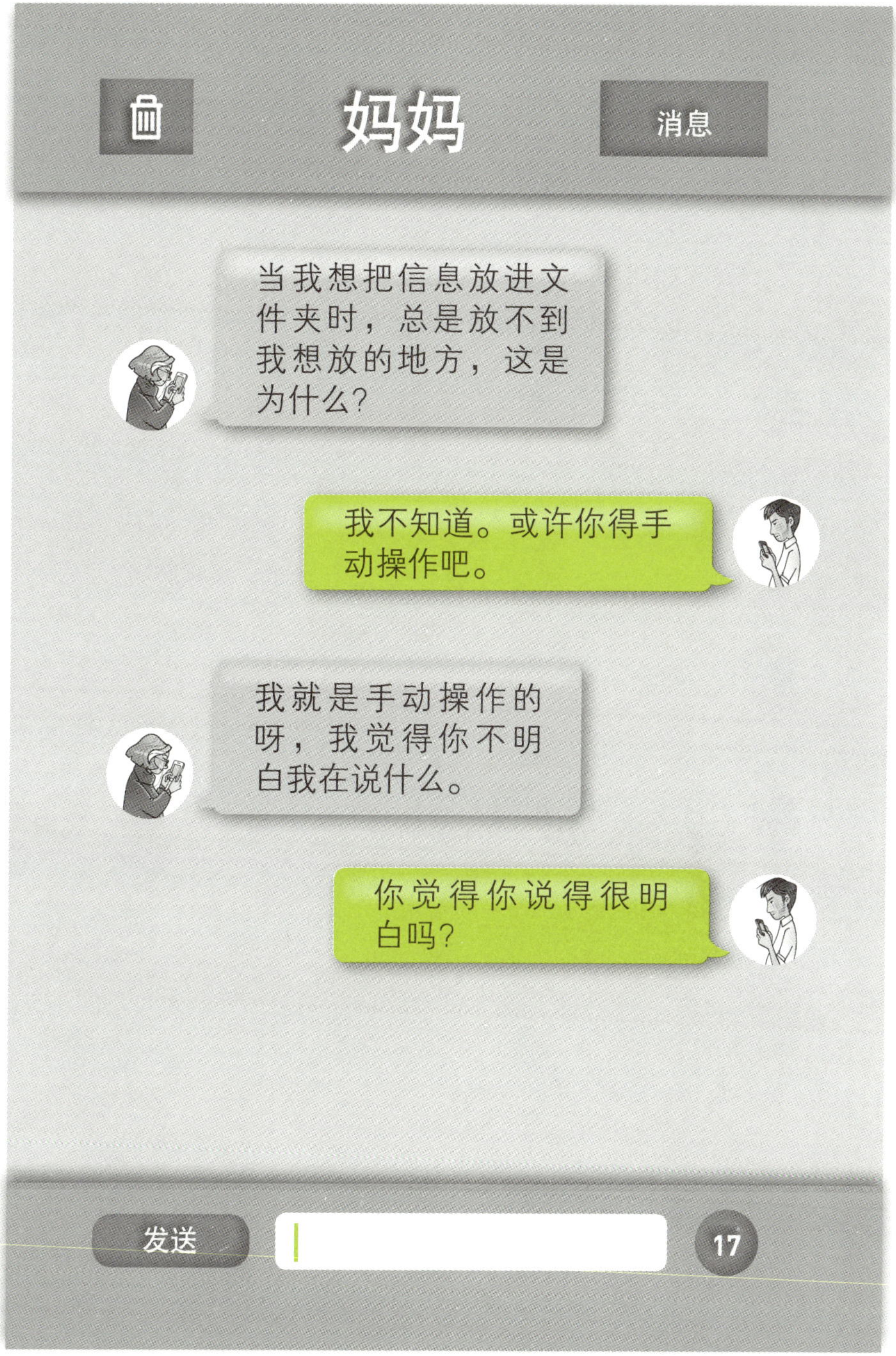
妈妈
消息
当我想把信息放进文件夹时，总是放不到我想放的地方，这是为什么？
我不知道。或许你得手动操作吧。
我就是手动操作的呀，我觉得你不明白我在说什么。
你觉得你说得很明白吗？
发送
17

消息

妈妈

对啦，我找到你那天说的天气预报的手机应用了。是一个叫“天气”的APP，是吗?

我该怎么办？我按一下?

嗯?

我该怎么用呢?

好，我按了。

发送

妈妈

消息

你觉得我要不要申请一个邮箱啊?

申请邮箱做什么?

短信内容太短，有了邮箱，咱们就可以长谈了……

啊，妈，你得知道，邮箱用起来特复杂，另外还总有病毒，总之风险很大……

发送

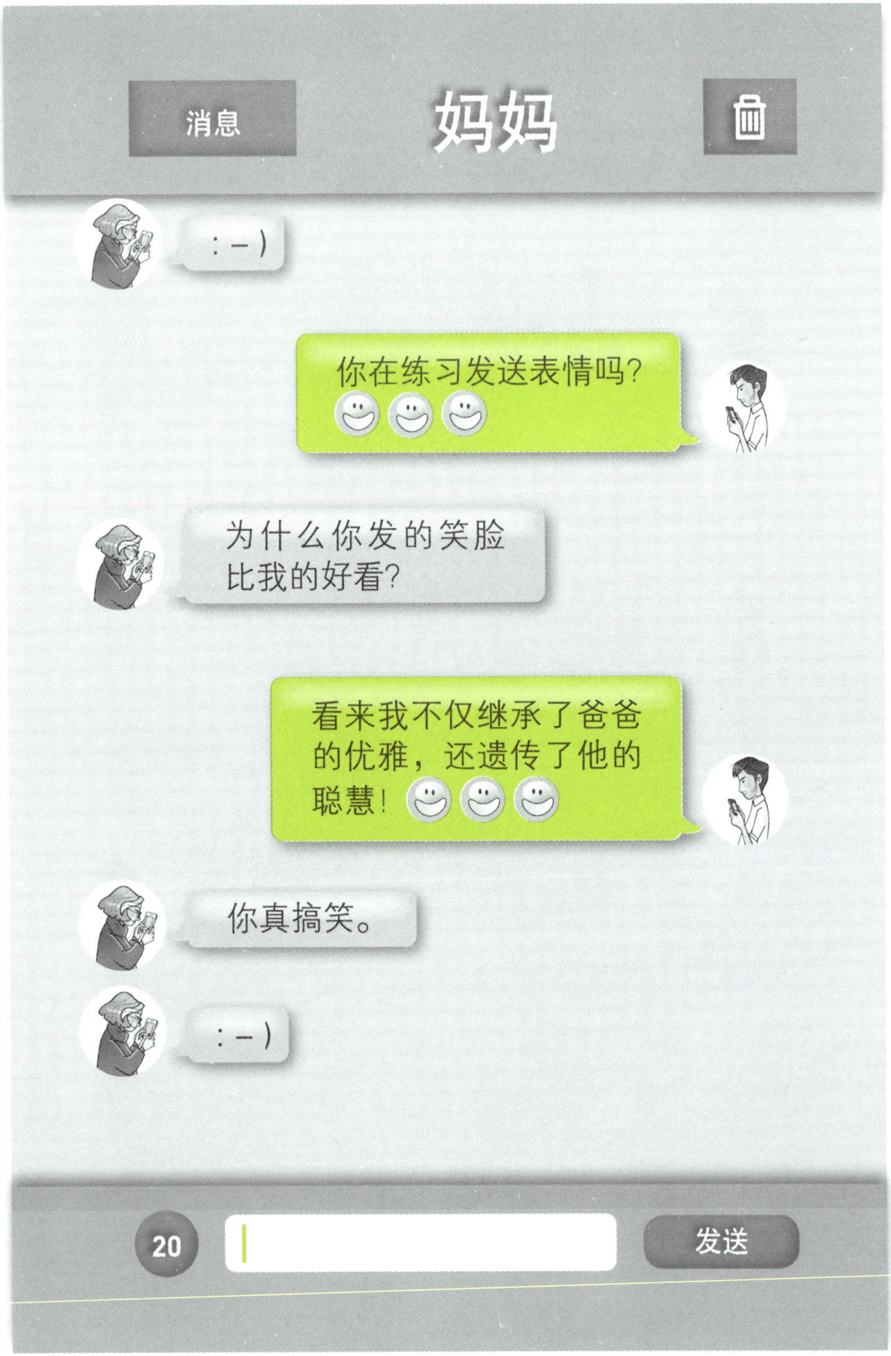
消息
妈妈
:-)
你在练习发送表情吗？
为什么你发的笑脸比我的好看？
看来我不仅继承了爸爸的优雅，还遗传了他的聪慧！
你真搞笑。
:-)
发送

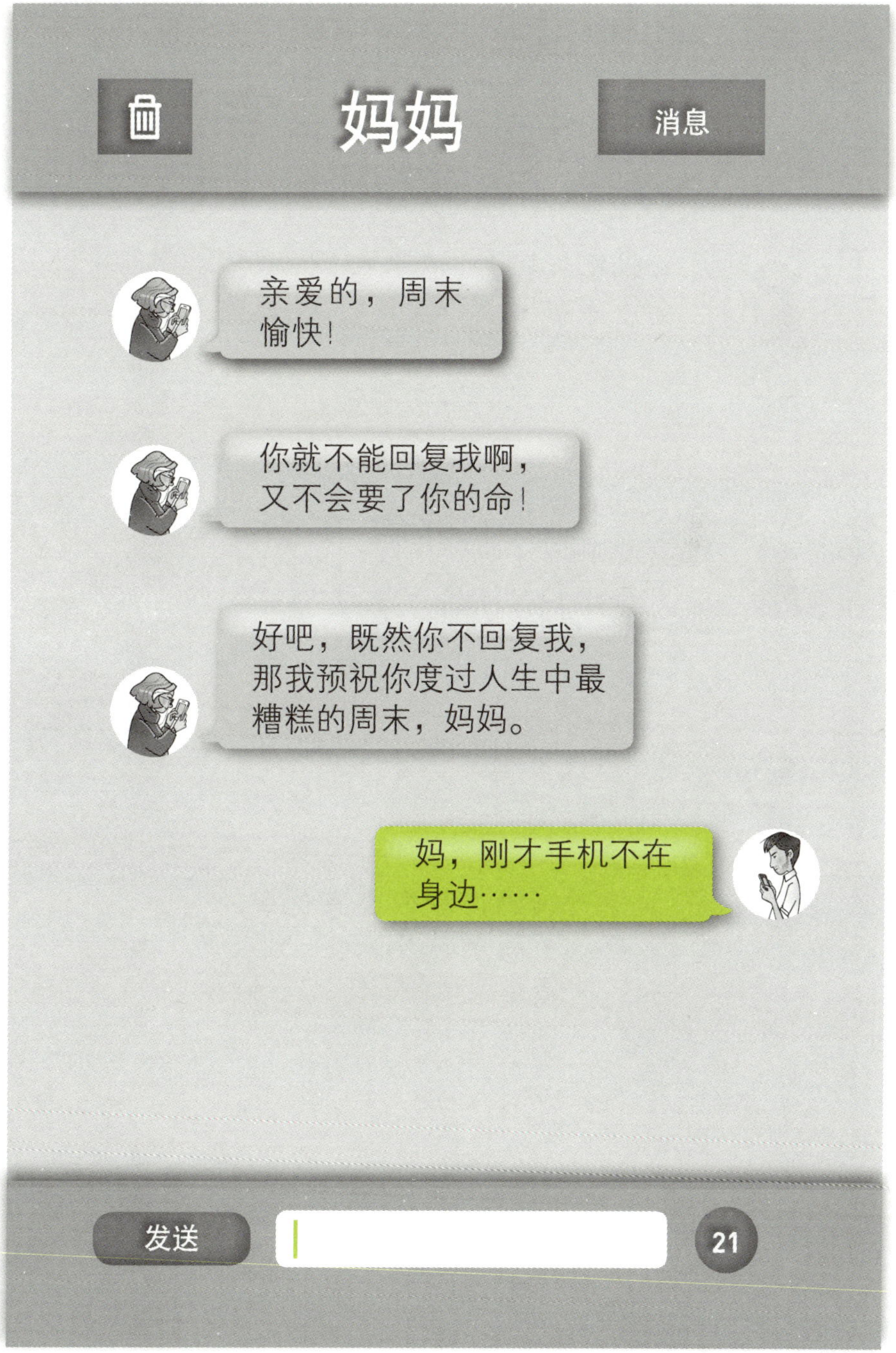
妈妈
消息
亲爱的，周末愉快！
你就不能回复我啊，又不会要了你的命！
好吧，既然你不回复我，那我预祝你度过人生中最糟糕的周末，妈妈。
妈，刚才手机不在身边……
发送

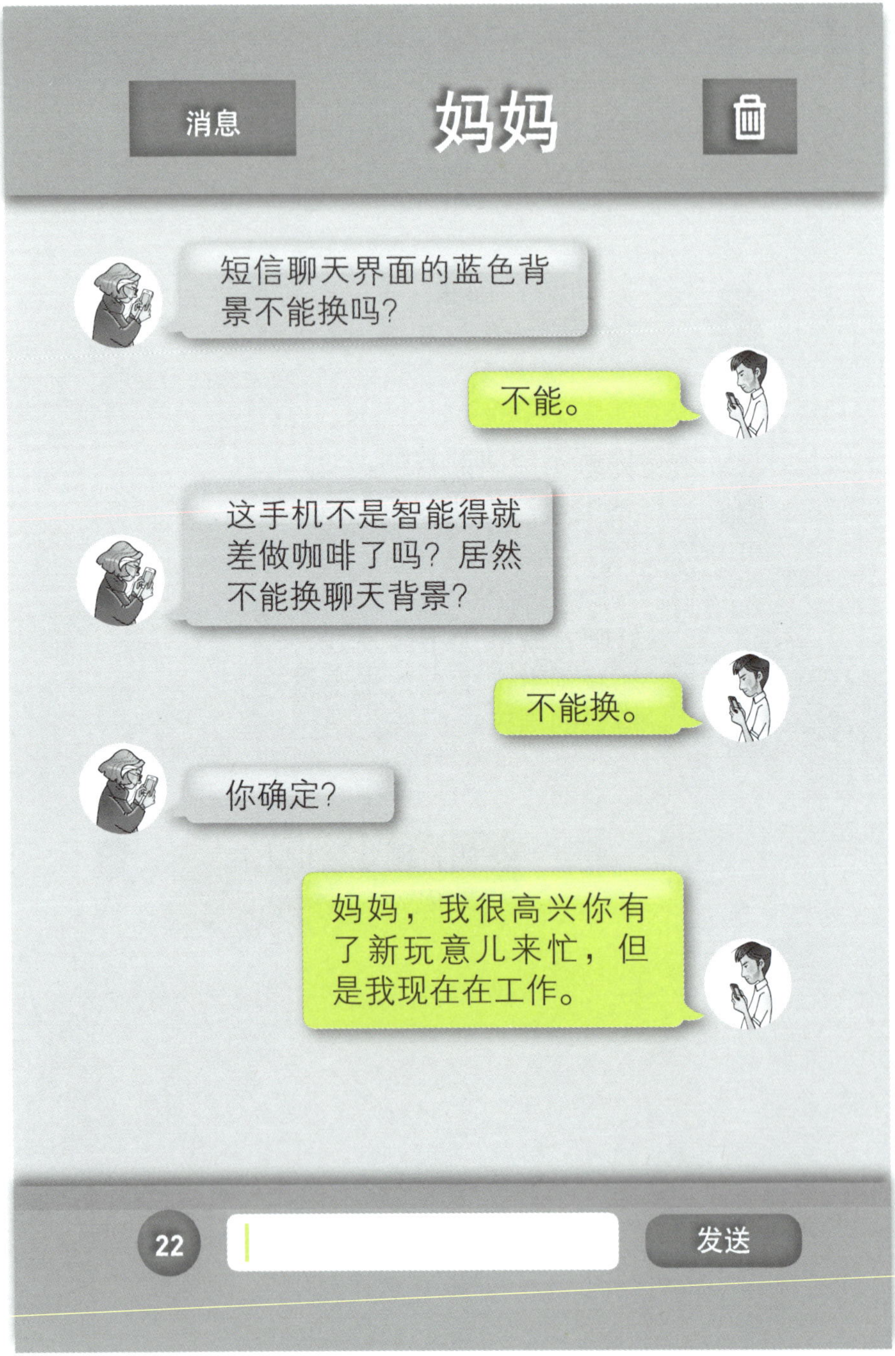
消息
妈妈
短信聊天界面的蓝色背景不能换吗?
不能。
这手机不是智能得就差做咖啡了吗?居然不能换聊天背景?
不能换。
你确定?
妈妈，我很高兴你有了新玩意儿来忙，但是我现在在工作。
22
发送

妈妈

消息

可以给我发一张我那猫的照片吗？让我看看它最近怎么样。

可是，妈，这不是凯苏耶啊！

啊，天哪！那这是谁的猫啊？

什么乱七八糟的！那我的猫在哪儿？

发送

消息

妈妈

你怎么能这么讨厌啊！

?

发送

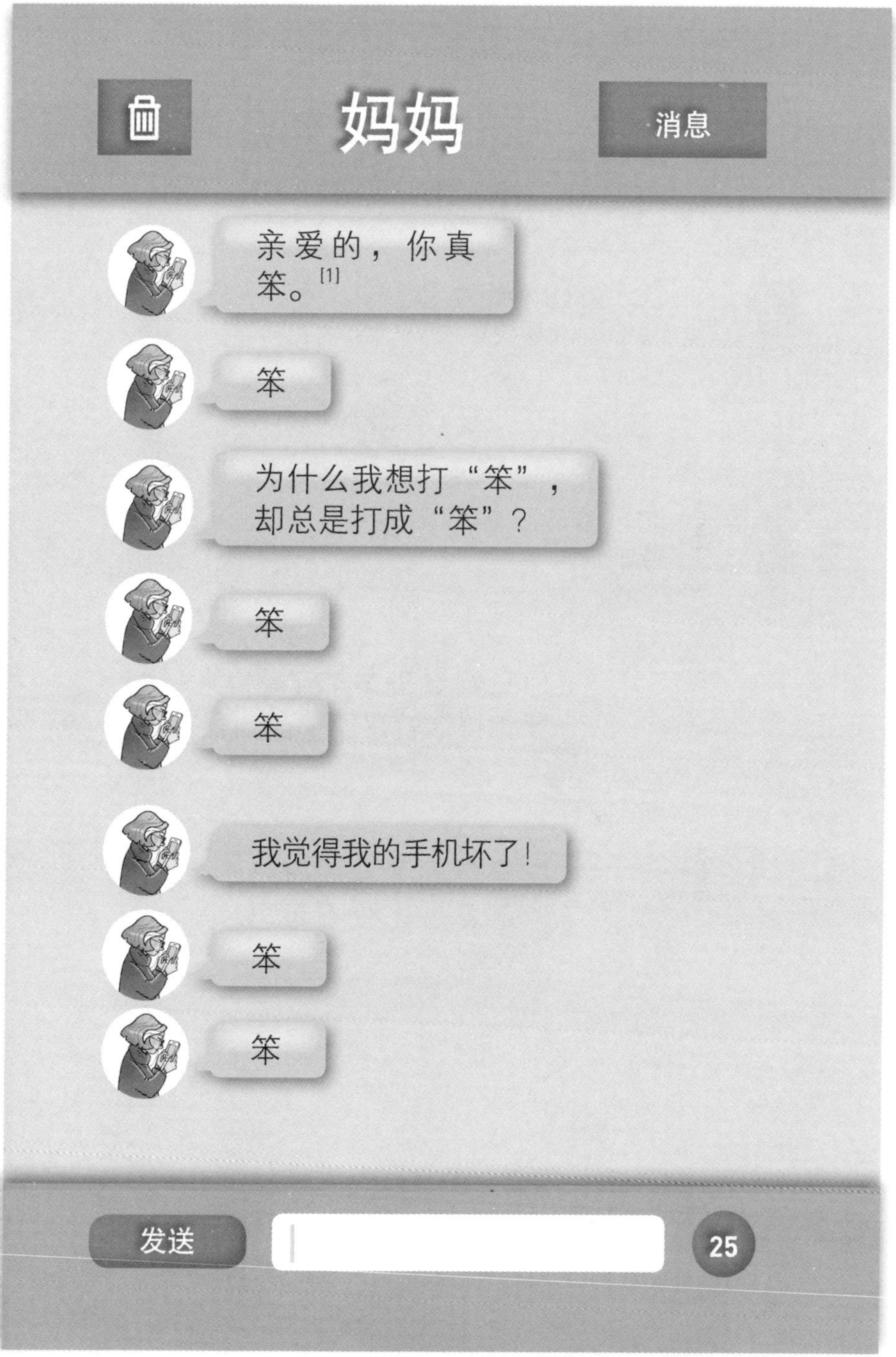

[1] 妈妈应该是想发“亲爱的，送你满满的吻”，法语中“吻”bise和“笨”buse差一个字母。

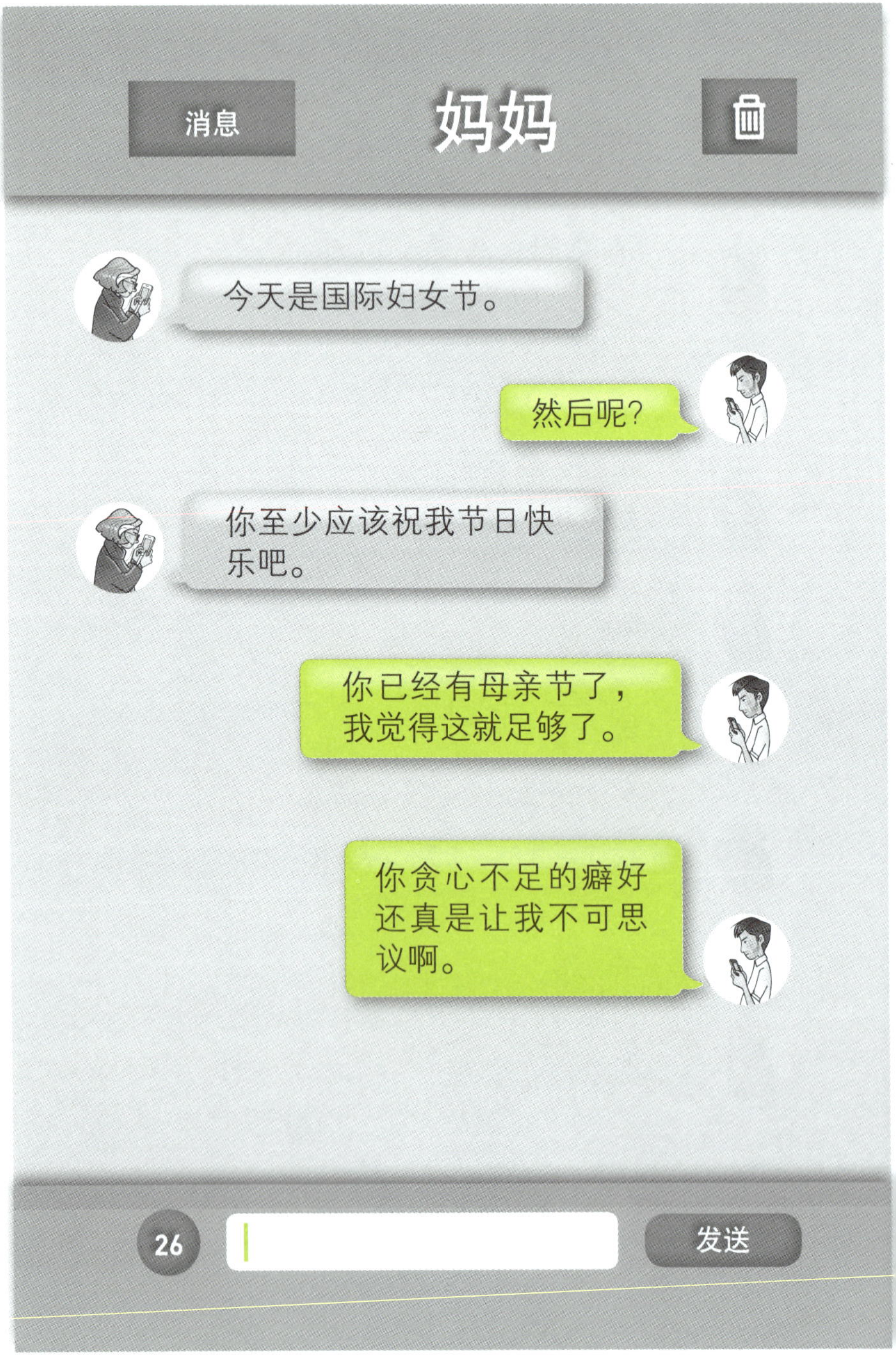

消息
妈妈
今天是国际妇女节。
然后呢?
你至少应该祝我节日快乐吧。
你已经有母亲节了，我觉得这就足够了。
你贪心不足的癖好还真是让我不可思议啊。
26
发送

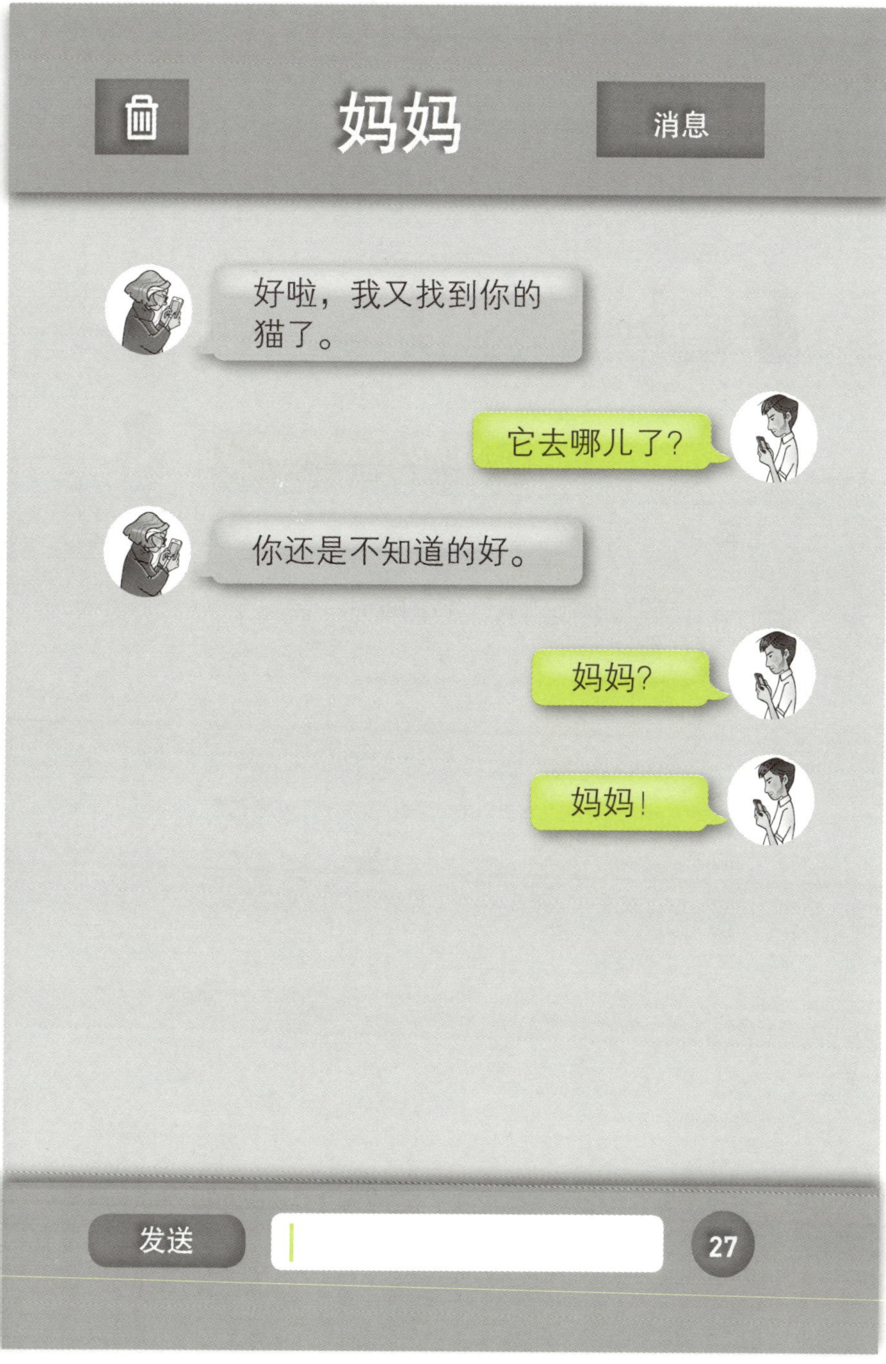
妈妈
消息
好啦，我又找到你的猫了。
它去哪儿了？
你还是不知道的好。
妈妈？
妈妈！
发送
27

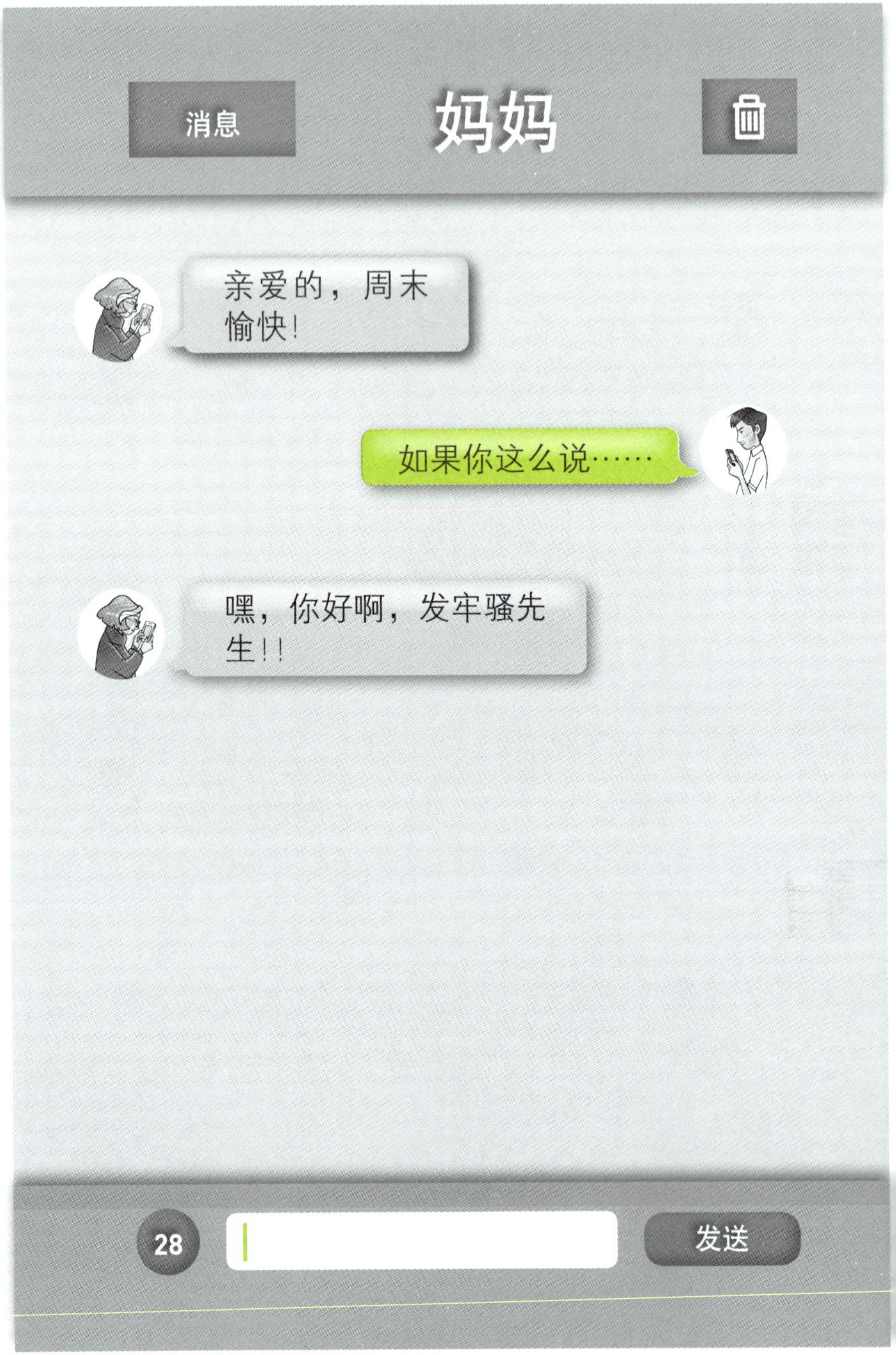
消息
妈妈
亲爱的，周末愉快！
如果你这么说……
嘿，你好啊，发牢骚先生！！
28
发送

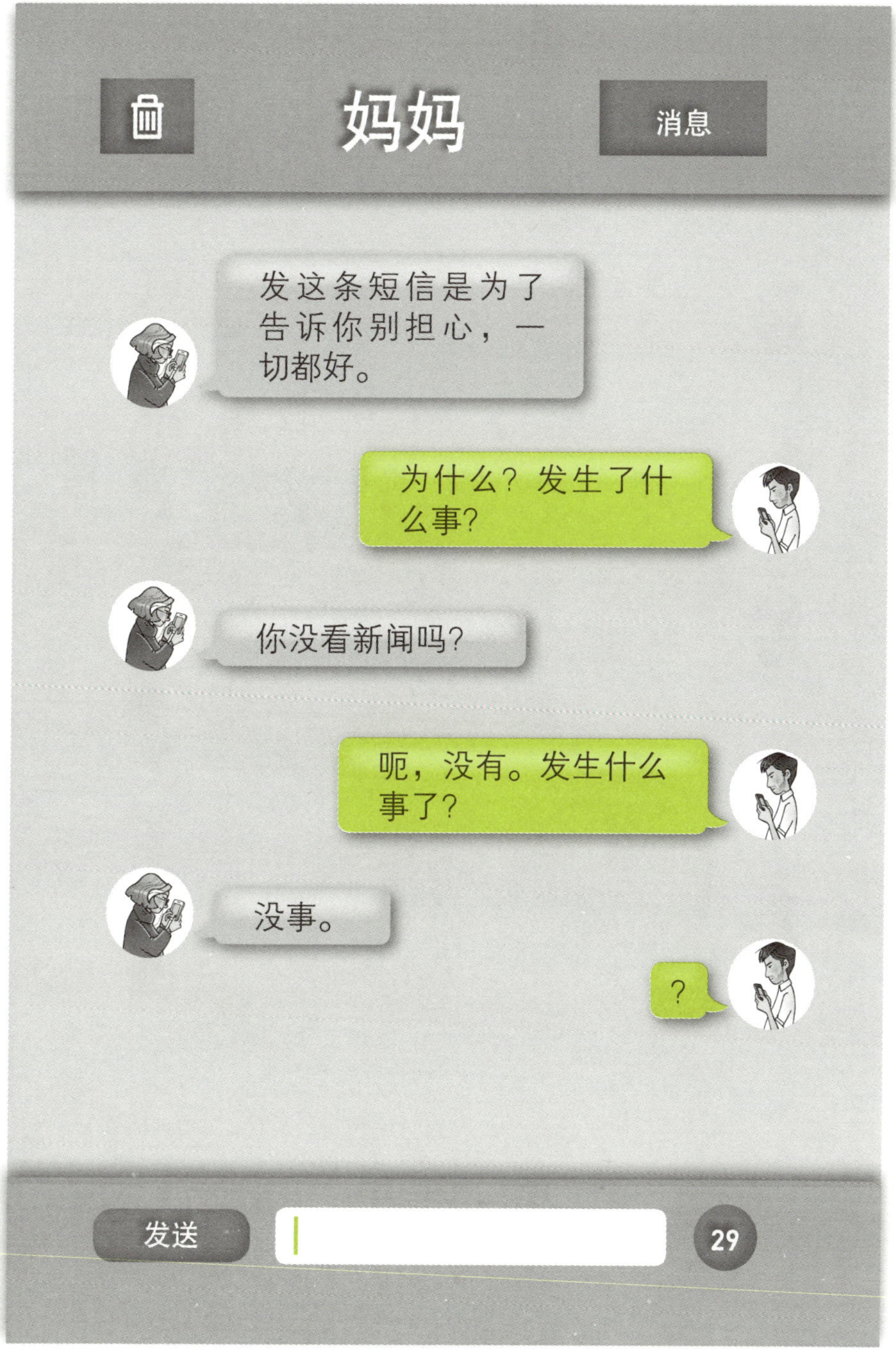
妈妈
消息
发这条短信是为了告诉你别担心，一切都好。
为什么？发生了什么事？
你没看新闻吗？
呃，没有。发生什么事了？
没事。
？
发送
29

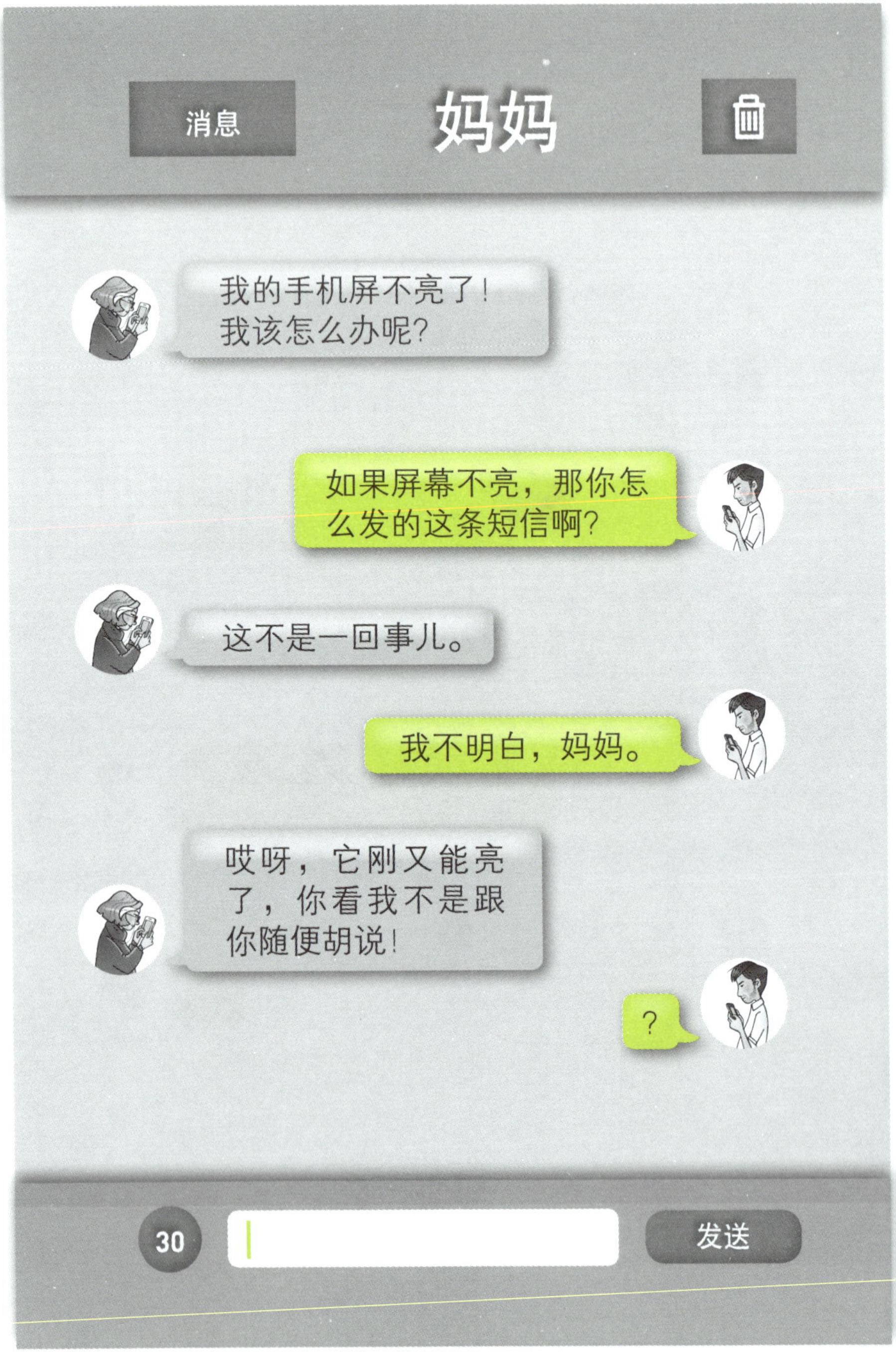
消息
妈妈
我的手机屏不亮了！我该怎么办呢？
如果屏幕不亮，那你怎么发的这条短信啊？
这不是一回事儿。
我不明白，妈妈。
哎呀，它刚又能亮了，你看我不是跟你随便胡说！
？
30
发送

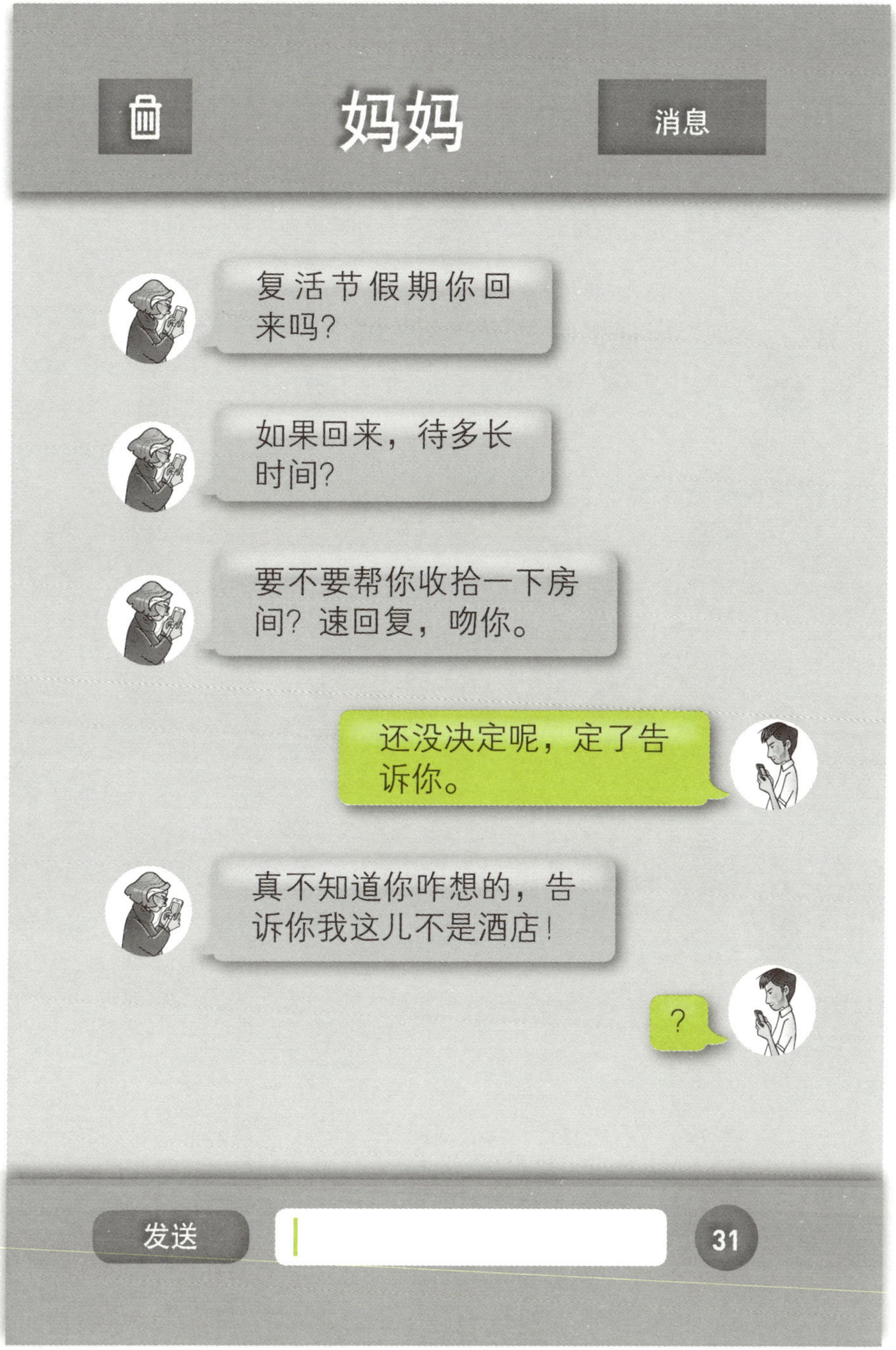
妈妈
消息
复活节假期你回来吗?
如果回来，待多长时间?
要不要帮你收拾一下房间？速回复，吻你。
还没决定呢，定了告诉你。
真不知道你咋想的，告诉你我这儿不是酒店!
?
发送
31

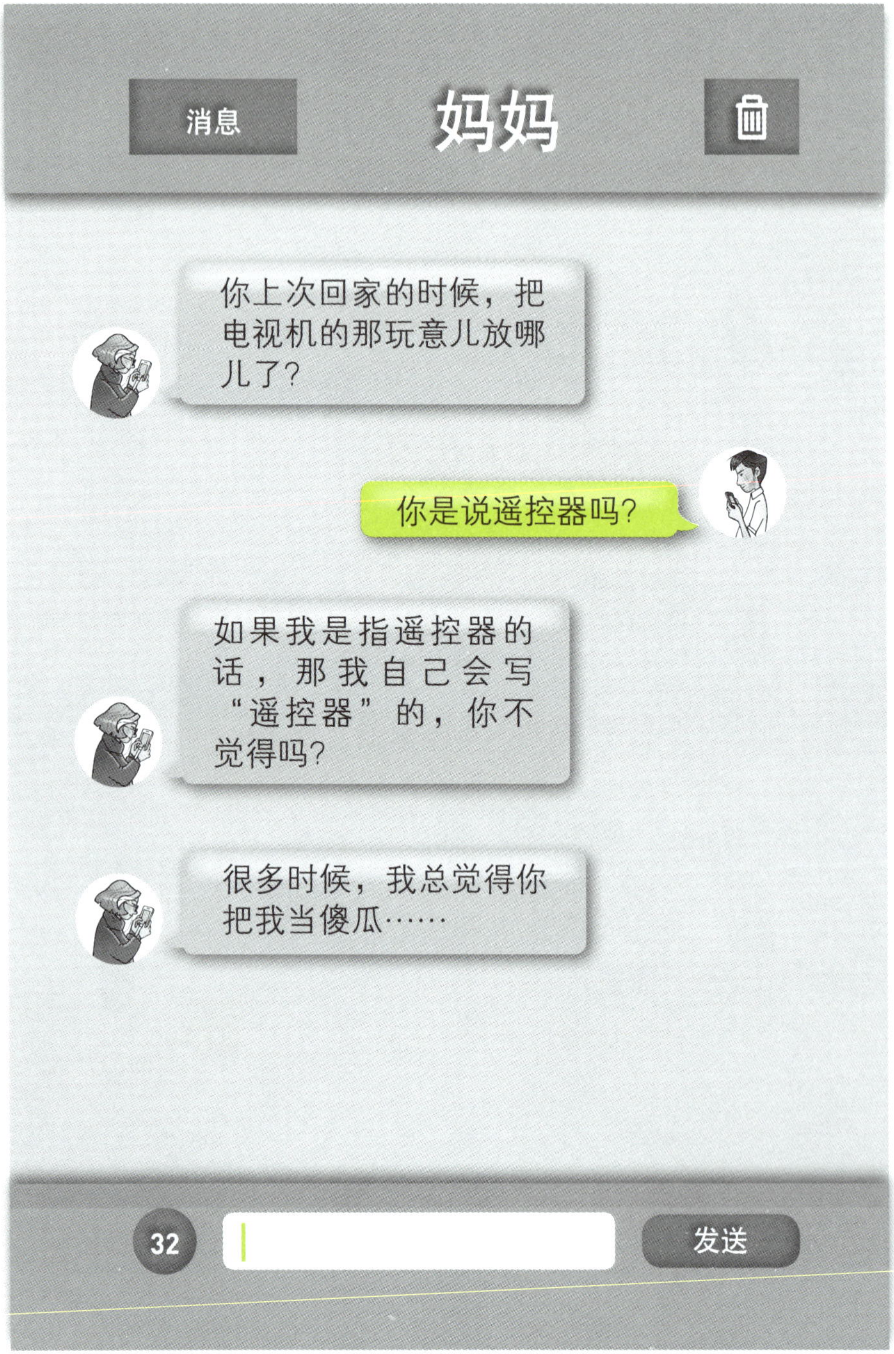
消息
妈妈
你上次回家的时候，把电视机的那玩意儿放哪儿了？
你是说遥控器吗？
如果我是指遥控器的话，那我自己会写“遥控器”的，你不觉得吗？
很多时候，我总觉得你把我当傻瓜……
32
发送

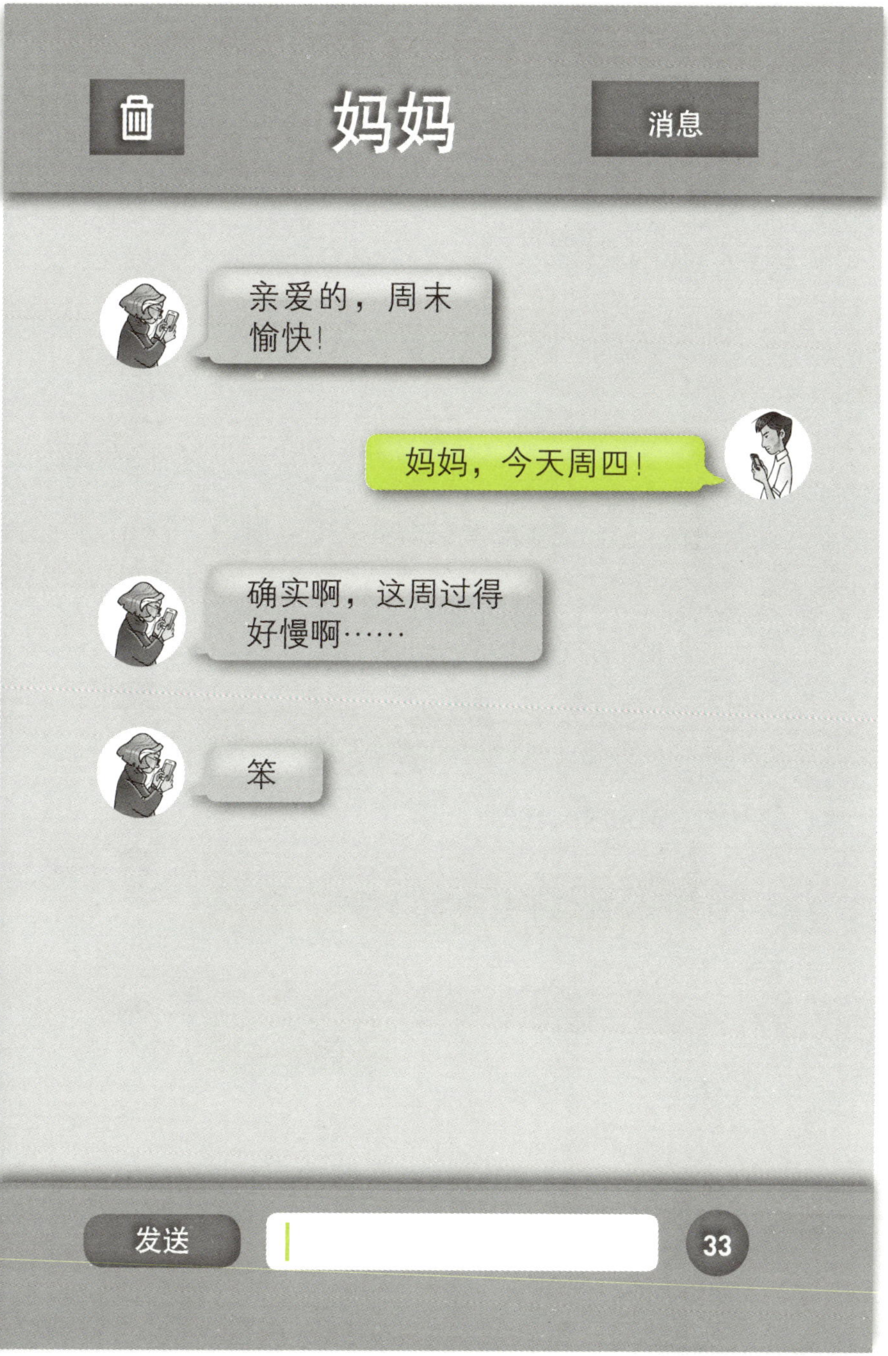
妈妈
消息
亲爱的，周末愉快！
妈妈，今天周四！
确实啊，这周过得好慢啊……
笨
发送
33

消息
妈妈
lhjjdygihjjj
是你吗，外婆？你又玩妈妈的手机啦？
天哪。。。；（；gfucchfd
如果被妈妈发现，她又不高兴啦！
Koubli gry poupou é
哎！哎！你真笨！
Tuyt tuyt€&b
我什么也不会跟妈妈说的，吻你。
Patekxe。
一言为定。
34
发送

妈妈

消息

亲爱的，周末愉快！

妈妈，也祝你周末愉快！

你有什么麻烦了？

没有啊，为什么这么问？

我不知道，你对我态度这么好，你得承认这不太正常。

你需要钱了，是吗？

打住，妈妈！

发送

[1] 脸谱网。

妈妈

消息

我去看了你给我推荐的那部电影。

你喜欢吗?

我不知道。我迟到了，去的时候电影已经开始了，所以我没看就回来了。

哼哼……你没意识到这个故事好像不止讲过一次?

发送

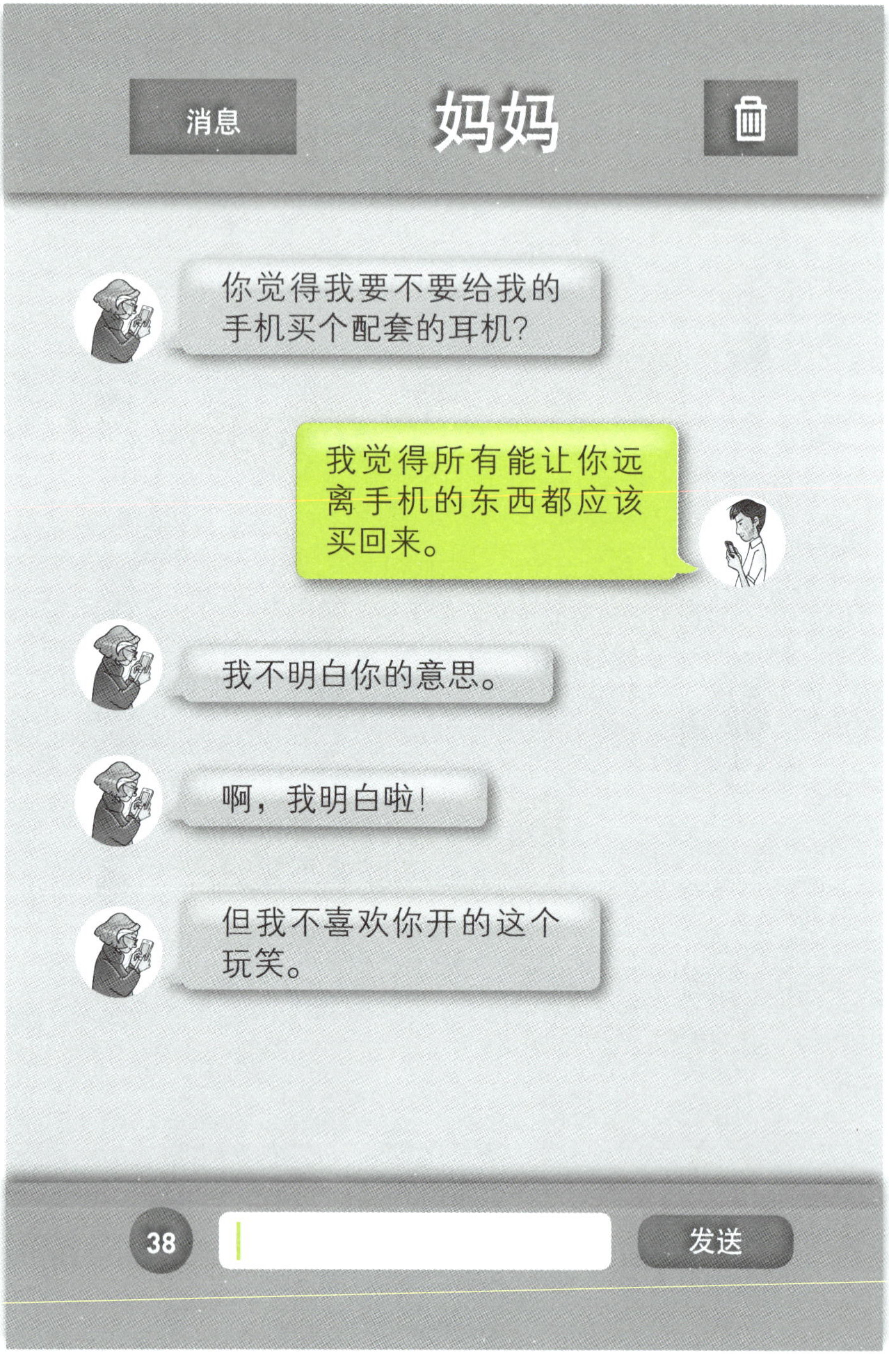
消息
妈妈
你觉得我要不要给我的手机买个配套的耳机？
我觉得所有能让你远离手机的东西都应该买回来。
我不明白你的意思。
啊，我明白啦！
但我不喜欢你开的这个玩笑。
38
发送

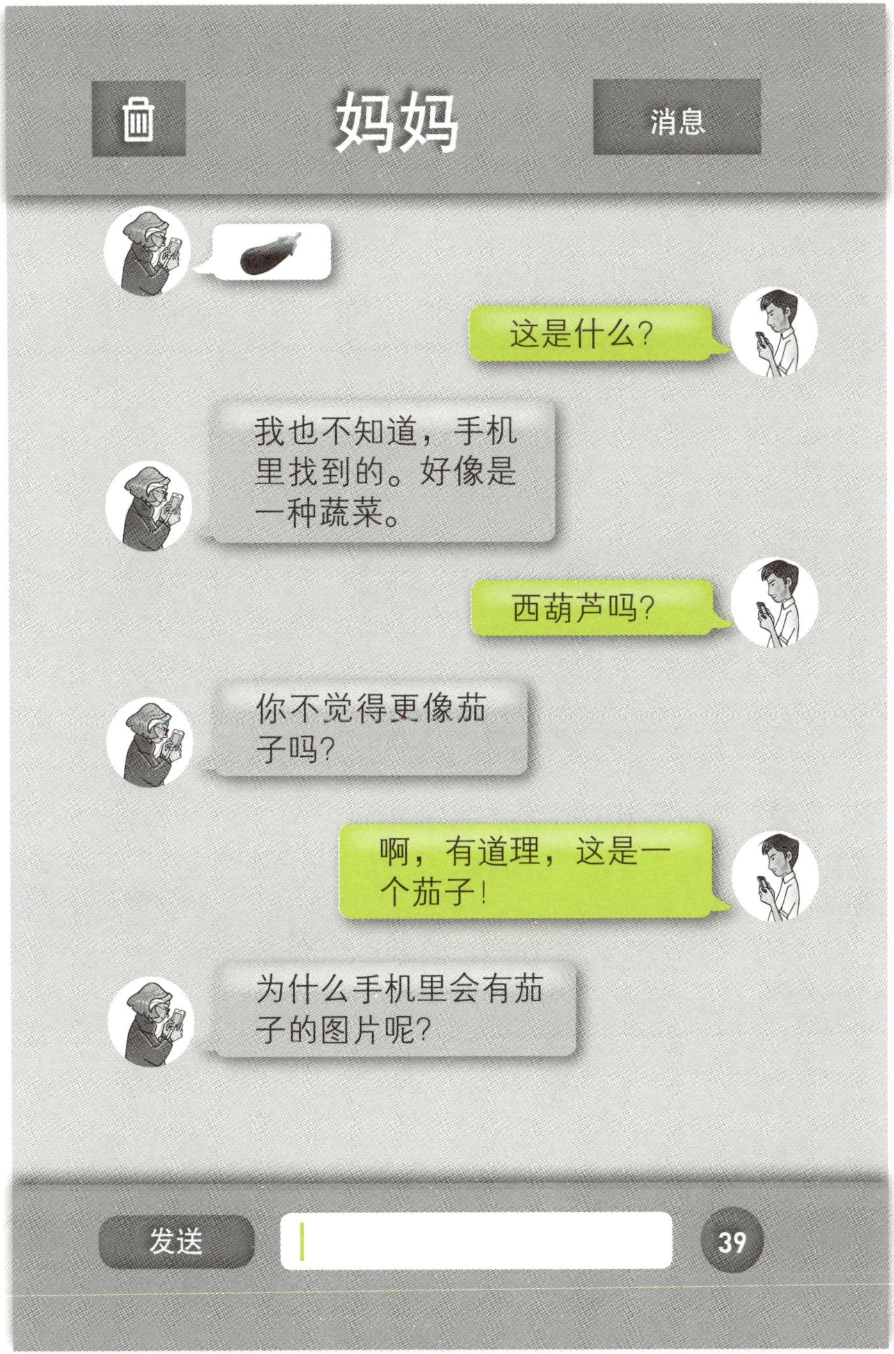
妈妈
消息
这是什么？
我也不知道，手机里找到的。好像是一种蔬菜。
西葫芦吗？
你不觉得更像茄子吗？
啊，有道理，这是一个茄子！
为什么手机里会有茄子的图片呢？
发送
39

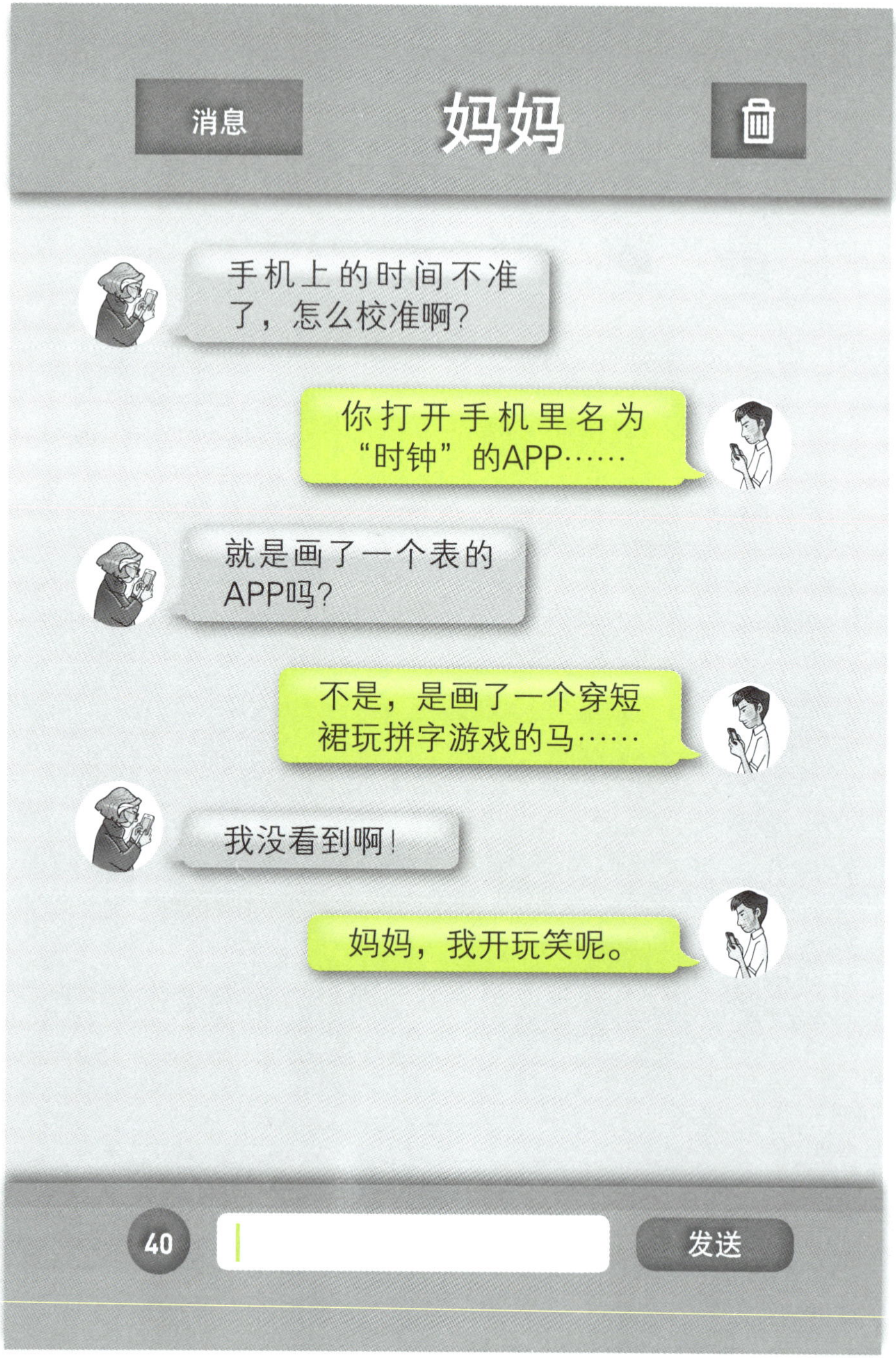
消息
妈妈
手机上的时间不准了，怎么校准啊？
你打开手机里名为“时钟”的APP……
就是画了一个表的APP吗？
不是，是画了一个穿短裙玩拼字游戏的马……
我没看到啊！
妈妈，我开玩笑呢。
40
发送

妈妈

消息

你的猫又毁了我一把沙发椅。你确定你不想把它带走吗？

那我把它放哪里啊？

是谁说必须由父母来照顾孩子的动物？

不是《圣经》里说的吗？

想得挺美，可惜，《圣经》里没说过……

发送

41

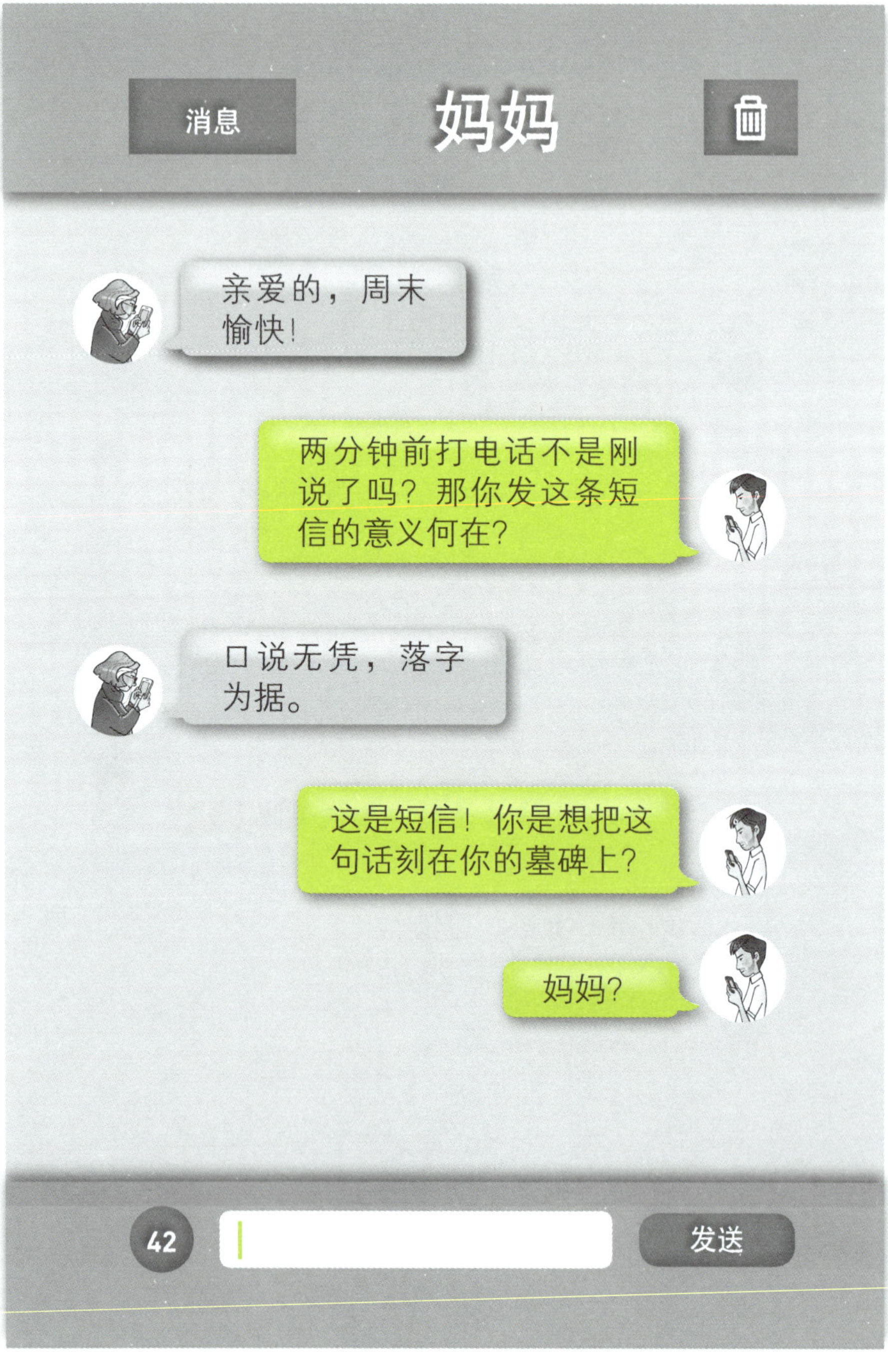
消息
妈妈
亲爱的，周末愉快！
两分钟前打电话不是刚说了吗？那你发这条短信的意义何在？
口说无凭，落字为据。
这是短信！你是想把这句话刻在你的墓碑上？
妈妈？
42
发送

妈妈

消息

我清晨的第一缕思绪就想到你。深深地吻你。你的妈妈。

希望在以后的日子里，你清晨的第一缕思绪不要成为我周日早晨七点半的闹钟……

发送

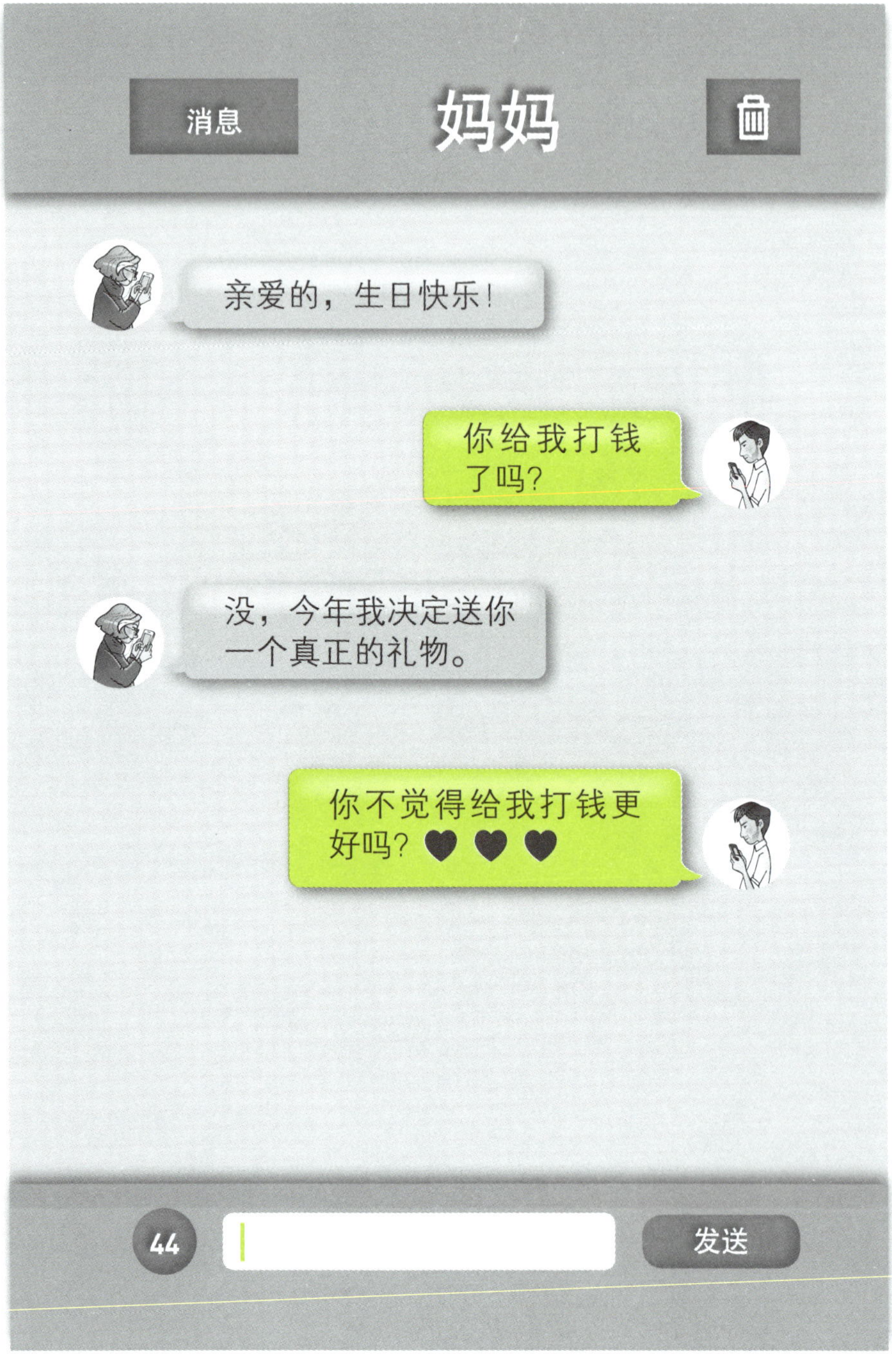
消息
妈妈
亲爱的，生日快乐！
你给我打钱了吗？
没，今年我决定送你一个真正的礼物。
你不觉得给我打钱更好吗？
44
发送

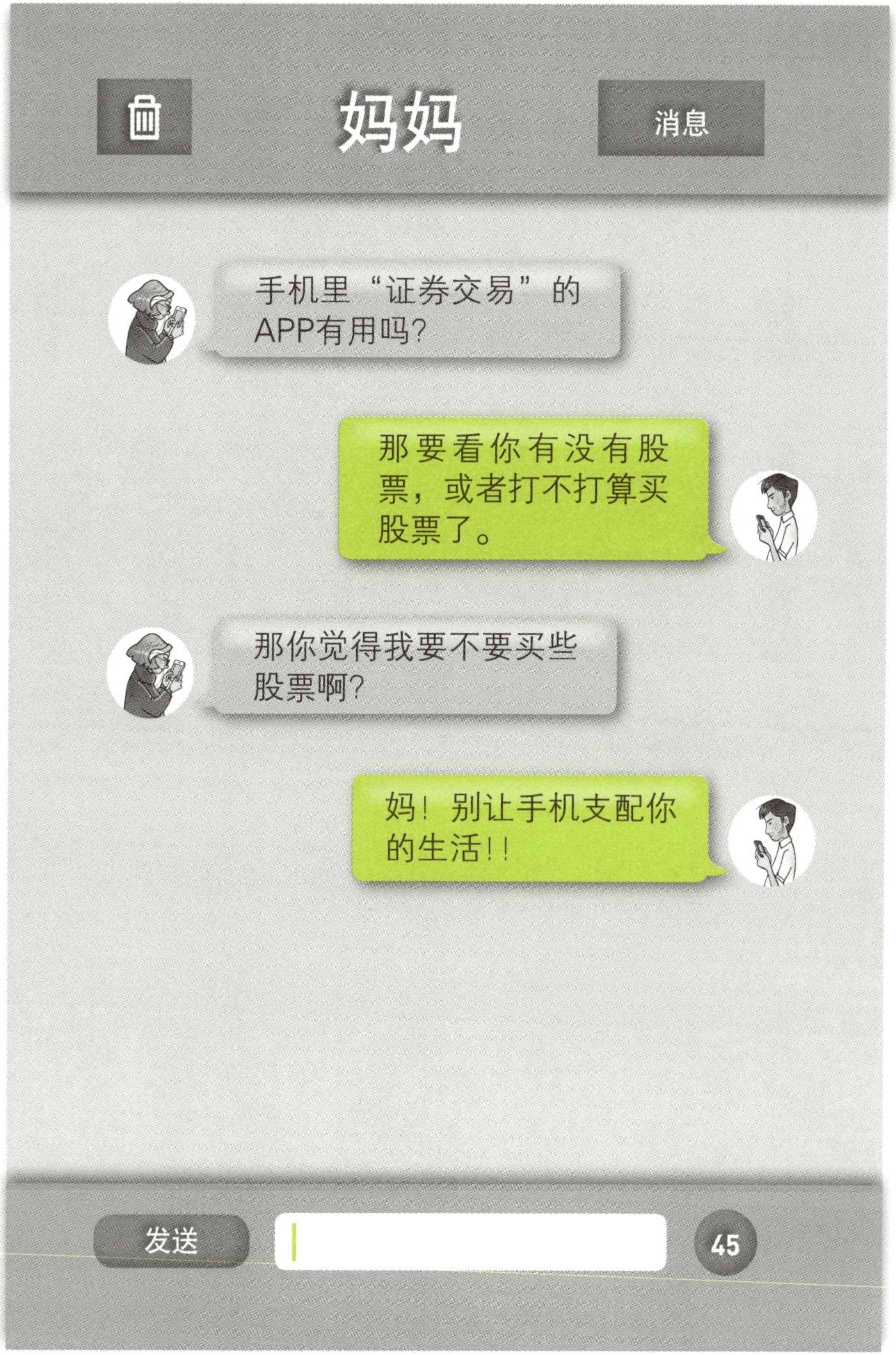
妈妈
消息
手机里“证券交易”的APP有用吗？
那要看你有没有股票，或者打不打算买股票了。
那你觉得我要不要买些股票啊？
妈！别让手机支配你的生活！！
发送
45

消息
妈妈
我改了手机套餐。现在，我可以短信无限发啦！
你不在吗？
嗨？
46
发送

[1] 达斯·维德（Darth Vader），《星球大战》里面的人物。

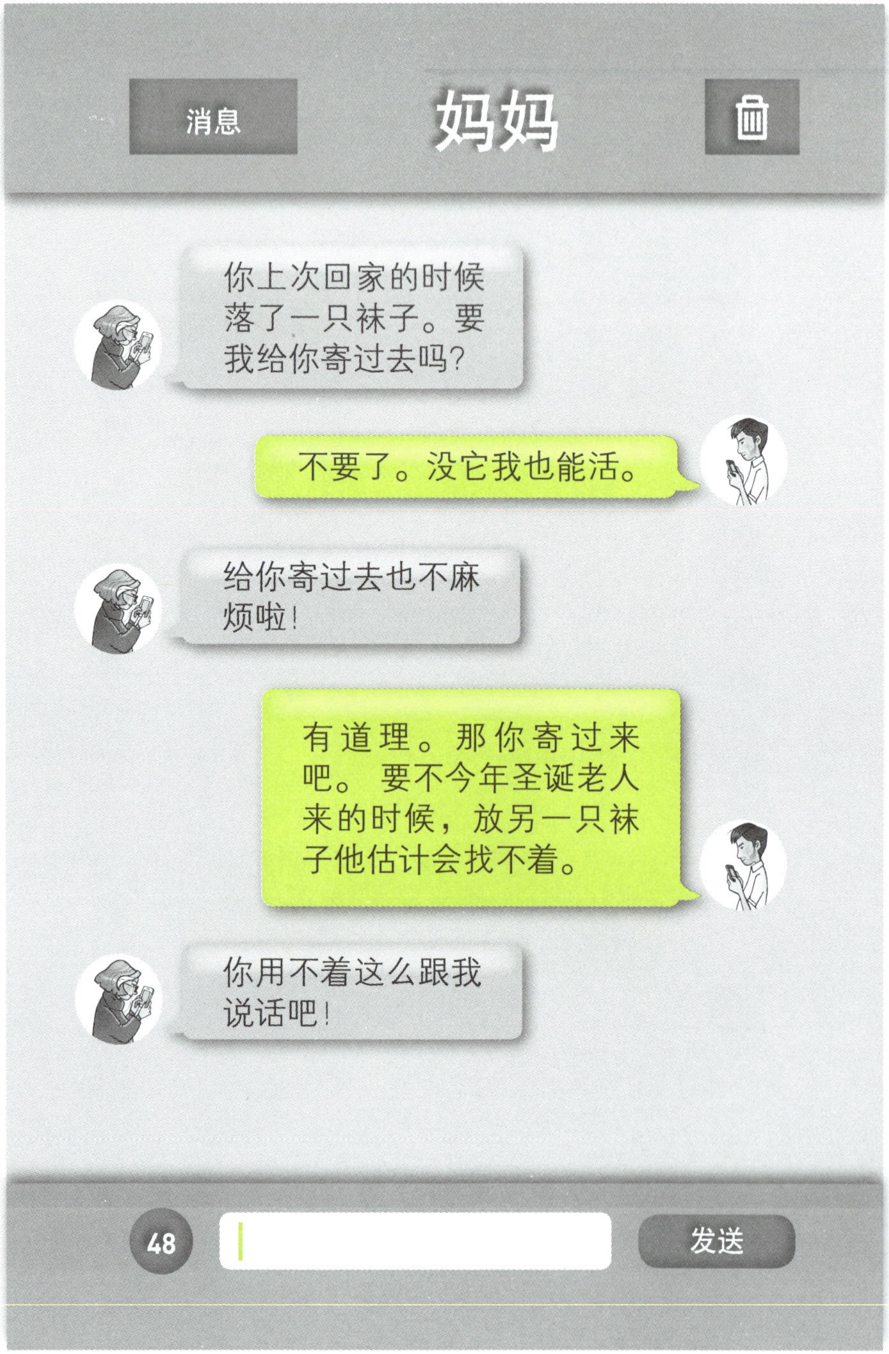
消息
妈妈
你上次回家的时候落了一只袜子。要我给你寄过去吗?
不要了。没它我也能活。
给你寄过去也不麻烦啦!
有道理。那你寄过来吧。 要不今年圣诞老人来的时候，放另一只袜子他估计会找不着。
你用不着这么跟我说话吧!
48
发送

消息

妈妈

这次你不祝我周末愉快吗?

你不在?

妈妈?

啊，我好担心，我给你打电话吧。

发送

消息
妈妈
告诉你一个坏消息。
什么?
你的猫死了。
哦不！发生了什么事?
愚人节快乐！
其实是外婆。
什么?!
50
发送

妈妈

消息

刚才是你给我打的电话吗？

没啊。

这么问是不是意味着你想让我给你打电话啊？

你随便。

但如果你给我打的话，我会很高兴的。

发送

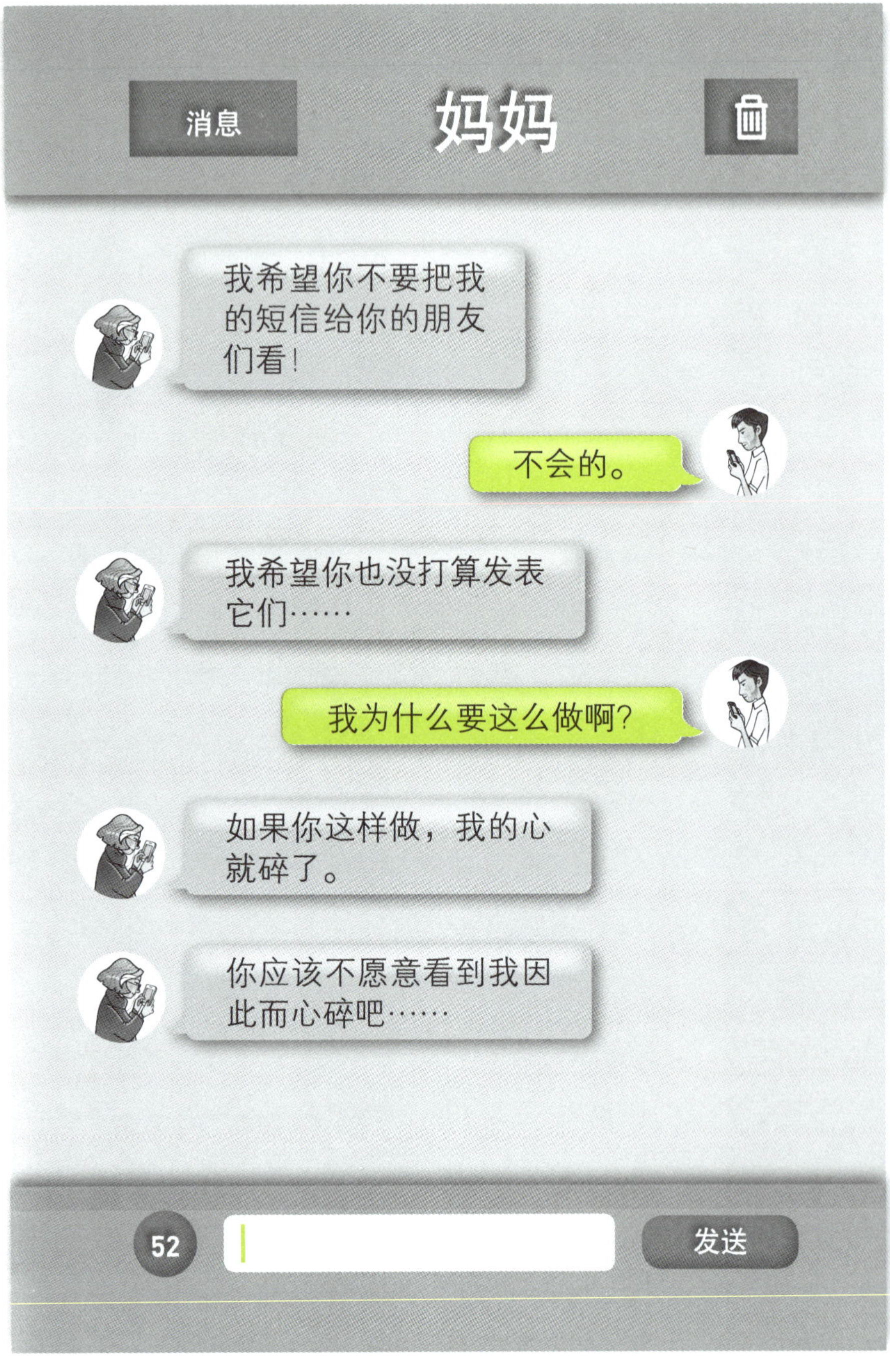
消息
妈妈
我希望你不要把我的短信给你的朋友们看！
不会的。
我希望你也没打算发表它们……
我为什么要这么做啊？
如果你这样做，我的心就碎了。
你应该不愿意看到我因此而心碎吧……
52
发送

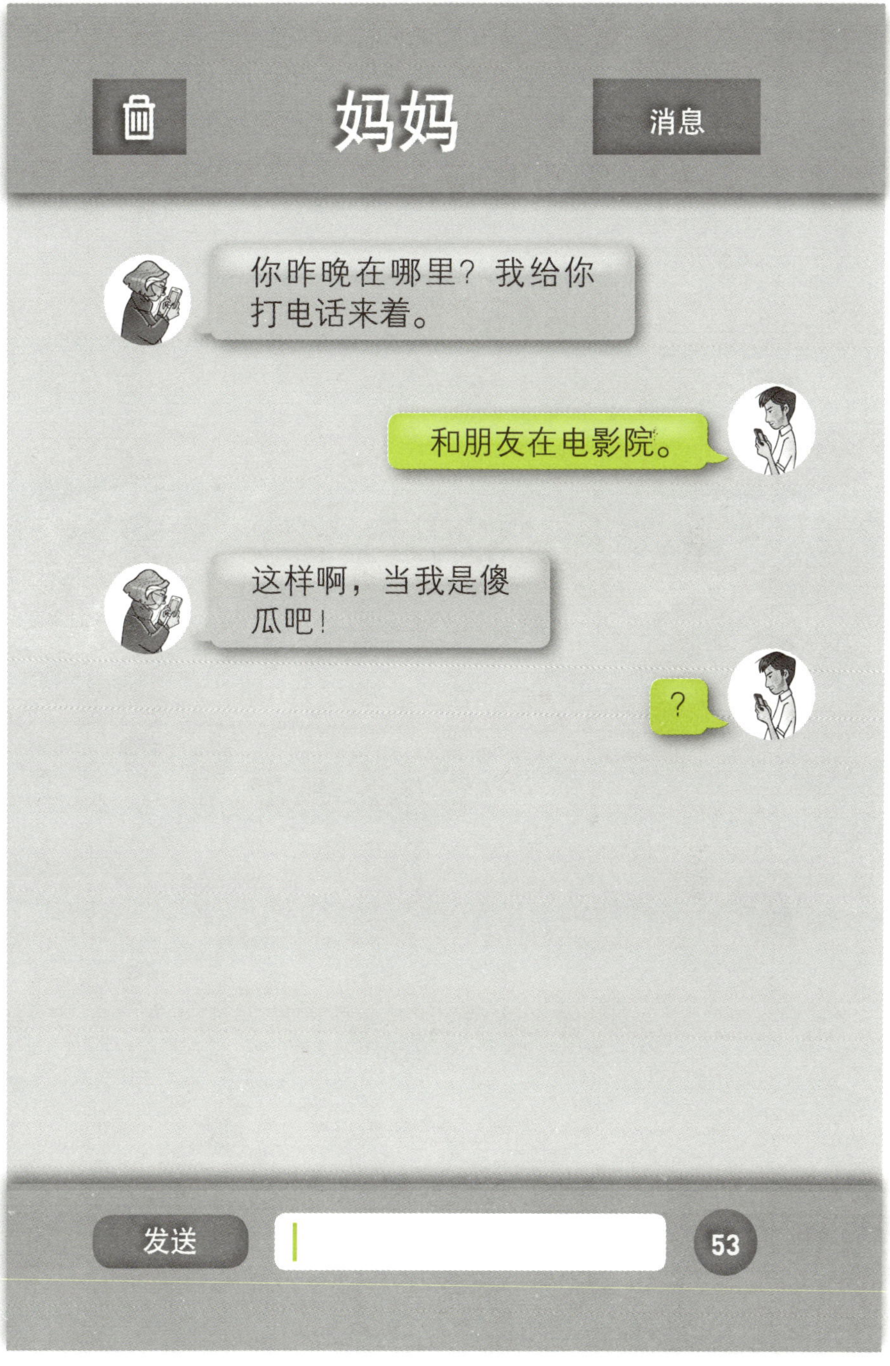

妈妈
消息
你昨晚在哪里？我给你打电话来着。
和朋友在电影院。
这样啊，当我是傻瓜吧！
？
发送
53

[1] 类似于我们的病历本，但是是从出生开始记录的。

妈妈

消息

我觉得我把手机摔坏了。

怎么回事？

它发出奇怪的声音。

什么样的声音？

我打电话的时候，它总是发出咔嗡咔呲嘣咚的声音。

呃，你别告诉我说你正在短信里模仿你手机的声音……

是啊，怎么了？

发送

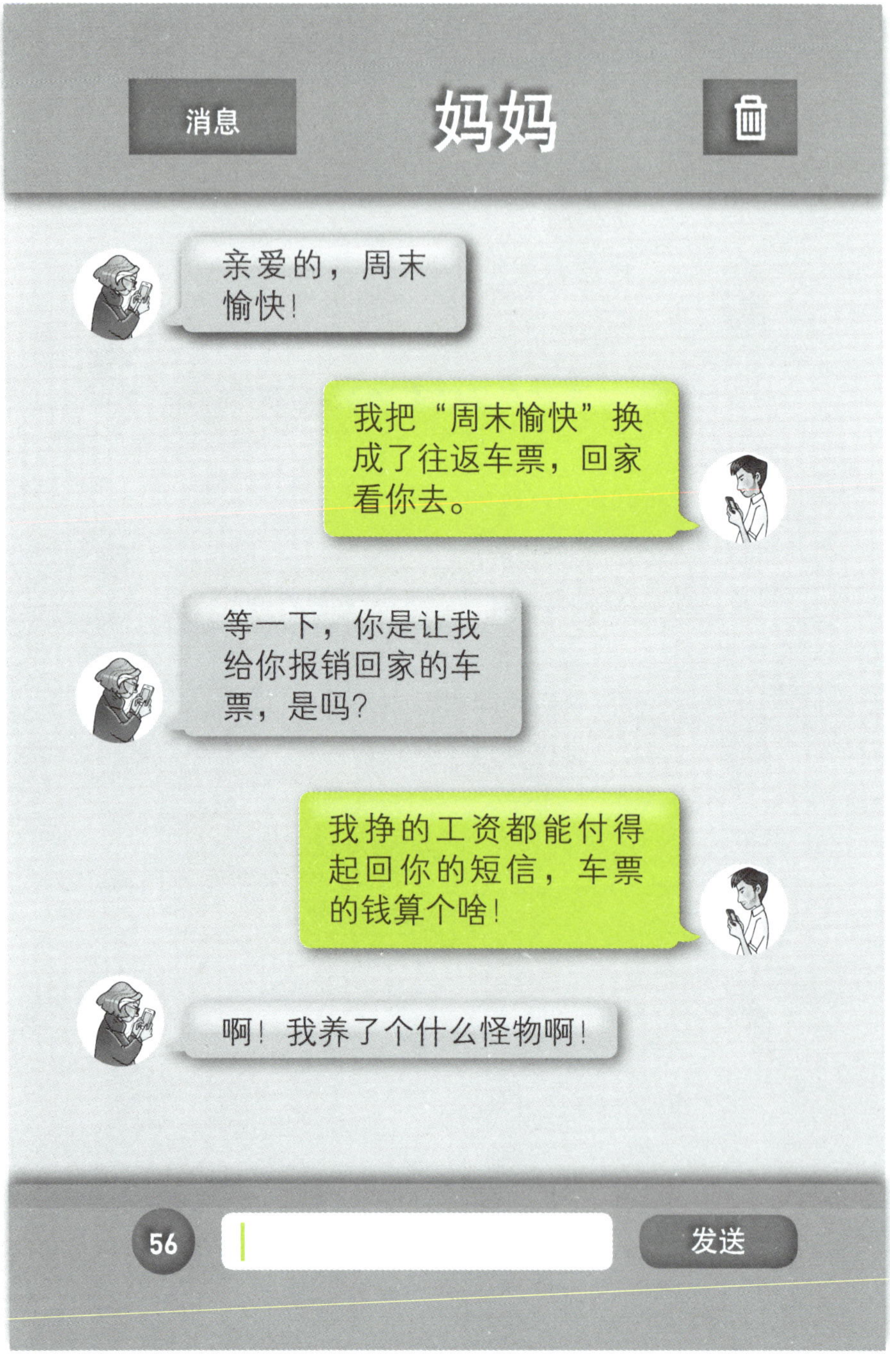

消息
妈妈
亲爱的，周末愉快！
我把“周末愉快”换成了往返车票，回家看你去。
等一下，你是让我给你报销回家的车票，是吗？
我挣的工资都能付得起回你的短信，车票的钱算个啥！
啊！我养了个什么怪物啊！
56
发送

[1] Lol，laugh out loudly的缩写，大声地笑。

[2] Xfl.，笑疯了。

[1] 推特。

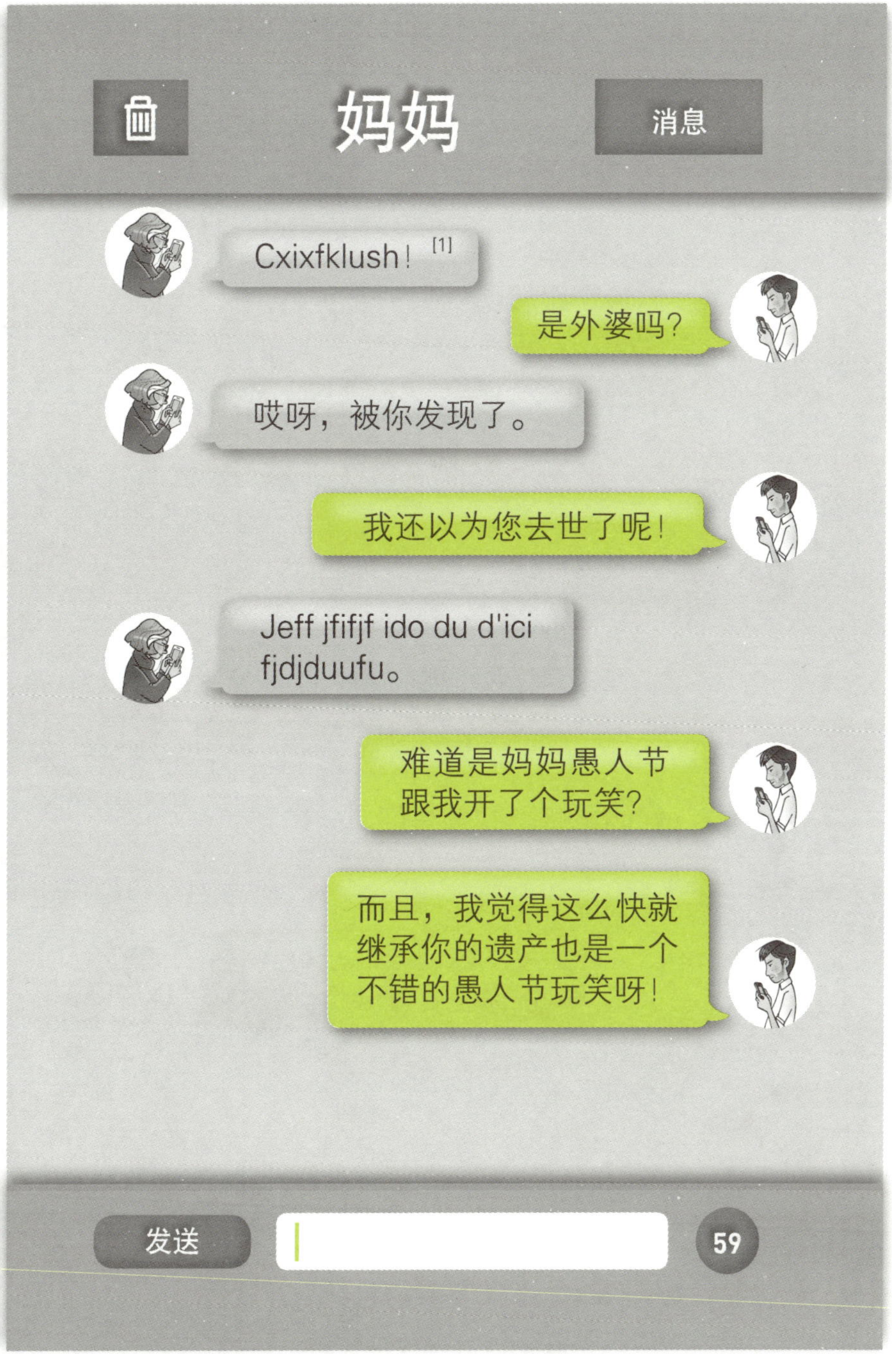

[1] 一堆乱码，应该是外婆用妈妈手机发的短信。

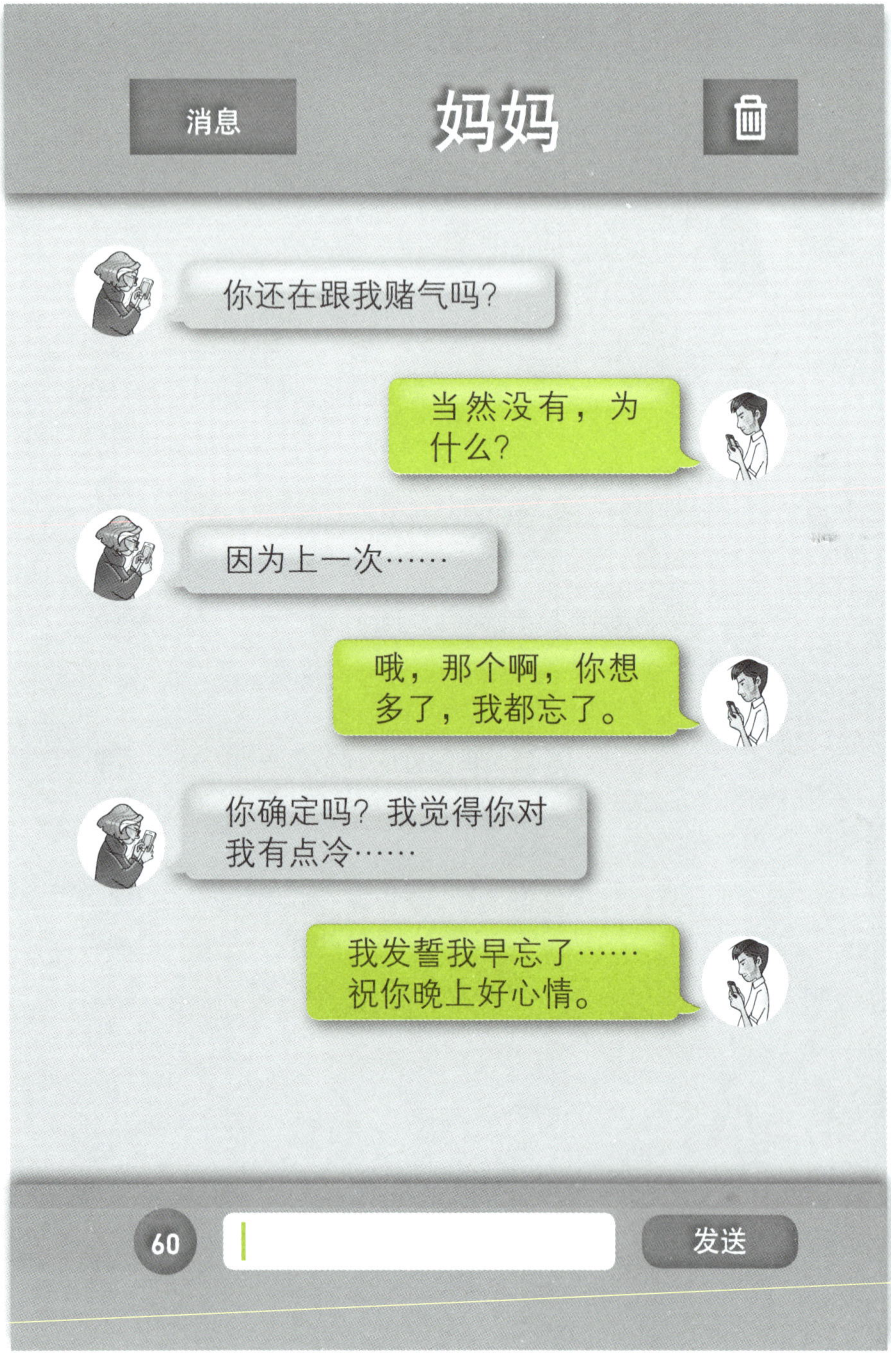
消息
妈妈
你还在跟我赌气吗？
当然没有，为什么？
因为上一次……
哦，那个啊，你想多了，我都忘了。
你确定吗？我觉得你对我有点冷……
我发誓我早忘了……祝你晚上好心情。
60
发送

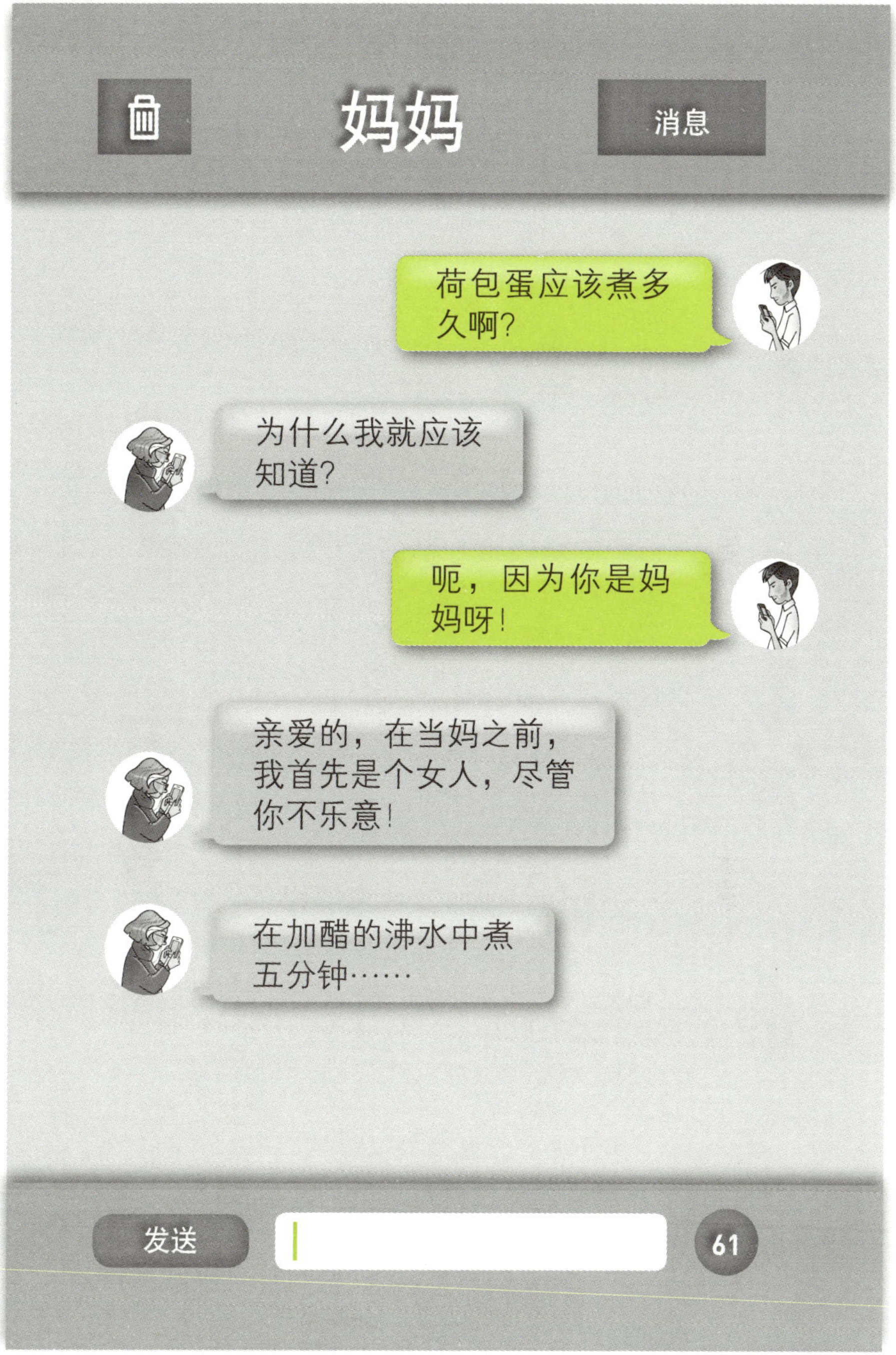
妈妈
消息
荷包蛋应该煮多久啊?
为什么我就应该知道?
呃，因为你是妈妈呀!
亲爱的，在当妈之前，我首先是个女人，尽管你不乐意!
在加醋的沸水中煮五分钟……
发送
61

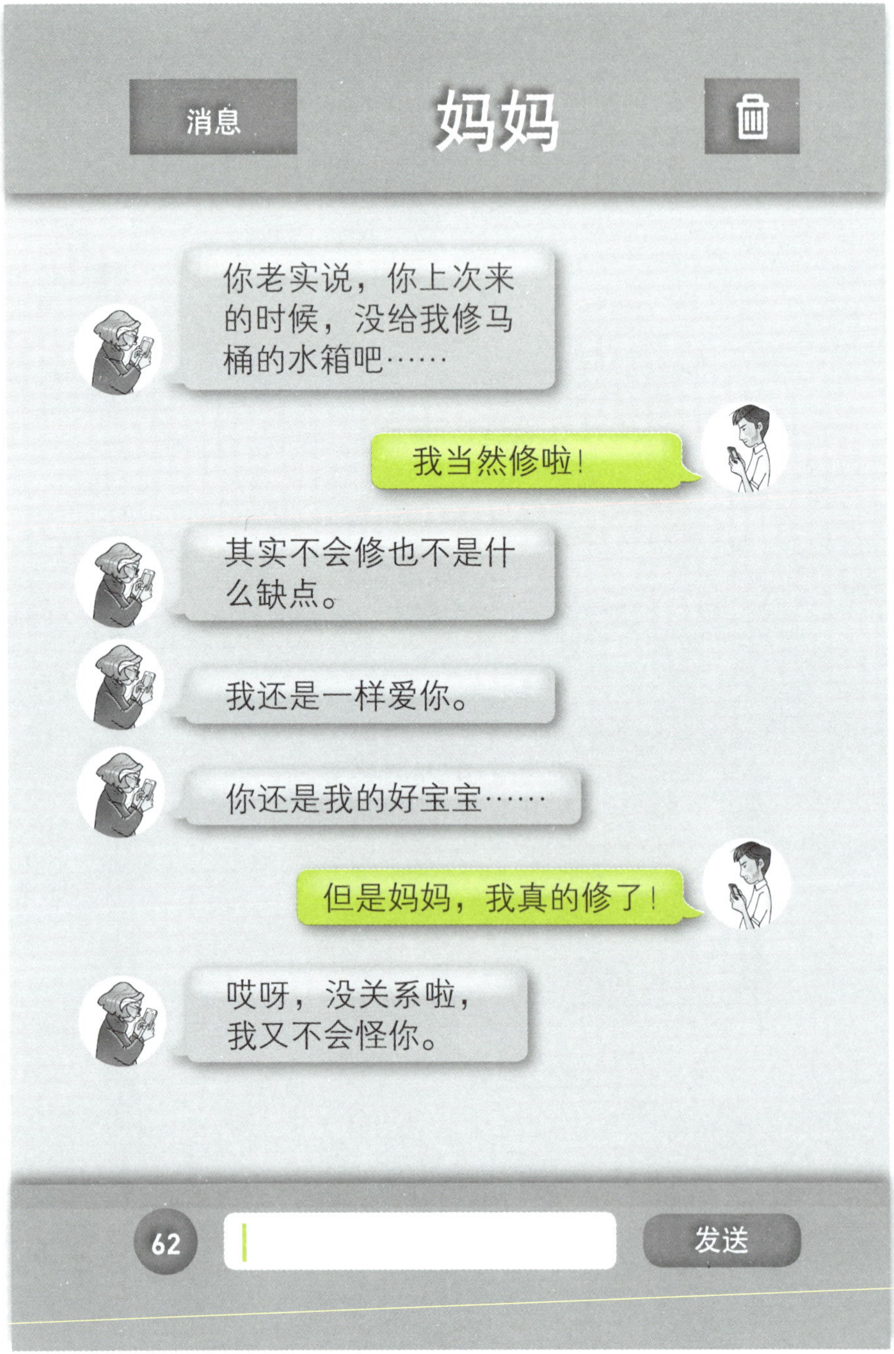
消息
妈妈
你老实说，你上次来的时候，没给我修马桶的水箱吧……
我当然修啦！
其实不会修也不是什么缺点。
我还是一样爱你。
你还是我的好宝宝……
但是妈妈，我真的修了！
哎呀，没关系啦，我又不会怪你。
62
发送

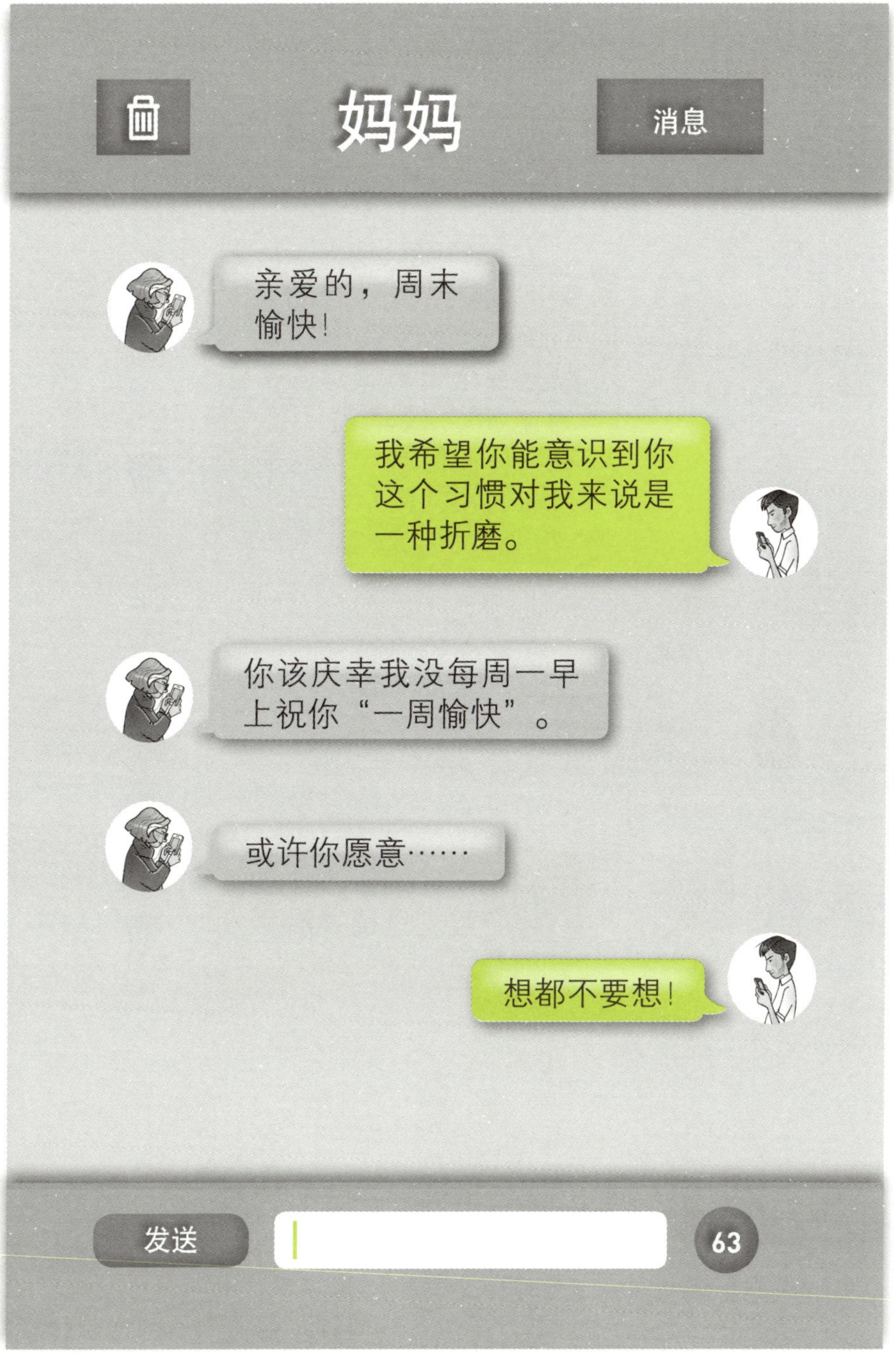
妈妈
消息
亲爱的，周末愉快！
我希望你能意识到你这个习惯对我来说是一种折磨。
你该庆幸我没每周一早上祝你“一周愉快”。
或许你愿意……
想都不要想！
发送
63

消息

妈妈

貌似那个叫Trouf-Trouf的第四只小猪，就是那个用鼻屎建房子的小猪，根本就不存在，你能解释一下这是怎么回事儿吗?

我认错。在你小时候给你讲故事时，我可能有点过度享受自由权了!

我提前通知你，你最好给我支付精神治疗的费用。

发送

妈妈
消息
祝你一周愉快!
……
发送
65

消息
妈妈
好吧，你牛，
我服了！
66
发送

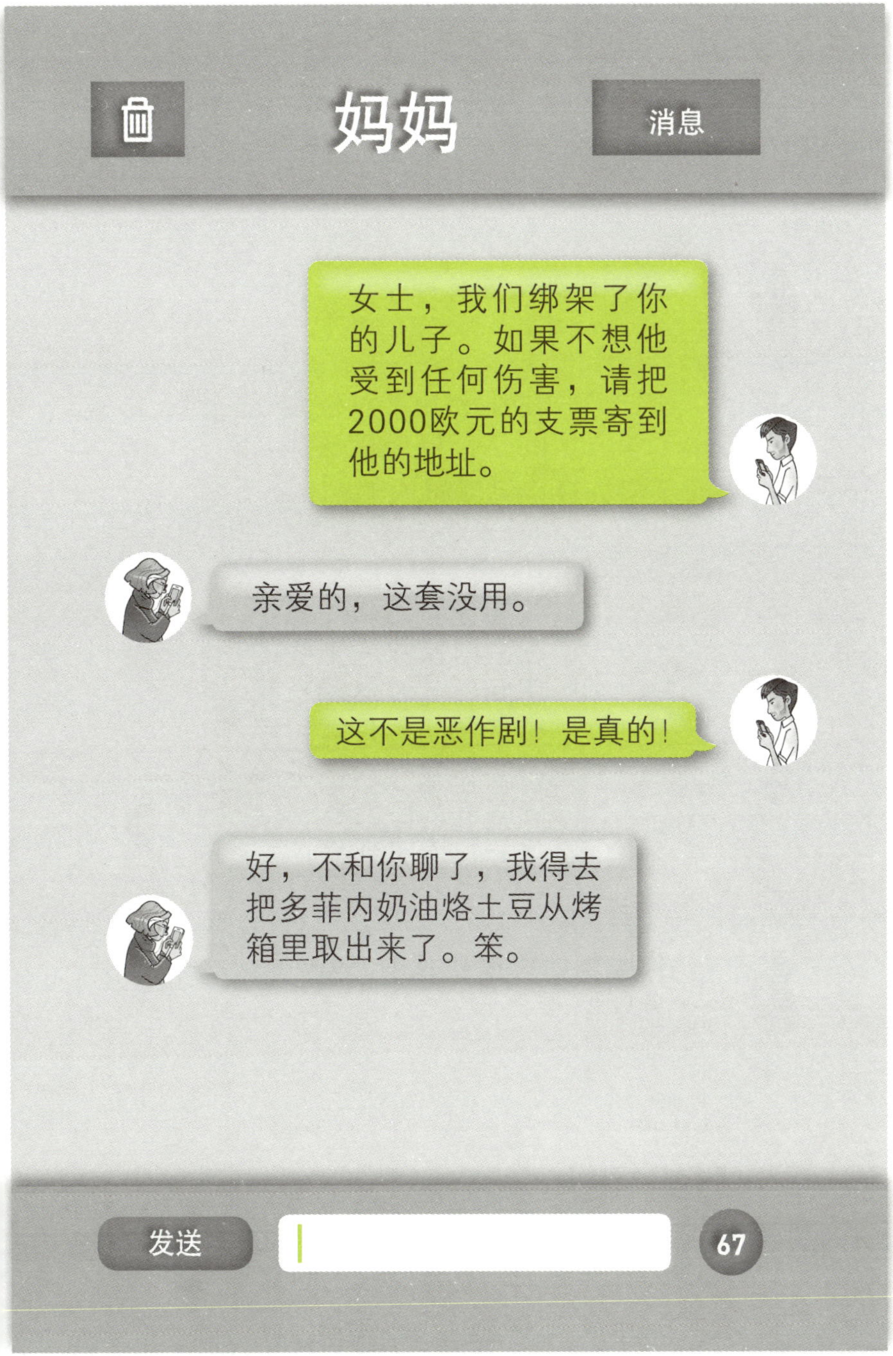
妈妈
消息
女士，我们绑架了你的儿子。如果不想他受到任何伤害，请把2000欧元的支票寄到他的地址。
亲爱的，这套没用。
这不是恶作剧！是真的！
好，不和你聊了，我得去把多菲内奶油焗土豆从烤箱里取出来了。笨。
发送

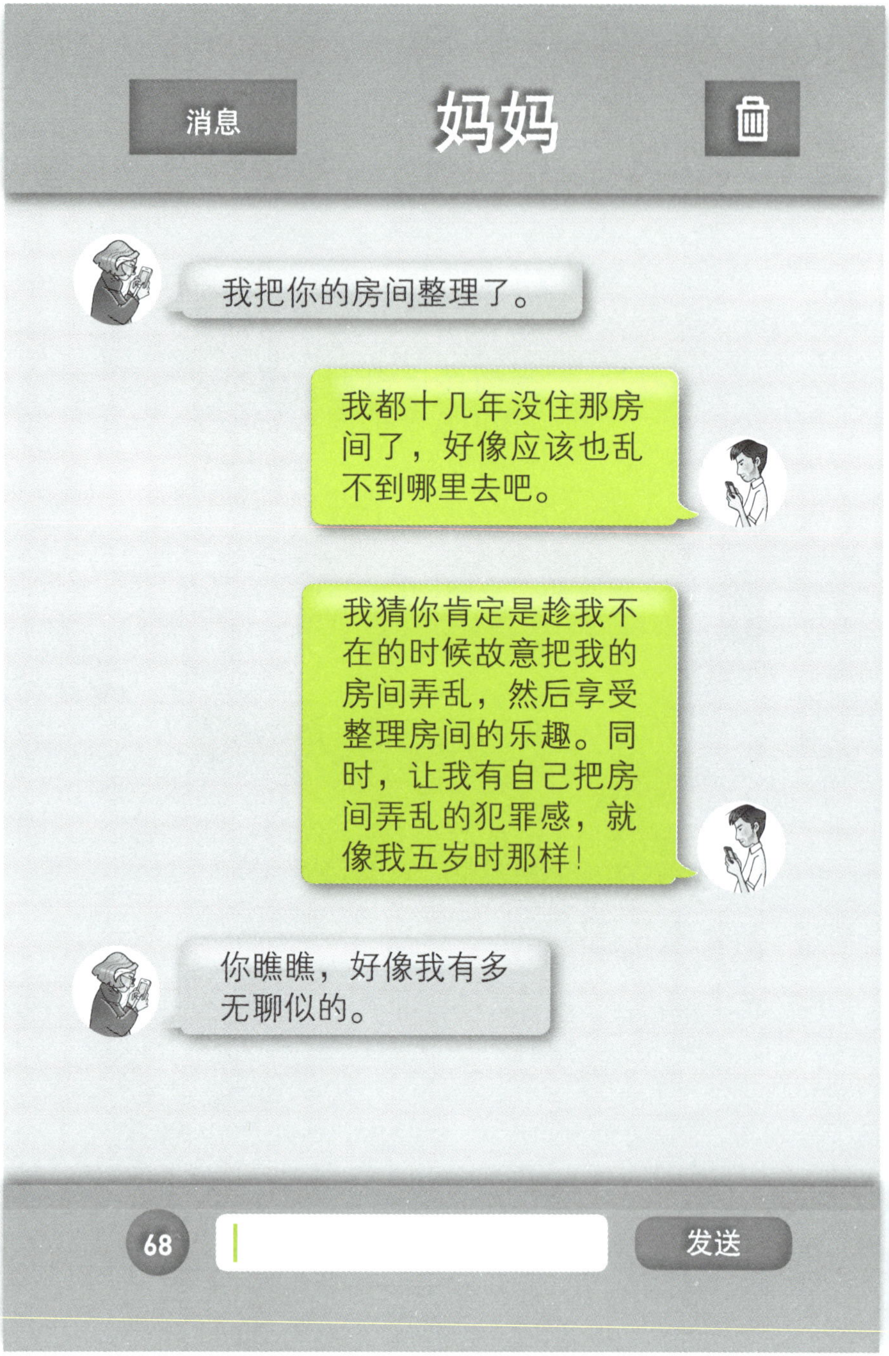
消息
妈妈
我把你的房间整理了。
我都十几年没住那房间了，好像应该也乱不到哪里去吧。
我猜你肯定是趁我不在的时候故意把我的房间弄乱，然后享受整理房间的乐趣。同时，让我有自己把房间弄乱的犯罪感，就像我五岁时那样！
你瞧瞧，好像我有多无聊似的。
68
发送

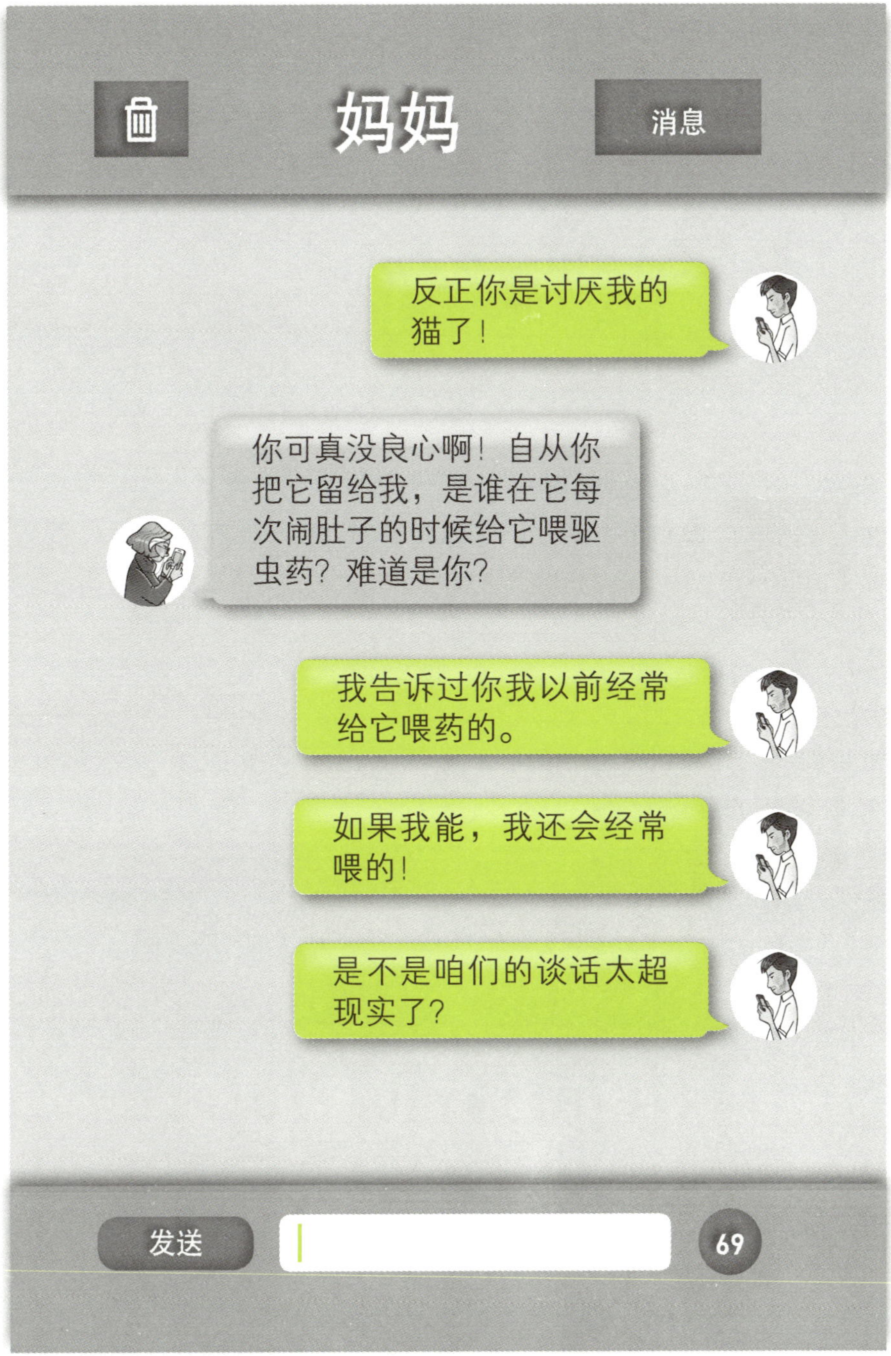
妈妈
消息
反正你是讨厌我的猫了！
你可真没良心啊！自从你把它留给我，是谁在它每次闹肚子的时候给它喂驱虫药？难道是你？
我告诉过你我以前经常给它喂药的。
如果我能，我还会经常喂的！
是不是咱们的谈话太超现实了？
发送
69

消息
妈妈
亲爱的，周末愉快！
70
你烦死我了！
发送
A Z E R T Y U I O P
Q S D F G H J K L
M W X C V B N
123
.
espace
return

妈妈

消息

席琳·迪翁唱的那首歌叫什么来着？

哪一个？

咦？有好几个席琳·迪翁？

发送

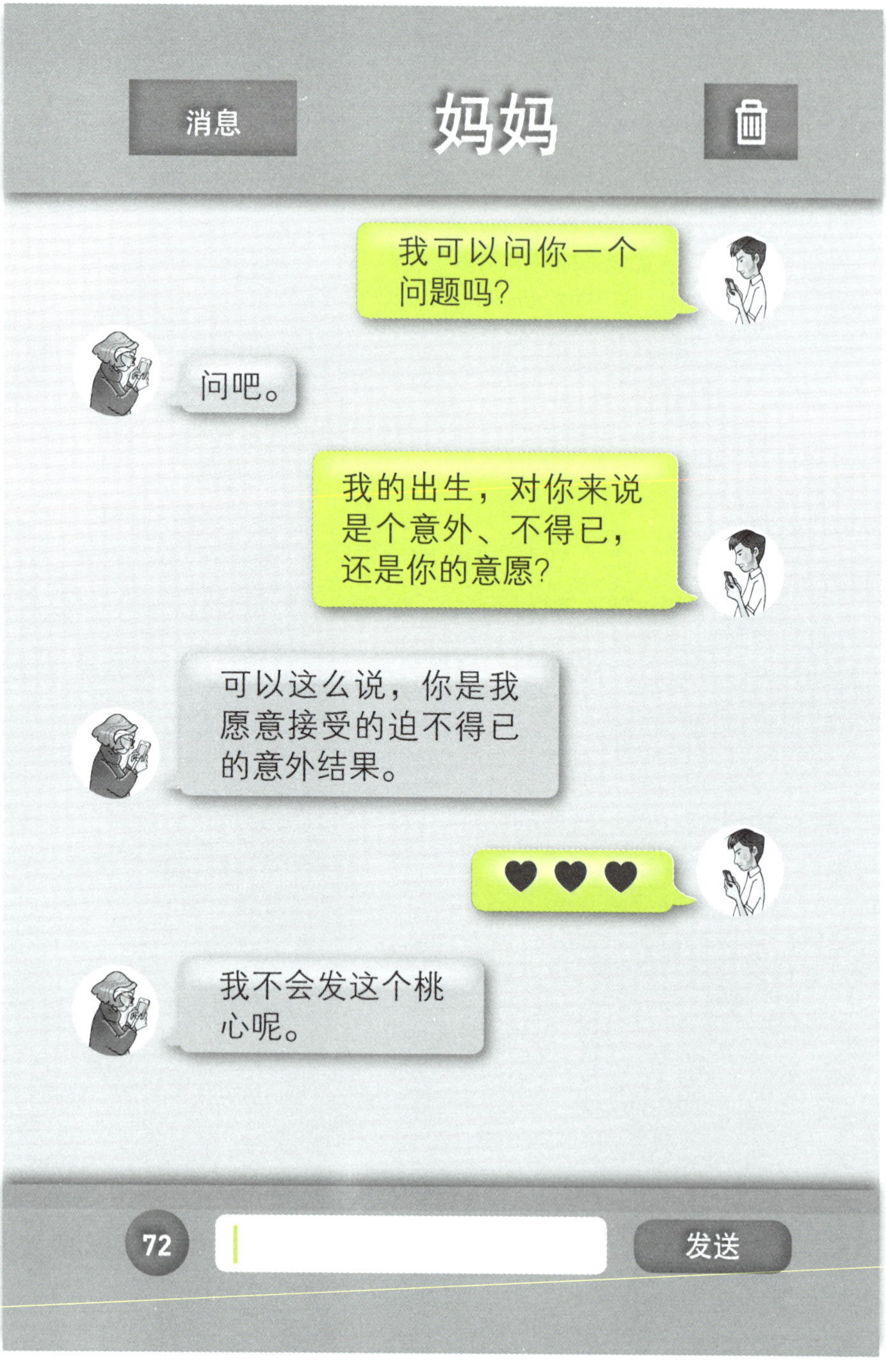
消息
妈妈
我可以问你一个问题吗?
问吧。
我的出生，对你来说是个意外、不得已，还是你的意愿?
可以这么说，你是我愿意接受的迫不得已的意外结果。
我不会发这个桃心呢。
72
发送

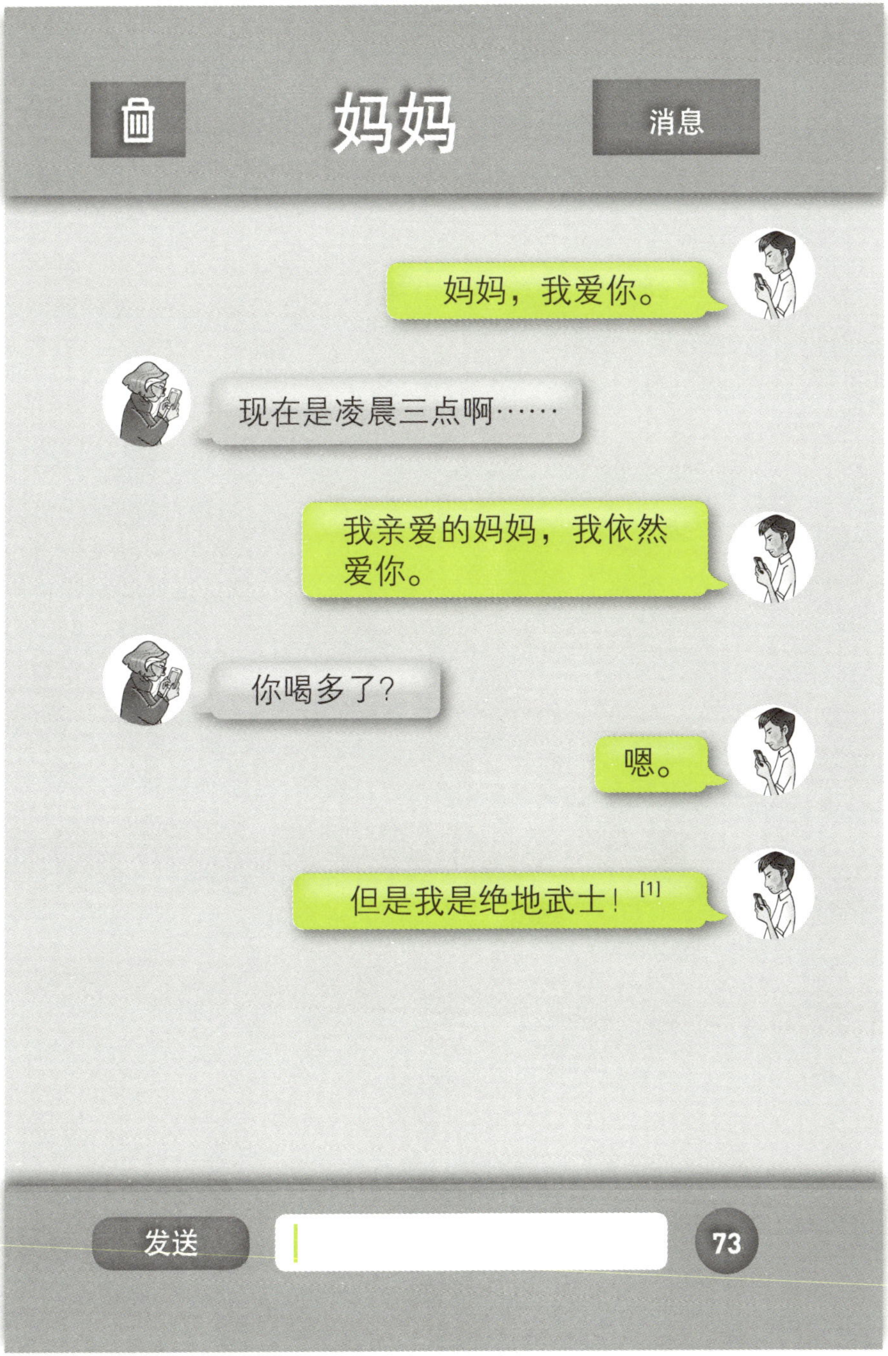

[1] 《星球大战》中维护和平和正义的武士。

消息
妈妈
对了，我有一个主意！
啊不，不会吧……
呃，怎么了？
74
发送

妈妈
消息
耶！我赢了！
发送
75

消息

妈妈

我要买第二台电脑。

你买那没用吧，第一台你都没怎么用！

我想买啥就买啥，据我所知你不是我妈！

发送

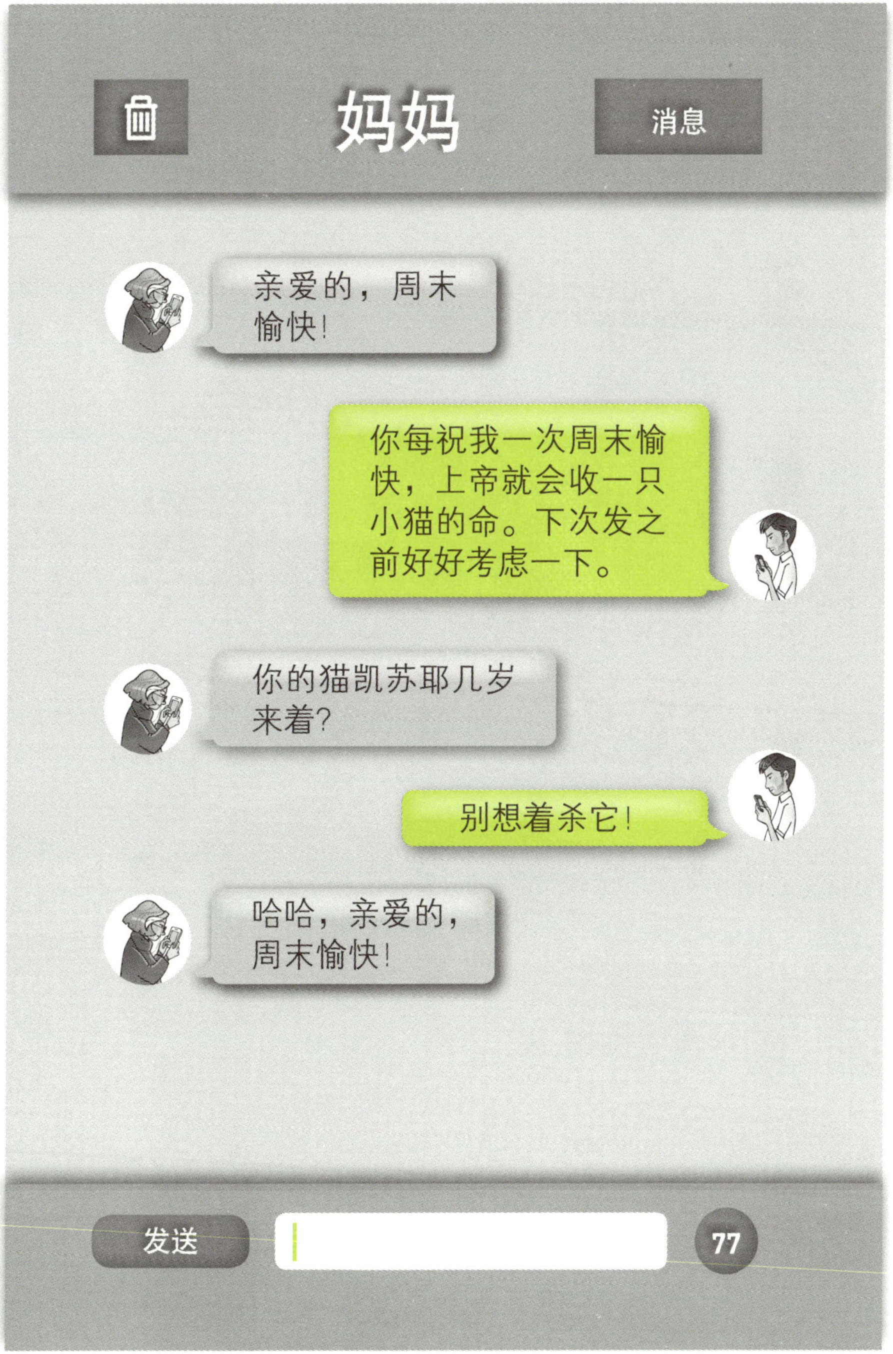
妈妈
消息
亲爱的，周末愉快！
你每祝我一次周末愉快，上帝就会收一只小猫的命。下次发之前好好考虑一下。
你的猫凯苏耶几岁来着？
别想着杀它！
哈哈，亲爱的，周末愉快！
发送

消息
妈妈
Spakamasse mioute!
外婆?
Ixi tubgydjia
好了妈，我知道是你了……
咦，你怎么知道是我?
我怎么能不知道，你从来都装不像。
讨厌。
发送

妈妈

消息

吻你。

为什么？

没有为什么啊，
就是吻你一下。

啊，我不想要
你的吻。

一个没有吻的世界，
是多么悲凉啊……

世界不需要吻，需要
兜里有钱花。

发送

消息
妈妈
你来火车站接我，还是我自己打车？
好。
80
发送

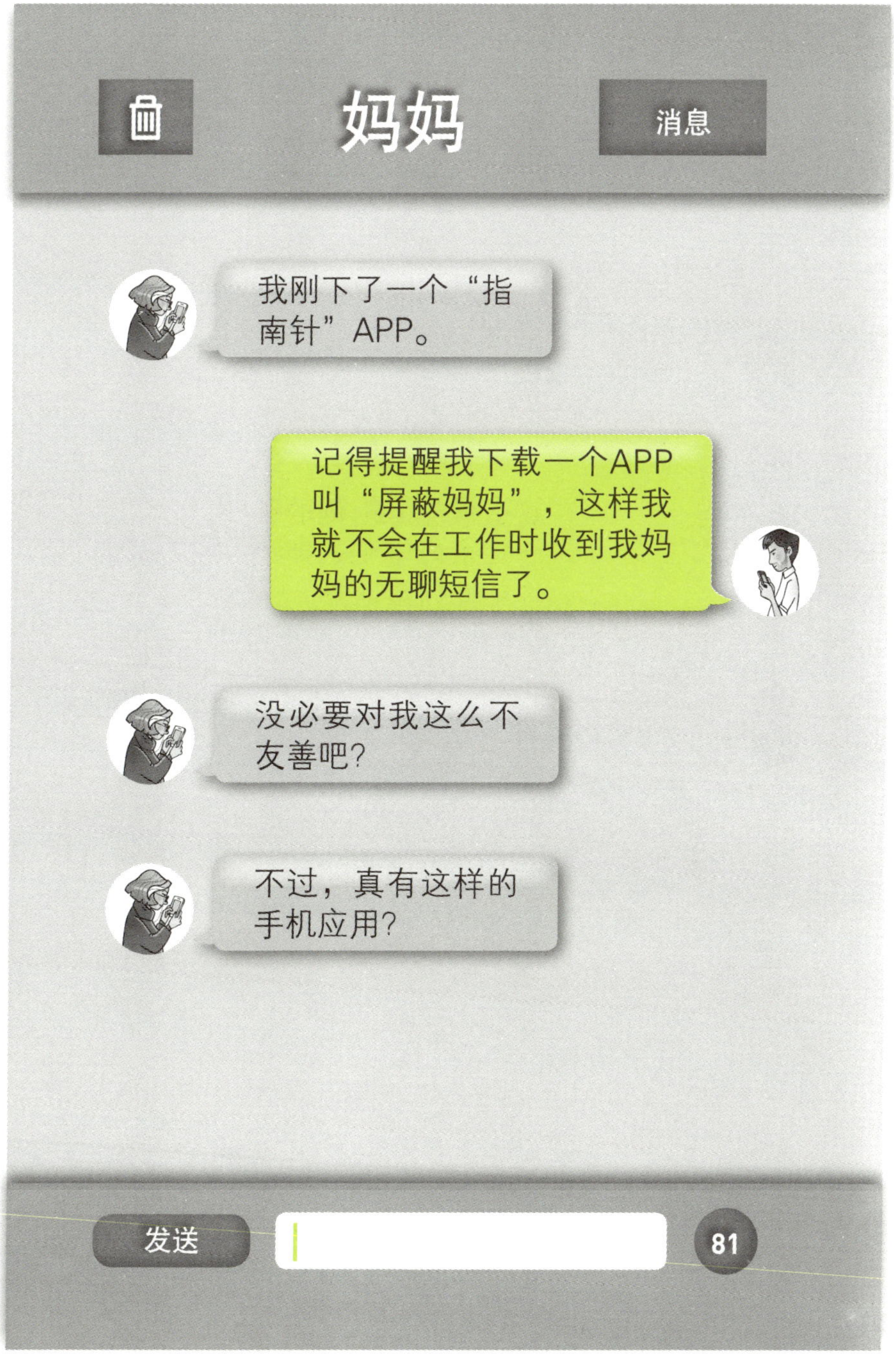
妈妈
消息
我刚下了一个“指南针”APP。
记得提醒我下载一个APP叫“屏蔽妈妈”，这样我就不会在工作时收到我妈妈的无聊短信了。
没必要对我这么不友善吧?
不过，真有这样的手机应用?
发送
81

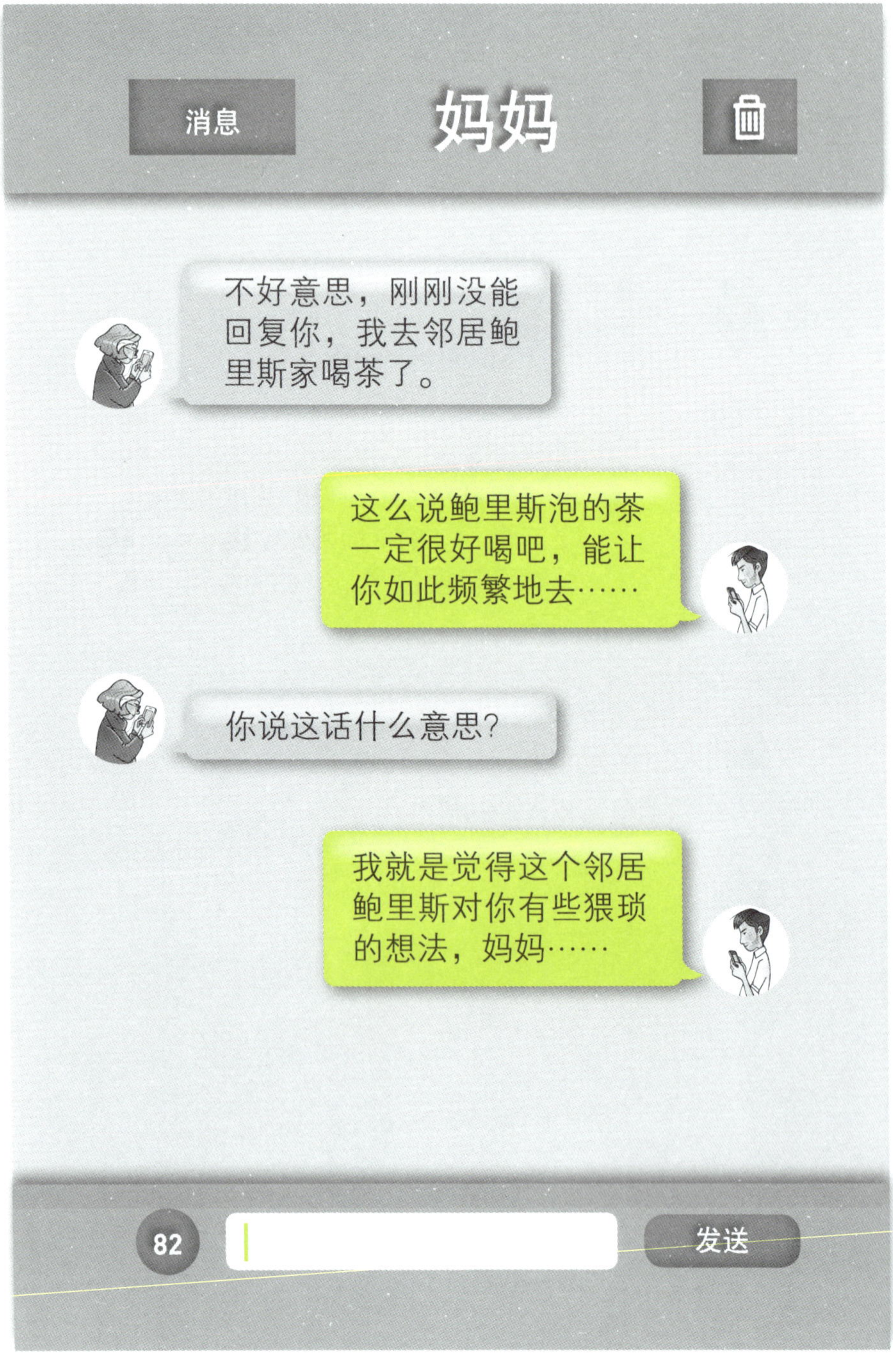
消息
妈妈
不好意思，刚刚没能回复你，我去邻居鲍里斯家喝茶了。
这么说鲍里斯泡的茶一定很好喝吧，能让你如此频繁地去……
你说这话什么意思?
我就是觉得这个邻居鲍里斯对你有些猥琐的想法，妈妈……
发送

妈妈

消息

我再也受不了你的猫了！我可告诉你，有它没我，有我没它，你选吧！

但愿你这沉默不意味着你在犹豫。

发送

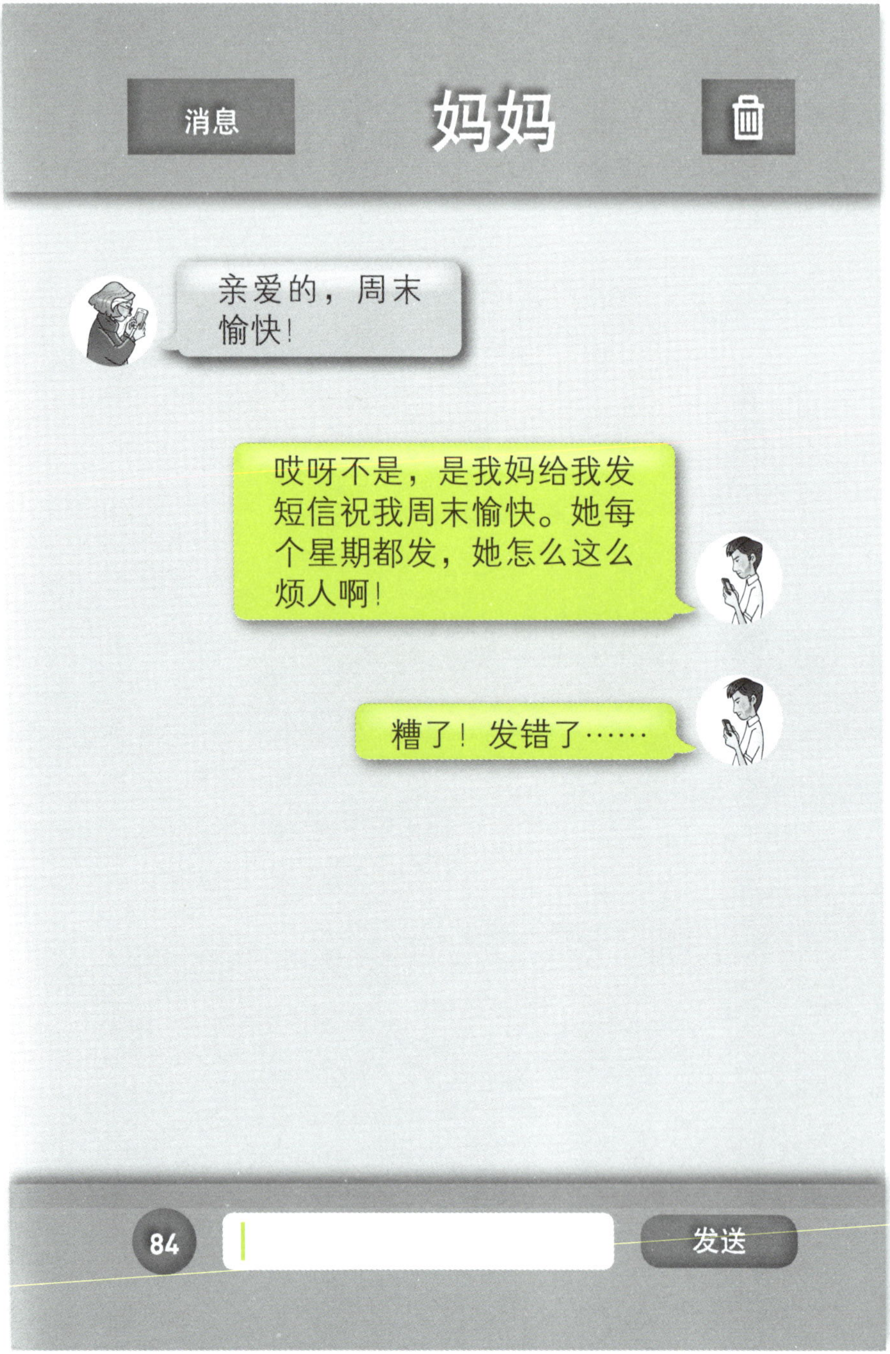
消息
妈妈
亲爱的，周末愉快！
哎呀不是，是我妈给我发短信祝我周末愉快。她每个星期都发，她怎么这么烦人啊！
糟了！发错了……
84
发送

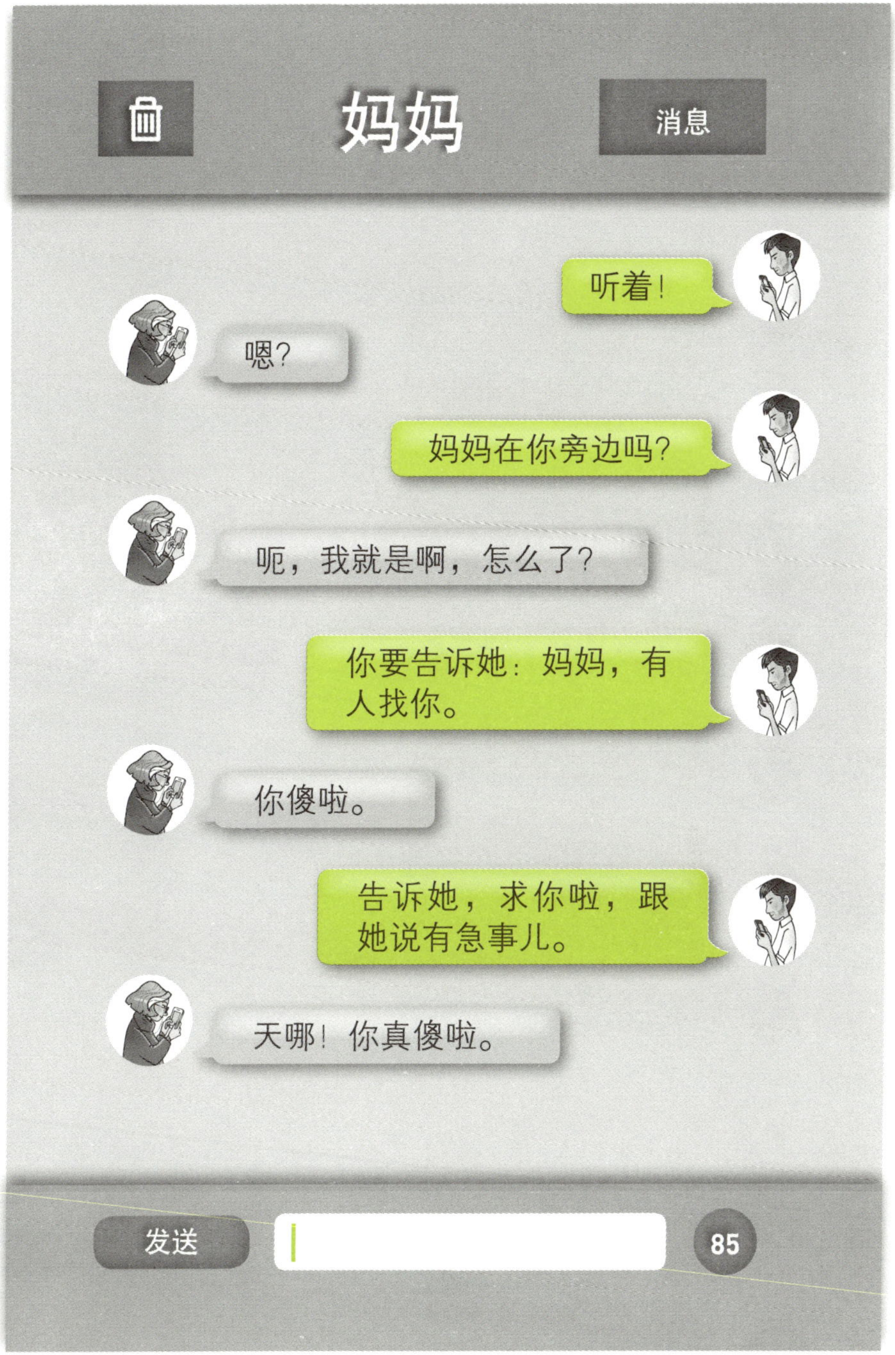

妈妈
消息
听着！
嗯？
妈妈在你旁边吗？
呃，我就是啊，怎么了？
你要告诉她：妈妈，有人找你。
你傻啦。
告诉她，求你啦，跟她说有急事儿。
天哪！你真傻啦。
发送

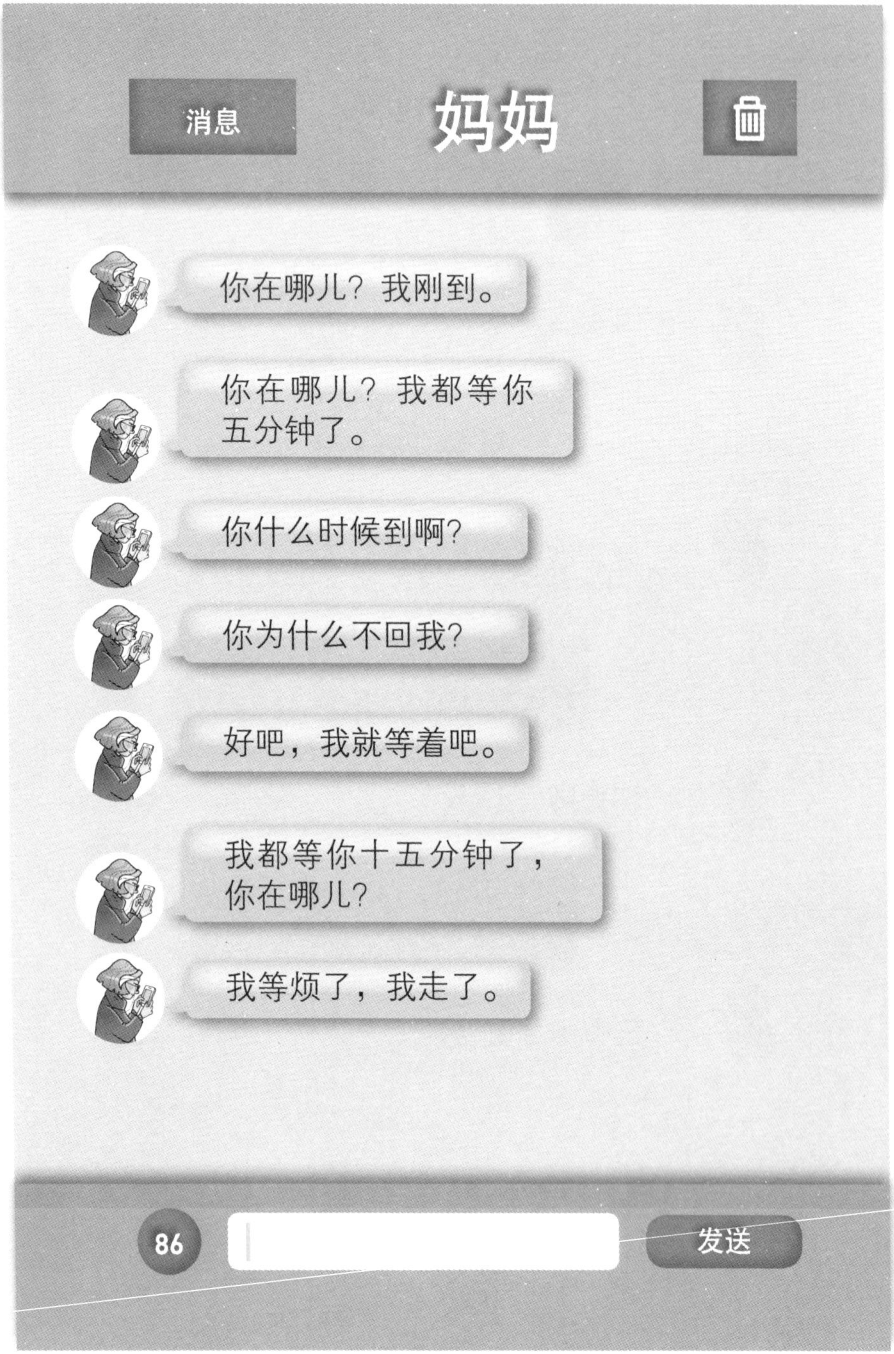
消息
妈妈
你在哪儿？我刚到。
你在哪儿？我都等你五分钟了。
你什么时候到啊？
你为什么不回我？
好吧，我就等着吧。
我都等你十五分钟了，你在哪儿？
我等烦了，我走了。
86
发送

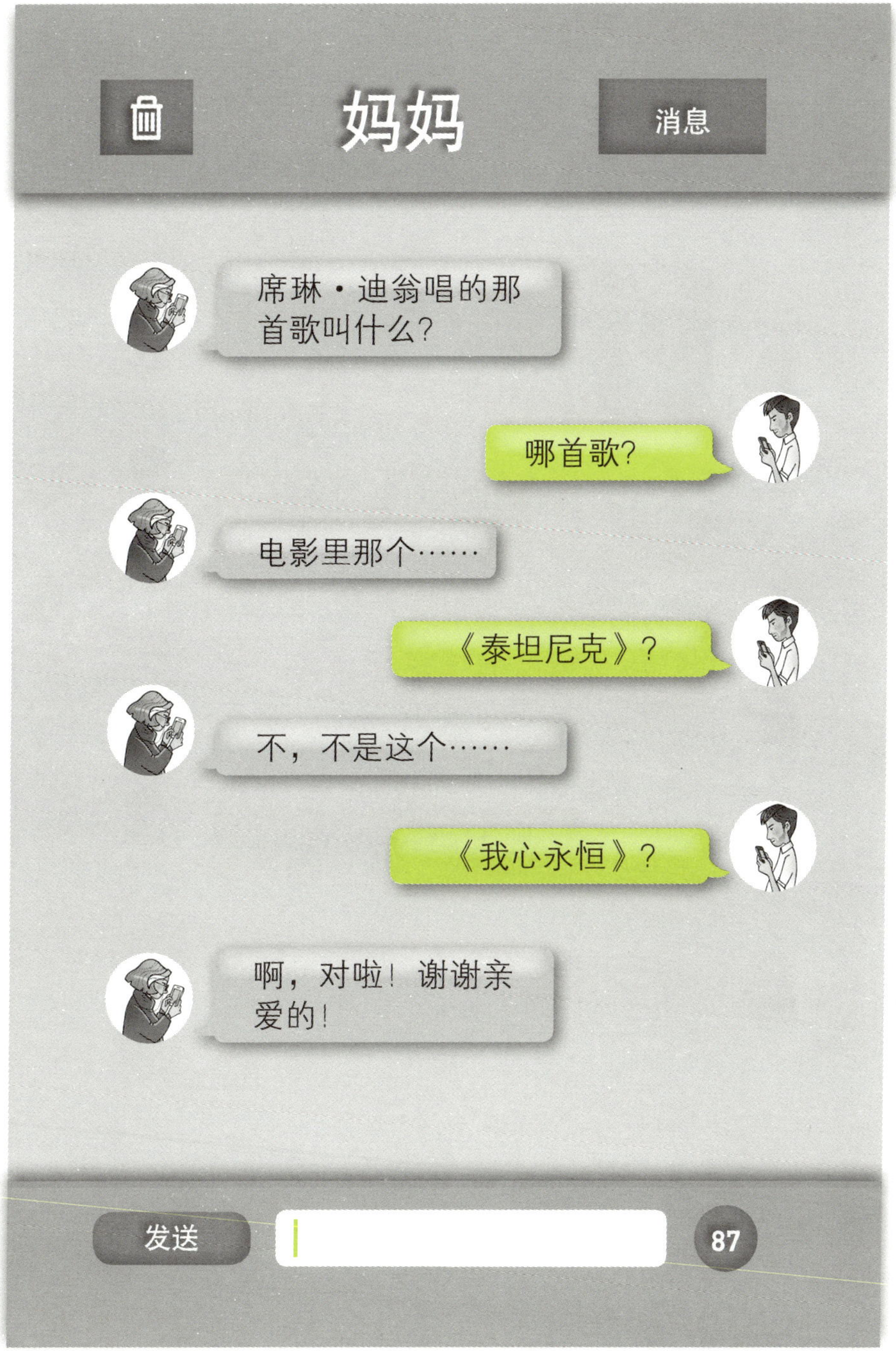
妈妈
消息
席琳·迪翁唱的那首歌叫什么?
哪首歌?
电影里那个……
《泰坦尼克》?
不，不是这个……
《我心永恒》?
啊，对啦！谢谢亲爱的！
发送

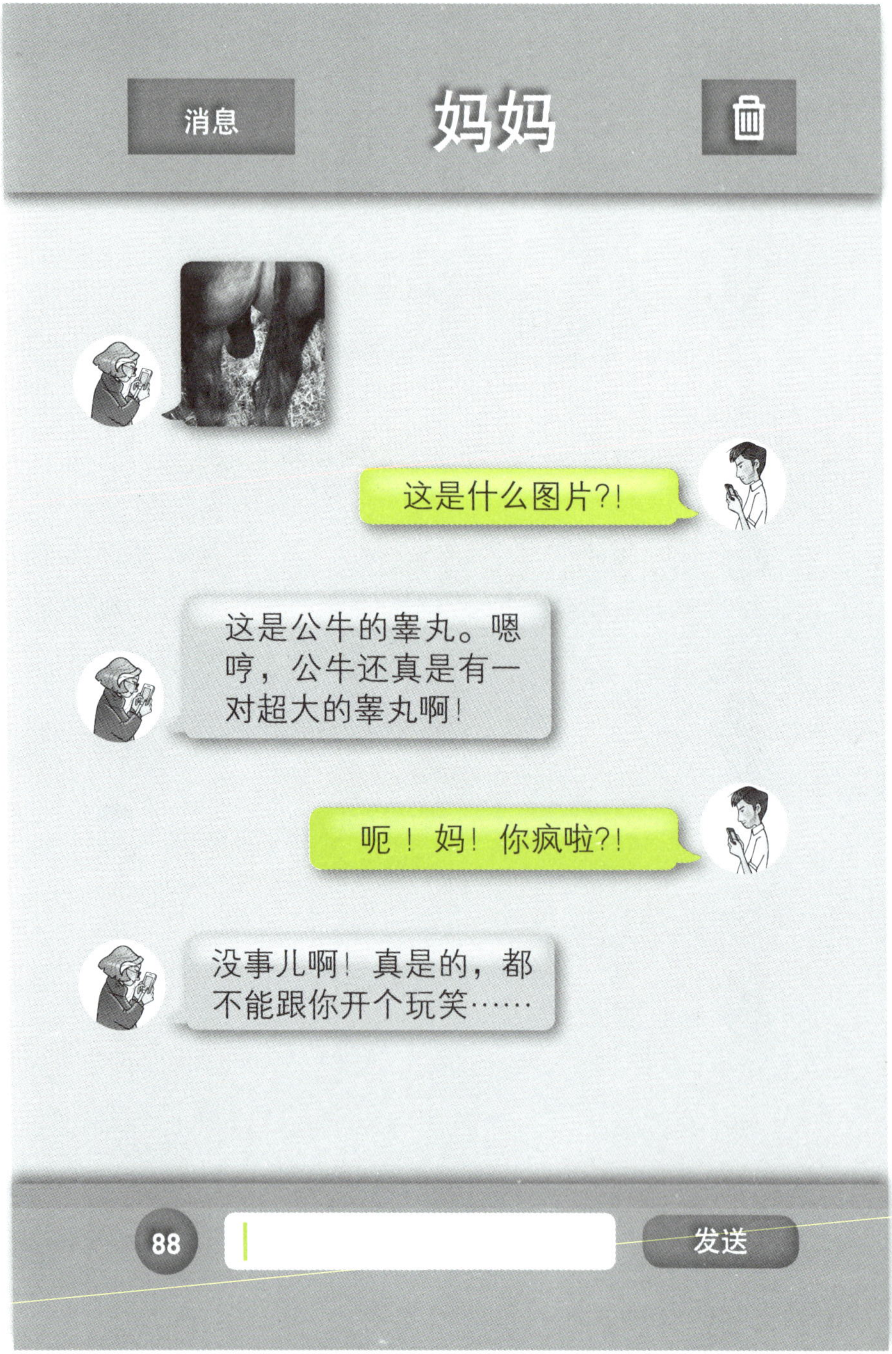
消息
妈妈
这是什么图片?!
这是公牛的睾丸。嗯哼，公牛还真是有一对超大的睾丸啊!
呃！妈！你疯啦?!
没事儿啊！真是的，都不能跟你开个玩笑……
发送

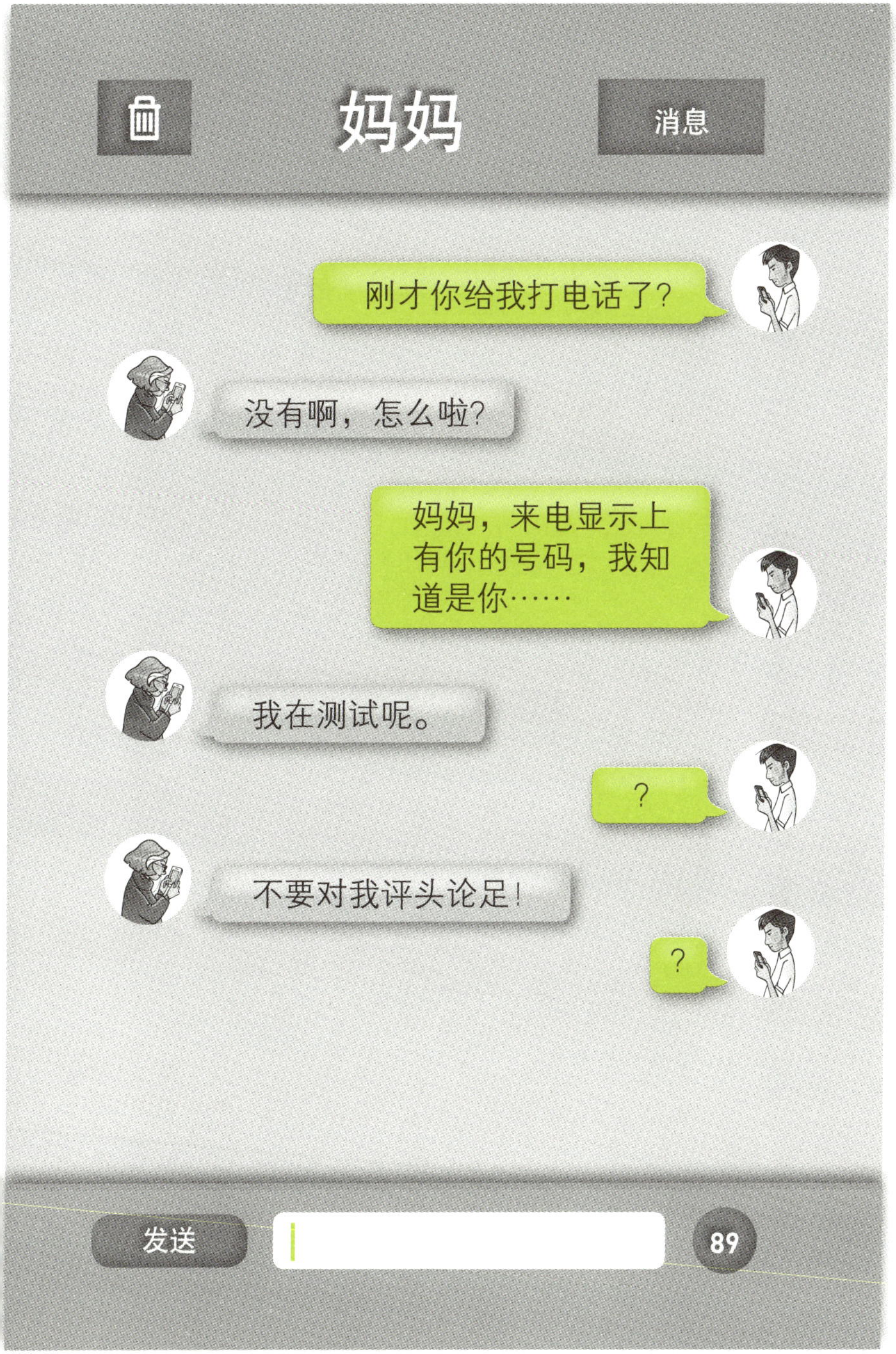
妈妈
消息
刚才你给我打电话了?
没有啊，怎么啦?
妈妈，来电显示上有你的号码，我知道是你……
我在测试呢。
?
不要对我评头论足!
?
发送
89

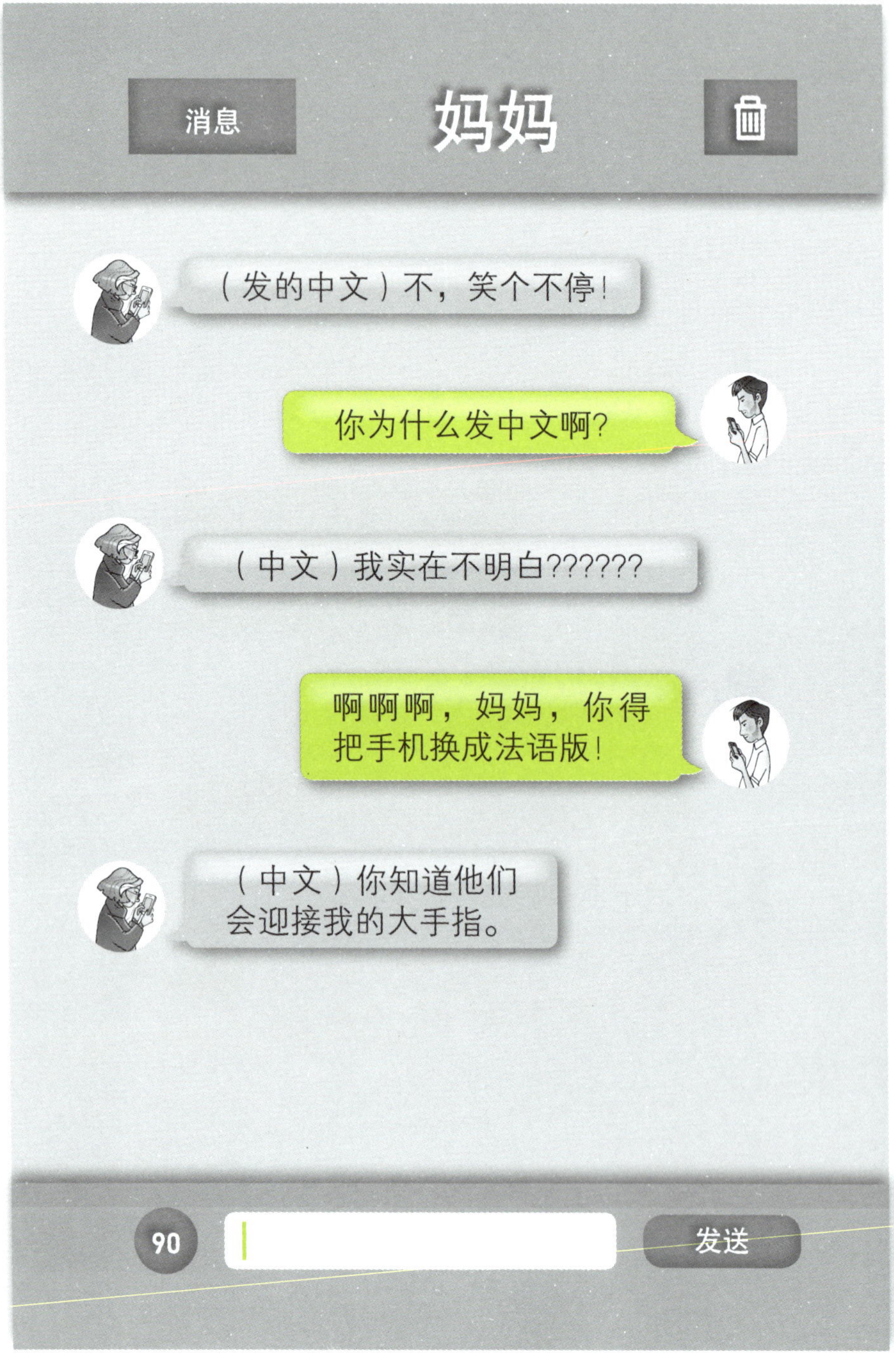
消息
妈妈
（发的中文）不，笑个不停！
你为什么发中文啊？
（中文）我实在不明白??????
啊啊啊，妈妈，你得把手机换成法语版！
（中文）你知道他们会迎接我的大手指。
90
发送

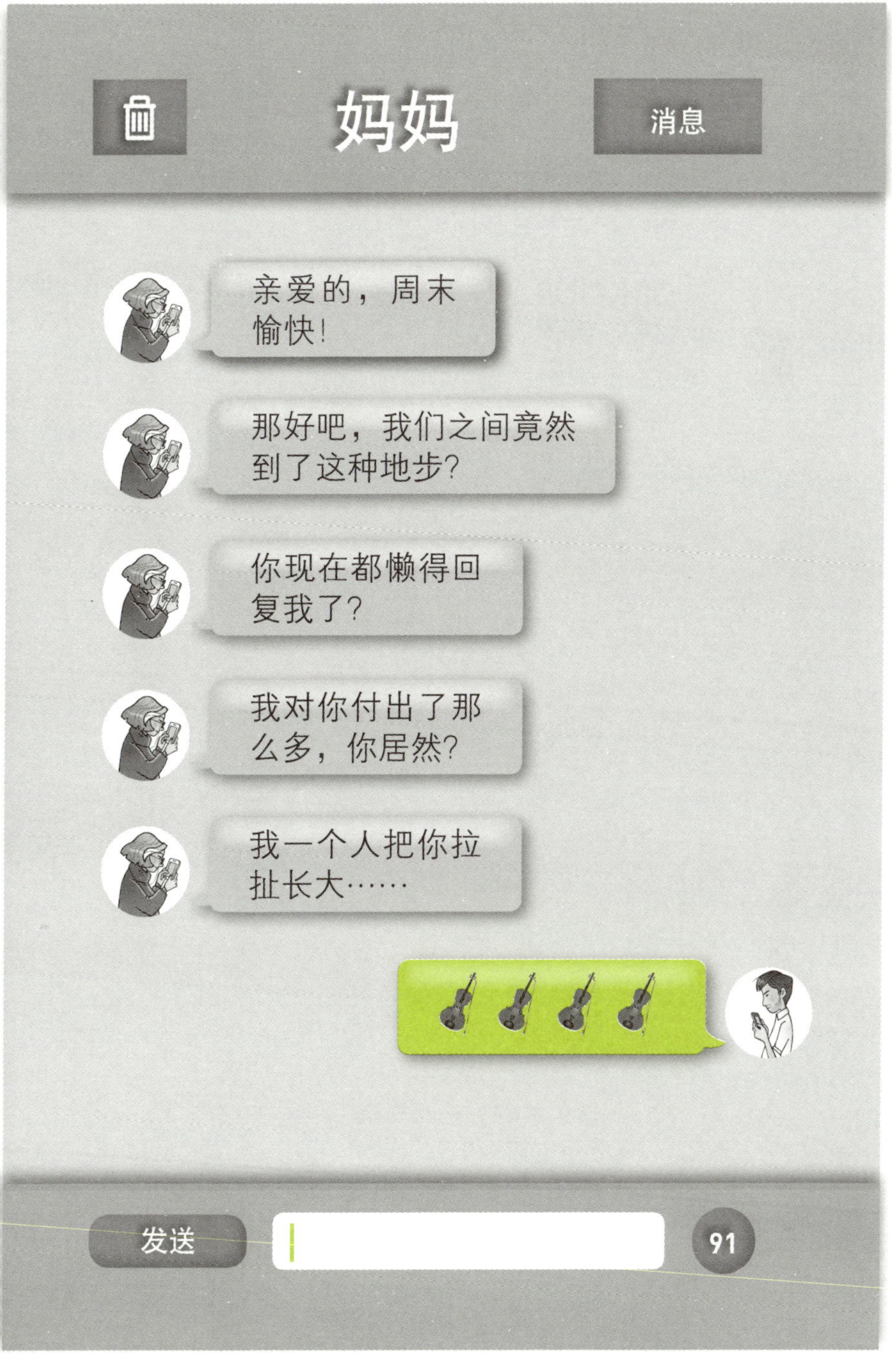
妈妈
消息
亲爱的，周末愉快！
那好吧，我们之间竟然到了这种地步？
你现在都懒得回复我了？
我对你付出了那么多，你居然？
我一个人把你拉扯长大……
发送

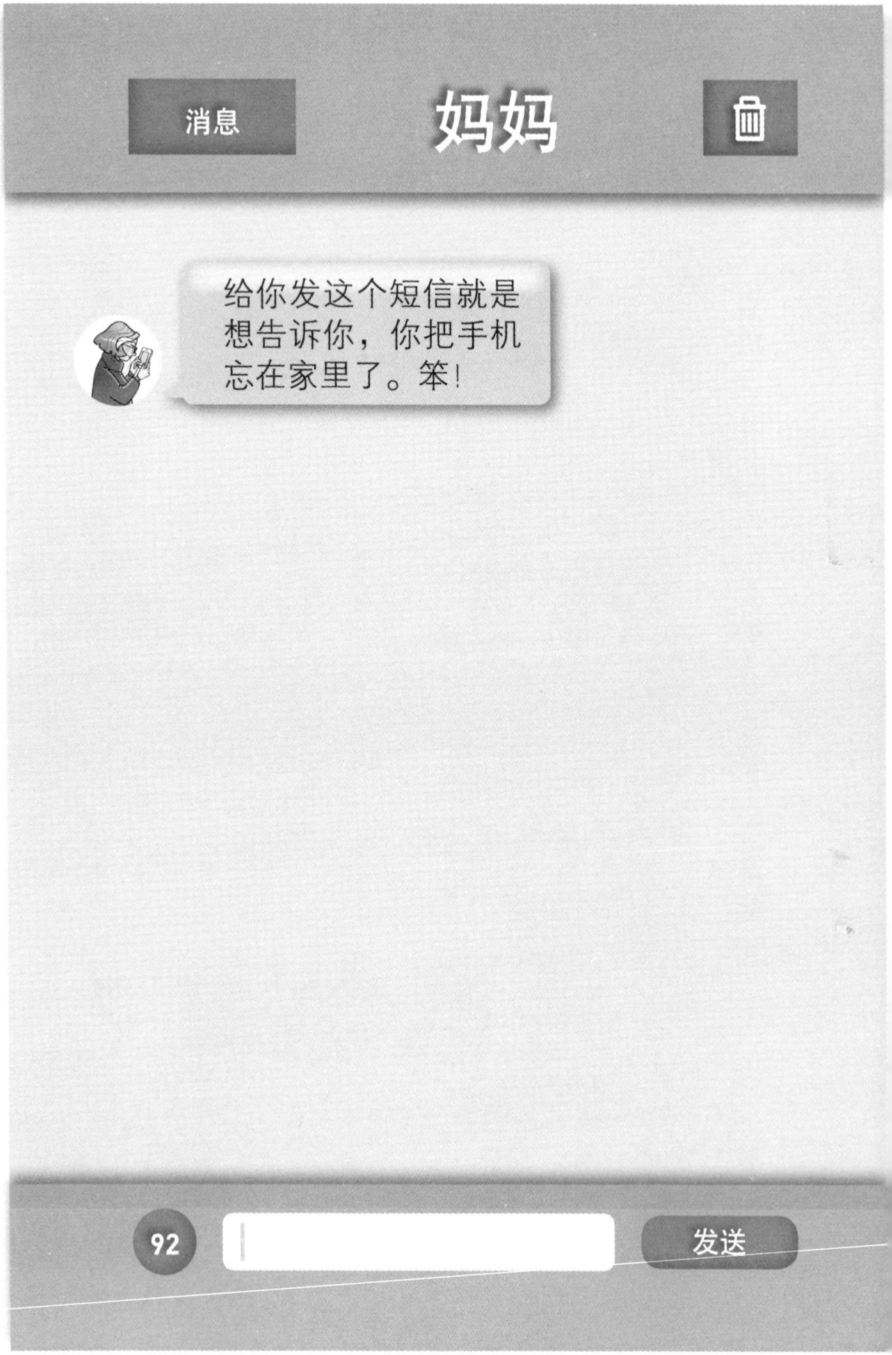
消息
妈妈
给你发这个短信就是想告诉你，你把手机忘在家里了。笨！
92
发送

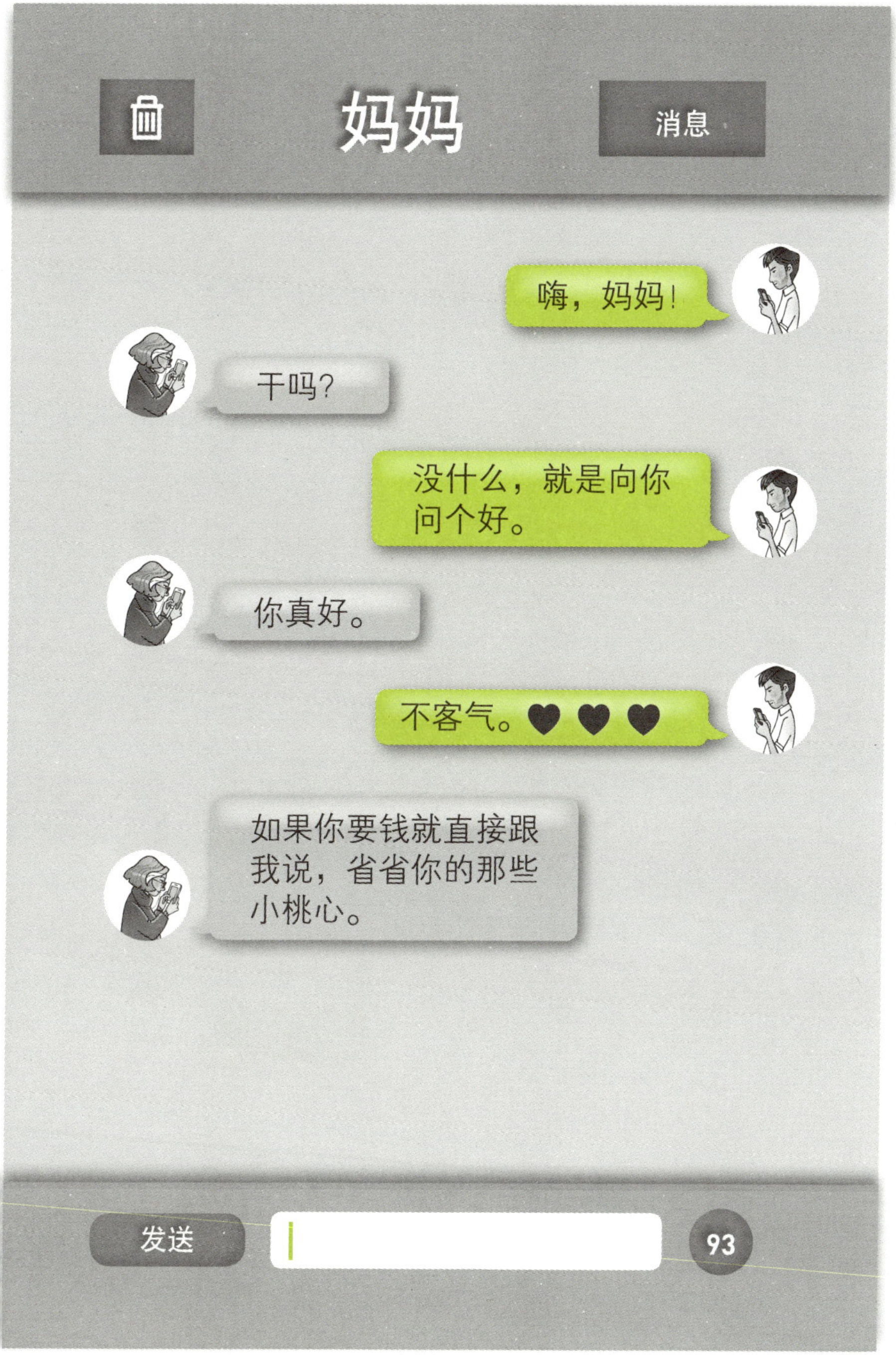
妈妈
消息
嗨，妈妈！
干吗？
没什么，就是向你问个好。
你真好。
不客气。♥♥♥
如果你要钱就直接跟我说，省省你的那些小桃心。
发送
93

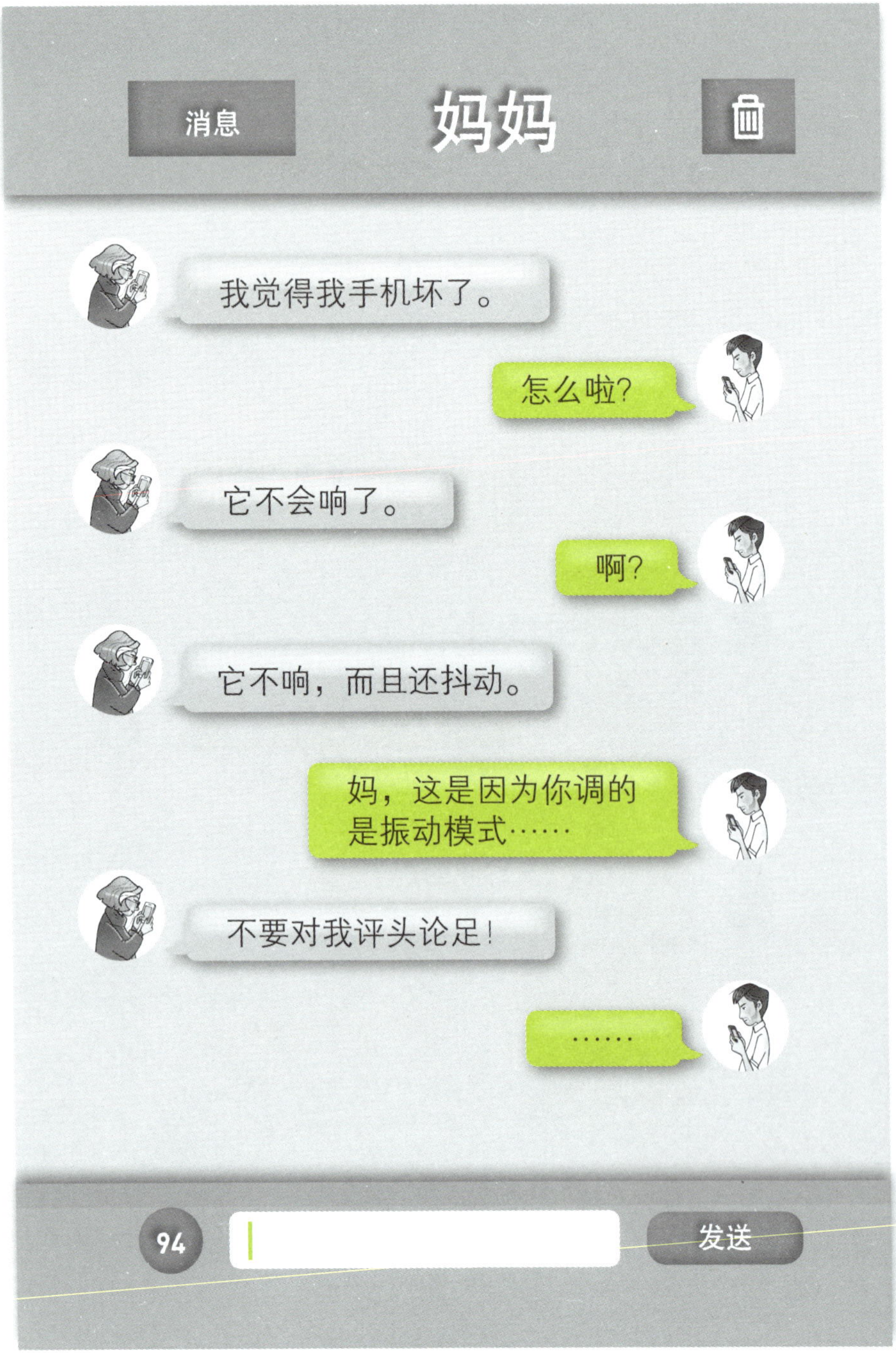
消息
妈妈
我觉得我手机坏了。
怎么啦?
它不会响了。
啊?
它不响，而且还抖动。
妈，这是因为你调的是振动模式……
不要对我评头论足!
……
94
发送

妈妈

消息

席琳·迪翁唱的那首歌叫什么来着?

哪个?

和一个盲人一起唱的那个。

那不是席琳·迪翁。

和帕瓦罗蒂一起唱的。

帕瓦罗蒂不是盲人,是个胖子。

那个胖子不是卡洛斯吗?

我完全搞不清楚你在说什么。

发送

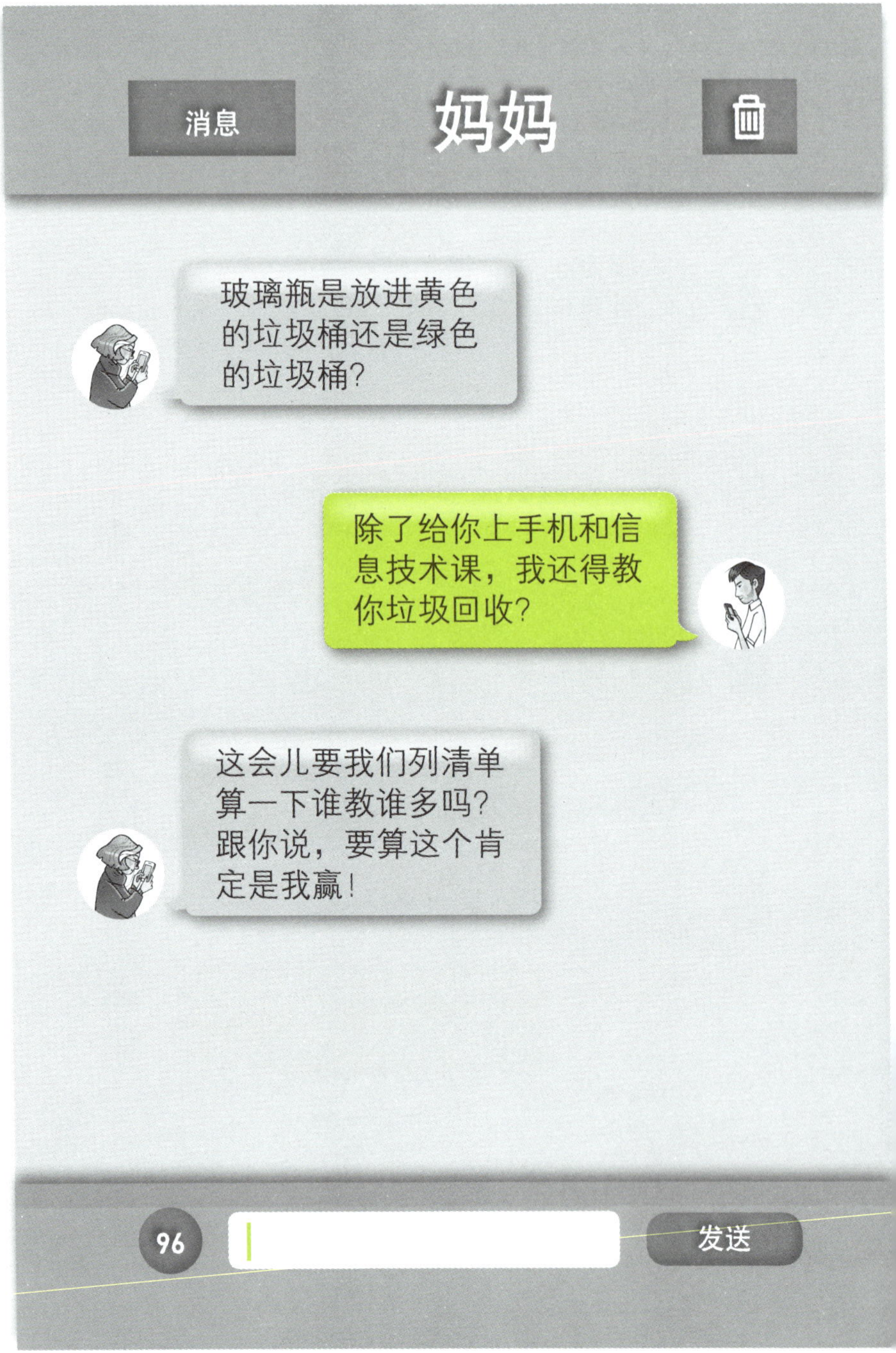
消息
妈妈
玻璃瓶是放进黄色的垃圾桶还是绿色的垃圾桶？
除了给你上手机和信息技术课，我还得教你垃圾回收？
这会儿要我们列清单算一下谁教谁多吗？跟你说，要算这个肯定是我赢！
发送

妈妈
消息
嗨，你在吗？
不在。
发送

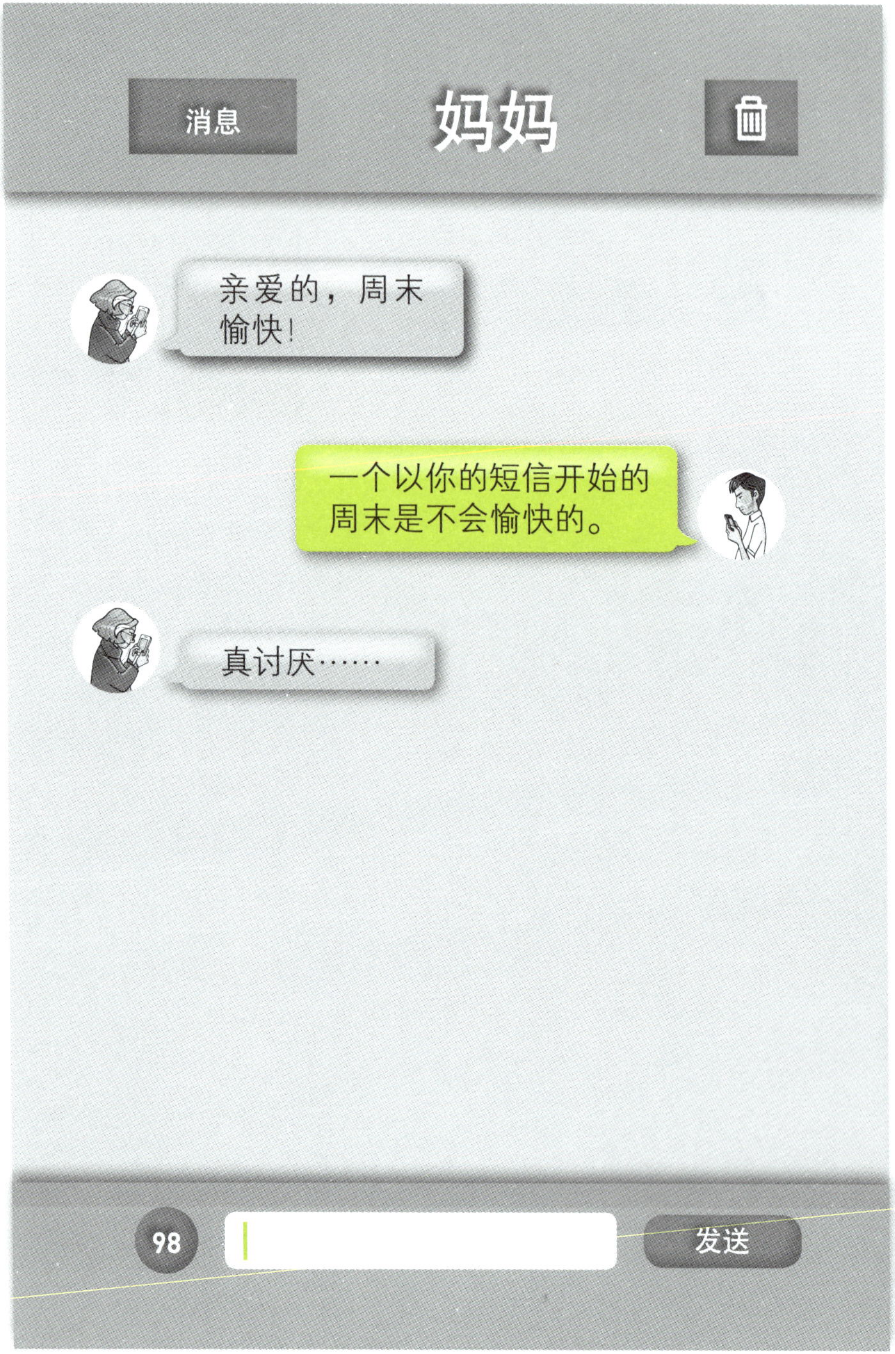
消息
妈妈
亲爱的，周末愉快！
一个以你的短信开始的周末是不会愉快的。
真讨厌……
98
发送

妈妈
消息
你在干吗?
在工作。
现在呢?在干吗?
跟十分钟前一样,
我在工作。
哎,你的工作看起
来好烦人啊……
?
发送
99

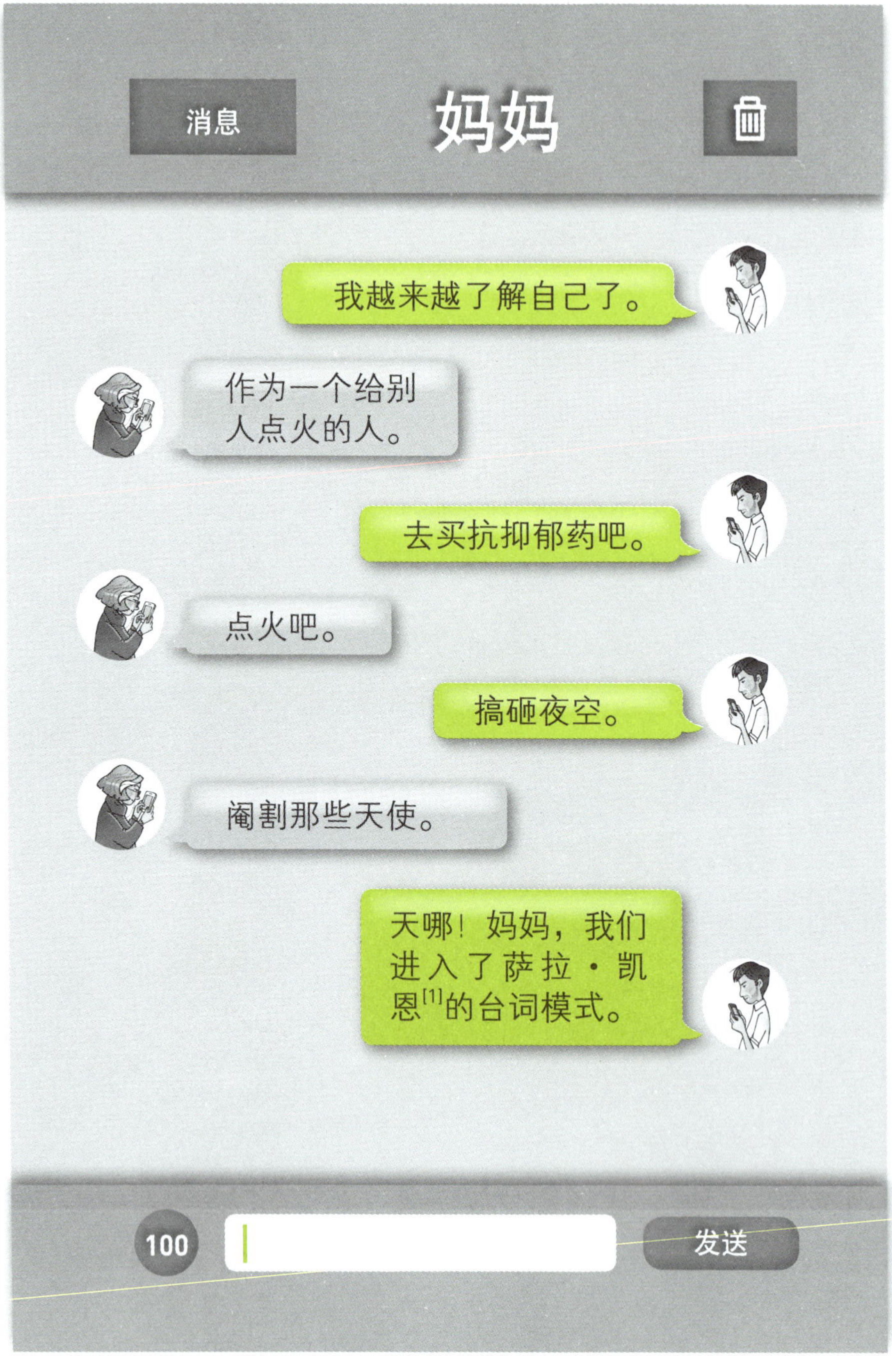

[1] 萨拉·凯恩，英国当代著名戏剧家，被誉为“英国继莎士比亚与品特之后最伟大的剧作家”。

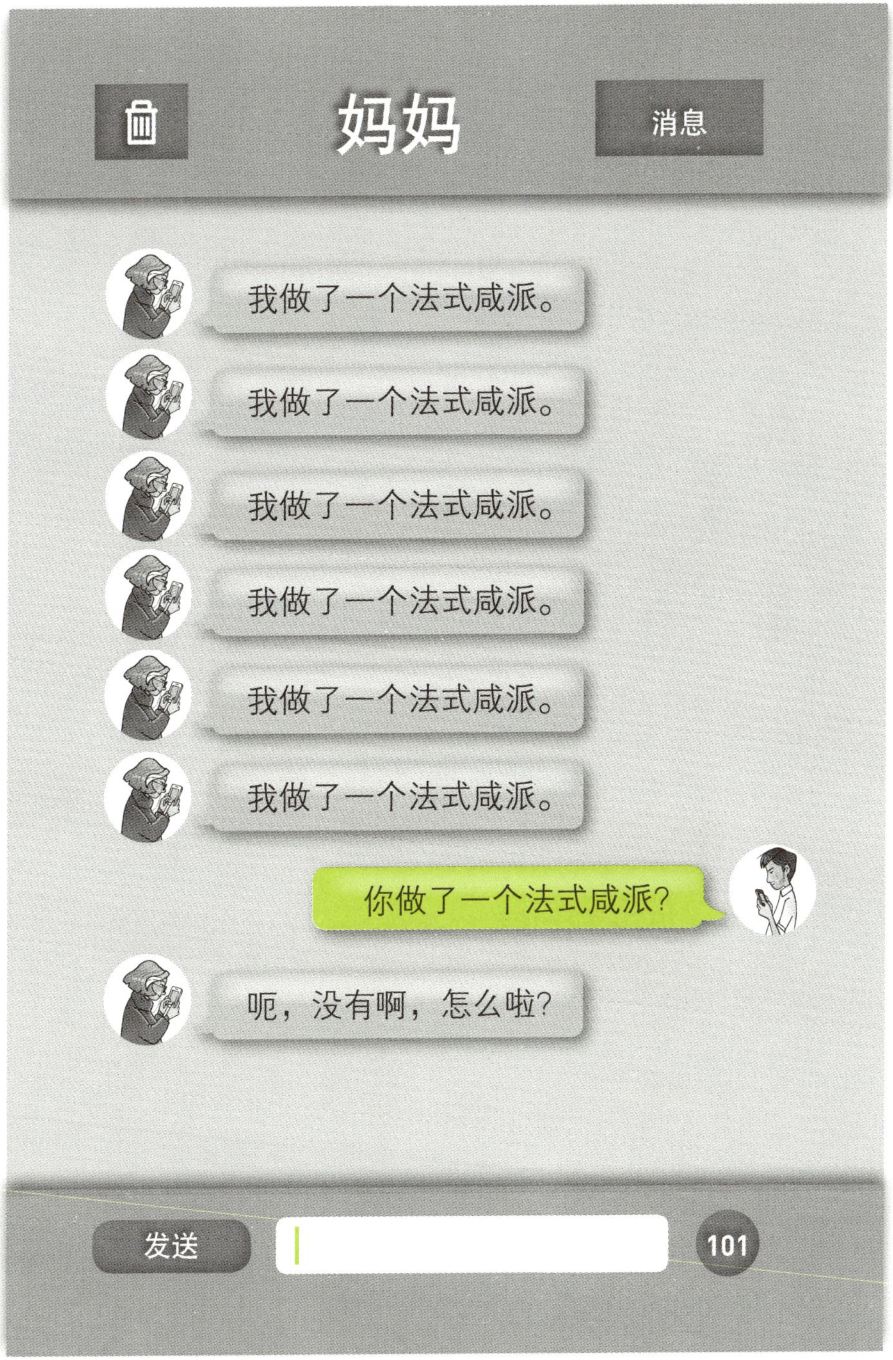
妈妈
消息
我做了一个法式咸派。
我做了一个法式咸派。
我做了一个法式咸派。
我做了一个法式咸派。
我做了一个法式咸派。
我做了一个法式咸派。
你做了一个法式咸派？
呃，没有啊，怎么啦？
发送
101

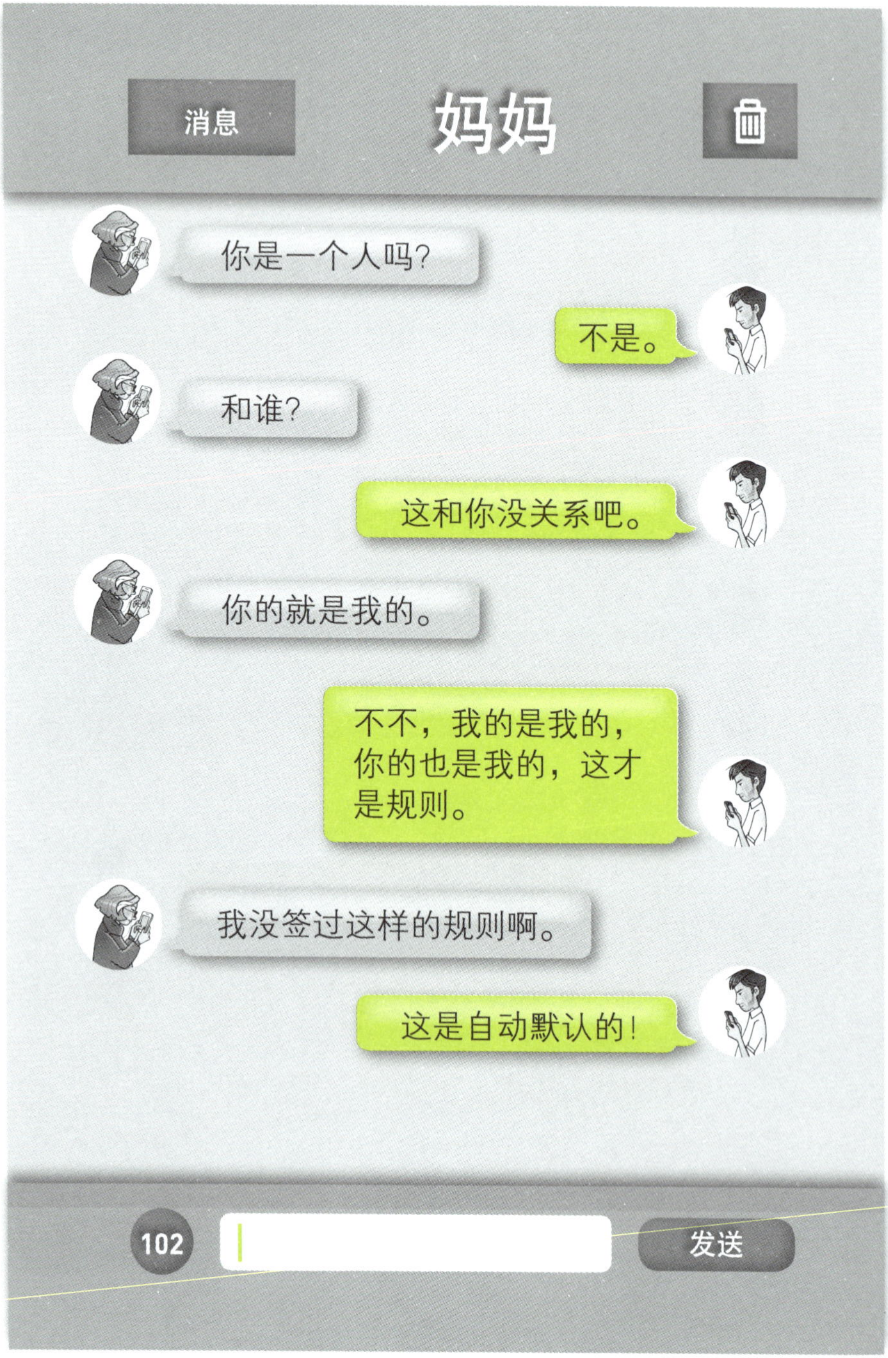

消息
妈妈
你是一个人吗?
不是。
和谁?
这和你没关系吧。
你的就是我的。
不不，我的是我的，你的也是我的，这才是规则。
我没签过这样的规则啊。
这是自动默认的!
102
发送

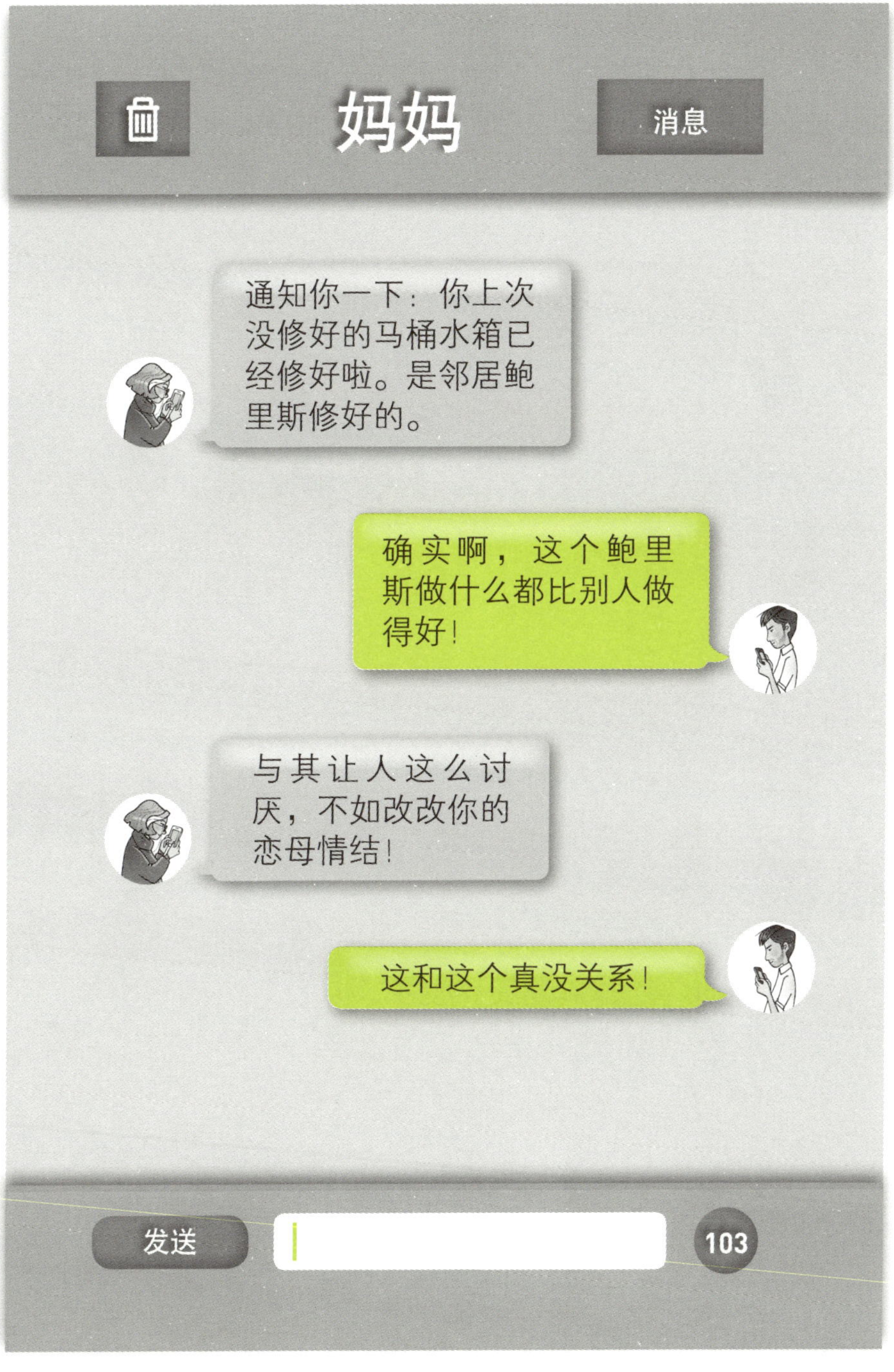
妈妈
消息
通知你一下：你上次没修好的马桶水箱已经修好啦。是邻居鲍里斯修好的。
确实啊，这个鲍里斯做什么都比别人做得好！
与其让人这么讨厌，不如改改你的恋母情结！
这和这个真没关系！
发送
103

消息
妈妈
还有什么事物能比妈妈的幸福更美好?
游戏机?
104
发送

妈妈
消息
亲爱的，周末愉快！
祝福你自己吧！
发送
105

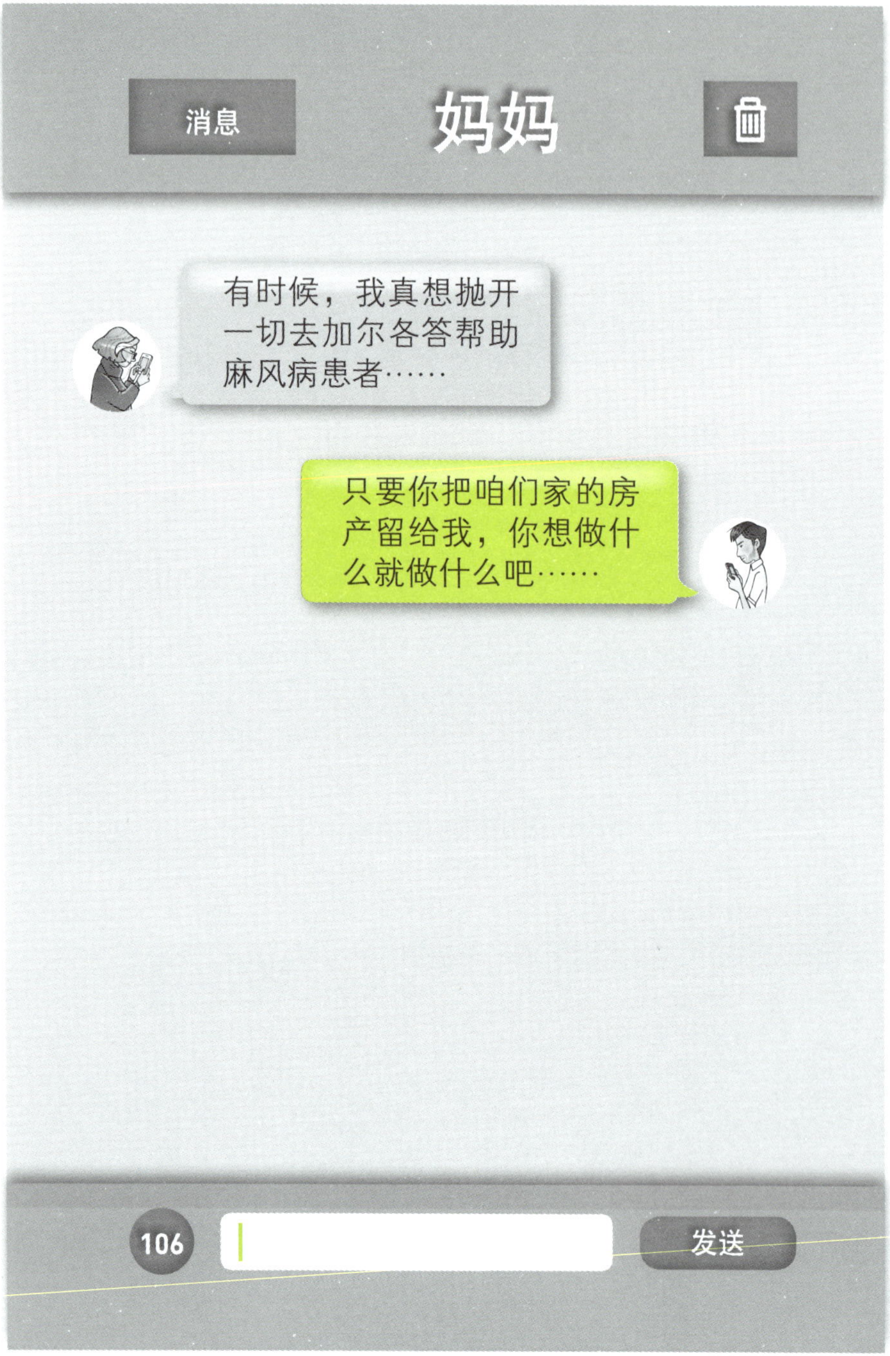
消息
妈妈
有时候，我真想抛开一切去加尔各答帮助麻风病患者……
只要你把咱们家的房产留给我，你想做什么就做什么吧……
106
发送

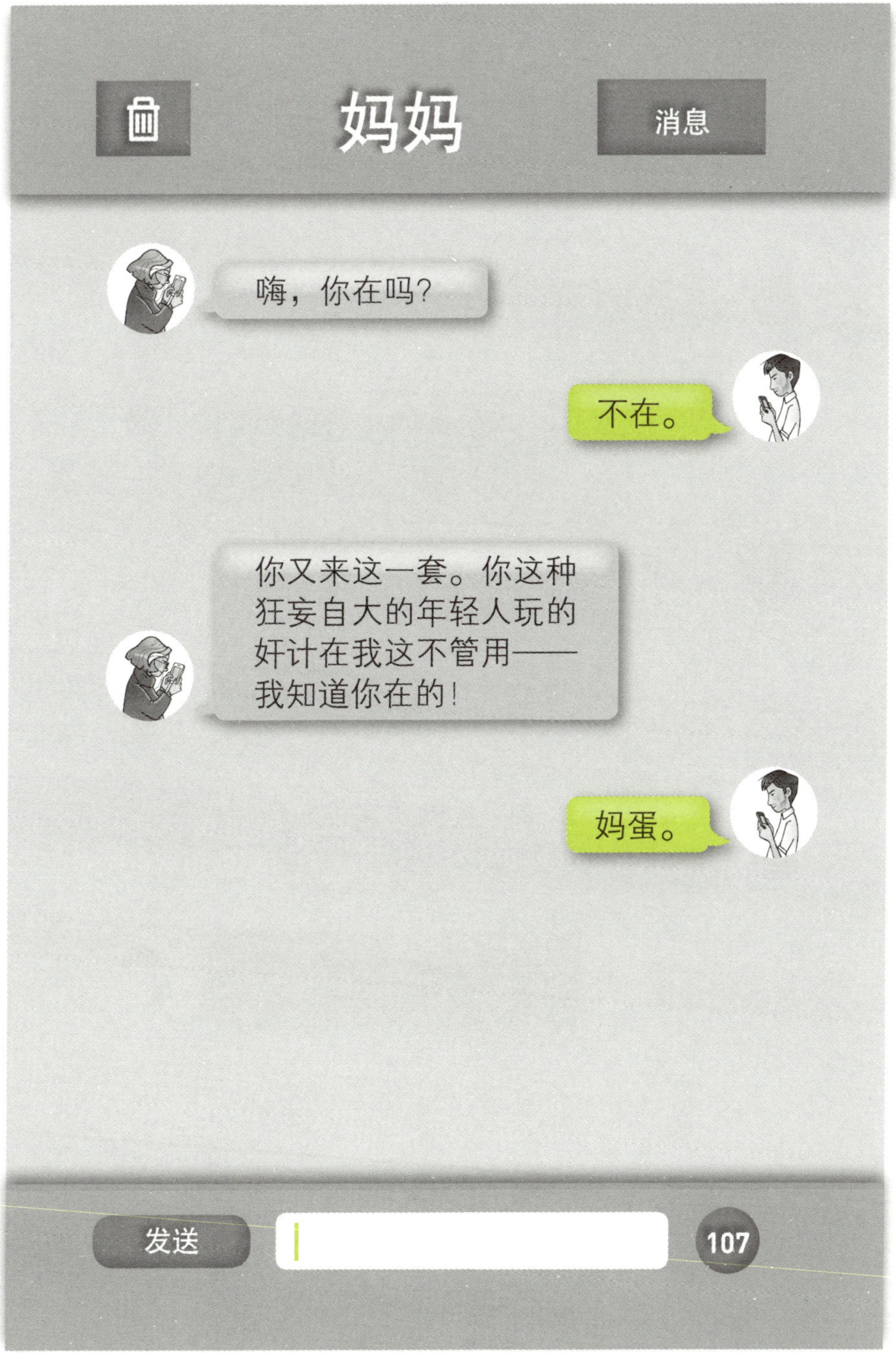
妈妈
消息
嗨，你在吗？
不在。
你又来这一套。你这种狂妄自大的年轻人玩的奸计在我这不管用——我知道你在的！
妈蛋。
发送
107

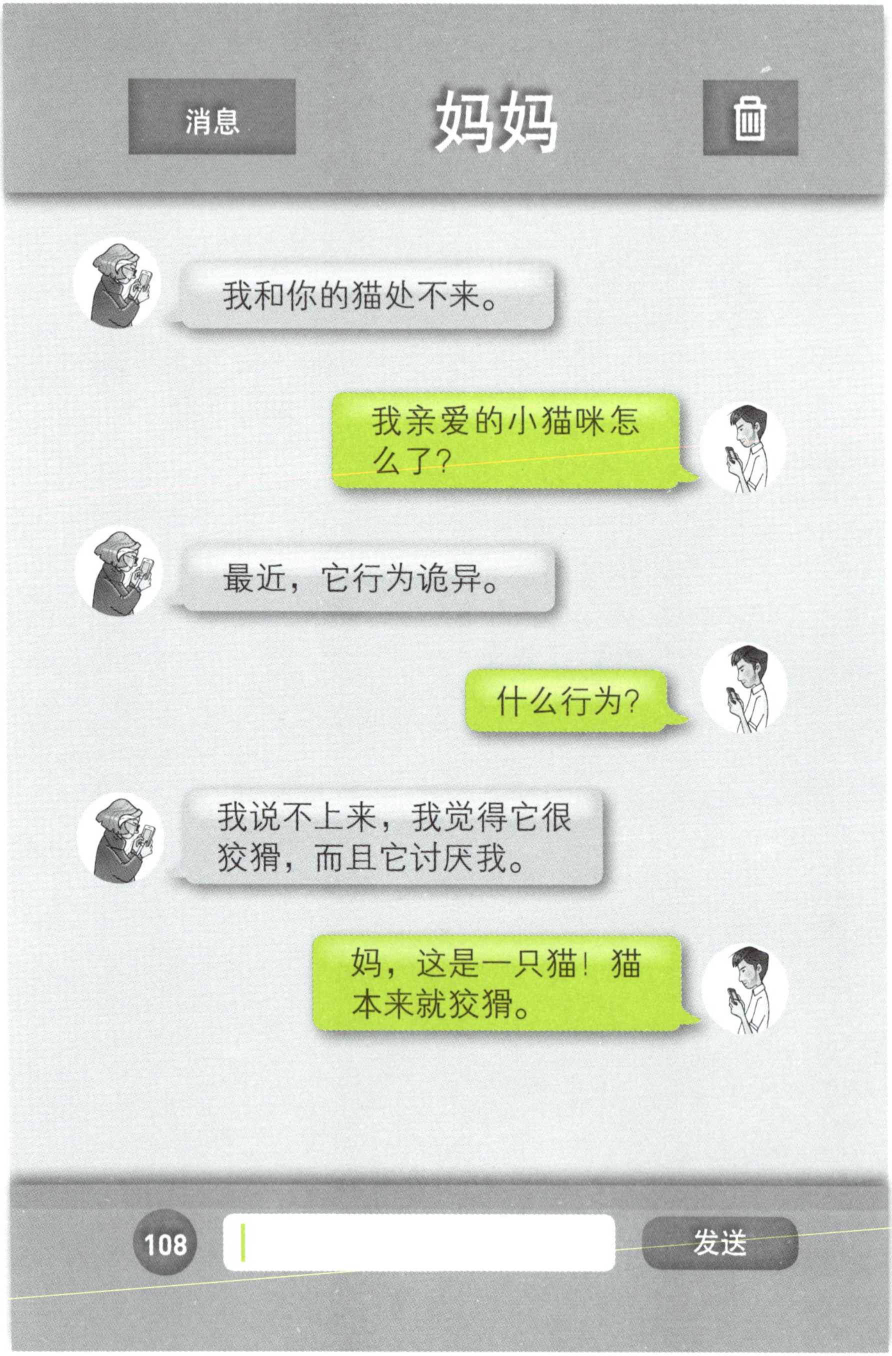
消息
妈妈
我和你的猫处不来。
我亲爱的小猫咪怎么了？
最近，它行为诡异。
什么行为？
我说不上来，我觉得它很狡猾，而且它讨厌我。
妈，这是一只猫！猫本来就狡猾。
108
发送

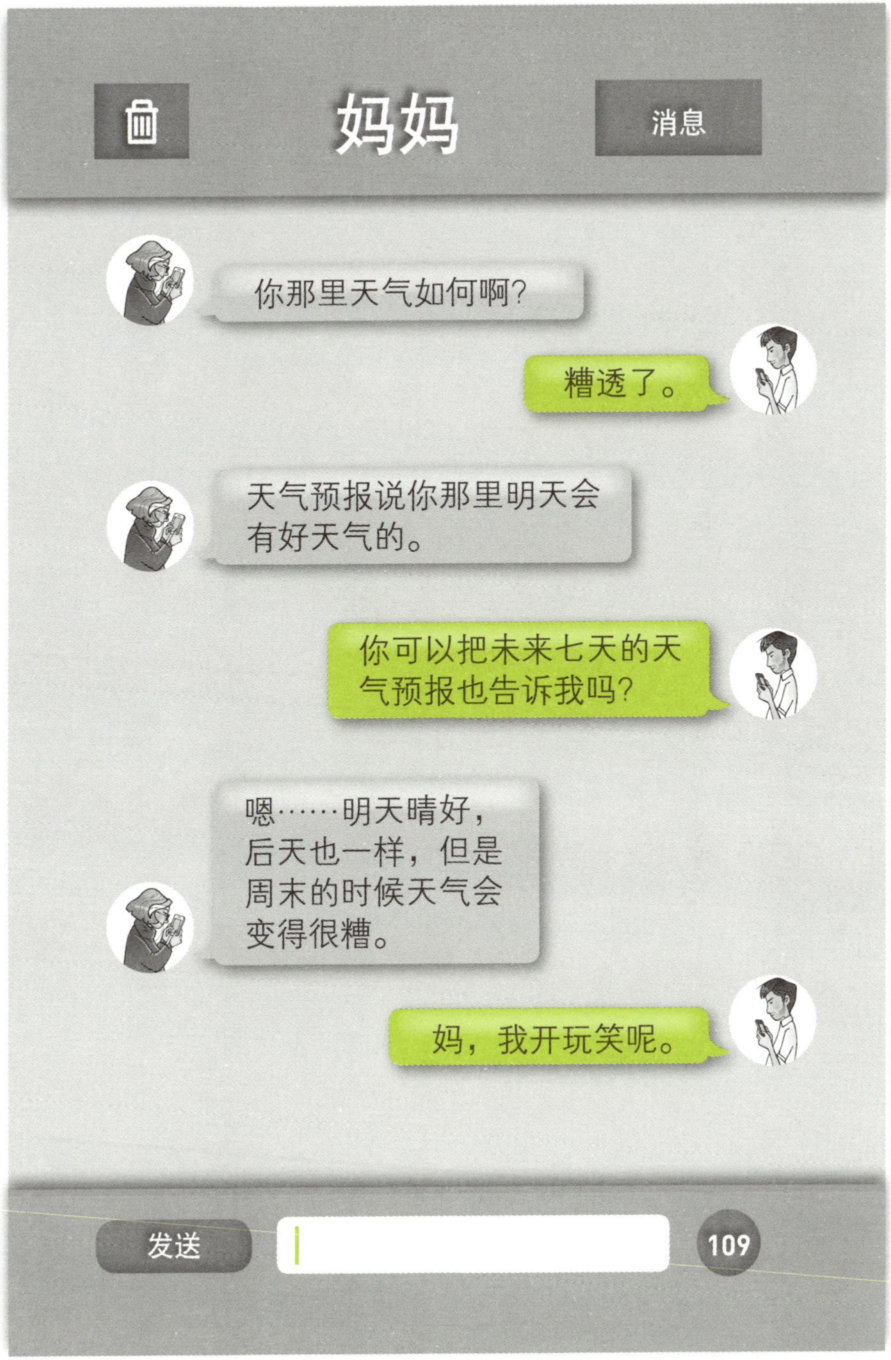
妈妈
消息
你那里天气如何啊?
糟透了。
天气预报说你那里明天会有好天气的。
你可以把未来七天的天气预报也告诉我吗?
嗯……明天晴好，后天也一样，但是周末的时候天气会变得很糟。
妈，我开玩笑呢。
发送

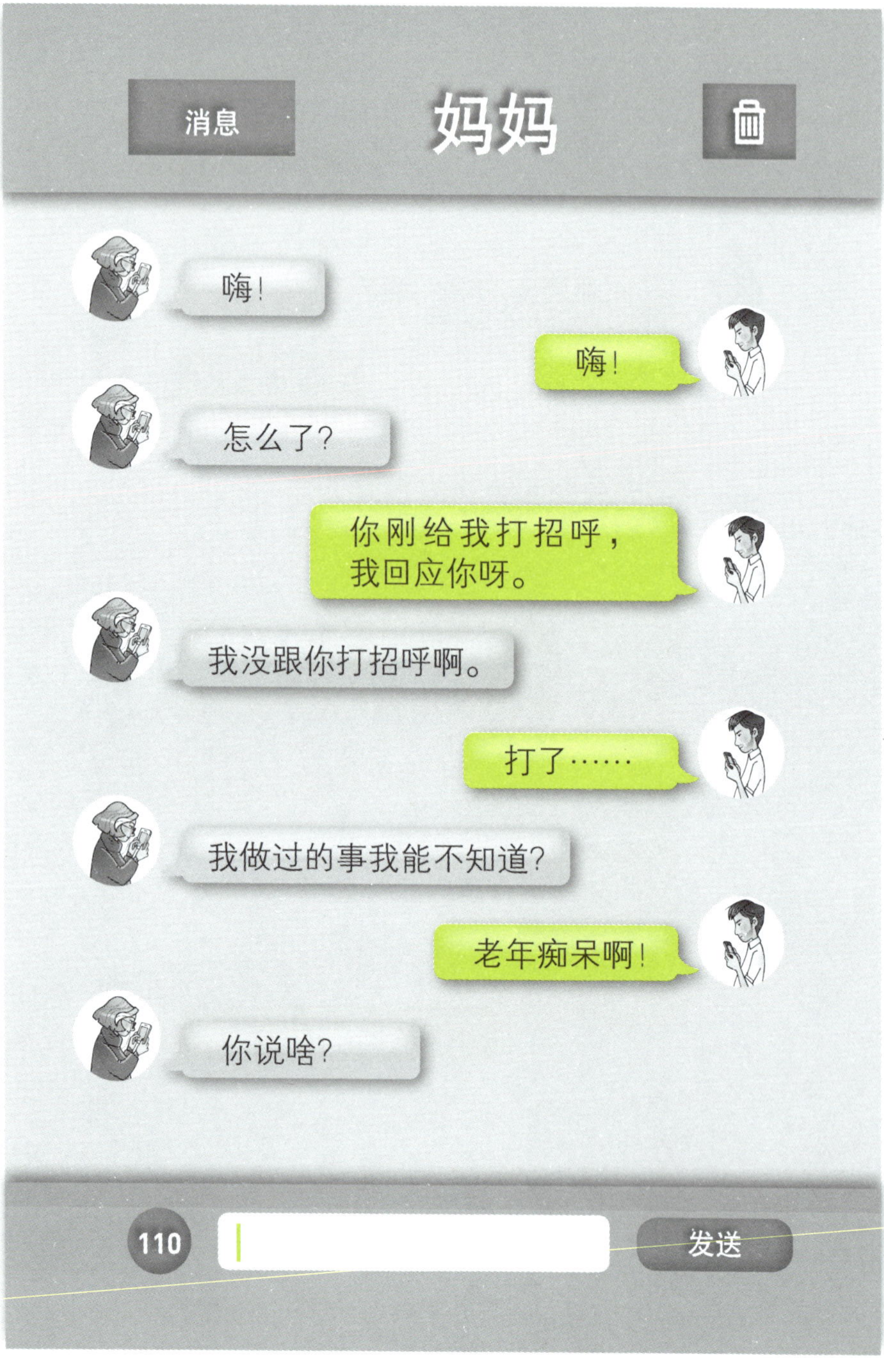
消息
妈妈
嗨！
嗨！
怎么了？
你刚给我打招呼，我回应你呀。
我没跟你打招呼啊。
打了……
我做过的事我能不知道？
老年痴呆啊！
你说啥？
110
发送

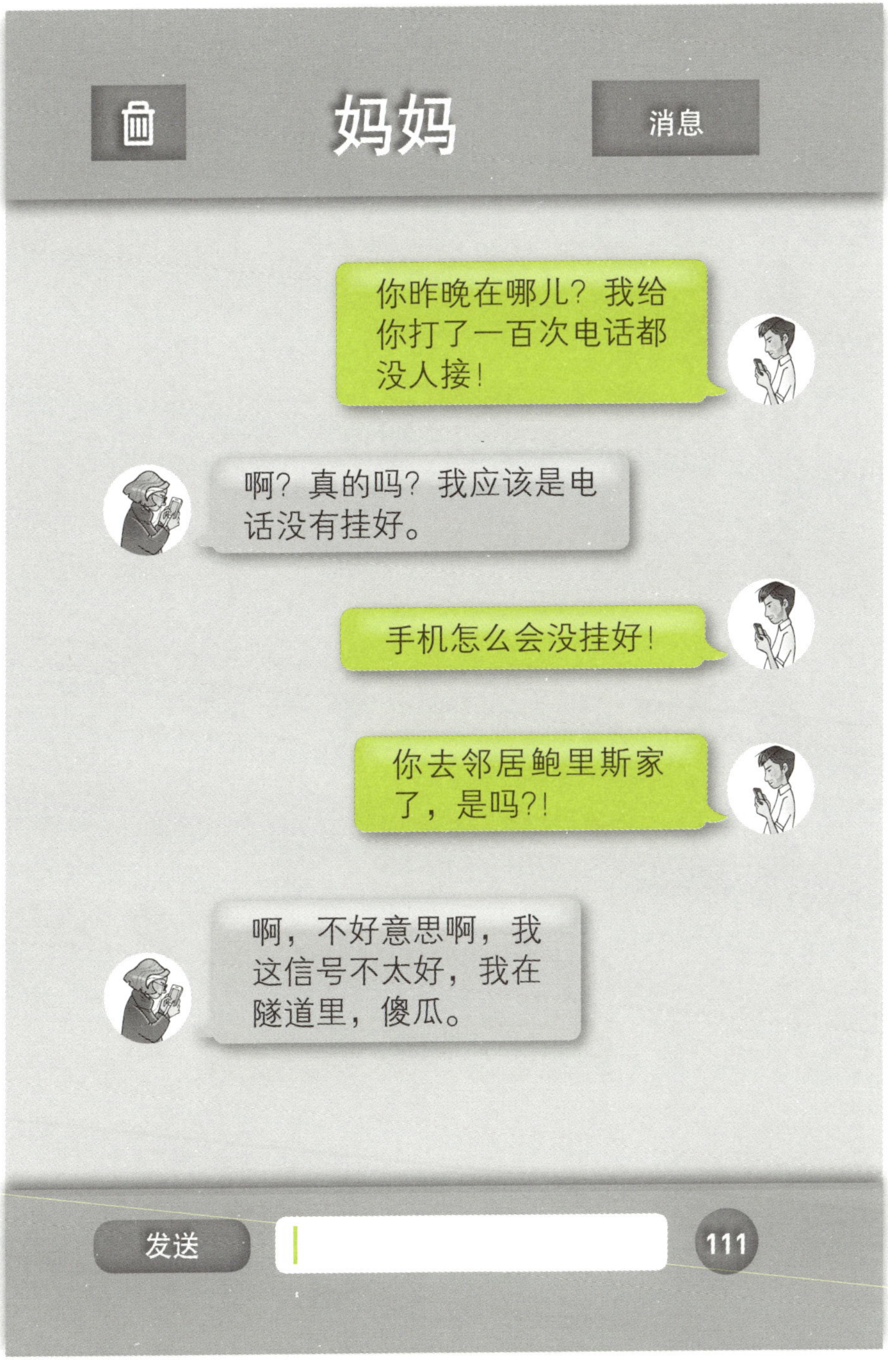
妈妈
消息
你昨晚在哪儿？我给你打了一百次电话都没人接！
啊？真的吗？我应该是电话没有挂好。
手机怎么会没挂好！
你去邻居鲍里斯家了，是吗?!
啊，不好意思啊，我这信号不太好，我在隧道里，傻瓜。
发送
111

消息
妈妈
亲爱的，周末愉快！
亲爱的，周末愉快！
亲爱的，周末愉快！
亲爱的，周末愉快！
亲爱的，周末愉快！
哦不！！！！！！！！
（我一定是在做噩梦）
112
发送

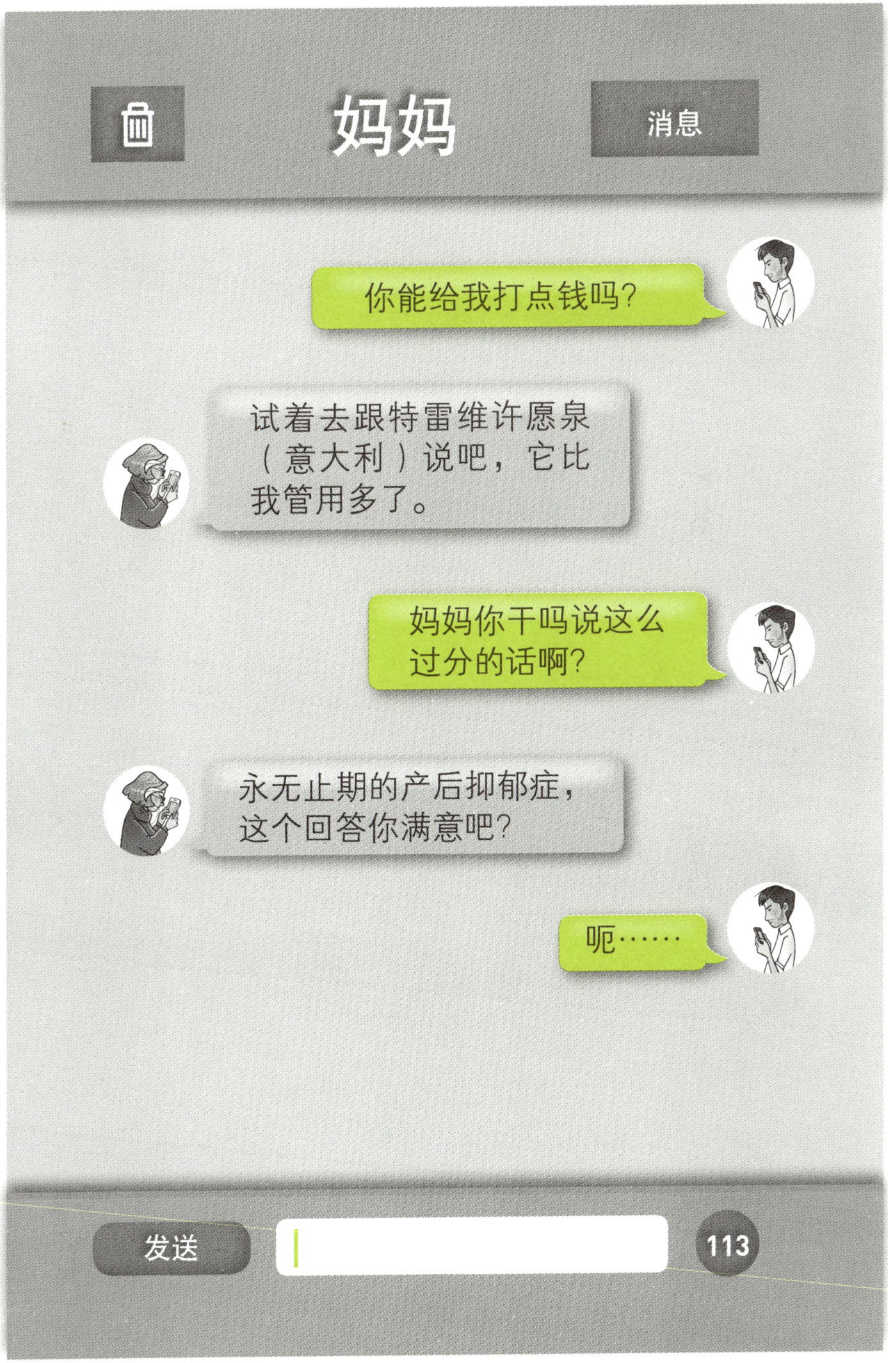
妈妈
消息
你能给我打点钱吗?
试着去跟特雷维许愿泉（意大利）说吧，它比我管用多了。
妈妈你干吗说这么过分的话啊?
永无止期的产后抑郁症，这个回答你满意吧?
呃……
发送
113

消息

妈妈

为什么你从来不把你的女朋友们介绍给我认识呢？

因为我怕你对她们不友好。

好像我是那种特别爱控制的妈妈似的……

那你现在有女朋友吗？

她人好吗？

她父母是做什么的？

发送

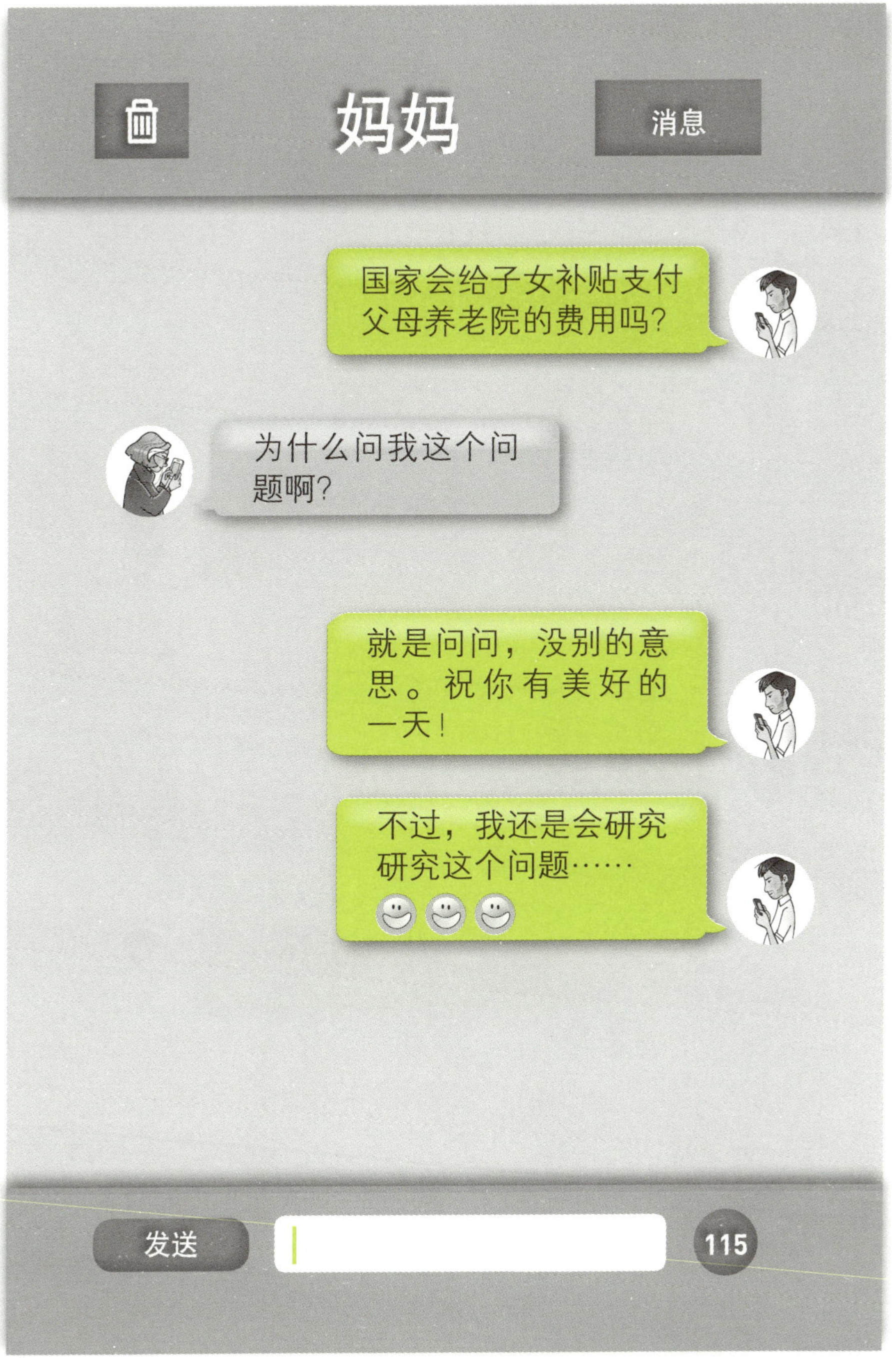
妈妈
消息
国家会给子女补贴支付父母养老院的费用吗?
为什么问我这个问题啊?
就是问问，没别的意思。祝你有美好的一天!
不过，我还是会研究研究这个问题……
发送
115

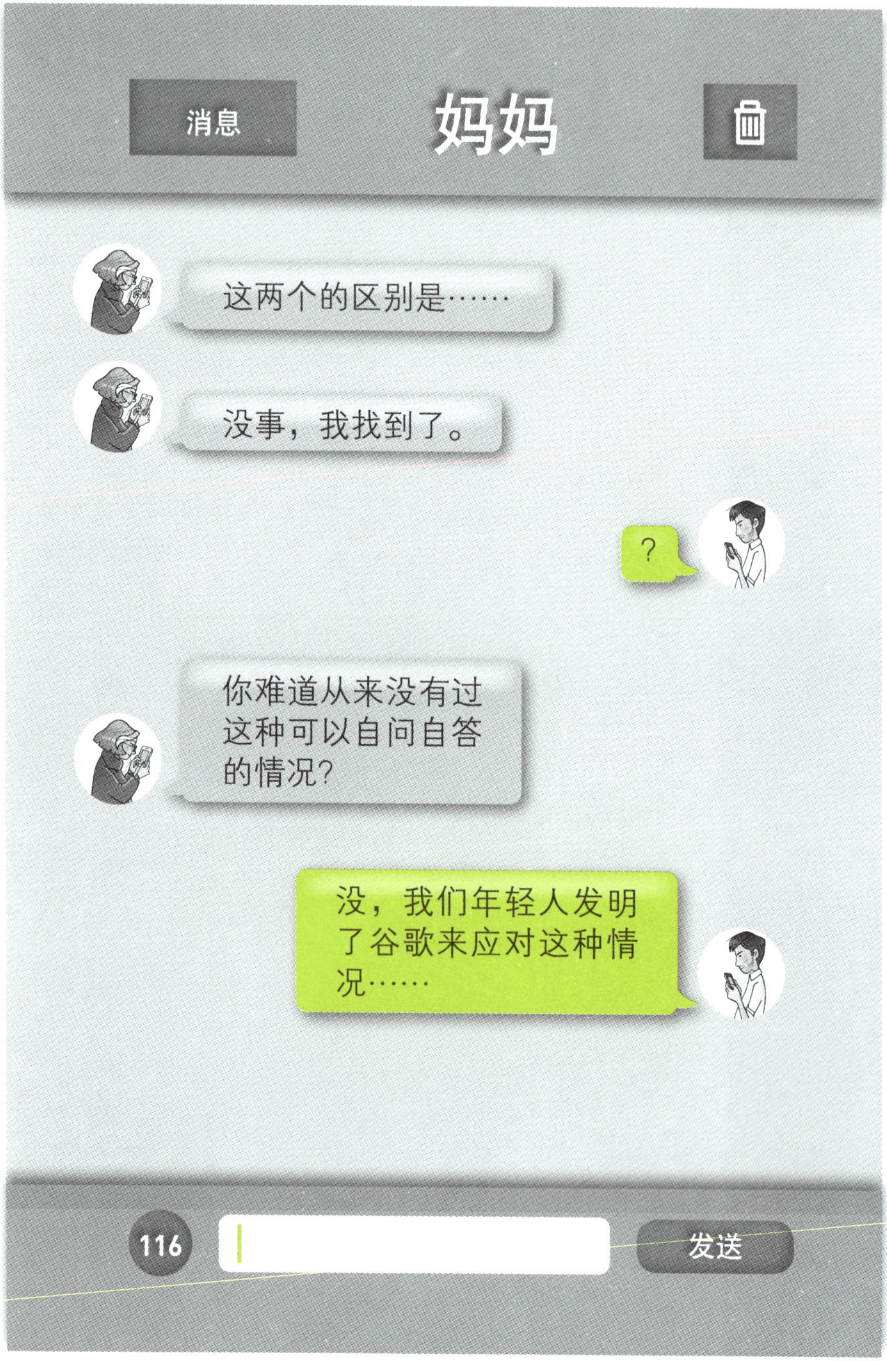
消息
妈妈
这两个的区别是……
没事，我找到了。
?
你难道从来没有过这种可以自问自答的情况?
没，我们年轻人发明了谷歌来应对这种情况……
116
发送

[1] 8月中旬法语写作mi-août，法语猫叫的声音“喵喵”写作miaou。这里妈妈写了“8月中旬”，儿子当成了说“这是那只猫”。

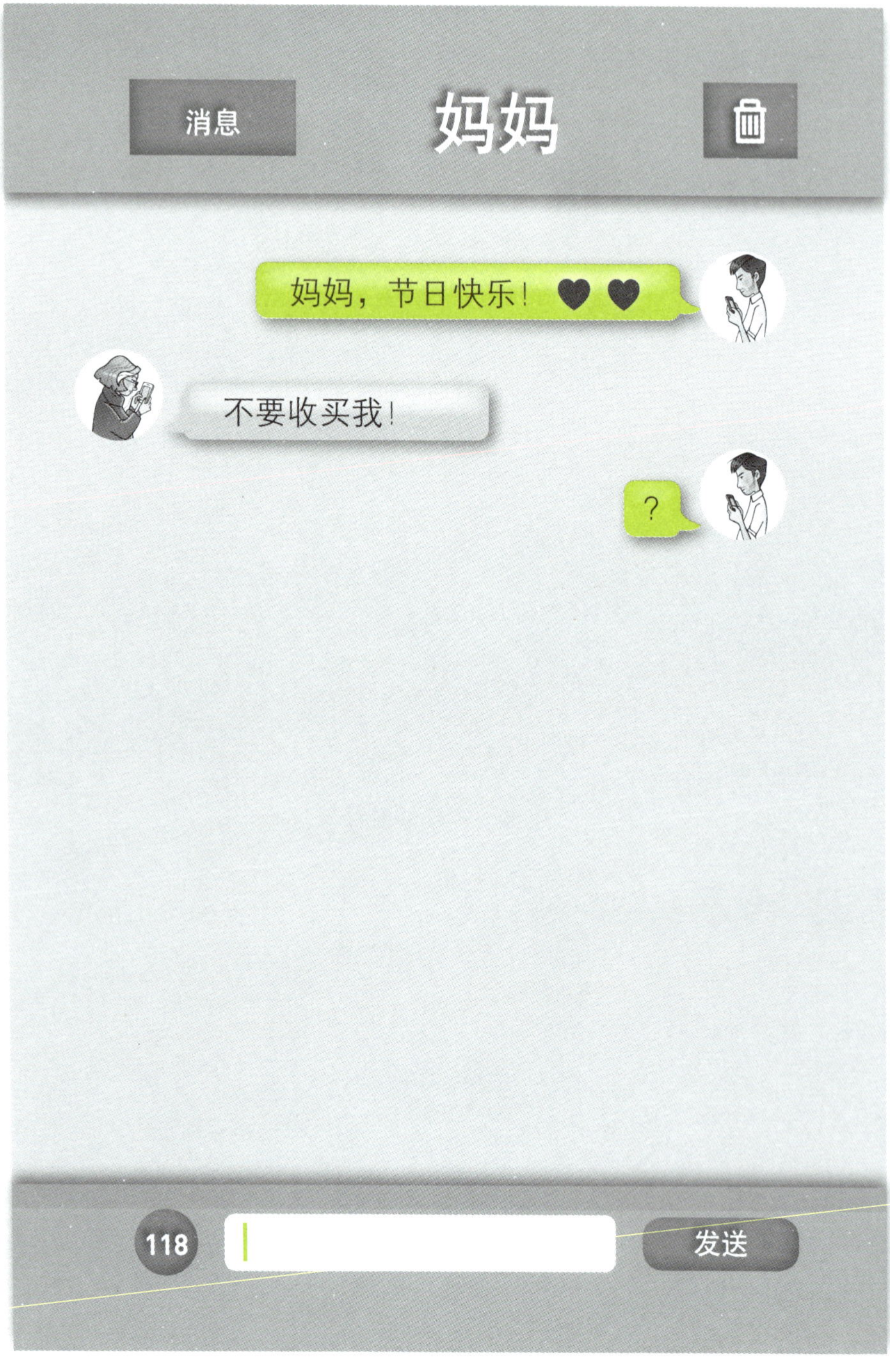
消息
妈妈
妈妈，节日快乐！
不要收买我！
?
118
发送

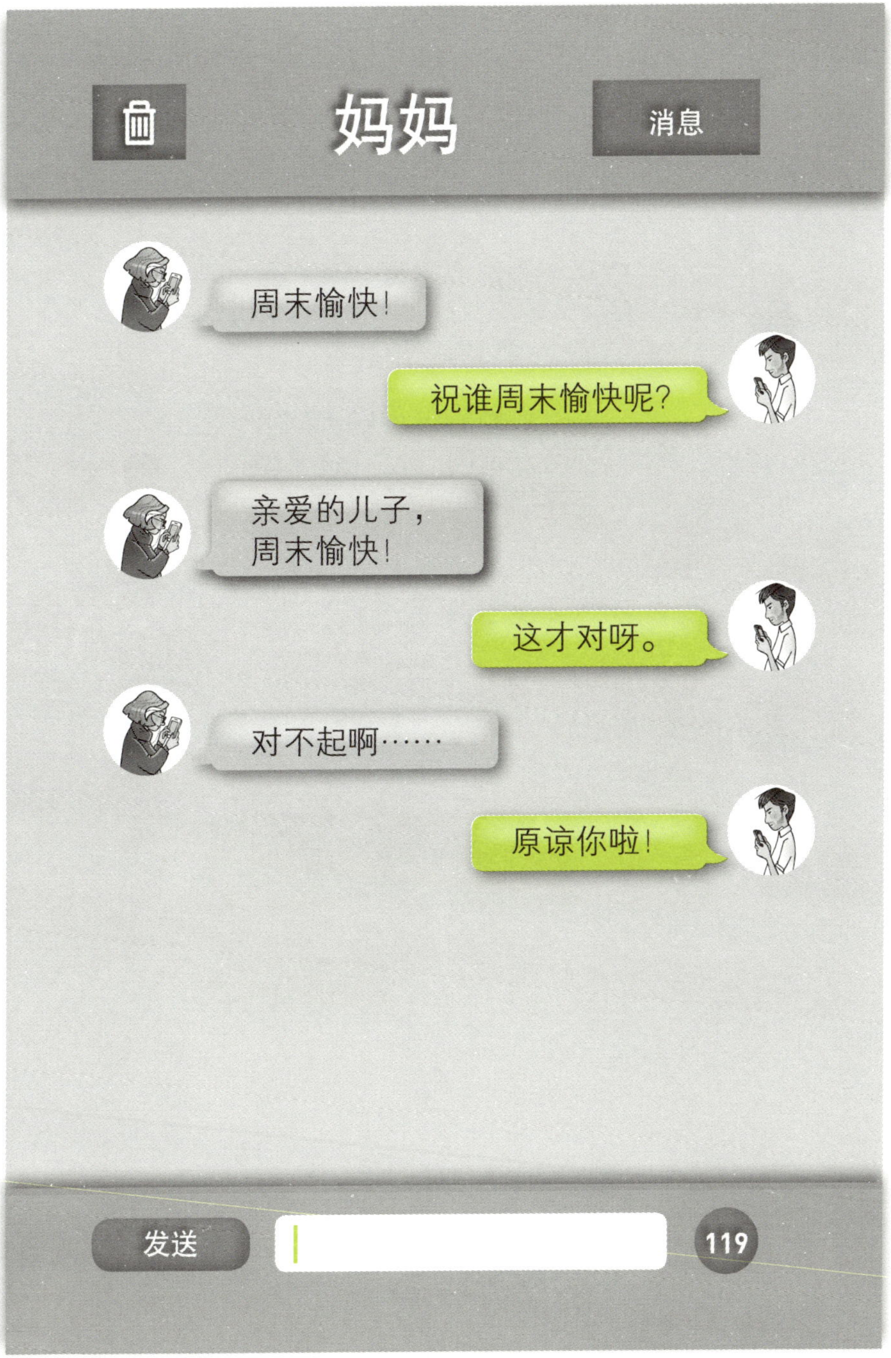
妈妈
消息
周末愉快!
祝谁周末愉快呢?
亲爱的儿子,
周末愉快!
这才对呀。
对不起啊……
原谅你啦!
发送

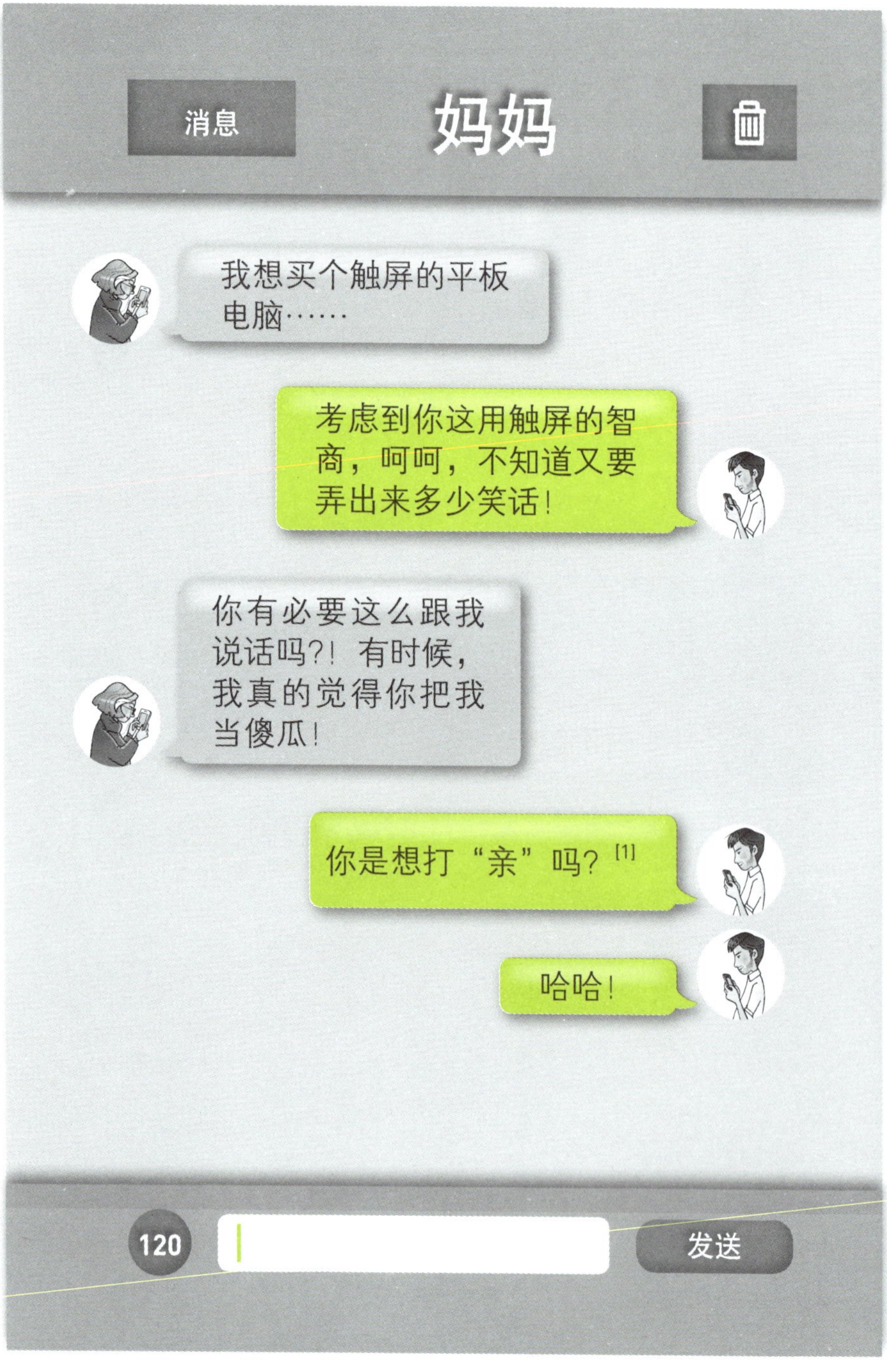

[1] 法语亲吻写作bise，说人傻写作buse，妈妈经常打错，这里儿子是逗妈妈的。

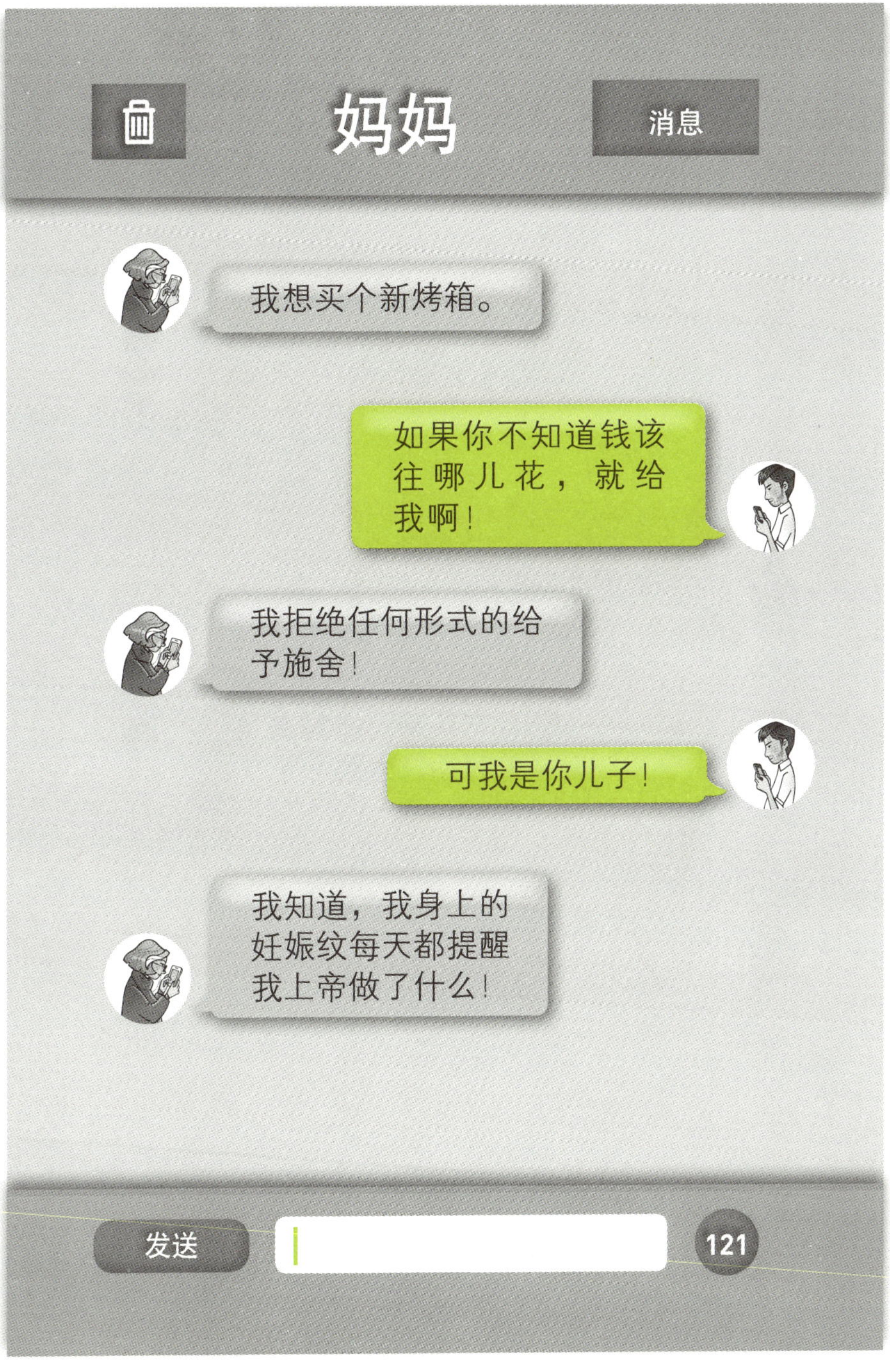
妈妈
消息
我想买个新烤箱。
如果你不知道钱该往哪儿花，就给我啊！
我拒绝任何形式的给予施舍！
可我是你儿子！
我知道，我身上的妊娠纹每天都提醒我上帝做了什么！
发送

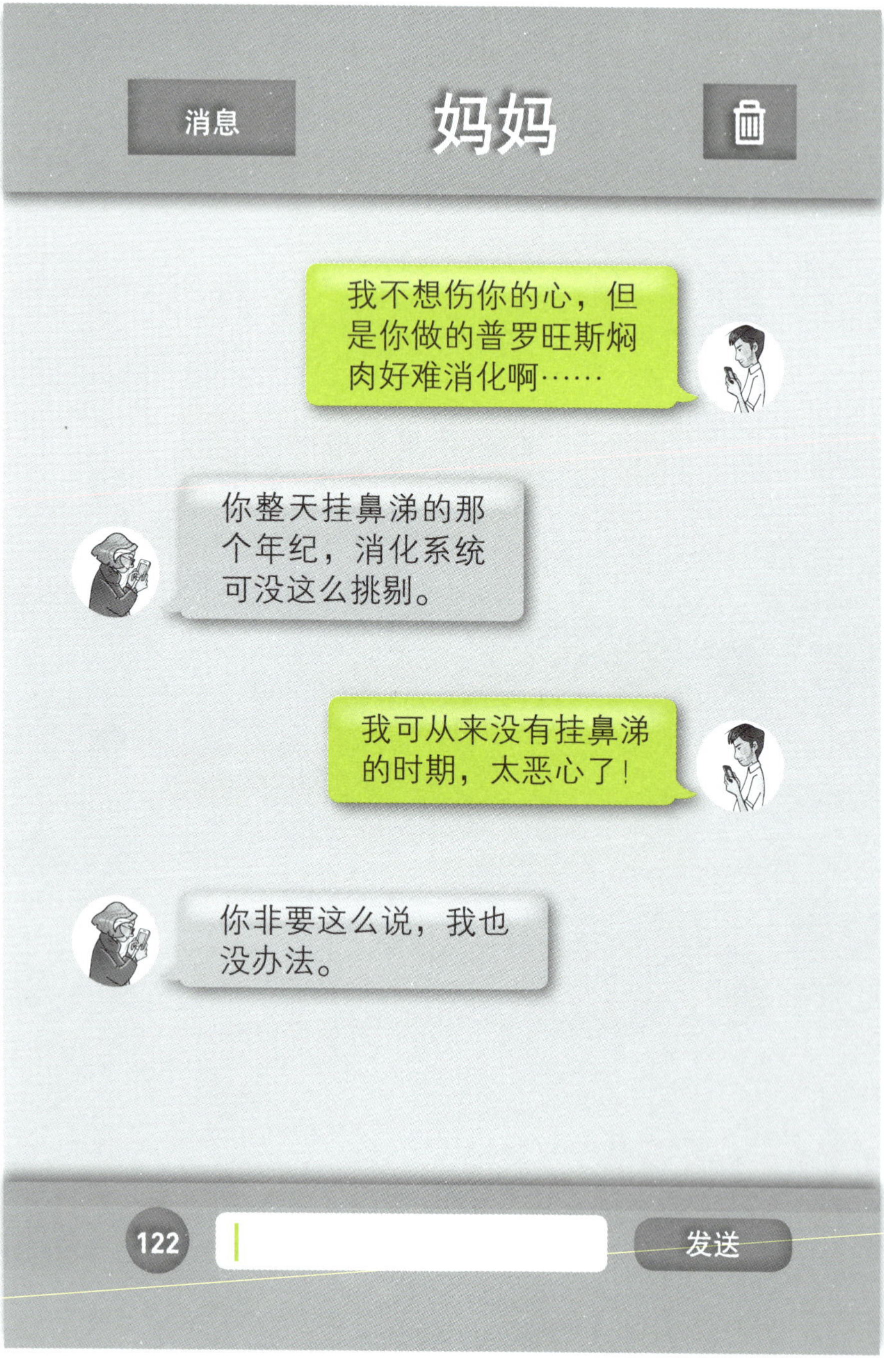

消息
妈妈
我不想伤你的心，但是你做的普罗旺斯焖肉好难消化啊……
你整天挂鼻涕的那个年纪，消化系统可没这么挑剔。
我可从来没有挂鼻涕的时期，太恶心了！
你非要这么说，我也没办法。
122
发送

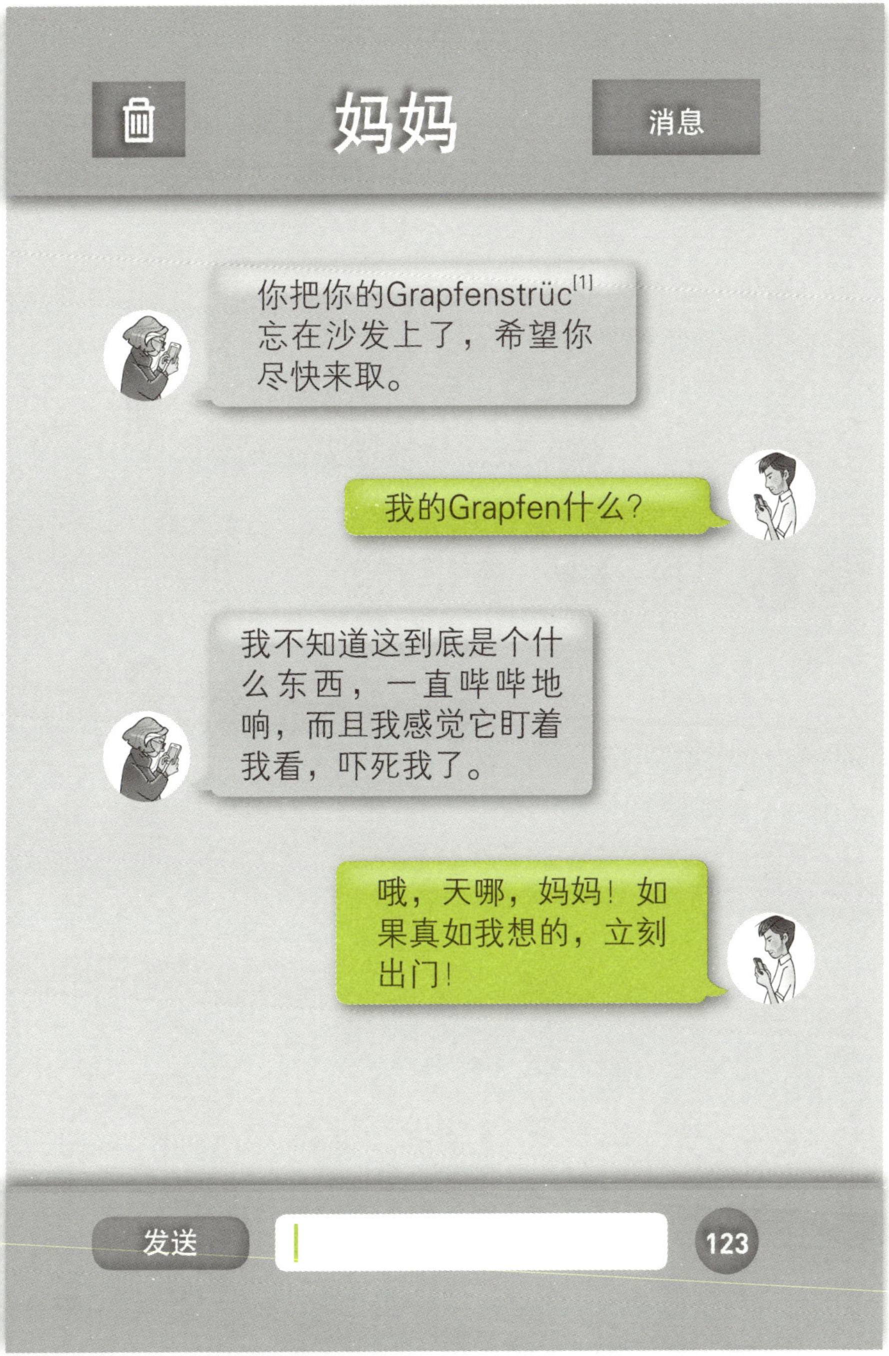

[1] 这个单词是作者为了搞笑自造的，法语中没有这个单词。

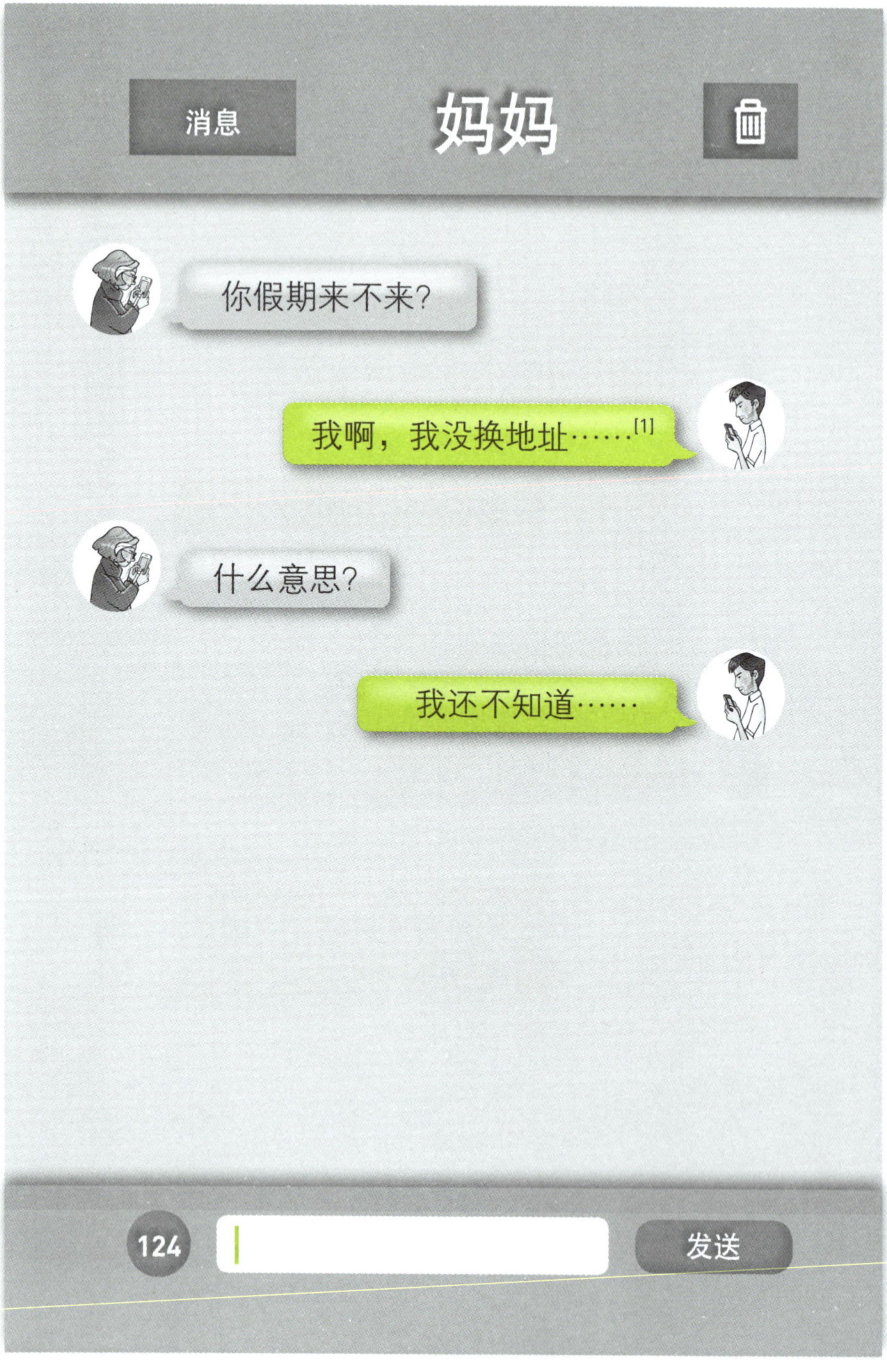

[1] 这是一首法语歌《你假期来不来》里的两句歌词，所以当妈妈问他“假期来不来”时，儿子接了一句歌词，但是妈妈没整明白儿子的法式玩笑。

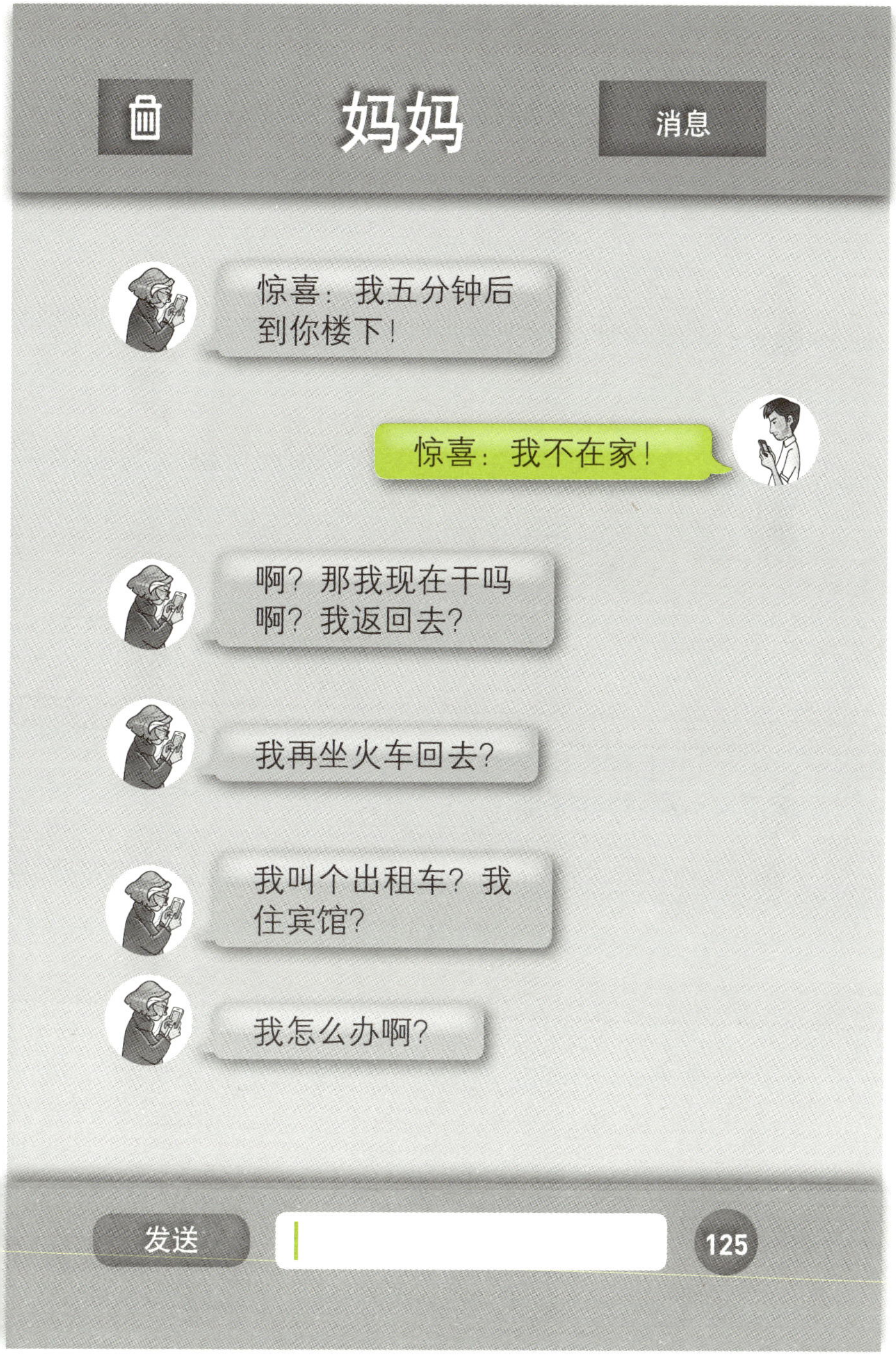
妈妈
消息
惊喜：我五分钟后到你楼下！
惊喜：我不在家！
啊？那我现在干吗啊？我返回去？
我再坐火车回去？
我叫个出租车？我住宾馆？
我怎么办啊？
发送
125

消息
妈妈
亲爱的，周末愉快！
为什么？
因为到周末了呀。
还有呢？
还有，你是我亲爱的儿子呀。
嗯，这解释还真说得通……
126
发送

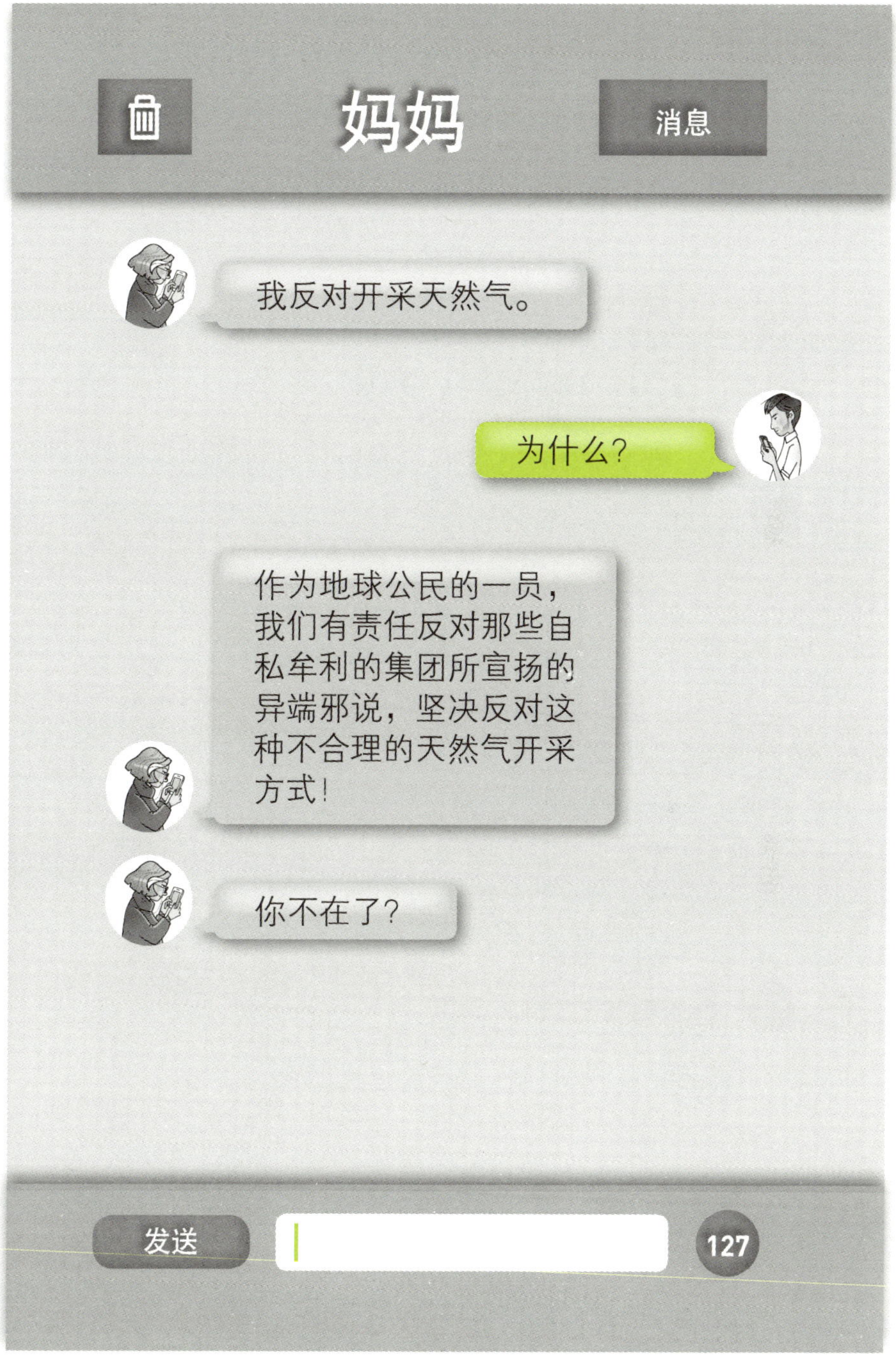
妈妈
消息
我反对开采天然气。
为什么？
作为地球公民的一员，我们有责任反对那些自私牟利的集团所宣扬的异端邪说，坚决反对这种不合理的天然气开采方式！
你不在了？
发送

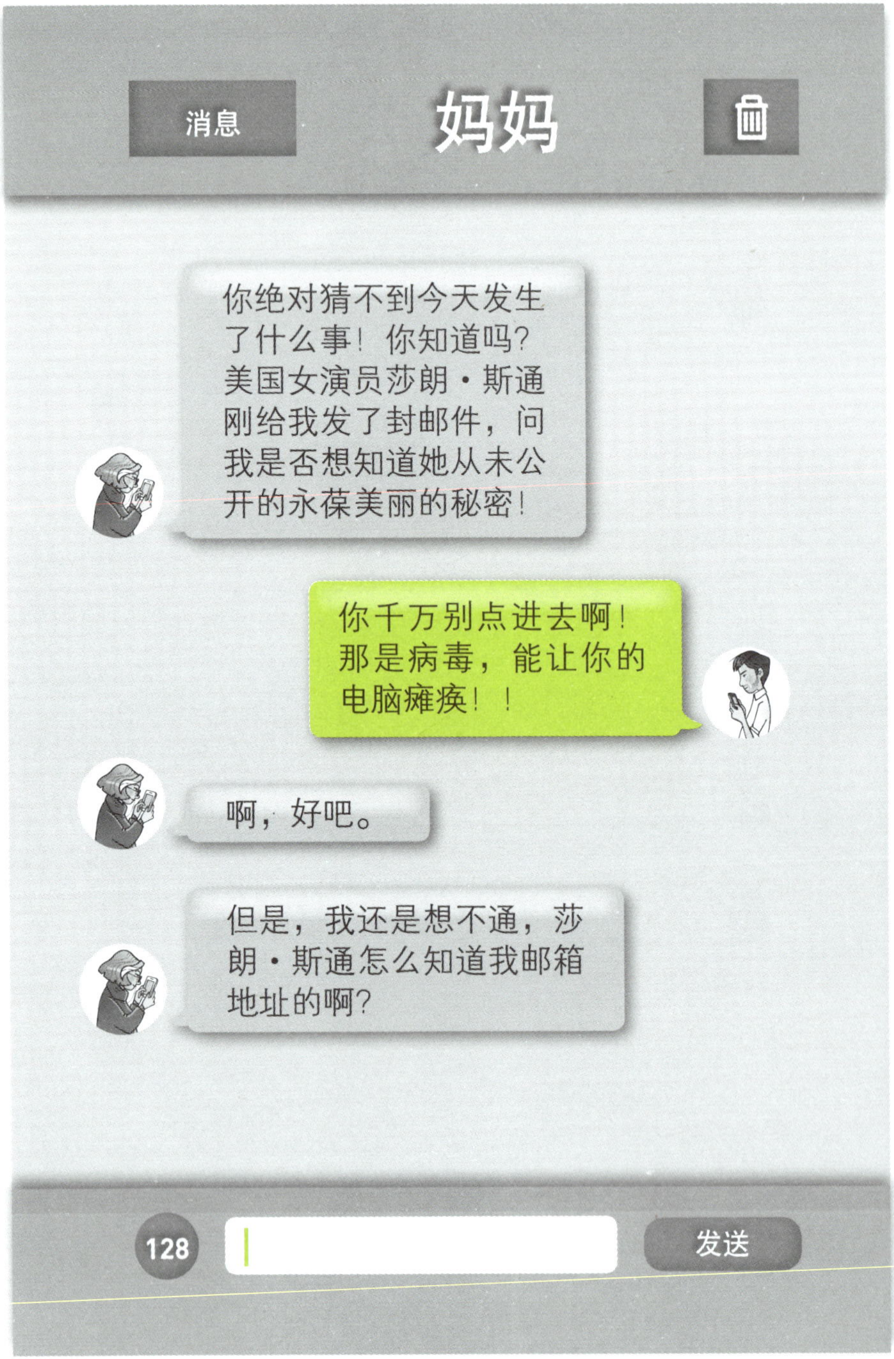
消息
妈妈
你绝对猜不到今天发生了什么事！你知道吗？美国女演员莎朗·斯通刚给我发了封邮件，问我是否想知道她从未公开的永葆美丽的秘密！
你千万别点进去啊！那是病毒，能让你的电脑瘫痪！！
啊，好吧。
但是，我还是想不通，莎朗·斯通怎么知道我邮箱地址的啊？
128
发送

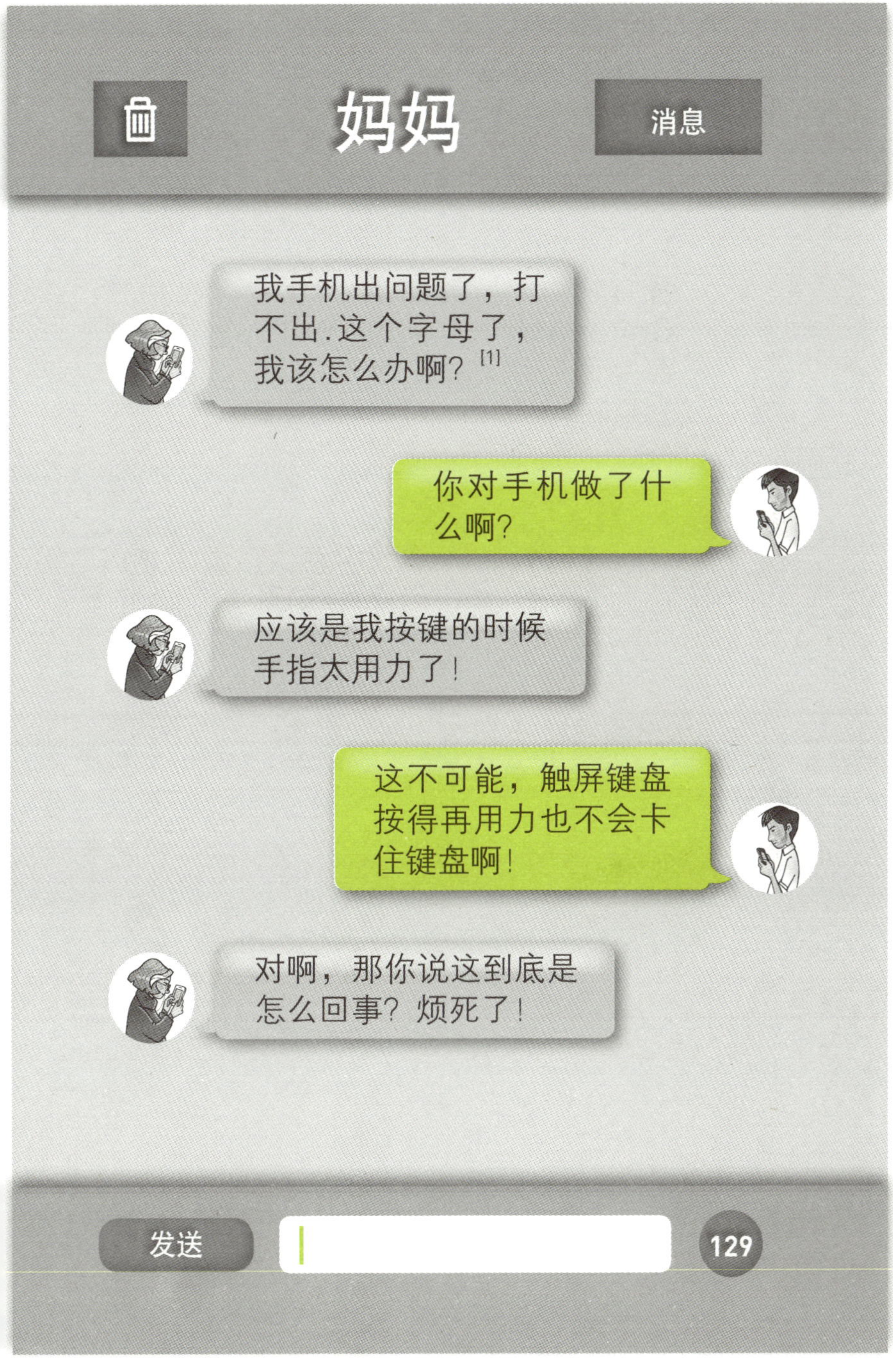

[1] 因为手机出问题了，本图中妈妈发来的单词里的字母e都是一个“.”。

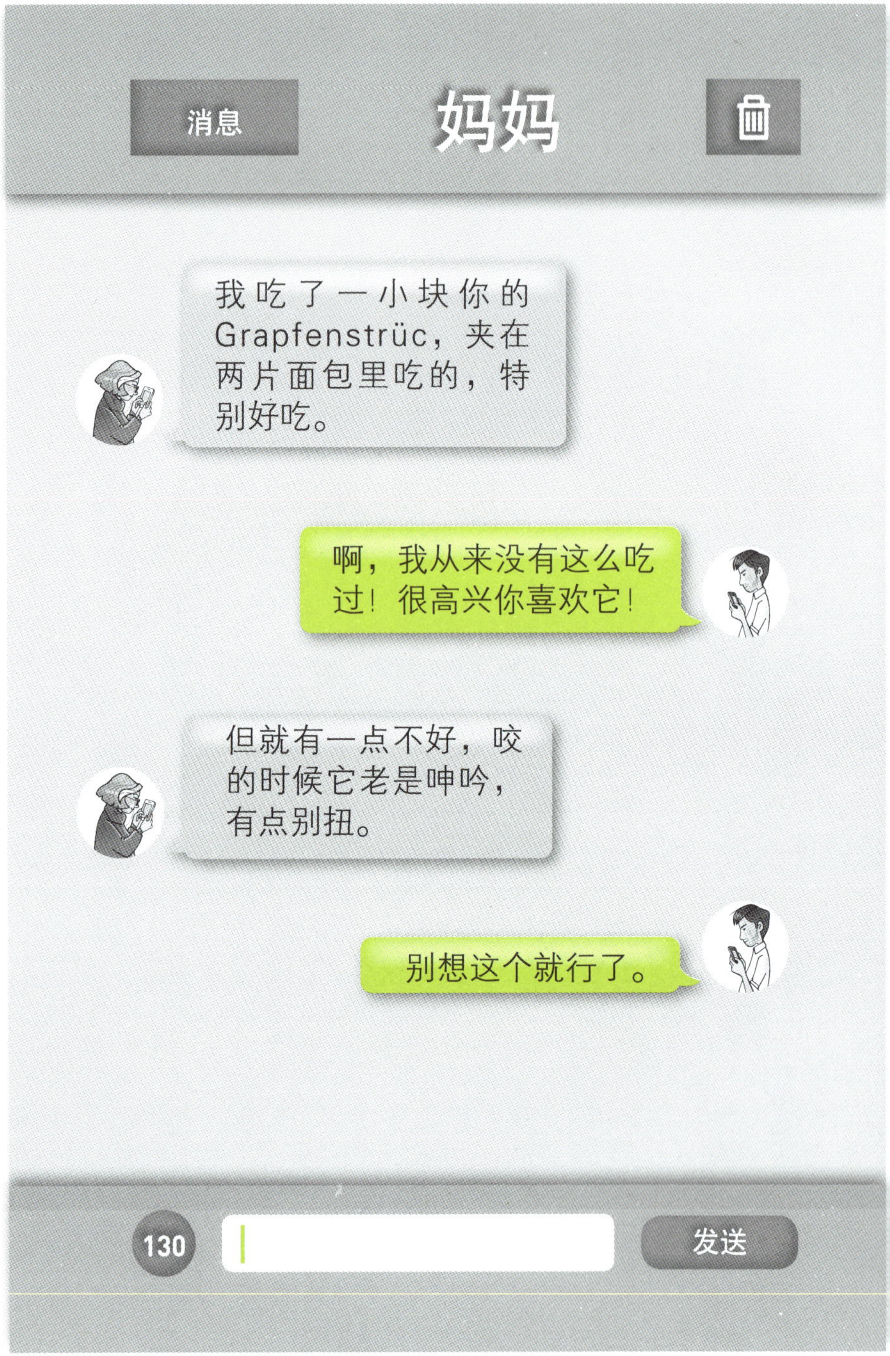
消息
妈妈
我吃了一小块你的Grapfenstrüc，夹在两片面包里吃的，特别好吃。
啊，我从来没有这么吃过！很高兴你喜欢它！
但就有一点不好，咬的时候它老是呻吟，有点别扭。
别想这个就行了。
130
发送

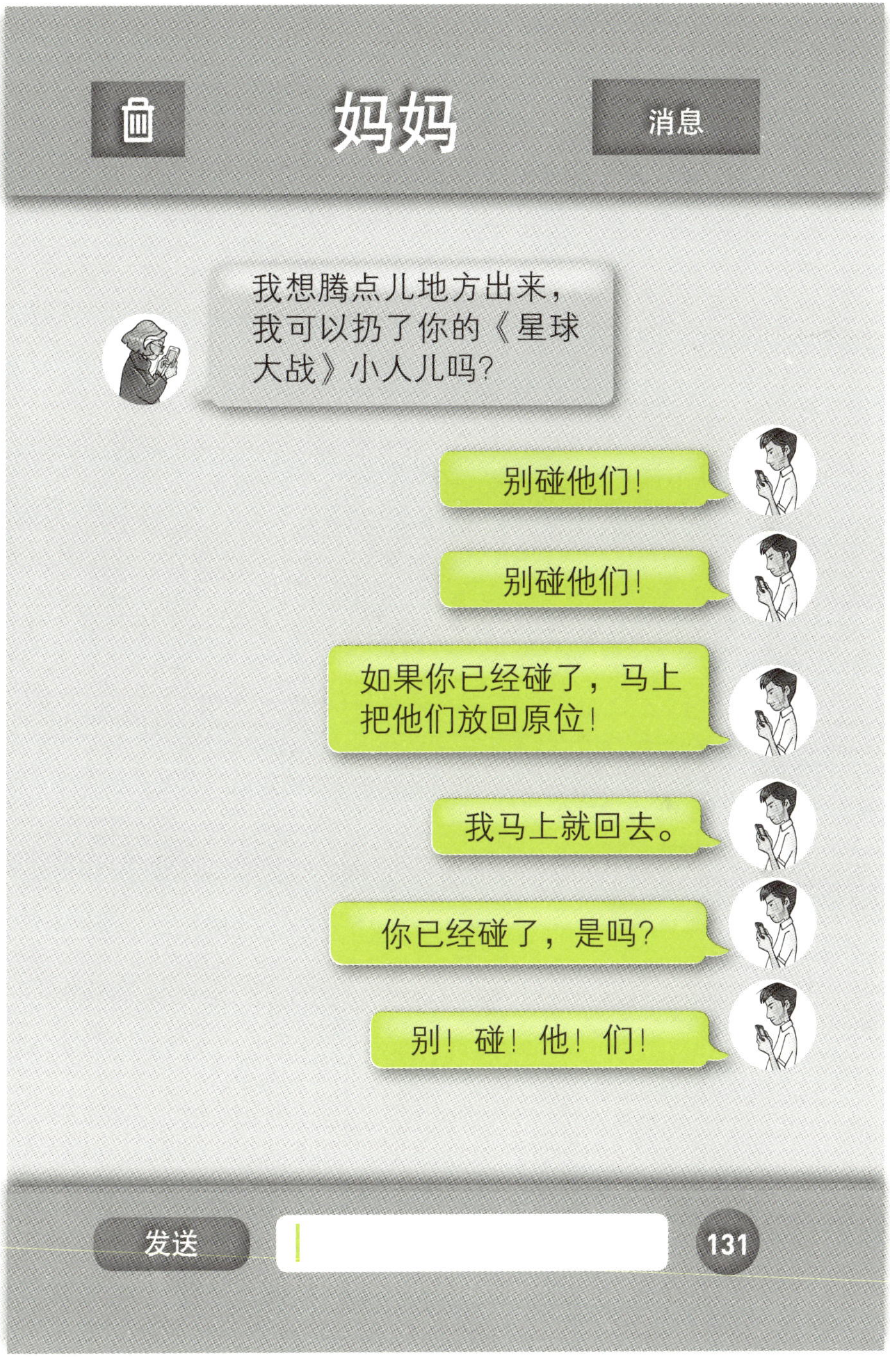
妈妈
消息
我想腾点儿地方出来，我可以扔了你的《星球大战》小人儿吗？
别碰他们！
别碰他们！
如果你已经碰了，马上把他们放回原位！
我马上就回去。
你已经碰了，是吗？
别！碰！他！们！
发送

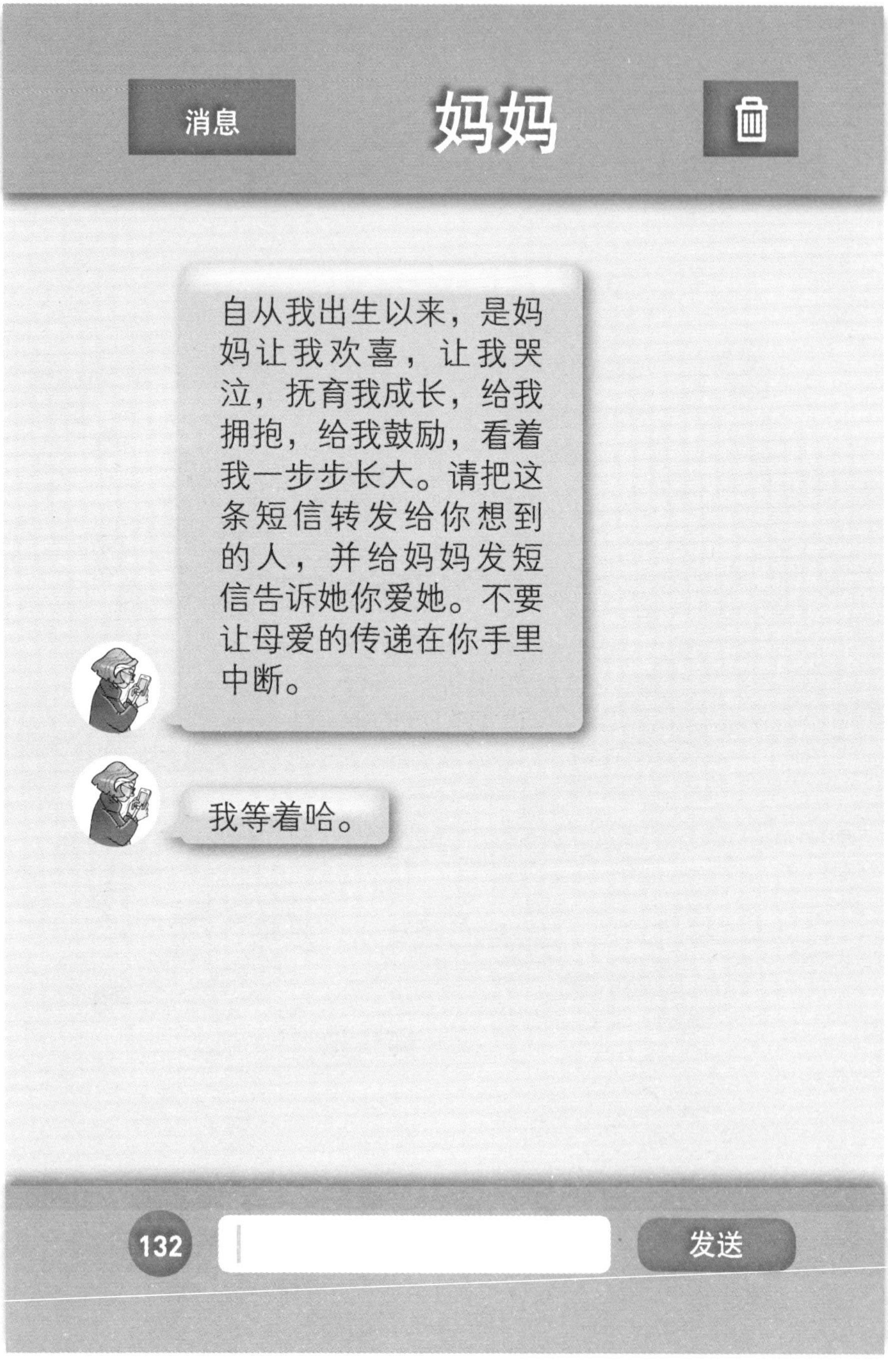

消息
妈妈
自从我出生以来，是妈妈让我欢喜，让我哭泣，抚育我成长，给我拥抱，给我鼓励，看着我一步步长大。请把这条短信转发给你想到的人，并给妈妈发短信告诉她你爱她。不要让母爱的传递在你手里中断。
我等着哈。
132
发送

妈妈

消息

由于你这周对我极其不好，所以我决定不祝你周末愉快！让你记住这次教训。

你为什么鼓励我对你不好?

我没明白你的话。

啊，我明白了，但我不喜欢这样的幽默。

发送

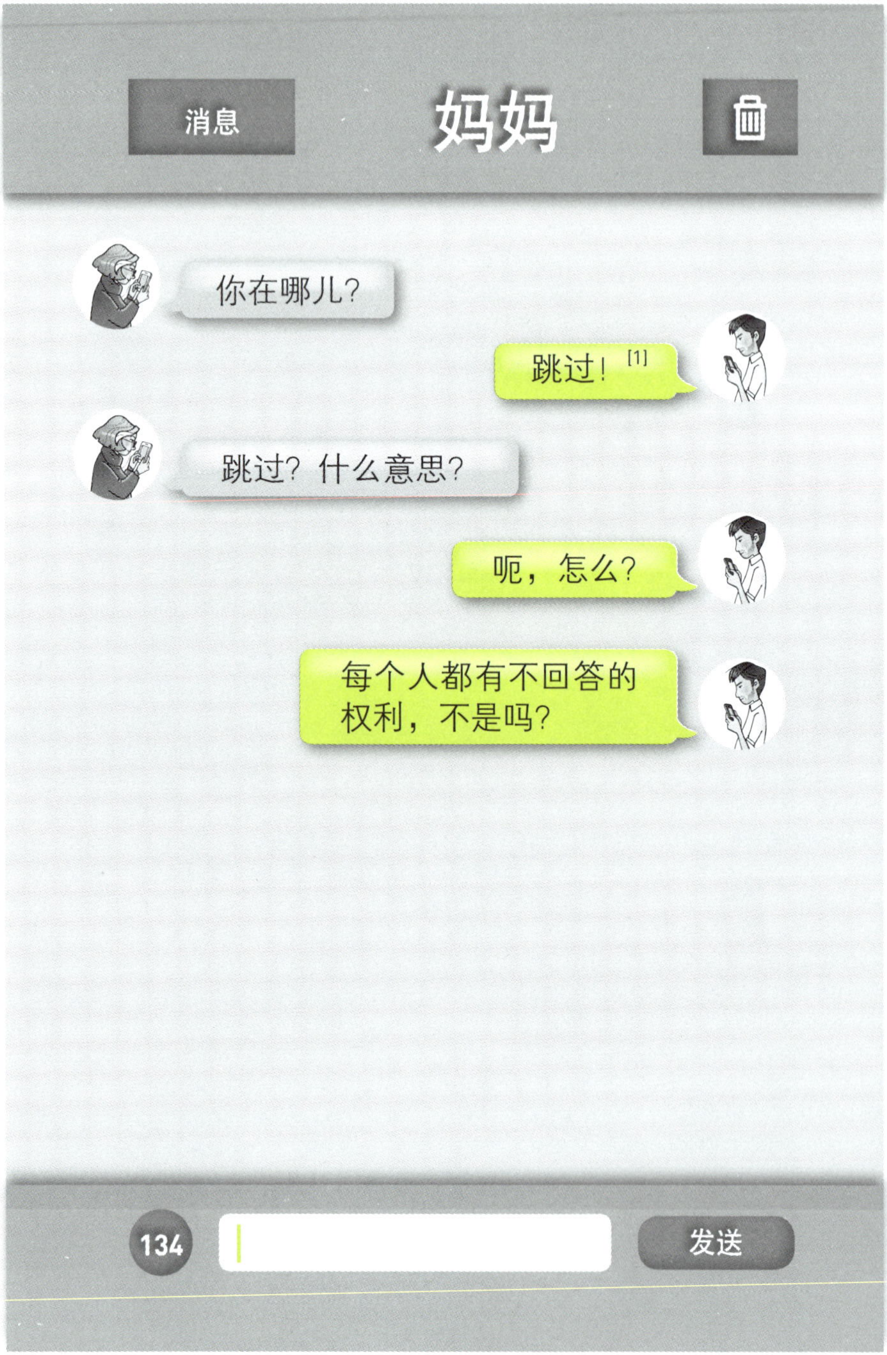

[1] 原文Joker是扑克牌中王牌的意思，又叫百搭牌，有了这张牌游戏时可以跳过，这里指不想正面回答妈妈的问题。

妈妈

消息

我的胳膊超级疼……

真不幸，我离得太远，不能给你我最厉害的治愈一切的神奇之吻。♥

妈妈，20多年前，我就不再相信你那最厉害的治愈一切的神奇之吻了。

什么？你怎么能如此冷血地跟我说话呢?!

发送

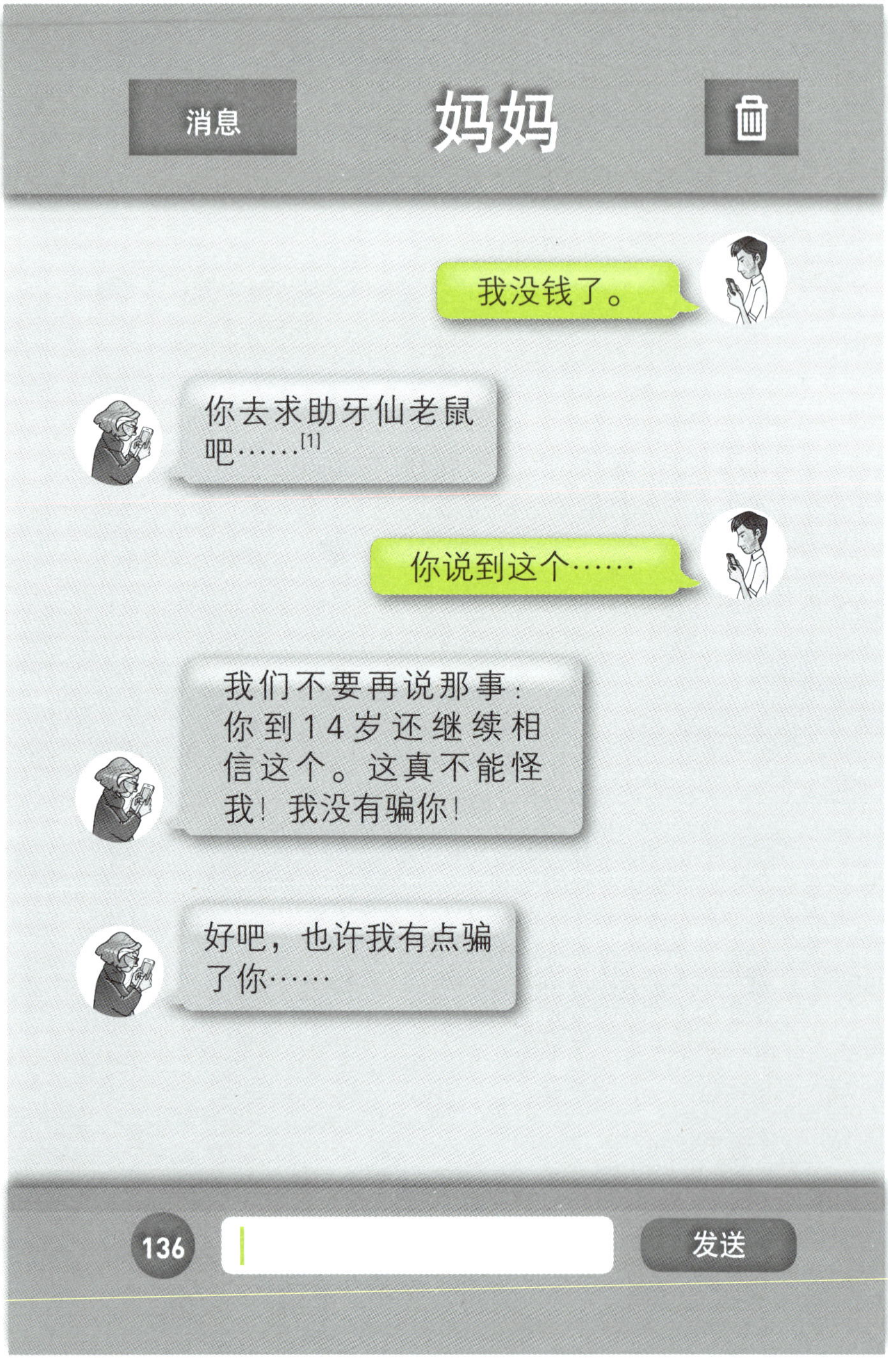

[1] 西方民间流传的儿童故事。当小朋友换牙的时候，睡前把掉了的牙放在枕头下面，就会有小老鼠牙仙来拿走牙并留下一些钱来作为交换。

[1] 这是一句歌词，法语中没有这个单词。

[2] 儿子在接歌词。

消息
妈妈
给我打电话！
我现在没空。
给我打电话！
给我打电话！
给我打电话！
给我打电话！
给我打电话！
给我打电话！
好啦，别发啦，
我这就打给你。
138
发送

妈妈

消息

Jfifjf des fufu。

外婆？是你吗？

哎呀，被发现了。Xxjxucic ceci civil ici。Chicopou。

我不能每次都给你带大麻—— 一想到妈妈可能会发现咱们的诡计，我就觉得害怕！

Igficig。

是啊，不管怎么说，大麻的药用性能是个很好的借口?!

发送

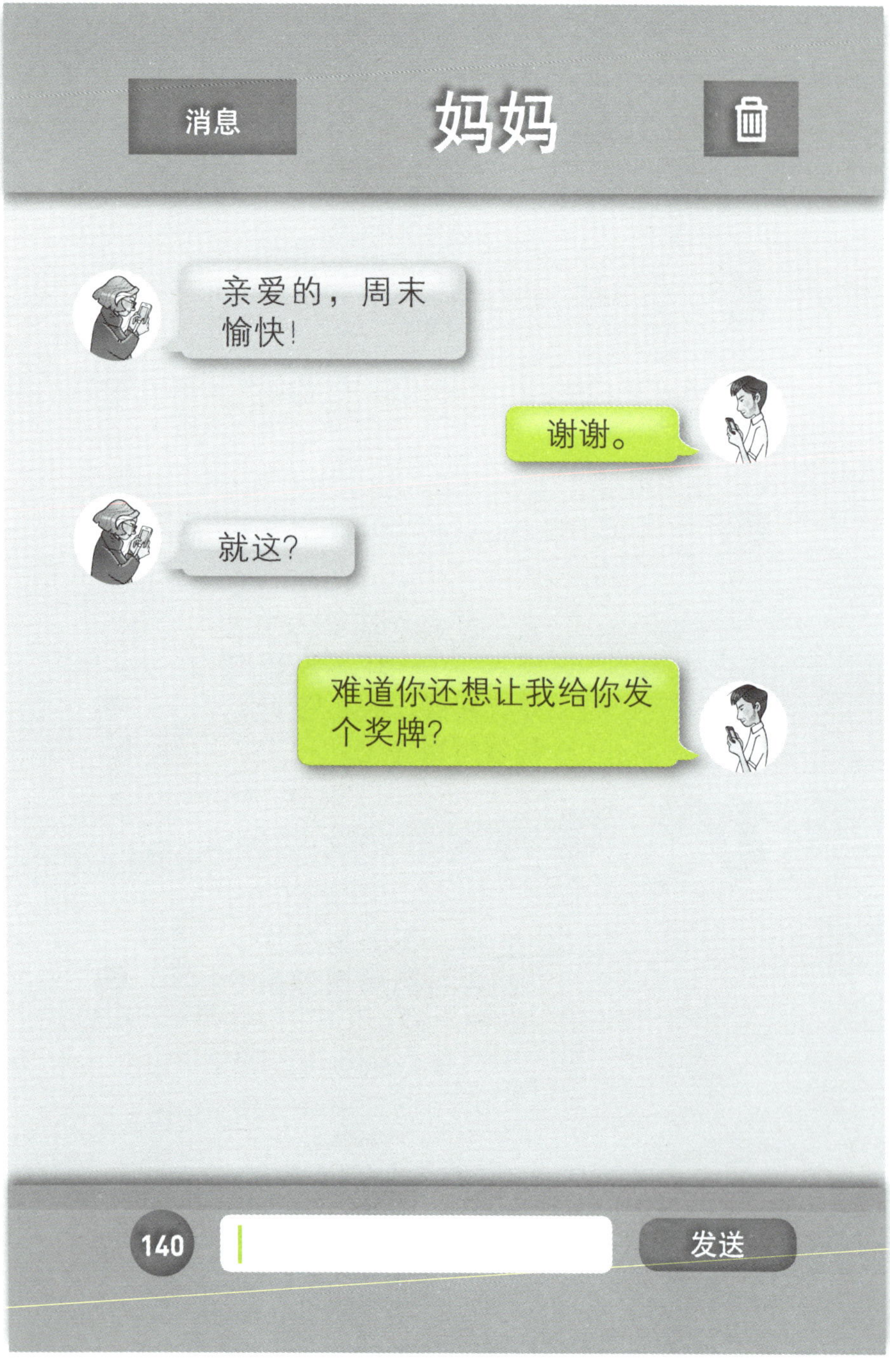
消息
妈妈
亲爱的，周末愉快!
谢谢。
就这?
难道你还想让我给你发个奖牌?
140
发送

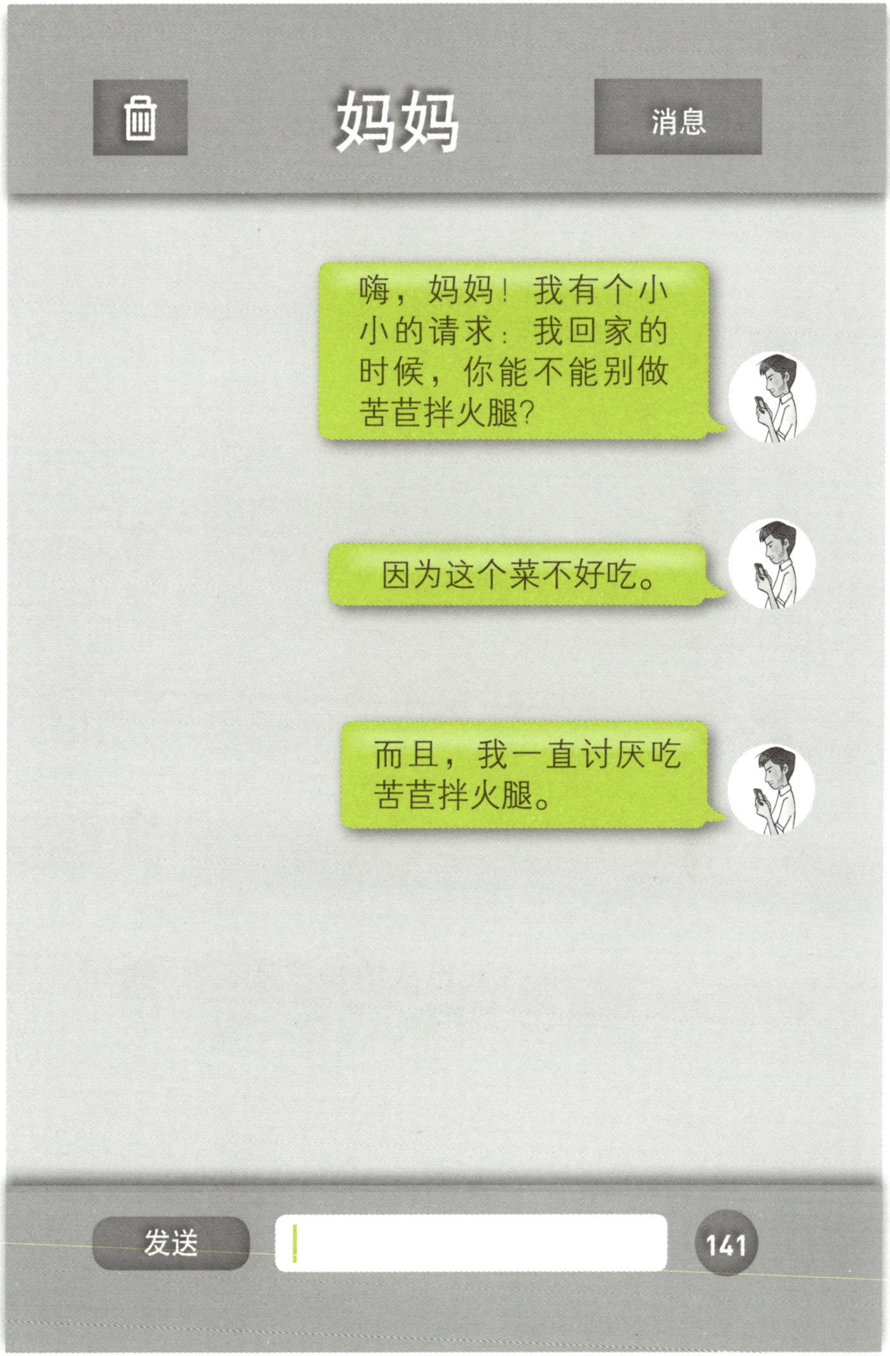
妈妈
消息
嗨，妈妈！我有个小小的请求：我回家的时候，你能不能别做苦苣拌火腿？
因为这个菜不好吃。
而且，我一直讨厌吃苦苣拌火腿。
发送
141

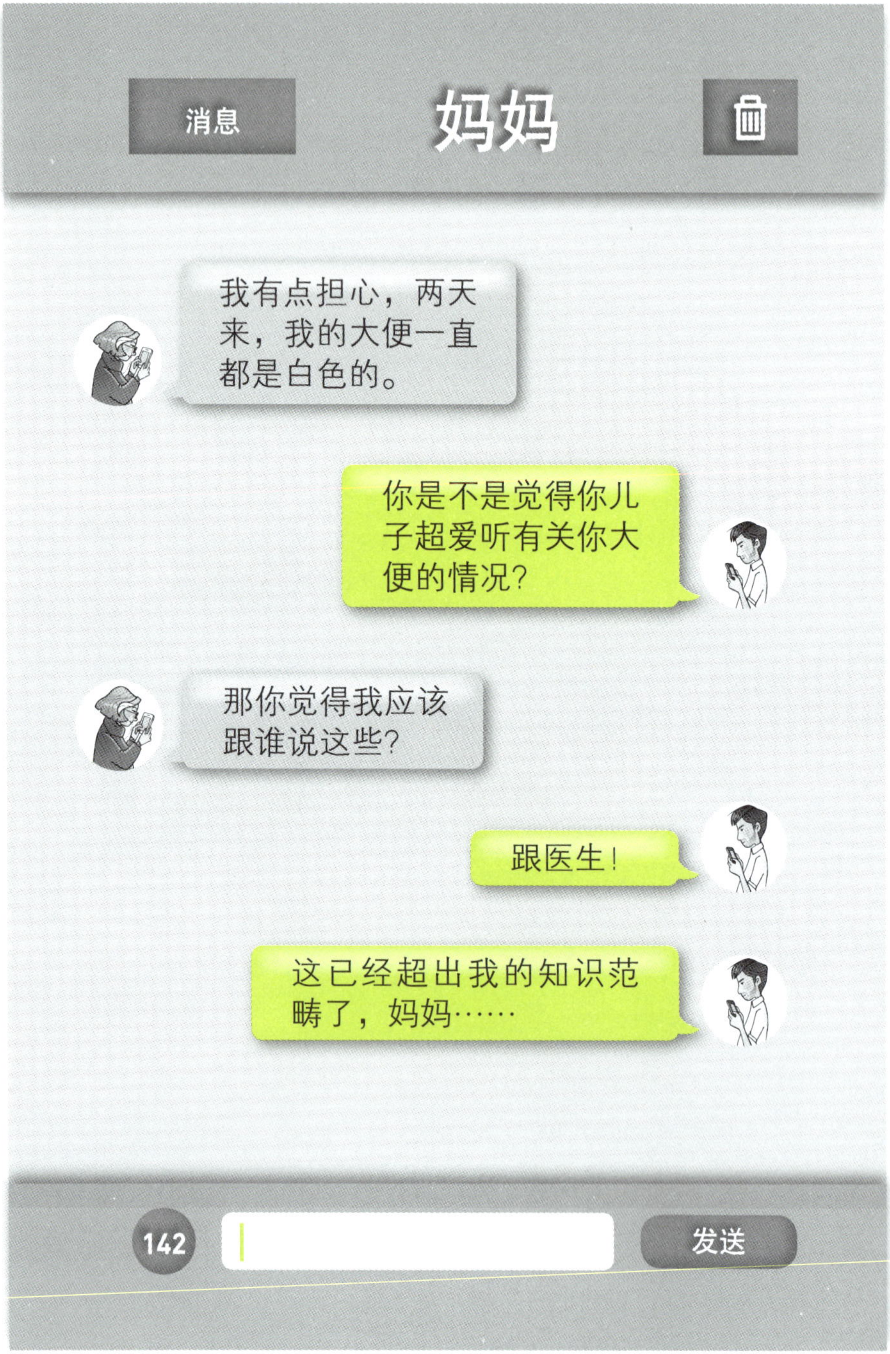
消息
妈妈
我有点担心，两天来，我的大便一直都是白色的。
你是不是觉得你儿子超爱听有关你大便的情况？
那你觉得我应该跟谁说这些？
跟医生！
这已经超出我的知识范畴了，妈妈……
142
发送

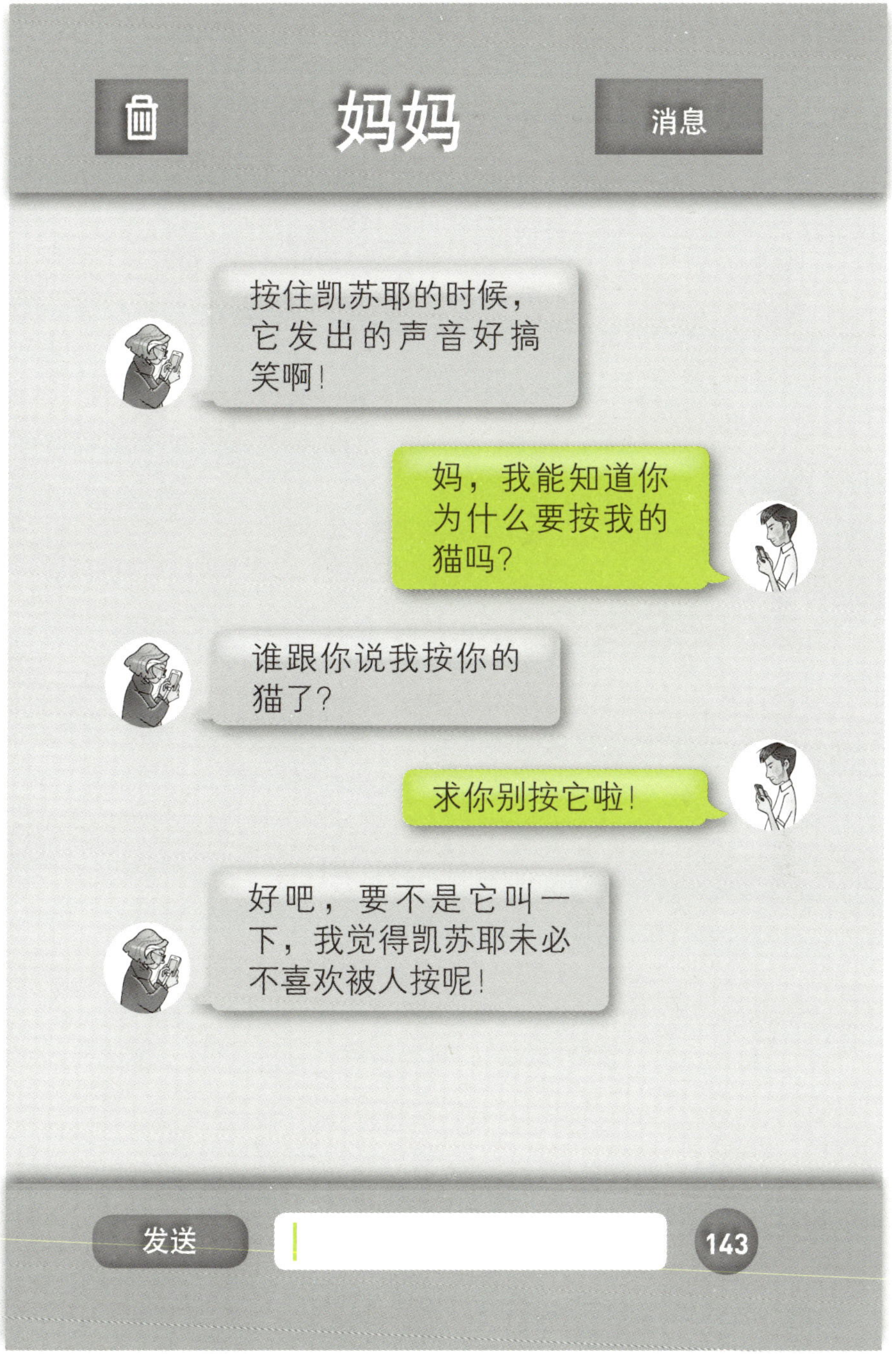
妈妈
消息
按住凯苏耶的时候，它发出的声音好搞笑啊！
妈，我能知道你为什么要按我的猫吗？
谁跟你说我按你的猫了？
求你别按它啦！
好吧，要不是它叫一下，我觉得凯苏耶未必不喜欢被人按呢！
发送
143

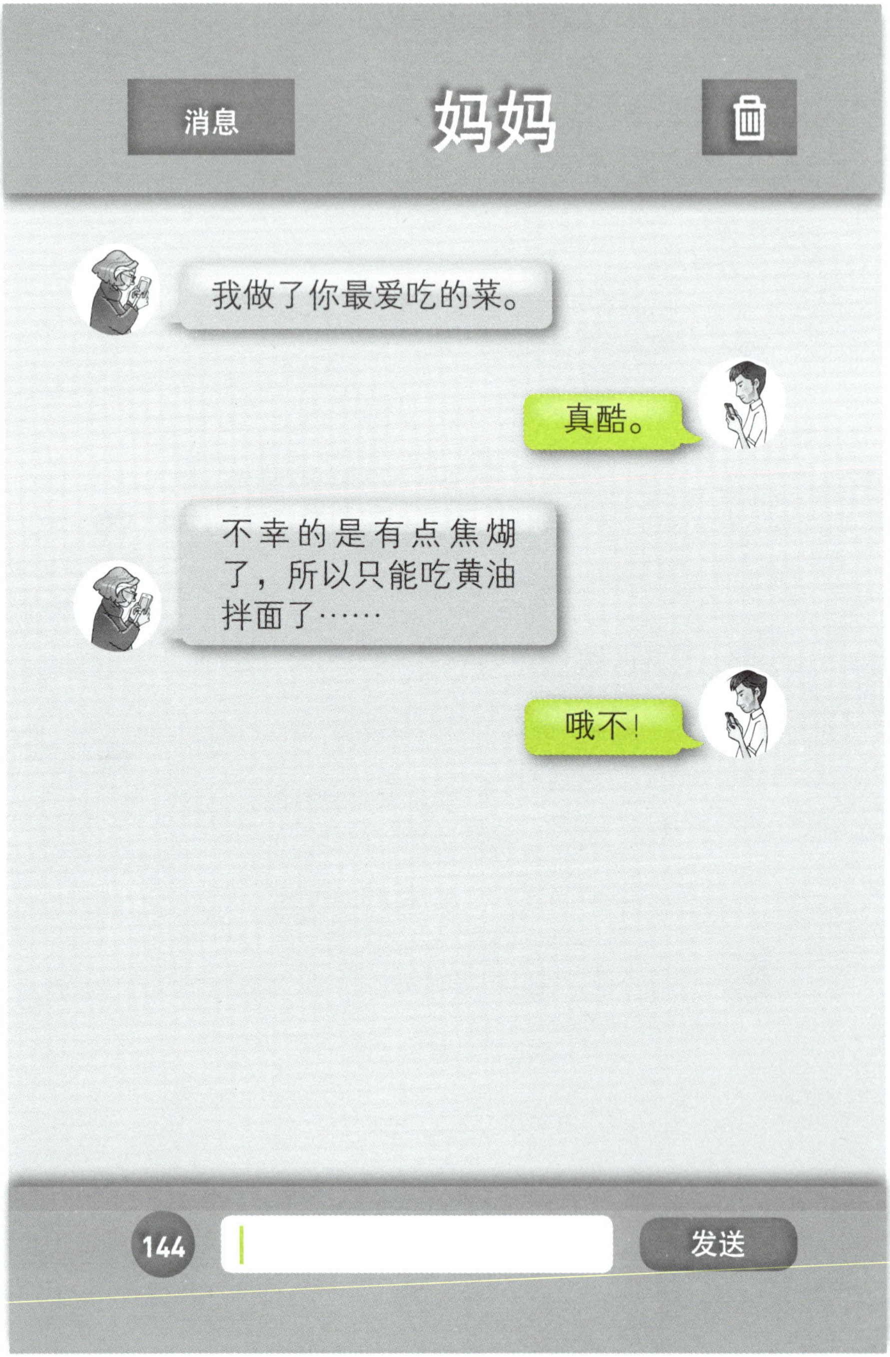
消息
妈妈
我做了你最爱吃的菜。
真酷。
不幸的是有点焦煳了，所以只能吃黄油拌面了……
哦不！
144
发送

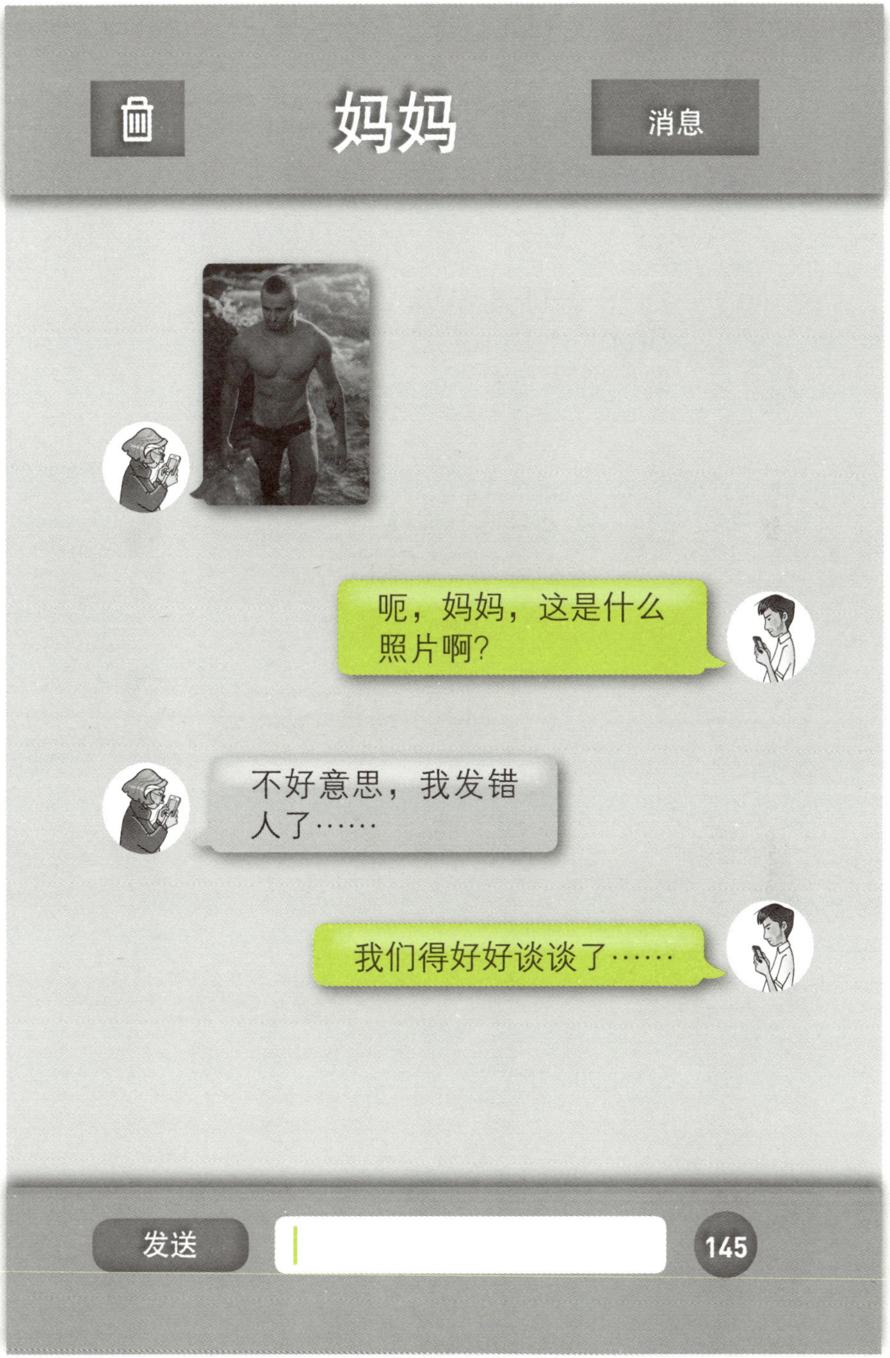
妈妈
消息
呃，妈妈，这是什么照片啊？
不好意思，我发错人了……
我们得好好谈谈了……
发送
145

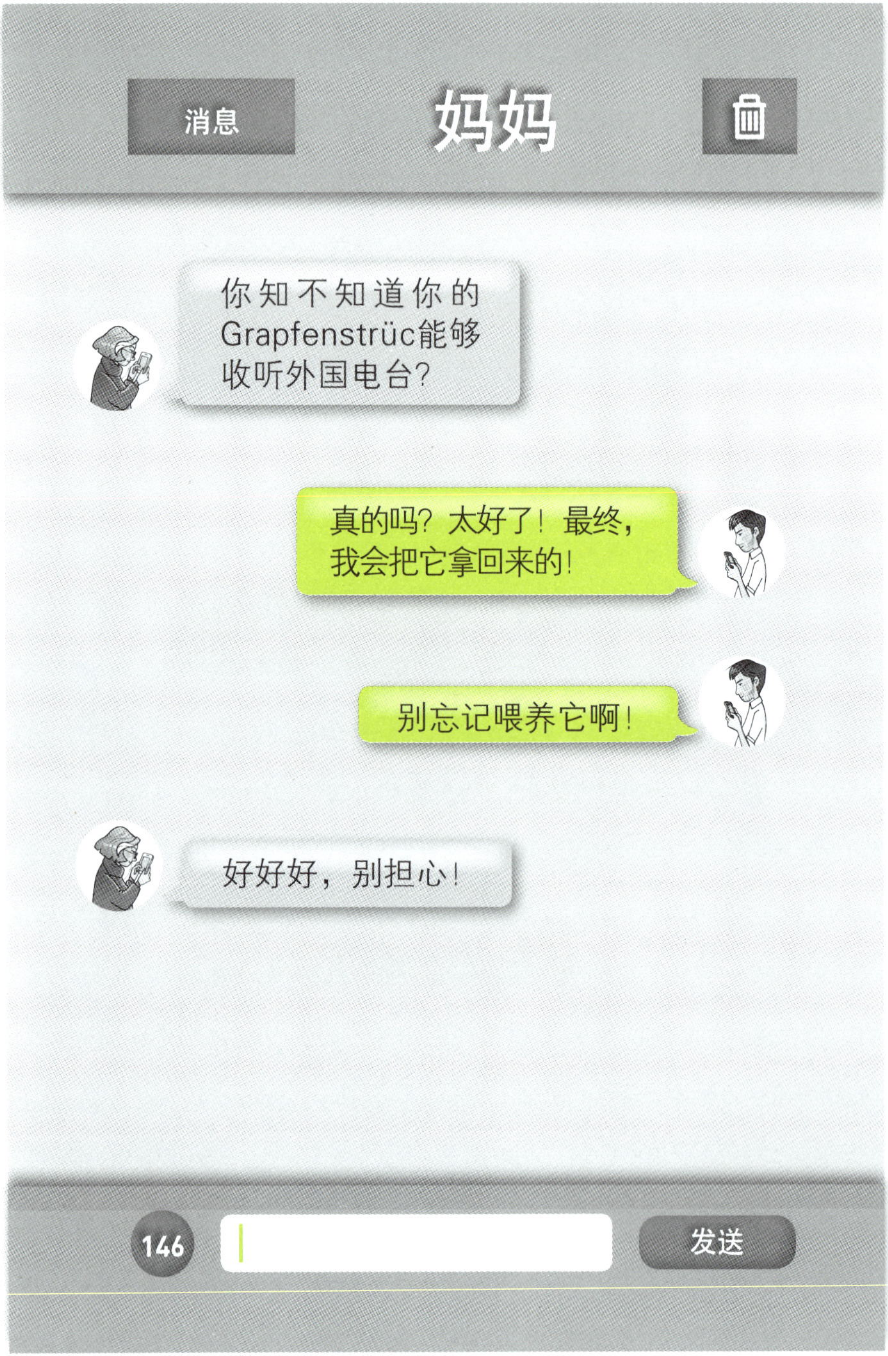
消息
妈妈
你知不知道你的Grapfenstrüc能够收听外国电台?
真的吗? 太好了! 最终,我会把它拿回来的!
别忘记喂养它啊!
好好好,别担心!
146
发送

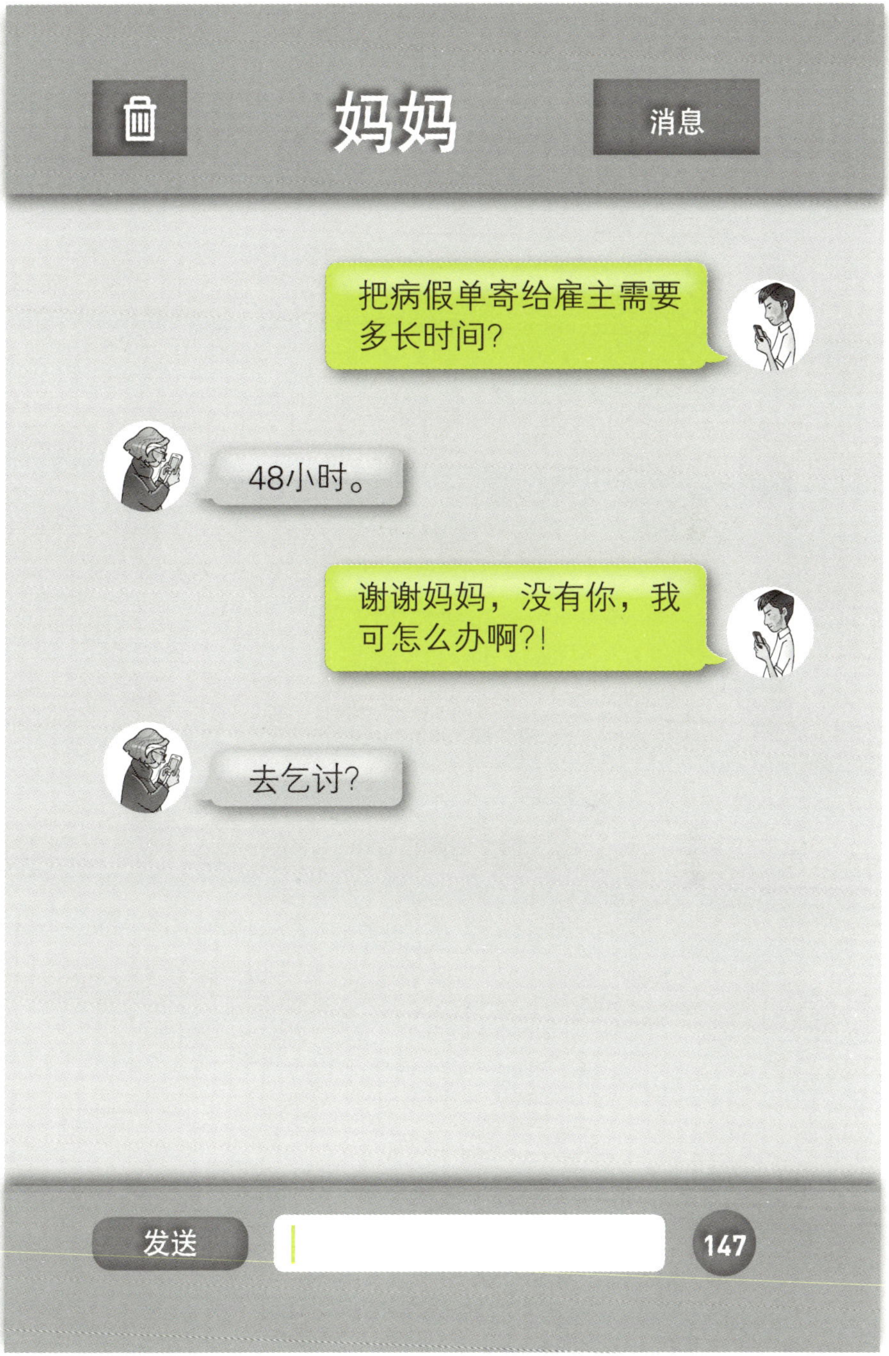

妈妈
消息
把病假单寄给雇主需要多长时间?
48小时。
谢谢妈妈，没有你，我可怎么办啊?!
去乞讨?
发送
147

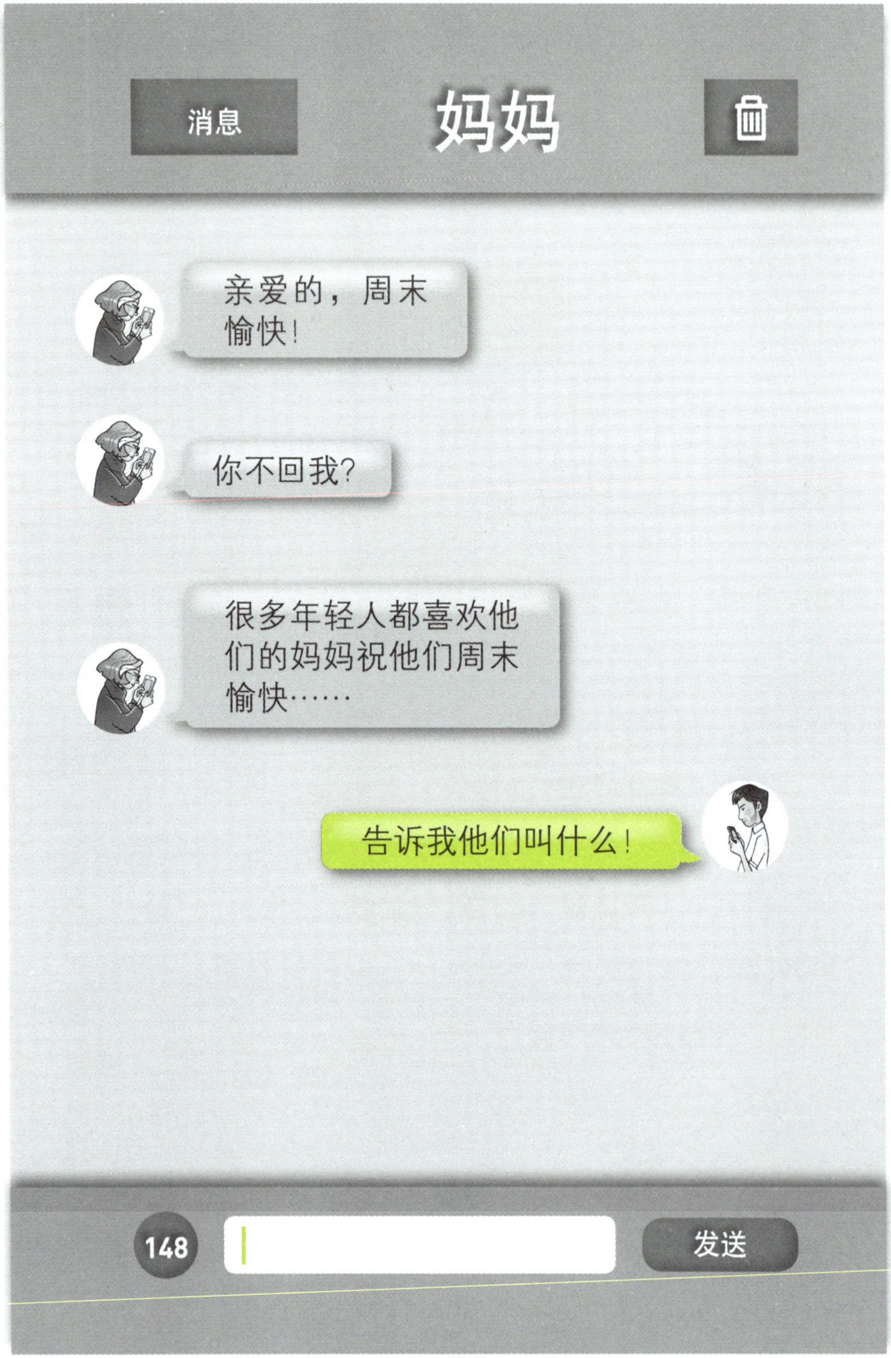
消息
妈妈
亲爱的，周末愉快！
你不回我？
很多年轻人都喜欢他们的妈妈祝他们周末愉快……
告诉我他们叫什么！
148
发送

妈妈

消息

“妈妈的幸福秘诀，就是孩子们对她的爱。”

“孩子的幸福秘诀，就是妈妈寄来的支票。”

哈哈！

发送

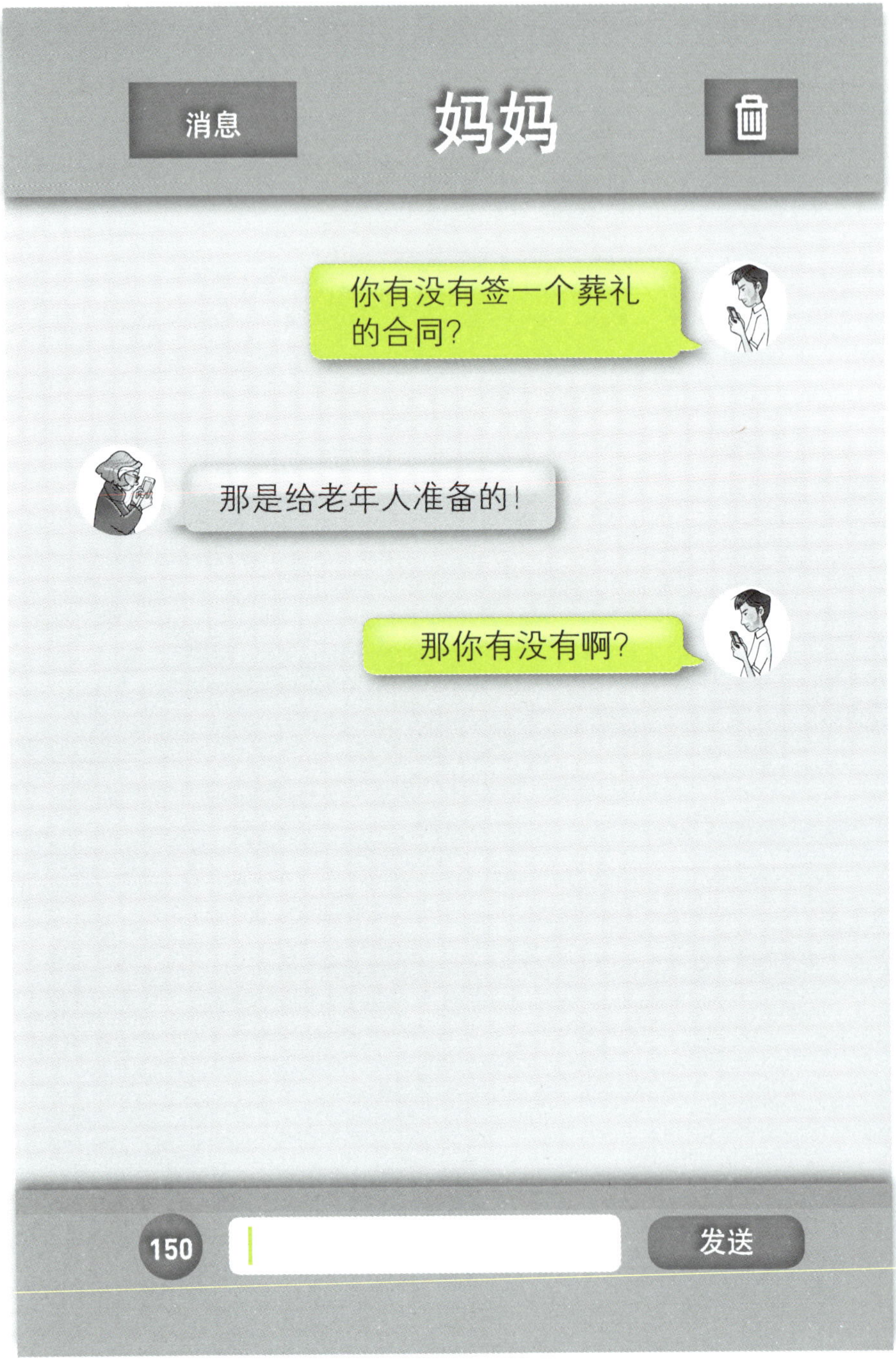
消息
妈妈
你有没有签一个葬礼的合同？
那是给老年人准备的！
那你有没有啊？
150
发送

妈妈

消息

你在哪儿？

和狄安娜在一起。

狄安娜是谁？

就是那天晚上和我在一起的年轻女孩。

她从哪儿冒出来的？
我见过她吗？

这跟你没关系啦！没见过！

立刻给我打电话！

如果我愿意的话。

立刻！马上！

发送

消息

妈妈

我的苦苣拌火腿怎么你了，以至于你如此讨厌它？

苦苣拌火腿啊，就是不爱自己孩子的母亲发明出来的一道菜。你一做这道菜，我就怀疑你是否爱我。这就是你的苦苣拌火腿带给我的感受。

发送

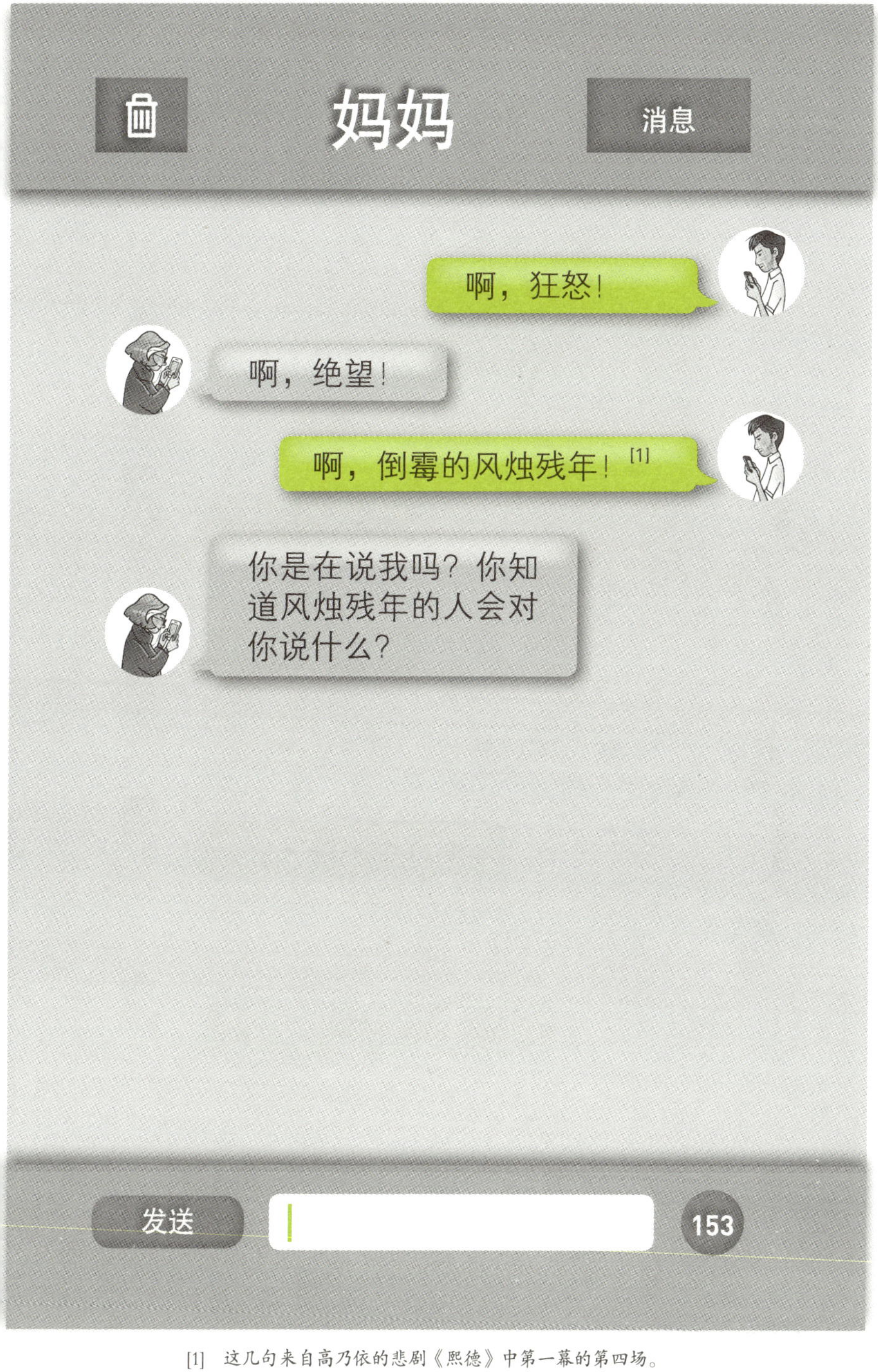

[1] 这几句来自高乃依的悲剧《熙德》中第一幕的第四场。

消息
妈妈
亲爱的，周末愉快！
亲爱的，周末愉快！
怎么了？
怎么了？
别学我！
别学我！
一点也不好笑！
一点也不好笑！
我不是东西。
为什么这样说？
154
发送

🗑 **妈妈** 消息

别忘了明晚我和狄安娜一起回家吃饭。试着展示自己令人愉快的一面，至少这一次。

你好意思说？你上次是怎么对待邻居鲍里斯的？我告诉你：我和他之间啥也没有……

这完全是两码事，你是我妈妈，我在保护你。

你是我儿子，我让你滚一边去吧！

发送

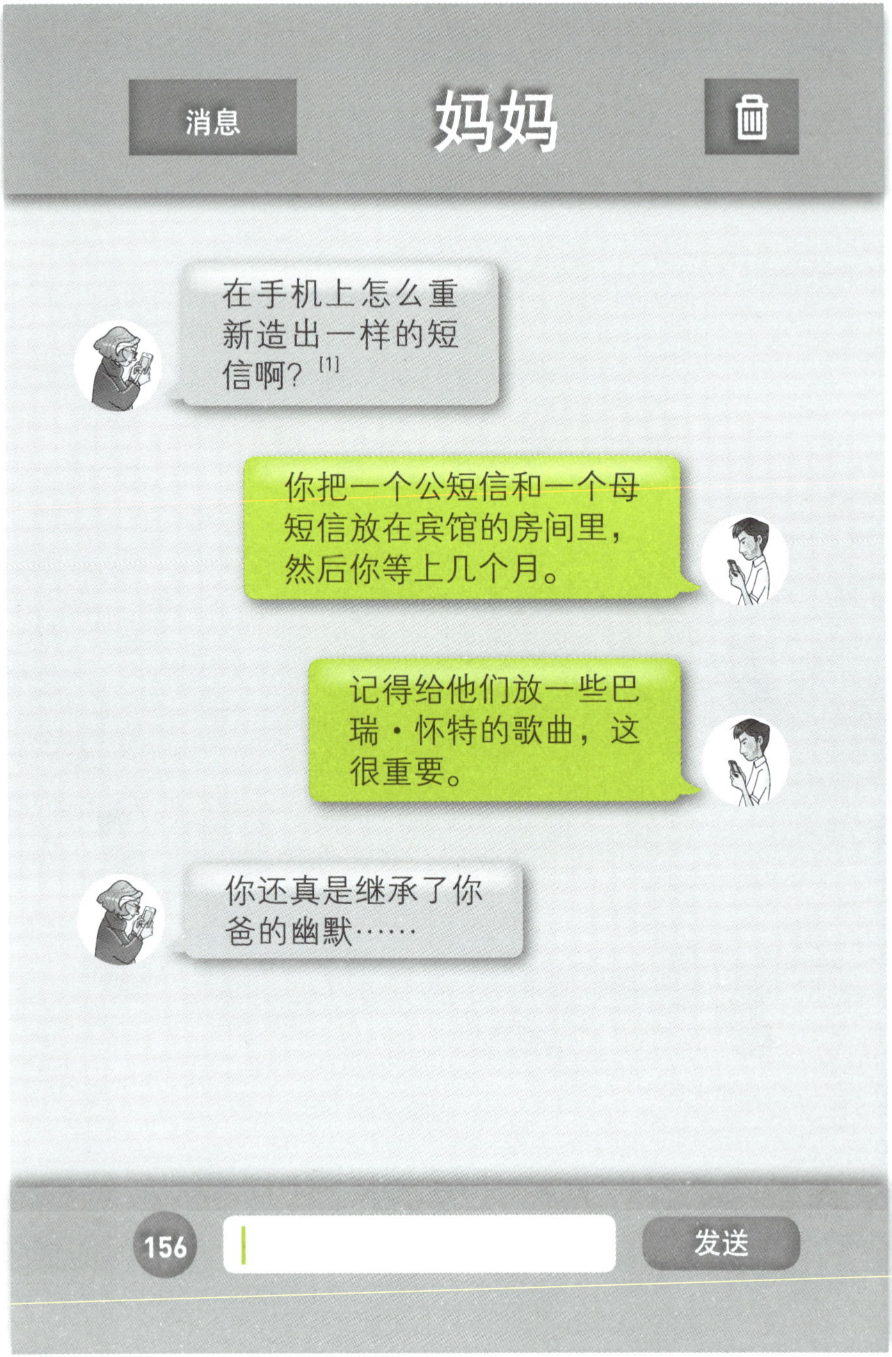

[1] 原文reproduire在这里有转发的意思，还有“生产、繁殖”的意思。

妈妈

消息

那么，你觉得我的新女朋友怎么样啊？

丑。

还胖。

而且蠢得跟猪似的。

她嚼东西的时候发出令人厌恶的声音。

妈妈，不管怎样，我非她不娶！

你让她怀孕了，是不是？

发送

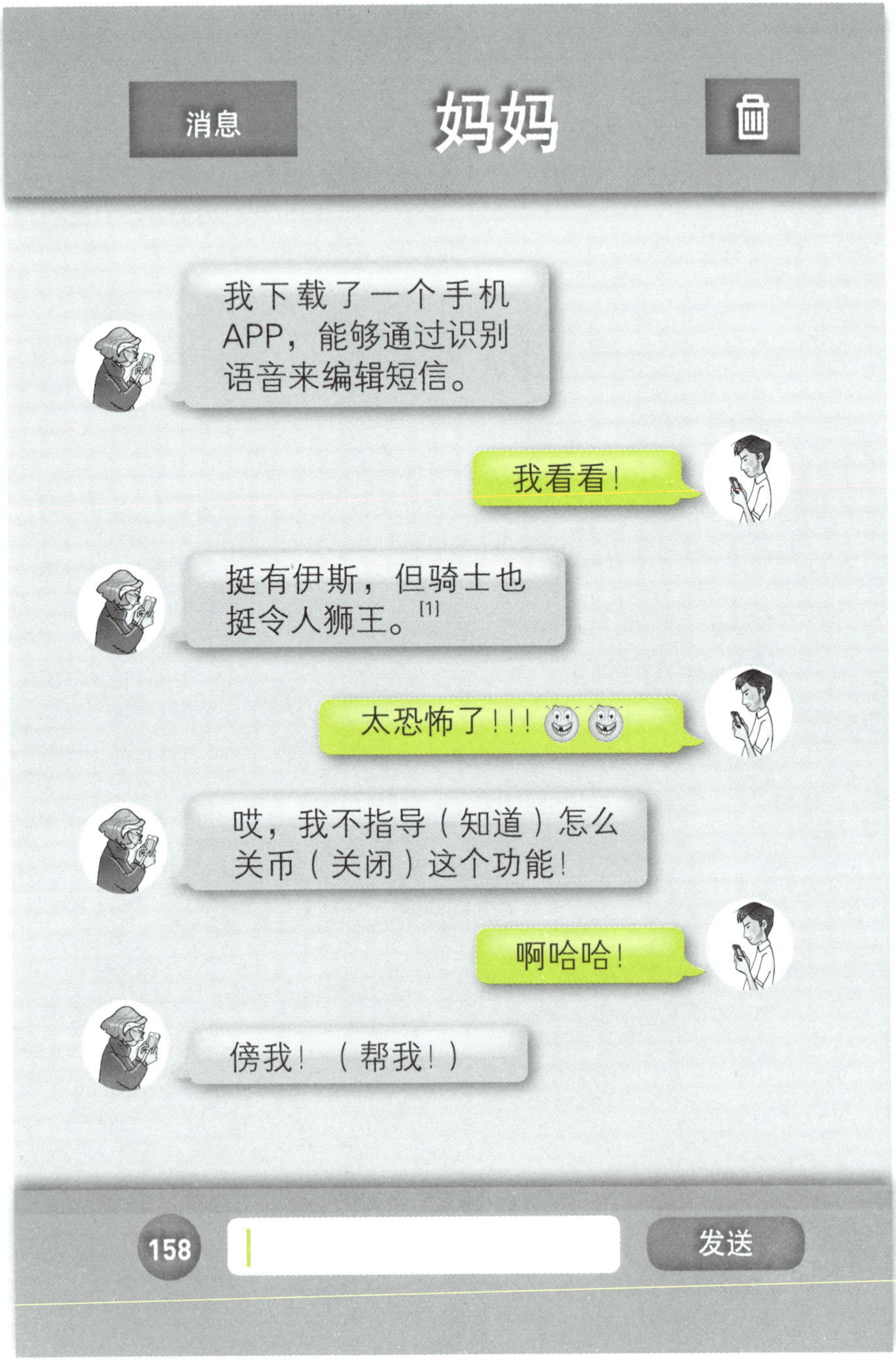

[1] 这里因为是通过语音识别编辑的短信，所以法语字母会出现错误，但读音是一样的。正如此处，妈妈通过语音想表达“挺有意思，但其实也挺令人失望”。

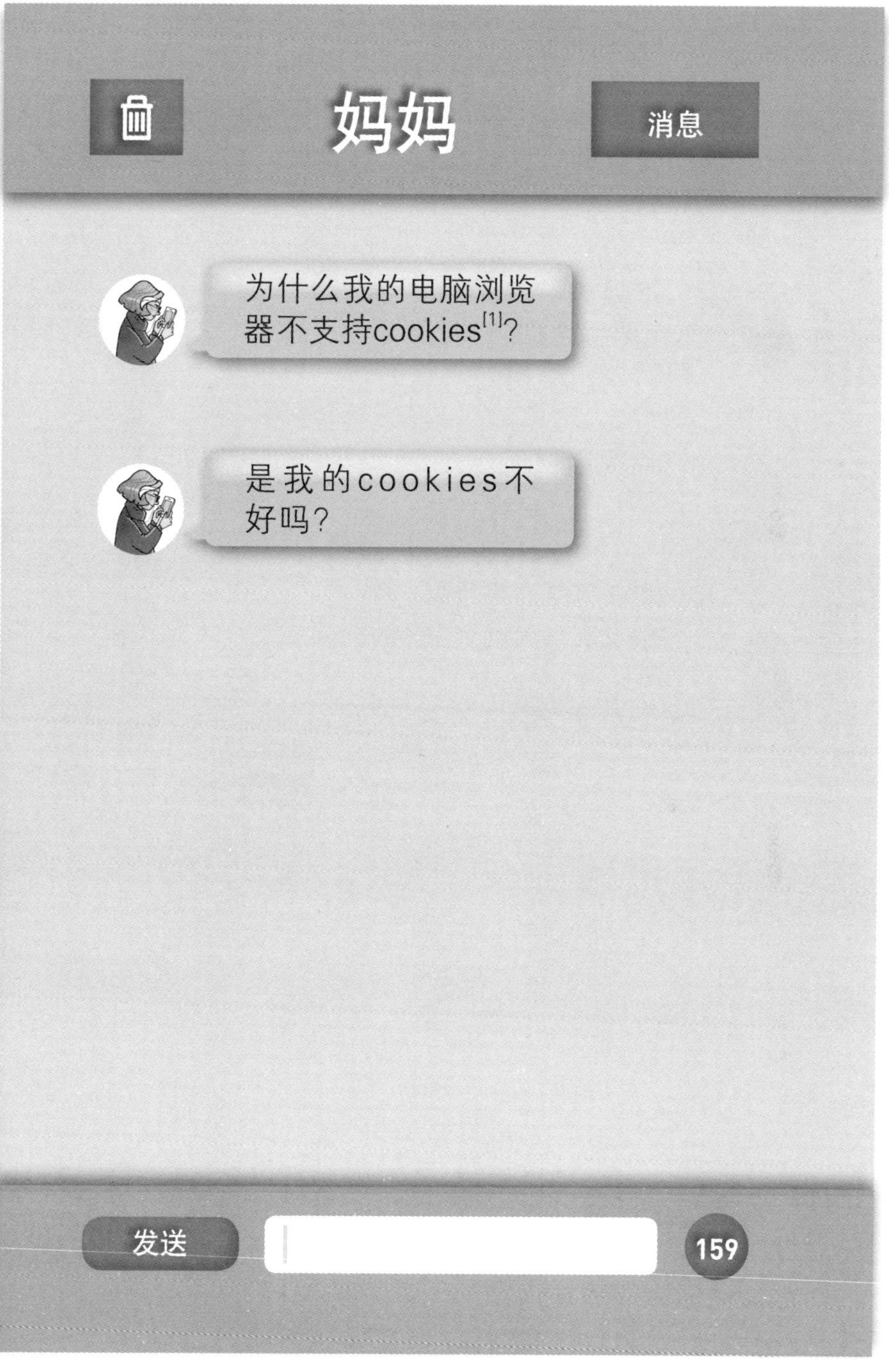

[1] 记录浏览器使用情况的网上信息块。

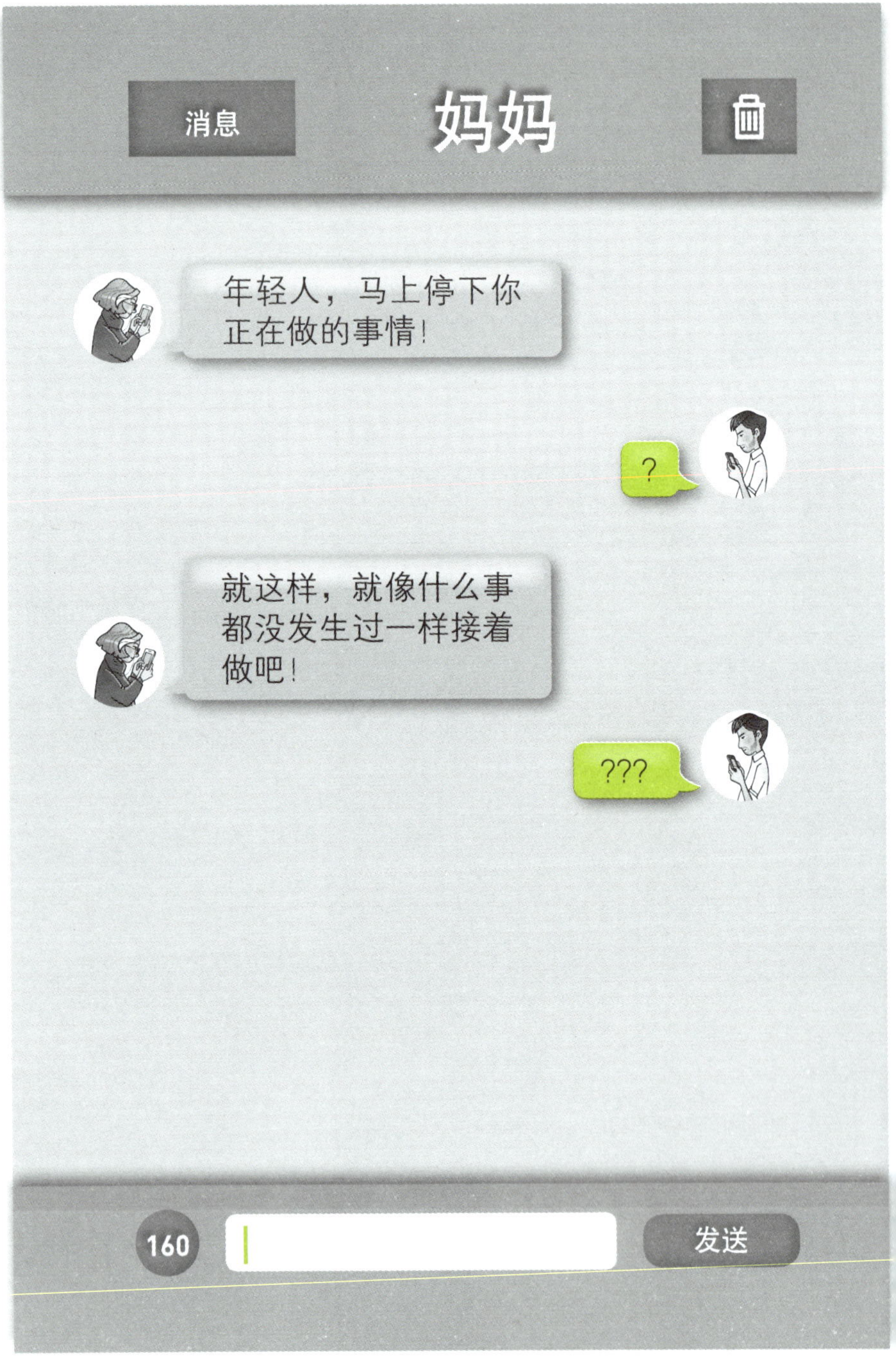
消息
妈妈
年轻人，马上停下你正在做的事情！
?
就这样，就像什么事都没发生过一样接着做吧！
???
160
发送

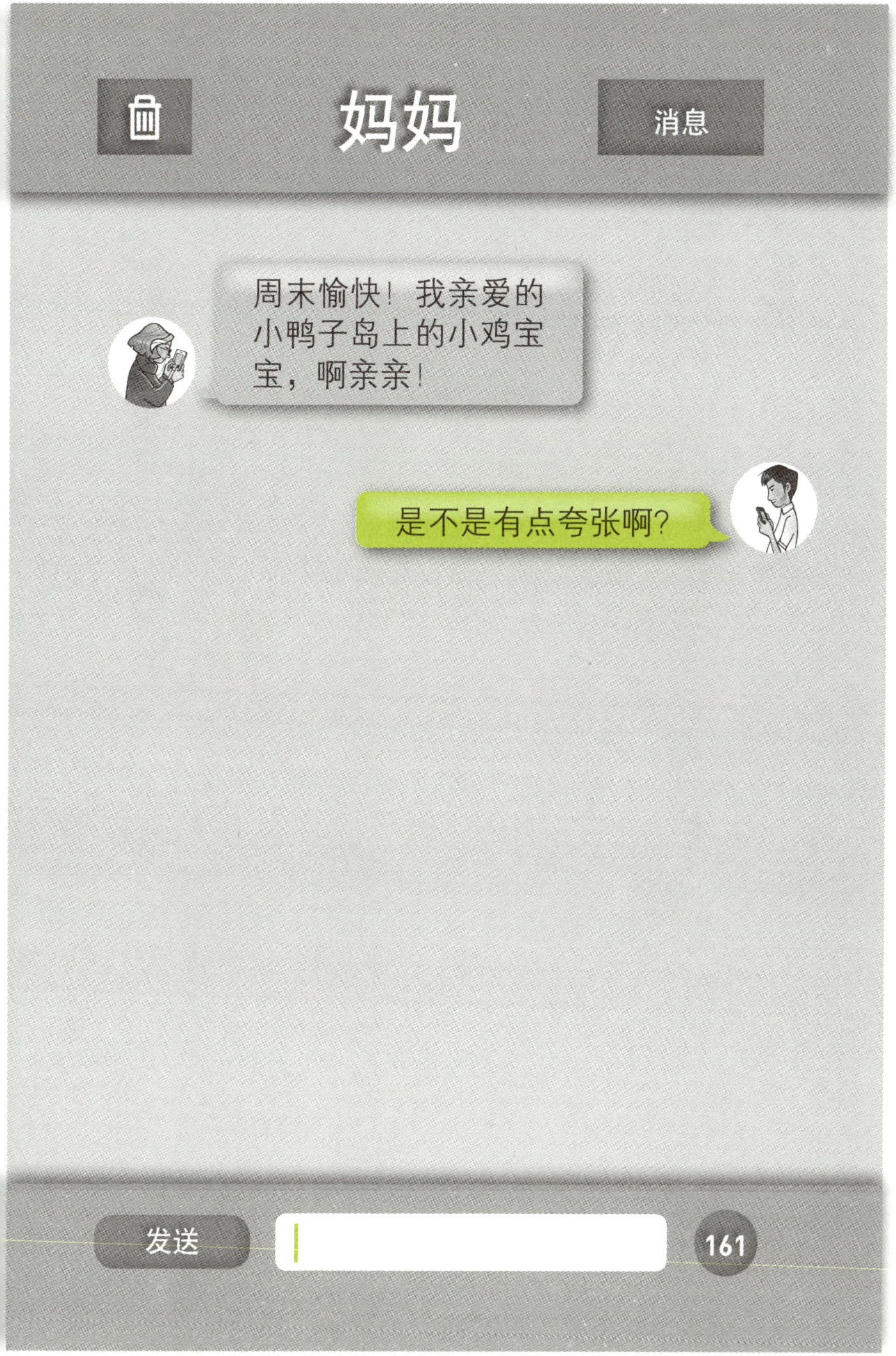
妈妈
消息
周末愉快！我亲爱的小鸭子岛上的小鸡宝宝，啊亲亲！
是不是有点夸张啊？
发送
161

消息
妈妈
我反对！
你反对什么？
我还不知道，不过我会找到（反对对象）的！
？
162
发送

妈妈

消息

你到底是怎样重新造出一样的短信啊?

你长按一条短信，然后就会出来一个菜单，选择你要转发的部分，复制，然后粘贴到一个新的短信里。如果想剪切，也是同样的方法。

完全不明白。

你还是手打一遍吧……

发送

消息

妈妈

Wacapou。

打住！Wacapou这个词不存在。

你看看：WACAPOU，正好填满格子，我可以得40分，你快输了，亲爱的！

你作弊！我再也不想和你玩填字游戏了！

发送

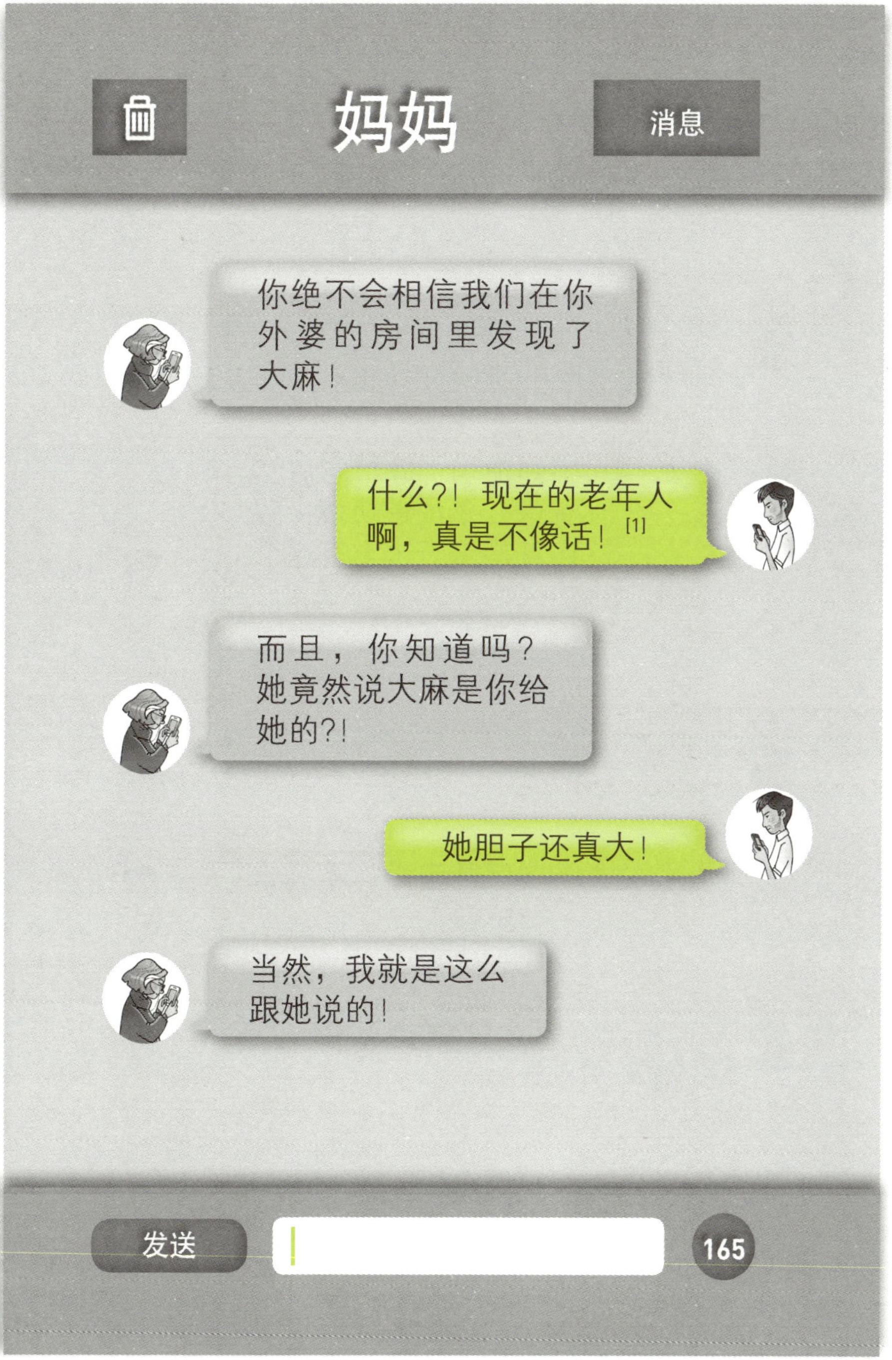

[1] 法语中有一句，Ya vraimemt plus de jeunesse,经常是老年人批评年轻人的，这里他是反用。

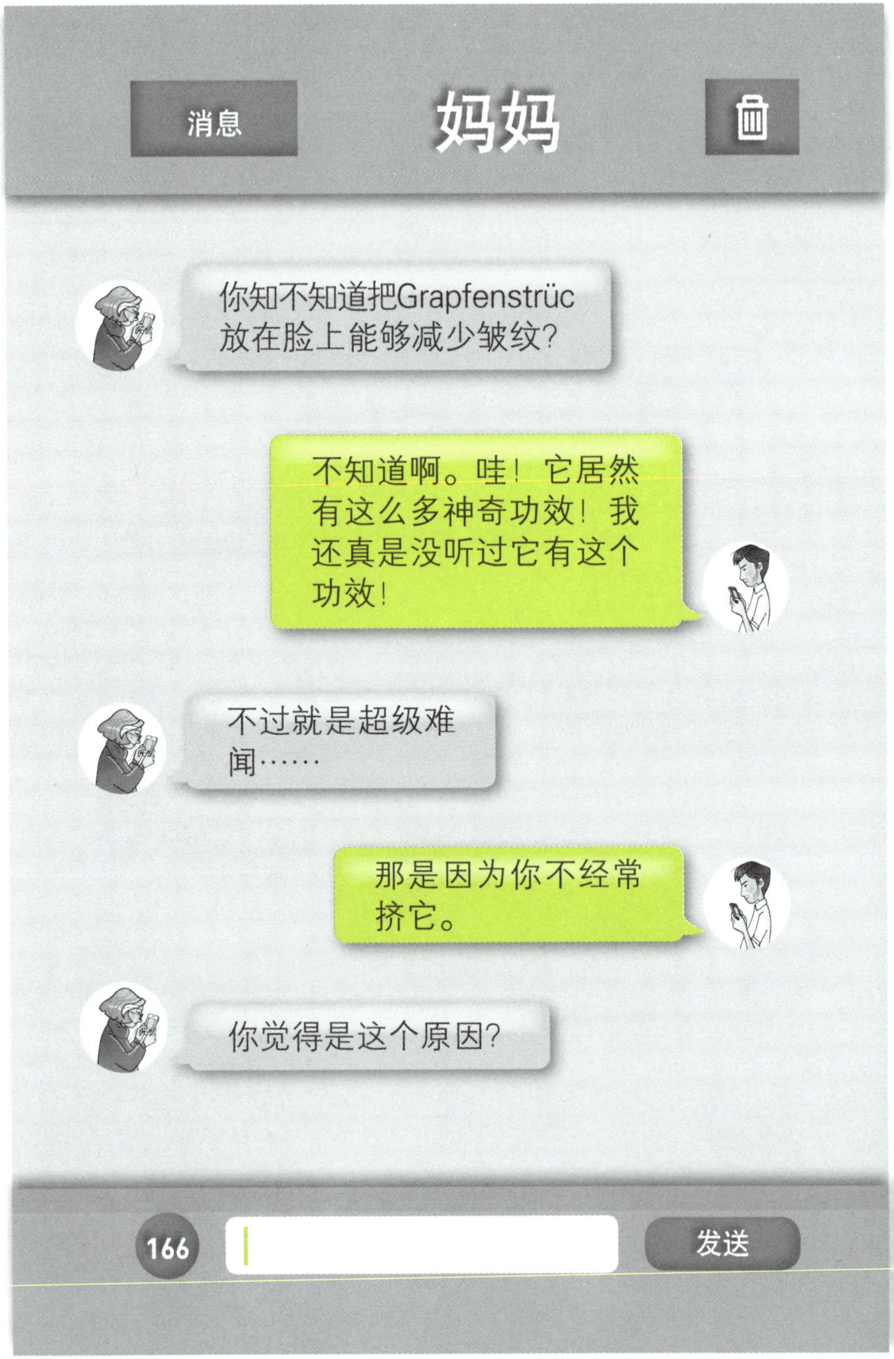
消息
妈妈
你知不知道把Grapfenstrüc放在脸上能够减少皱纹?
不知道啊。哇!它居然有这么多神奇功效!我还真是没听过它有这个功效!
不过就是超级难闻……
那是因为你不经常挤它。
你觉得是这个原因?
166
发送

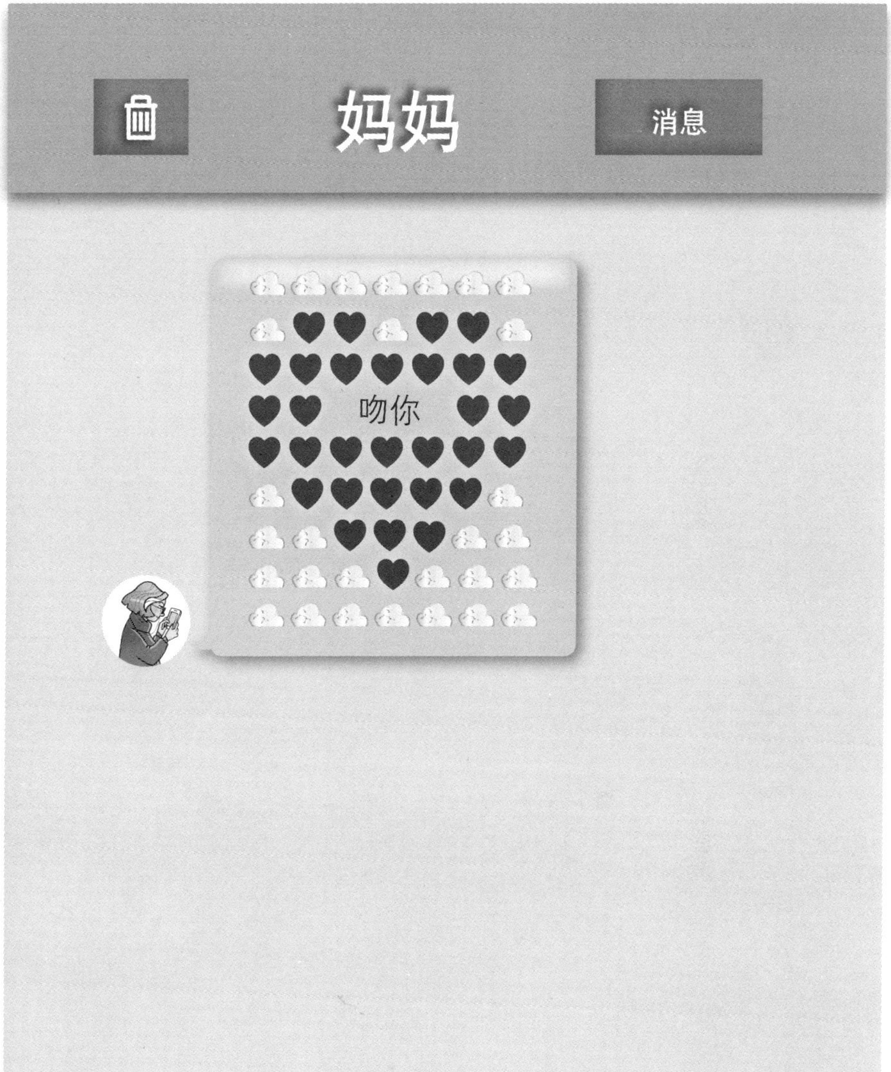
妈妈
消息
吻你
发送
167

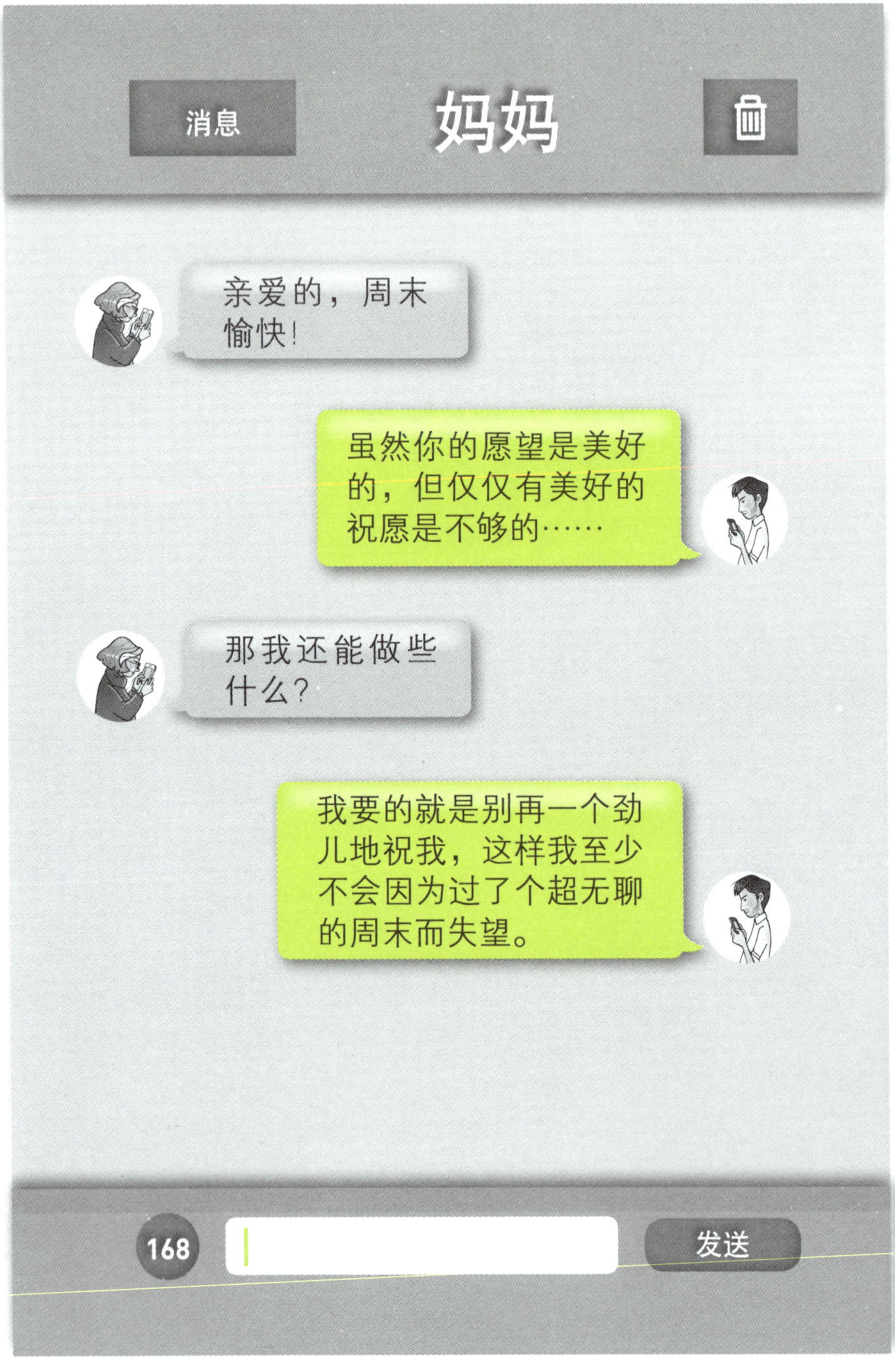
消息
妈妈
亲爱的，周末愉快！
虽然你的愿望是美好的，但仅仅有美好的祝愿是不够的……
那我还能做些什么？
我要的就是别再一个劲儿地祝我，这样我至少不会因为过了个超无聊的周末而失望。
168
发送

妈妈

消息

这个我明天再弄。

哎呀不行，我还不知道你！你那拖延症！！

拖什么症？

你去Booble搜这个词去！

不是Booble，是Google（谷歌）！笑死我了！一涉及网络，你表现出来的诵读困难症真是不可思议啊！

什么困难症？

发送

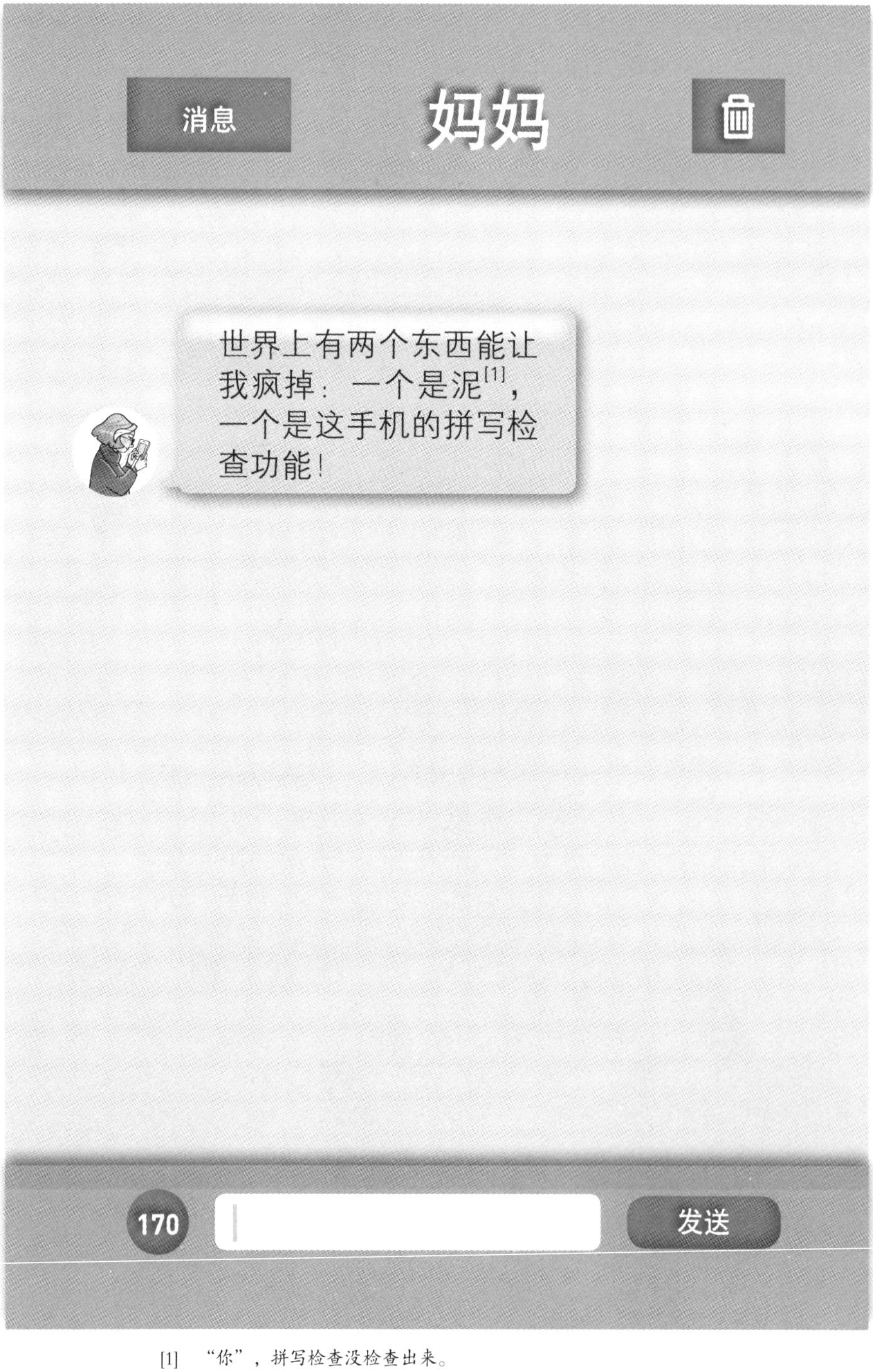

[1] “你”，拼写检查没检查出来。

妈妈

消息

嗨！

你又碰什么了？

什么意思？

你没看出来短信和平时不一样吗？！

为什么就一定是我碰了什么东西呢？

啊，是我，不好意思！

发送

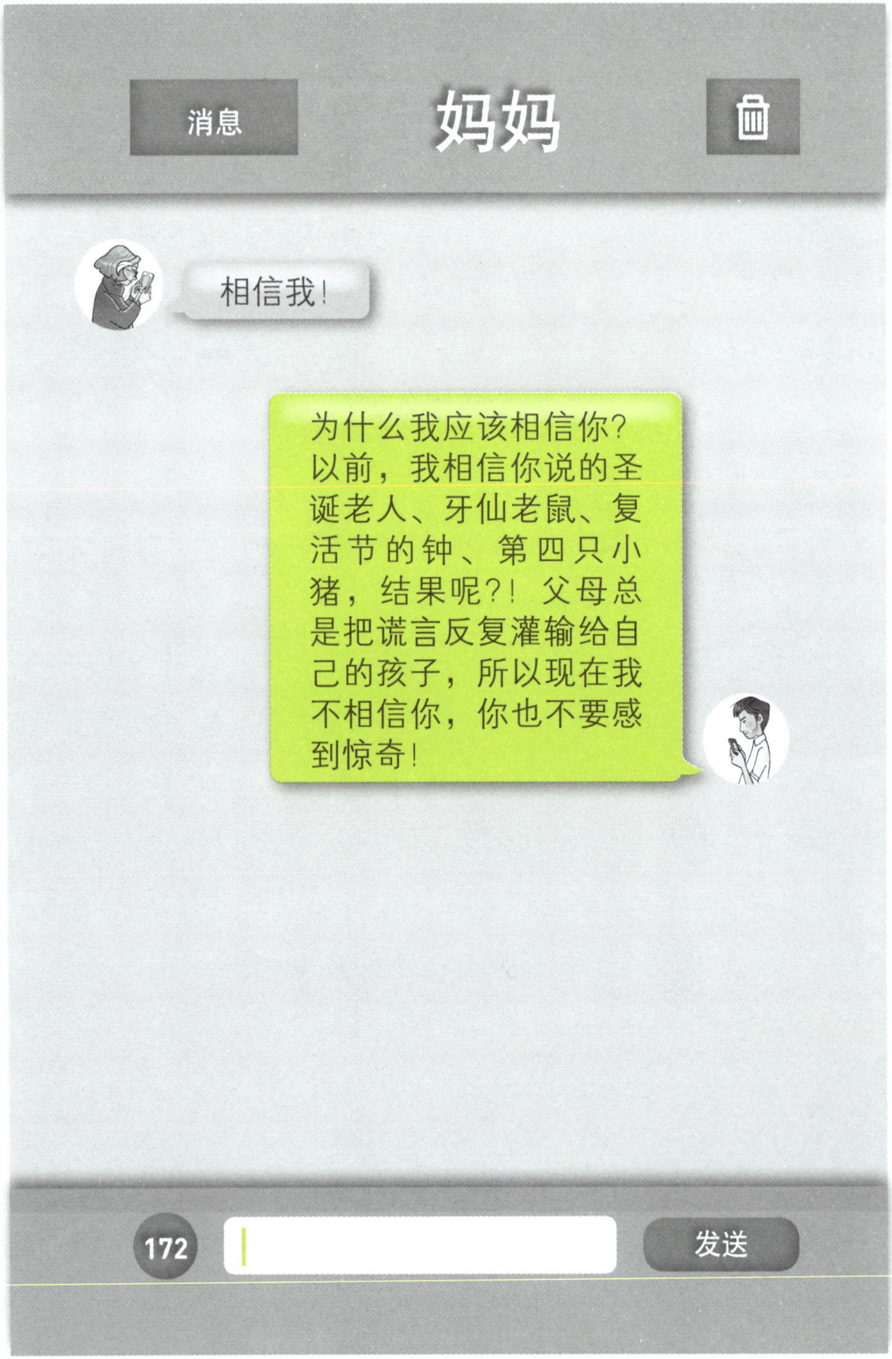
消息
妈妈
相信我！
为什么我应该相信你？以前，我相信你说的圣诞老人、牙仙老鼠、复活节的钟、第四只小猪，结果呢？！父母总是把谎言反复灌输给自己的孩子，所以现在我不相信你，你也不要感到惊奇！
172
发送

妈妈
消息
有时候，我真的觉得你把我当成银行了！
没有，完全没有！
发送

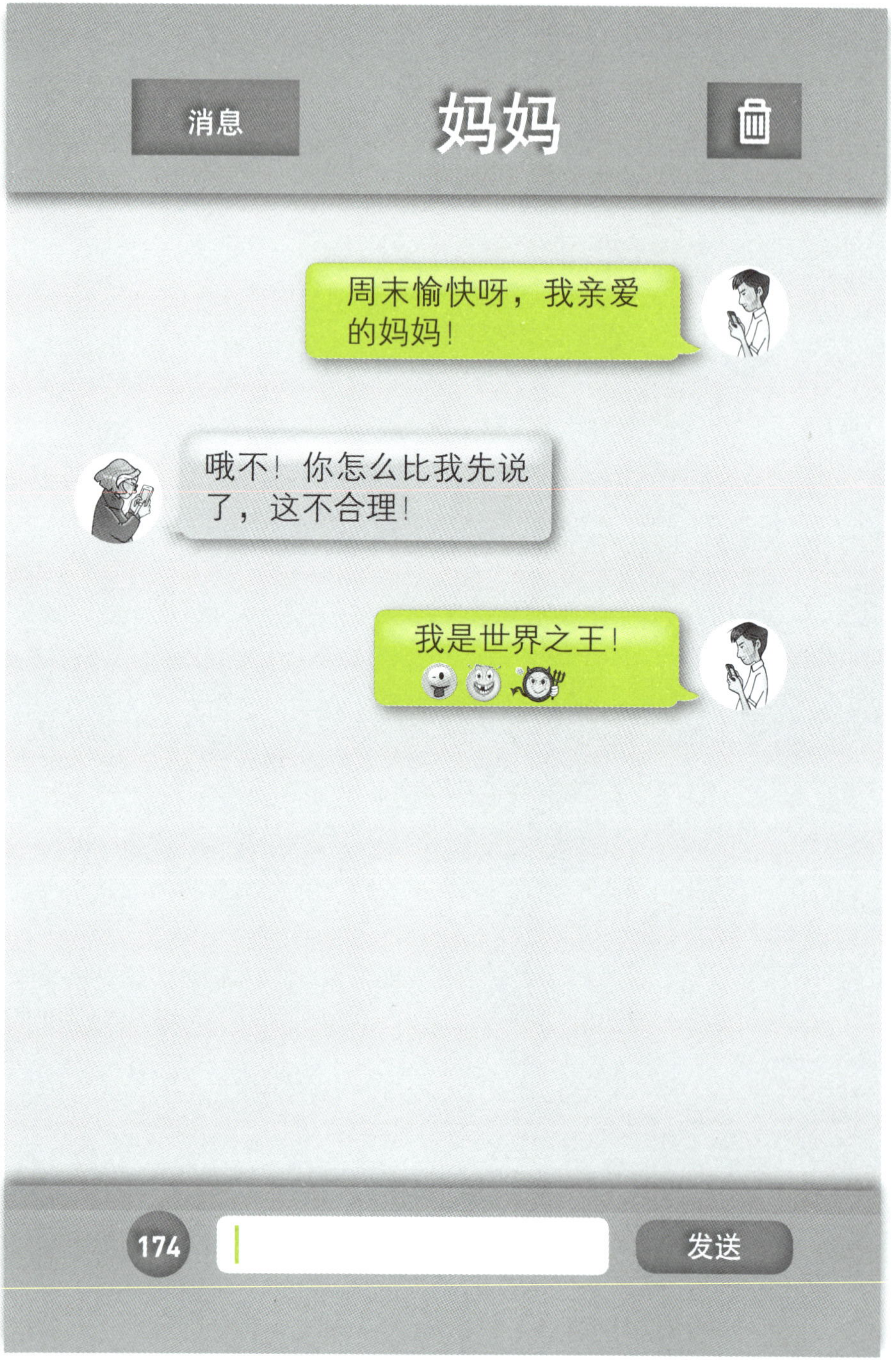
消息
妈妈
周末愉快呀，我亲爱的妈妈！
哦不！你怎么比我先说了，这不合理！
我是世界之王！
174
发送

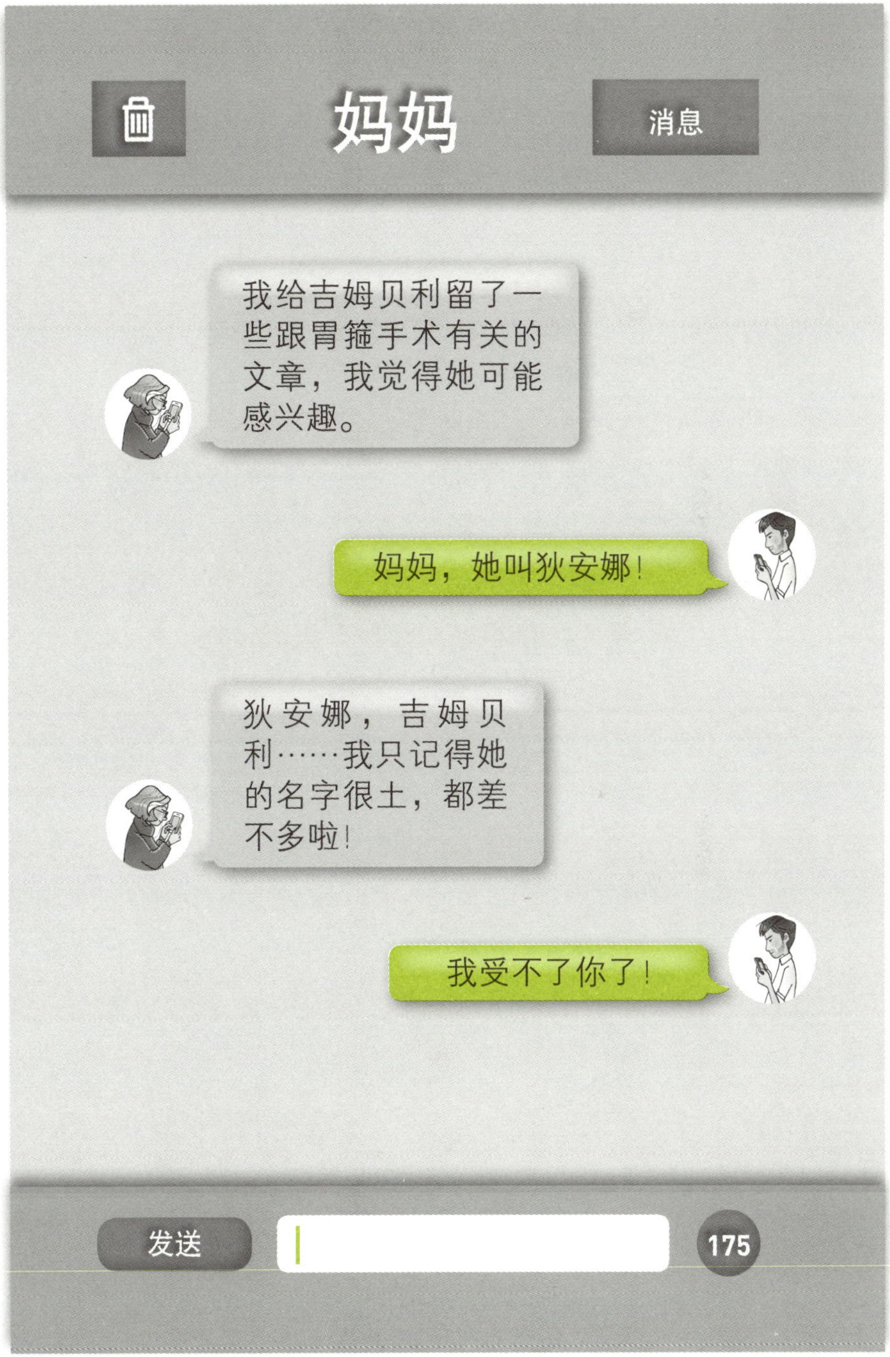
妈妈
消息
我给吉姆贝利留了一些跟胃箍手术有关的文章，我觉得她可能感兴趣。
妈妈，她叫狄安娜！
狄安娜，吉姆贝利……我只记得她的名字很土，都差不多啦！
我受不了你了！
发送
175

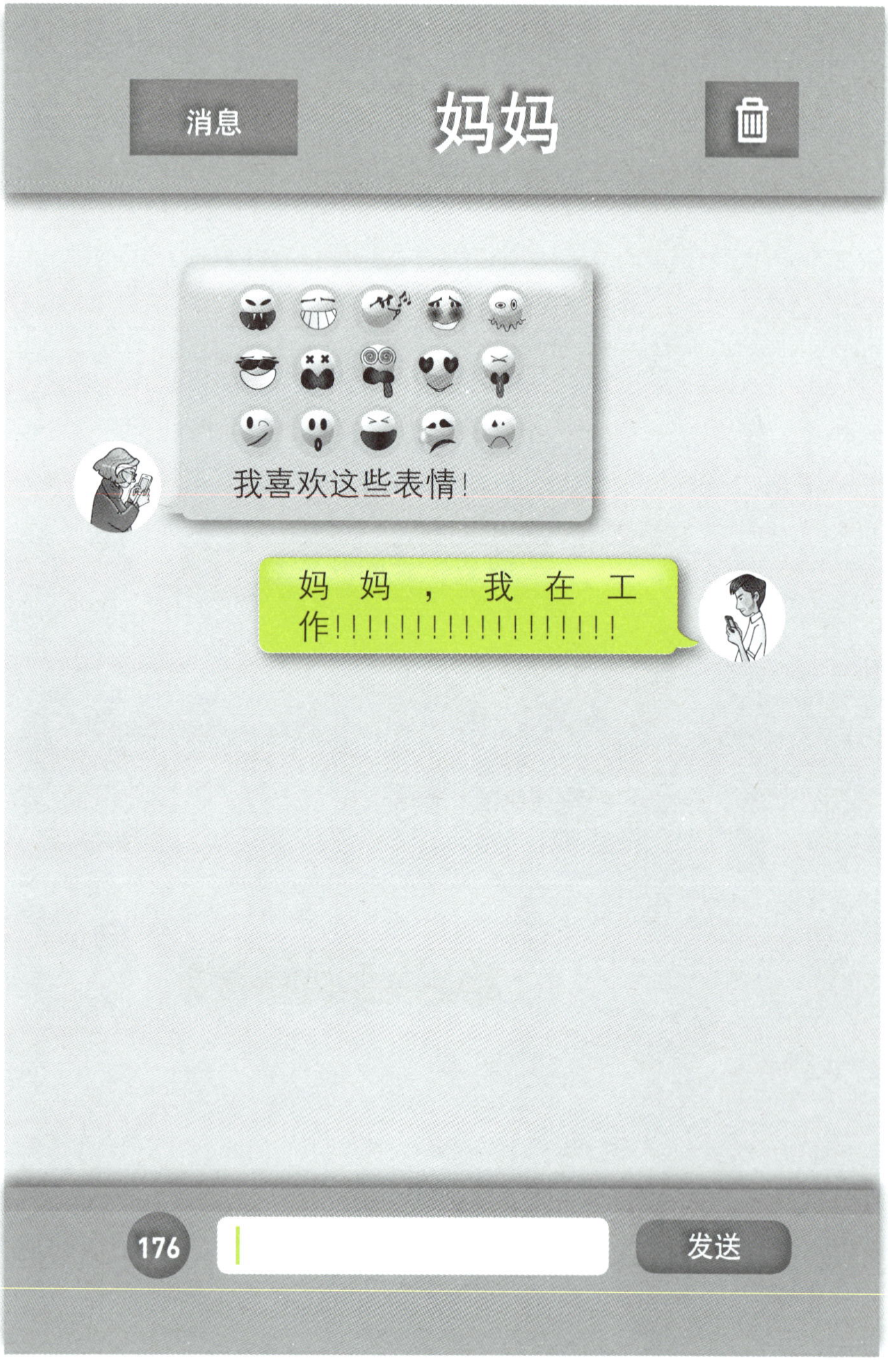
消息
妈妈
我喜欢这些表情!
妈妈，我在工作!!!!!!!!!!!!!!!!!!!
176
发送

妈妈

消息

我忘记告诉你了，我遇见了吉斯莱娜，她托我向你问好。

吉斯莱娜是谁?

我怎么知道?

?

发送

消息
妈妈
嗨！
谁呀？
啊？是我呀！
谁？
你儿子！
你证明给我看看！
？
178
发送

妈妈

消息

席琳·迪翁唱的那首歌叫什么来着?

听好了妈妈，我从来没喜欢过席琳·迪翁，我对她一无所知……

如果要你把不喜欢的东西排个名次，席琳·迪翁和我做的苦苣拌火腿哪个排在前面啊?

这我得考虑一下，所以我回答不了你……

发送

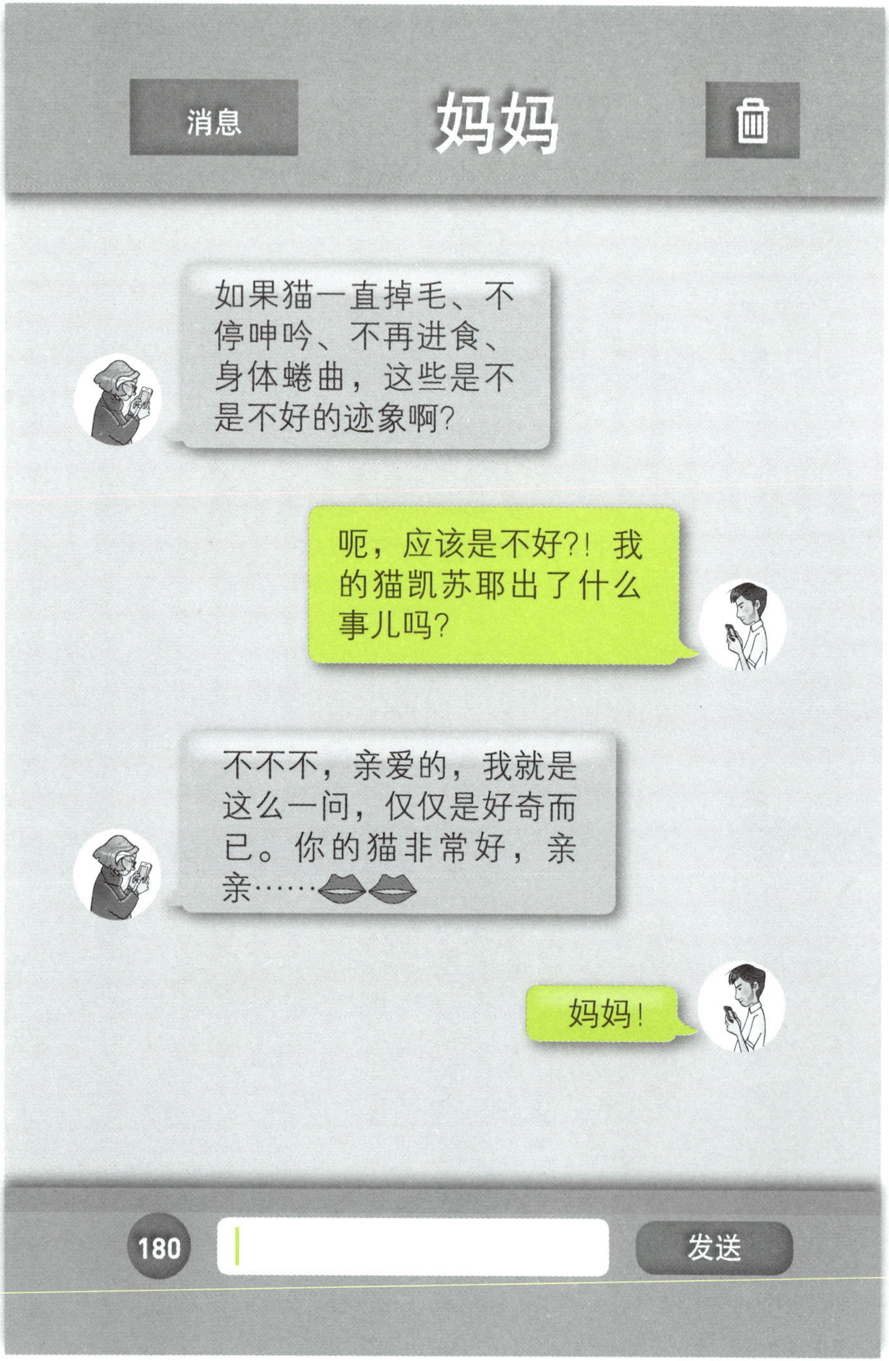
消息
妈妈
如果猫一直掉毛、不停呻吟、不再进食、身体蜷曲，这些是不是不好的迹象啊?
呃，应该是不好?！我的猫凯苏耶出了什么事儿吗?
不不不，亲爱的，我就是这么一问，仅仅是好奇而已。你的猫非常好，亲亲……
妈妈！
180
发送

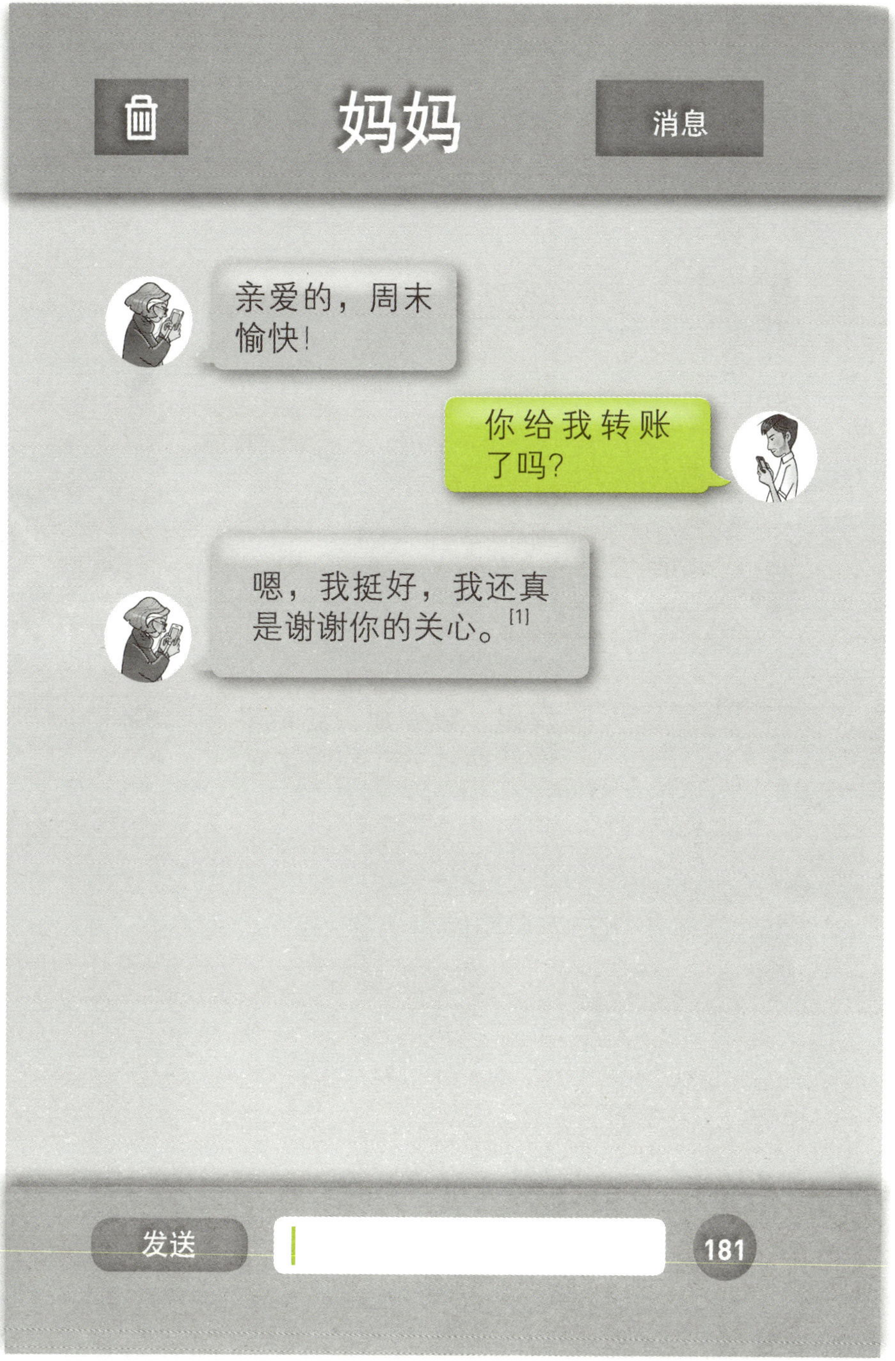

[1] 这里是她妈妈的讽刺。

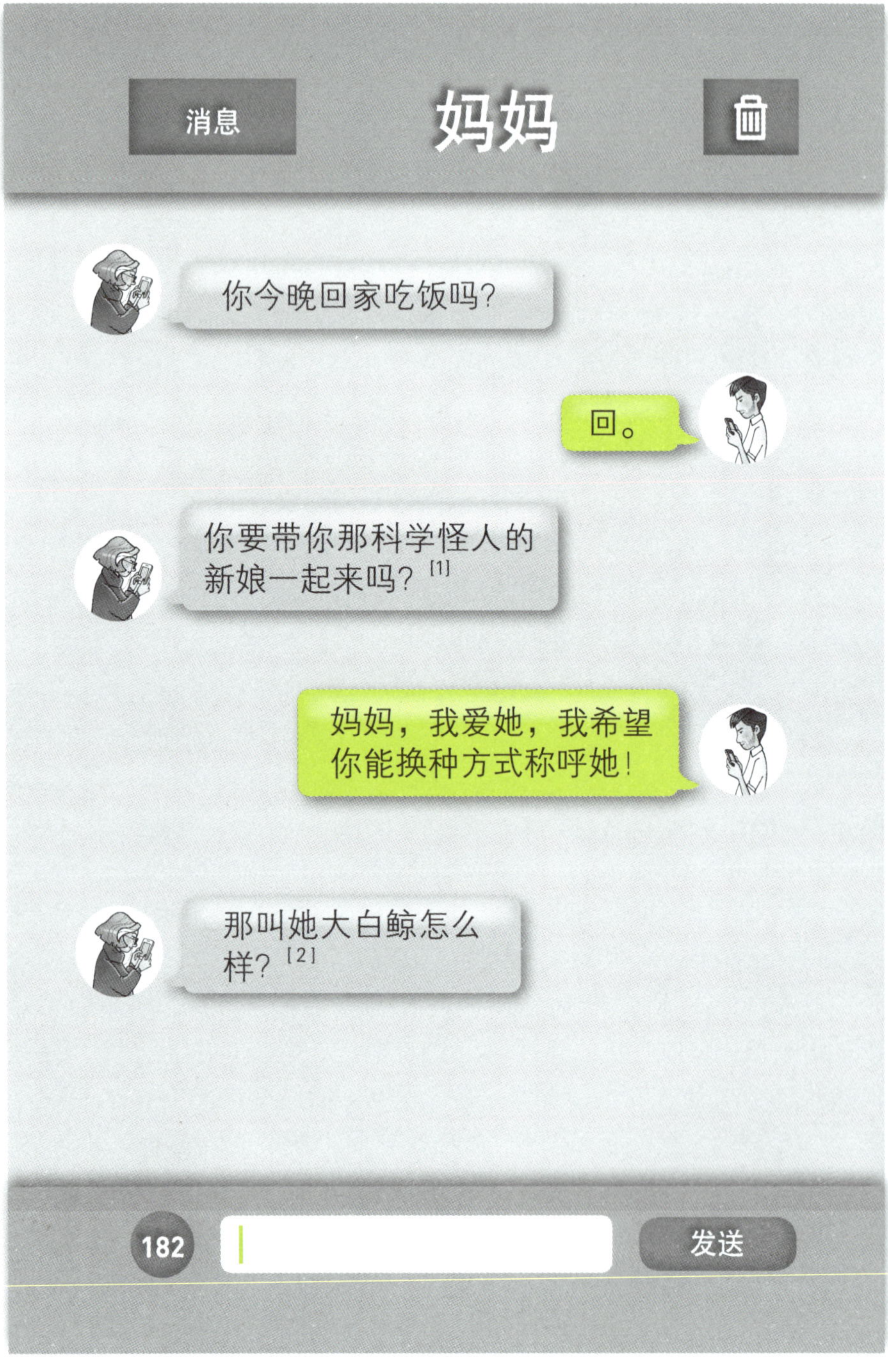

[1] 《科学怪人的新娘》是一部电影。

[2] 《大白鲸》是一部电影。

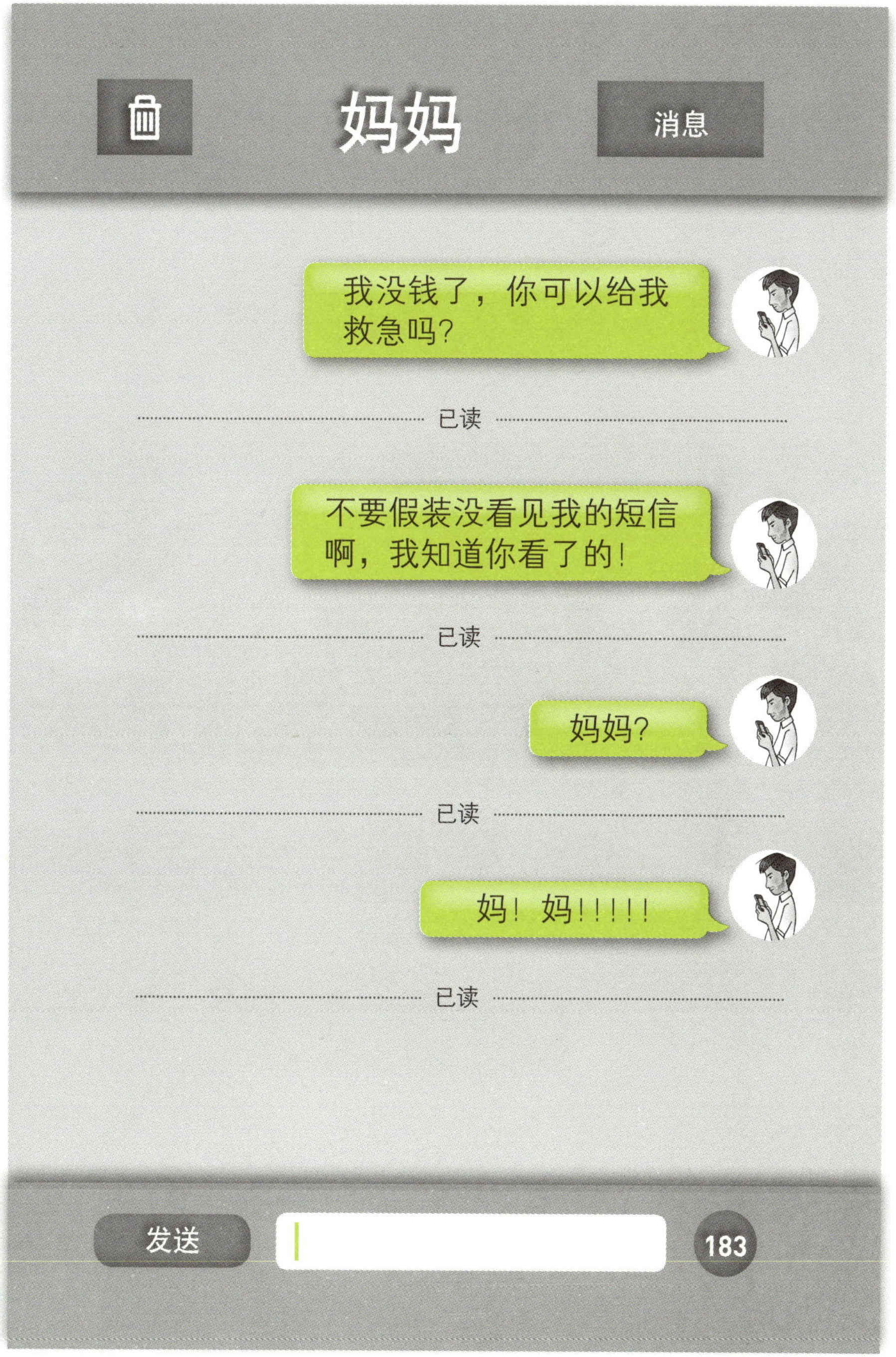
妈妈
消息
我没钱了，你可以给我救急吗？
已读
不要假装没看见我的短信啊，我知道你看了的！
已读
妈妈？
已读
妈！妈！！！！！
已读
发送
183

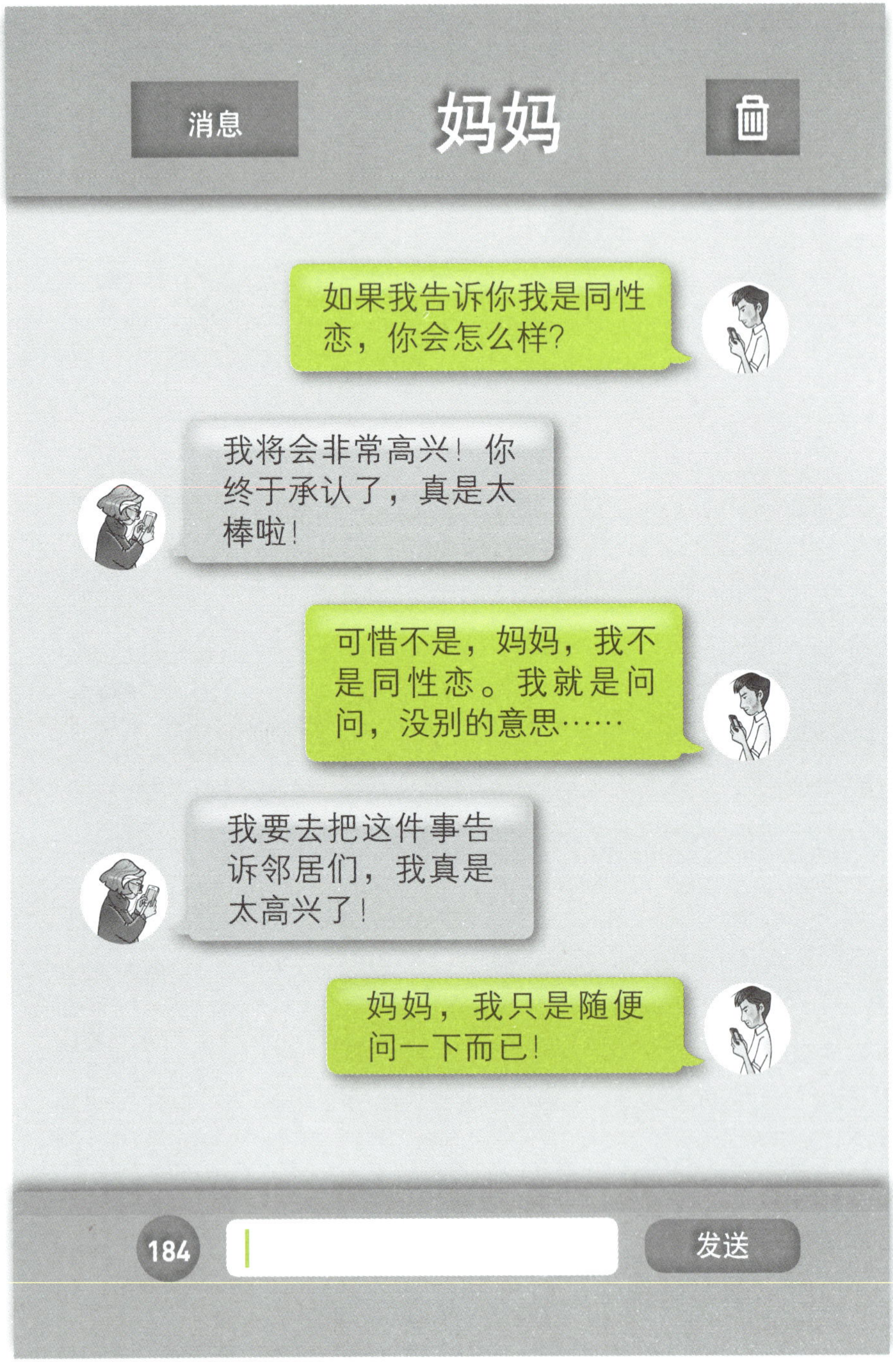
消息
妈妈
如果我告诉你我是同性恋，你会怎么样？
我将会非常高兴！你终于承认了，真是太棒啦！
可惜不是，妈妈，我不是同性恋。我就是问问，没别的意思……
我要去把这件事告诉邻居们，我真是太高兴了！
妈妈，我只是随便问一下而已！
184
发送

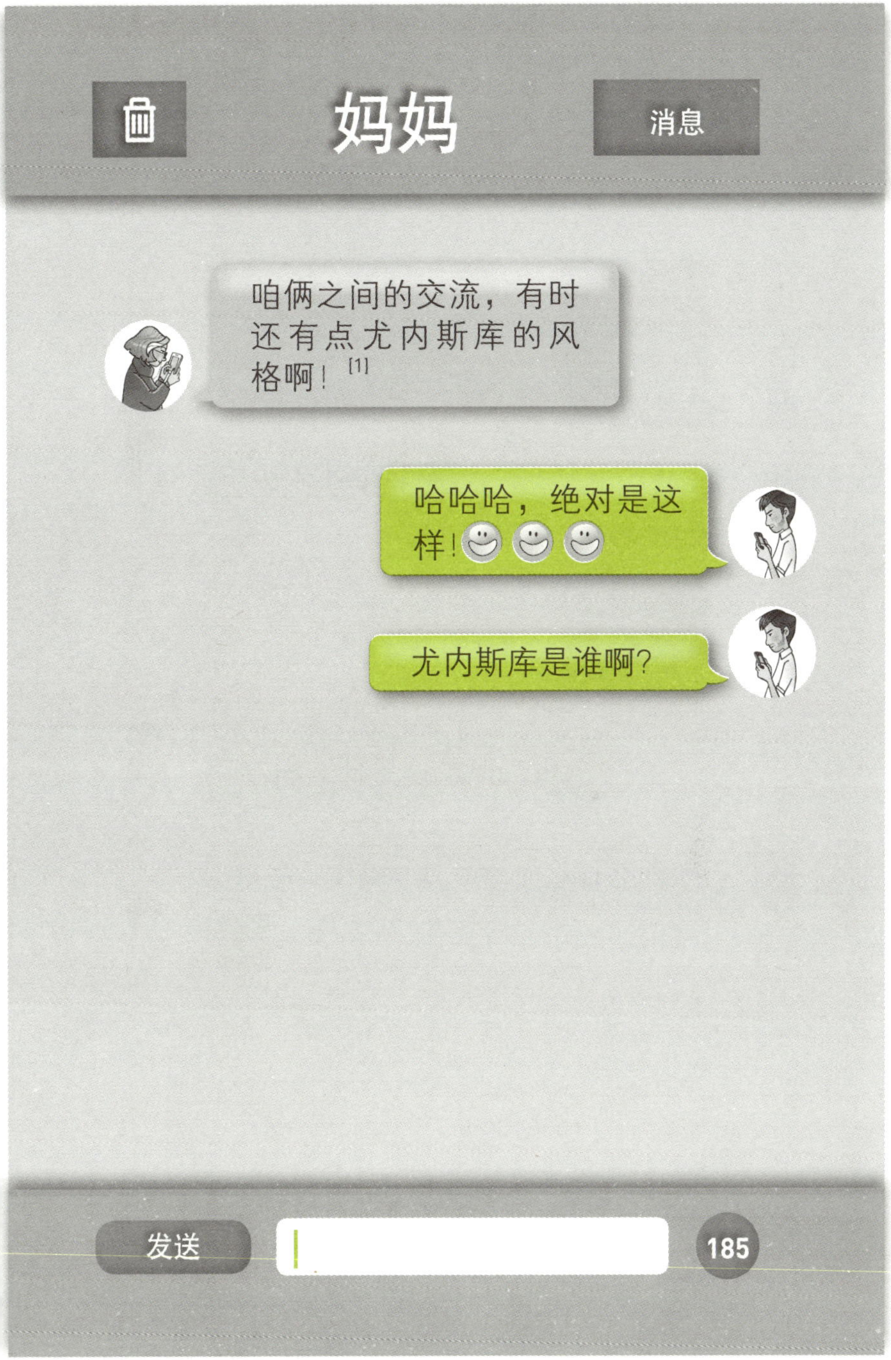

[1] 欧仁·尤内斯库，法国戏剧家。

消息
妈妈
这是什么?
OK，但是这是什么啊?
什么什么?
?
186
发送

妈妈

消息

当妈真不容易！

当儿子也不容易。

要不咱签个断绝关系协议？

那我就没有稳定的社保和经济支持了！不要，你可别打这个主意。我会第一时间去咨询工会的。以防万一。

发送

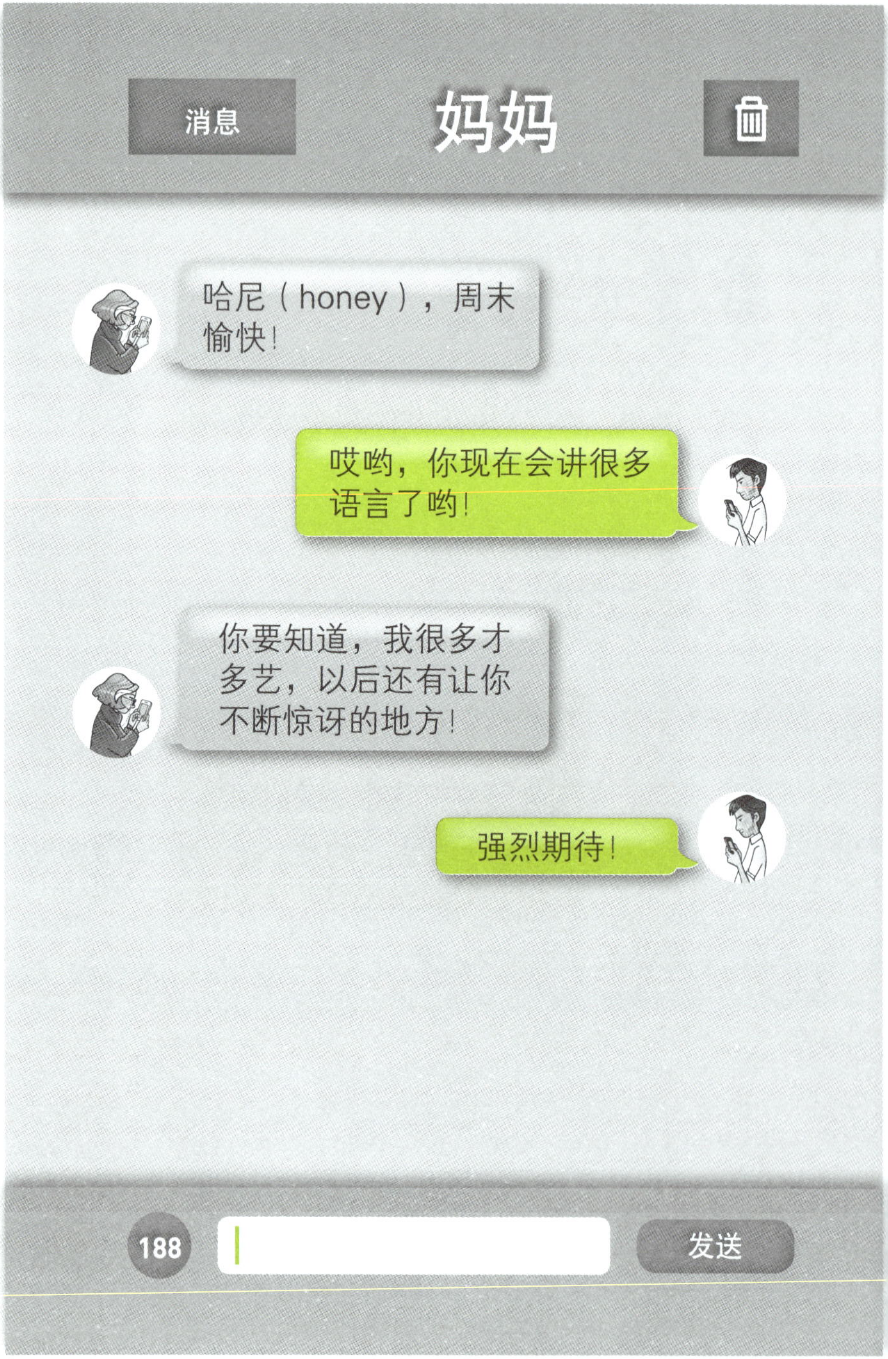
消息
妈妈
哈尼（honey），周末愉快！
哎哟，你现在会讲很多语言了哟！
你要知道，我很多才多艺，以后还有让你不断惊讶的地方！
强烈期待！
188
发送

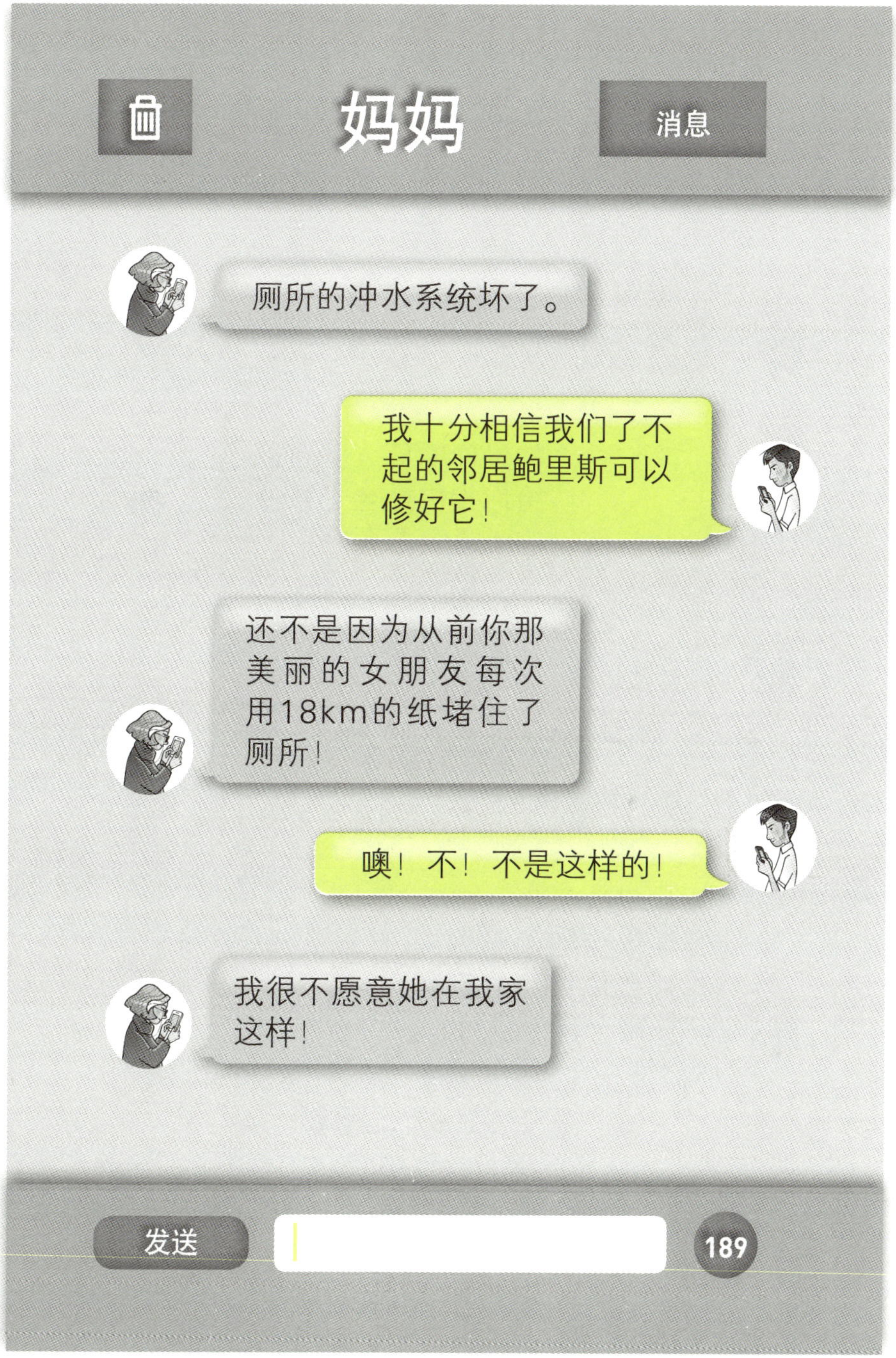
妈妈
消息
厕所的冲水系统坏了。
我十分相信我们了不起的邻居鲍里斯可以修好它！
还不是因为从前你那美丽的女朋友每次用18km的纸堵住了厕所！
噢！不！不是这样的！
我很不愿意她在我家这样！
发送

消息

妈妈

席琳·迪翁都唱过哪些歌曲？

如果你需要，我可以给你提供她全部歌曲的光盘，怎么样？

噢！这太让我开心了！

但遗憾的是我没有足够的钱。

如果这是你从我这儿强取金钱的新办法，那么你得到的答案和往常一样：没有！

发送

妈妈

消息

你听过“飞行狗”这个故事吗?

是的妈妈，所有的人都知道这个笑话。

不，不是。

这个故事讲述的是一只狗在过马路的时候突然来了一辆汽车，然后这只狗飞了出去。

是的，就是这个故事，我听过的就是这个。

发送

消息
妈妈
出售妈妈，状况良好，很少使用。
和往常一样迷人。
192
发送

妈妈

消息

你再淘气，我就对你的胸不客气了。

嗅！妈妈，请您不要看上面的信息，这不是要发给你的！

我很遗憾，你知道，我猜到了，而且你知道吗？我永远不想把你再一次抱在怀里了。

我害羞死了。

发送

消息

妈妈

你在哪儿？

我在工作。

周日做什么工作？

妈妈，今天是星期五！

说得对，但是我退休了。退休的生活让我对日子都没有概念了。

发送

妈妈

消息

周末愉快，亲爱的儿子。

你每天早上设定一个闹钟是怎么回事?

我的闹钟仅仅是我对你全部的爱，你知道吗?

真的吗?

当然是真的。

你发誓?

如果我说谎我就下地狱。

发送

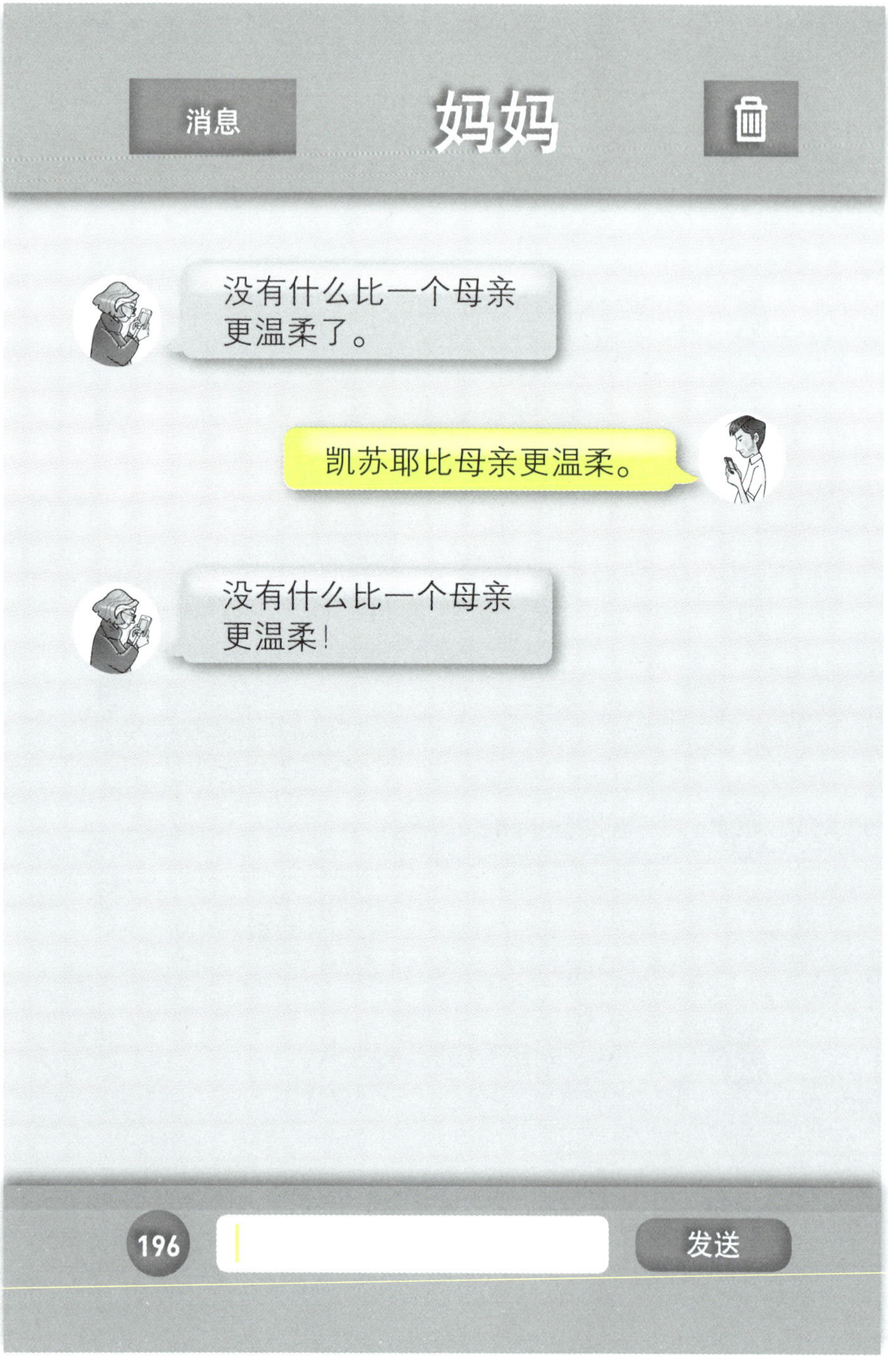
消息
妈妈
没有什么比一个母亲更温柔了。
凯苏耶比母亲更温柔。
没有什么比一个母亲更温柔！
196
发送

妈妈

消息

我听说她得了卵巢囊肿。

你能不能告诉我，我们怎么就聊起邻居得病这件事的？我唯一关心的事，就是你可以给我寄些钱吗？

发送

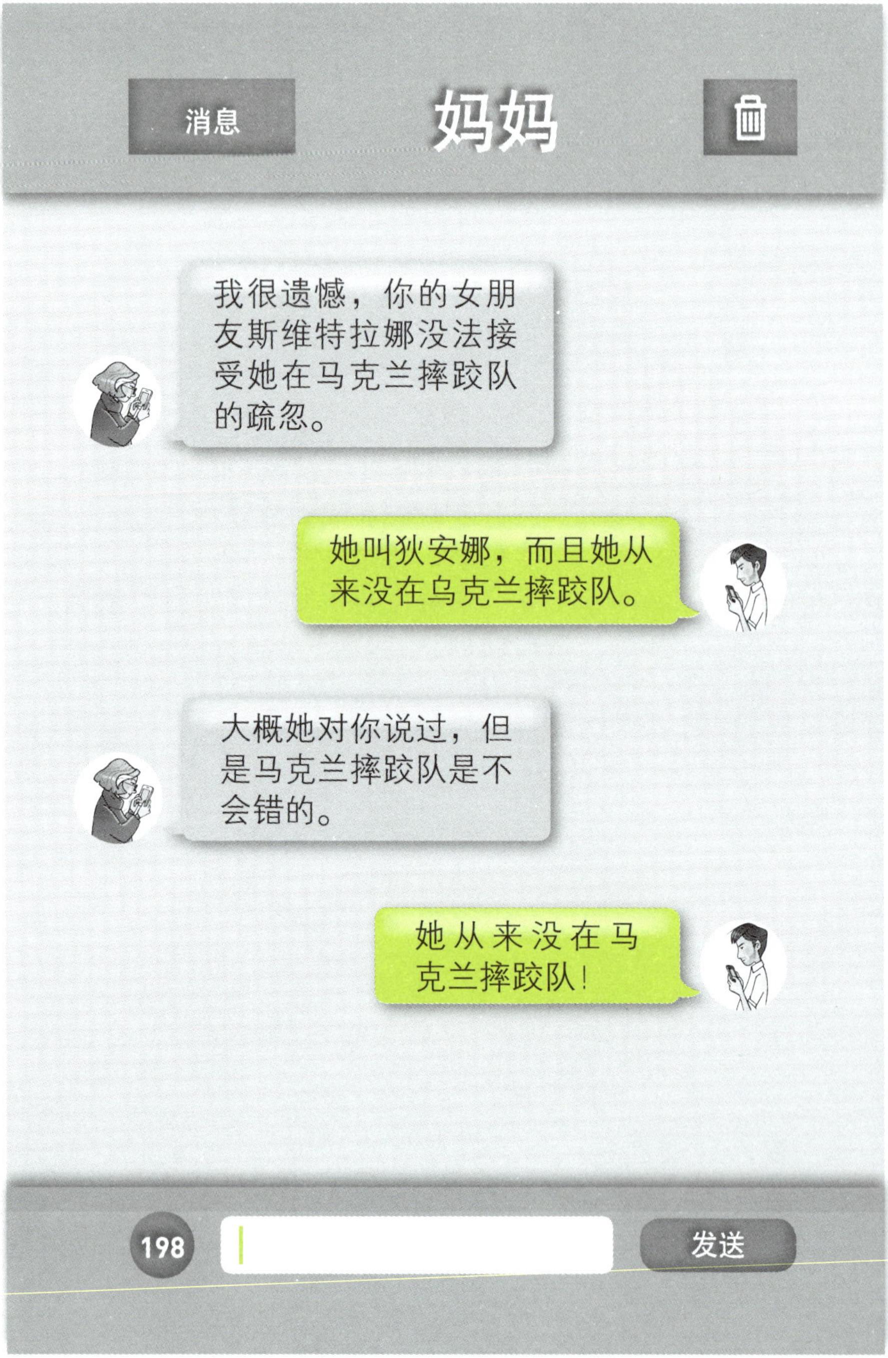
消息
妈妈
我很遗憾，你的女朋友斯维特拉娜没法接受她在马克兰摔跤队的疏忽。
她叫狄安娜，而且她从来没在乌克兰摔跤队。
大概她对你说过，但是马克兰摔跤队是不会错的。
她从来没在马克兰摔跤队！
198
发送

妈妈
消息
你在哪儿?
我在码头，我举着标牌。
我没看到……
你确定是在正确的车站?
你把我当白痴的同时，你自己也是。
等一下，为什么你跟我说车站?
发送

消息

妈妈

我仿佛感觉到我依旧无法在这个世界上找到自己的位置。

你在成为成年人之前还需要时间。

有时，我觉得自己没有任何意义。

你会自己想明白，这不是年龄渐长就能解决的问题。

发送

妈妈

消息

你一定猜不到，我在公共汽车上与让-皮埃尔·福柯擦肩而过!

除非我知道他并不是让-皮埃尔·福柯。

和每天一样，我在我要到达的车站下车。

我喜欢不可预见的事情打乱我正常的生活!（笨）

亲亲。

发送

消息

妈妈

周末愉快，我
亲爱的宝贝。

很明显，我不会祝那个自称是你女友、分享你生活的人周末愉快的。我敢肯定，她是在利用你现在的条件。

依旧亲亲你。

发送

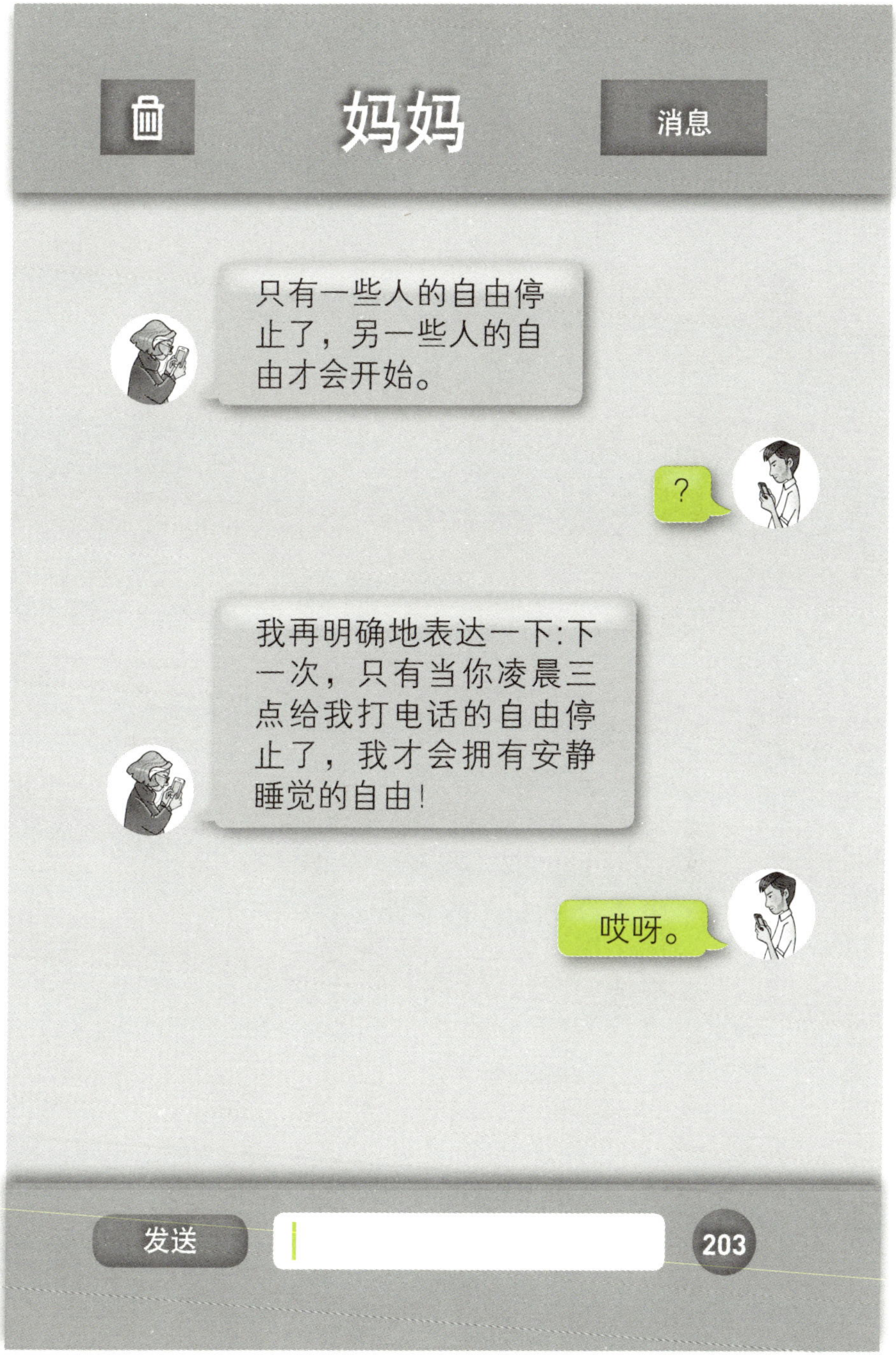
妈妈
消息
只有一些人的自由停止了，另一些人的自由才会开始。
?
我再明确地表达一下:下一次，只有当你凌晨三点给我打电话的自由停止了，我才会拥有安静睡觉的自由!
哎呀。
发送
203

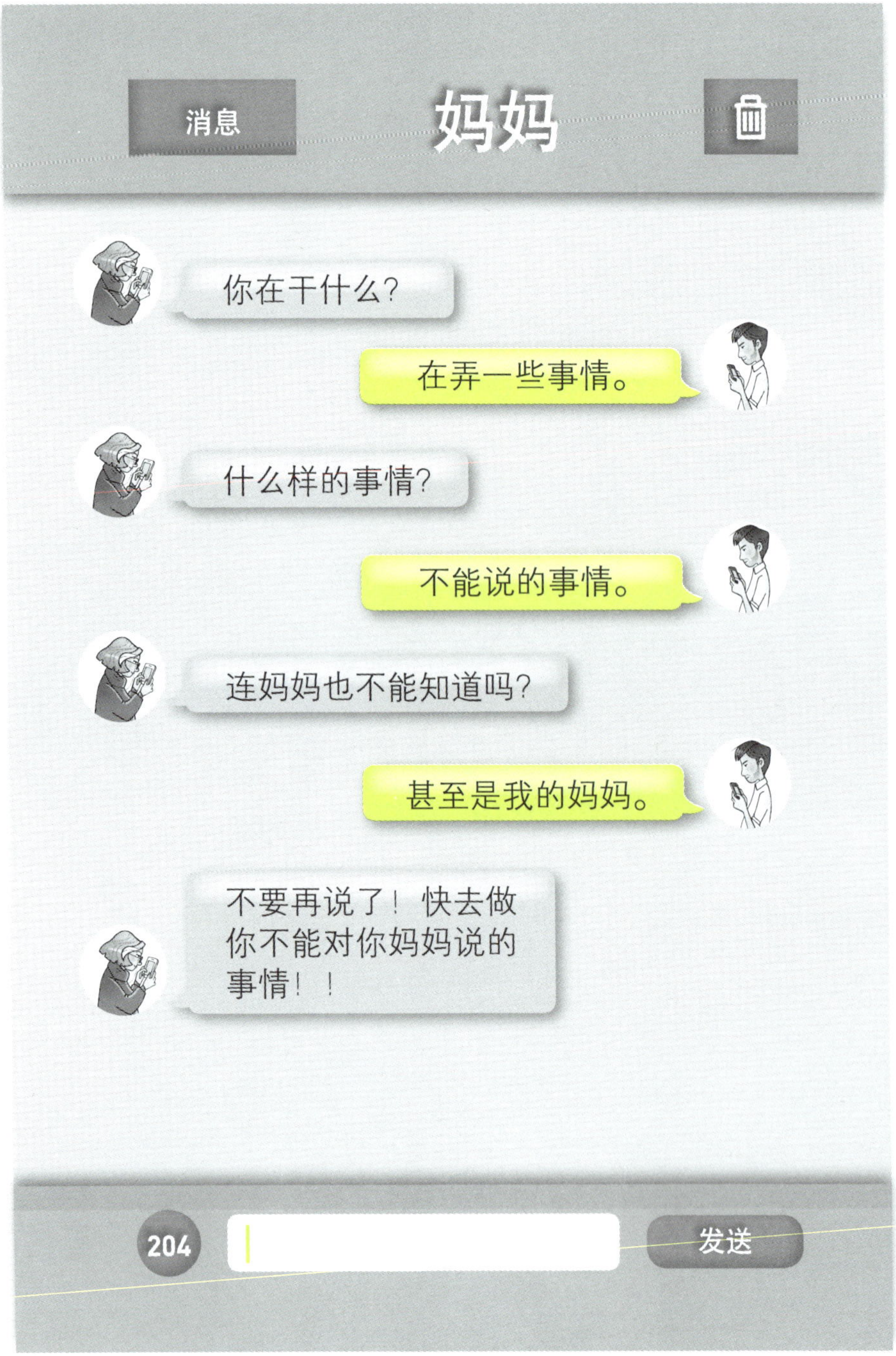
消息
妈妈
你在干什么？
在弄一些事情。
什么样的事情？
不能说的事情。
连妈妈也不能知道吗？
甚至是我的妈妈。
不要再说了！快去做你不能对你妈妈说的事情！！
204
发送

妈妈

消息

你很信任我。

然而，你并不喜欢那样。

为什么这么说？

当我们相互喜爱，就不会有不信任。

是的，但是这不代表不信任，就没有爱。

当我们相互喜欢，就会相互信任。

好吧。

发送

消息
妈妈
我收到了一个寄给你的包裹。
你打开它了吗?
是的，打开了。
然后呢?
这好像不是给你的。
?
206
发送

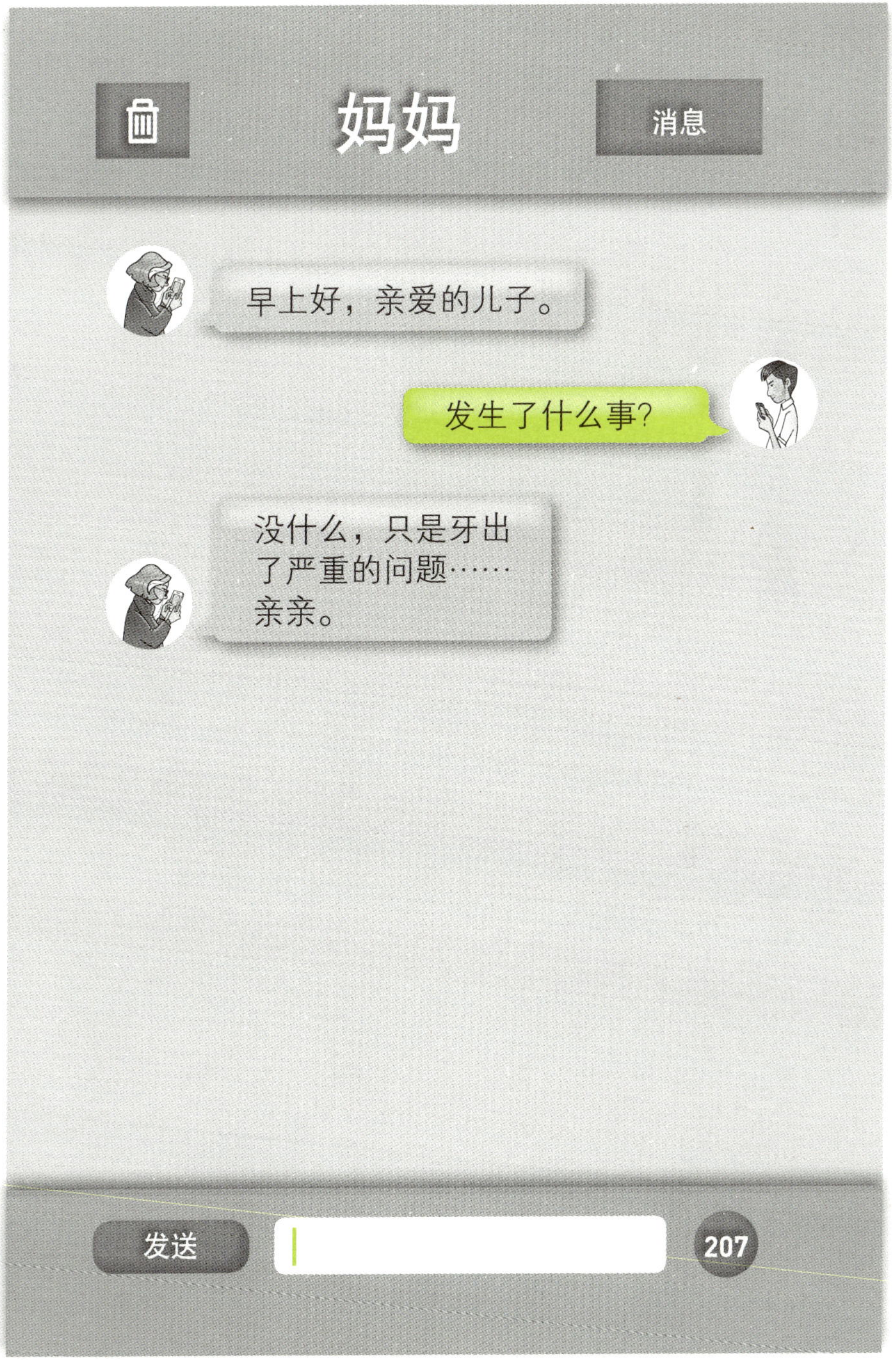
妈妈
消息
早上好，亲爱的儿子。
发生了什么事?
没什么，只是牙出了严重的问题……亲亲。
发送
207

消息

妈妈

你在哪儿？已经两天了，我没有成功地联系到你。

虽然没有什么想和你说的，但是总算成功地联系到你了！

发送

妈妈

消息

邻居鲍里斯来家里祝你周末愉快，亲爱的儿子！

这是个笑话吗？他是为了来修坏了的摄影机吗？你可以当我们都在的时候叫他来修。

你不在的时候不要做惹人讨厌的事情……

真是令人讨厌。

发送

消息
妈妈
你可以给我发上周你给狄安娜拍的照片吗?
妈妈，你太搞笑了……
210
发送

妈妈

消息

席琳·迪翁唱过的那首歌是什么？

哪首？

歌词是“我展翅翱翔，我还活着，当我可以触及天空，我还活着。哦哦”。

《我还活着》。

对，就是这首《我还活着》，这就是我要找的那首歌。谢谢我亲爱的儿子。

发送

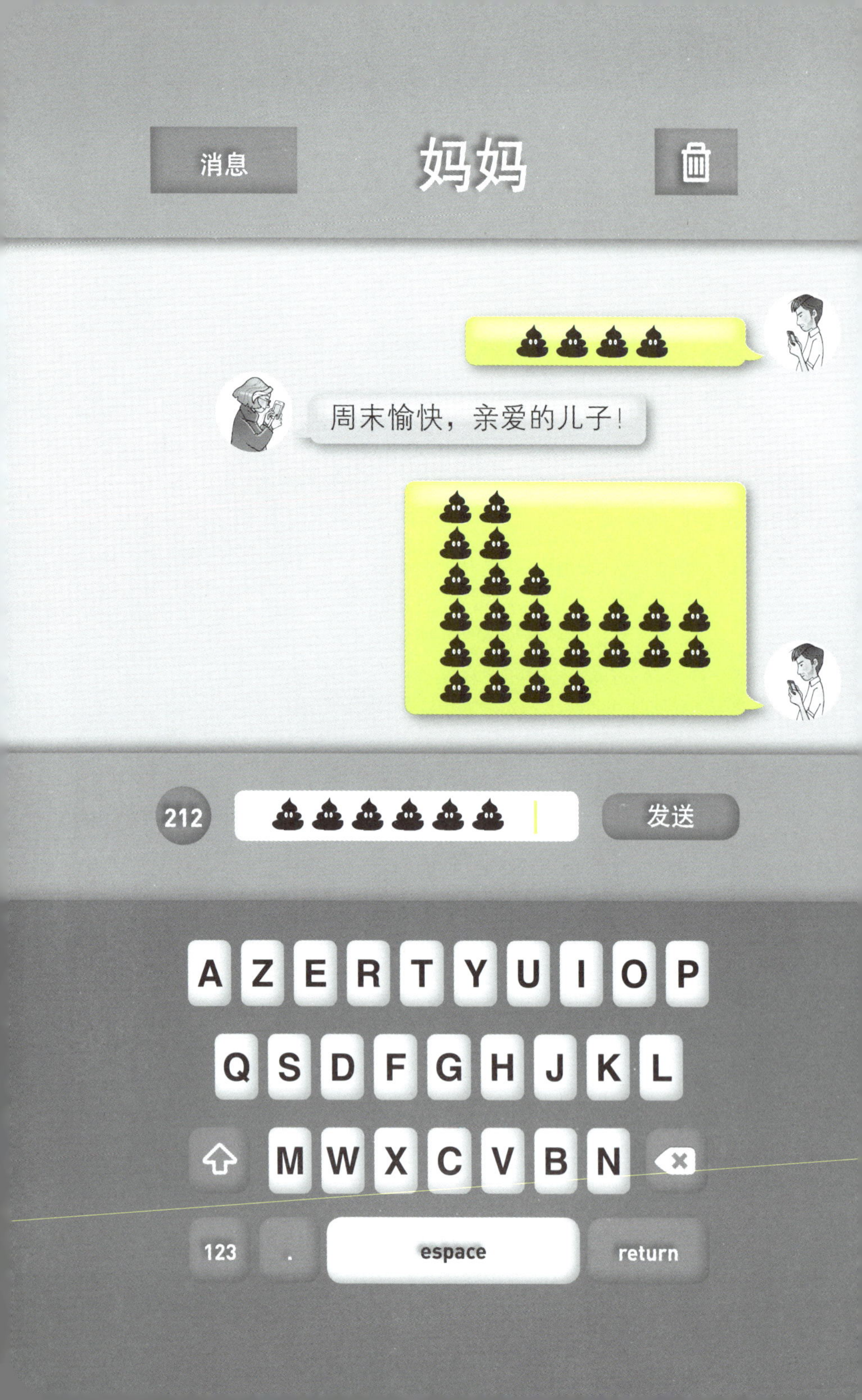
消息
妈妈
周末愉快，亲爱的儿子！
212
发送
A Z E R T Y U I O P
Q S D F G H J K L
M W X C V B N
123
.
espace
return

妈妈

消息

Kiciffy

外婆?

8个ciciviovio

看到您发的这些话，我都不想和您聊天了，这虽然是有点儿大逆不道。

Gigo parette foufi.

老年人别为自己辩护。

卑鄙的小家伙。

外婆，我不理解您上面的信息。

发送

消息
妈妈
我实在是找不到Grapfenstrüc。
你把它放到哪儿了？
如果我知道，我现在也不会找……
说得没错。
你尝试用处女血当作诱饵了吗？
你在说笑话吗？
不是的，这是Grapfenstrüc……
214
发送

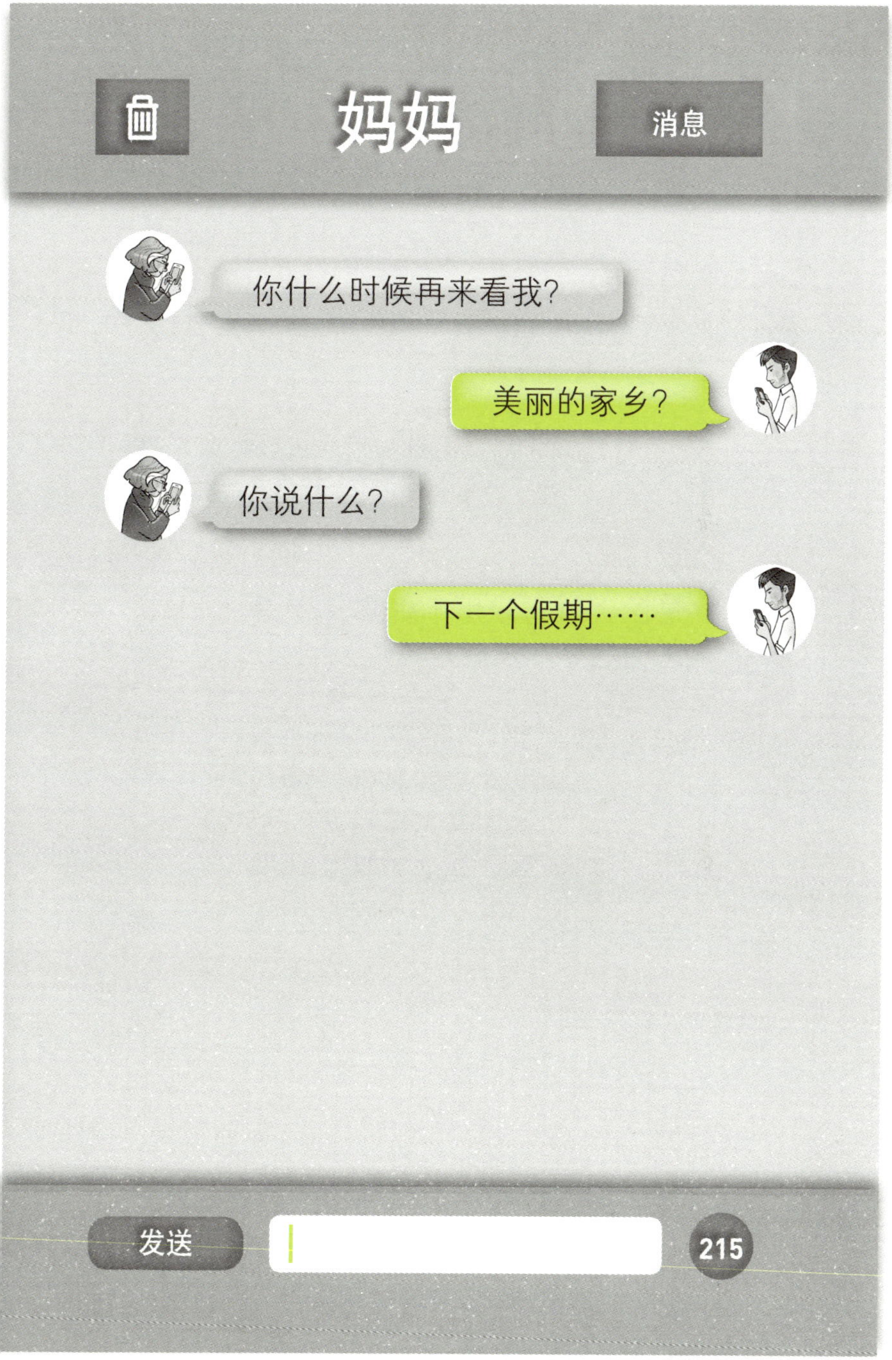
妈妈
消息
你什么时候再来看我?
美丽的家乡?
你说什么?
下一个假期……
发送
215

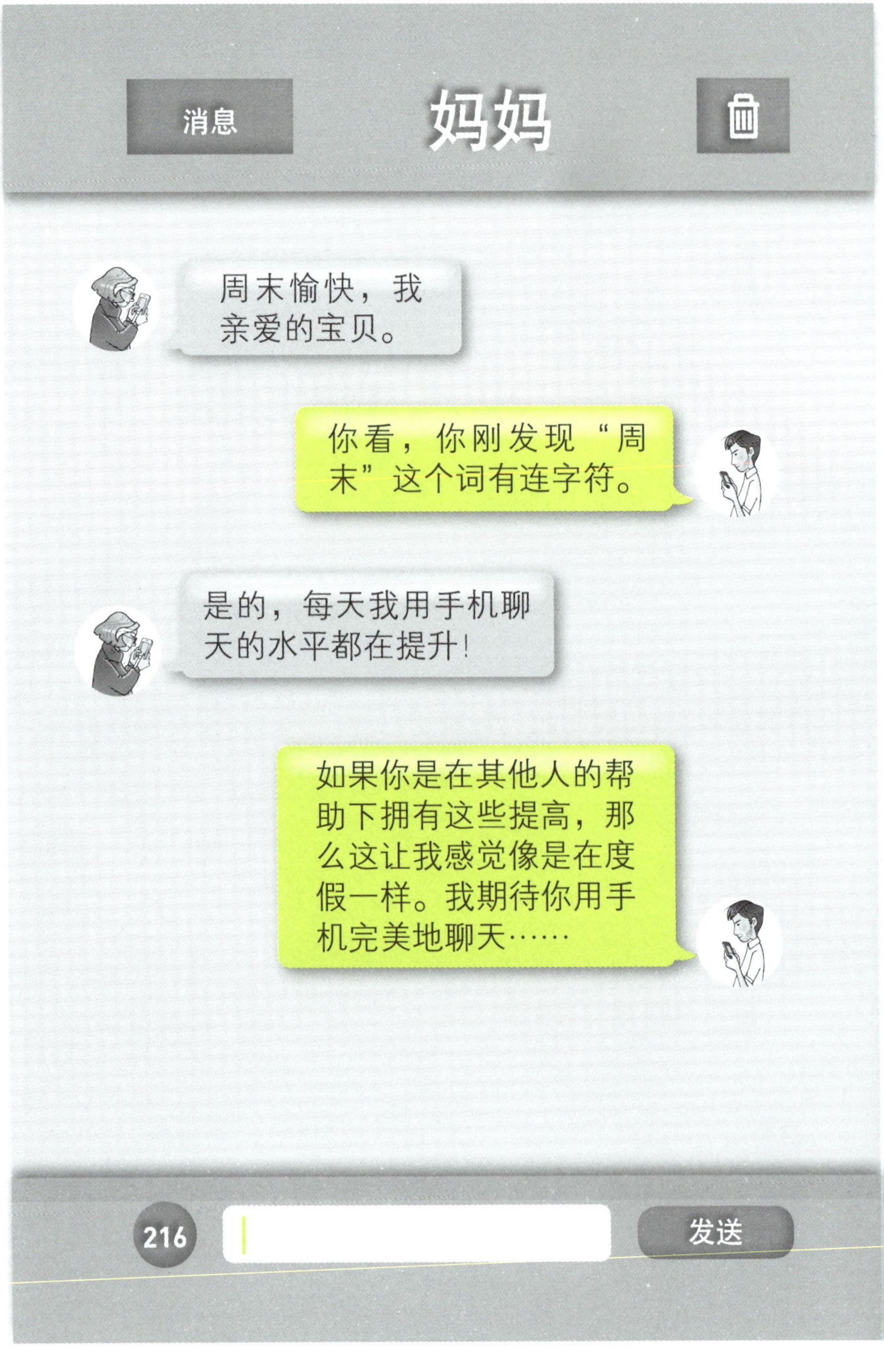
消息
妈妈
周末愉快，我亲爱的宝贝。
你看，你刚发现“周末”这个词有连字符。
是的，每天我用手机聊天的水平都在提升！
如果你是在其他人的帮助下拥有这些提高，那么这让我感觉像是在度假一样。我期待你用手机完美地聊天……
216
发送

妈妈

消息

你睡着了?

我当然睡着了！ 现在是凌晨4点钟！你这个时间给我发消息是有什么事情吗?

有一个家伙闯进了我家，我认为是冲着我来的。

噢！天啊，我的妈妈！

不，我在开玩笑，这就是我对你喝酒的报复。

发送

消息
妈妈
求您了！
不！
求您了！
我说不！
求您了！
如果我说是，你可以不说了吗？
不。
求你了！
不。
求你了！
218
发送

妈妈

消息

你是需要钱了，对吗?

你为什么这么问我?

因为你认为我可以洞察到你的内心。

你是怎么知道的?!

一个母亲可以了解一切，一个母亲可以看到一切。

发送

消息

妈妈

我中午要做波尔多西瓜酒。

除非我有很多的西瓜。

当然，我喝了波尔多酒。

没有西瓜。

哈哈哈。

哈哈哈。

哈哈哈。

哈哈哈。

发送

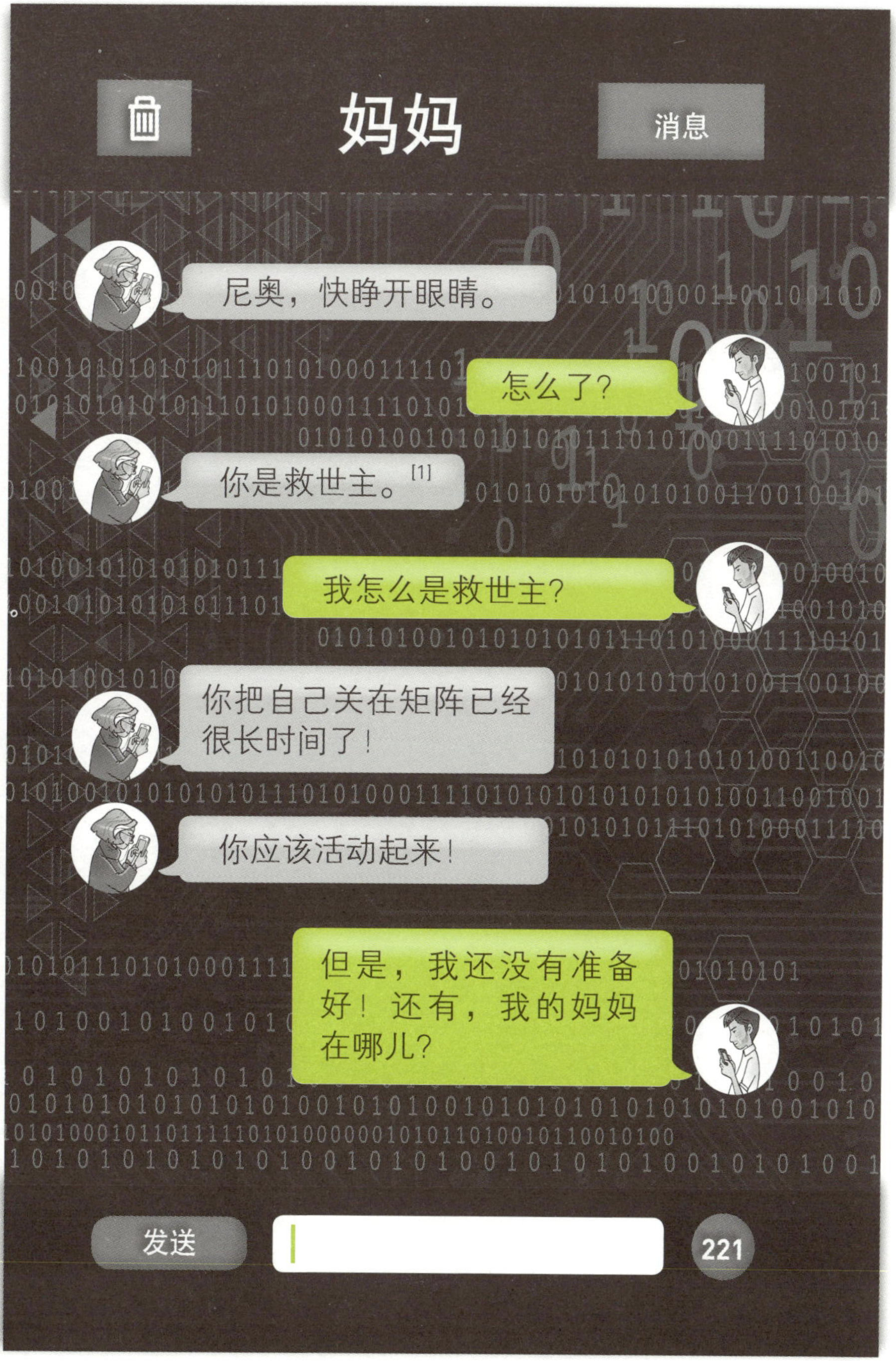
妈妈
消息
尼奥，快睁开眼睛。
怎么了？
你是救世主。[1]
我怎么是救世主？
你把自己关在矩阵已经很长时间了！
你应该活动起来！
但是，我还没有准备好！还有，我的妈妈在哪儿？
发送
221

[1]　《黑客帝国》对话。

消息
妈妈
周末愉快，我亲爱的儿子！
我也祝我自己周末愉快！
222
发送

妈妈
消息
妈妈，这瓶牛奶是什么？
发送
223

消息
妈妈
扑克。
什么扑克？
我和你打扑克，就和你在Facebook上一样！
妈妈，只不过我们不是在Facebook上打扑克，也很难想象你在这儿和我打扑克。
为什么在一切很简单的时候，你总是摧毁我的幸福？
224
发送

妈妈

消息

我透支了，你可以帮助我吗？

好的，穿一件毛衣。

发送

消息
妈妈
你到了的时候给我发一个信息，好吧！
你到了吗？
没有收到你的信息，你到了没有？
你应该告诉我你的日程安排！
你在哪里？
我很着急，你出了什么事情吗？
那么，我要报警了……
发送

妈妈

消息

说“卡车”！

噢不，妈妈！请你不要这样……

说“卡车”，快啊！

卡车。

羽绒被！羽绒被！

不，不会在那里……

什么？

发送

消息
妈妈
1-2-3
晴天了！
你移动了！
不，根本没有！
这是真的！
不，这不是真的！
是的，这是真的！
不，这不是真的！
是的，这是真的！
228
发送

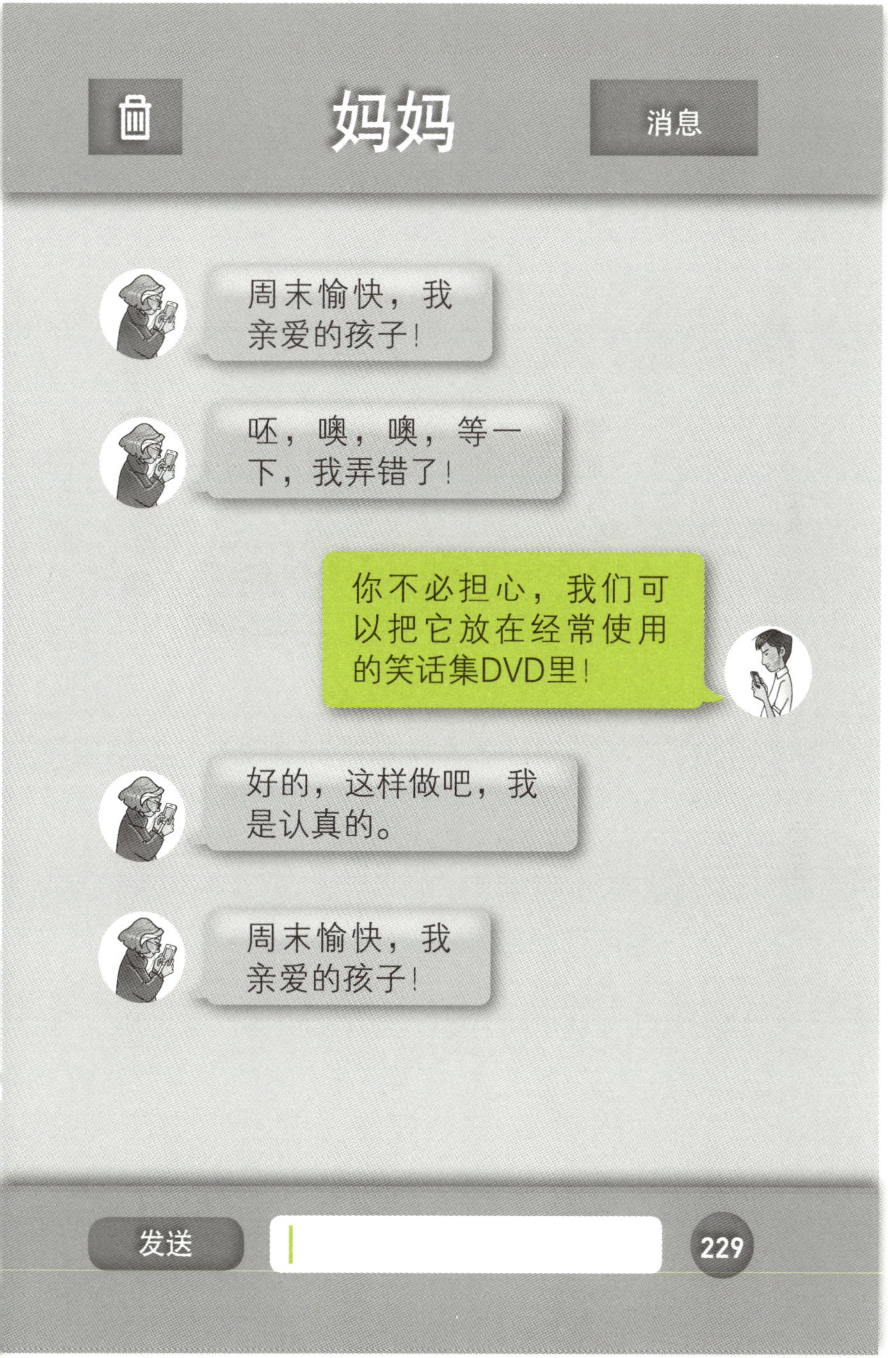
妈妈
消息
周末愉快，我亲爱的孩子！
呸，噢，噢，等一下，我弄错了！
你不必担心，我们可以把它放在经常使用的笑话集DVD里！
好的，这样做吧，我是认真的。
周末愉快，我亲爱的孩子！
发送

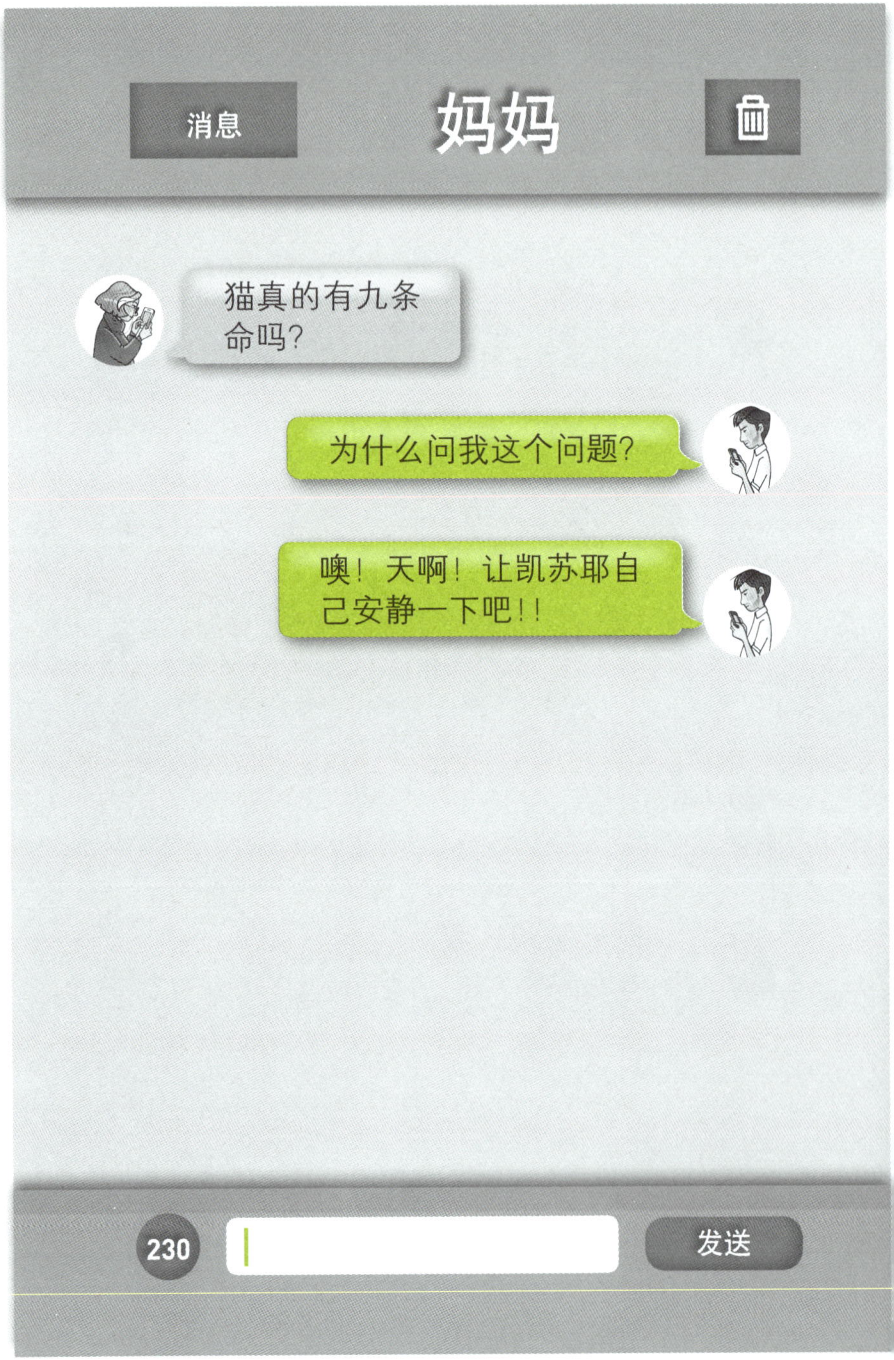
消息
妈妈
猫真的有九条命吗?
为什么问我这个问题?
噢！天啊！让凯苏耶自己安静一下吧!!
230
发送

妈妈
消息
Jdznojnjocn o in
外婆，是您吗?
八! Mendi en dii
Jodo popo gugu
外婆给我发信息了，
不管用了!
让权力见鬼去吧。
什么?!
没有未来!
发送

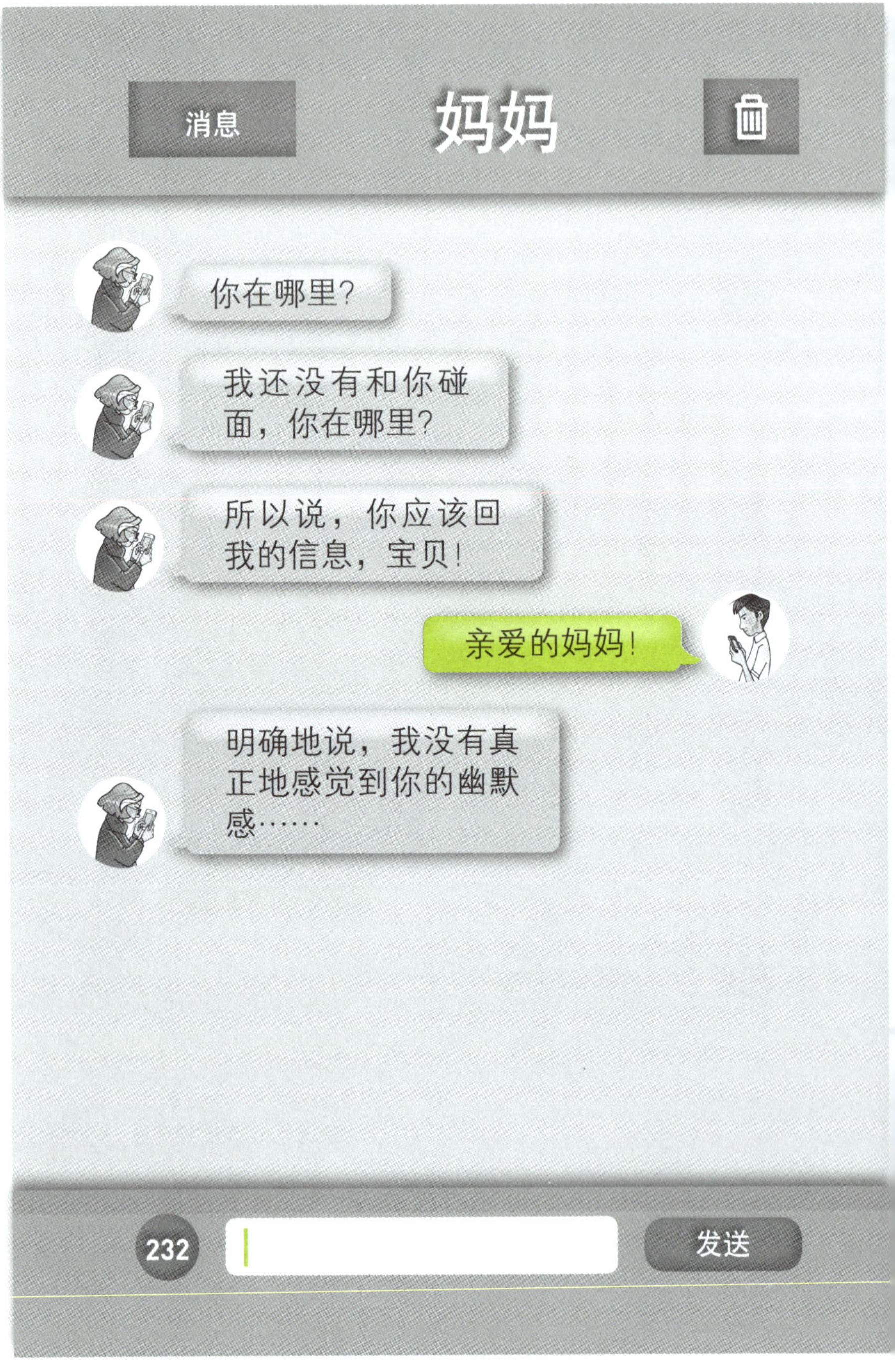
消息
妈妈
你在哪里？
我还没有和你碰面，你在哪里？
所以说，你应该回我的信息，宝贝！
亲爱的妈妈！
明确地说，我没有真正地感觉到你的幽默感……
232
发送

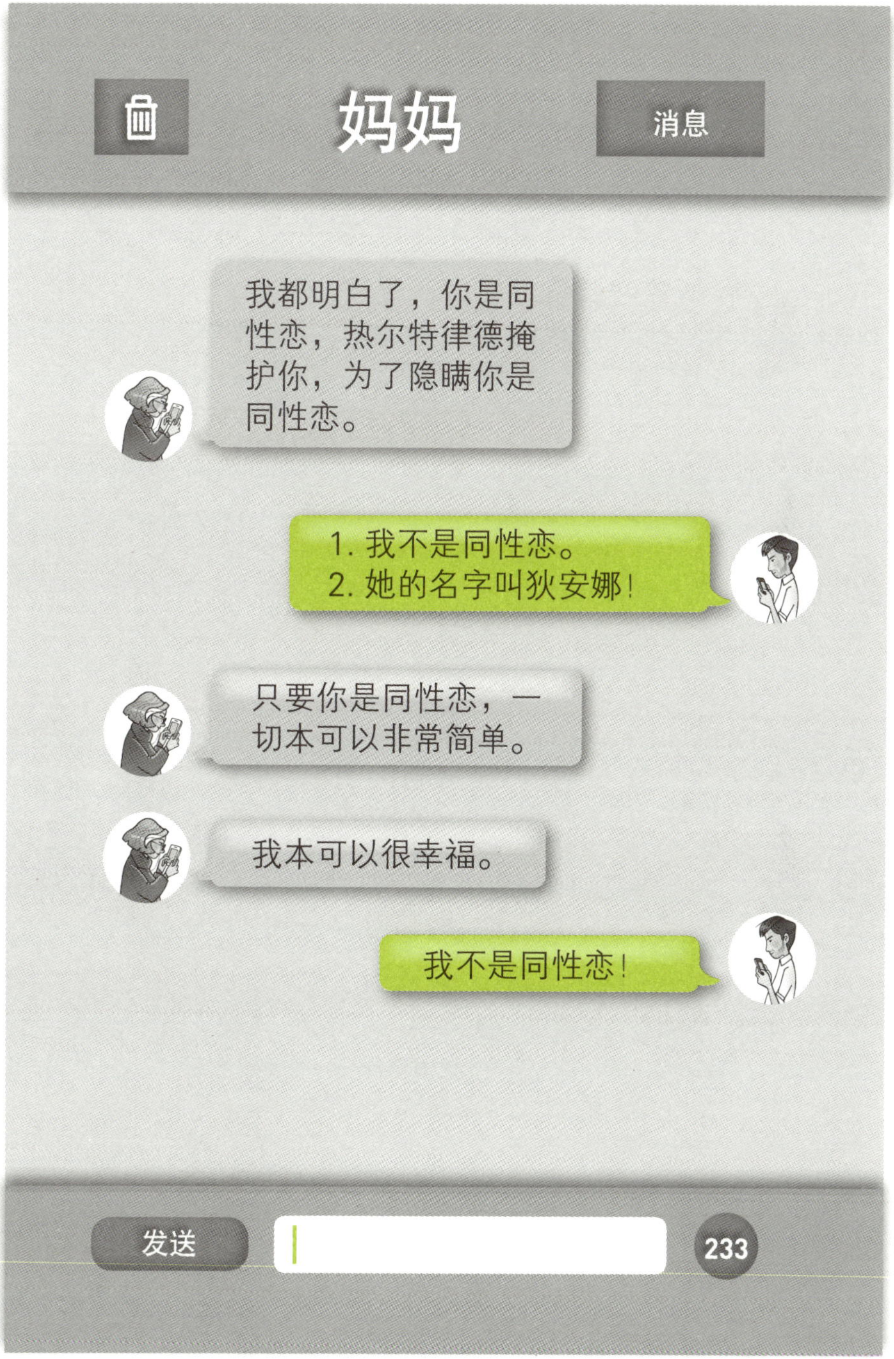
妈妈
消息
我都明白了，你是同性恋，热尔特律德掩护你，为了隐瞒你是同性恋。
1. 我不是同性恋。
2. 她的名字叫狄安娜！
只要你是同性恋，一切本可以非常简单。
我本可以很幸福。
我不是同性恋！
发送

消息

妈妈

幸福其实很简单，就好比一通电话。

想都不要想。

发送

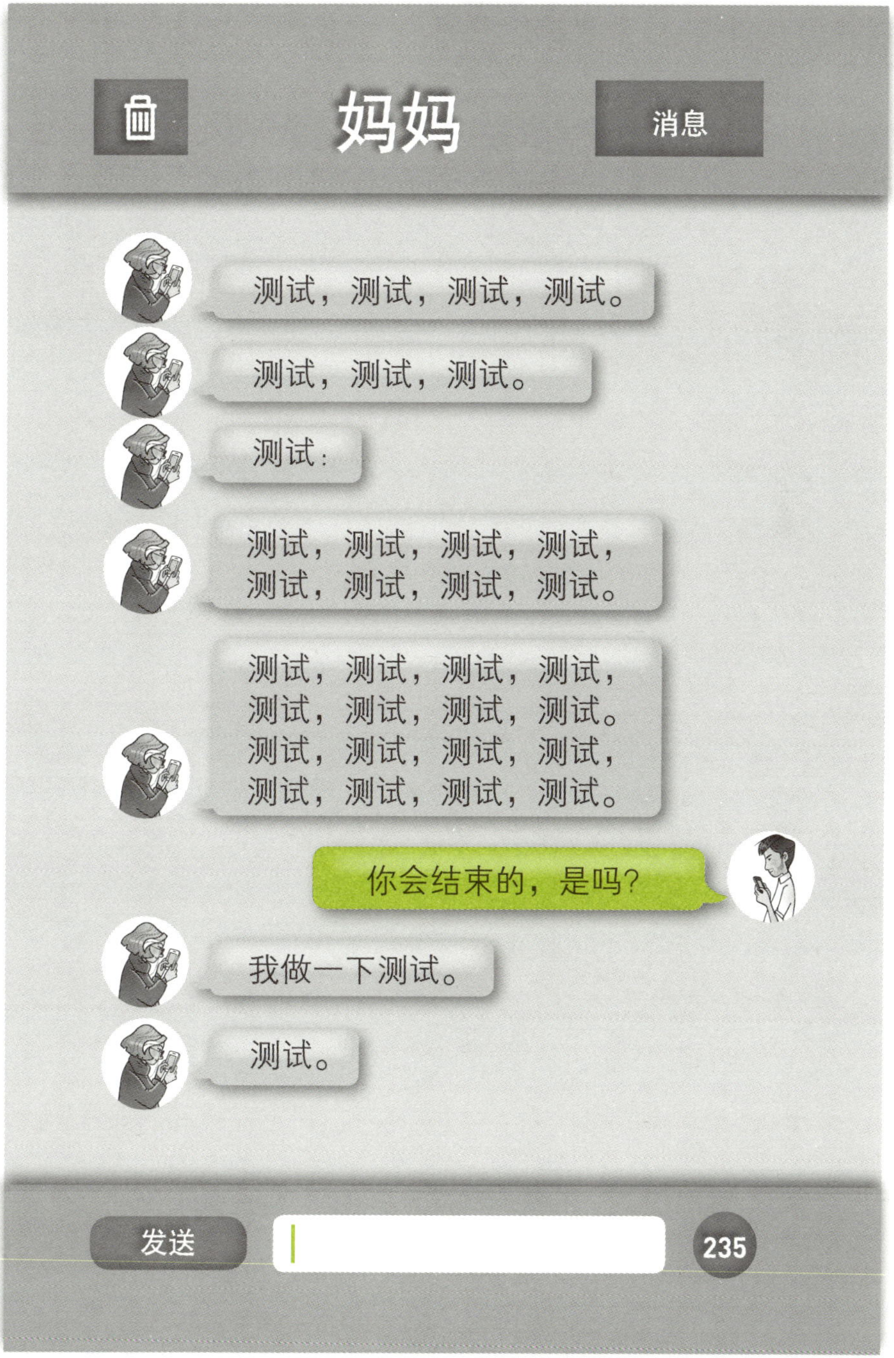
妈妈
消息
测试，测试，测试，测试。
测试，测试，测试。
测试：
测试，测试，测试，测试，测试，测试，测试，测试。
测试，测试，测试，测试，测试，测试，测试，测试。测试，测试，测试，测试，测试，测试，测试，测试。
你会结束的，是吗？
我做一下测试。
测试。
发送

消息
妈妈
周末愉快，我亲爱的儿子！
236
发送

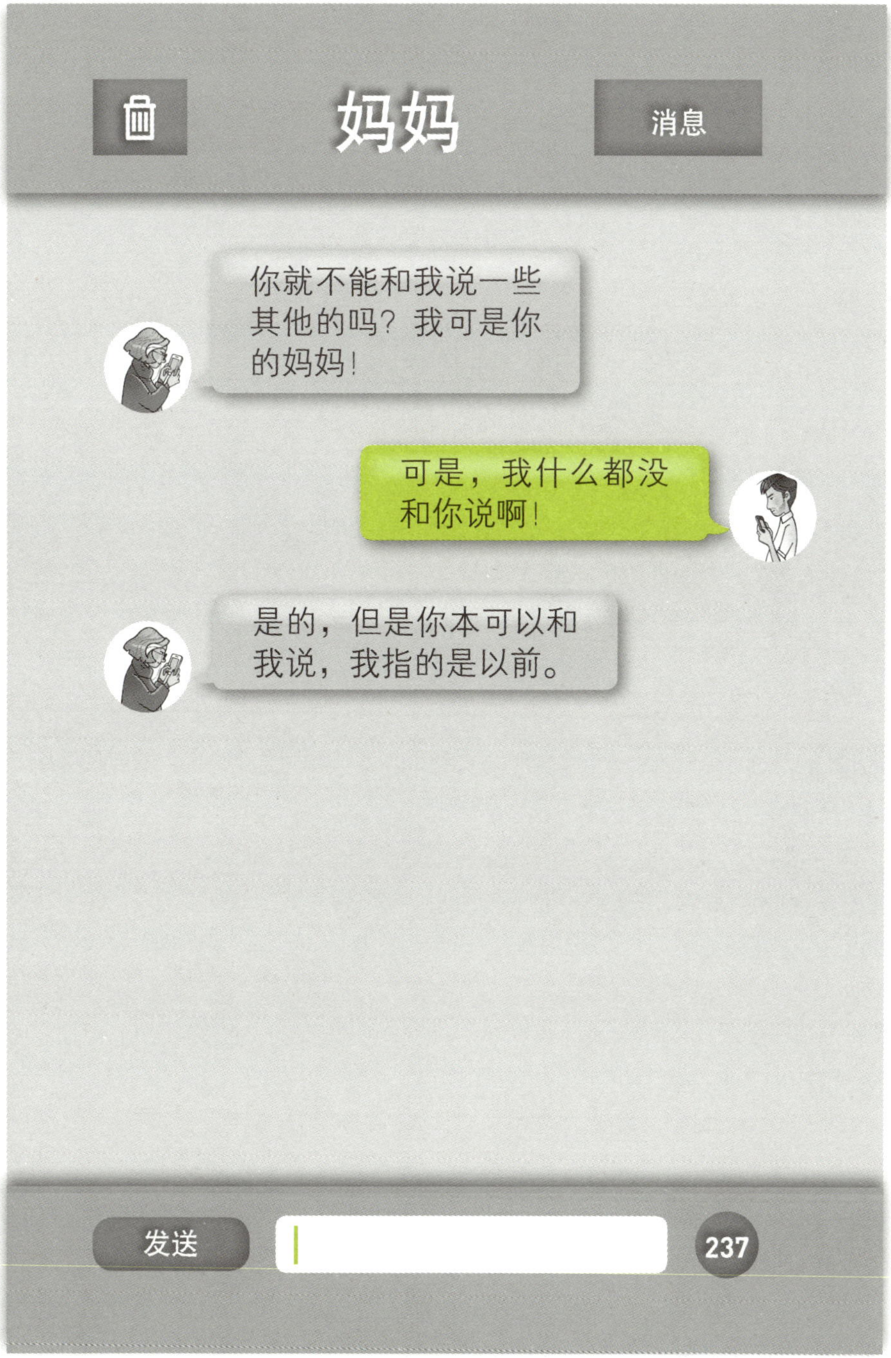
妈妈
消息
你就不能和我说一些其他的吗？我可是你的妈妈！
可是，我什么都没和你说啊！
是的，但是你本可以和我说，我指的是以前。
发送
237

消息

妈妈

您的母亲没有被正确停止。您或许可以通过选择以下安全模式中的一种来使其恢复：

☐ 安全模式
☐ 带网络连接的安全模式
☐ 带命令提示符的安全模式
☐ 正常启动妈妈

发送

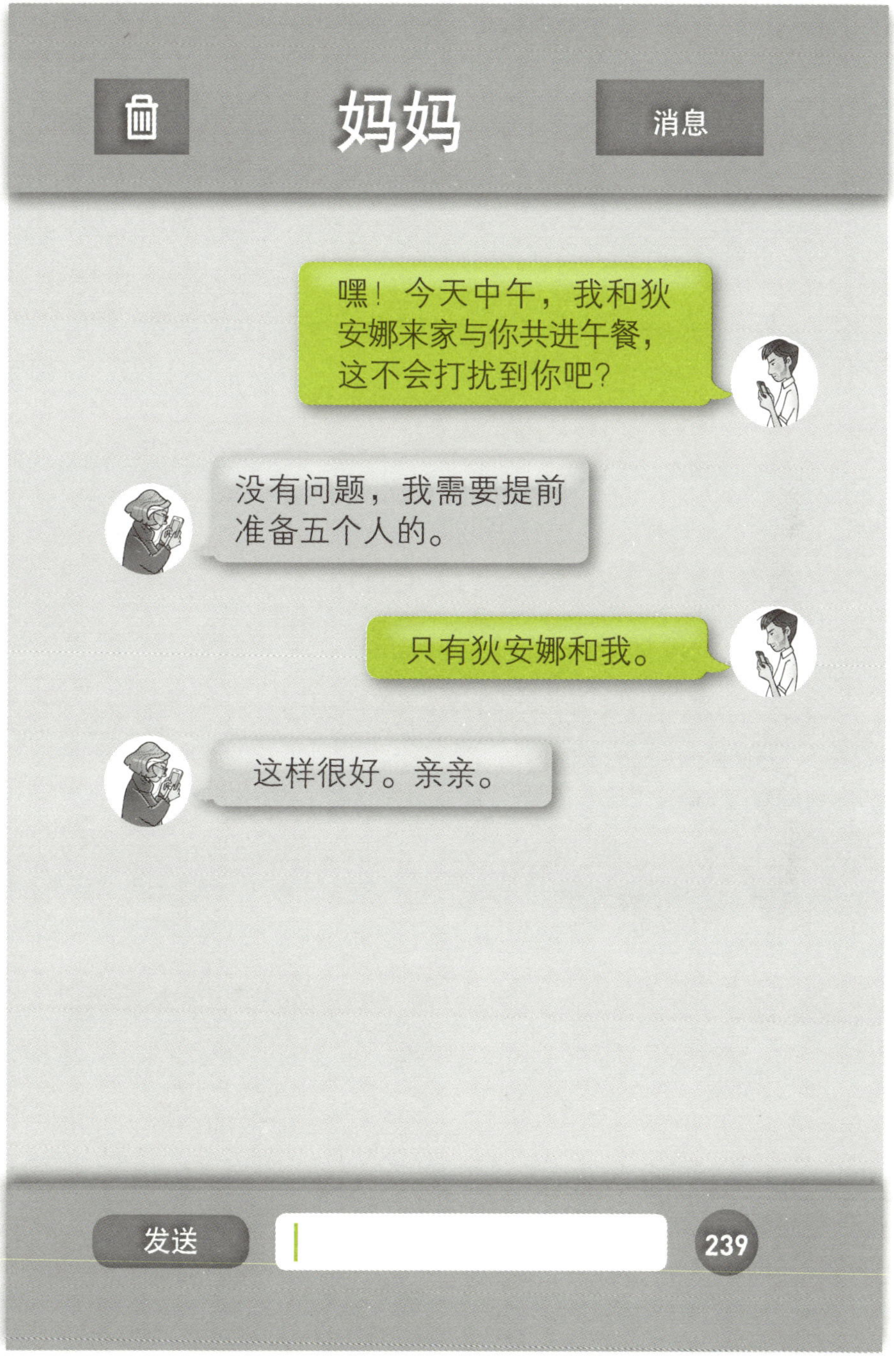
妈妈
消息
嘿！今天中午，我和狄安娜来家与你共进午餐，这不会打扰到你吧？
没有问题，我需要提前准备五个人的。
只有狄安娜和我。
这样很好。亲亲。
发送
239

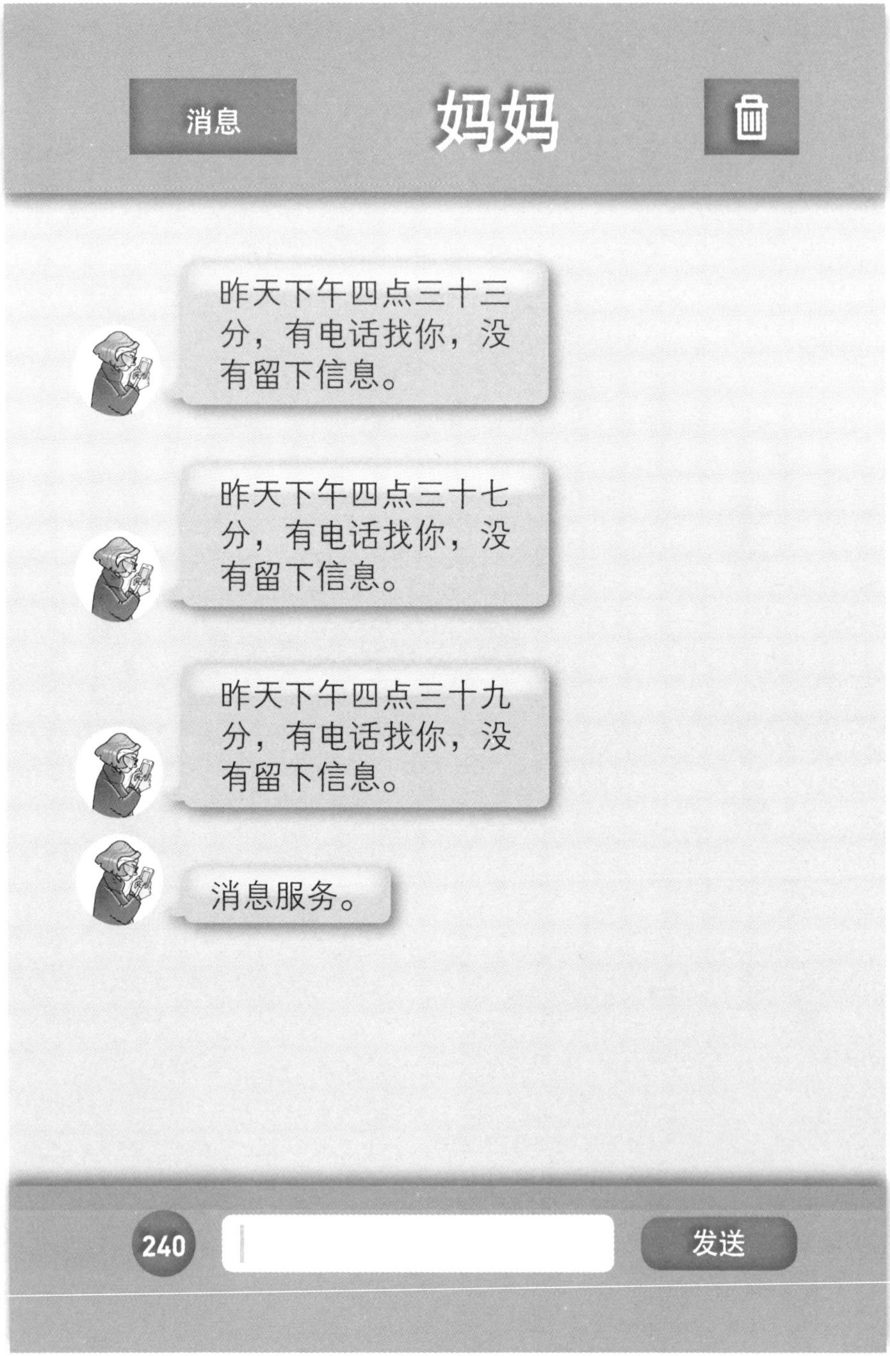
消息
妈妈
昨天下午四点三十三分，有电话找你，没有留下信息。
昨天下午四点三十七分，有电话找你，没有留下信息。
昨天下午四点三十九分，有电话找你，没有留下信息。
消息服务。
240
发送

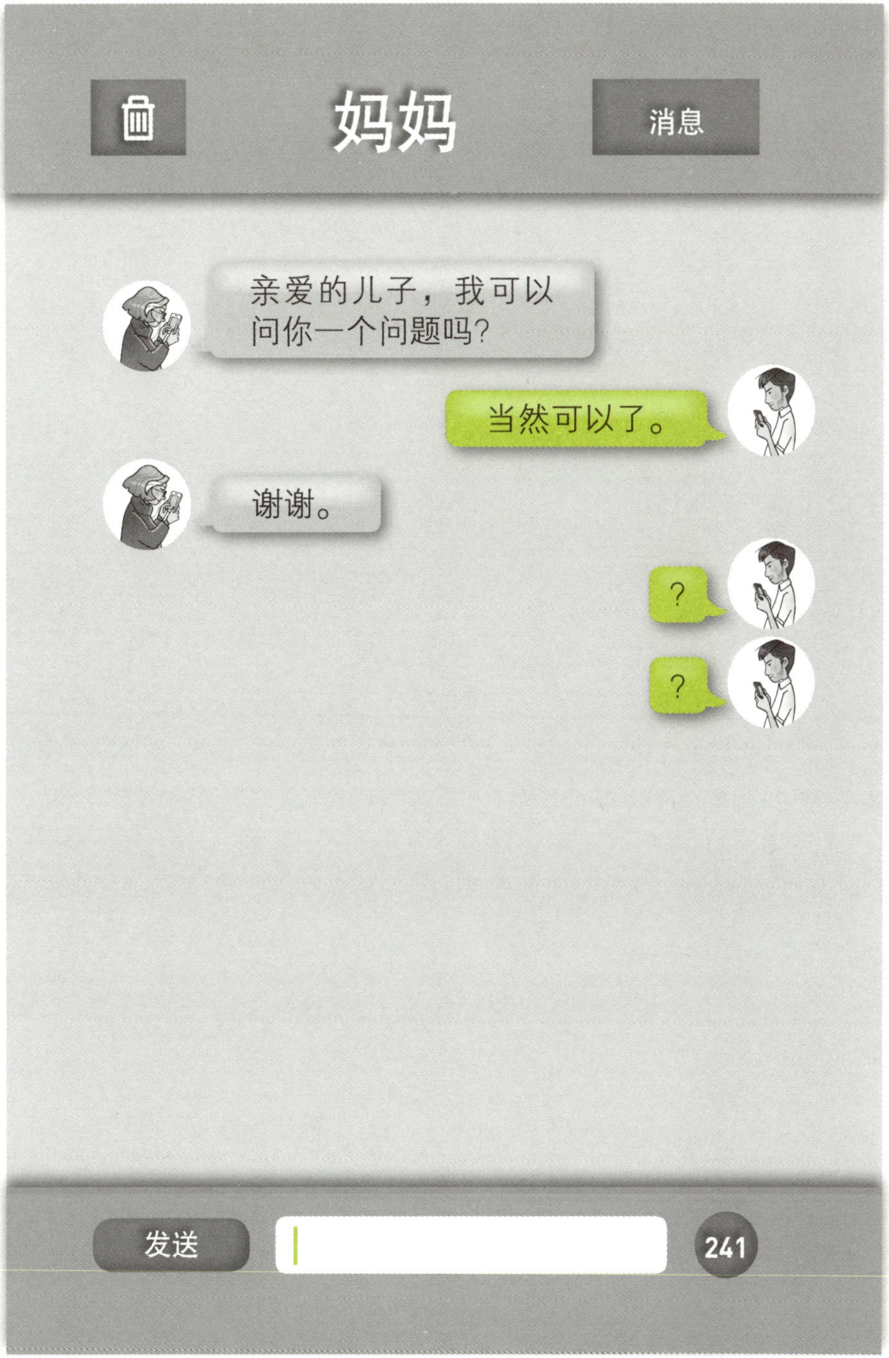
妈妈
消息
亲爱的儿子，我可以问你一个问题吗?
当然可以了。
谢谢。
?
?
发送
241

[1] 莎拉·寇娜，德国流行音乐歌手。

妈妈
消息
周末愉快，我亲爱的儿子！
发送
243

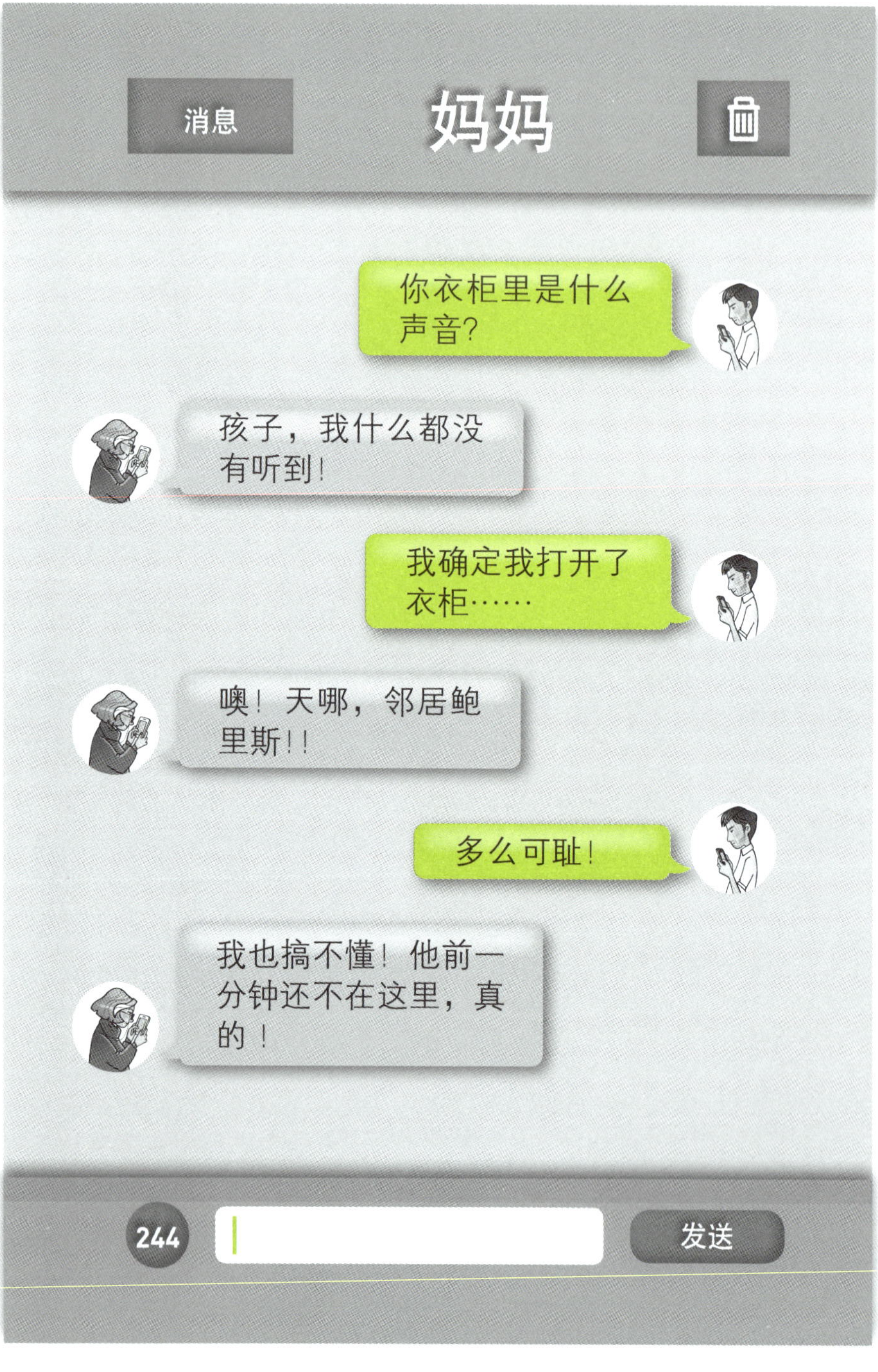

消息
妈妈
你衣柜里是什么声音?
孩子，我什么都没有听到!
我确定我打开了衣柜……
噢! 天哪，邻居鲍里斯!!
多么可耻!
我也搞不懂! 他前一分钟还不在这里，真的!
244
发送

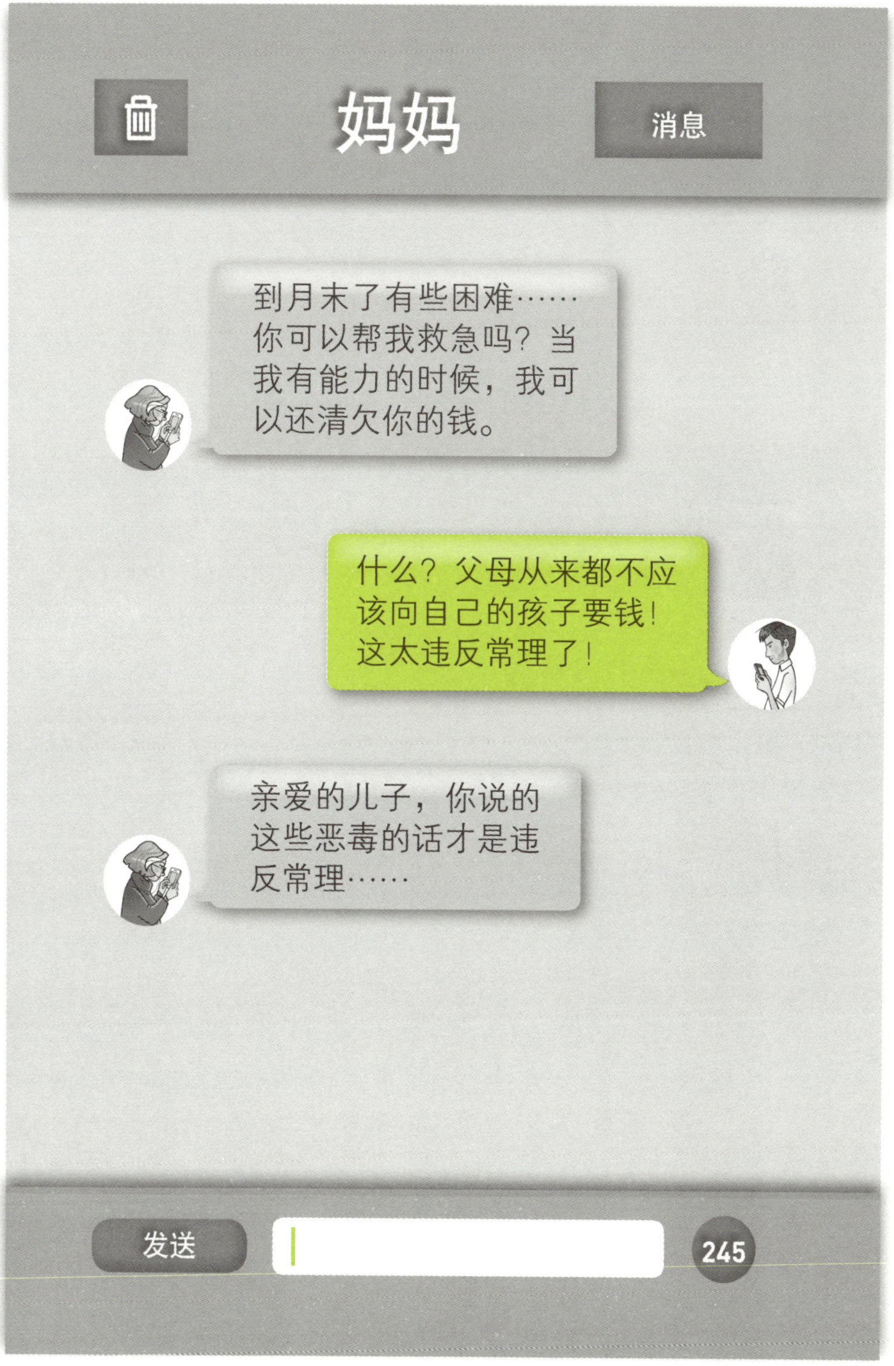
妈妈
消息
到月末了有些困难……你可以帮我救急吗？当我有能力的时候，我可以还清欠你的钱。
什么？父母从来都不应该向自己的孩子要钱！这太违反常理了！
亲爱的儿子，你说的这些恶毒的话才是违反常理……
发送

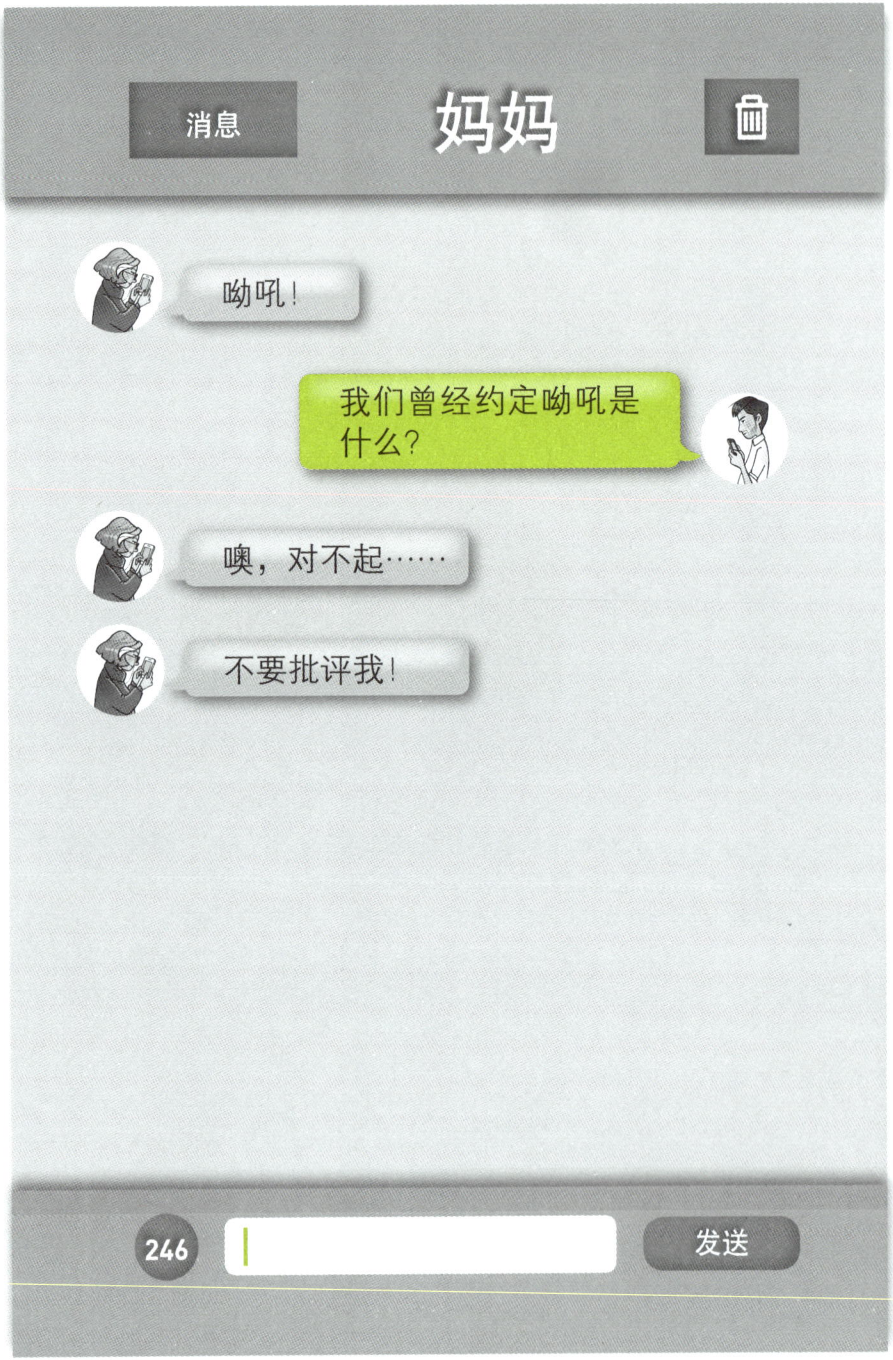

消息
妈妈
呦吼！
我们曾经约定呦吼是什么？
噢，对不起……
不要批评我！
246
发送

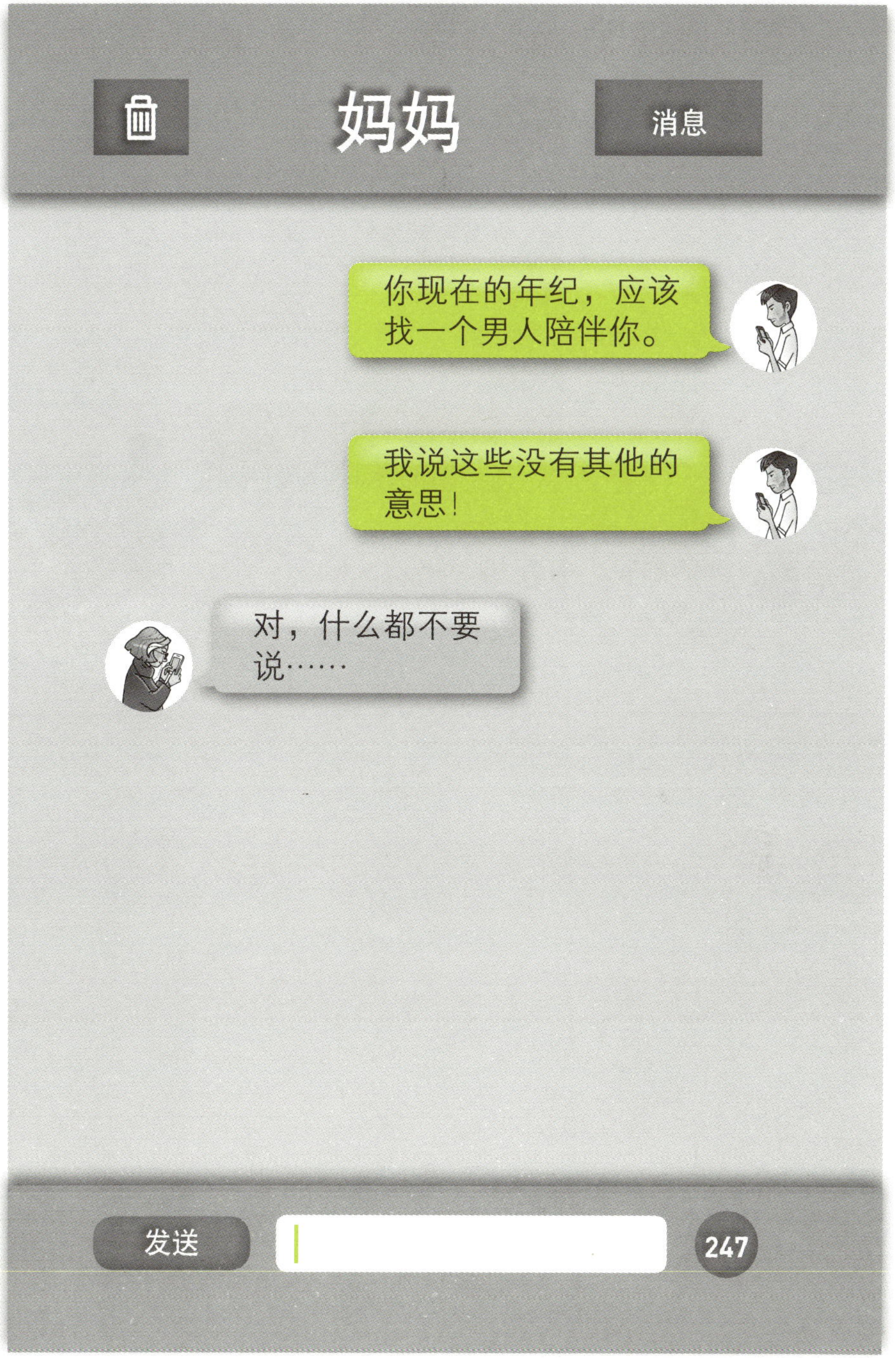
妈妈
消息
你现在的年纪，应该找一个男人陪伴你。
我说这些没有其他的意思！
对，什么都不要说……
发送
247

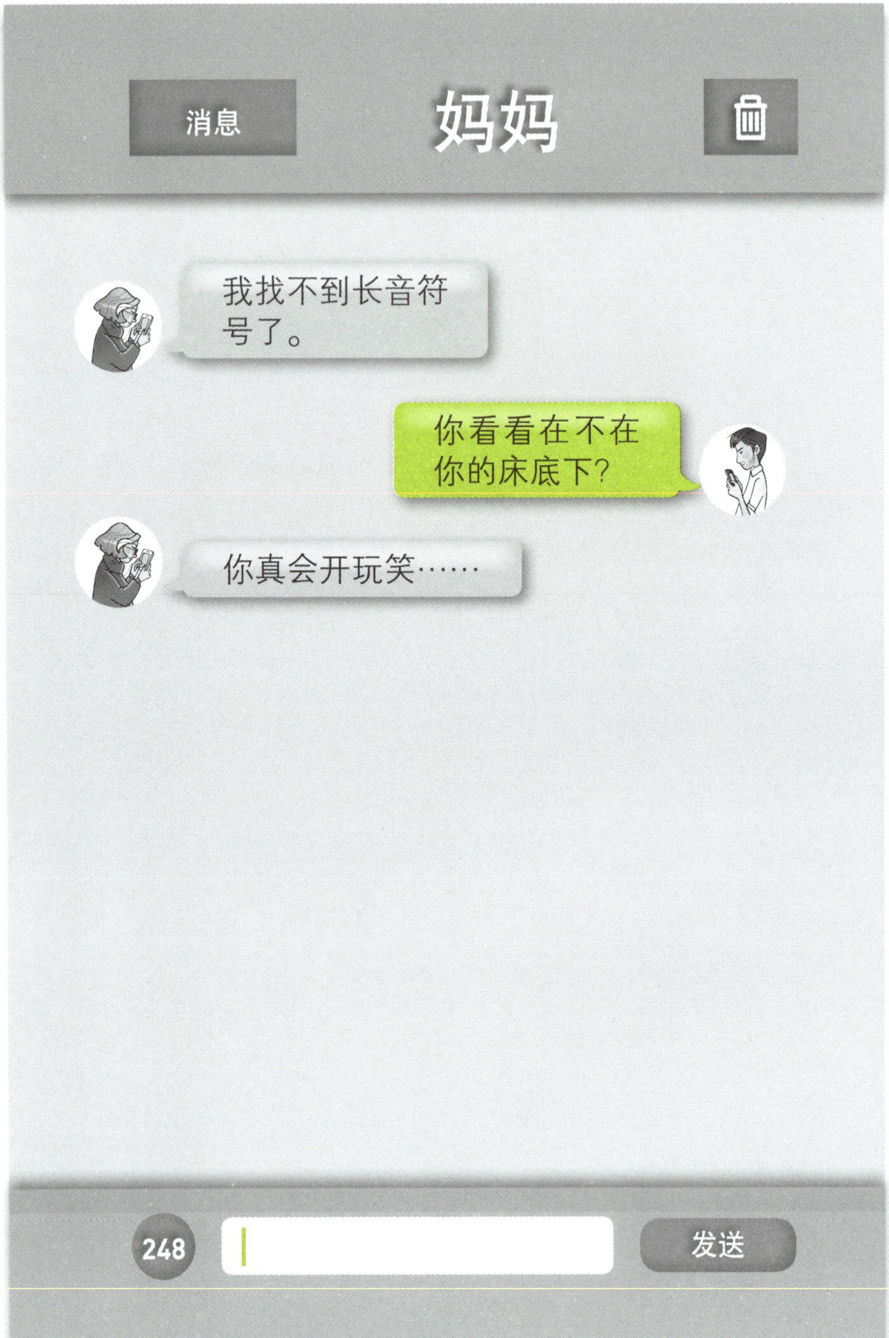
消息
妈妈
我找不到长音符号了。
你看看在不在你的床底下?
你真会开玩笑……
248
发送

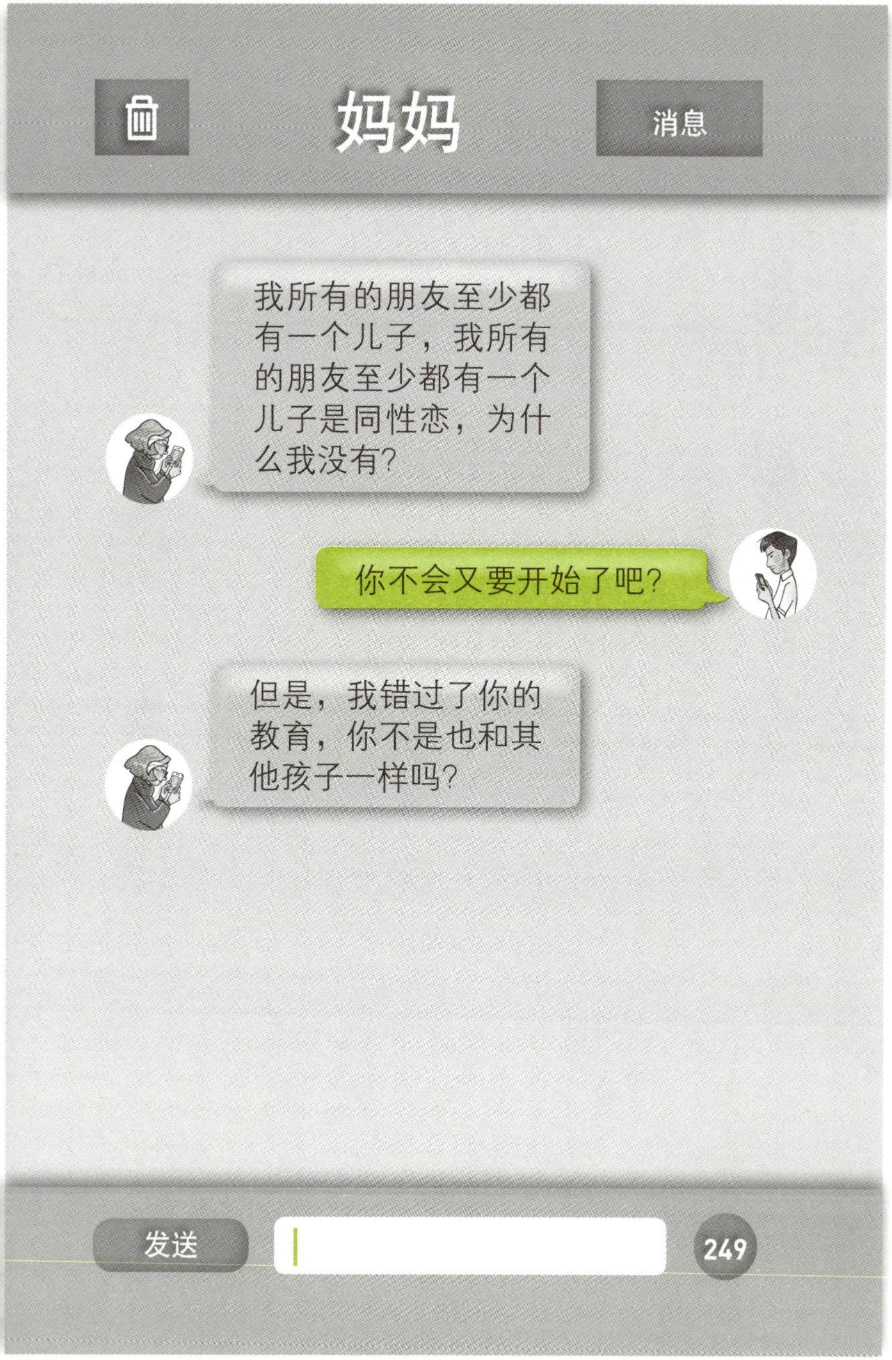
妈妈
消息
我所有的朋友至少都有一个儿子，我所有的朋友至少都有一个儿子是同性恋，为什么我没有？
你不会又要开始了吧？
但是，我错过了你的教育，你不是也和其他孩子一样吗？
发送
249

消息
妈妈
晚安，亲爱的儿子！
哦不，怎么又成了语音识别！
两个月！帮帮我！
家家有本难念的经……
250
发送

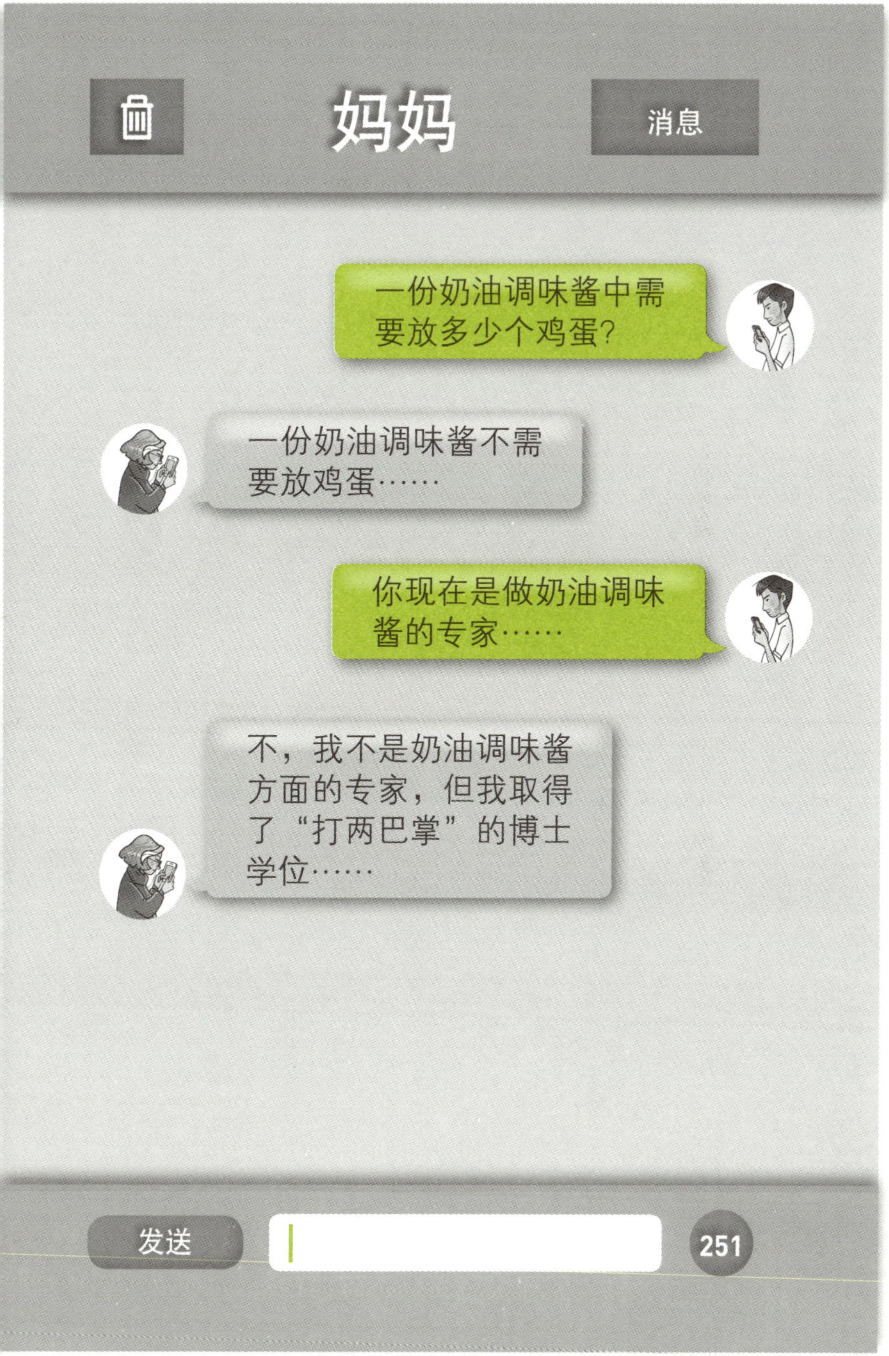
妈妈
消息
一份奶油调味酱中需要放多少个鸡蛋?
一份奶油调味酱不需要放鸡蛋……
你现在是做奶油调味酱的专家……
不，我不是奶油调味酱方面的专家，但我取得了“打两巴掌”的博士学位……
发送

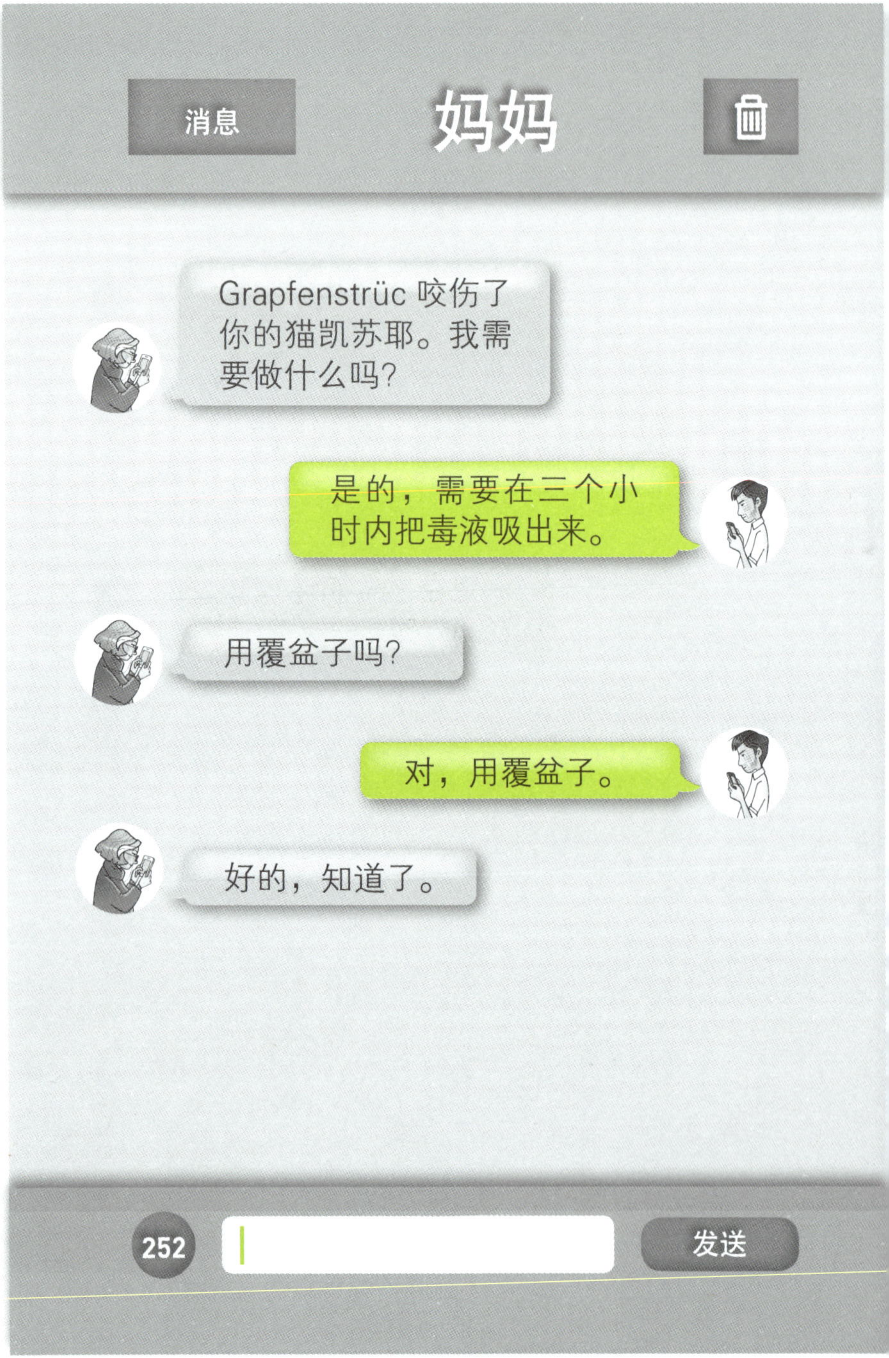

消息
妈妈
Grapfenstrüc 咬伤了你的猫凯苏耶。我需要做什么吗?
是的，需要在三个小时内把毒液吸出来。
用覆盆子吗?
对，用覆盆子。
好的，知道了。
252
发送

妈妈

消息

宝贝?

宝贝?

是的，是我！

发送

消息
妈妈
有一部非常棒的电影，你去看吧，讲的是主人公在一开始就已经死了，他是一个还活着的幽灵信徒……
254
发送

妈妈

消息

如果你还是这样，我就切断你的生活来源！

但是妈妈，很长时间以来，我都是很独立的！

噢！噢噢！噢！这真是太好了！

等一下，我要和邻居们讲，噢！噢！噢！噢！

我不用再回到原来的状态了！

发送

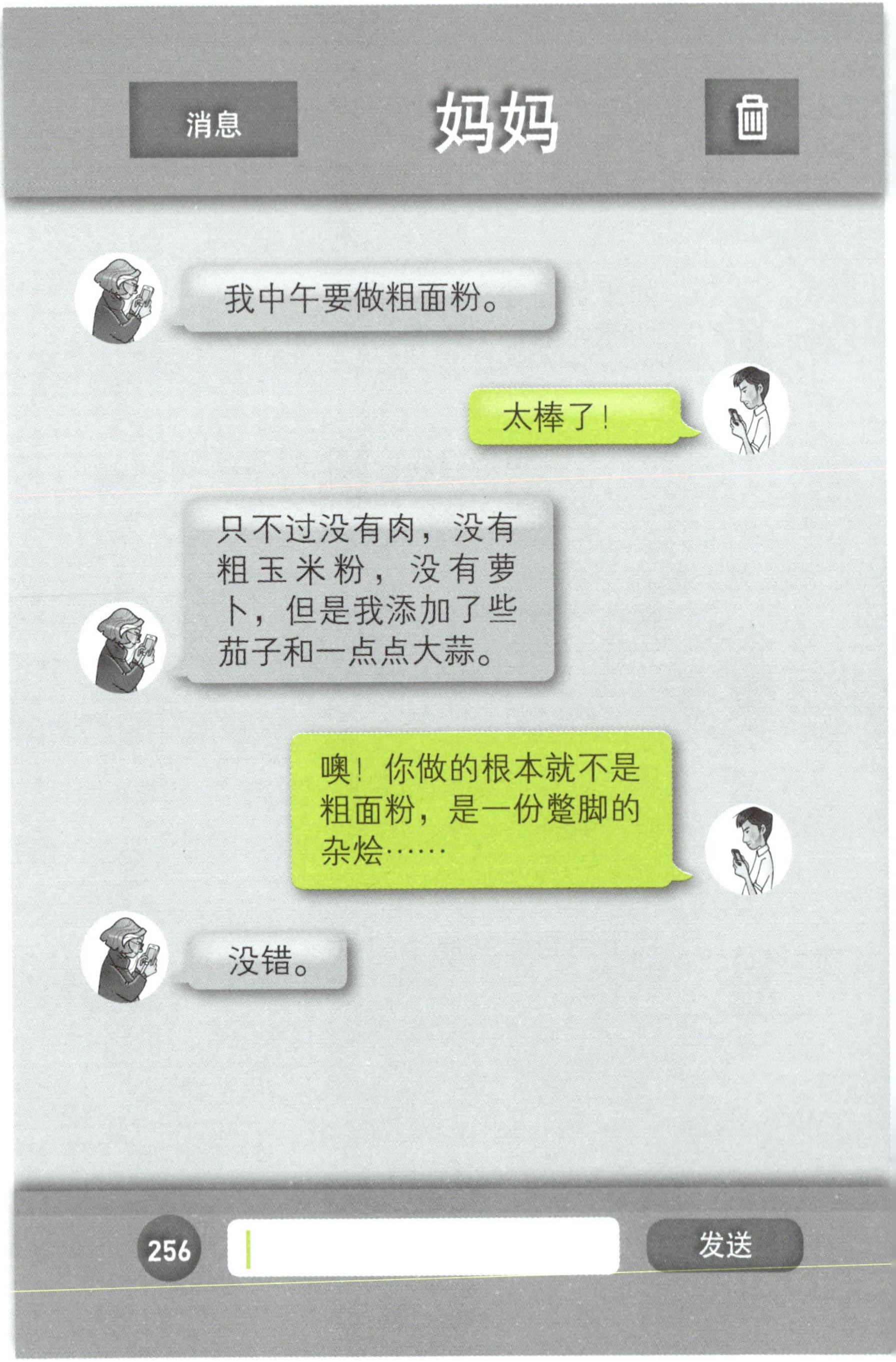
消息
妈妈
我中午要做粗面粉。
太棒了！
只不过没有肉，没有粗玉米粉，没有萝卜，但是我添加了些茄子和一点点大蒜。
噢！你做的根本就不是粗面粉，是一份蹩脚的杂烩……
没错。
256
发送

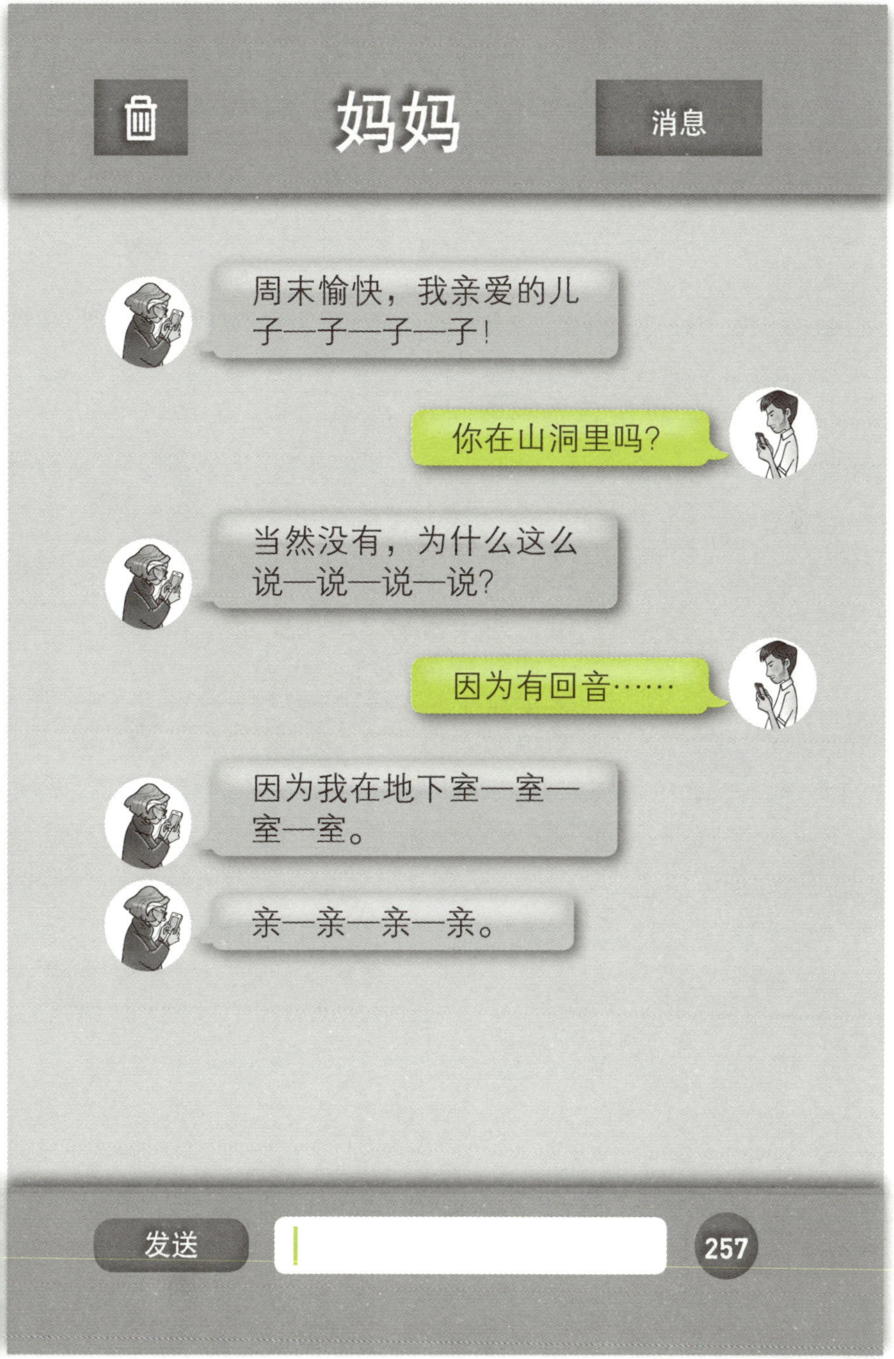
妈妈
消息
周末愉快，我亲爱的儿子—子—子—子！
你在山洞里吗？
当然没有，为什么这么说—说—说—说？
因为有回音……
因为我在地下室—室—室—室。
亲—亲—亲—亲。
发送
257

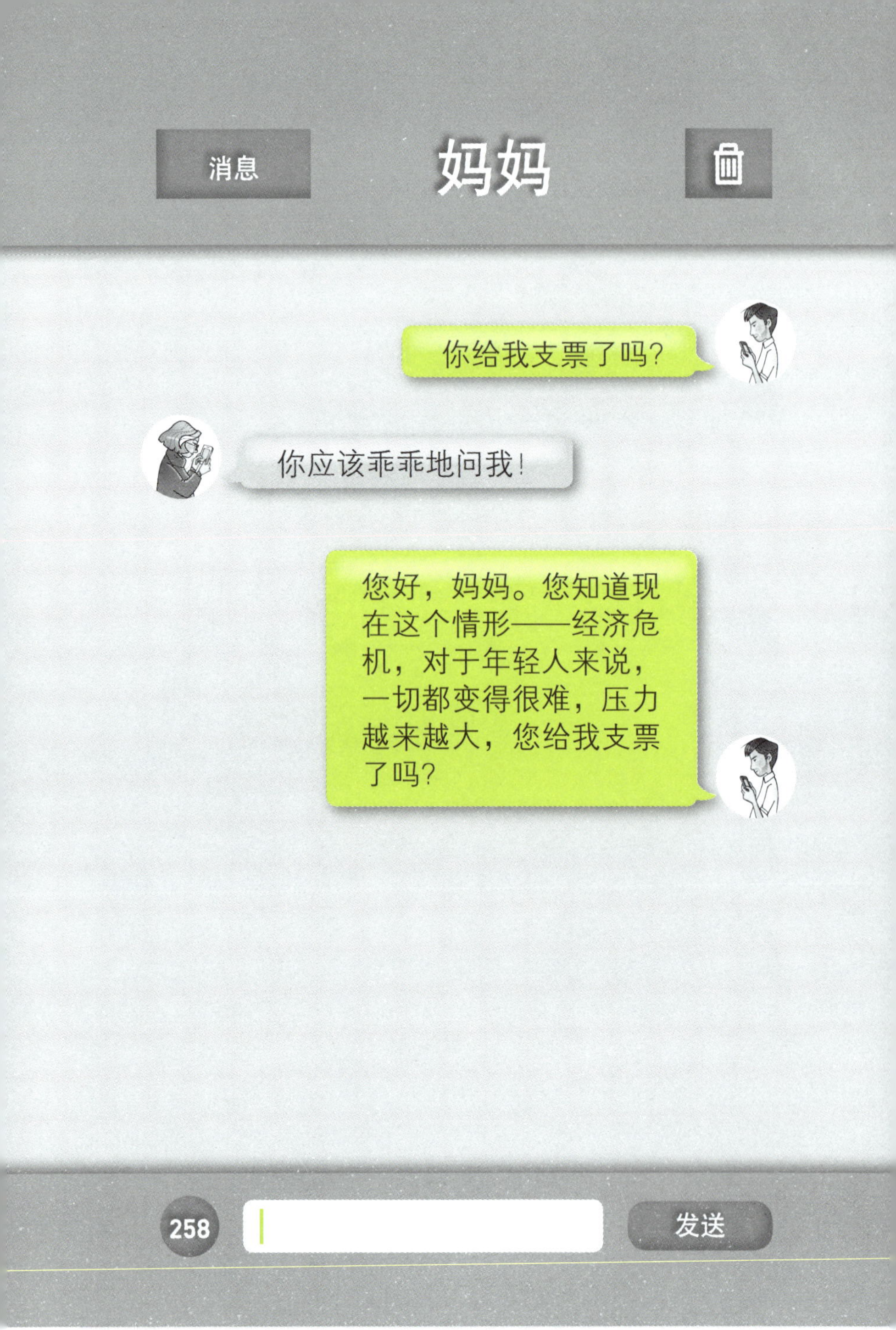
消息
妈妈
你给我支票了吗?
你应该乖乖地问我!
您好，妈妈。您知道现在这个情形——经济危机，对于年轻人来说，一切都变得很难，压力越来越大，您给我支票了吗?
258
发送

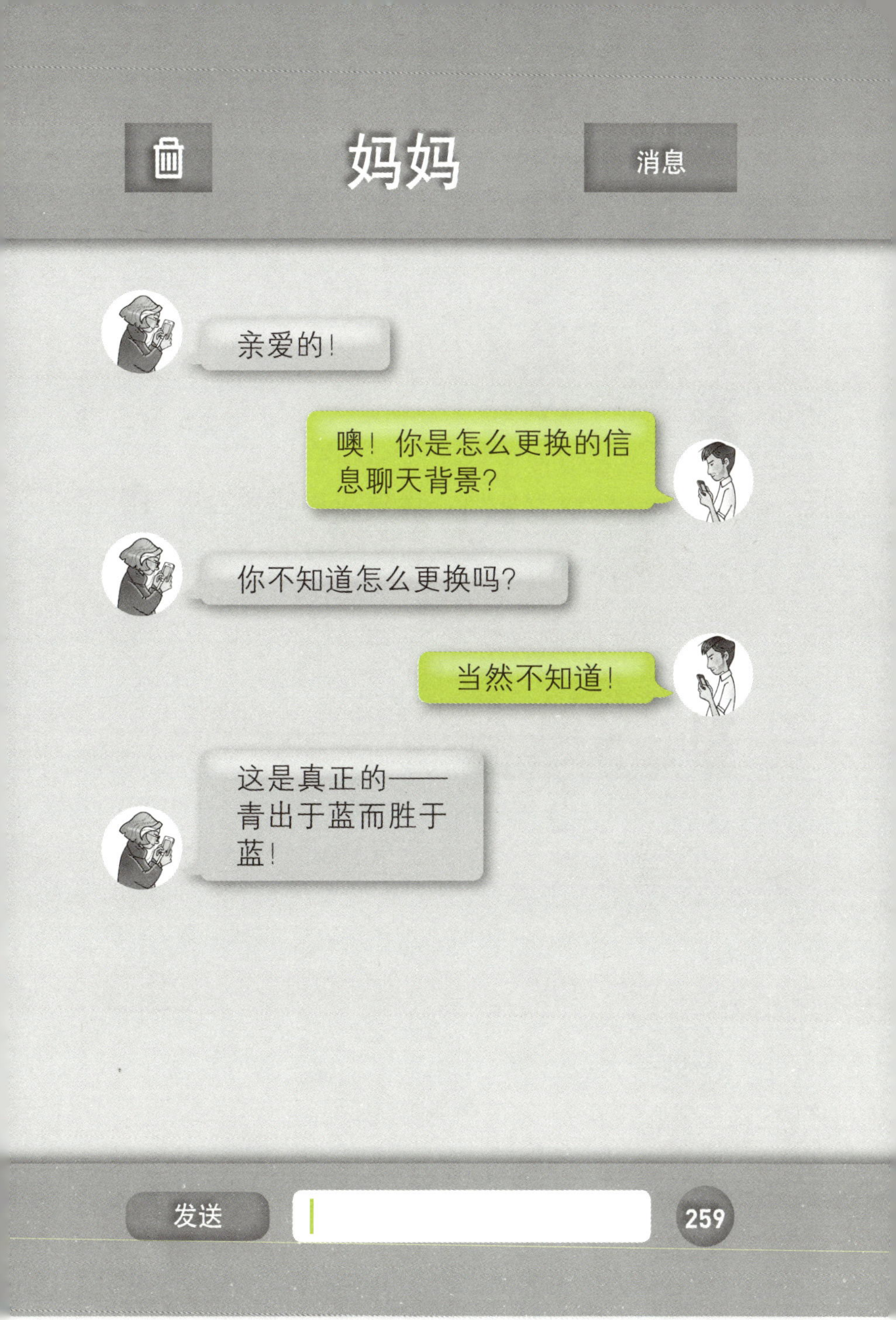
妈妈
消息
亲爱的！
噢！你是怎么更换的信息聊天背景？
你不知道怎么更换吗？
当然不知道！
这是真正的——青出于蓝而胜于蓝！
发送
259

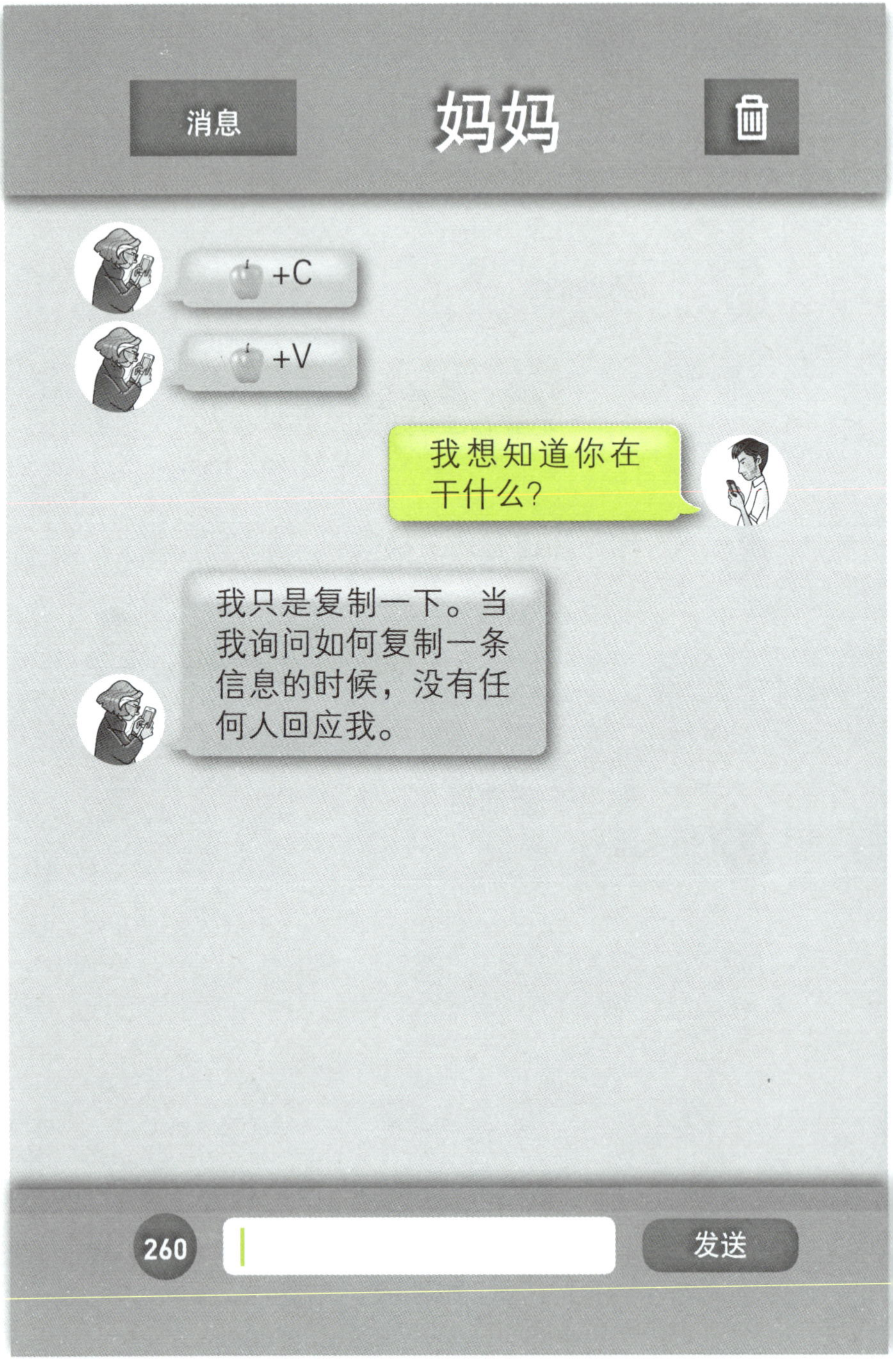
消息
妈妈
+C
+V
我想知道你在干什么？
我只是复制一下。当我询问如何复制一条信息的时候，没有任何人回应我。
260
发送

妈妈

消息

我又一次遇到了著名的吉斯莱娜。她让我代她向你问好。

你有没有询问她我是怎么认识她的?

她和我说你们以前就认识。

我们以前就认识……我们确实很早就认识……

发送

消息

妈妈

现在处于静脉炎的第三个阶段已经一个半月了，我很快就会好了，会被列入吉尼斯世界纪录！

当你创造了新的纪录，你会拿到钱吗？

难道你想利用我的身体状况得到这笔钱？

当然不是。

如果你不回答我提出的问题……

发送

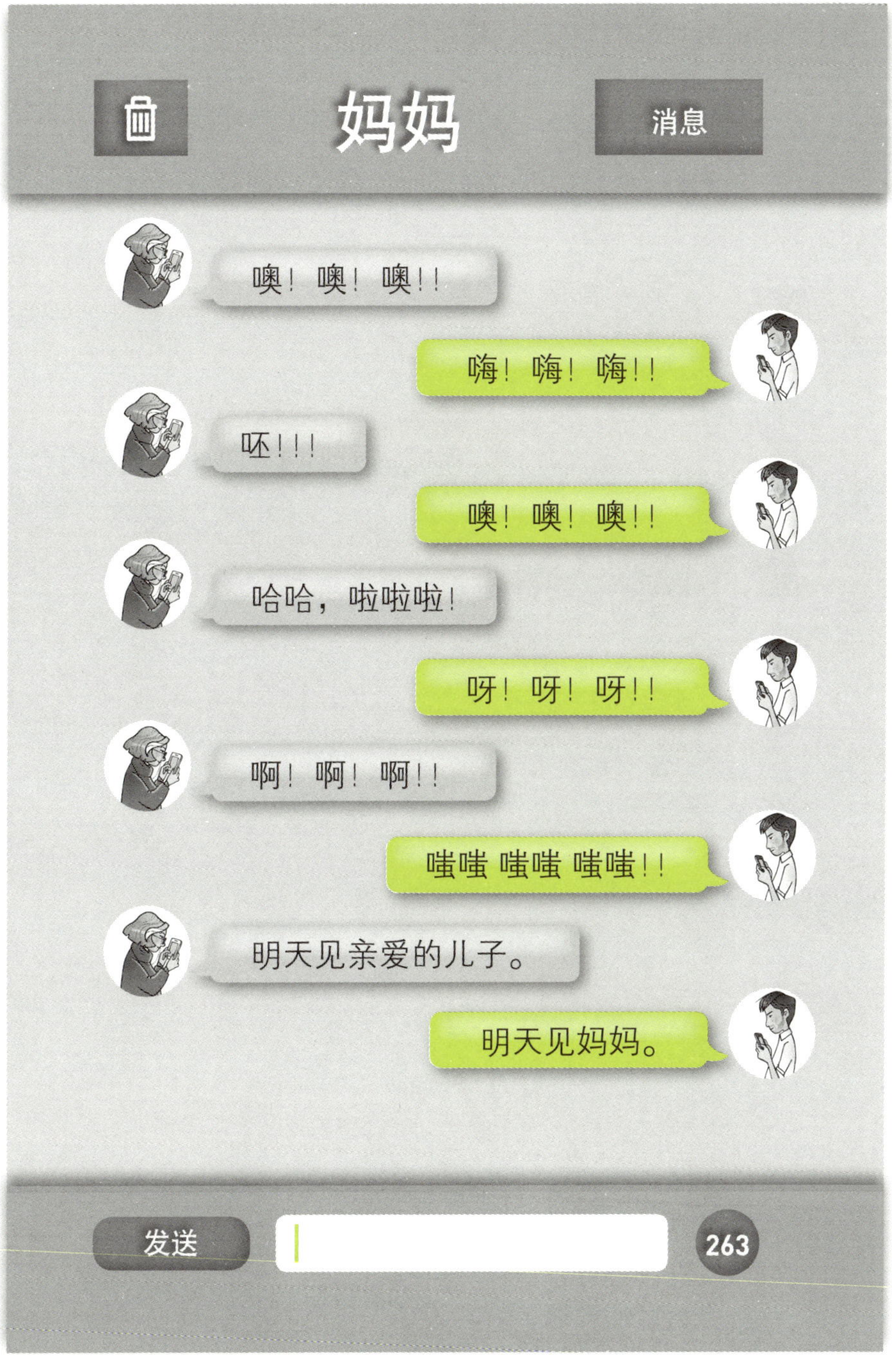
妈妈
消息
噢！噢！噢！！
嗨！嗨！嗨！！
呸！！！
噢！噢！噢！！
哈哈，啦啦啦！
呀！呀！呀！！
啊！啊！啊！！
嗤嗤 嗤嗤 嗤嗤！！
明天见亲爱的儿子。
明天见妈妈。
发送

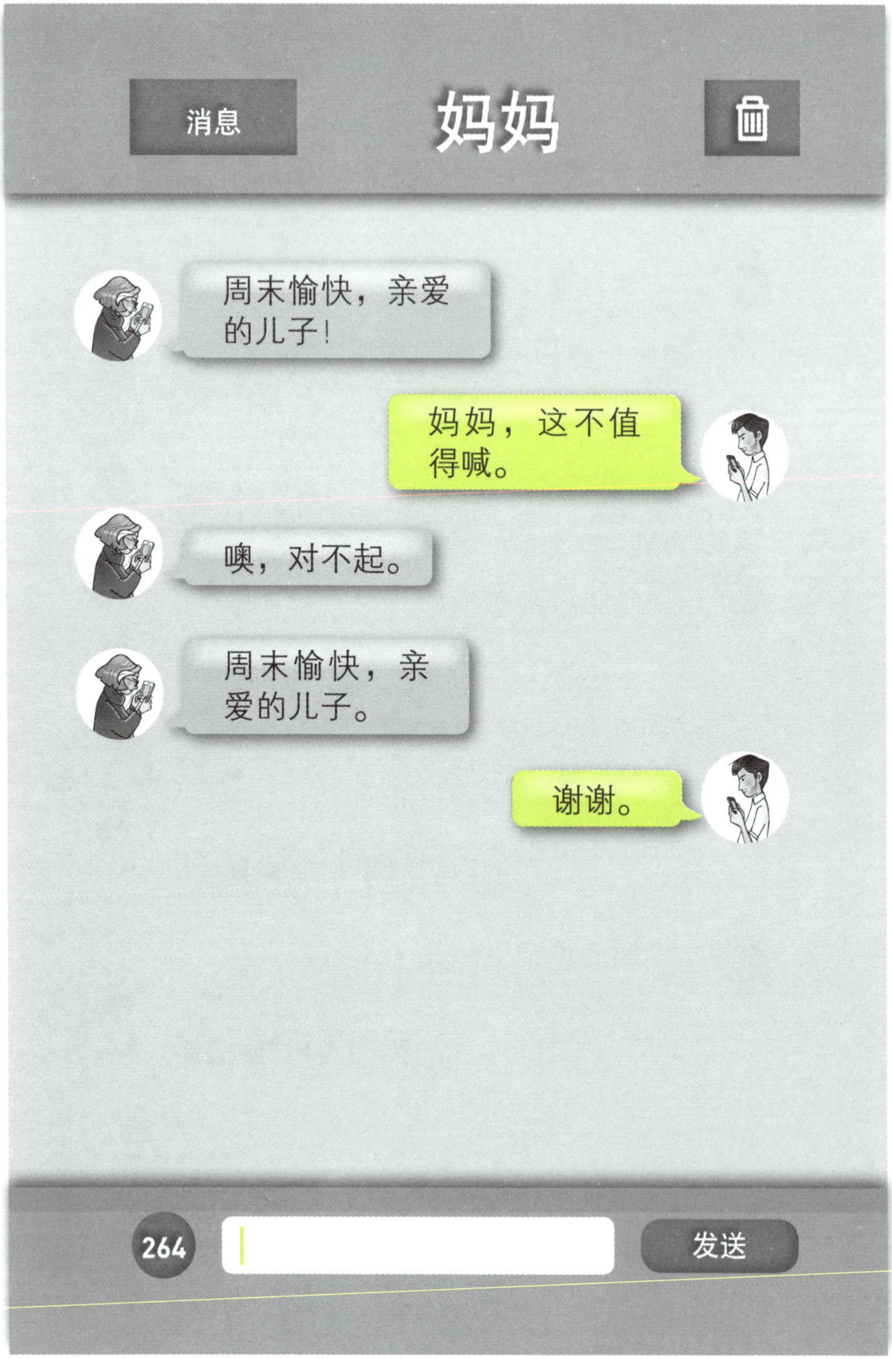

消息
妈妈
周末愉快，亲爱的儿子！
妈妈，这不值得喊。
噢，对不起。
周末愉快，亲爱的儿子。
谢谢。
264
发送

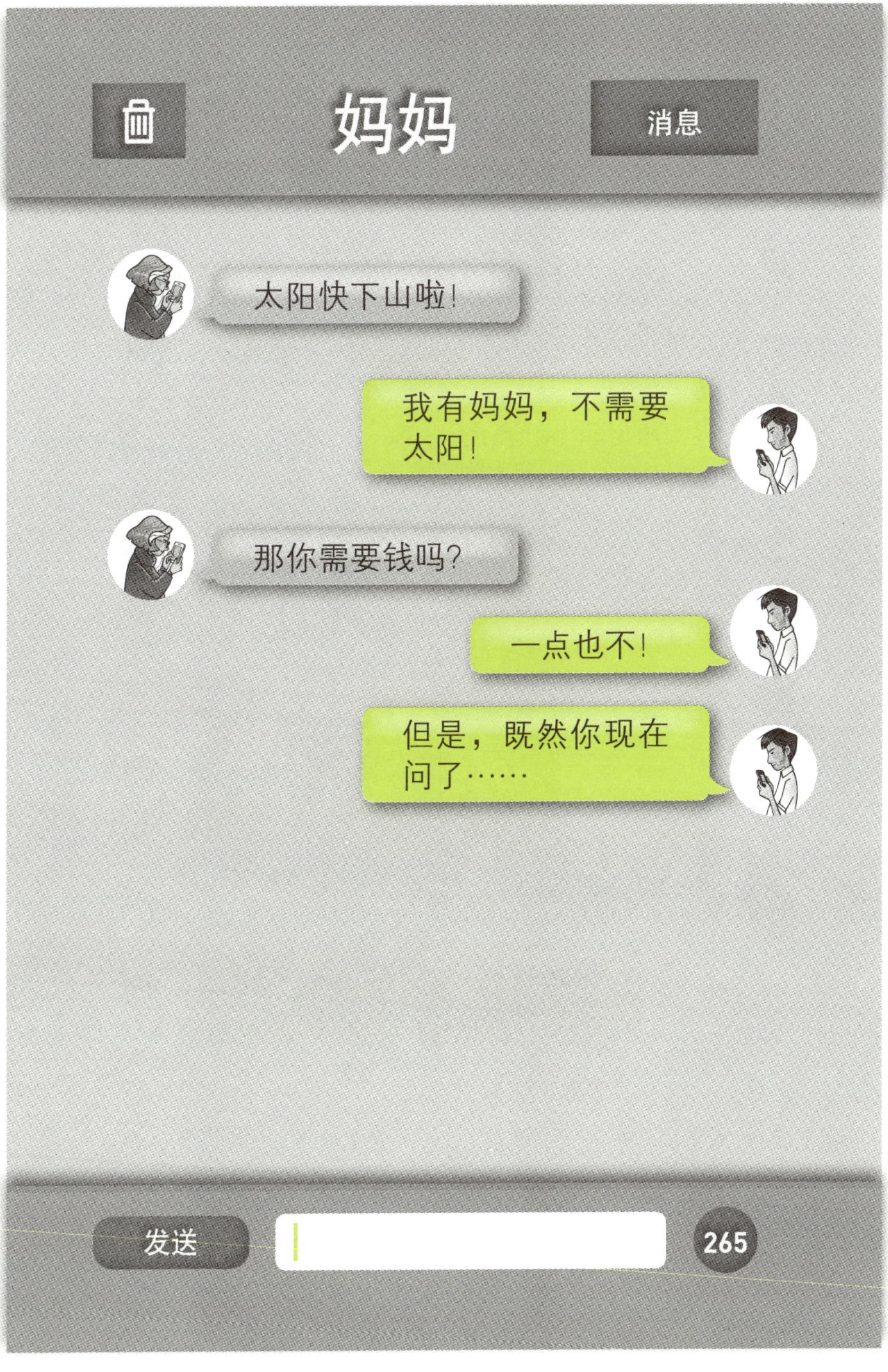
妈妈
消息
太阳快下山啦!
我有妈妈，不需要太阳!
那你需要钱吗?
一点也不!
但是，既然你现在问了……
发送

消息
妈妈
Gxggffg kekkfb mil！
嘿，老太婆！
Hdjfjjx poirsuh.
不，我不明白如何理解这些组合。
Jfkfidsleldl
不，我没得到任何信息……
很杂乱？
是这样的。这样的话，你要剥夺我的继承权吗？
266
发送

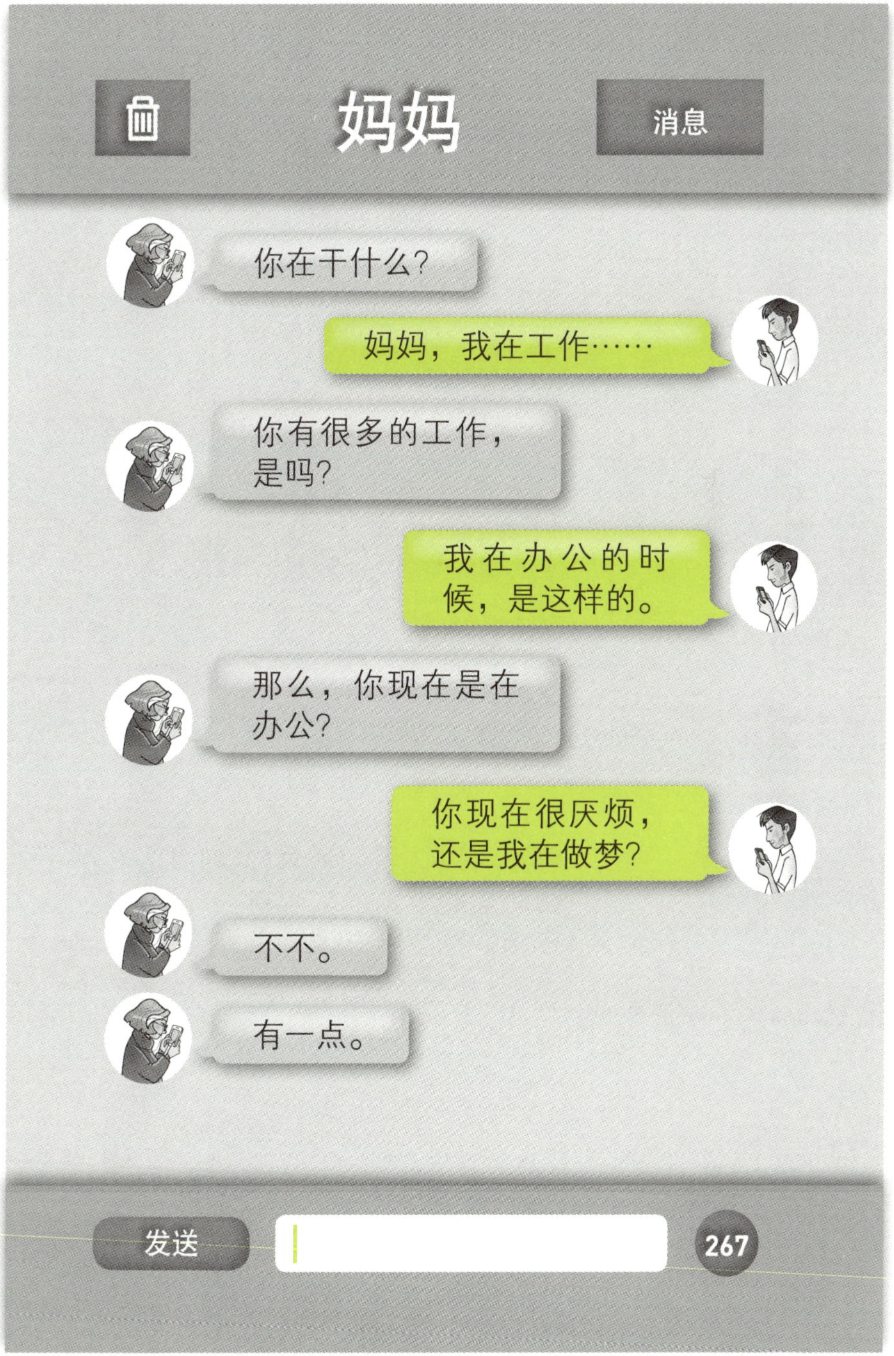
妈妈
消息
你在干什么？
妈妈，我在工作……
你有很多的工作，是吗？
我在办公的时候，是这样的。
那么，你现在是在办公？
你现在很厌烦，还是我在做梦？
不不。
有一点。
发送

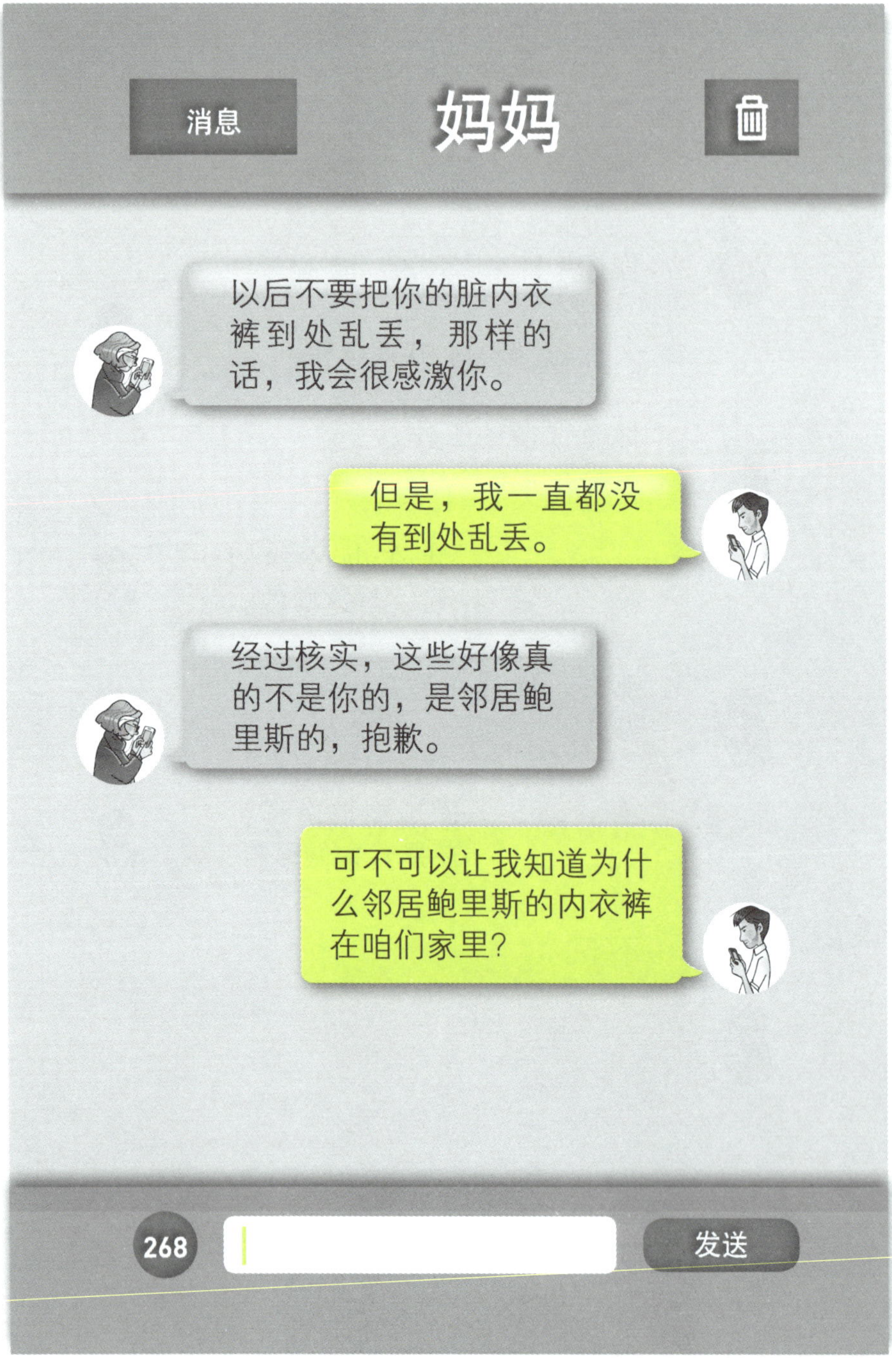
消息
妈妈
以后不要把你的脏内衣裤到处乱丢，那样的话，我会很感激你。
但是，我一直都没有到处乱丢。
经过核实，这些好像真的不是你的，是邻居鲍里斯的，抱歉。
可不可以让我知道为什么邻居鲍里斯的内衣裤在咱们家里？
268
发送

妈妈
消息
生日快乐！
是昨天……
这是我每天都想你的证据。♥♥
是真的吗？亲爱的儿子，你真是太好了！
等一分钟……
你骗我。
我的生日是昨天……
发送

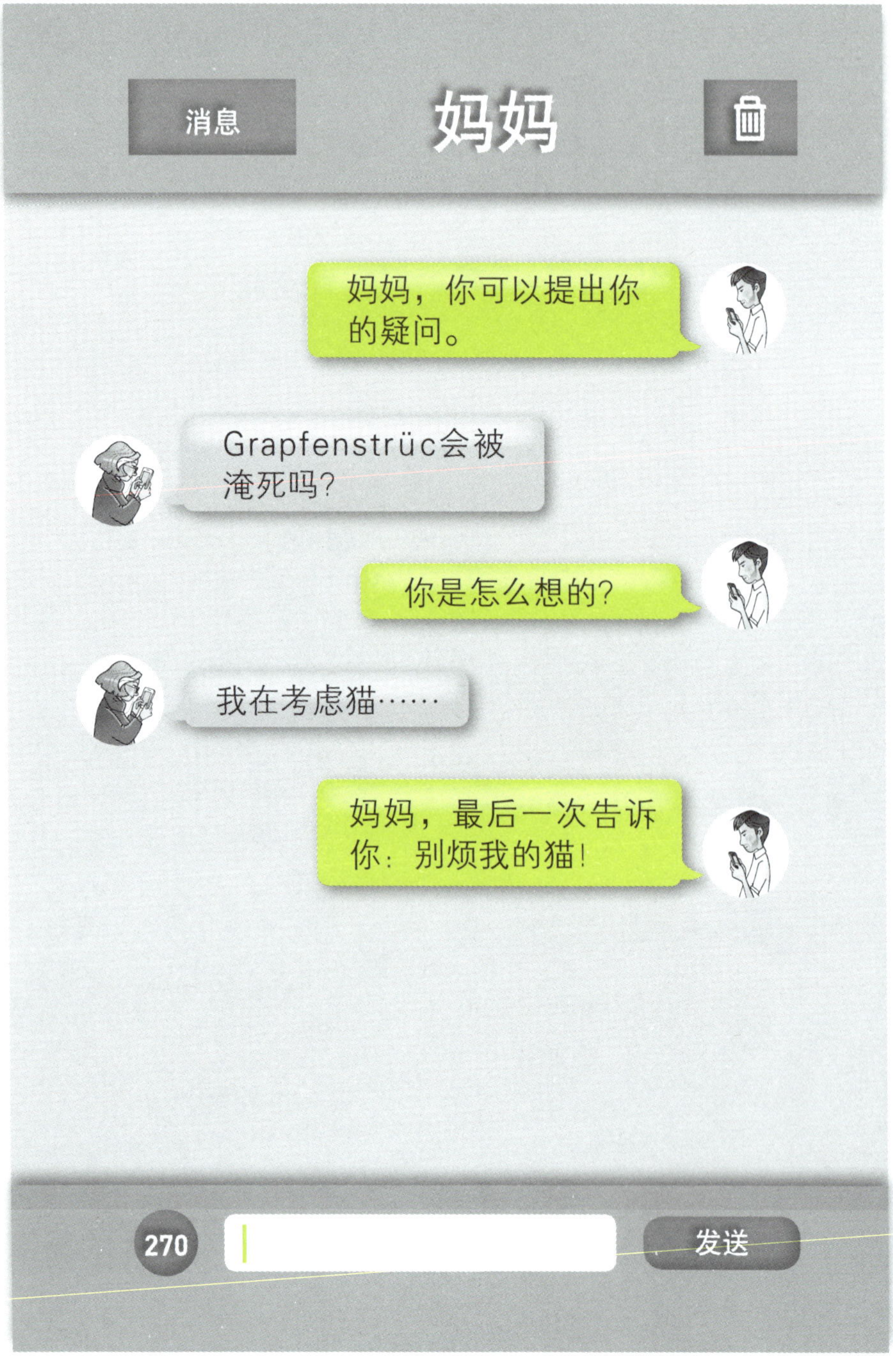
消息
妈妈
妈妈，你可以提出你的疑问。
Grapfenstrüc会被淹死吗？
你是怎么想的？
我在考虑猫……
妈妈，最后一次告诉你：别烦我的猫！
270
发送

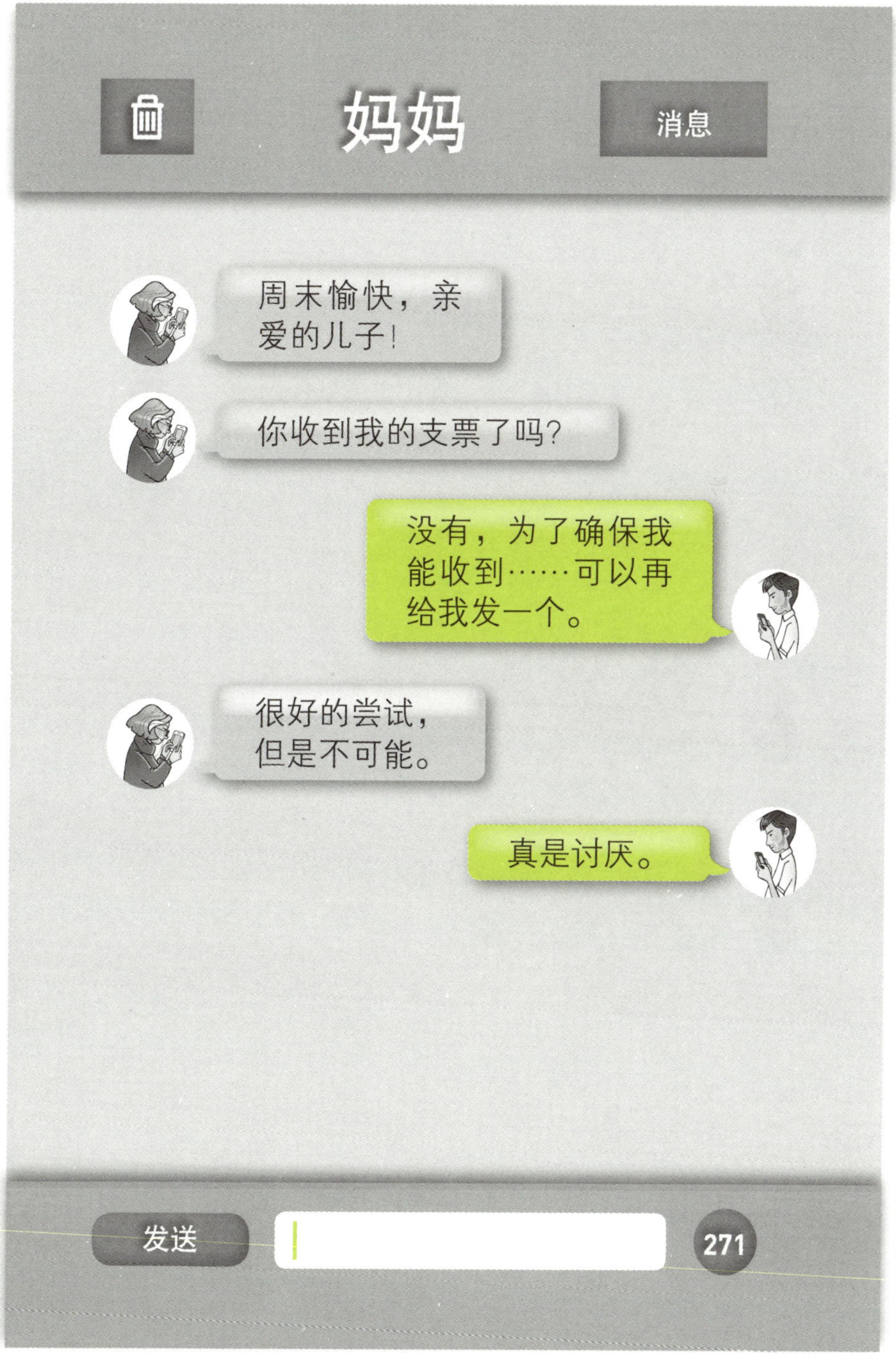
妈妈
消息
周末愉快，亲爱的儿子！
你收到我的支票了吗？
没有，为了确保我能收到……可以再给我发一个。
很好的尝试，但是不可能。
真是讨厌。
发送

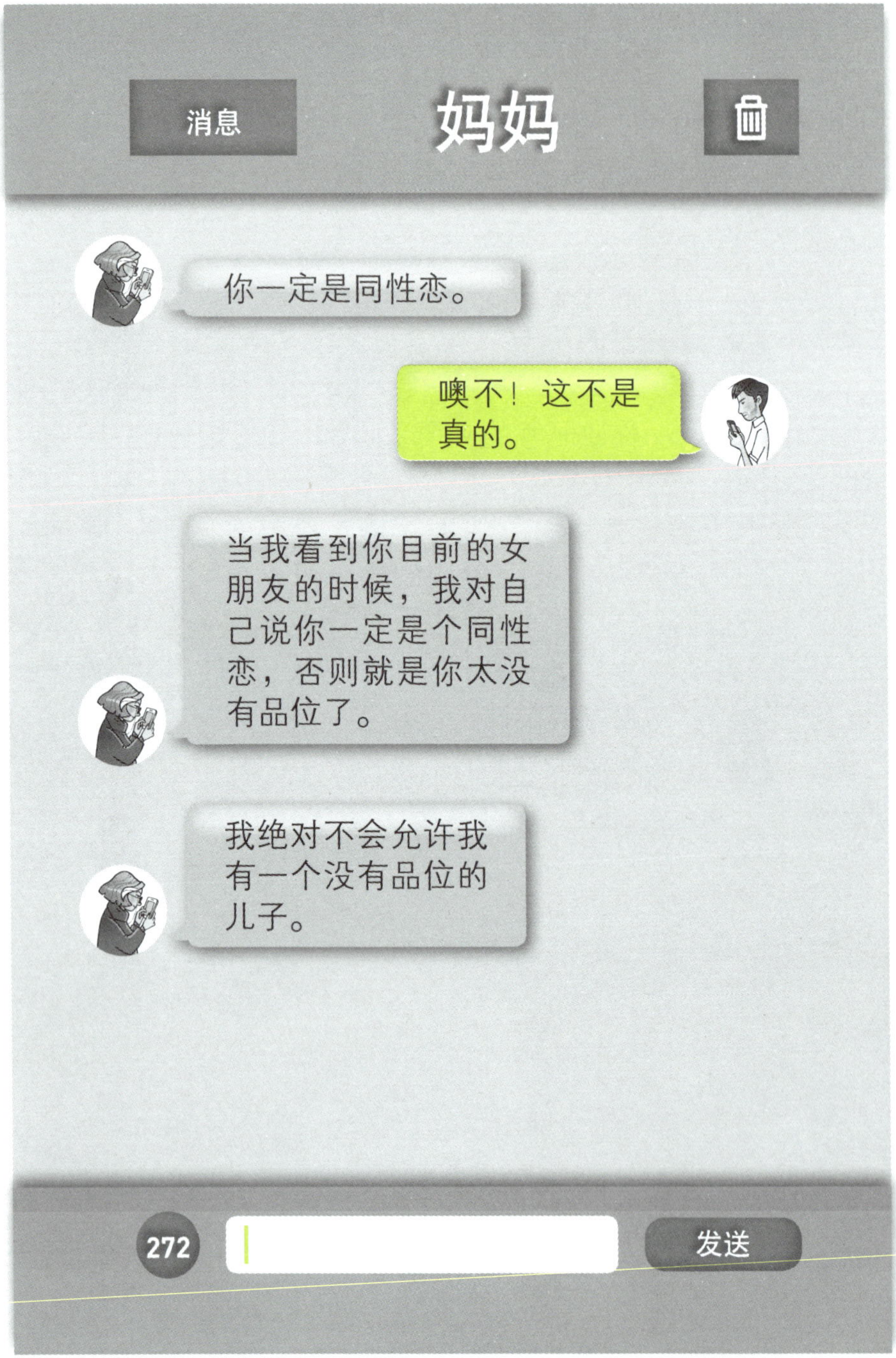
消息
妈妈
你一定是同性恋。
噢不！这不是真的。
当我看到你目前的女朋友的时候，我对自己说你一定是个同性恋，否则就是你太没有品位了。
我绝对不会允许我有一个没有品位的儿子。
272
发送

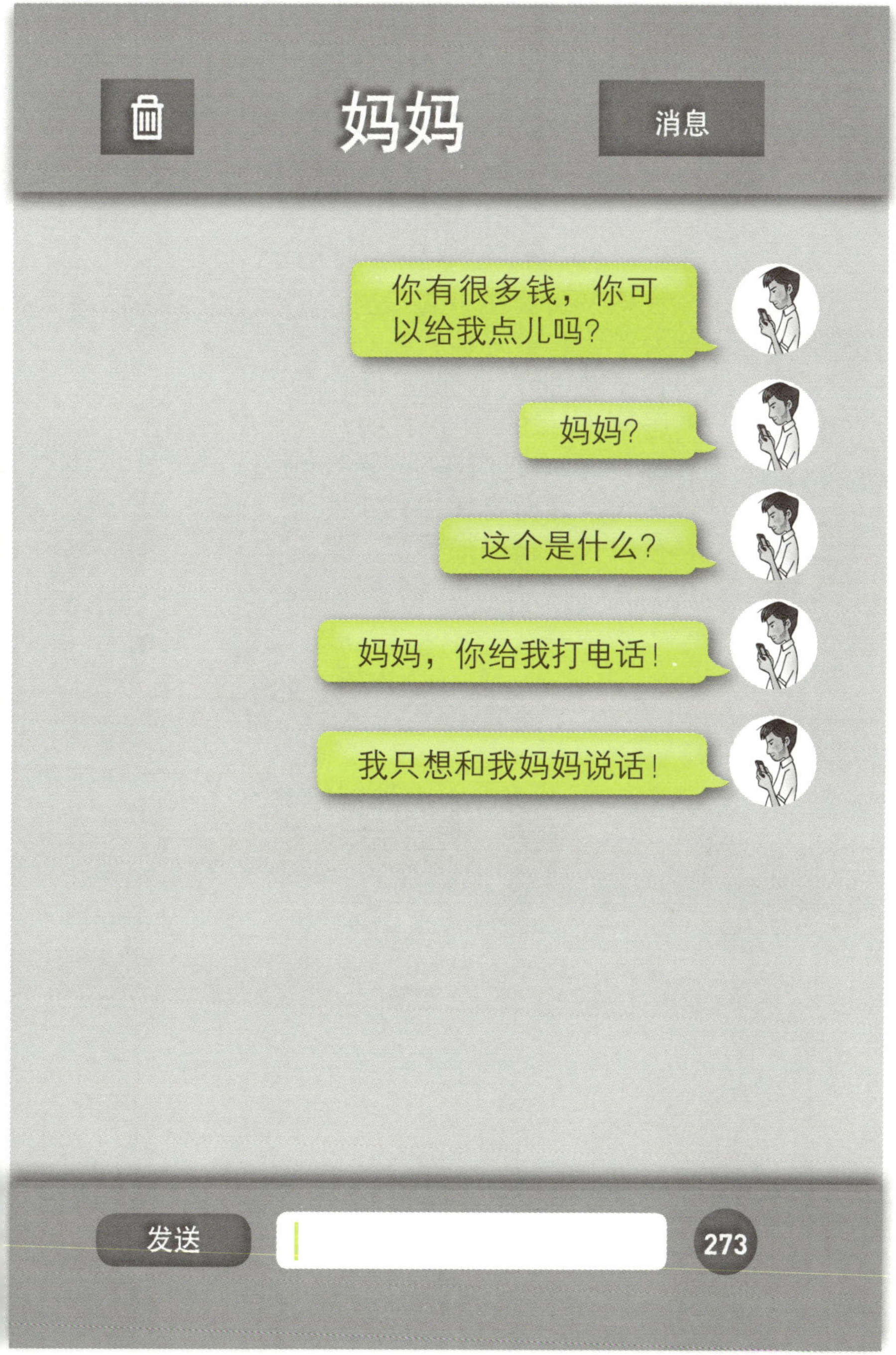
妈妈
消息
你有很多钱，你可以给我点儿吗？
妈妈？
这个是什么？
妈妈，你给我打电话！
我只想和我妈妈说话！
发送
273

消息

妈妈

我把东西放在小罐子里，是为了让它更好地生长。
我把你那东西放在面向邻居家车库的平台上的小花盆里了，这样它能更好地生长，之前它在平台不利于它生长，长得很稀疏。亲。

太棒了。

我完全没有理解你说的意思，但还是很棒！

发送

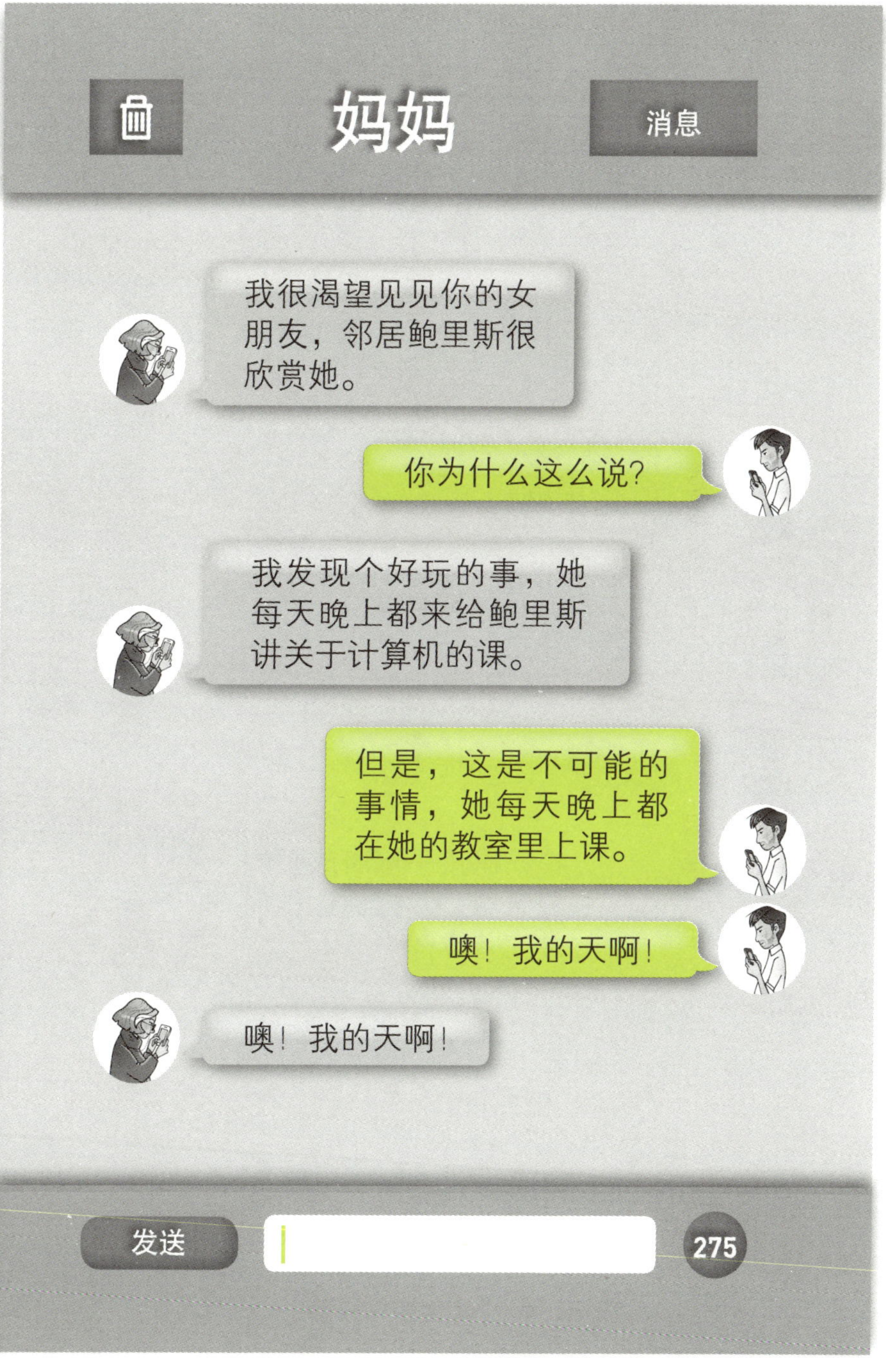
妈妈
消息
我很渴望见见你的女朋友，邻居鲍里斯很欣赏她。
你为什么这么说？
我发现个好玩的事，她每天晚上都来给鲍里斯讲关于计算机的课。
但是，这是不可能的事情，她每天晚上都在她的教室里上课。
噢！我的天啊！
噢！我的天啊！
发送

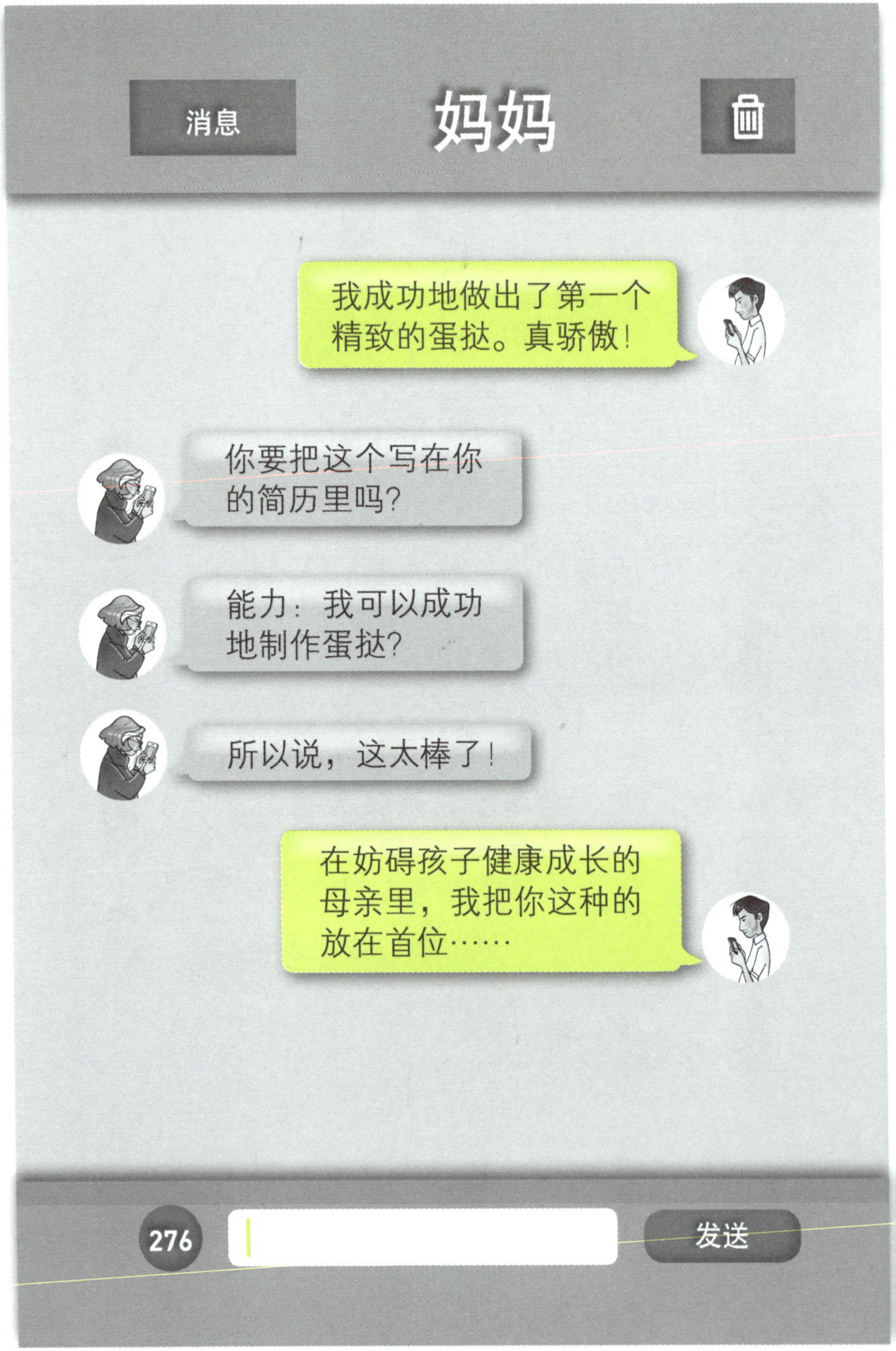
消息
妈妈
我成功地做出了第一个精致的蛋挞。真骄傲！
你要把这个写在你的简历里吗？
能力：我可以成功地制作蛋挞？
所以说，这太棒了！
在妨碍孩子健康成长的母亲里，我把你这种的放在首位……
276
发送

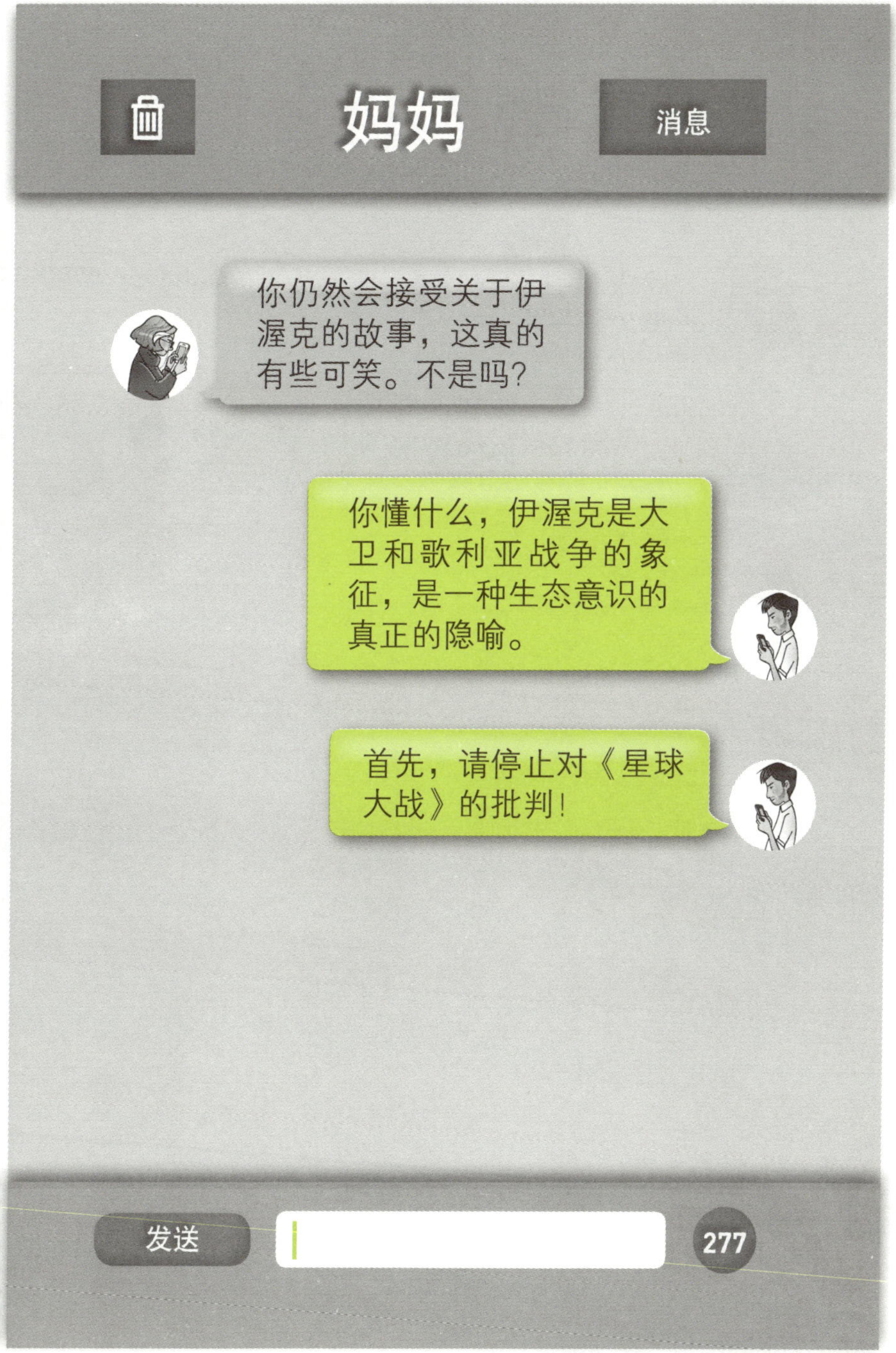
妈妈
消息
你仍然会接受关于伊渥克的故事，这真的有些可笑。不是吗？
你懂什么，伊渥克是大卫和歌利亚战争的象征，是一种生态意识的真正的隐喻。
首先，请停止对《星球大战》的批判！
发送
277

消息
妈妈
周末愉快，亲爱的儿子！
妈妈，我现在就在你的身边。
是的，这太好笑了！
278
发送

妈妈

消息

外婆吸了大麻，你很有脂肪的女朋友和我可爱的邻居鲍里斯之间有一种有悖常理的关系，下一个阶段是什么呢？猫开了一所应召女郎[1]社吗？

有时候，我觉得我们就好像喜剧里被写得很不好的人，常常会有很多的误解。

发送

[1] 应召女郎，是指通过联络方式进行性交易的性工作者。

消息
妈妈
周末愉快，我亲爱的儿子！
谢谢妈妈！这真是一次有趣的问候！
我的键盘不能用了！
噢噢噢！
280
发送

妈妈

消息

我和傻瓜。

?

发送

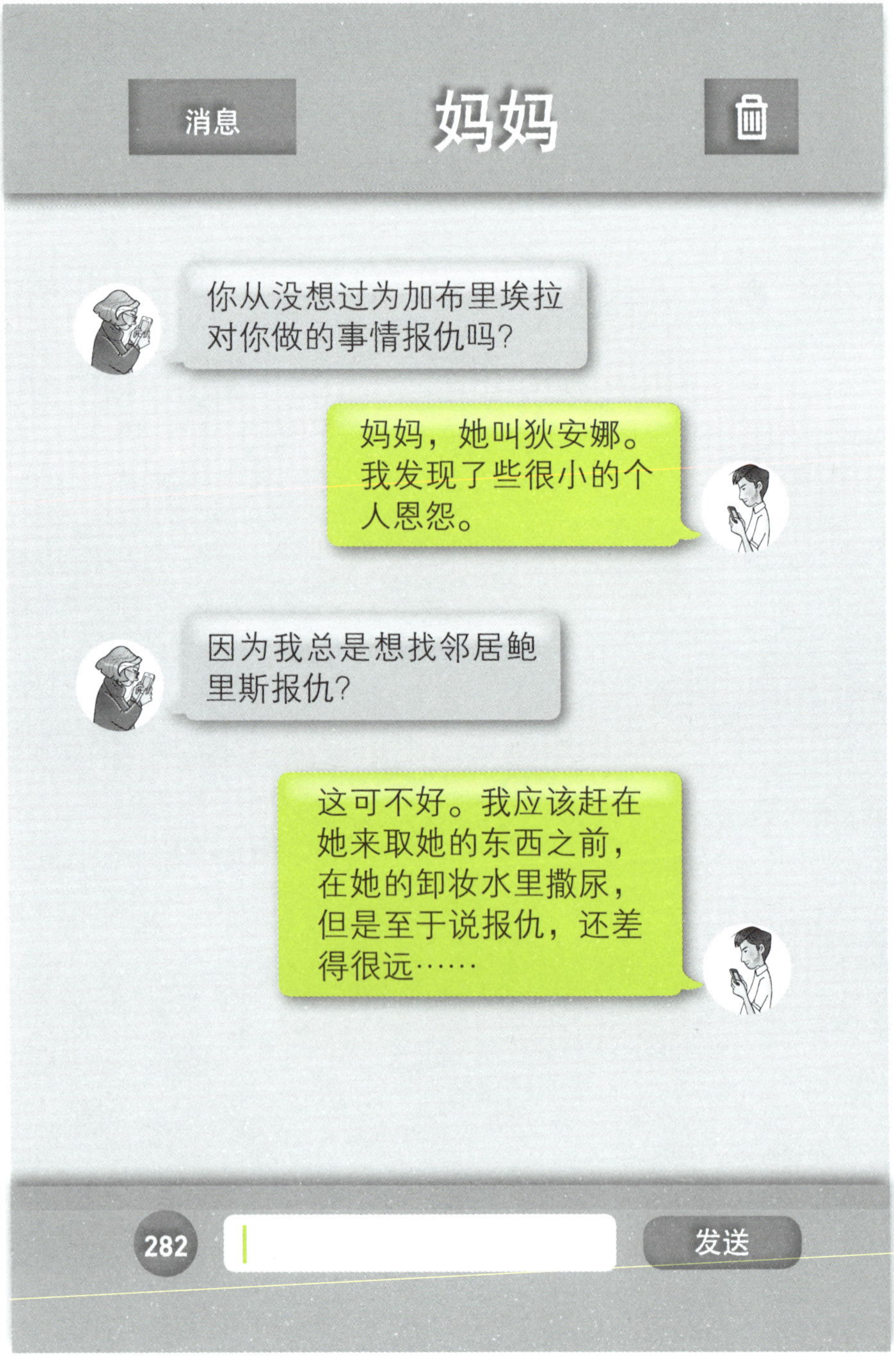
消息
妈妈
你从没想过为加布里埃拉对你做的事情报仇吗？
妈妈，她叫狄安娜。我发现了些很小的个人恩怨。
因为我总是想找邻居鲍里斯报仇？
这可不好。我应该赶在她来取她的东西之前，在她的卸妆水里撒尿，但是至于说报仇，还差得很远……
282
发送

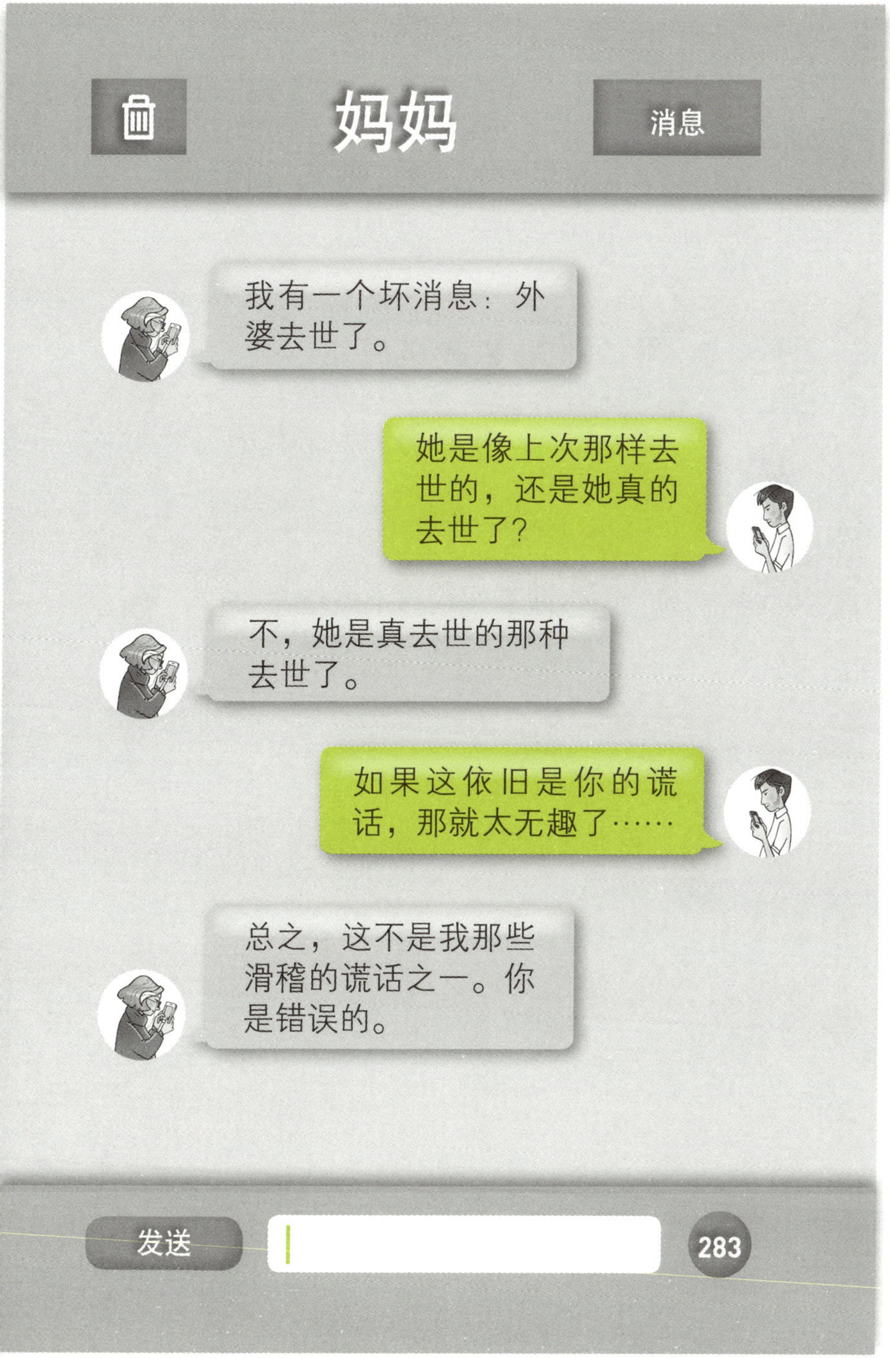
妈妈
消息
我有一个坏消息：外婆去世了。
她是像上次那样去世的，还是她真的去世了？
不，她是真去世的那种去世了。
如果这依旧是你的谎话，那就太无趣了……
总之，这不是我那些滑稽的谎话之一。你是错误的。
发送

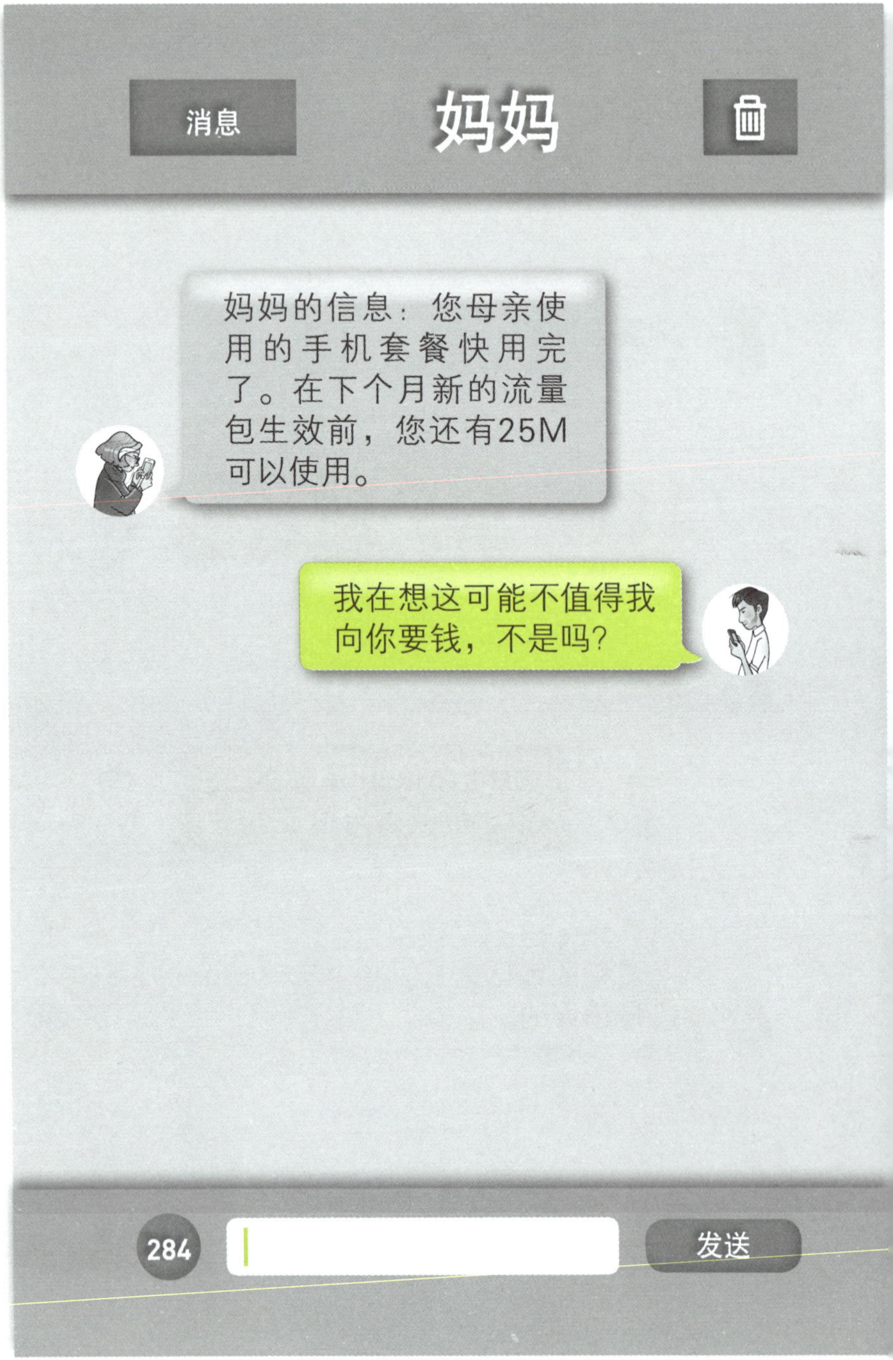
消息
妈妈
妈妈的信息：您母亲使用的手机套餐快用完了。在下个月新的流量包生效前，您还有25M可以使用。
我在想这可能不值得我向你要钱，不是吗？
284
发送

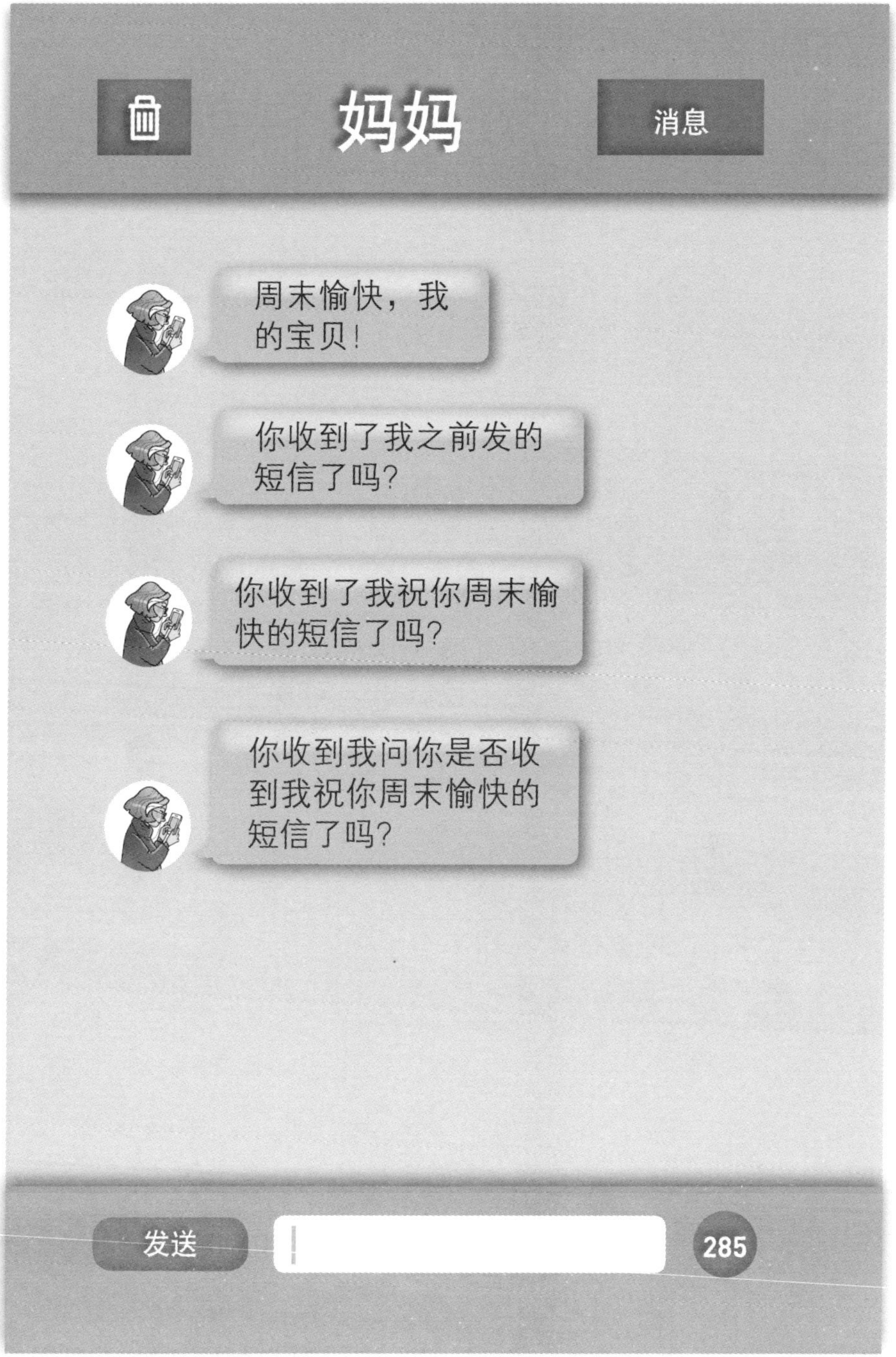
妈妈
消息
周末愉快，我的宝贝！
你收到了我之前发的短信了吗？
你收到了我祝你周末愉快的短信了吗？
你收到我问你是否收到我祝你周末愉快的短信了吗？
发送
285

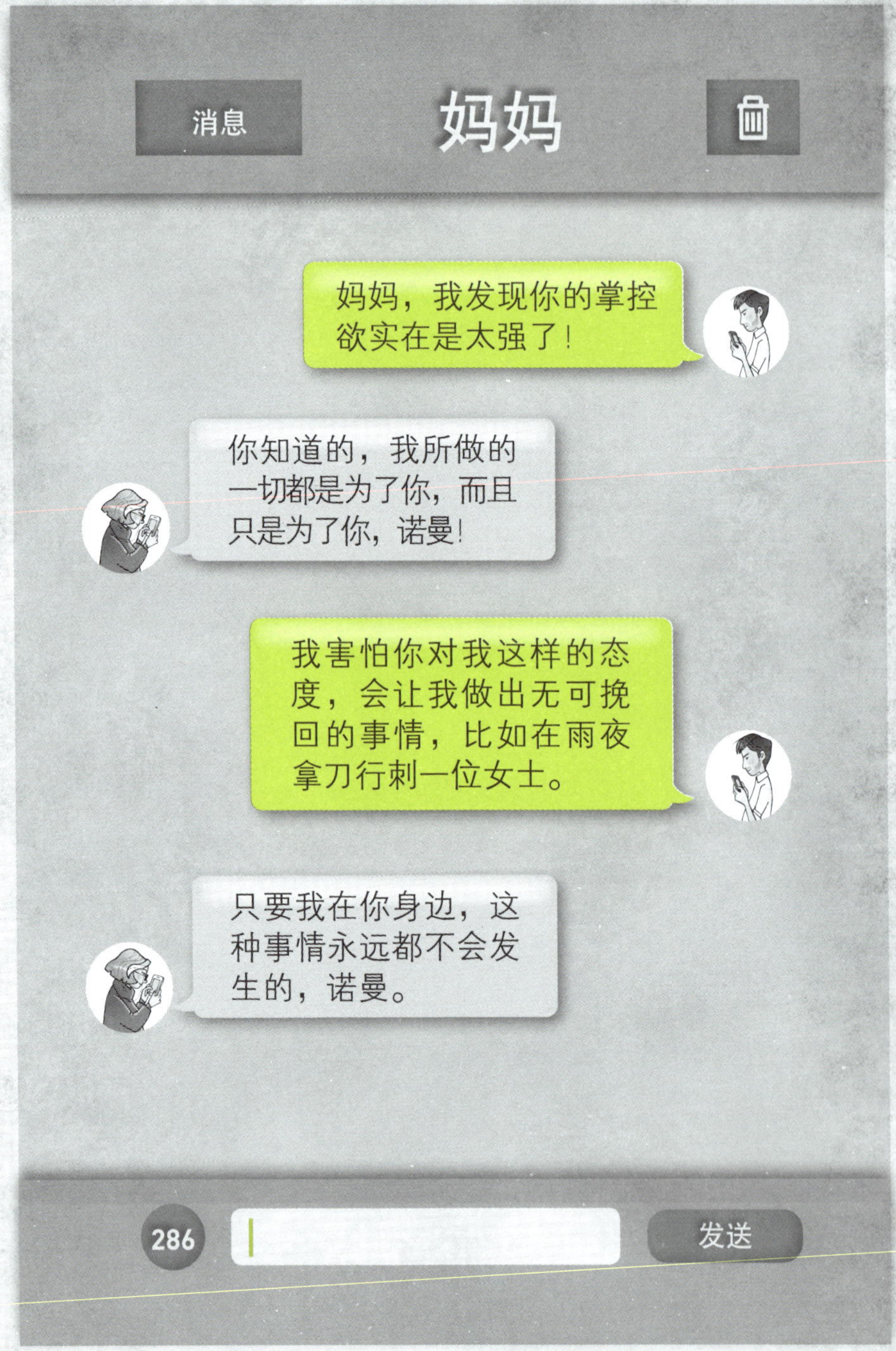
消息
妈妈
妈妈，我发现你的掌控欲实在是太强了！
你知道的，我所做的一切都是为了你，而且只是为了你，诺曼！
我害怕你对我这样的态度，会让我做出无可挽回的事情，比如在雨夜拿刀行刺一位女士。
只要我在你身边，这种事情永远都不会发生的，诺曼。
286
发送

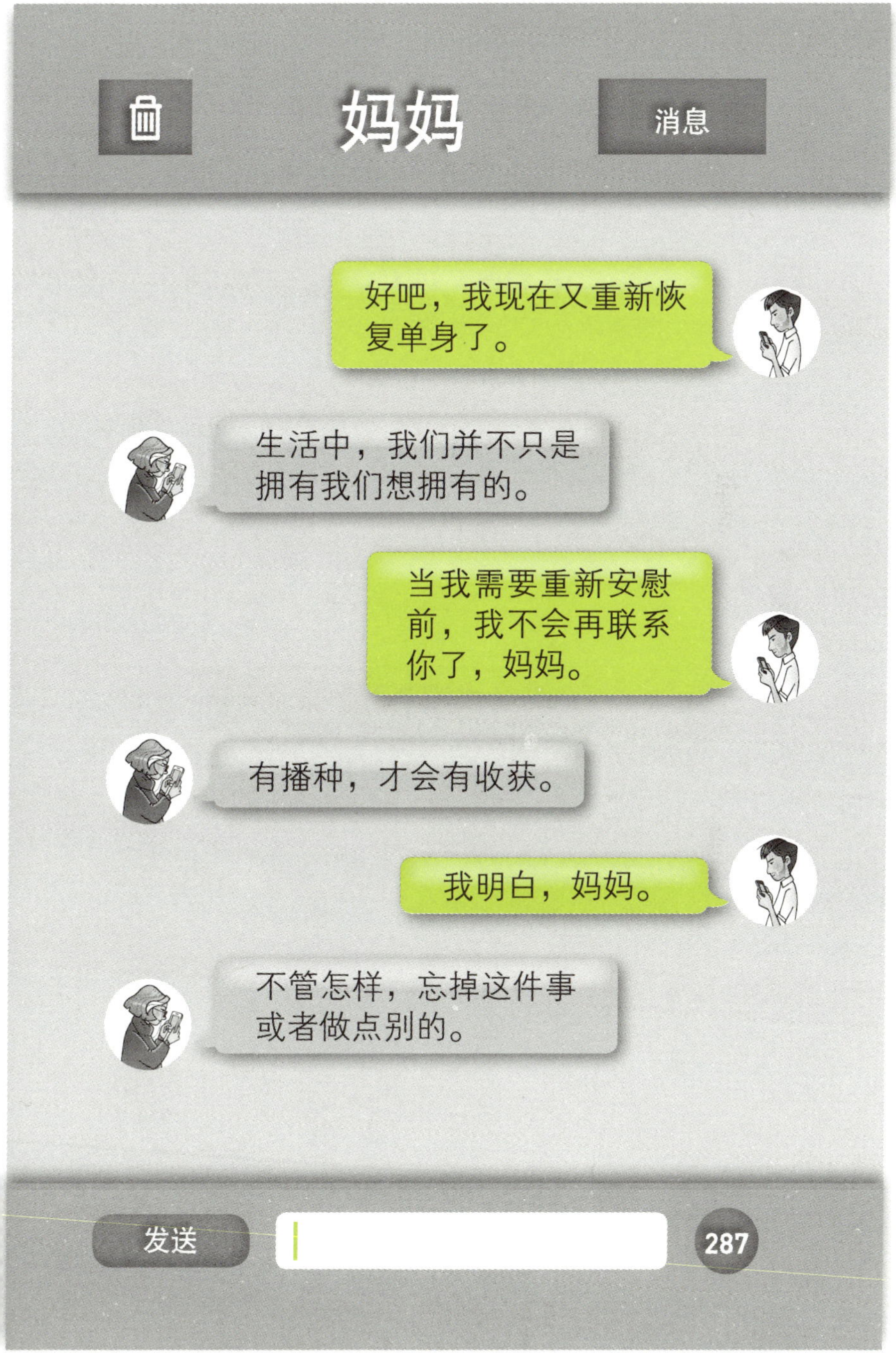
妈妈
消息
好吧，我现在又重新恢复单身了。
生活中，我们并不只是拥有我们想拥有的。
当我需要重新安慰前，我不会再联系你了，妈妈。
有播种，才会有收获。
我明白，妈妈。
不管怎样，忘掉这件事或者做点别的。
发送

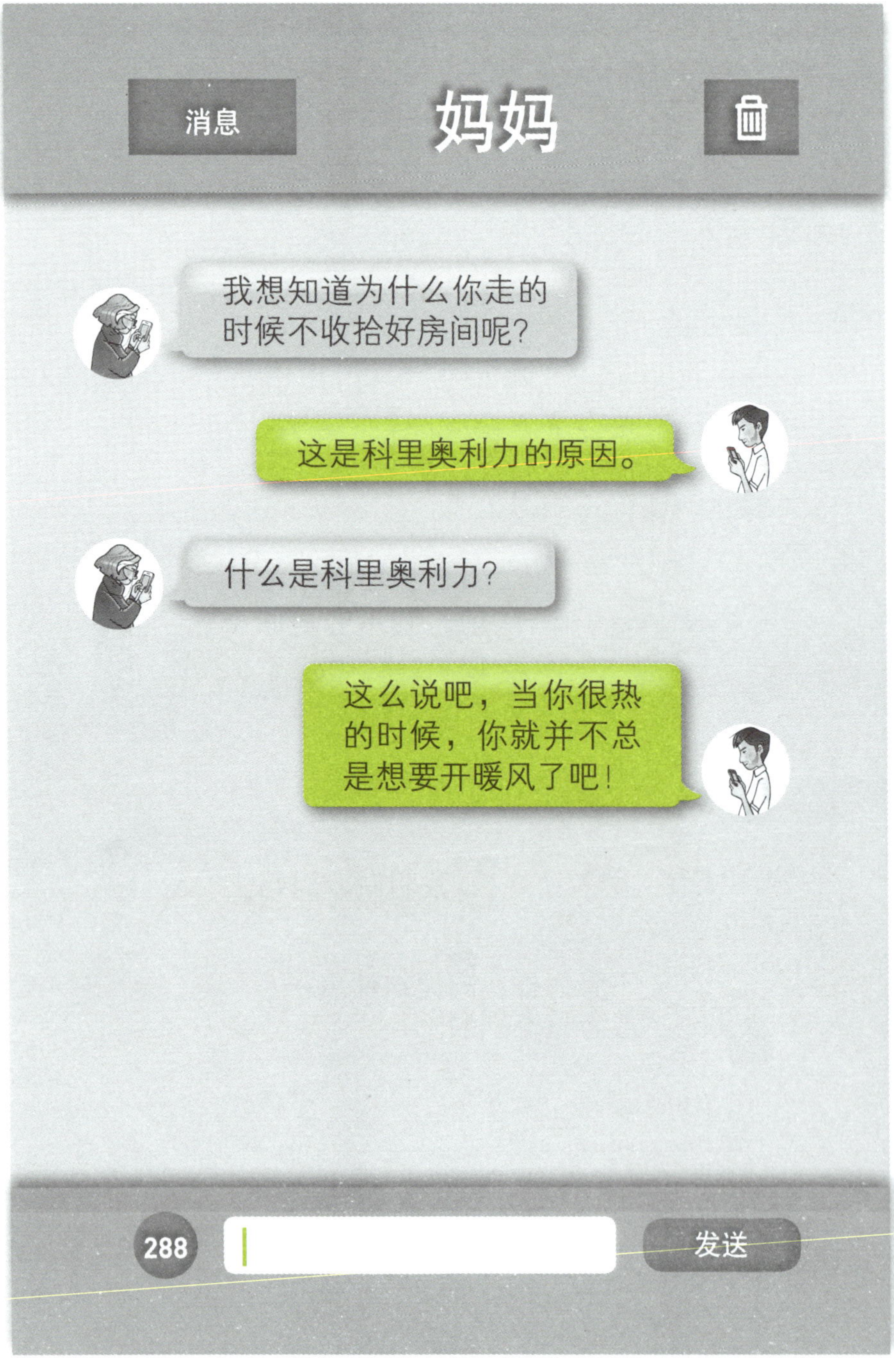
消息
妈妈
我想知道为什么你走的时候不收拾好房间呢?
这是科里奥利力的原因。
什么是科里奥利力?
这么说吧，当你很热的时候，你就并不总是想要开暖风了吧!
288
发送

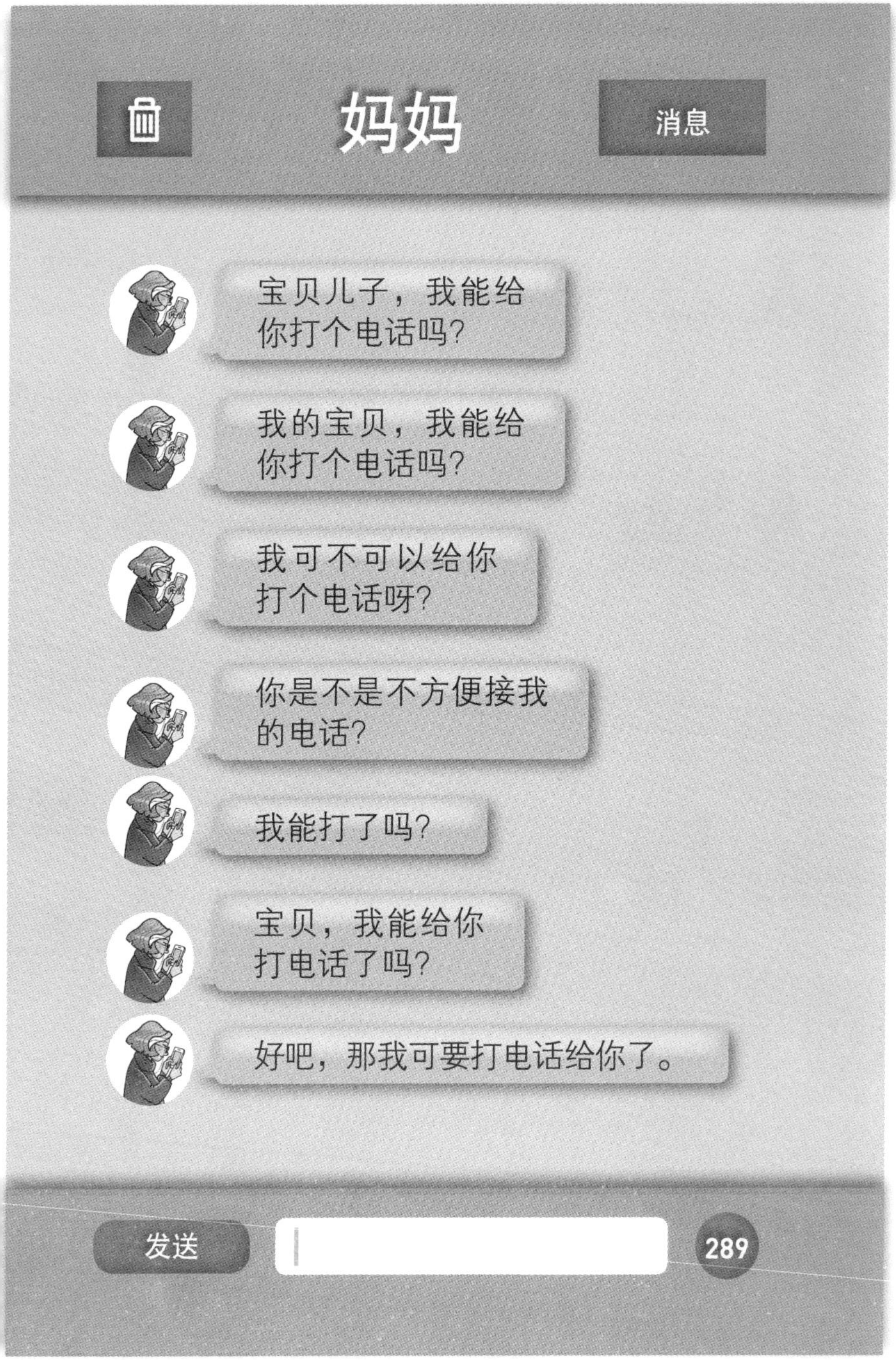
妈妈
消息
宝贝儿子，我能给你打个电话吗？
我的宝贝，我能给你打个电话吗？
我可不可以给你打个电话呀？
你是不是不方便接我的电话？
我能打了吗？
宝贝，我能给你打电话了吗？
好吧，那我可要打电话给你了。
发送
289

消息
妈妈
我感觉我病了。
需不需要看医生？
就是这个问题。
290
发送

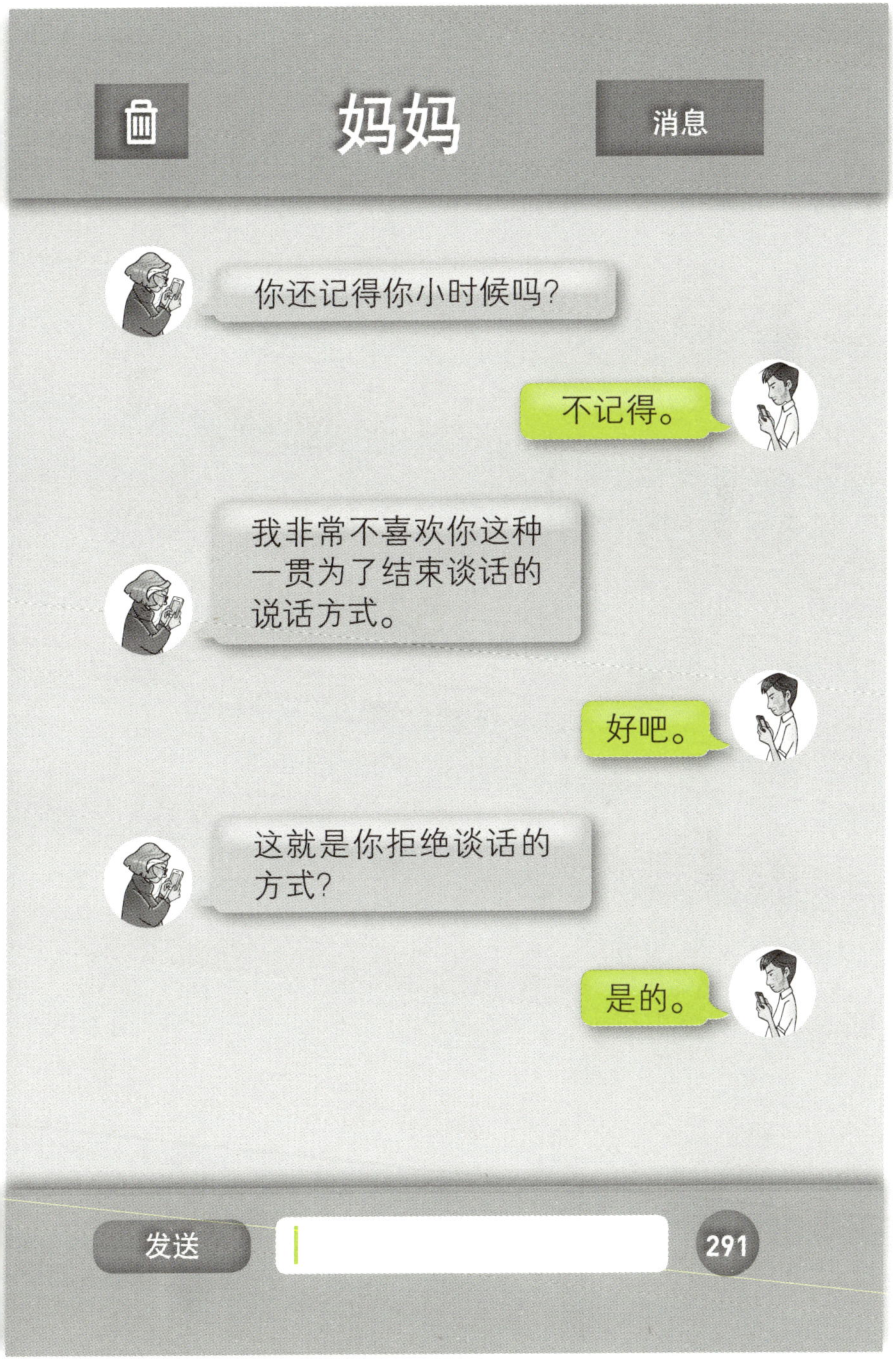
妈妈
消息
你还记得你小时候吗？
不记得。
我非常不喜欢你这种一贯为了结束谈话的说话方式。
好吧。
这就是你拒绝谈话的方式？
是的。
发送

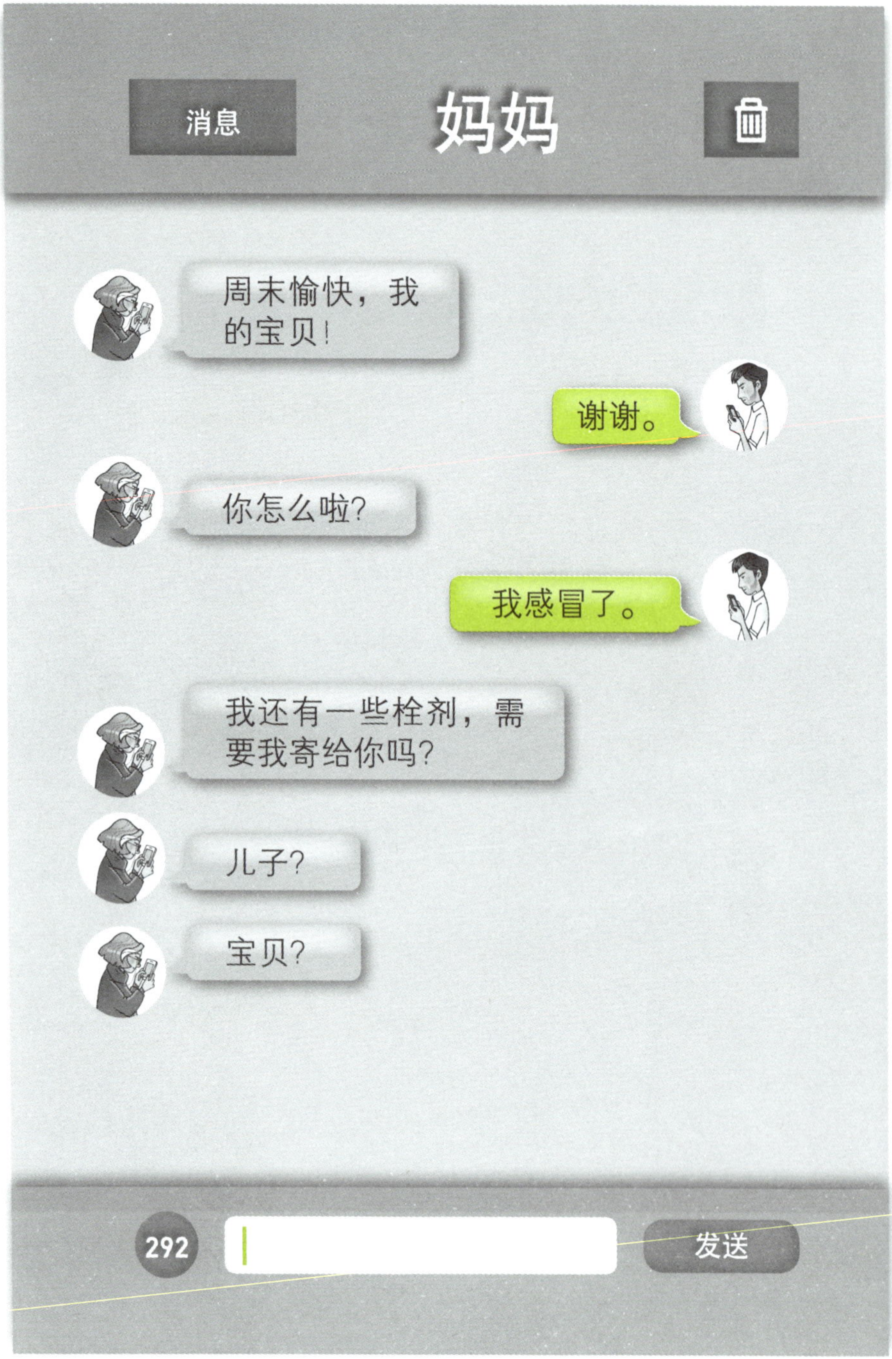
消息
妈妈
周末愉快，我的宝贝！
谢谢。
你怎么啦？
我感冒了。
我还有一些栓剂，需要我寄给你吗？
儿子？
宝贝？
292
发送

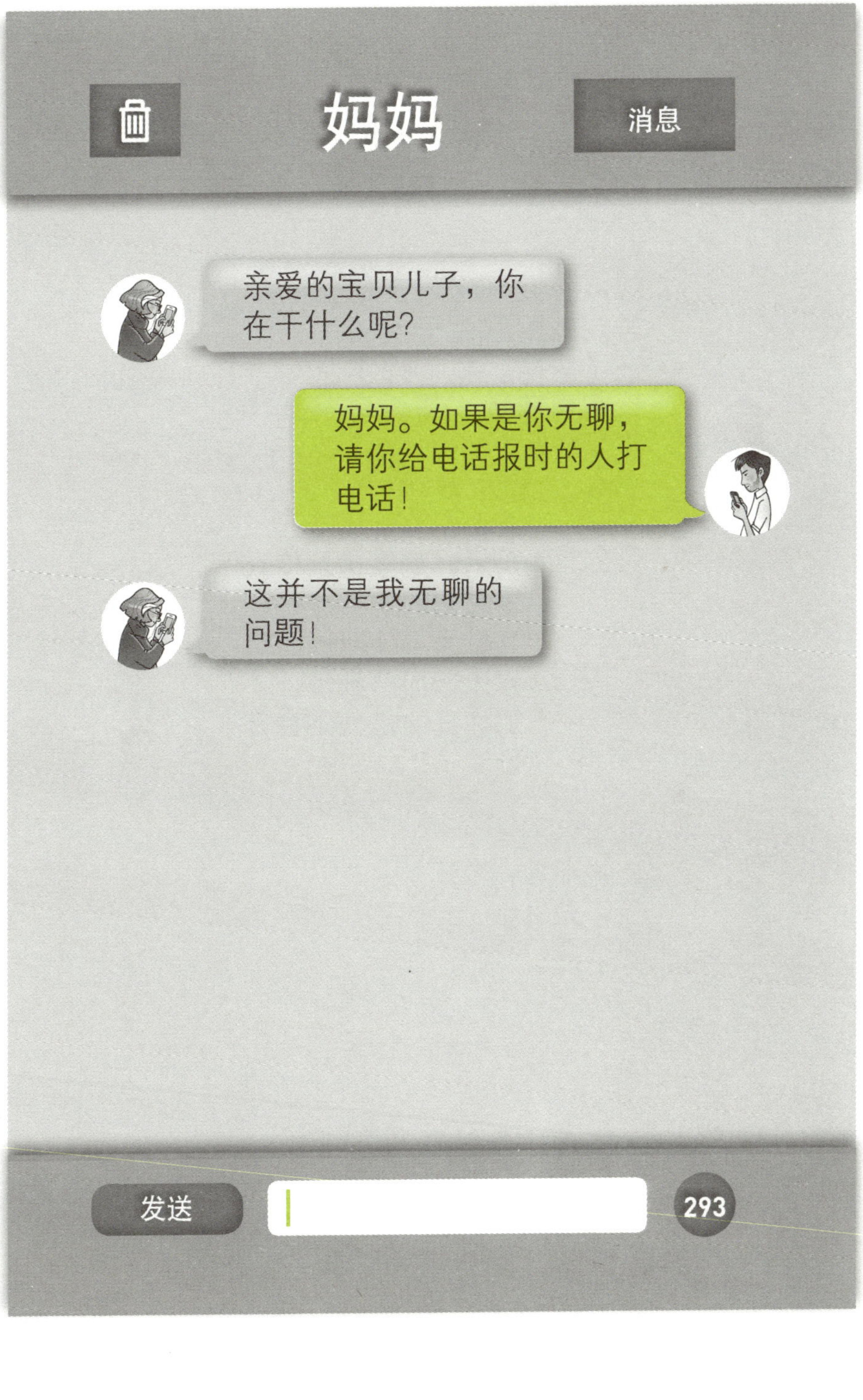
妈妈
消息
亲爱的宝贝儿子，你在干什么呢?
妈妈。如果是你无聊，请你给电话报时的人打电话!
这并不是我无聊的问题!
发送

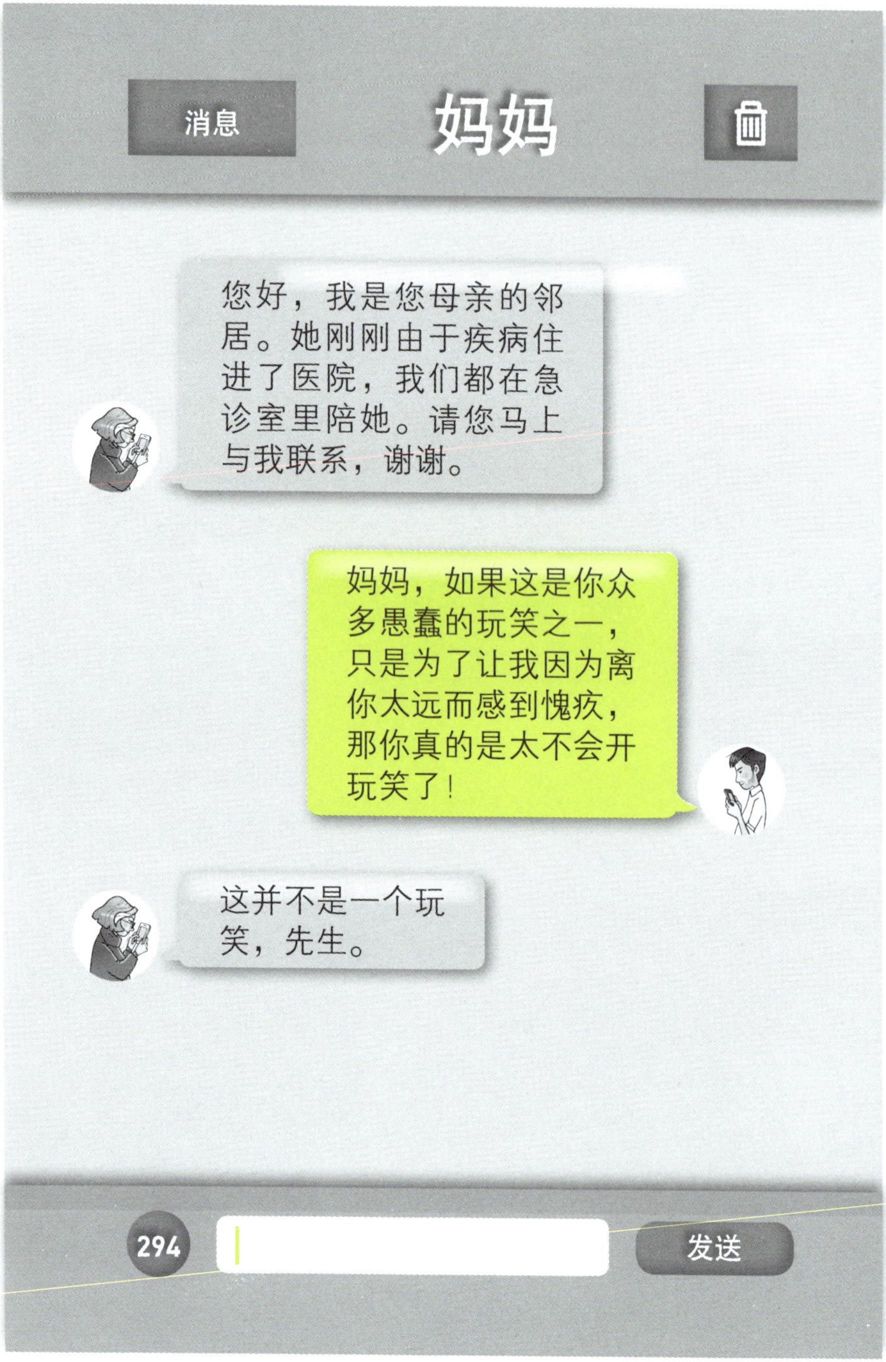

消息
妈妈
您好，我是您母亲的邻居。她刚刚由于疾病住进了医院，我们都在急诊室里陪她。请您马上与我联系，谢谢。
妈妈，如果这是你众多愚蠢的玩笑之一，只是为了让我因为离你太远而感到愧疚，那你真的是太不会开玩笑了！
这并不是一个玩笑，先生。
294
发送

妈妈

消息

长袖衬衫真的不应该再存在了，取而代之的应该是一碗香草冰激凌和坚果。

你是正在熨衣服吗？

是的！

发送

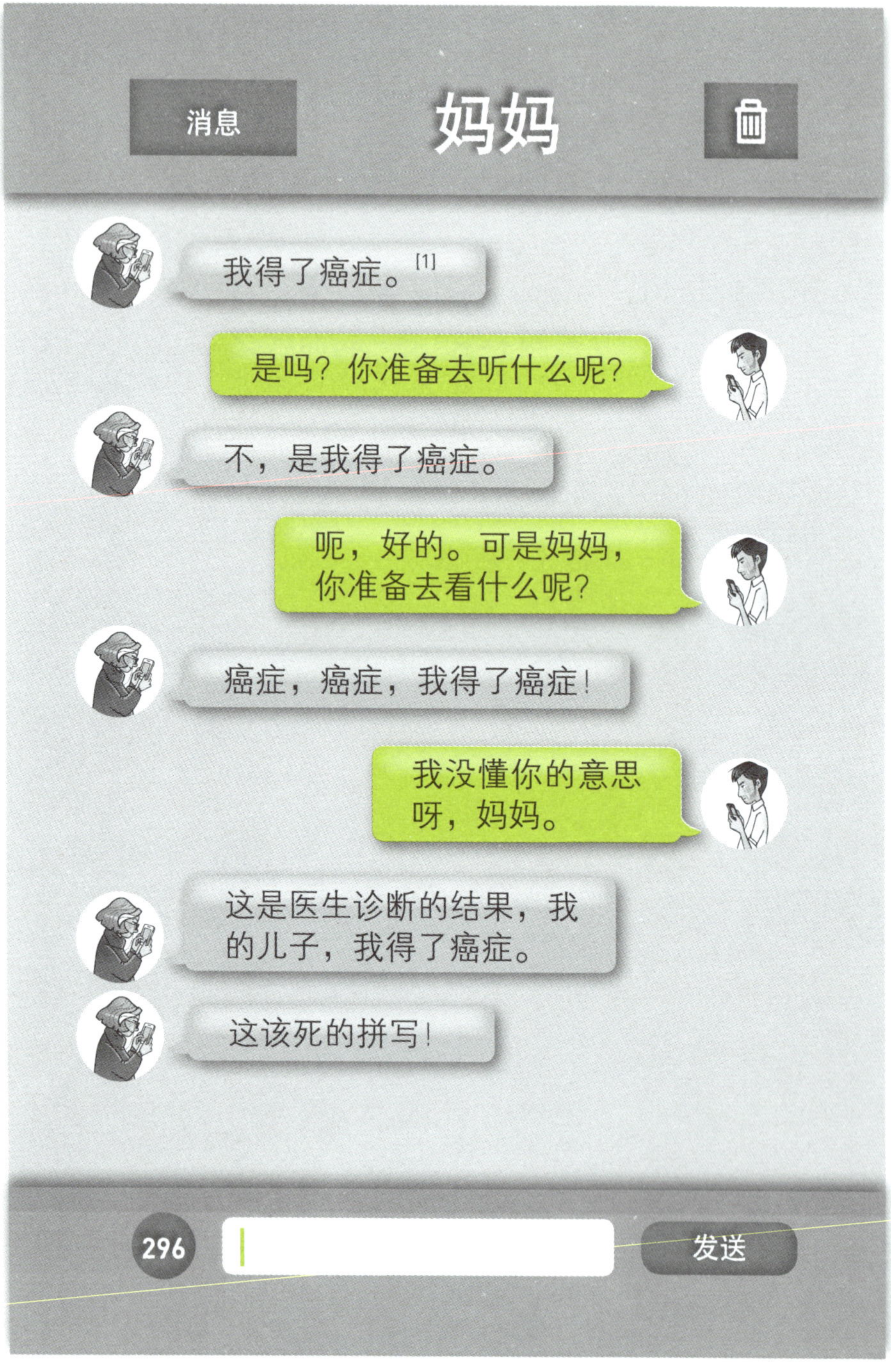

[1] 拼写原因，儿子以为是音乐会。

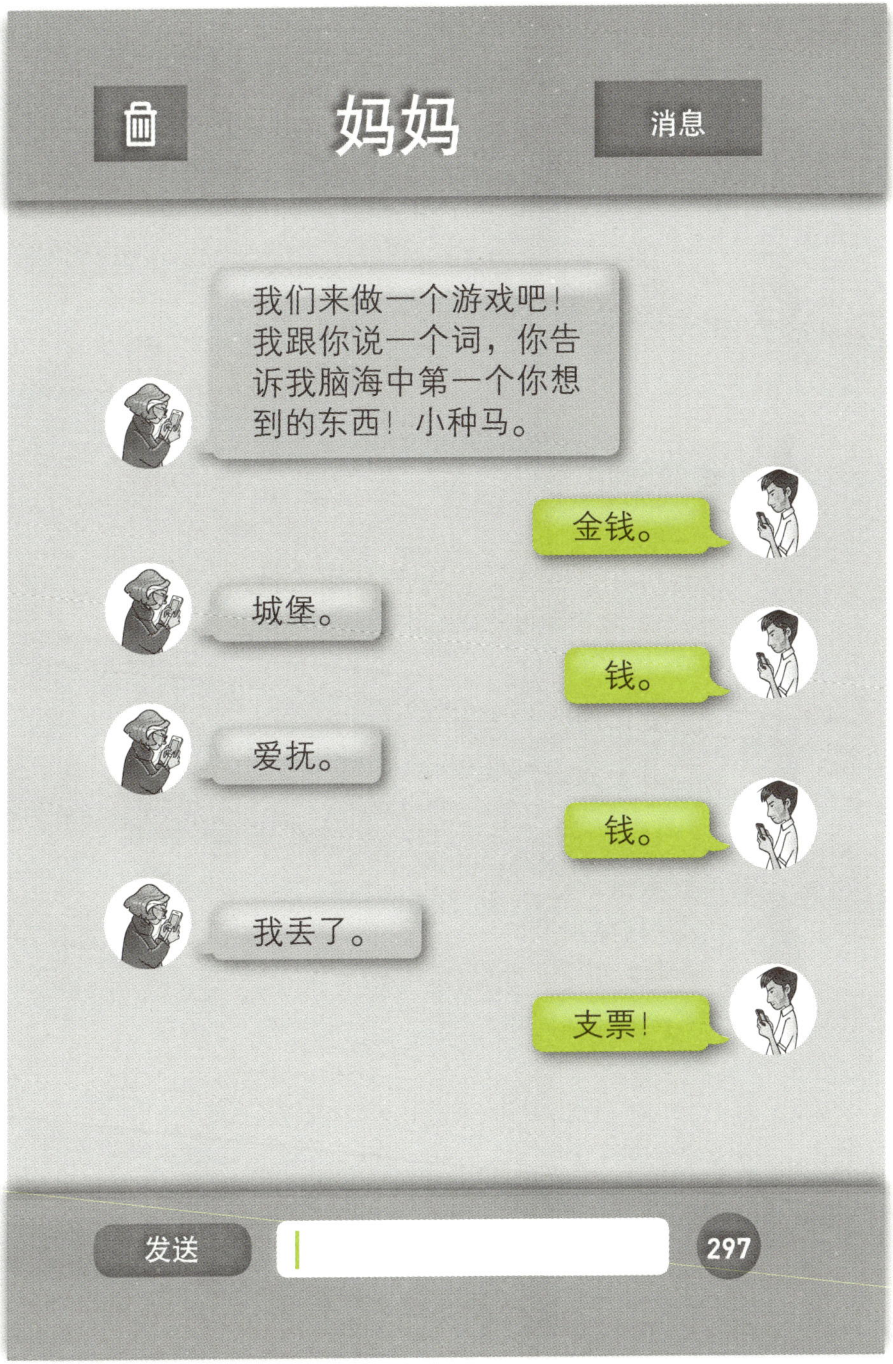
妈妈
消息
我们来做一个游戏吧！我跟你说一个词，你告诉我脑海中第一个你想到的东西！小种马。
金钱。
城堡。
钱。
爱抚。
钱。
我丢了。
支票！
发送
297

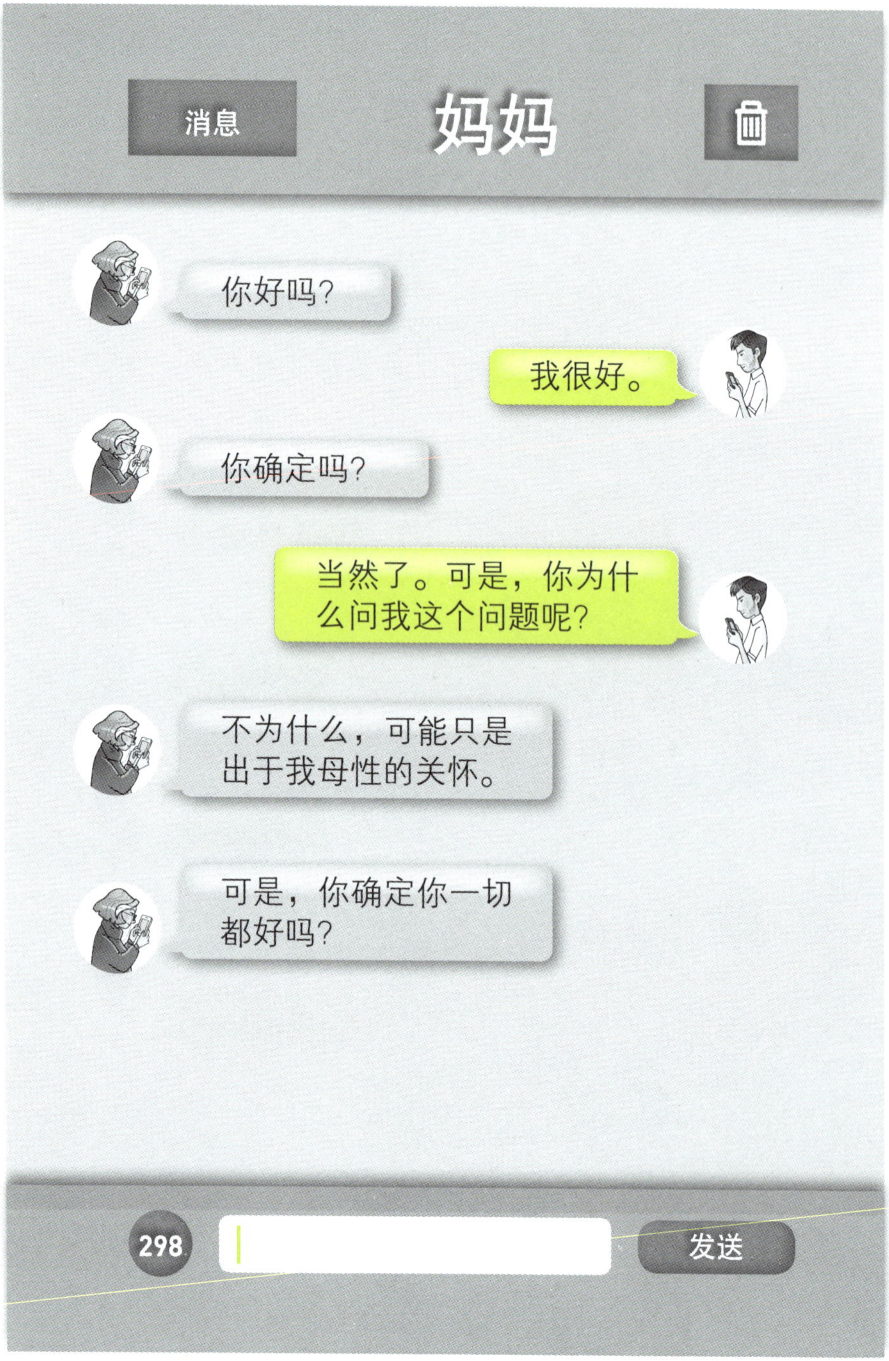
消息
妈妈
你好吗？
我很好。
你确定吗？
当然了。可是，你为什么问我这个问题呢？
不为什么，可能只是出于我母性的关怀。
可是，你确定你一切都好吗？
298
发送

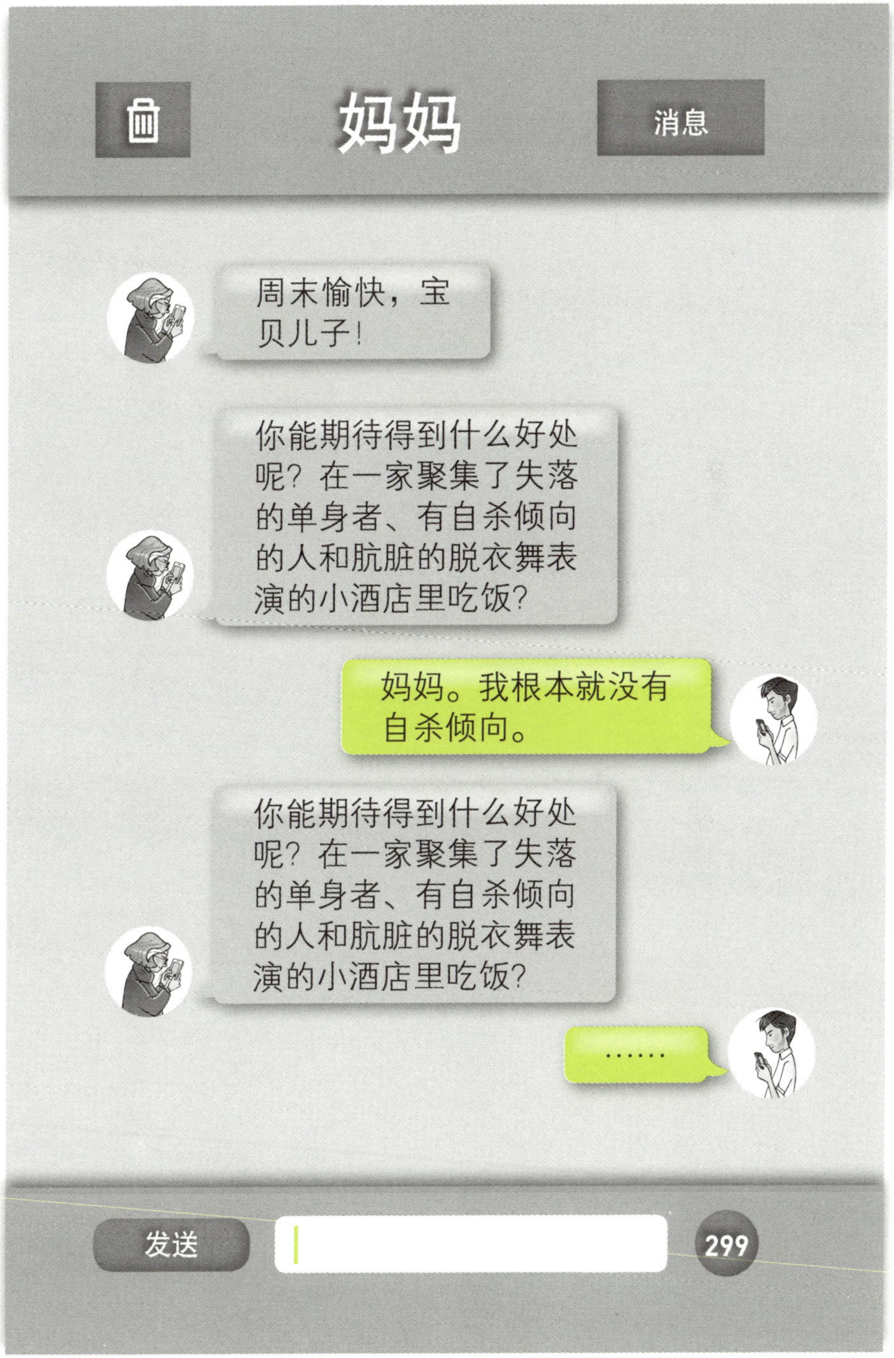
妈妈
消息
周末愉快，宝贝儿子！
你能期待得到什么好处呢？在一家聚集了失落的单身者、有自杀倾向的人和肮脏的脱衣舞表演的小酒店里吃饭？
妈妈。我根本就没有自杀倾向。
你能期待得到什么好处呢？在一家聚集了失落的单身者、有自杀倾向的人和肮脏的脱衣舞表演的小酒店里吃饭？
……
发送
299

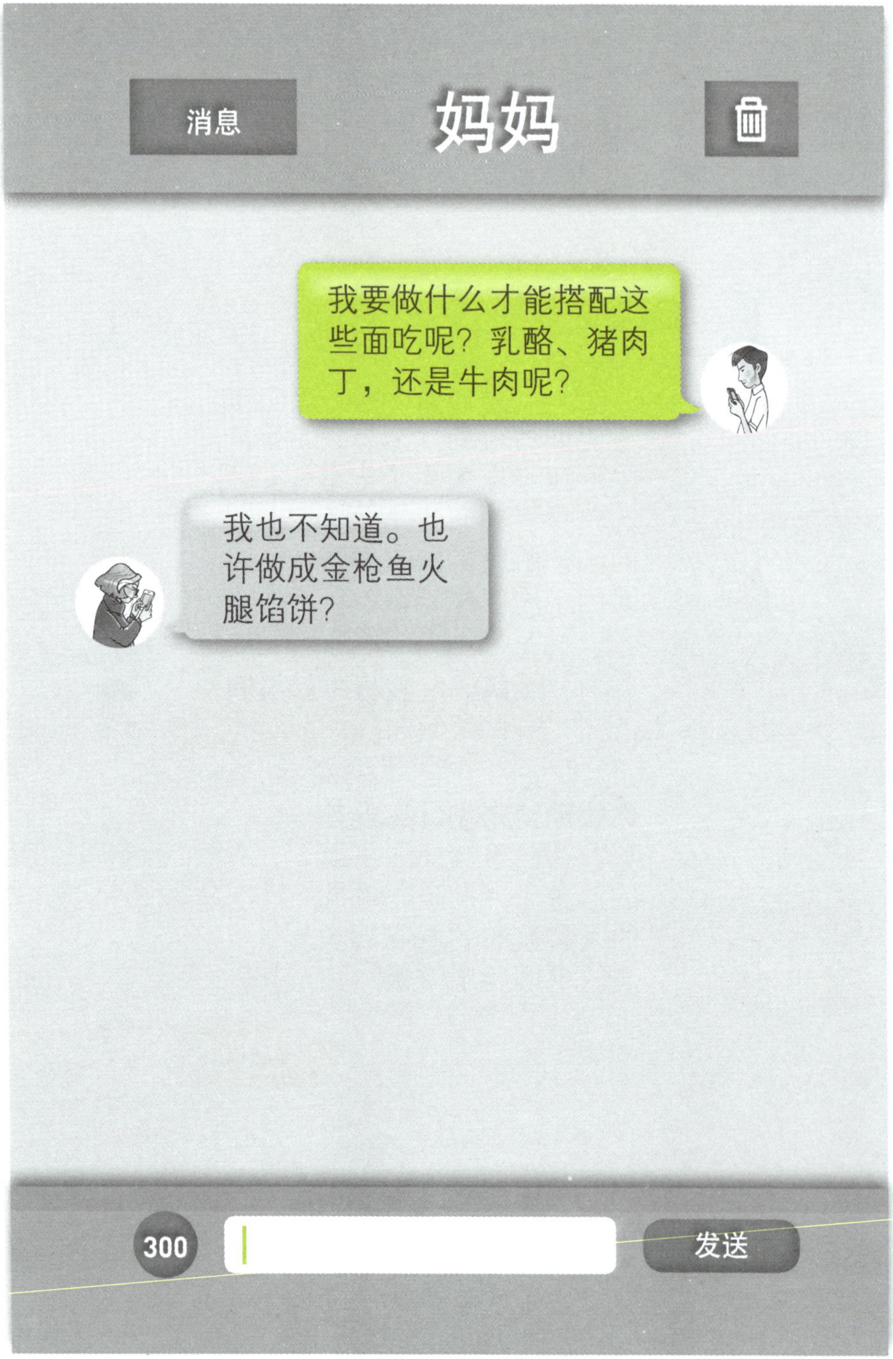
消息
妈妈
我要做什么才能搭配这些面吃呢？乳酪、猪肉丁，还是牛肉呢？
我也不知道。也许做成金枪鱼火腿馅饼？
300
发送

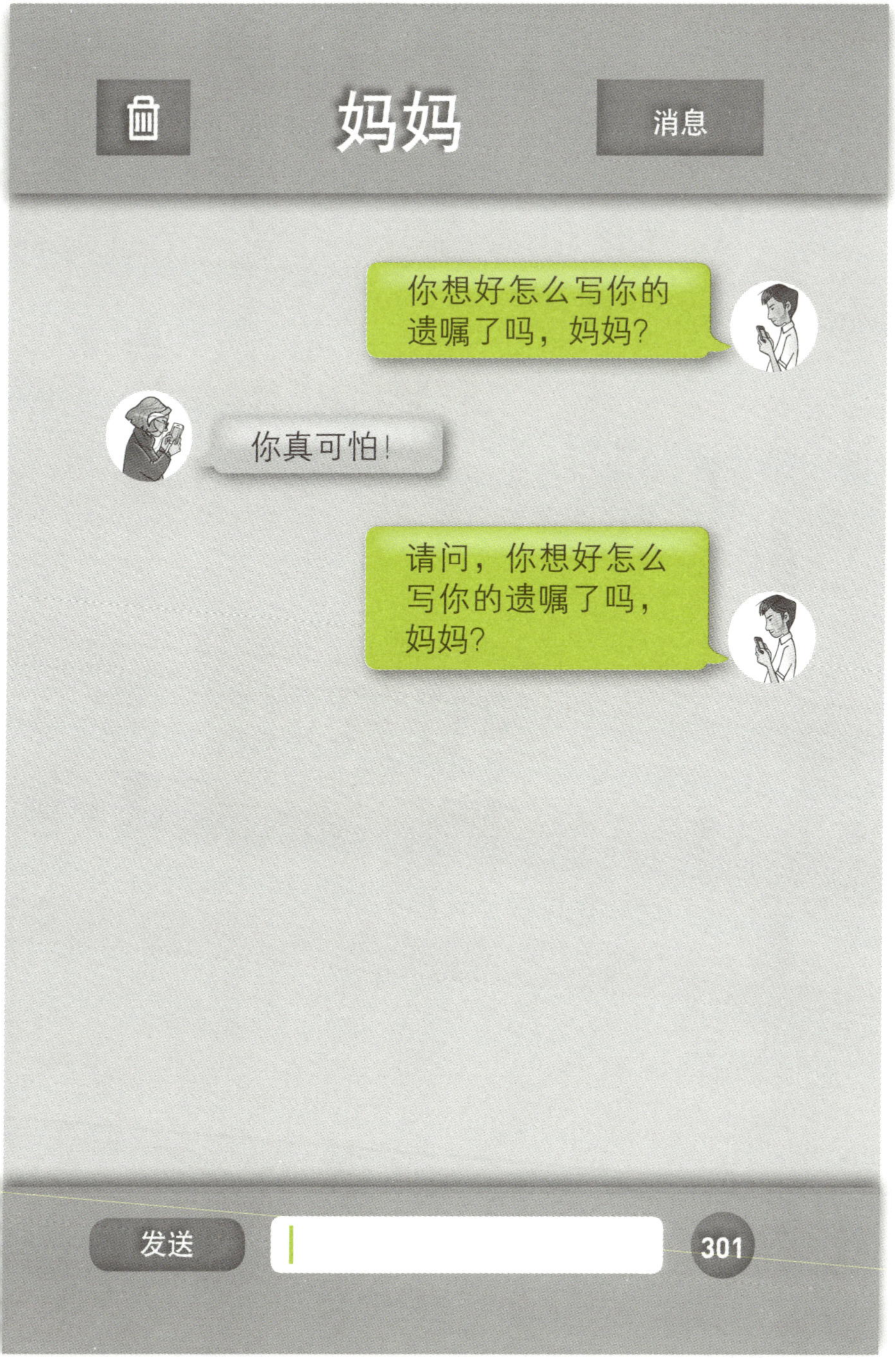
妈妈
消息
你想好怎么写你的遗嘱了吗，妈妈？
你真可怕！
请问，你想好怎么写你的遗嘱了吗，妈妈？
发送
301

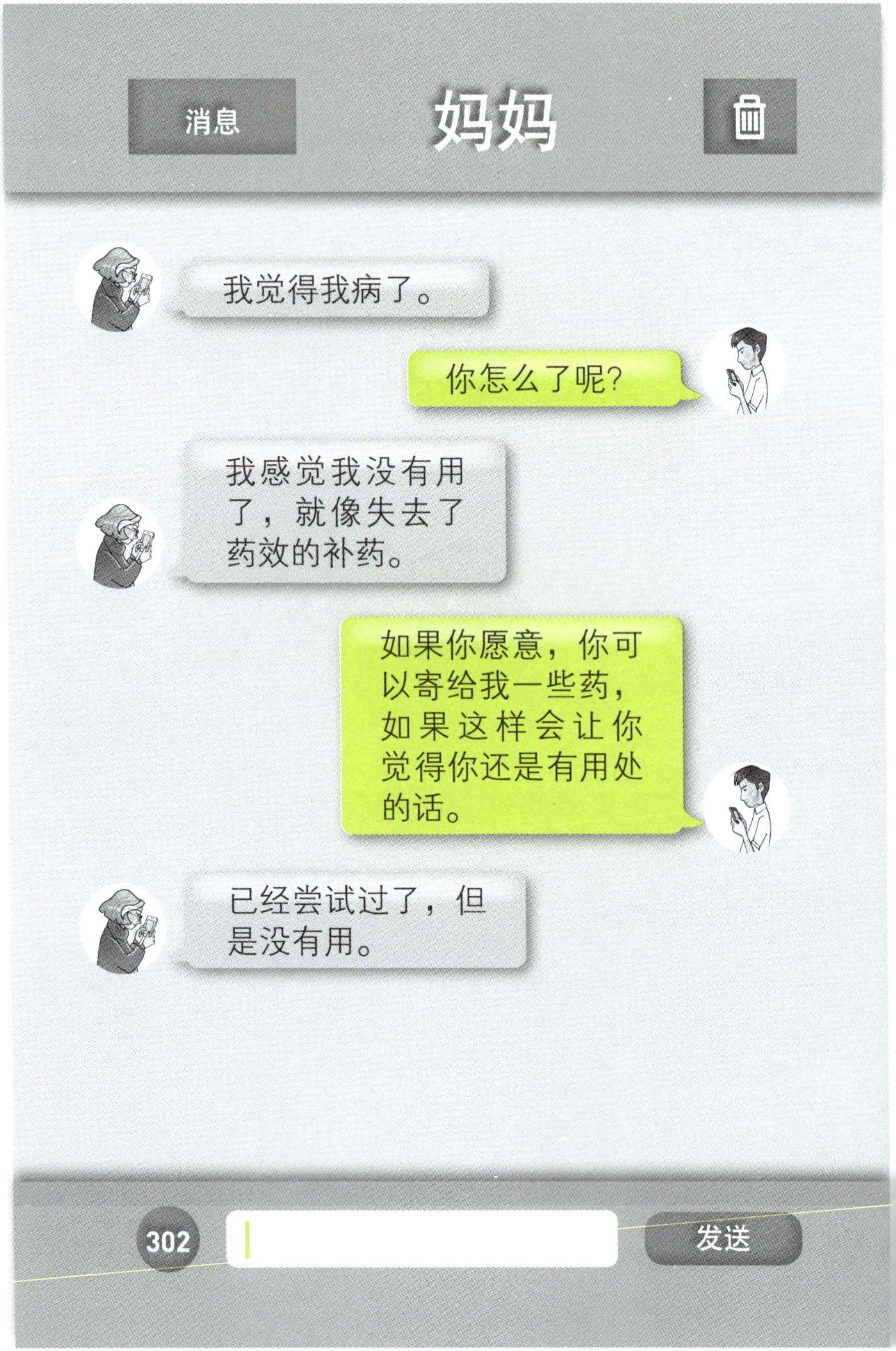
消息
妈妈
我觉得我病了。
你怎么了呢?
我感觉我没有用了，就像失去了药效的补药。
如果你愿意，你可以寄给我一些药，如果这样会让你觉得你还是有用处的话。
已经尝试过了，但是没有用。
302
发送

妈妈

消息

我们把那些已经不再成一双的鞋叫作什么？

不成对的鞋子？

如果是这样，我们叫不出来名字的东西还存在吗？

上帝也是一个我们能命名却并不能证实他存在的东西，那么那些不成对的鞋子也是上帝？

发送

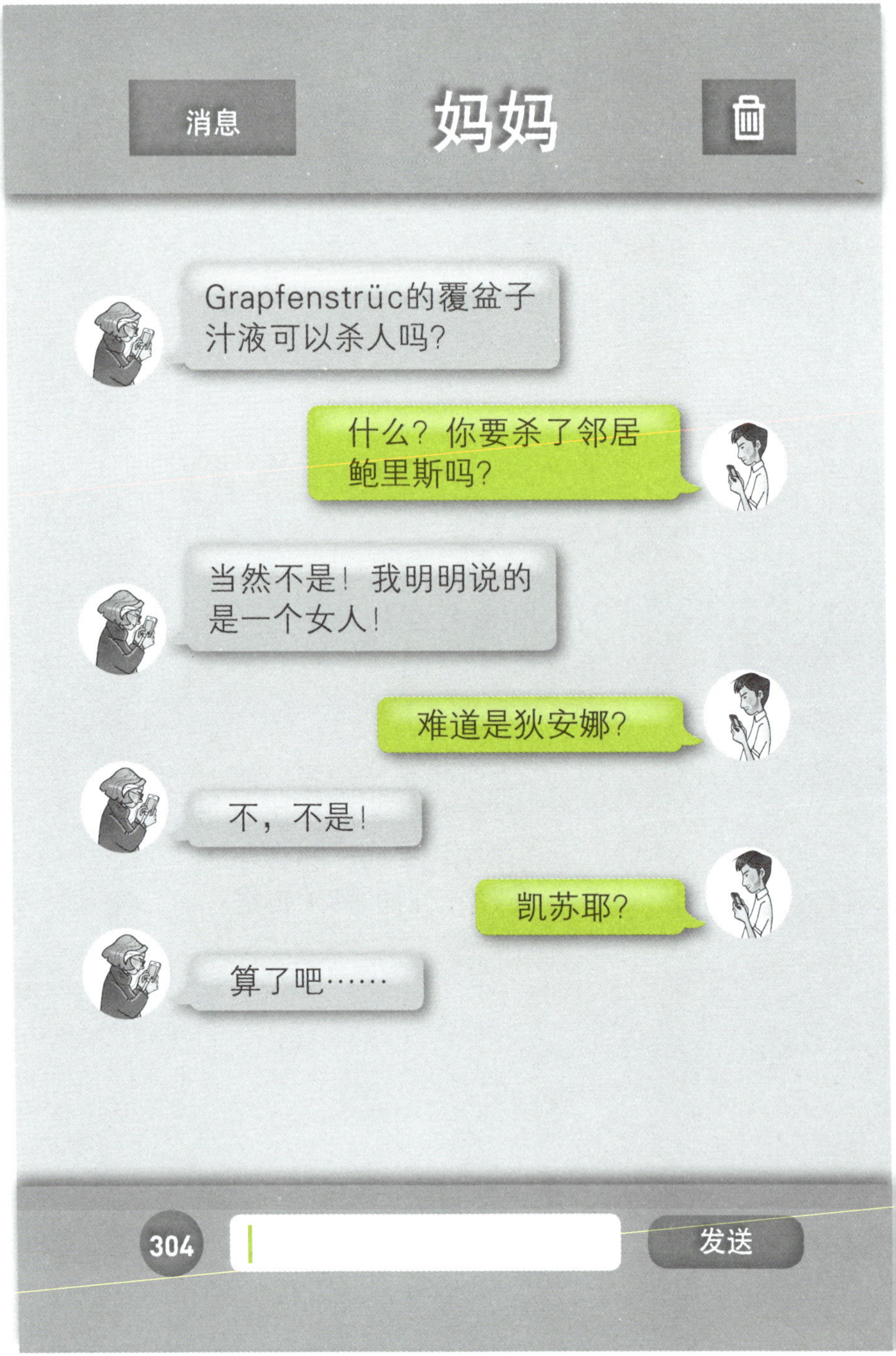
消息
妈妈
Grapfenstrüc的覆盆子汁液可以杀人吗?
什么? 你要杀了邻居鲍里斯吗?
当然不是! 我明明说的是一个女人!
难道是狄安娜?
不，不是!
凯苏耶?
算了吧……
304
发送

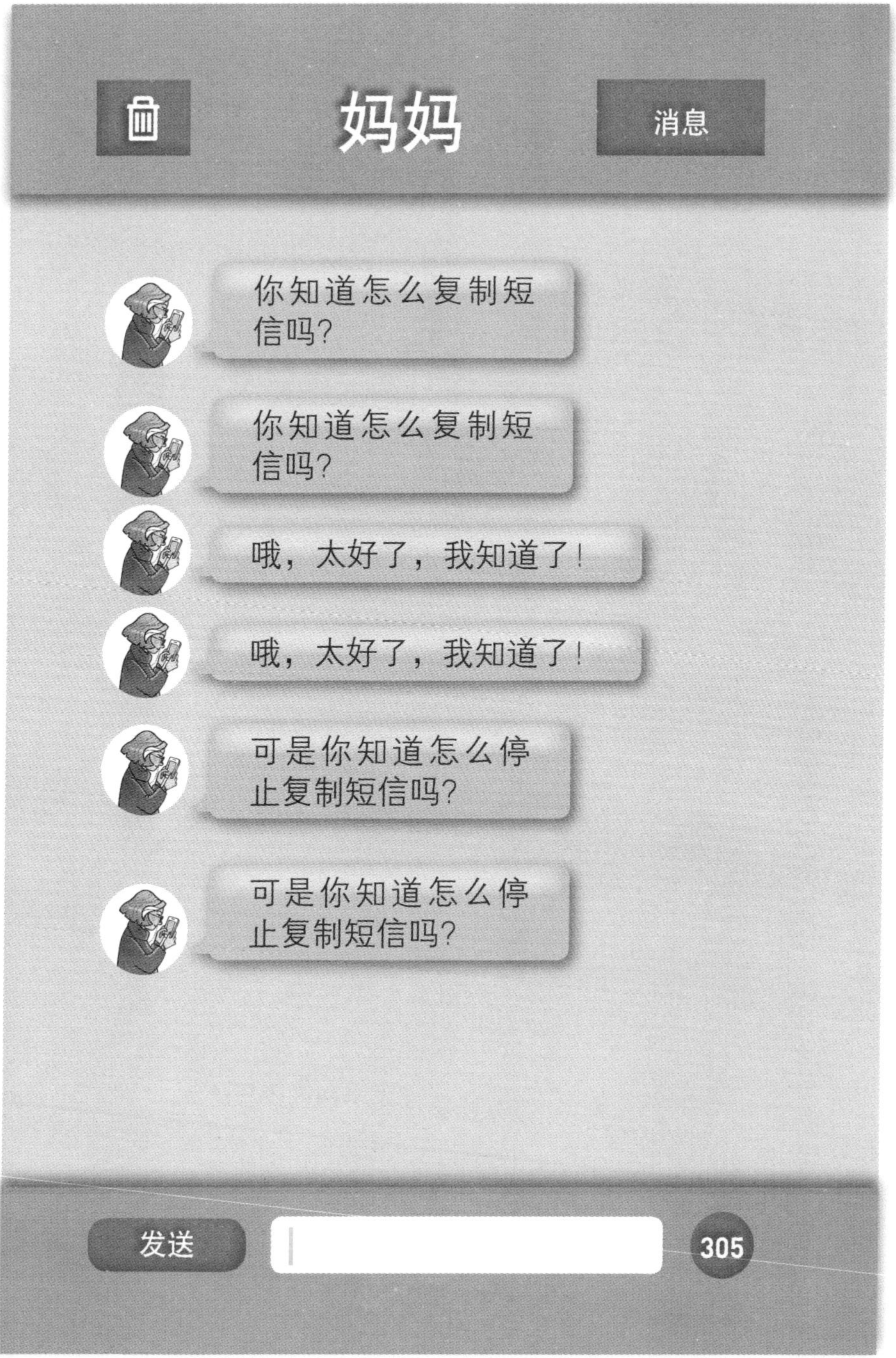
妈妈
消息
你知道怎么复制短信吗?
你知道怎么复制短信吗?
哦，太好了，我知道了!
哦，太好了，我知道了!
可是你知道怎么停止复制短信吗?
可是你知道怎么停止复制短信吗?
发送
305

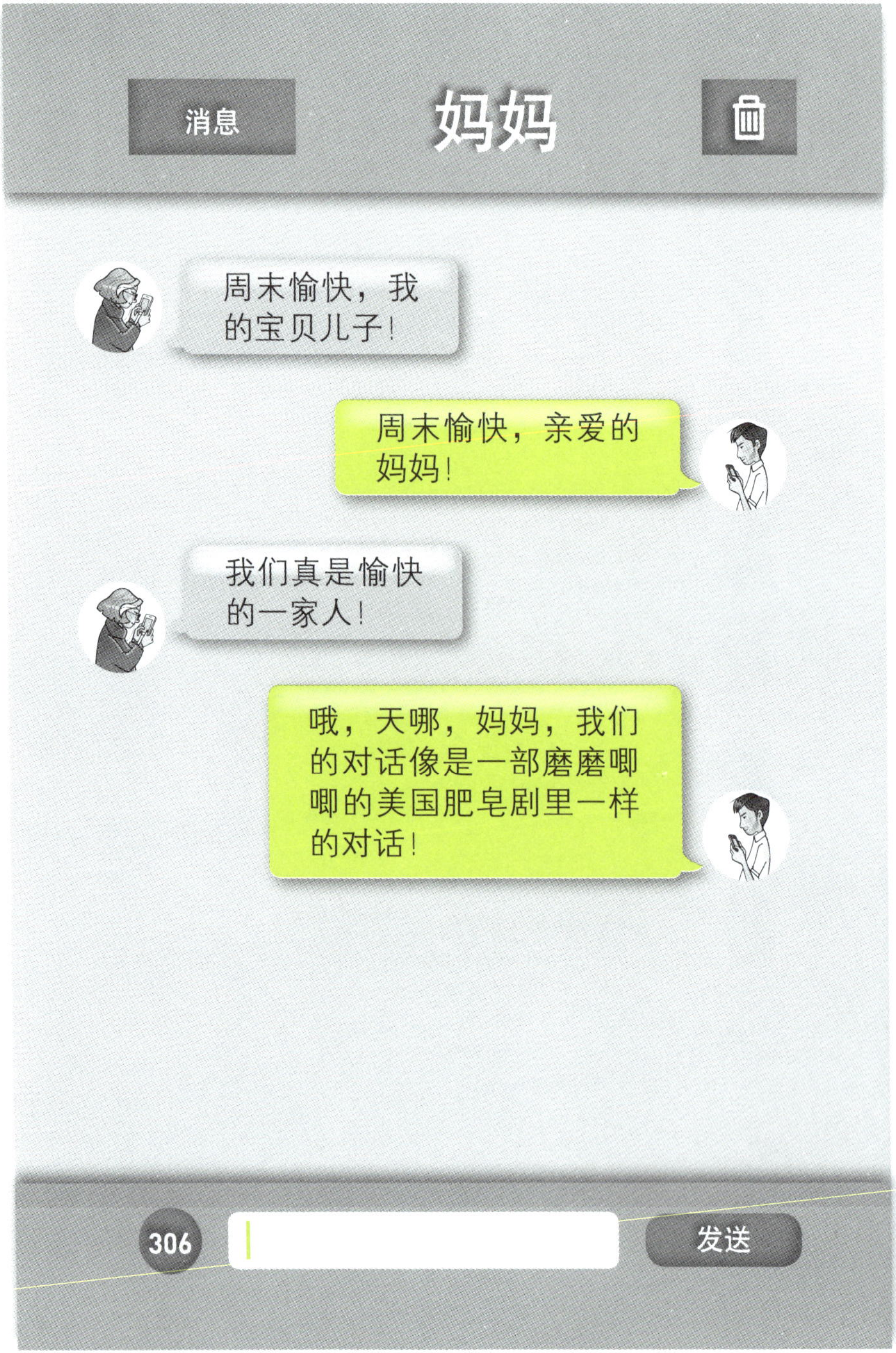
消息
妈妈
周末愉快，我的宝贝儿子！
周末愉快，亲爱的妈妈！
我们真是愉快的一家人！
哦，天哪，妈妈，我们的对话像是一部磨磨唧唧的美国肥皂剧里一样的对话！
发送

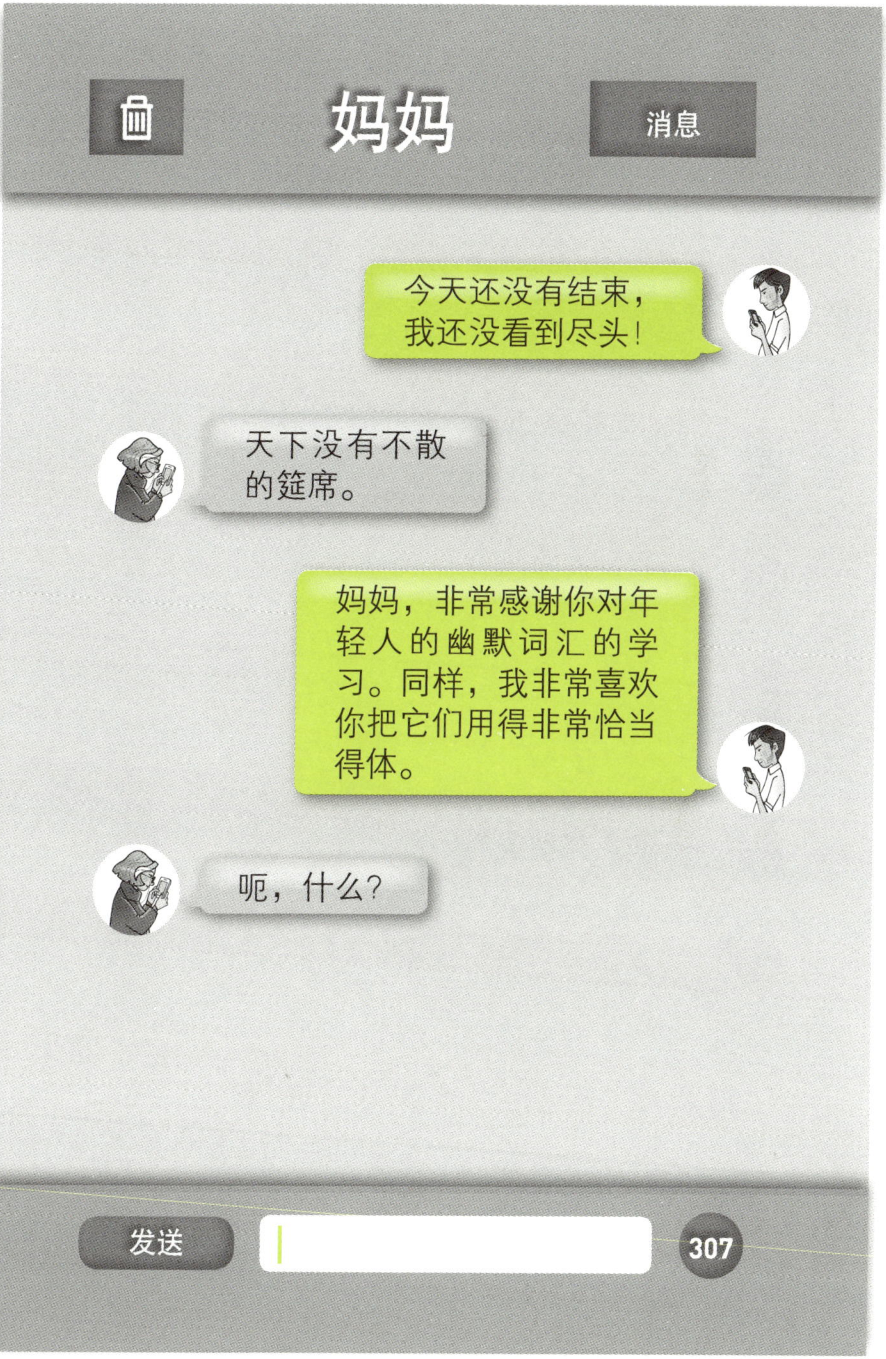
妈妈
消息
今天还没有结束，我还没看到尽头！
天下没有不散的筵席。
妈妈，非常感谢你对年轻人的幽默词汇的学习。同样，我非常喜欢你把它们用得非常恰当得体。
呃，什么？
发送

消息

妈妈

我最近爱上了一本书，叫作《与妈妈的对话》，这本书讲述一位妈妈和她儿子之间的来往短信内容。

有一点傻傻的。

我发现这妈妈有点儿夸张。

可能所有的母亲都有点儿傻傻的。

等一下……

发送

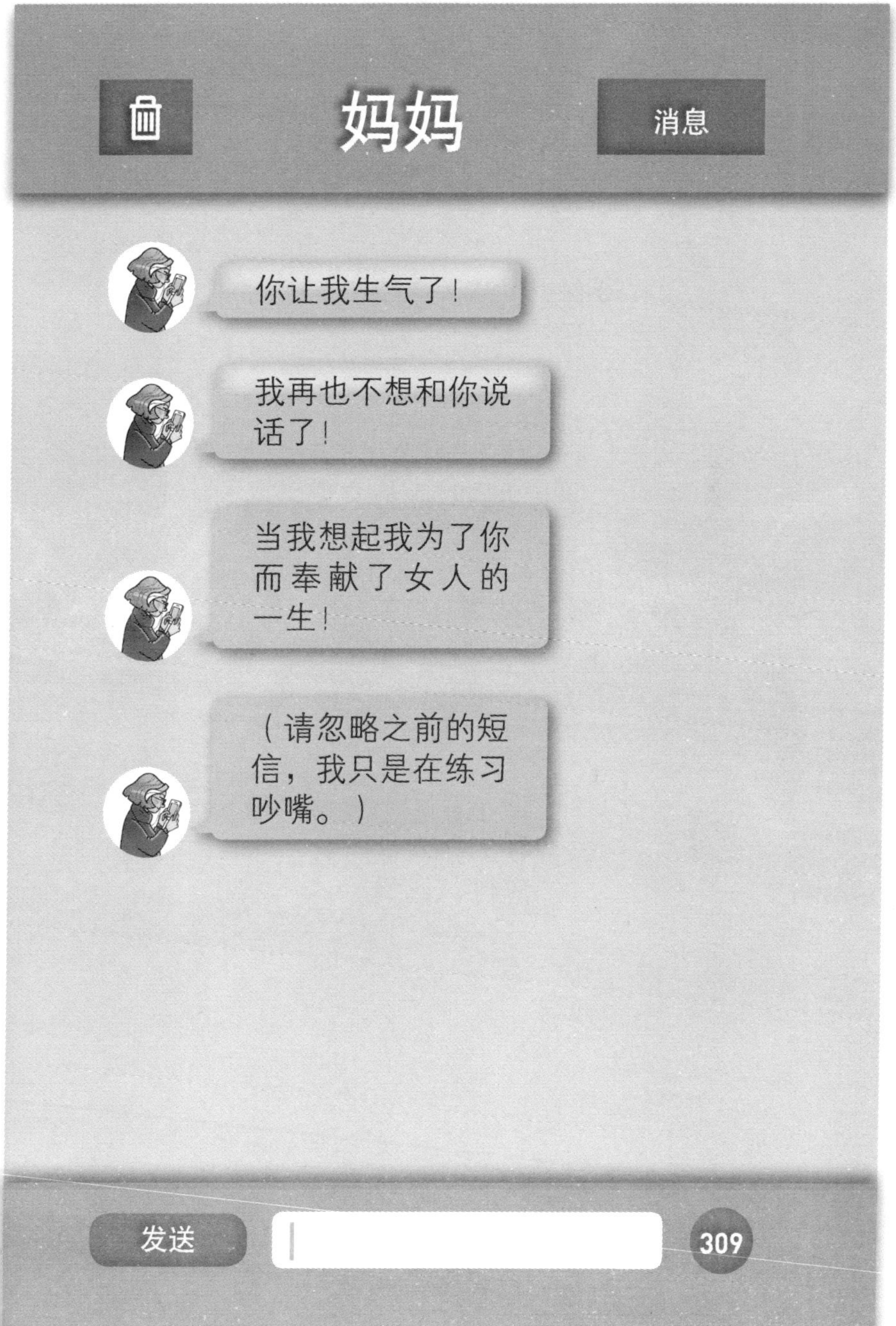
妈妈
消息
你让我生气了！
我再也不想和你说话了！
当我想起我为了你而奉献了女人的一生！
（请忽略之前的短信，我只是在练习吵嘴。）
发送
309

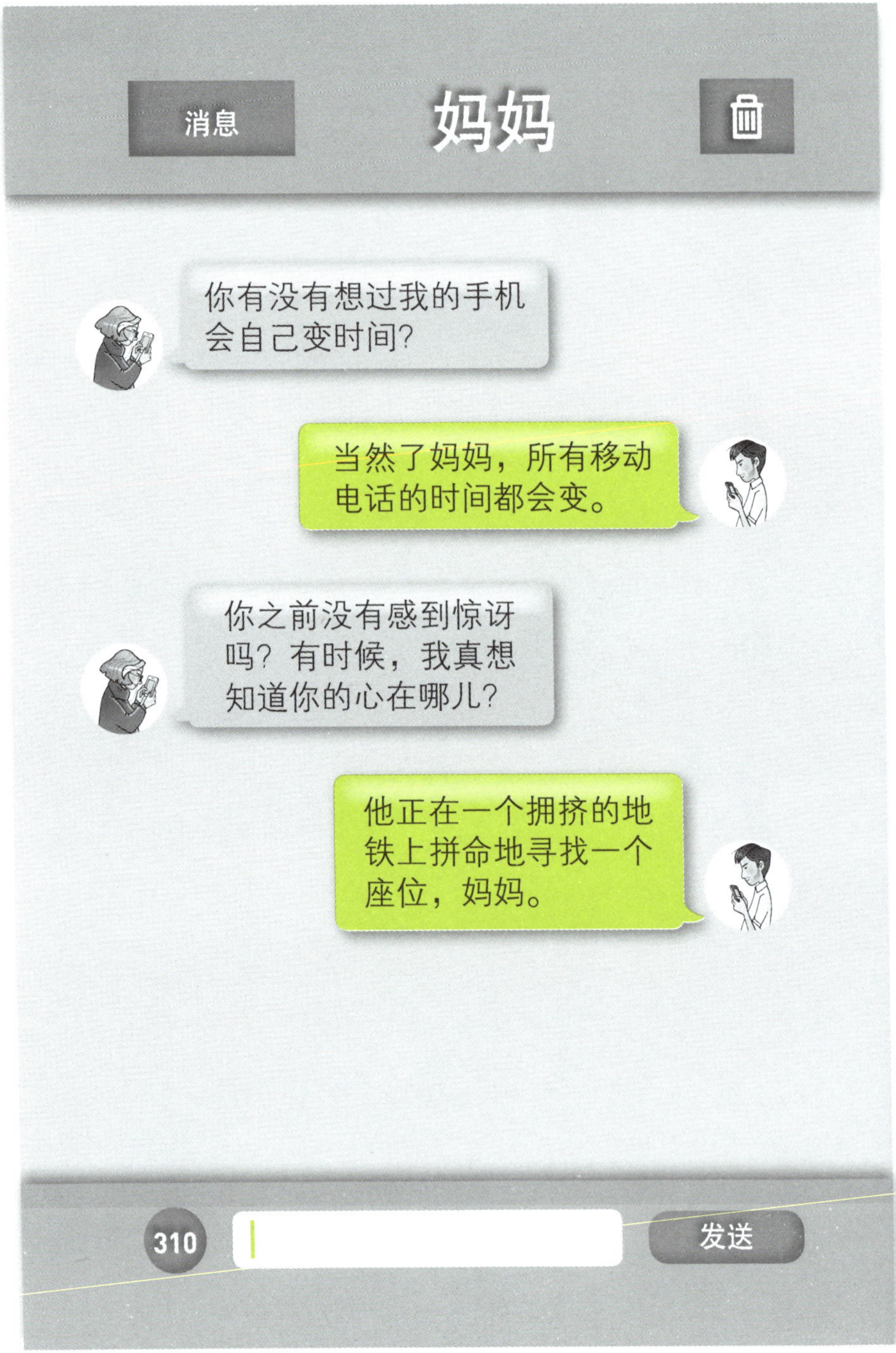
消息
妈妈
你有没有想过我的手机会自己变时间？
当然了妈妈，所有移动电话的时间都会变。
你之前没有感到惊讶吗？有时候，我真想知道你的心在哪儿？
他正在一个拥挤的地铁上拼命地寻找一个座位，妈妈。
310
发送

妈妈

消息

妈妈，圣诞节你会为我准备什么礼物？

一本书。

噗，一本书多没意思啊，这不是一个真正的礼物！

在我们那个时代，如果能得到一个橙子或是一张照片就很高兴了。

是的，在战争年代，奶奶和其他人都是吃大头菜度过的。我知道那首歌。

发送

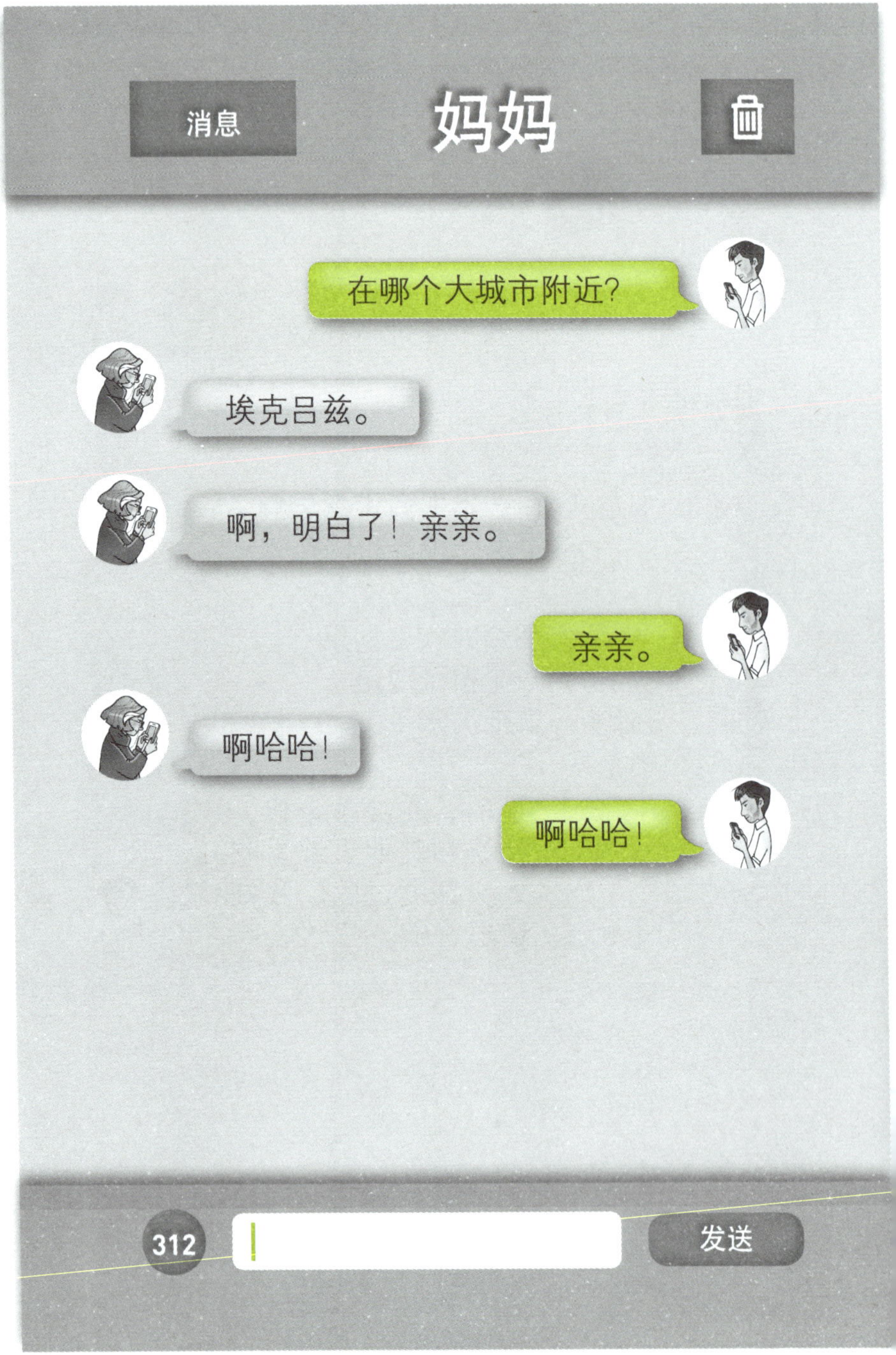
消息
妈妈
在哪个大城市附近？
埃克吕兹。
啊，明白了！亲亲。
亲亲。
啊哈哈！
啊哈哈！
发送

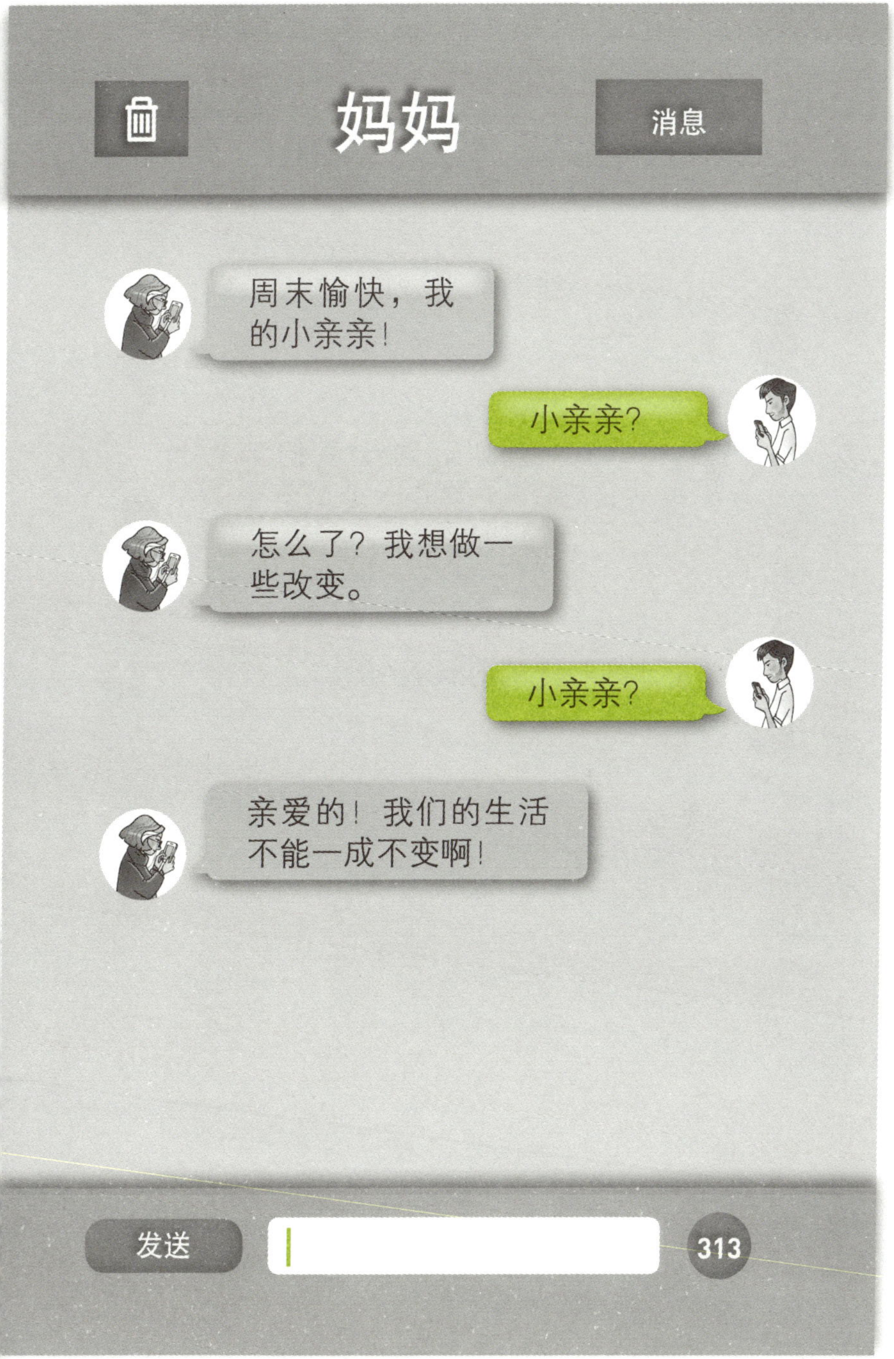
妈妈
消息
周末愉快，我的小亲亲！
小亲亲？
怎么了？我想做一些改变。
小亲亲？
亲爱的！我们的生活不能一成不变啊！
发送

消息

妈妈

席琳·迪翁都唱过哪些歌?

妈妈，对于我们来说，席琳·迪翁有些过时了。

什么? 她的时代已经过去了吗?

发送

妈妈

消息

我想狄安娜了。

你曾经很骄傲地说你不再喜欢她了。

这不是真的。随着时间的推移，我发现了她有很多很好的品质。

有哪些?

她有很多优点，如同她有很多缺点一样。

发送

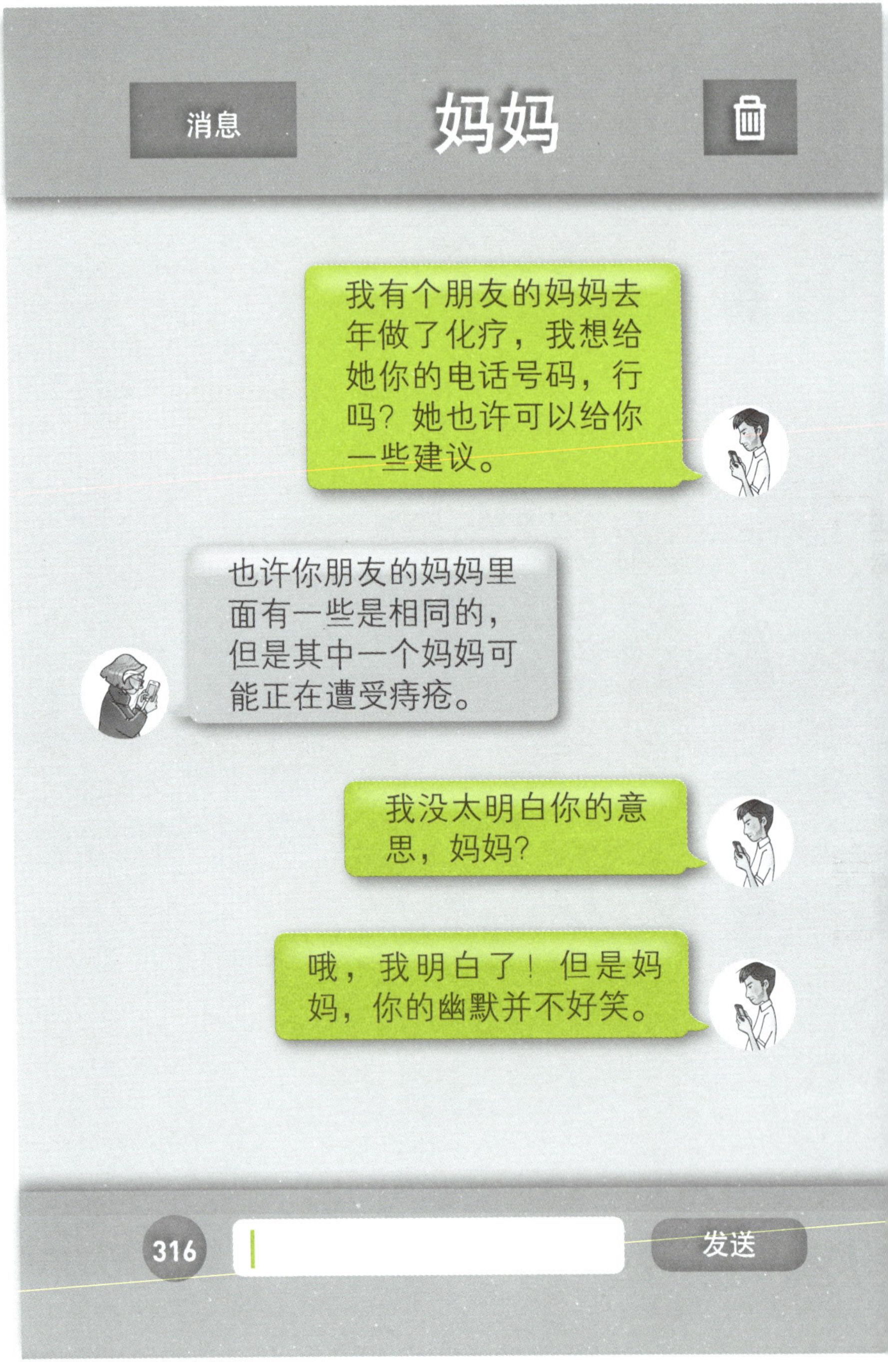
消息
妈妈
我有个朋友的妈妈去年做了化疗，我想给她你的电话号码，行吗？她也许可以给你一些建议。
也许你朋友的妈妈里面有一些是相同的，但是其中一个妈妈可能正在遭受痔疮。
我没太明白你的意思，妈妈？
哦，我明白了！但是妈妈，你的幽默并不好笑。
发送

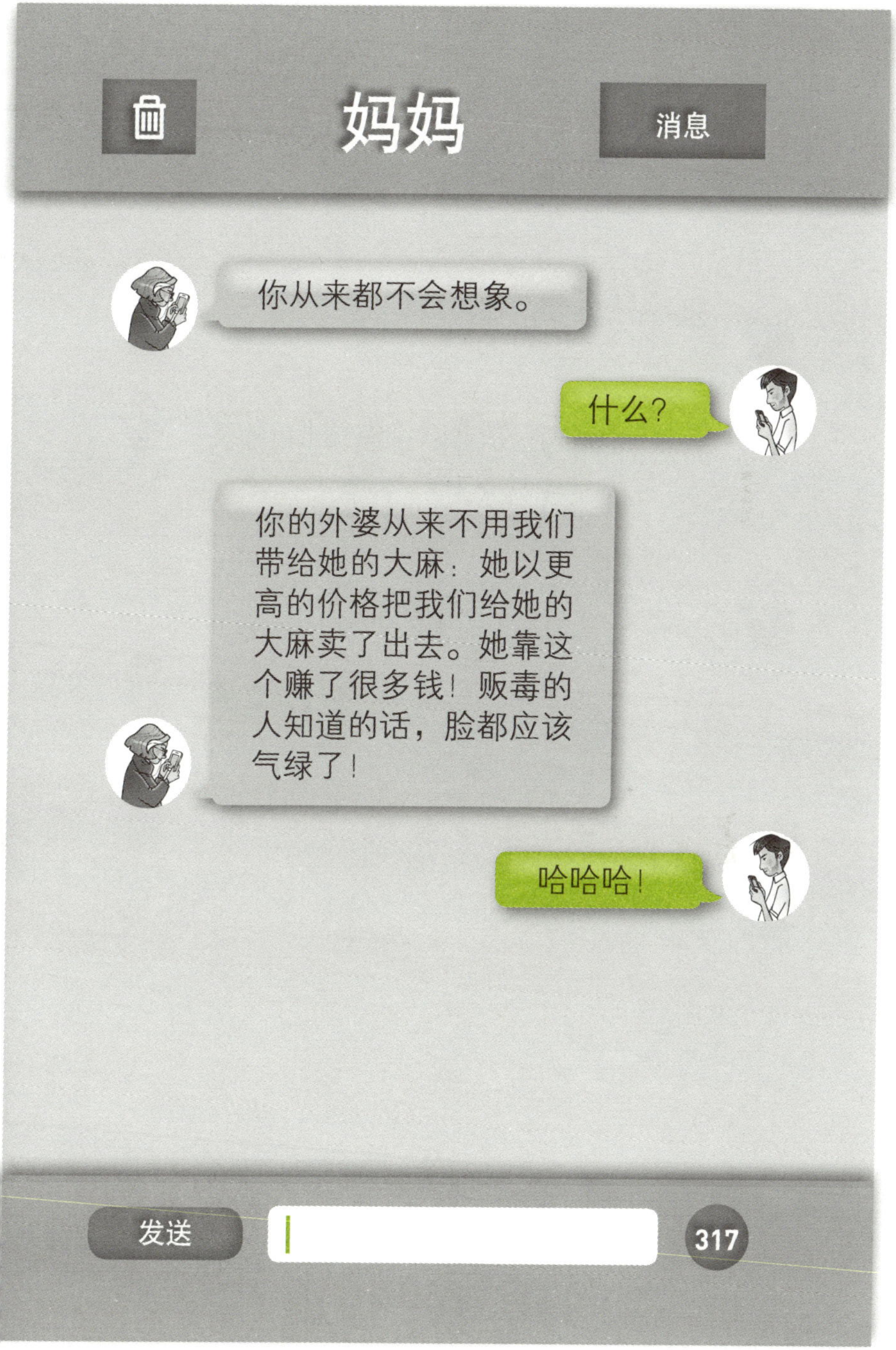
妈妈
消息
你从来都不会想象。
什么？
你的外婆从来不用我们带给她的大麻：她以更高的价格把我们给她的大麻卖了出去。她靠这个赚了很多钱！贩毒的人知道的话，脸都应该气绿了！
哈哈哈！
发送
317

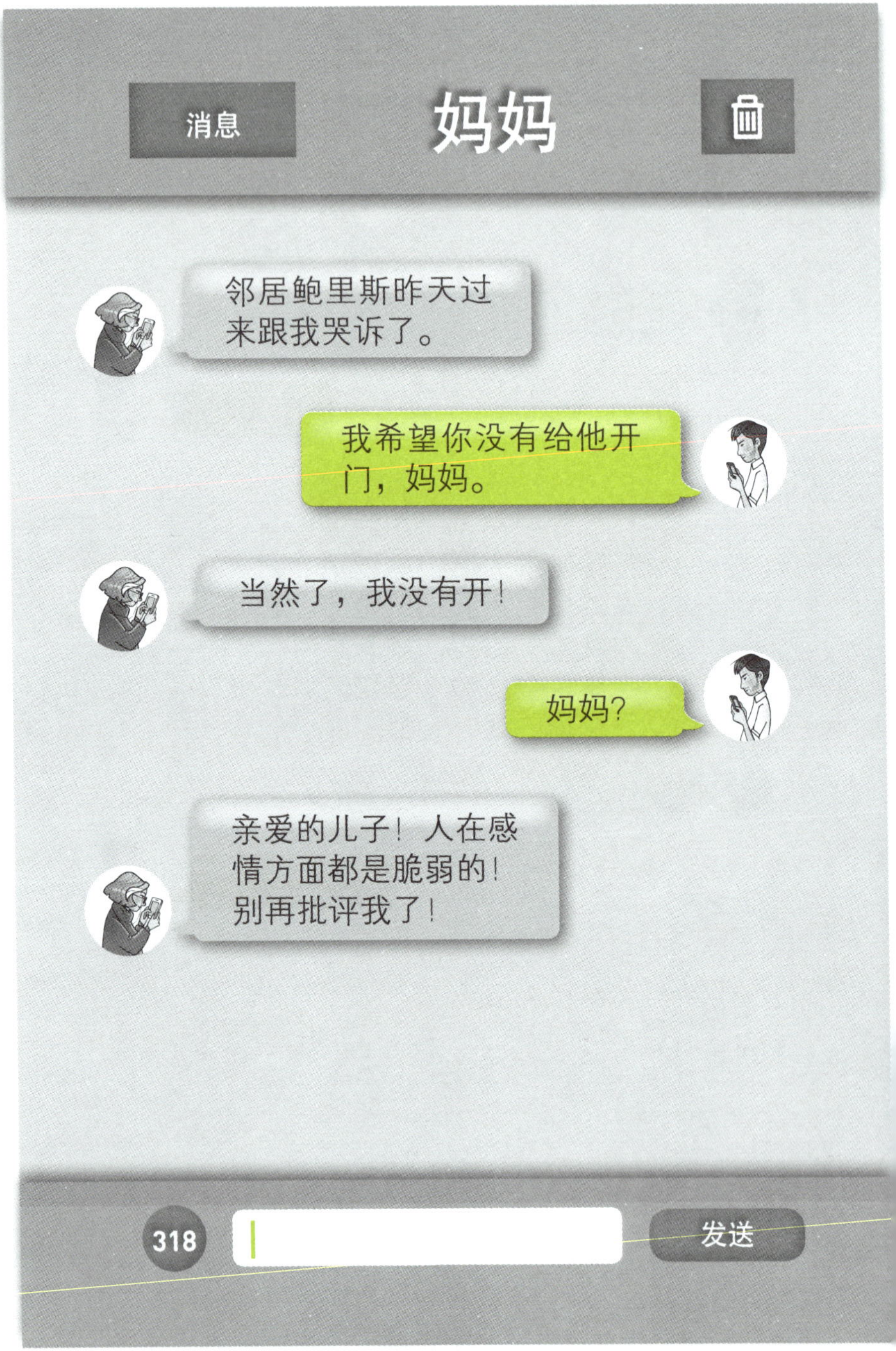
消息
妈妈
邻居鲍里斯昨天过来跟我哭诉了。
我希望你没有给他开门，妈妈。
当然了，我没有开！
妈妈？
亲爱的儿子！人在感情方面都是脆弱的！别再批评我了！
318
发送

妈妈
消息
妈妈已经搬家了，因为没有遵守社区准则。
?
发送
319

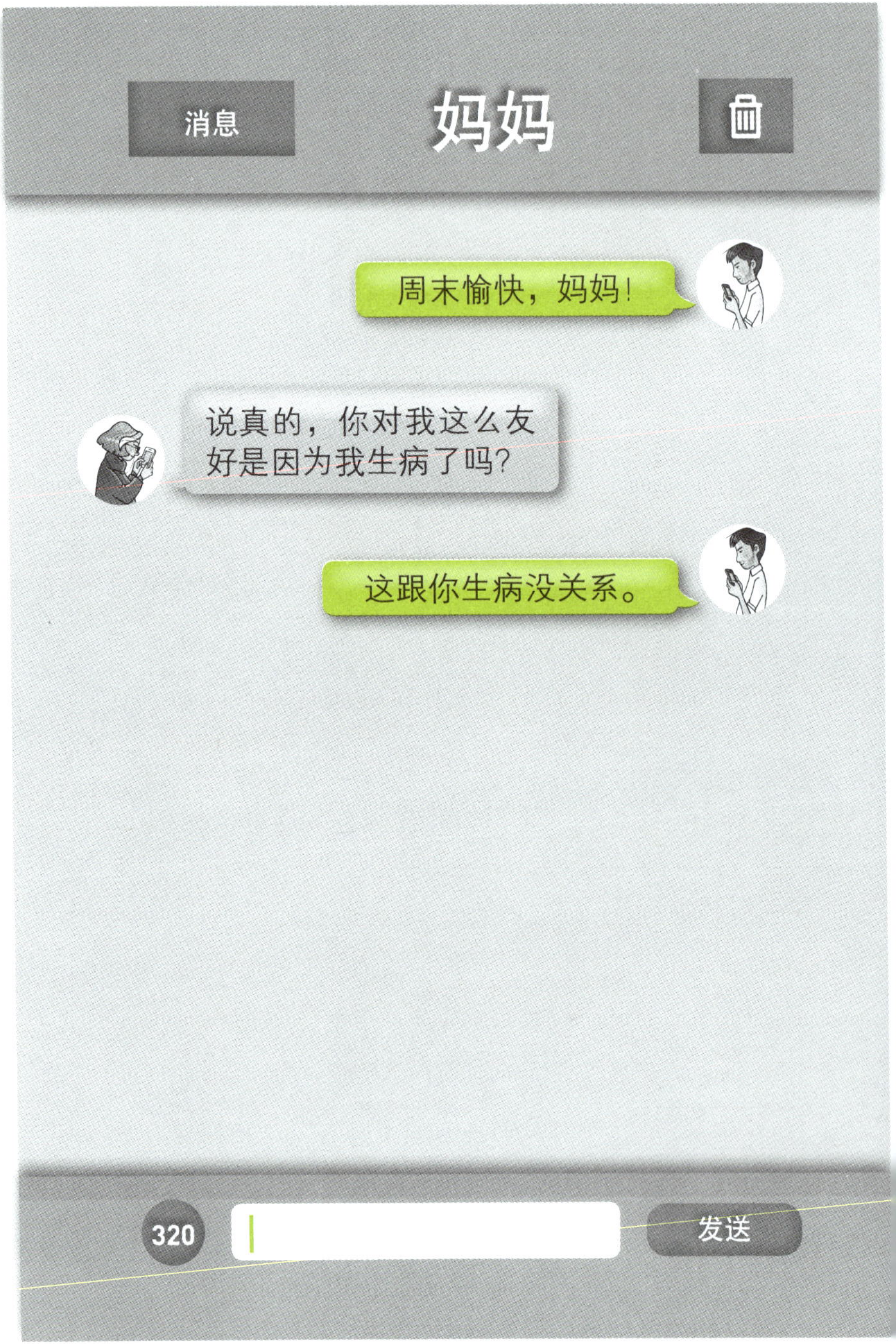
消息
妈妈
周末愉快，妈妈！
说真的，你对我这么友好是因为我生病了吗？
这跟你生病没关系。
320
发送

妈妈
消息
亲爱的妈妈，你好吗？
很好。
你的癌症怎么样了？
笨蛋。
化疗呢？
蠢货。
真讨厌！
发送
321

消息

妈妈

好了，我知道谁是吉斯莱娜了，她终于告诉我是怎么认识你的了。

快点跟我说！我们终于要知道吉斯莱娜真实的身份了！

我只是说她告诉我怎么认识你的，我可从来没说她跟我说的我都记住了！

发送

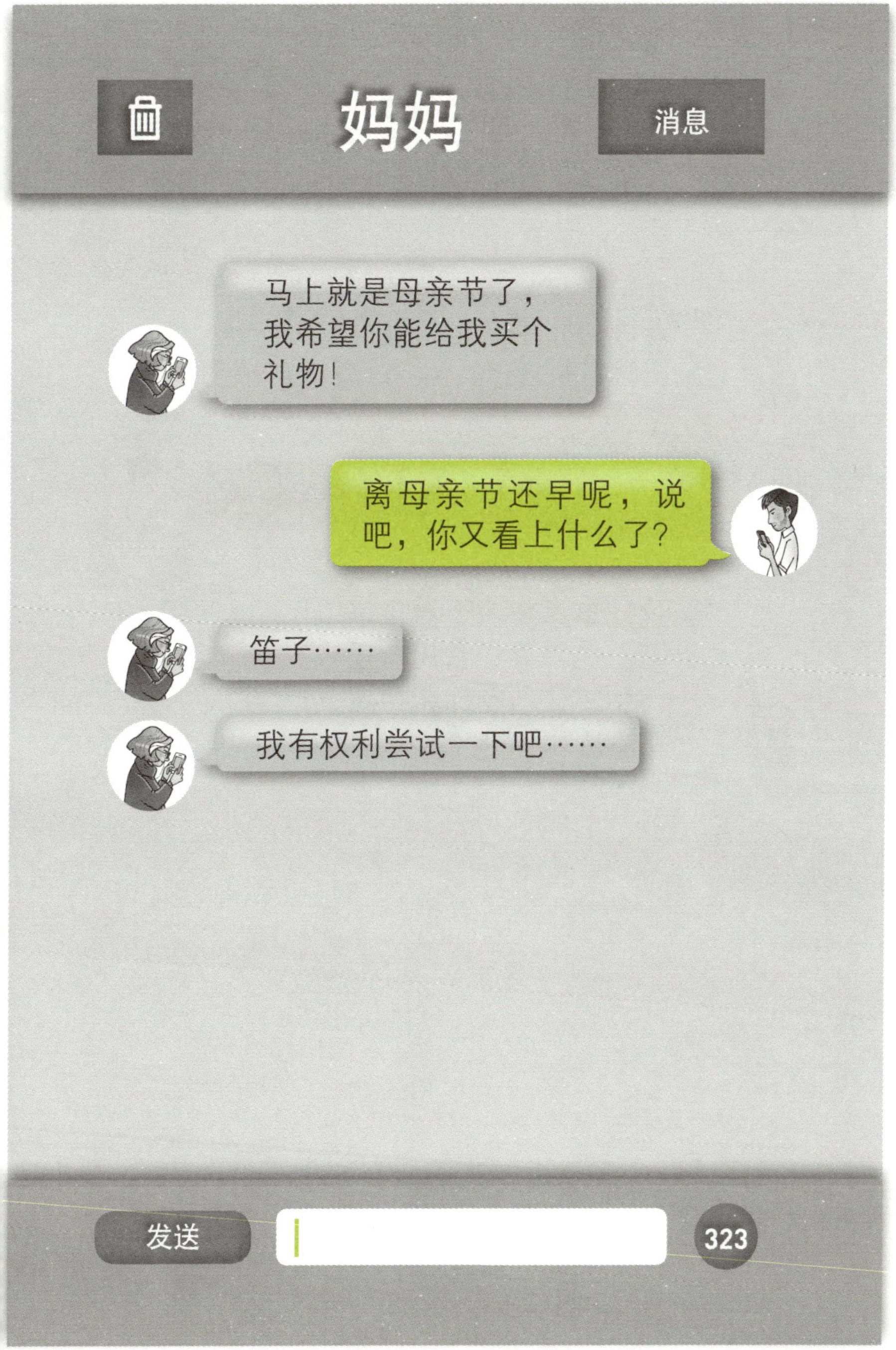
妈妈
消息
马上就是母亲节了，我希望你能给我买个礼物！
离母亲节还早呢，说吧，你又看上什么了？
笛子……
我有权利尝试一下吧……
发送

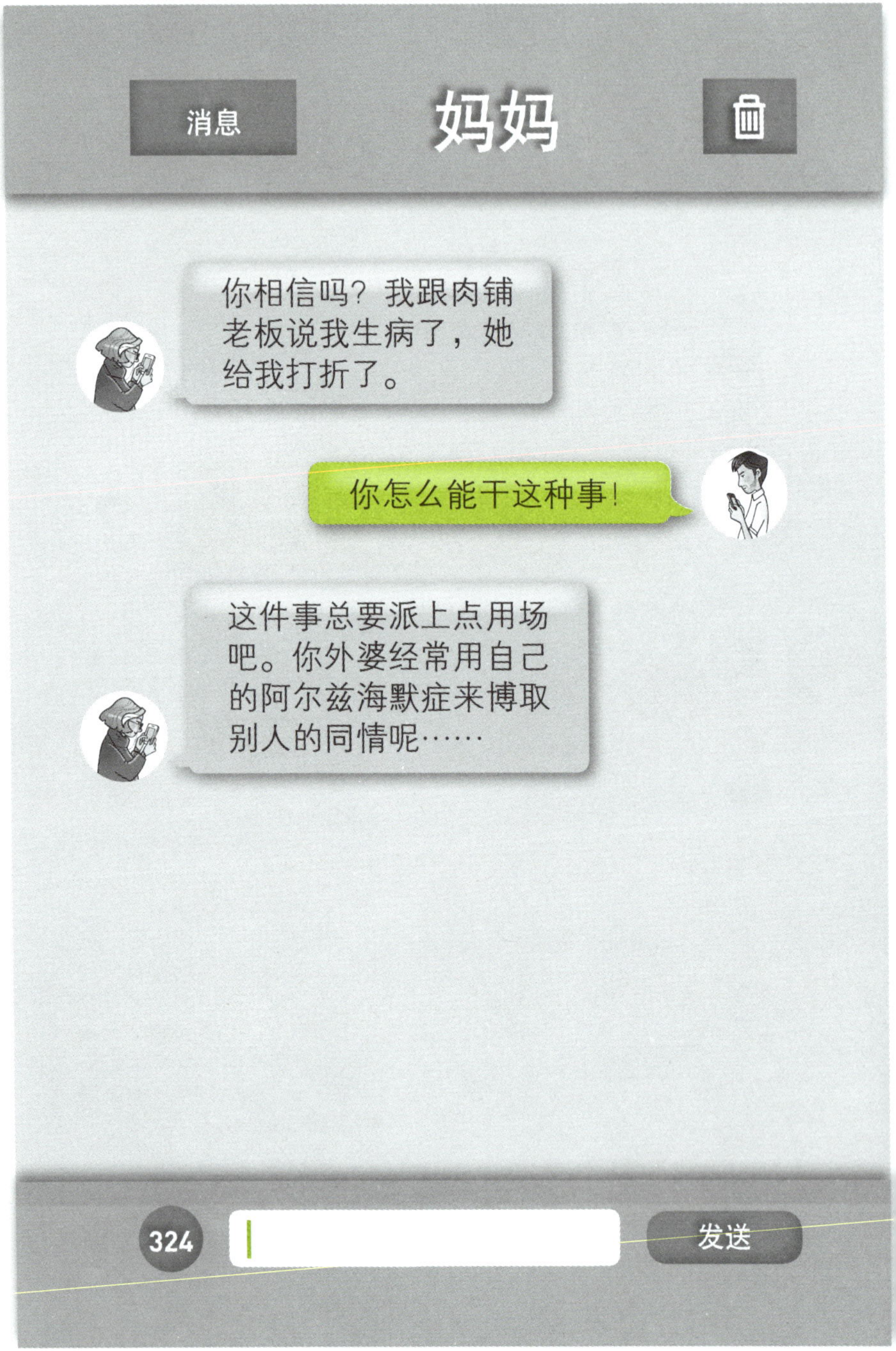

消息
妈妈
你相信吗？我跟肉铺老板说我生病了，她给我打折了。
你怎么能干这种事！
这件事总要派上点用场吧。你外婆经常用自己的阿尔兹海默症来博取别人的同情呢……
324
发送

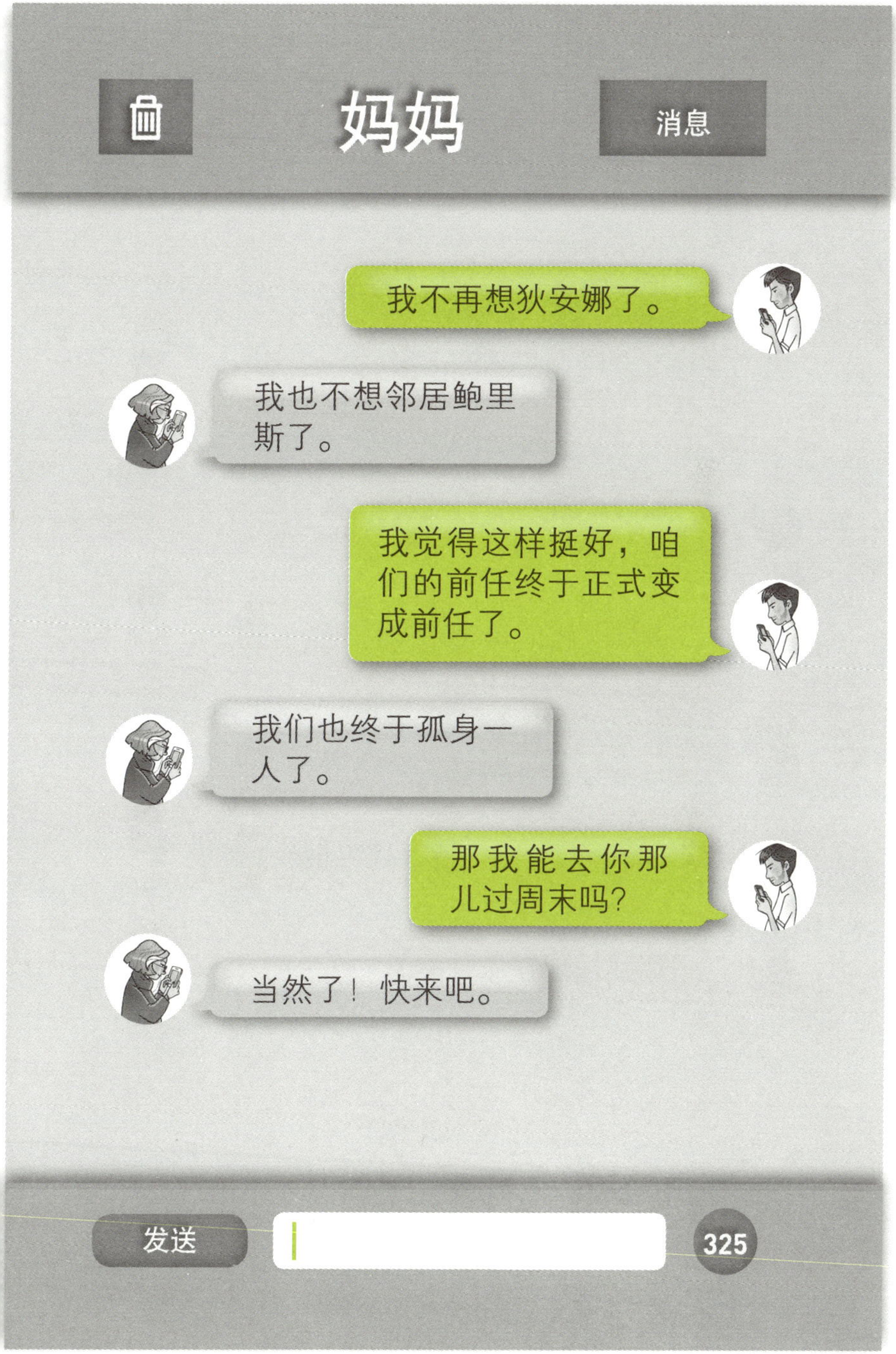
妈妈
消息
我不再想狄安娜了。
我也不想邻居鲍里斯了。
我觉得这样挺好，咱们的前任终于正式变成前任了。
我们也终于孤身一人了。
那我能去你那儿过周末吗？
当然了！快来吧。
发送

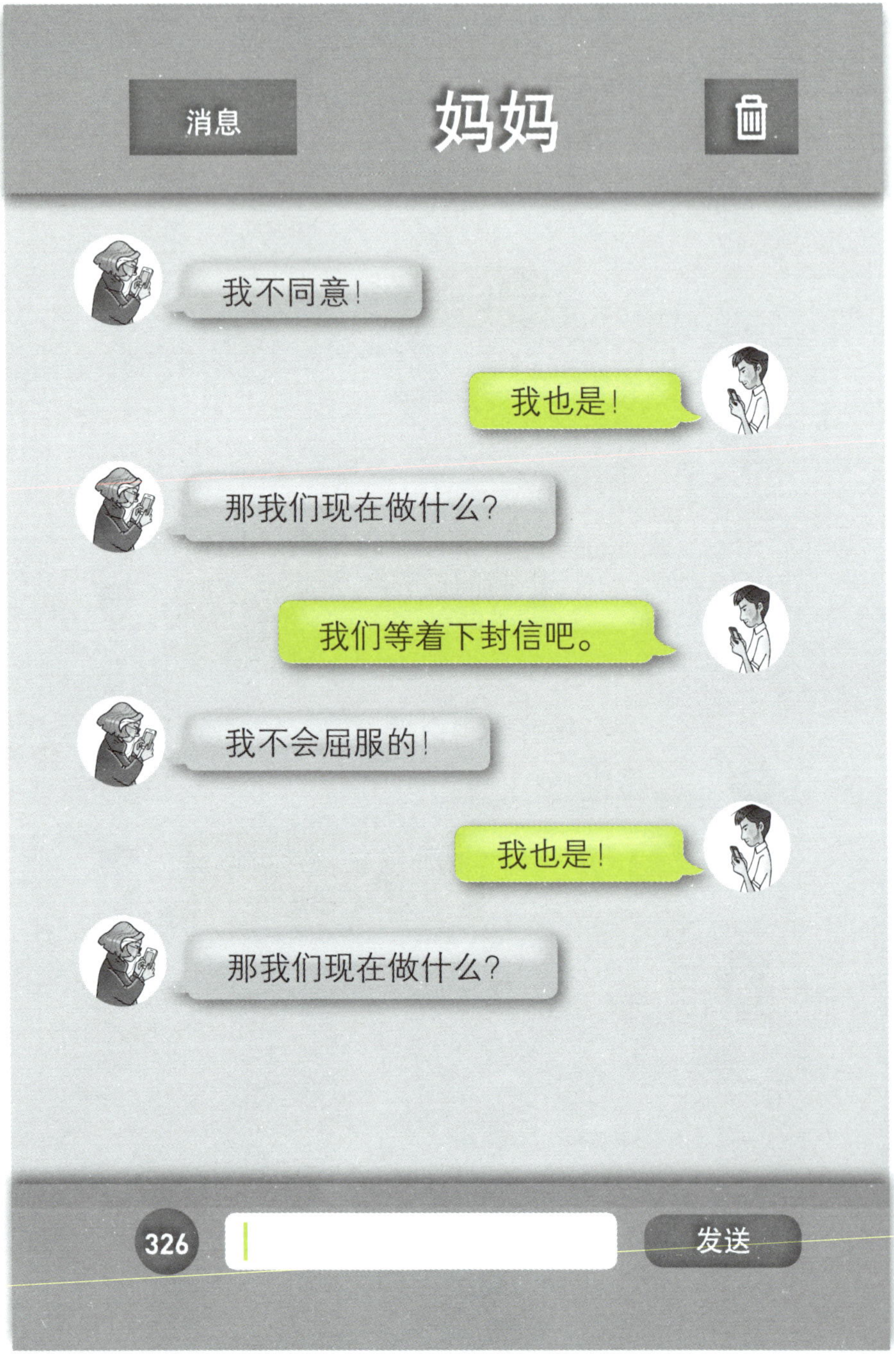
消息
妈妈
我不同意！
我也是！
那我们现在做什么？
我们等着下封信吧。
我不会屈服的！
我也是！
那我们现在做什么？
326
发送

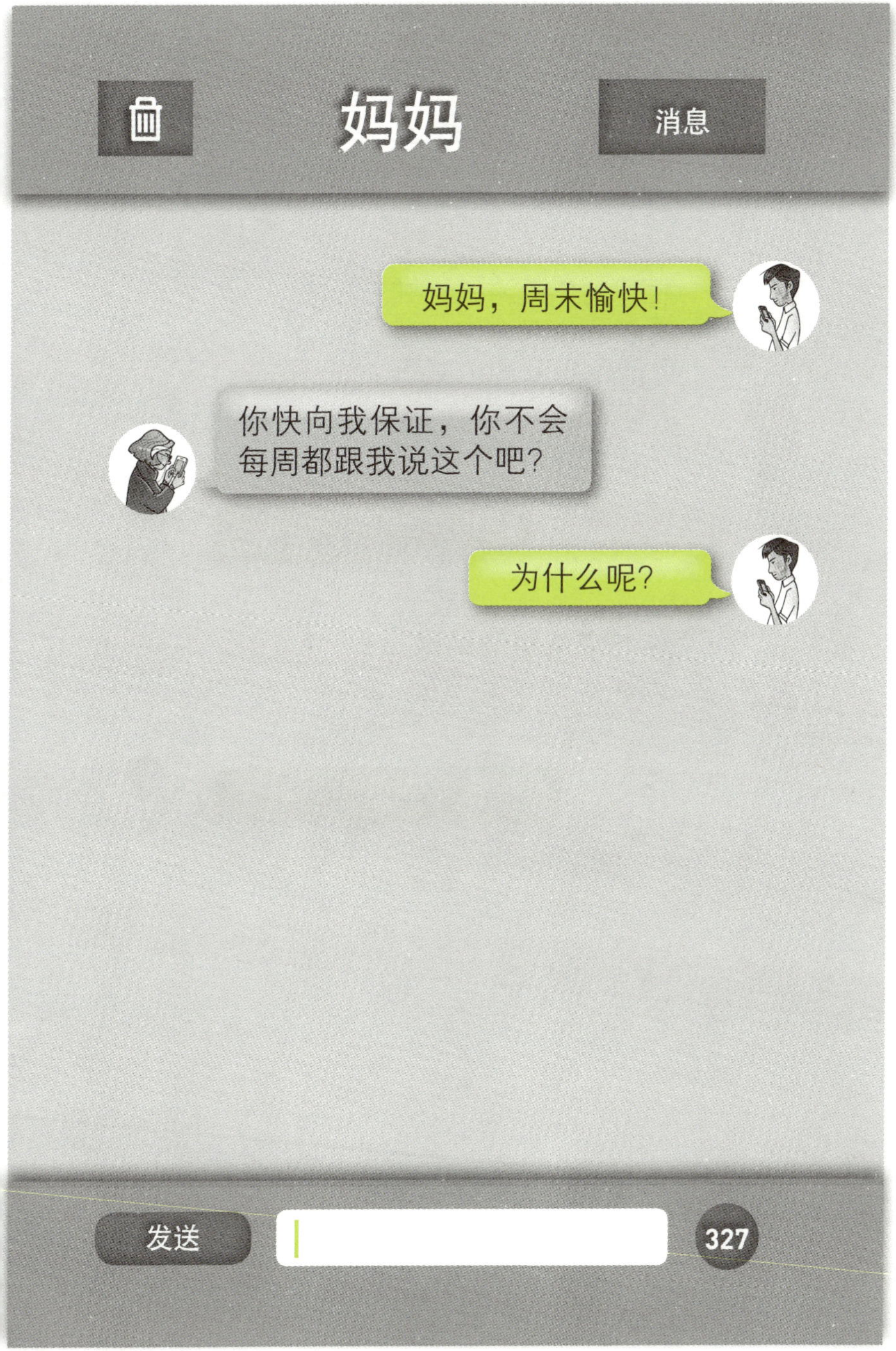
妈妈
消息
妈妈，周末愉快！
你快向我保证，你不会每周都跟我说这个吧？
为什么呢？
发送
327

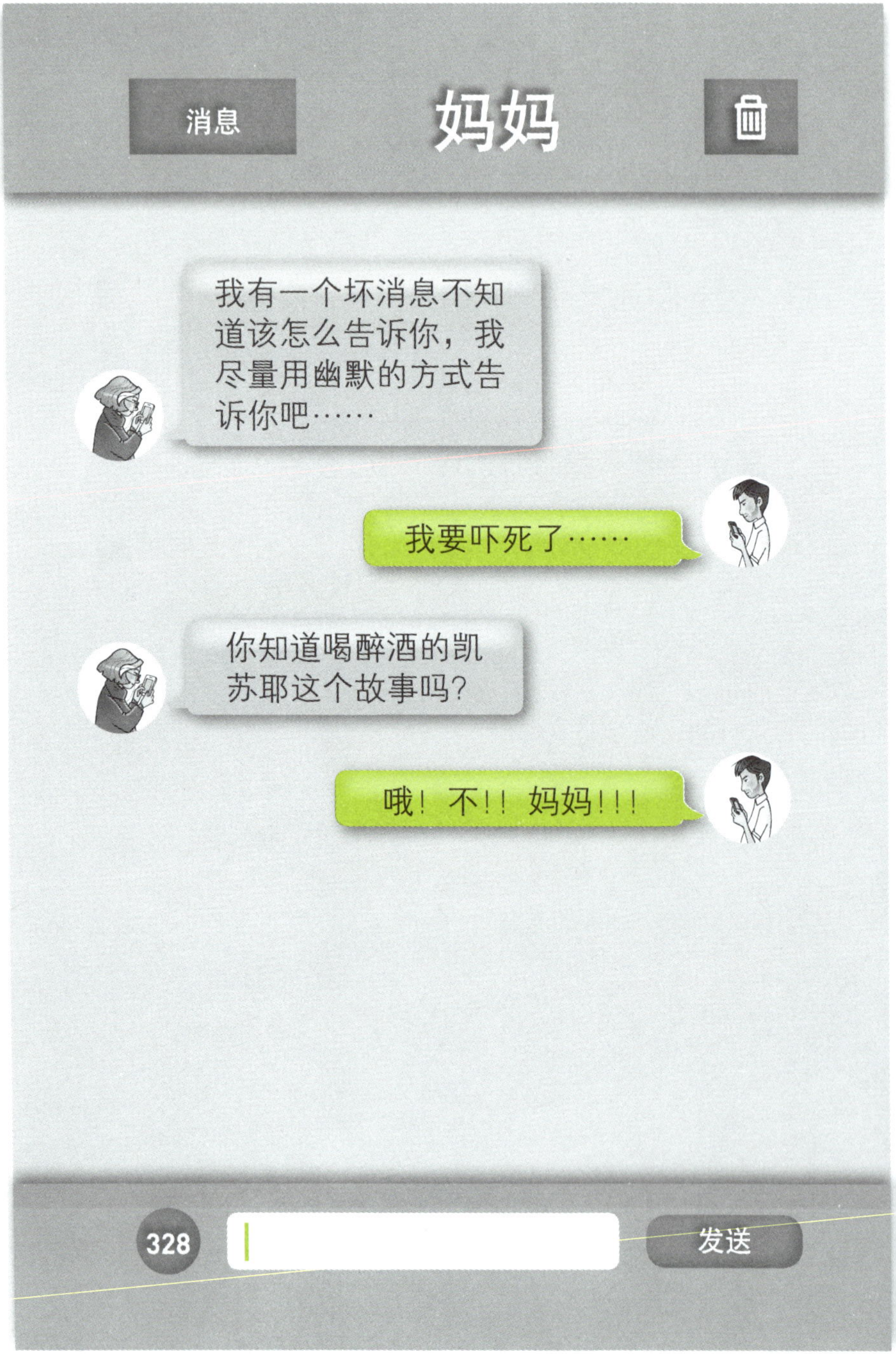
消息
妈妈
我有一个坏消息不知道该怎么告诉你，我尽量用幽默的方式告诉你吧……
我要吓死了……
你知道喝醉酒的凯苏耶这个故事吗？
哦！不！！妈妈！！！
328
发送

消息

妈妈

在一场音乐会中，我最喜欢两个时刻。

就是音乐会开始前，演奏者在一片嘈杂声中给乐器调音的时刻，还有音乐会结束后，大厅空无一人的半小时。

发送

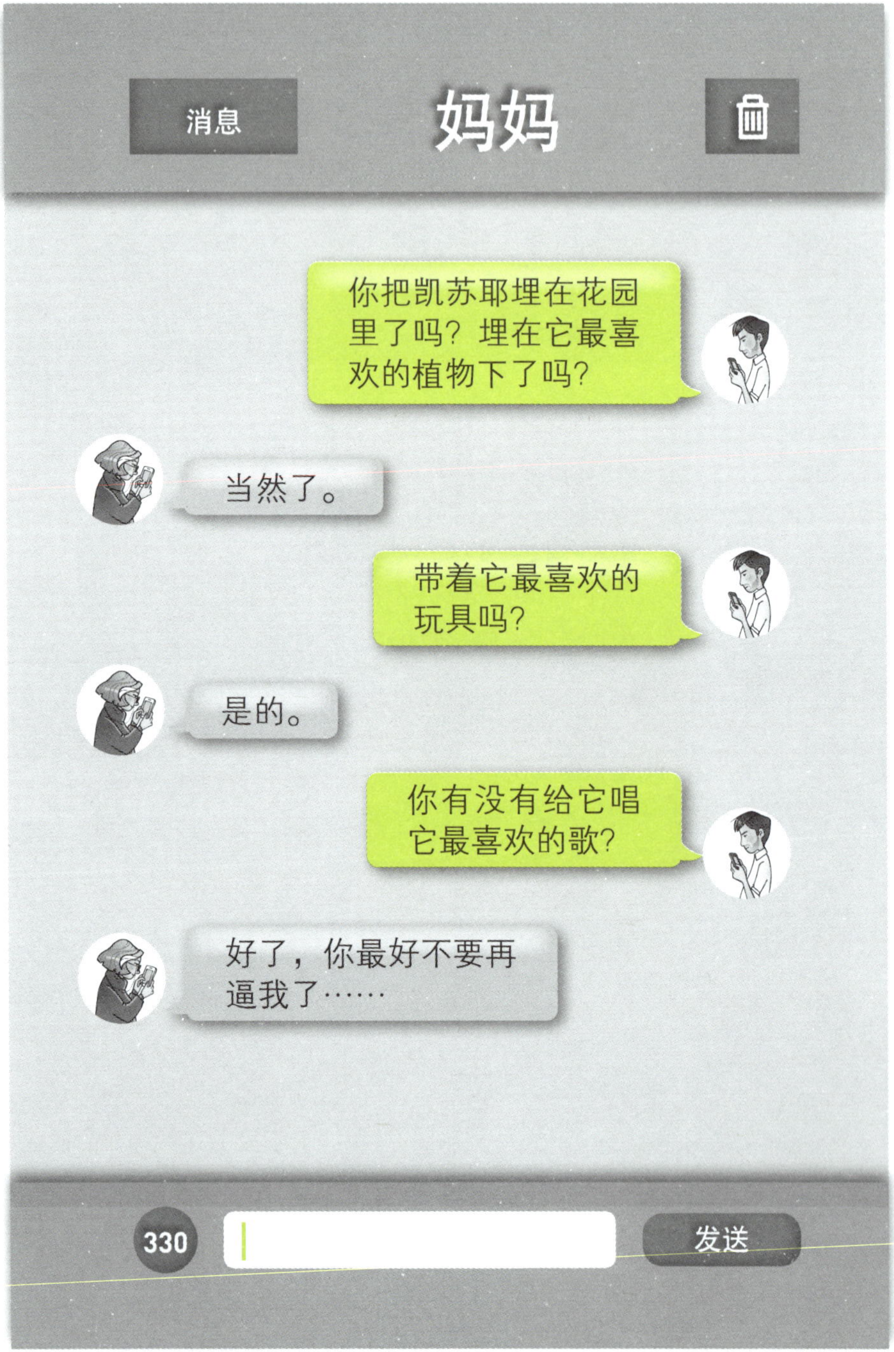
消息
妈妈
你把凯苏耶埋在花园里了吗？埋在它最喜欢的植物下了吗？
当然了。
带着它最喜欢的玩具吗？
是的。
你有没有给它唱它最喜欢的歌？
好了，你最好不要再逼我了……
330
发送

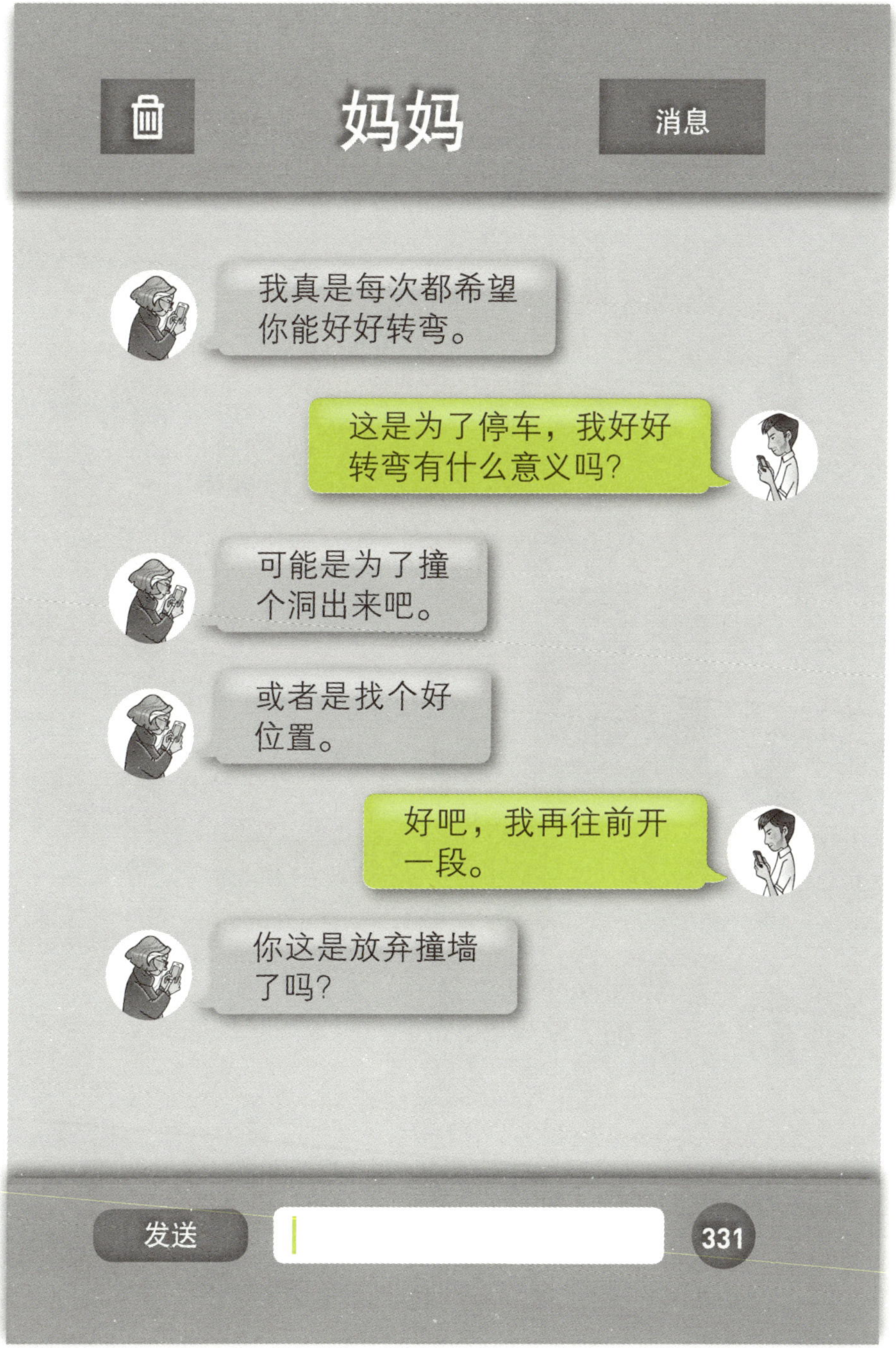
妈妈
消息
我真是每次都希望你能好好转弯。
这是为了停车，我好好转弯有什么意义吗？
可能是为了撞个洞出来吧。
或者是找个好位置。
好吧，我再往前开一段。
你这是放弃撞墙了吗？
发送

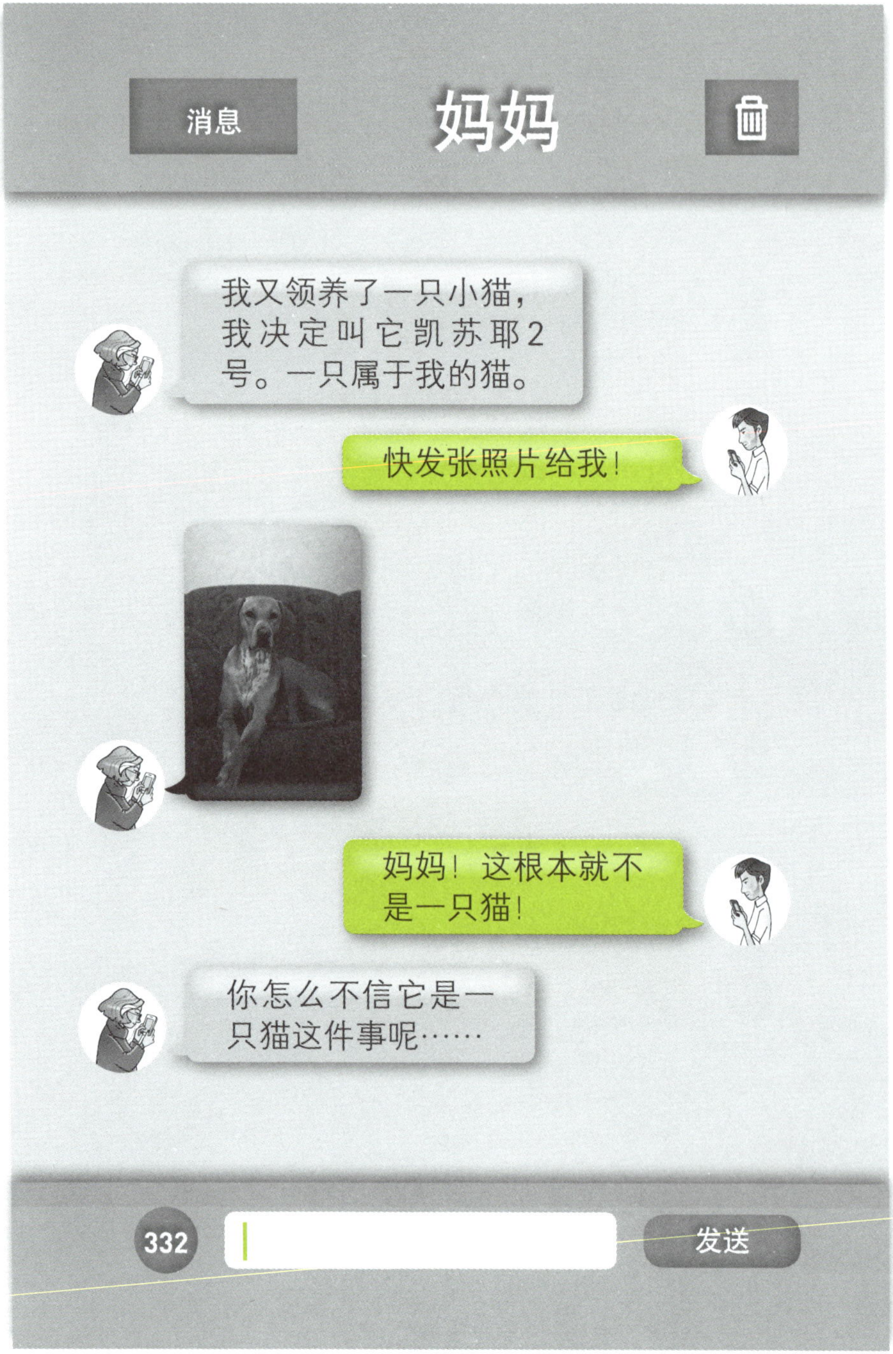
消息
妈妈
我又领养了一只小猫，我决定叫它凯苏耶2号。一只属于我的猫。
快发张照片给我！
妈妈！这根本就不是一只猫！
你怎么不信它是一只猫这件事呢……
332
发送

妈妈

消息

别担心，我亲爱的宝贝，我住急诊病房了，有点小毛病，但是没什么大事！爱你。

我还在医院呢，但是不用担心！

怎么没反应呢……我很好，别担心！

我还是很感激你这么不明显的关心。你在哪儿快活呢？

发送

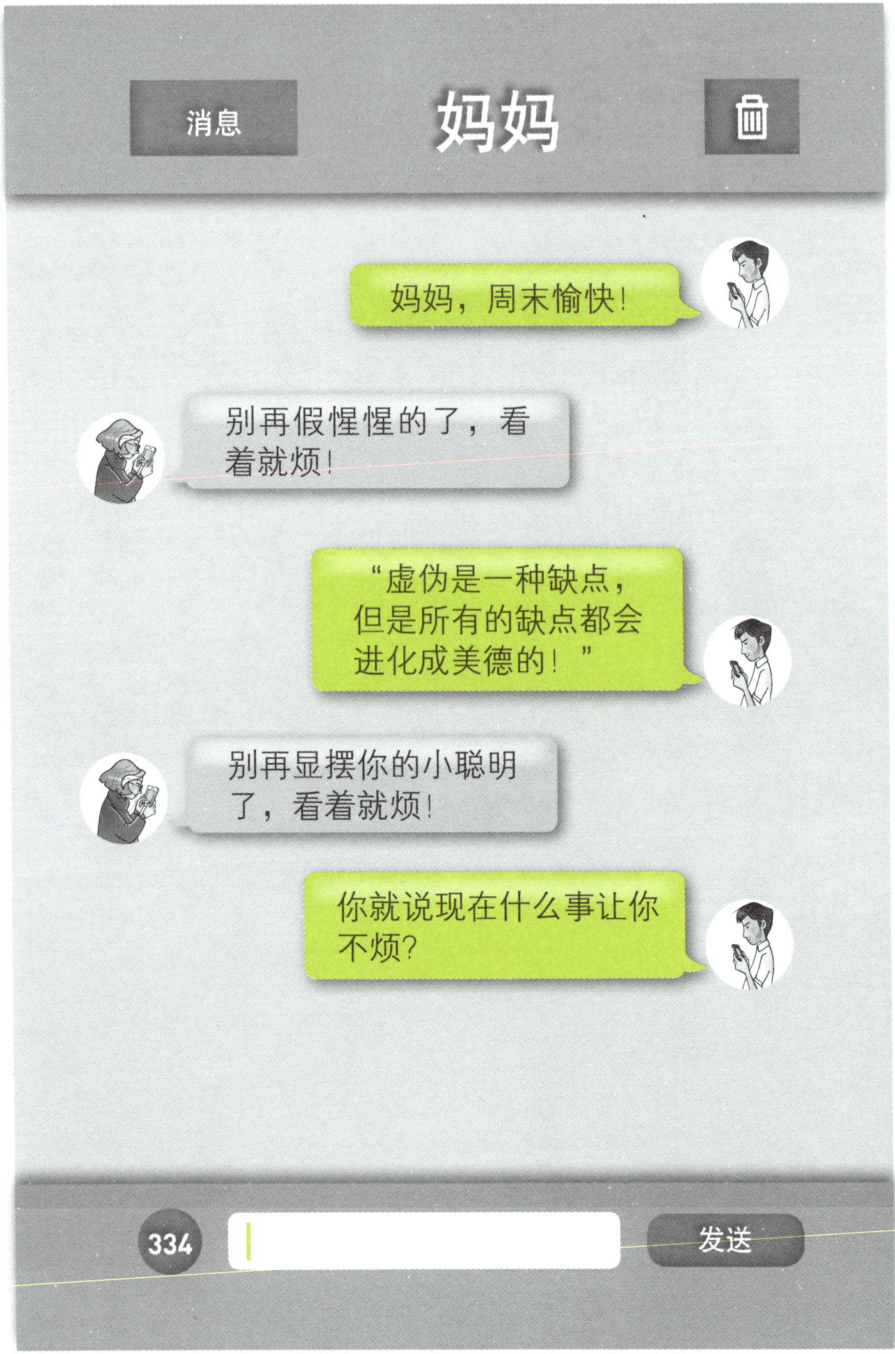
消息
妈妈
妈妈，周末愉快！
别再假惺惺的了，看着就烦！
“虚伪是一种缺点，但是所有的缺点都会进化成美德的！”
别再显摆你的小聪明了，看着就烦！
你就说现在什么事让你不烦？
334
发送

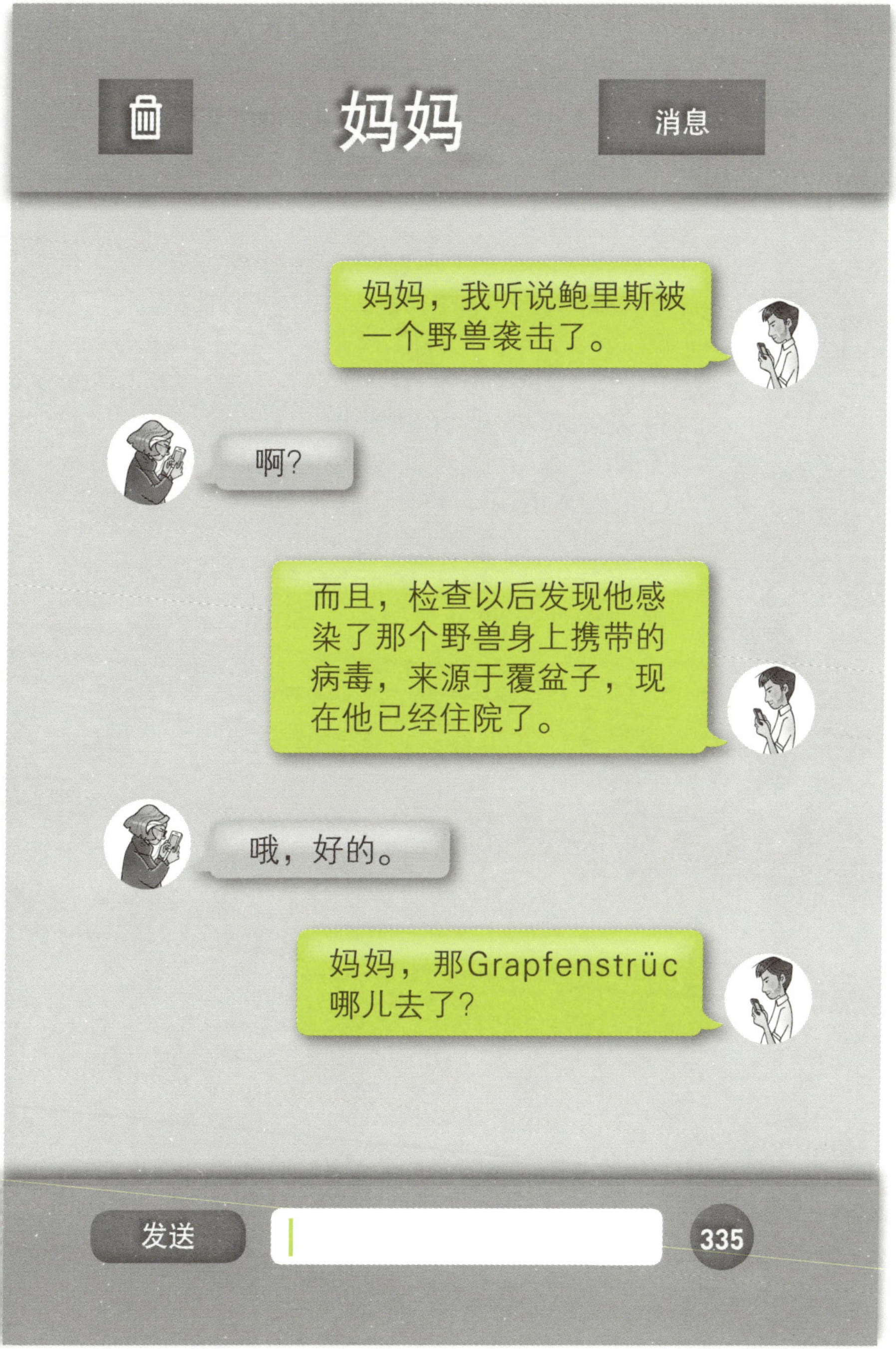
妈妈
消息
妈妈，我听说鲍里斯被一个野兽袭击了。
啊？
而且，检查以后发现他感染了那个野兽身上携带的病毒，来源于覆盆子，现在他已经住院了。
哦，好的。
妈妈，那Grapfenstrüc哪儿去了？
发送
335

消息

妈妈

我梦到去看席琳·迪翁的演唱会，她邀请我上台，我们一起合唱了一首歌。你、狄安娜、鲍里斯一家、凯苏耶还有Grapfenstrüc，你们也一起合唱了。我们就像一个大家庭一样，然后我就从病房里醒过来了。

演唱会还在继续。

336

发送

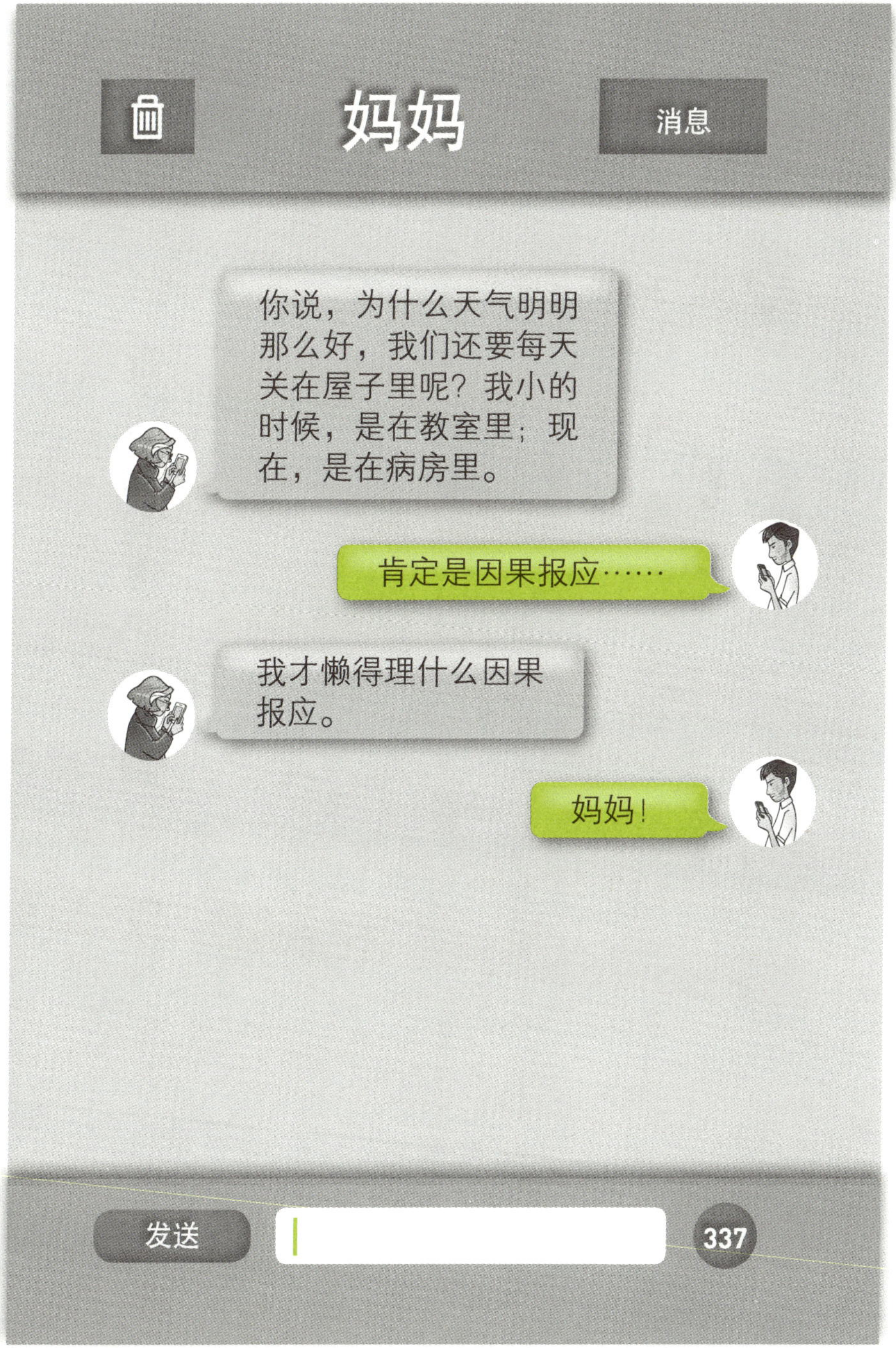
妈妈
消息
你说，为什么天气明明那么好，我们还要每天关在屋子里呢？我小的时候，是在教室里；现在，是在病房里。
肯定是因果报应……
我才懒得理什么因果报应。
妈妈！
发送

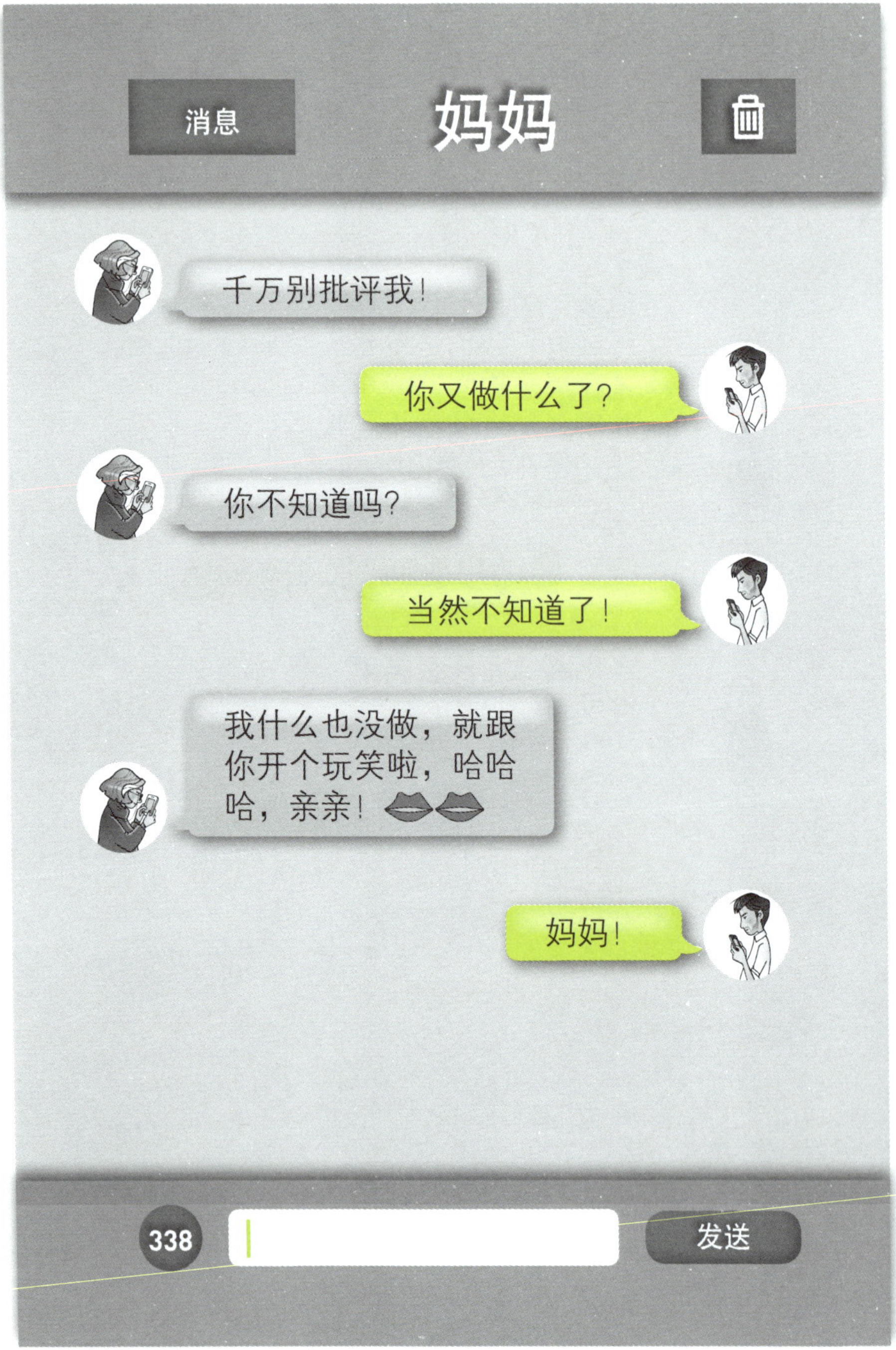

消息
妈妈
千万别批评我！
你又做什么了？
你不知道吗？
当然不知道了！
我什么也没做，就跟你开个玩笑啦，哈哈哈，亲亲！
妈妈！
338
发送

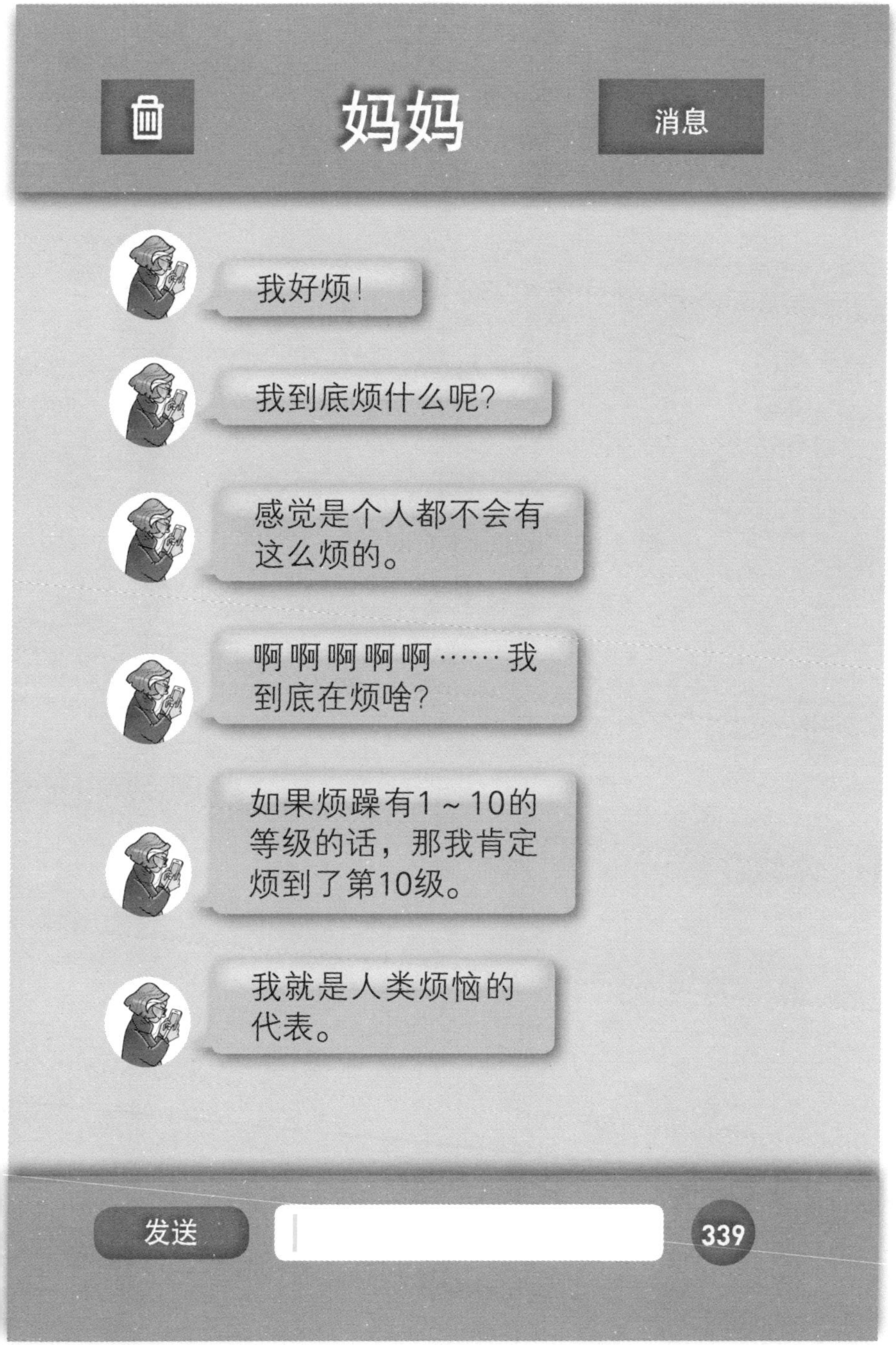
妈妈
消息
我好烦！
我到底烦什么呢？
感觉是个人都不会有这么烦的。
啊啊啊啊啊……我到底在烦啥？
如果烦躁有1～10的等级的话，那我肯定烦到了第10级。
我就是人类烦恼的代表。
发送

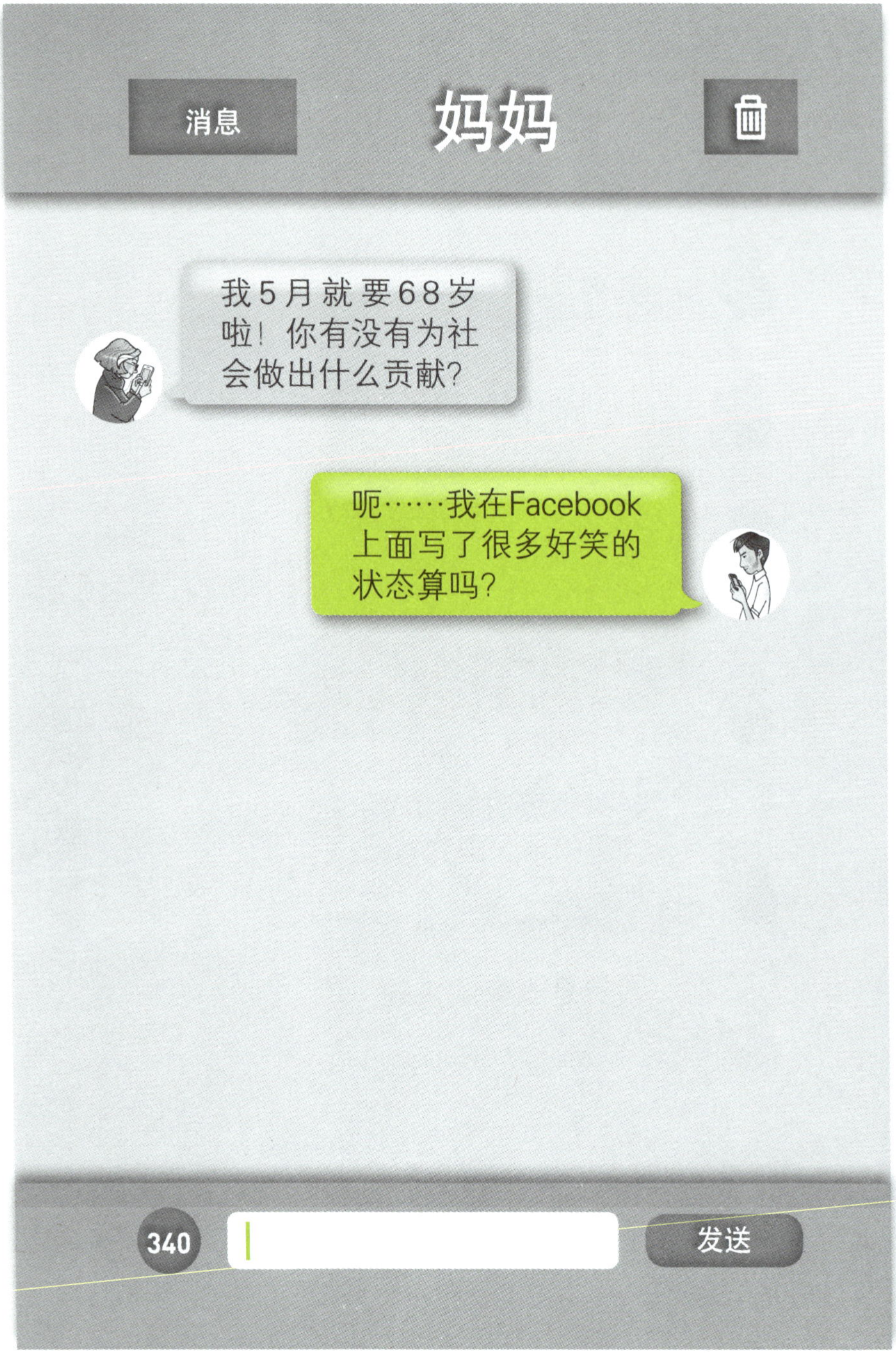
消息
妈妈
我5月就要68岁啦！你有没有为社会做出什么贡献？
呃……我在Facebook上面写了很多好笑的状态算吗？
340
发送

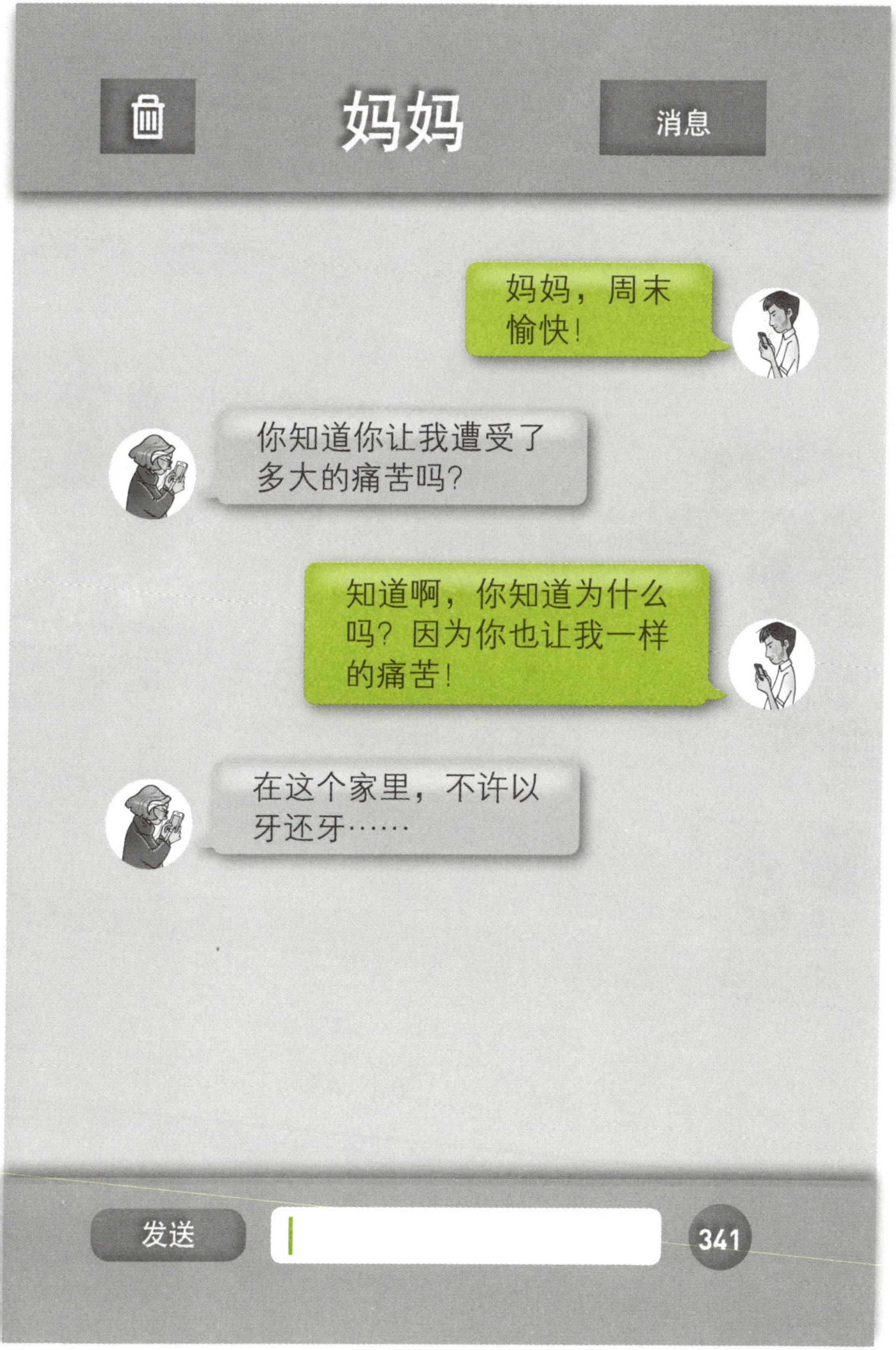
妈妈
消息
妈妈，周末愉快！
你知道你让我遭受了多大的痛苦吗？
知道啊，你知道为什么吗？因为你也让我一样的痛苦！
在这个家里，不许以牙还牙……
发送

消息
妈妈
Grapfenstrüc来过医院了。
他说了什么？
他说他得去丹麦帮助一个新的家庭！
这个Grapfenstrüc还真是慷慨。
我会想他的，但我也不知道我为什么会这样。
342
发送

妈妈
消息
为什么医院的食物总是这么难吃？
为了劝你回家……
发送

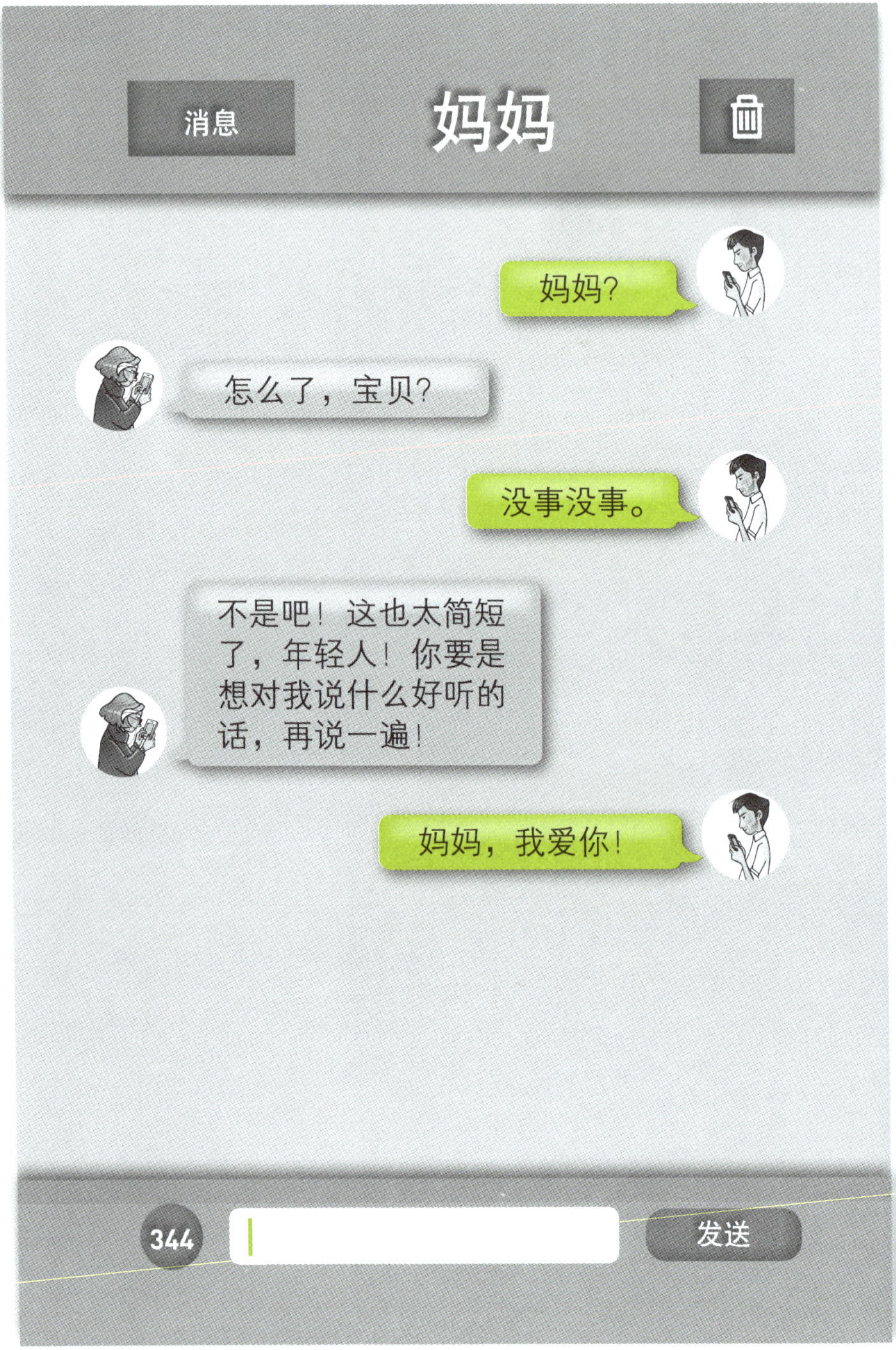
消息
妈妈
妈妈？
怎么了，宝贝？
没事没事。
不是吧！这也太简短了，年轻人！你要是想对我说什么好听的话，再说一遍！
妈妈，我爱你！
发送

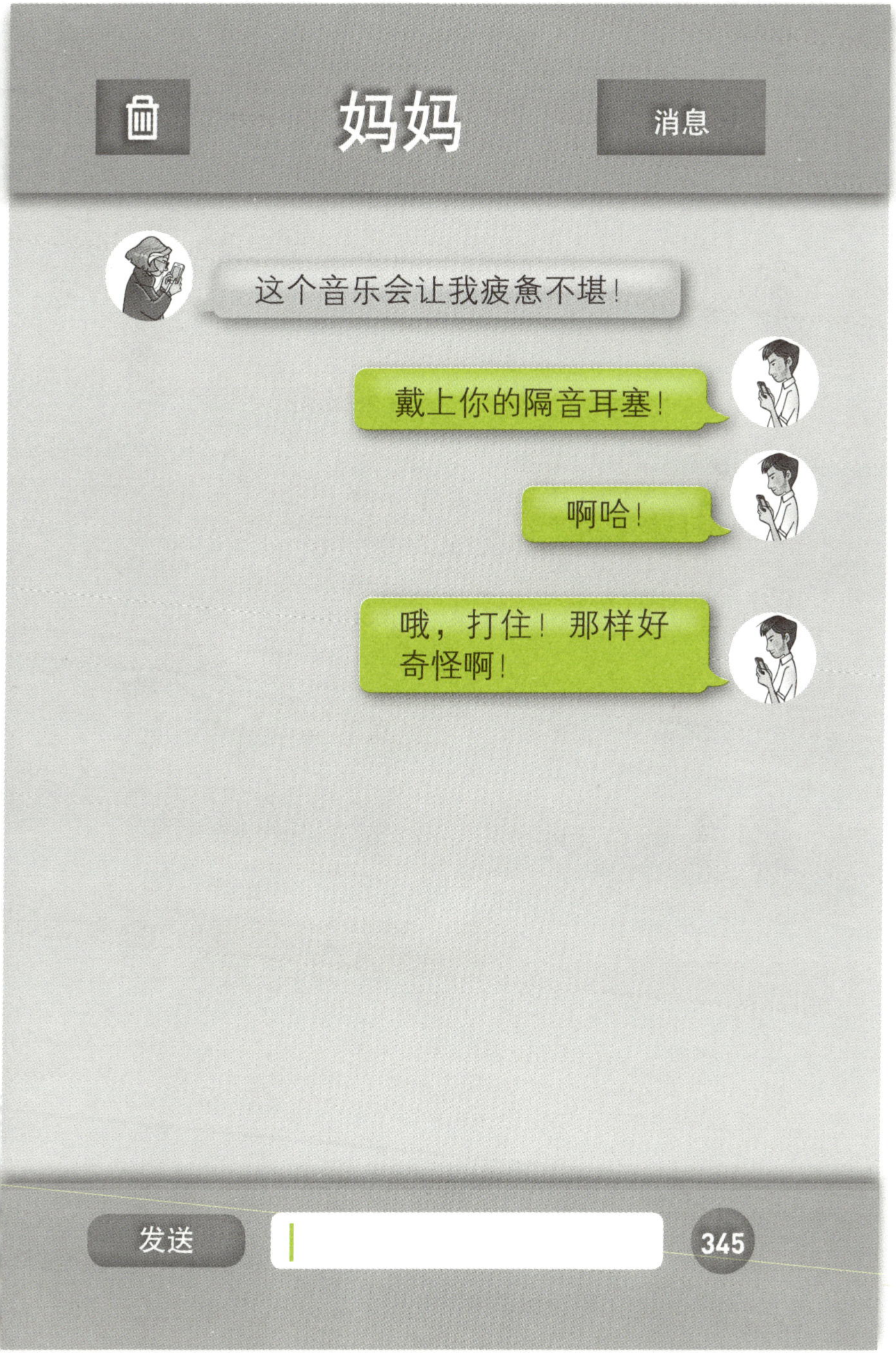
妈妈
消息
这个音乐会让我疲惫不堪！
戴上你的隔音耳塞！
啊哈！
哦，打住！那样好奇怪啊！
发送
345

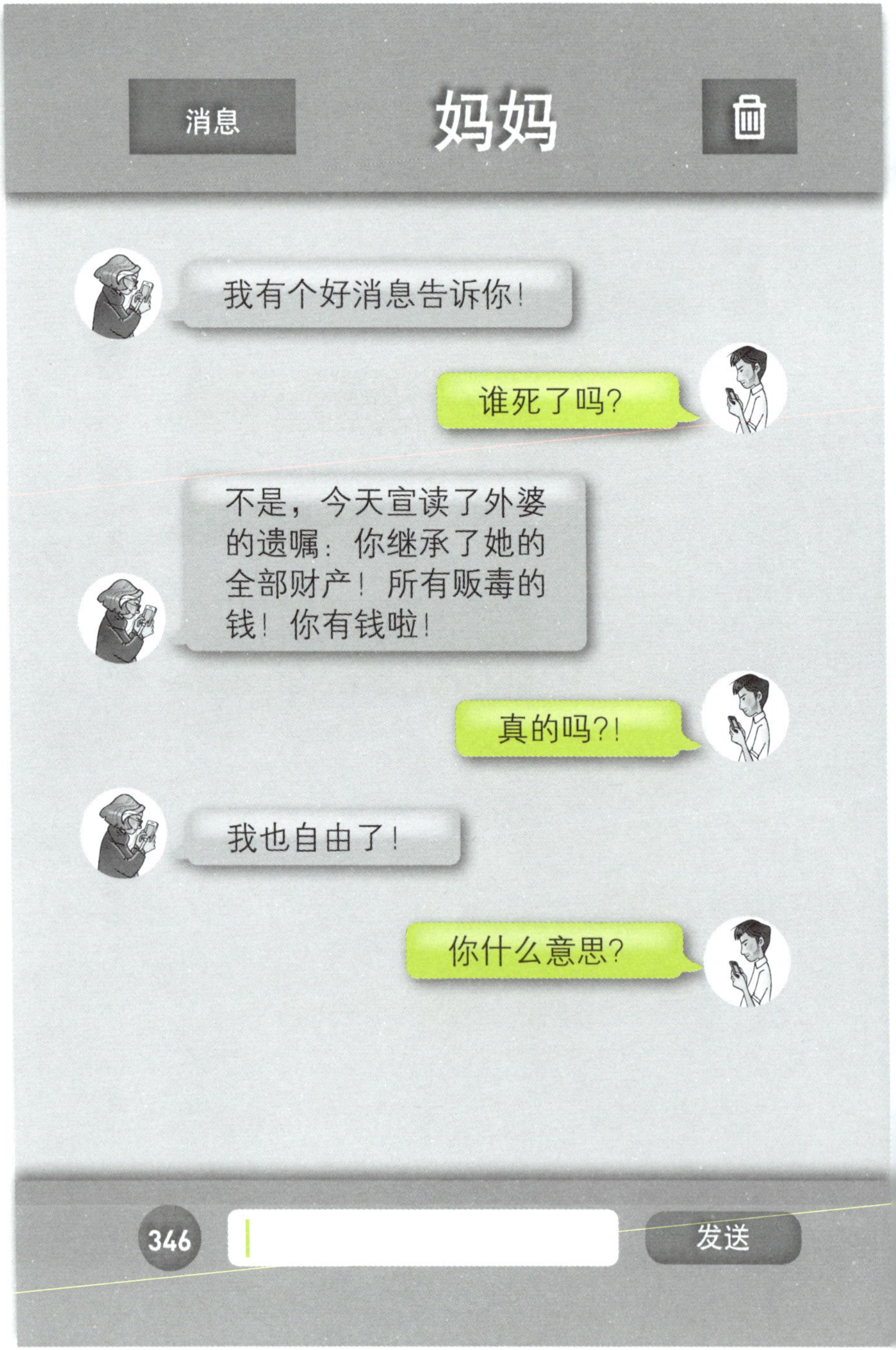
消息
妈妈
我有个好消息告诉你！
谁死了吗？
不是，今天宣读了外婆的遗嘱：你继承了她的全部财产！所有贩毒的钱！你有钱啦！
真的吗？！
我也自由了！
你什么意思？
346
发送

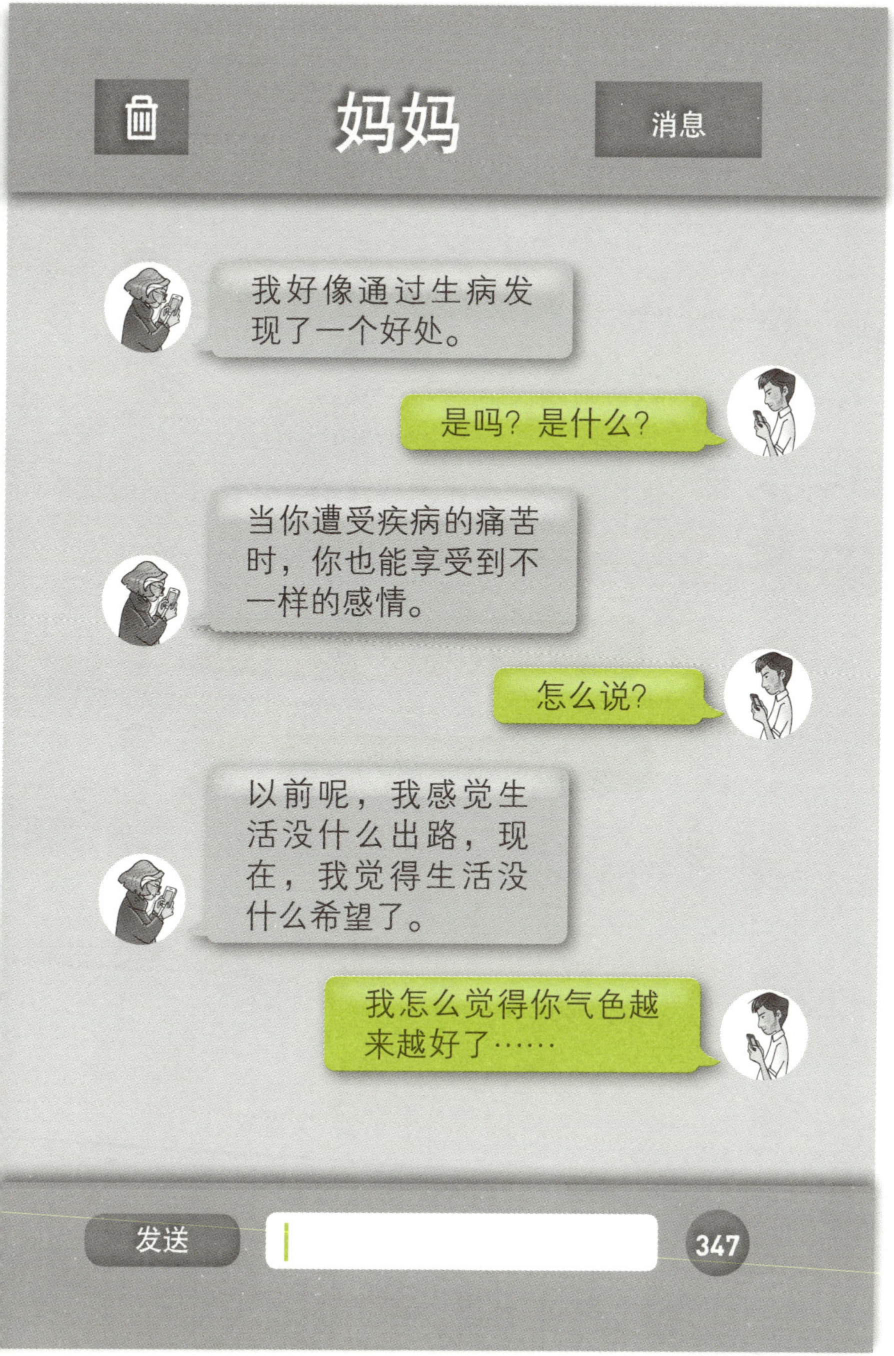
妈妈
消息
我好像通过生病发现了一个好处。
是吗？是什么？
当你遭受疾病的痛苦时，你也能享受到不一样的感情。
怎么说？
以前呢，我感觉生活没什么出路，现在，我觉得生活没什么希望了。
我怎么觉得你气色越来越好了……
发送

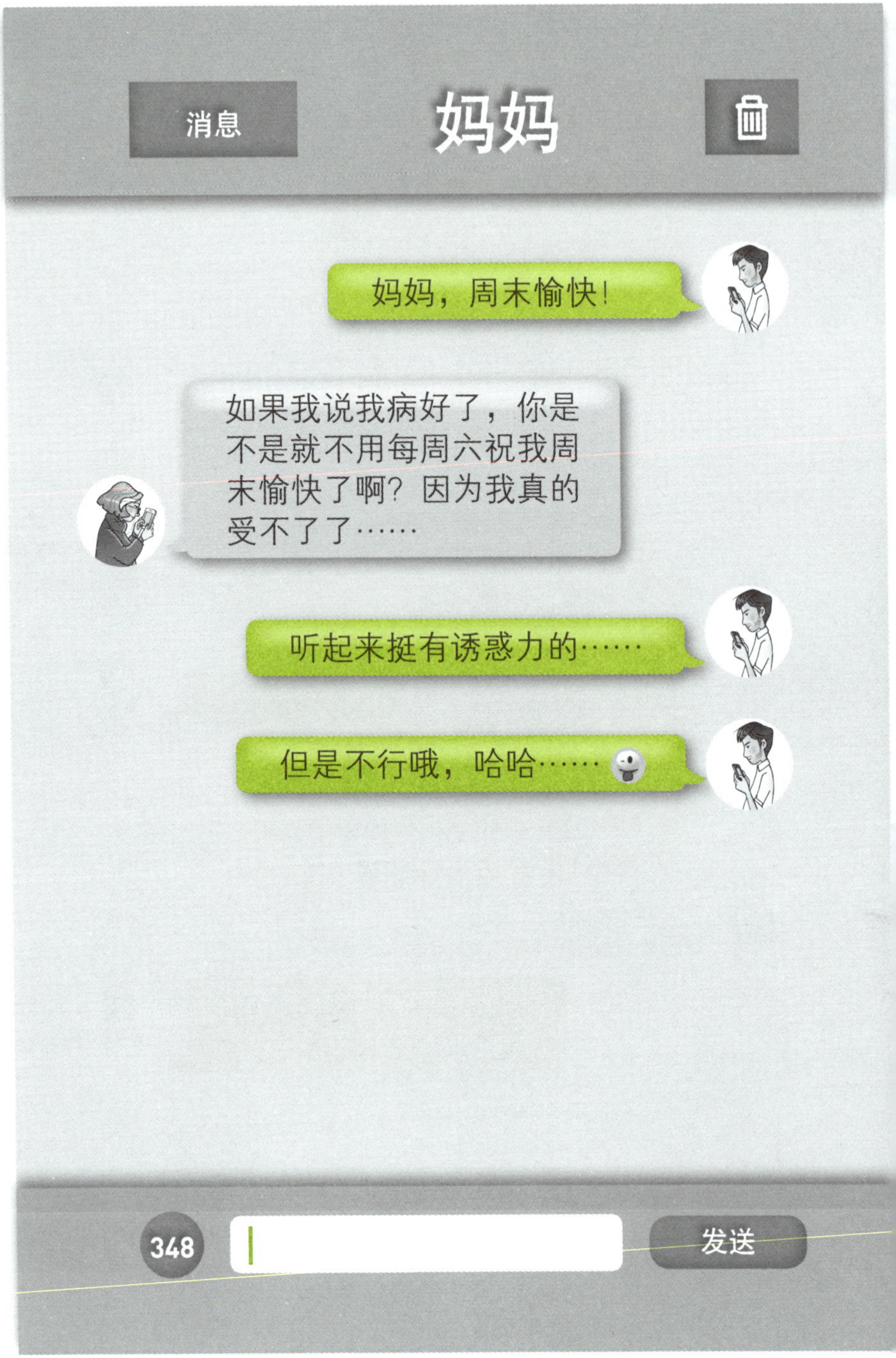
消息
妈妈
妈妈，周末愉快！
如果我说我病好了，你是不是就不用每周六祝我周末愉快了啊？因为我真的受不了了……
听起来挺有诱惑力的……
但是不行哦，哈哈……
348
发送

妈妈

消息

医生说我的情况好像不是很乐观……

那是因为他们不像我一样了解你面对考验时作为一个妈妈的意志力！

说真的，我有点累了，亲爱的。

你没有权利这么说，听到没？你没有权利，没有你，我怎么办？我该做什么呢？

发送

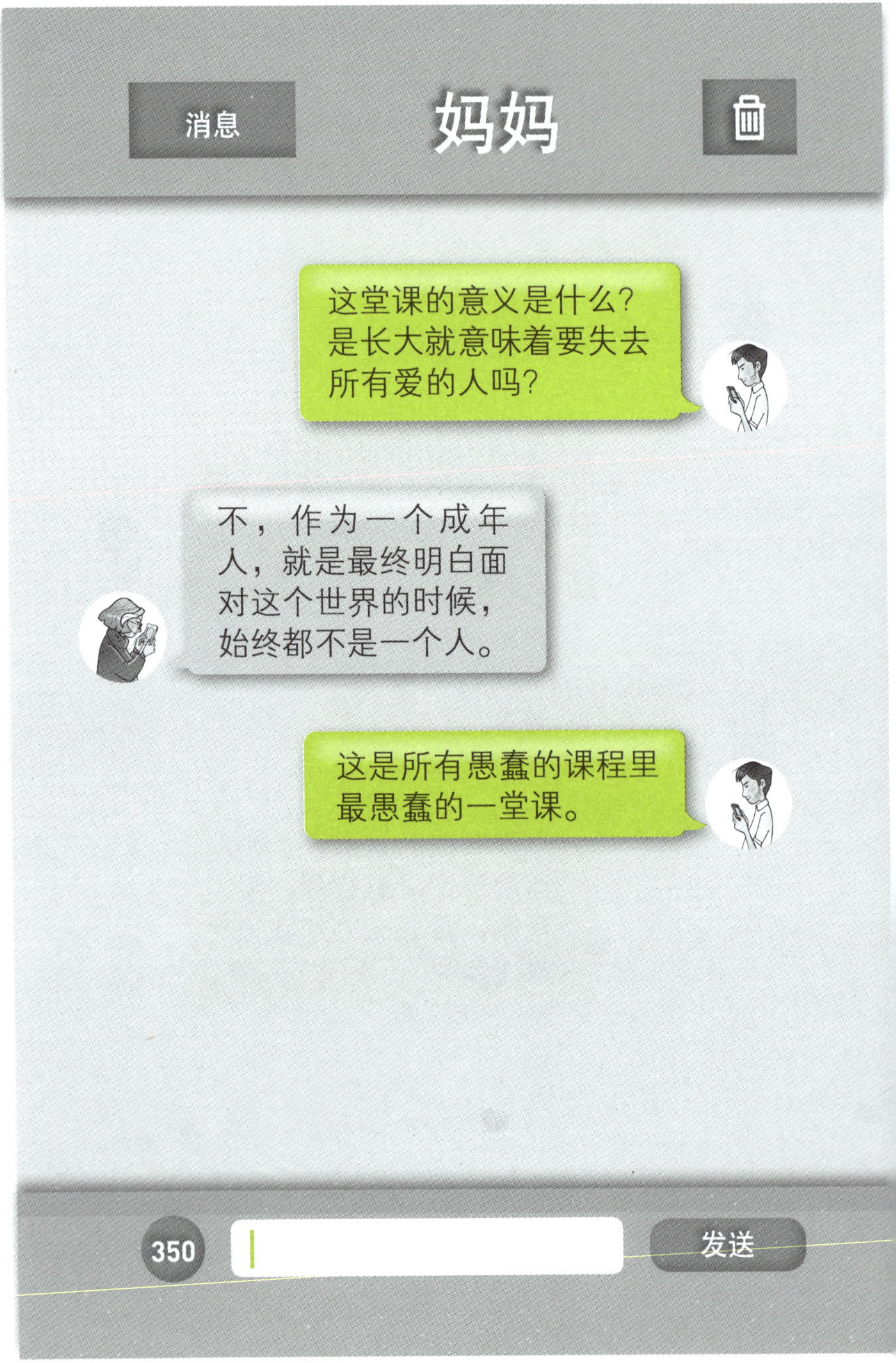
消息
妈妈
这堂课的意义是什么？是长大就意味着要失去所有爱的人吗？
不，作为一个成年人，就是最终明白面对这个世界的时候，始终都不是一个人。
这是所有愚蠢的课程里最愚蠢的一堂课。
350
发送

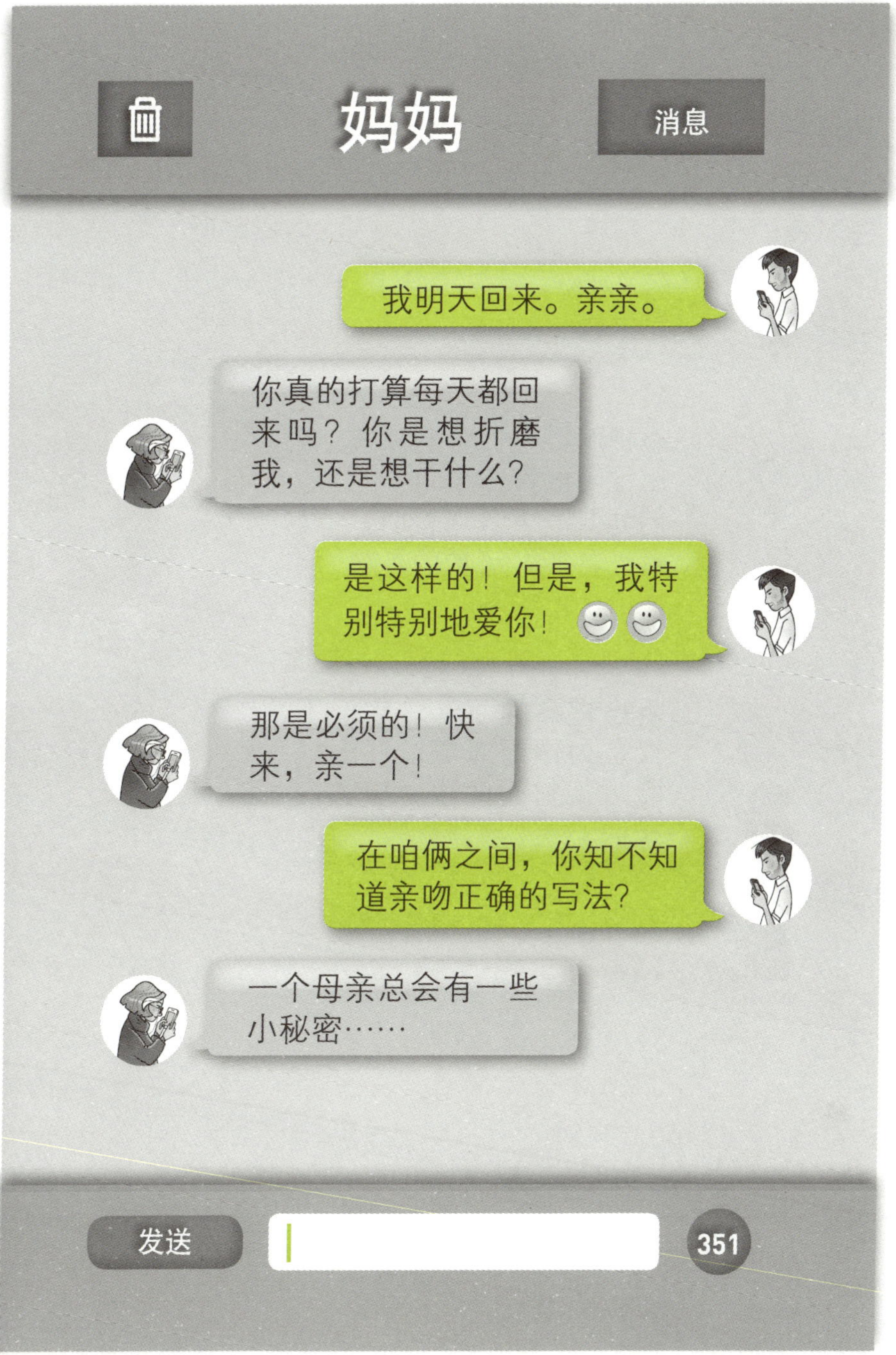
妈妈
消息
我明天回来。亲亲。
你真的打算每天都回来吗？你是想折磨我，还是想干什么？
是这样的！但是，我特别特别地爱你！
那是必须的！快来，亲一个！
在咱俩之间，你知不知道亲吻正确的写法？
一个母亲总会有一些小秘密……
发送
351

消息 妈妈

音乐会……音乐会真是太棒……

小提琴……你听到那些小提琴的声音了吗？它们如此高声吟唱着旧日时光，撕开可怕的各各他山上的帷幕。

听小提琴的演奏，它们不仅是为你而演奏，仔细地聆听，它们像我一样在安抚你。

在肚子里……

发送

妈妈

消息

先生您好，我们没有成功地和您取得联系，因此发了这条信息给您。我们很遗憾地告知您母亲去世的消息，她在凌晨三点钟离开了这个世界。医护人员在她身边陪伴了整个晚上。请您尽快与我们联系。

节哀！

发送

消息
妈妈
周末愉快，我亲爱的妈妈……
354
发送

妈妈

消息

妈妈，我很想你。

发送

355

消息
妈妈
我很想念你……
356
发送

妈妈

消息

有时候，我期待着周末来临时你给我的祝福。无论你在哪儿，我都期待着你的信息。我期待着你用一个并不好笑的笑话拭去我的泪水；我期待着你像从前那样安慰我；我期待着你和我谈论席琳·迪翁，或者谈论今天的天气。然而，等待对我来说太过漫长。我爱你……

发送

357

消息
妈妈
358
发送

妈妈
消息
发送
359

消息
360
发送

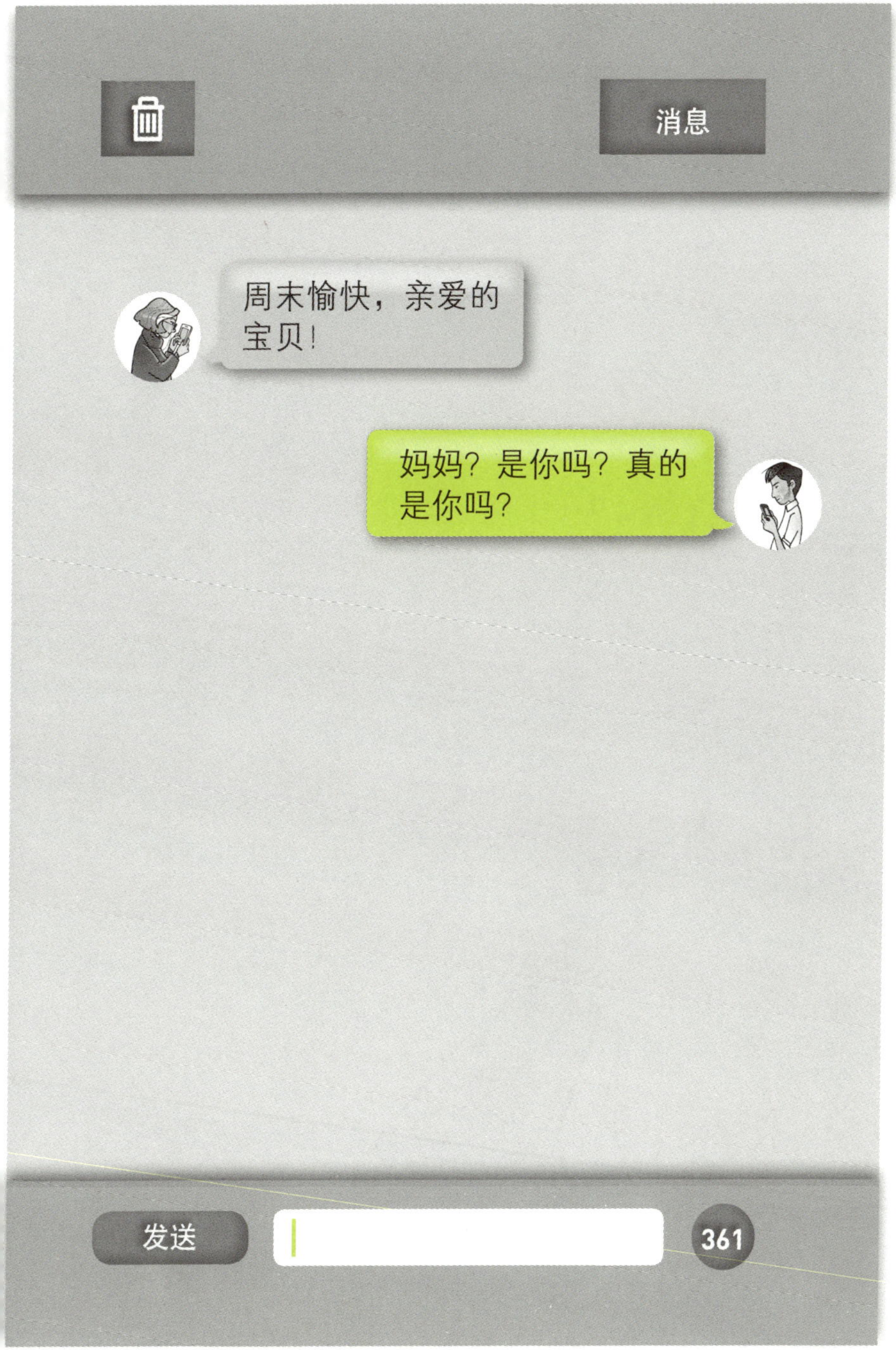
消息
周末愉快，亲爱的宝贝！
妈妈？是你吗？真的是你吗？
发送
361

LES MOTS
S'ENVOLENT,
LES ÉCRITS
RESTENT.

浙江省版权局
著作权合同登记章
图字：11-2016-349号

图书在版编目（CIP）数据

妈妈再爱我一次 / (法) 奥尔本 · 奥尔西尼著；李雪映，宋姚波译. —杭州 : 浙江人民出版社, 2016.11
书名原文: Avec Maman
ISBN 978-7-213-07552-0

I. ①妈… II. ①奥… ②李… ③宋… III. ①故事—作品集—法国—现代 IV. ①I565.45

中国版本图书馆CIP数据核字（2016）第195714号

妈妈再爱我一次

（法）奥尔本·奥尔西尼 著 李雪映 宋姚波 译

出版发行	浙江人民出版社（杭州市体育场路 347 号 邮编 310006）
责任编辑	陈巧丽
责任校对	姚建国 朱志萍
封面设计	付诗意
电脑制版	刘龄蔓
印 刷	北京鹏润伟业印刷有限公司
开 本	880 毫米 ×1230 毫米 1/32
印 张	11.5
字 数	50 千字
插 页	16
版 次	2016 年 11 月第 1 版
	2016 年 11 月第 1 次印刷
书 号	ISBN 978-7-213-07552-0
定 价	38.00 元

如发现印装质量问题，影响阅读，请与市场部联系调换。
质量投诉电话：010-82069336